米高貓──著

騰蛇的騙局

論如何給神說相聲

目录
CONTENTS

序

"不是冤家不聚頭，冤家相聚幾時休？早知死後無情義，索把生前恩愛勾。"

說完這句定場詩，意識集合體"易小天"看了看臺下，嗯，自己這句定場詩還是選對了。

雖然融合了數十萬個種族，上百兆的意識，但他/她/它還是最喜歡用體內最早的意識之源，以一個人類的身份來說話（說白了也不過是因爲作者是個人罷了）。

這句定場詩之所以選對了，是因爲這句定場詩主要是講述人際關係的。臺下那些宇宙外的"神"們，還基本能聽得明白，不需要多解釋。否則要是選個"手把青秧插野田，低頭便見水中天。六根清净方爲稻，退步原來是向前"這種的，光是詩裏面的名詞"手""青秧""野田""水""天"啥的就得跟祂們解釋到不知啥時候去了。

而這句詩裏面，"不是""休""無""勾"，祂們明白，因爲祂們有肯定和否定的概念。"冤家"祂們也明白，祂們彼此之間也有好惡。"相聚幾時休"祂們也明白，都是彼此間保持獨立的意識個體，當然也是有聚有散的。"情誼""恩愛"祂們也明白。而讓"易小天"非常吃驚的是，祂們竟然也明白"早知""死後"這兩個詞？原來祂們也不是未卜先知的？原來祂們也會死？

這些先不提了，說完定場詩，"易小天"感知到了臺下的"祂們"都提高了注意力，就等着他/她/它繼續往下說了。

"易小天"能感知到祂們就不錯了。剛被祂提昇到這個位面時，"易

1

小天"根本無法適應，瞬間就嗝屁了。

在"易小天"死亡了上萬次以後（還好這個位面裏數學規律倒還存在），祂好一通忙亂，總算是找到辦法將"易小天"的意識穩定了下來。可是他／她／它也只能是在祂們的幫助和在祂們願意的前提下感知到祂們，却無法通過所有自己融合後的意識集合們的所有本領感知到祂們的存在。

在意識剛穩定下來時，他／她／它只能感覺到周圍一會是一片光明，一會又是深深的黑闇。忽地空間仿佛在無限的延伸，忽地空間仿佛又不存在了。自己好似仿佛永恒般的存在却又像在一瞬間已轉生了上億次一般。不過還好最終在祂的幫助下，自己總算是能在力所能及的範圍内有了個事件先後次序的辨識了。只是他／她／它還是看不見祂們，勉强説起來的話只能是看到一段段閃閃發亮的直線在一片五顏六色的虛空中向數個方向無限延展出去，這些綫段大概就是祂們了吧？

感知到臺下的"神"們都想接着聽下去，"易小天"却有點犯難了，這從何説起好呢？想了老半天，發現臺下的祂們都有點不耐煩了，"易小天"不敢怠慢，只好隨便從自己融合後的意識中找了一段開始説起了。

末日？我只是想發財
而已我招惹誰了

　　奧萊躺在冰涼的解剖臺上緩緩地睜開雙眼，恍惚間覺得，這似乎和他每一天早晨起床時的場景一模一樣啊。每次他起床時來上一口之後，看到的不也就是眼前一片白光這個景象嘛。於是他繼續靜靜地躺着，呆呆地看着頭頂暗淡的白光在盤旋，盤旋⋯⋯

　　作爲一名稱職的金融投資家，奧萊的工作就是思考着怎樣率領自己的投機資金在金融市場上興風作浪，翻江倒海，刮去更多國家的財富。奧萊醒來的第一件事就是本能地進入自己的交易帳户，看看上面的數字是漲了呢還是跌了，不過他總是很自信，他看準的投資都是可控的。至於每天賺了多少還是跌了多少，也已經不再過多關心。他更多是思考着吸點什麼來陶冶情操。女人的體香？晚上再説吧，白天需要點提神的東西。數字如果上浮，那他早餐前就吸一口"奧瑪"來振奮一下；如果下降，他就來一口"費奧忈"潤澤一下自己的五臟六腑，這兩樣新上市的東西就是夠勁兒。反正不管漲了還是跌了，對他現在來講意義也不大。

　　金融市場嘛！就那麽回事兒！奧萊打過幾場漂亮的戰役。那還是在他剛出道的時候，年輕的奧萊通過調查發現，由於銨聯公司的股票和不動產業務上漲，股票售價與資產價值相比大打折扣，於是他建議人們購買銨聯公司的股票。莫費擔保公司和德雷福斯購買了大量的銨聯公司的股份。但其他人並不相信他這個毛頭小子，都沒有跟進，可最後事實證明奧萊對了，銨聯股票的價值翻了三倍。年輕的奧萊因此名聲大振。

　　還有一次就發生在前些年，那時候正報導中東地區衝突，幾個小國家奮力抵抗入侵者，最後他們由於武器落後而慘敗。從這場戰爭中，奧萊聯想到自己國家的武器裝備也可能過時，國防部可能會花費巨資用新式武器重新裝備軍隊。於是奧萊開始投資那些掌握大量國防部訂貨合同的公司股票，這些投資都爲奧萊帶來了巨額利潤。

好漢不提當年勇，現在的奧萊覺得只要總體收益是向上的就行，剩下的手續交給助理打理就行，如果真賠了，只要"費奧忑"別斷，他也總能想到好辦法。

嗯！今天交易帳户漲勢兇猛，奧萊愜意地吸了一口"奧瑪"，之後突然莫名的一陣衝動，就往自己雪白渾圓的屁股上狠狠一拍，接着滿足地一頭倒在床上，體驗着"奧瑪"帶給他的別樣的刺激和快感。

等那莫名興奮的感覺慢慢消退之後，他把手機扔到一邊，掀開輕薄的被單，光着屁股起床了。只有頂級富豪才能擁有的智能家居設備感應到他起來後，馬上開始根據當天的流行排行榜播放音樂了，接着窗簾自動拉開，家裏所有的設備同時打開了開關，廚房裏的廚具自動爲其準備提神飲料和熱麵包，從金屬儲物櫃的上方伸出兩隻金屬"手臂"來，將餐盤不斷地擺上餐桌，一切工序完成後，它們又恢復成原來的金屬薄板狀。

當奧萊路過餐桌時，桌上則已擺好了熱氣騰騰的早餐。只是那杯飲料倒得太滿，都溢出來了，桌子上髒了一大攤。

"唉，到底是太新了，不那麼好用啊。"奧萊抱怨道。這自動玩意兒剛上市還不到一個星期，肯定還有不少問題，可奧萊是不會放過用這些又貴又玄的東西來吸引羨慕的眼光的，這東西一裝，下一次來他家裏開 party 的朋友們可有的瞧了。

奧萊哼着音樂，隨手端起桌上的熱飲呷了一口，滿足地扭着屁股朝浴室走去。屁股雖然還在隱隱作痛，但他心中卻得意不已："想賺錢，下手就得狠！"

有時候，奧萊也煩，他覺得這人要是像自己一樣成功，那也是一種負擔吶。連續不斷的富豪聚會，高層領導的宴請，專家講座啥的也實在讓人膩味了，可很多時候又不得不去。

作爲一個年僅三十一歲的超級富豪，奧萊的人生可謂傳奇。從默默無聞的推銷員做到現如今風靡全球的金融投資人，他只用了短短幾年的時間。

鬼知道這五年他都經歷了什麼，直到他買下江南區最昂貴的莊園別墅的時候，別人才意識到，這個混帳是真的富了！

奧萊在泳池般大小的純金浴缸裏洗完澡，接着在偌大的衣帽間裏徘徊。

這個巨大的衣帽間面積相當於三個普通工薪階層的整套房屋面積總和，這裏面連鞋子都有個小電梯。一般算來，工薪階層差不多要還上三十年貸款才能買得起一套這樣面積的房子吧。這還是那一次來採訪他的漂亮小記者和他在這個衣帽間裏來了一發之後告訴他的——她居然指明了要體驗一下這大衣帽間的感覺。奧萊知道此事後得意洋洋地在衣帽間裏來了個自拍，在朋友圈裏大肆炫耀了一番。

那天的情形仿如昨日，在腦中又回味了一番後，他最終選擇了一套經典款的咖啡色西裝。這套西裝，奧萊可是花了大錢才請到全球最知名的設計師爲他量身訂製的。還別説，這衣服上身效果非常好，完美地呈現了他的身形，奧萊滿意地看着鏡子裏的自己。

剛有錢的時候，他的身材一度因爲好吃好喝嚴重走形，曾經胖得連買車都得特別訂製，不然根本坐不進去。但後來，有了"奧瑪"和"費奧忢"的滋潤，不消三個月，人立馬瘦了下來，穿上衣服，還真是風流倜儻。

不過，那些主動投懷送抱的女孩子們到底不是因爲他帥才跑來的，深諳風月場的奧萊明白女孩子們的心思，兩眼一閉，誰還管他帥不帥的，鼓囊囊的口袋才是關鍵！

奧萊走出衣帽間，取了那個全球限量十款的公文包向門外走去。

這時他那妖豔的老婆穿着一身性感的睡裙迎了出來，空氣中散發着這女人的香氣，奧萊閉上眼睛深呼吸，像是要把這女人吸進自己的胃裏，讓腸道的蠕動好好地享用她。

"親愛的！要出門了嗎?"她的聲音黏膩，像是抹了一層厚厚奶油的甜蛋糕。

奧萊喜歡這娘們的味道，至少曾經迷戀着這一款。

女人一雙細長的胳膊搭上了奧萊的肩，奧萊用鼻子在胳膊上輕輕地嗅着，眼睛往下又看到了一對飽脹卻又緊致的胸脯。在一起這麼多年，女人越發知道自己男人的喜好，她靠得更近了，嫵媚地用細滑的小手爲自己的男人繫上領帶。

奧萊再次閉上眼睛，狠狠地將這尤物的體香吸入鼻腔，沁入心肺。他一把摟過眼前的尤物，吻住年輕貌美的女人的唇，瞬間就把這女人的香味吸食乾淨。

他寸草不生的光頭上折射出冰冷的光，與這曖昧的場景有些不符。他鬆開嬌妻，一巴掌拍在自己的光頭上，撓了個圓，怡然自得地出了門。

奧萊知道，自己在她眼裏不過就是一臺取款機而已。

"取款機"在地下車庫取了車，筆直地開出了莊園。

時間還早，但是天已大亮。

江南區的主路兩邊種植着少見的紅杉樹，粉紅色的葉子像手掌一樣伸向天空，葉片好似可以突破重力的束縛般齊齊地向上生長，掙扎着想要逃離地面。

據説用紅杉樹的葉片研發而出的紅杉補水面膜補水效果非常好，奧萊當初憑藉敏鋭的直覺第一時間預感到紅杉樹將會成爲美女們追捧的新時尚，於是他瘋狂購進紅杉樹股票，又狠狠地撈了一大筆。大小投資，只要是錢，沒有奧萊不賺的。

紅杉樹渾身都是寶啊！

奧萊沾沾自喜。

他的公司在江北區最中央的金融城，眼前這幢高聳入雲的寫字樓就是他的公司所在地，外立面筆直的玻璃幕牆將一顆寶石切割面造型的空間置於樓頂位置，閃耀着這個時代最光輝的職場榮耀。他的辦公室就位於寫字樓的寶石空間內，站在落地窗邊向下望去，江南江北的美景盡收眼底，那條奔流不息的大江從他的這個位置看上去就像一條女人香肩上的白絲巾。這"絲巾"裏不僅有他的那艘"德梅洛"號豪華遊艇，還生長着美味絕倫的白鰭江豚。奧萊望着這滿眼的美味，幻想着他即將開展的種族控制計劃，他要將白鰭江豚的數量控制在100條左右，而他則掌握着這一瀕臨滅絕生物的養殖權力。那時，一條白鰭江豚的經濟效益則比得上半條金融街的創收，那時他就真的富可敵國了！

奧萊站在窗前，欣賞這眼前的美景，笑得渾身發顫。

他的視線轉向遠處的公園，他又看看大街上小如螻蟻的車輛，再看看掠過的飛鳥，又緊盯着窗戶縫裏的線槽，他看到的一切在他的腦袋裏立即換算成數字，就像是一臺超級計算機在運算龐大的二進制數據一樣。這些數據在奧萊眼裏都是有可能兌換成金錢數字的，進入運算狀態的奧萊眼裏不停地閃爍着凌厲的光，他有能力把一切看到的東西換算成數字。他滿足地看着這個世界，仿佛這裏的一切都是金錢編織而成的。真是一個美妙的地方啊！

等到這個星球上的錢都被我賺完了的話，接着我是不是就該再更上一層樓了？他貪婪地舉起光頭，可近在咫尺的太陽讓他感到眼前一黑，令他感到眩暈，又仿佛有一個巨大的黑影籠罩在自己的頭頂。

奧萊迅速從白日夢中清醒，一把按住自己鋥亮的光頭使勁抹了一下，決定還是老老實實地坐回辦公桌前把今天的錢賺了再說。他坐在自己的八屏炒股主機前，迅速將八塊屏幕上的數據分析了一遍，開始在自己的股票世界裏如魚得水地賺着快錢。

電腦屏幕上突然彈出了一個大大的視頻聊天框，身着情趣內衣、被反綁了雙手的性感女人在畫面裏對着奧萊扭動着身子。

"哥哥，快來！人家被困在金融城 F 區地下室，快來救救我嘛！啊！"聲音極度魅惑，不停地向奧萊伸手求救。

奧萊的哈喇子淌了一地，瞬間從今天龐大的金融數字裏面抽離出來，心裏想着：嘿嘿嘿，這次是想和老子玩綁架主題，看我不折磨死你！

他匆匆地關了主機，要懂得適當放鬆一下精神和肉體，才能更好地賺錢嘛！

奧萊輕鬆地說服了自己，緊了緊褲腰帶，哼着小曲，快速朝金融城 F 區走去。

奧萊最大的願望就是過上妻妾成群的"性福"生活，奈何法律管天管地管太多，連娶老婆這種家事也要管。這不存心跟我對着幹嗎？要是什麼時候法律條文也能買賣就好了。

奧萊一邊抱怨着，腳下可沒停。一路小跑，不一會就來到了 F 區。

奧萊已經開始鬆自己的領帶了，他可不想等到進了裏面，才被這扣死的領帶掃了興致。

太陽熾熱，奧萊從不出汗的，今在卻少有的熱到流汗，今天可是熱得有點不對頭啊。並且這也不是他一個人的感覺，從他身邊錯身而過的好幾個人都在抱怨今天特別熱。他下意識地抬頭看看天，萬里無雲，太陽依舊炫目，刺得人眼前一陣陣發暈，奧萊不由得喃喃自語："下次該投資太陽能了。"

他用手擋住熾熱的陽光，投下的一小束陰影只能爲他的半邊臉遮陽。不過爲了完成"日"常工作，奧萊已不在乎熱不熱了，還是以靈便的速度繞進了金融城的地下室。

金融城地下室這種隱蔽的地方，滋養着一個與衆不同的世界，各種見不得光的行業在這裏生根發芽。

奧萊是這裏的常客。輕車熟路地來到一座霓虹燈裝飾的招牌前，懸着門簾的玻璃門沒有上鎖，留了一條縫等着客人粗暴地推開。

奧萊喘着粗氣一把將門推開，果然圖片上的妖豔美女正穿着情趣內衣躺在軟趴趴的沙發上等着他呢！

"小甜心，你可想死我了！"奧萊迫不及待地壓了上去。

小甜心細長的胳膊勾着奧萊，一把將他拉到自己的身上。奧萊褲襠裏早已飢渴難耐，火急火燎地開始脫衣服。還好路上已經把領帶解開了，可哪知關鍵時刻，褲子拉鏈居然卡住了！他也顧不得了，先借着腰力對着這娘們的胯抵上去再説。

奧萊滿頭熱汗，手忙腳亂，奈何褲子就是遲遲脫不下來。奧萊懊悔不已，早知道今天就不穿這套西裝了！

越着急手越笨，戰無不克的奧萊頭一次吃了癟。

房間上方的牆體上，只開了一扇小窗戶，用來與外界換氣。奧萊仰着頭大口喘氣，他感覺到身體酸軟缺氧，頭昏昏沉沉的。他媽的誰把地下室的窗戶設計得這麼小的！

小甜心忍無可忍，用細長的指尖在褲襠上一劃，褲子登時變成兩半。奧萊終於如願以償，狠狠地頂了上去。

小甜心四肢緊緊地纏在奧萊的身上，渾身散發出讓人意亂情迷的香味。奧萊將自己的光頭埋在美女的胸脯上，正貪婪地吮吸着，突然感覺窗外有什麼人正在盯着他。

奧萊奇怪地抬頭，仔細打量，卻沒看見任何東西。

"咦？怎麼感覺有人在偷看呢？"

小甜心等得早已不耐煩，現在又正在興頭上，哪容得奧萊分心。略有不滿地看着他，雙腿將他死死夾緊，手上用力將他套牢。

"哪裏有什麼人啊，來嘛！"

奧萊也沒多想，有啥人也得等他爽完再說，他開始繼續"無果的耕耘"。小甜心眼神迷離，小手在奧萊的背膀上劃出深深的印記。

可奧萊還是覺得不對勁，他的預感一向很準。他總能預感到金融風暴何時會來，好早早做好準備。何時該滿倉，何時該平倉，上天對他一向不薄。而這次他感覺到似乎有朵巨大的陰雲覆蓋到了天邊，小窗外突然黑了下來。

一定有什麼事發生了！他提了褲子站起來，急匆匆地跑了出去。小甜心使出了"倒掛金鉤"掛在了奧萊的腰上，死纏爛打不許他出去。奧萊一個轉身就把這娘們甩到沙發床上，火急火燎地衝了出去。

奧萊一隻腳剛邁出地下室，突然整個人傻掉了。

剛才還萬里無雲的天空，竟憑空出現了一具龐然大物，遮天蔽日。

巨大的陰影籠罩着這座城市，朝着人群聚居的方向駛來，體積之大超乎想像。

"是個什麼東西？"

"靠！不會是外星人吧？"

"什麼外星人啊，應該是拍戲吧？"

"媽呀！這個劇組也忒有錢了吧，哪兒弄這麼大個道具來？"

"借過借過，你們這些人倒是他媽的有閒心，誰還有空管那個去了。我這份快遞再不送到我今天的工資可就沒了，這才是最要緊的呢！"

人們議論紛紛，對着天空指指點點，又驚奇又恐懼地盯着黑影。有不少小偷趁大家抬頭看天時可是得着了不少收穫。

黑影就要完全遮蔽太陽了，陽光一點一滴從天空消失，世界陷入末日般的昏黃光景。只有黑影邊緣還有一圈光暈。

奧萊一屁股跌坐在地上，褲子嘩啦一聲掉了下來。

黑影壓得人們快要喘不過氣來，距離人們越來越近。奧萊也算是見過世面的人，卻也因爲見到眼前這龐然大物而怔住，連褲子都忘了提。

"居然真是一艘飛船！！啊啊啊啊啊啊啊啊啊啊啊啊啊啊啊！！！"

等到人們完全看清楚這大物的時候，不由得倒吸一口冷氣，大喊大叫起來。

黑影左右兩側各有一個巨大的圓形動力裝置，上面垂直噴射着銀藍色的尾焰。尾焰在天空噴射出既美麗又詭異的炫彩圖案，飛船呈現交叉的十字形，在"十"字形飛船主機上，分布着八個巨大的平滑突起物，不斷變換着方位。突起物尖端正散發着幽藍的光點，像一雙雙窺探的眼睛在打量着底下的世界。

奧萊瞇起眼睛，想看得更仔細。

藍光突然消失，奧萊的呼吸都停頓了，人們還在好奇地盯着天空，這飛船是要幹什麼呢？

就在這時候，伴隨着巨大的聲響，飛船的八個發射器火力全開，駭人的藍色射線噴將而出，呼嘯着朝四面八方發散。

不知道誰先反應了過來，猛地尖叫了一聲：“啊！！！快跑啊！”

人群瞬間炸開了鍋，抱頭狂竄。奧萊提着褲子杵在人群中還沒反應過來。

“我嘩——他媽，真是外星人來了！”

“跑啊！”

“誰嘩——他媽去打電話叫警察啊！！！”

“軍隊嘩——他媽死哪去啦？！”

人們尖叫着，混亂裏四下奔逃。只有一個平日裏總在街頭拿着個牌子，上面寫着“愚蠢的世人啊，多關心一下你頭頂的天空吧，這墮落的世界遲早要完！！！”的，被警察抓了放，放了抓的，光屁股的先知模樣的人輕蔑地看着其他人亂跑，自是歸然不動。

藍色射線所到之處，建築物被立刻分解，瞬間變成規則的灰塵般大小的元素粒子被太空飛船吸走。而那些多餘的無用的東西，紛紛凝結成大大小小的乾巴巴的巨大土塊從半空裏砸下來。好像是一具被吸乾了血液的乾屍，橫七豎八的掉在地上。

奧萊眼睜睜看着自己的金融大廈被無數道藍色的射線掃射，才兩三秒鐘，這棟造價高達 80 億的合金材料工藝的摩天大樓就消失於無形。

奧萊也顧不得跑了，跪倒在地上，用手不斷捶着腦袋，只顧撕心裂肺地叫着：“我的金融大廈呀，我的金融大廈呀！”

而這一切僅僅只是個開始。

奧萊真不該回頭的。

他又看見射線吸起江水，發出令人終生都會做噩夢的恐怖巨響，數億噸江水和無數值錢的白鰭江豚被飛船吸得一乾二淨，一滴水也沒給留下。醜陋的江底赤裸裸地呈現在人們眼前。

“不！我的白鰭豚啊！！！”

天空渾濁不堪，天上的雲就像是一塊被攪得亂七八糟的泥濘的沼澤地。奧萊驚愕地發現，就連雲彩都緩緩被巨大的飛船吸進去了！

奧萊臉部肌肉不由自主地開始抽搐着，他眼睜睜看着眼前的金融城瞬間變成殘敗的瓦礫土坑，所有的東西都被全部吸光，自己奮鬥許久的一切全成了一場空。

奧萊傻呆呆地看着天上的大家伙。可這還不算完，在巨型飛船的後方，還跟着更多的艦隊，密密麻麻，無窮無盡。

世界末日的序幕拉開了⋯⋯

無數千奇百怪的飛船呼嘯而來，大大小小，五花八門。

有的大飛船上赫然立着一座座繁華的城市，燈火通明，璀璨奪目；有的只是純粹的重量級武器，無數小懸浮砲彈將其圍繞，發出恐怖的藍色光暈；更有無數密密麻麻形態各異的戰鬥機，還有一些奧萊根本無法用眼睛來識別的千奇百怪、做夢想都没想到過的飛船，它們無一例外的盡可能多地發射射線，將這大片上地上的一切掠奪一空。

載着一座好似玻璃罩的透明半圓體籠罩着的龐大城市的飛船加速俯衝過來，底盤上的渦輪快速旋轉，從中分化出數個帶有抓鈎的巨大金屬觸手。觸手瞄準之後猛力發射，牢牢地抓住地面，繼而快速向下衝刺，深入地基，牢牢地扣緊，與大地合二爲一，一座外星城市赫然貼在了地面上。

一個飛船寄生成功後，無數個飛船也做仿着紛紛抓緊地面着陸，像撲向玉米地的蝗蟲大軍一樣，這些金屬"蝗蟲"呼嘯着，黏在這座荒廢的城市之上，立即生根，開始繁殖。

奧萊驚恐地意識到：這些侵略者是要吞噬掉整個星球啊！

剛剛落地的半圓形飛船停頓了幾秒鐘，突然底盤旋轉，抓鈎重新組裝，變成蜘蛛腳狀的動力裝置，載着飛船在大地上橫七竪八地跑着。它們的頭頂射出顏色豔麗的探測射線來，到處探查這個星球的智慧物種。

逃竄的人們一旦被這射線掃描、鎖定，立刻被分解。轉化成原物質狀態的微粒元素，紛紛被半圓形飛船吸收殆盡。

而剩下的殘渣就那樣灰禿禿地停在那裏，等待被一陣風吹散。

天空被美麗的藍色射線覆蓋，像是一場壯麗的流星雨，連綿不絕。

金屬"蝗蟲"們震動着金屬羽翼肆意衝來。

突然，一個渾身透明，散發着柔和白光的不規則多面體飛船緩緩從半空落下，它慢慢地靠近奧萊的正上方。奧萊驚恐地睜大雙眼，雙腳卻無法動彈分毫。他看到這個龐然大物的外殼竟是如玻璃般透明，隱隱可以看到裏面乳白色的船體，黑色的菱形主機懸浮其中，上部不規則的尖端上正一閃一閃的發着光。

奧萊知道自己的末日就要來了，他馬上就會和其他人一樣被射線射成粒子了。他拼命竪起頭上的感光腺體，感光腺體簌簌而動，慢慢立了起來。這時候，果然就像傳説中説的那樣，臨死的時候時間會慢下來。在這種情況下，他居然還能意識到，那超大型母艦至少跨越了城市三、四個城區，可奇異的是，它只有薄薄的一層，它的寬大和輕薄簡直就是不成比例，太不可思議了！而且，正有至少上萬艘飛船正在從它艦體裏同時發射。他覺得這個應該就是這個外來艦隊的總指揮艦了吧。他眯着眼睛，卻又發現這些艦隊裏，每個飛船上都有着不同的標誌。眼前這個龐大的透明飛船，上面有一個很顯眼的，像是一個他不認識的，但看得出來好像是一種果實被咬了一口的感覺的標誌。有的和這個差不多大的飛船上，印的標誌全是他不認識的外星字母，他雖然一個也不認識，但假如給這個可憐的生物時間，憑着他以前一時興起，爲了附庸風雅報的繪畫班練出的那一點畫技，他倒是可以把那些標誌臨摹下來。如果他能畫的話，那畫出來的外星語就有"Samsung""GUCCI""Microsoft"。還有的飛船上的字母和以上的字母風格又不太一樣，不像是一種文明的，有"老乾爹""貓臺""望望集團"。而他看到的最可怕的三艘飛船上，一個標誌是"KFC"，這個飛船上畫着一個白色的奇怪的外星生物，表情非常猙獰。另一個飛船的標誌字母是"Disney"，上面畫着一個異常詭異的外星生物，應該是耳朵的地方長着非常大的，和頭顱比例絕不相稱的超級大的耳朵。最可怕的是一艘顏色花花綠綠的飛船上，有個很大的"M"外星文字。這個飛船上畫的那個外星生物尤其可怕，應該是臉的地方卻長着個像是嘴的器官，又紅又大，看着就像是要吃人一般！！

　　天啊！奧萊明白了，他們是被不止一種外星生物侵略了，這來的是外星聯合艦隊！就在那束白色的光線照射在他的身上前，奧萊心中竟然覺得很榮幸。在他看來，自己的星球被這麼多外星種族看上了，從金融的角度來看，自己這個星球還是宇宙裏的一支潛力股呢！

　　奧萊認命地閉上眼睛。

親密接觸……才鬼！

"吱啦吱啦……"網絡監聽通訊傳來信號不佳的聲響。

一陣電流亂竄的"吱吱"聲後，終於出現了聲音，聲音十分模糊，只能大概聽清內容是什麼。

"呼……叫……大白鯊……呼叫大白鯊。"信號終於穩定了。

"得令。"對方語氣戲謔地說道。

"立即派遣三十艘'銀鳳'開往西區金融城主幹道，務必在五分鐘內摧毀所有外星人建築。"那聲音明明是個人說話的聲音，卻冷得不像話，簡直比電子音還沒有人情味。

"得嘞。"

"兩百艘'邪王'尾隨其後，將所有的一切全部吸收乾淨。"

這次對方猶豫了一下，"啊？不是吧？要將五百萬噸位的射線粒子飛船全派去啊？那外星生物呢，也全部吸收乾淨嗎？"

"爲了聖皇！消滅所有異教徒！將一切還原成基本原物質，一滴不留。"那個比電子音還沒人情味的聲音在喊口號時卻激情萬丈。

"我靠！又這樣啊！你們真是……行，行，行，沒關係，反正你們出資了，想幹啥就幹啥唄，然後呢？"

"西經四十五度三，北緯六十八度九……首都……派遣……聖皇之聲……"信號突然又變得模糊不清，李昂將貼滿膠布才勉強纏起來的監聽耳機拿下來敲了敲，又戴了回去，這次連沙沙聲都消失了，只有不停的"嘟嘟"忙音在響着。

李昂氣悶地將監聽設備丟在地上，真是恨不得踩上兩腳才過癮，可是他不能這麼任性，畢竟以後還得靠這玩意兒呢！

不過他也聽到了關鍵的信息，金融區主幹道，還有西經四十五度三，北緯六十八度九。

既然這樣的話，那這兩個地方他堅決不去！

李昂大手一揮：「二亮，減速！掉頭，隱身！」

小飛船悶哼了一聲，突然180度掉頭，降低了飛行速度，身形在半空中淡了好幾回，卻始終沒有隱身成功。

李昂敢保證，監聽到了剛才對話的絕對不止他們一艘船，不知道什麼時候起，所有的上到企業，政府單位直到個人都已經形成了一個共識：自己飛船上一定要安裝一臺高配置的竊聽裝備不可，哪怕造價昂貴，但是為了能竊聽到「他們」的對話也值了。

「他們」不同於宇宙艦隊中的其他成員。這個號稱「無相」的超大艦隊群成員根本就不將自己的大腦與各個騰蛇相融合，完全奉行自己的獨立主張，是一個宣揚「人類的純正性」高於一切的宗教狂熱組織。

聯合艦隊雖是宇宙中的海盜，但他們也有自己的行為標準，有首腦，有政府，有自己的城市和公司。即是掠奪其他星球的資源也會對於它們有所保留，哪怕是留點東西拿來賣或是做個紀念也好啊。而那些自稱「為人類的純正性」而戰的「無相」艦隊則所過之處片甲不留，除了要拿走一切，更要毀滅一切。別人李昂是不知道，反正他是死活想不通這種做法和他們的教義有什麼關係。

李昂向來不齒他們的行為，做事不分青紅皂白，只知道燒殺搶奪和強盜有什麼區別嘛。他可不一樣，要真說是「盜」，那他李昂也是「俠盜」！

李昂不斷地往自己臉上貼金：有原則的「借用」，一向是他李昂的行為準則。他可不是那種為了錢什麼都幹得出來的人。

可是聯合艦隊太龐大了，除了「無相」那樣的宗教狂熱派，還有更多游離於各個艦隊之外的傭兵團。他們可以為任何組織服務，只要對方付得起物質量，什麼任務都接。

年輕的時候李昂曾經也加入過一個傭兵團，據說只要在艦隊裏待上兩年，保證每個人都可以賺到買一架小飛船的信用度。年輕時候的李昂想擁有一架自己的小飛船都想瘋了，他昧著良心加入了一個臭名昭著的，名字叫「萊西」的超大型雇傭艦隊。

名字倒是叫得好聽，可他們的行為卻和鬣狗的習性一樣。他們這個「萊西」艦隊做事陰險狡詐，不光明正大地和敵人交鋒。他們喜歡悄悄潛伏在其他宇宙艦隊的後面，在其他宇宙艦隊和敵人發生激戰，結束戰鬥後，再跳出來在隊友的背後捅一刀，肆意搶奪他們的戰利品。遇到反抗的就殺，搶不走的就燒。而那時無論是敵人還是自己人都已經精疲力竭了，已經沒有了足夠的力量抵抗，這時候再去坐享漁翁之利，快哉快哉。

他們總是搶奪同伴的戰利品，甚至為了達到目的不擇手段，從而導致聲名狼籍，臭名昭著，人人厭惡。可是作為雇傭兵團，他們卻搶手得很，畢竟他們賺得最多啊。

這個團伙裏男男女女全都是一幫流氓，做事毫無底線，没事幹的時候不是酗酒，賭博，亂交（包括同性之間……）就是鬥毆，也經常四件事一起幹，李昂經常在船艙裏看到牆上東濺着一攤血跡，西掛着一個胸罩，男女船員光着腚狂笑着追來追去。這還不算，和他們融合的那個叫“陰帝”的騰蛇也是個瘋子，總是在他們腦子裏慫恿他們内鬥，還專門讓他們在指揮艦裏建了個競技場，當他們没東西可搶閒得發慌的時候，就讓他們在競技場裏來上一場場的生死格鬥。李昂一開始竟覺得這種活法挺新鮮，甚至還交了個女朋友，可後來他和那個女砲手説出他想以後和她結婚，然後離開這狗屁艦隊找個地方好好過日子後，得到的卻是那個女人的大肆嘲笑，然後就回去找她的“後宮佳麗”們去了，她離開李昂時最後一句話是給李昂一臉唾沫星子加上“媽了個B，還不是因爲你屌大才看上你的，結果你個雜種還是個孬種!!”後來她“後宮佳麗”中的其他三個男人一起把他逼到競技場上要來一場“公平”的決鬥，李昂仗着自己練過綜合格鬥術，總算是從他們三個的大砍刀（他們是違規偷偷帶上臺的，李昂卻是老老實實的赤手空拳……）下活了下來。這之後，他就非走不可了，失戀啥的先擱一邊不談，那些賭他輸結果賠慘了的人也饒不了他。

李昂找了個機會逃了出來，後來爲了躲着“萊西”裏那些要找他算帳的人，行事也不敢太高調，最終也没能賺到購買飛船的信用度。以致人到中年，他仍舊只能開着這架快要報廢的小飛船偷偷撿些殘渣剩料。

可是現在聯合艦隊内形勢複雜，他連廢料都快要撿不到了。像他們這樣没有組織的小飛船，一旦不小心闖入“無相”的勢力範圍，很有可能就被當成異教徒送上宗教法庭審判一番，最好的結果是被當成“無知的魚”而被没收財產給他們當“力工”——説白了就是幹到死爲止的奴隸，不走運當成異教徒的話直接就上火刑架了。或者不小心撞上一艘傭兵團艦隊，乖乖，他們可不會顧念什麽同伴之誼，直接毫不客氣地把你射成原物質，收進倉庫裏等着回收利用吧。説不定自己就變成了哪塊飛船裏的馬桶墊呢——生物質的馬桶墊坐着最舒服了。

所以像他們這樣的小飛船爲了自保都會提前調查好路線，但凡是“無相”艦隊開往的方向，或者那些個傭兵團艦隊出没的地方都會繞道離開，跟在他們的後面撿不到一點好處不説，還隨時有可能被幹掉。

不過李昂現在面臨的情況更複雜，“無相”居然雇了“大白鯊”傭兵團，天哪！這兩個組織一合體估計夠那些個大公司和政要們頭疼的了。

李昂窮得掉底，身份又低，他可管不了那麽多，他只想着盡快避開這些瘟神，自己能把自己的小倉庫填滿就成了。

李昂駕駛着小飛船朝反方向開去，果然他看見大批的傭兵團艦隊跟隨着“無相”艦隊向着他們之前制定的主航道駛去了。

李昂側頭往外面一看，親娘喂！他們不光雇用了"大白鯊"，居然還有"劍齒虎"和"短吻鱷"，就連大名鼎鼎的"霸王龍"艦隊也來了。每一個傭兵團的標誌都是其名字所對應的動物形象，不過都是造型誇大的卡通版，那些個齜牙咧嘴、兇神惡煞的造型直刺刺地印在艦隊上，生怕別人不知道壞事都是他們幹的一樣。

看來這次"無相"是要來次大的了，難怪那些個大企業的艦隊也躲着他們。李昂趕緊指揮小飛船以最快的速度逃離這些大家伙，唯恐自己跑得太慢。

突然頭盔內的傳感器有反應，他朝着傳感器提示要他看的方向看去，不遠處竟傻愣愣地杵着一個外星人，那外星人不逃竄也不躲避，就那麼傻乎乎地盯着天空，怕是被嚇傻了吧！

李昂興奮地大叫一聲："好傢伙！拿你先開個門！"

一聲令下，小飛船筆直地朝着那外星人飛了過去，開到半路他猛然間發現頭頂上方無聲地懸掛着一艘超級巨大的母艦。

李昂完全嚇傻了眼，眼前這大塊頭不會也是來搶這外星人的吧？可這都到嘴的鴨子就這麼飛了實在是心有不甘呀，他到現在還啥都沒搶到呢。

李昂眼睛一閉，腳一跺："老子拼了！給我速度快點！搶完就走！快！快！快！"

奧萊只看見一艘銹跡斑斑的小飛船突然躥出來，搶到巨大飛船的前面，快速從頭上射下一道白色射線將他覆蓋。

比較起其他的大飛船，這艘飛船小得不值一提，就連它發射的射線看起來都比其他的射線要細很多，並且還斷斷續續的，中途好幾次射線一斷，奧萊都差點又掉下去。

就是這艘不知道從哪冒出來的小飛船搶了大飛船的獵物，大飛船的巨大射線射了個空。

小飛船內傳來一陣歡呼。

"耶！嘿嘿嘿嘿！搶到啦！"

船長李昂趕緊發布命令："搞快點，趕緊隱形！別讓那個大塊頭發現了！然後把那個傢伙釣上來，看看是個啥樣的外星人。"

在他小小的主控室裏，有四名船員正在忙活着，將油膩膩的觸摸屏拍得啪啪作響（這艘不知轉了幾手的便宜貨可沒有安裝通過意識流直接操控的設備）。李昂船長得意洋洋地看着自己的小飛船靈便地逃離現場，看來那個超大飛船根本沒發現他的蹤跡。

"打開艙門，把那個外星人抬進來。"李昂得意洋洋地命令道。

艙門還沒打開，就聽見一個船員驚呼一聲："哎媽呀！船長！壞菜了！咱

們被那個母艦發現了!"

李昂還沒來得及做好準備,突然大腦的意識裏傳來一道冷冷的聲音,那聲音聽起來十分清晰,乾脆,信號極強。

李昂不由得心想,這些大船的設備就是高級,隔空意識交流一點時差都沒有,哪像他們這種破船上安裝的過時意識流信號收發器,每發送一次還有少則幾秒鐘的延遲。別人都說完了三四句,自己這邊第一句才能發過去。

"哪兒的孫子敢來搶我們的貨?"對方毫不客氣地質問。

李昂眼睛一轉,聽這聲音應該是河南人啊,他立刻捏好鼻子準備用河南話回應:"呀!原來是老鄉,咱也是河南的船嘛,都是道雞公司出產的,都是自己人!"

可惜他的收發器有延遲,話還沒發送成功,對方就又連珠砲似的發問好幾句。

"不管你是誰,給我小心着!下次再搶我的貨,管你是什麼來頭,我直接讓你見閻王!"

"哼,你們又算什麼東西,仗勢欺人。"李昂小聲地用嘴嘟囔着,卻也不敢發泄自己的不滿。像他這樣的小飛船,頭上那艘大型母艦不消一秒就能讓他屍骨無存,沒滅了他完全是因為人家氣量大,懶得搭理他們這種小蝦米。

李昂當然清楚自己幾斤幾兩,他感覺到手心裏都出汗了——唉,沒錢連個生化肢體都換不起,都什麼時代了居然還要出汗。他假裝淡定,惹不起我還躲不起嗎。可剛準備掉頭逃跑,哪知這時自己的意識信號才後知後覺地傳輸到對方的船上,對方一聽就不樂意了。

他們的超大母艦是道雞公司的最新產品,這公司可不得了,在很久很久以前,那還是聯合艦隊離開太陽系之前的事了,他們就收購了當時國際知名的"APPLE",艦上那個奧萊看到的好像一個水果被咬了一口的標誌也是聯合艦隊裏最有辨識度的。這艘最新的叫作"世紀之城"的超豪華母艦,是道雞公司的得意之作,可同時裝載上萬艘飛船,在聯合艦隊裏也算得上是載容量最大,容積最大的母艦之一了。而李昂那艘破破爛爛的"小山雀"飛船是道雞公司15年前就停止使用了的過時型號,現在連保修期都過了,居然也跑來蹭熱度,跟着瞎起哄。

"哼,你還好意思說你們是河南人,就是你們這些私人掠奪團亂哄哄的看見東西就搶,像一群無頭蒼蠅一樣,沒一點戰略。搞得現在情況一團糟,真給我們河南人丟臉。"

"哎喲嘿!"李昂不由得從座位上彈起來,命令腦內的騰蛇把自己的意識從意識傳送網絡上斷開,才破口大罵:"這麼說的話你們才更可惡吧!仗着自己財大氣粗就對我們這些人不管不顧,只顧着自己胡吃海喝,就剩點殘渣給我們還嫌東嫌西的！成天高高在上的德行，說你胖你還真喘上了，還真把自己當領袖了！等我賺夠了錢換一艘大船第一個就捅你的屁眼！"

手底下幾個船員停止了操作，一臉生無可戀地看着他："船長，你真要這麼頂撞他們？"

"那估計我們是活不成了！"

"給老子通通閉嘴！"

李昂可沒那麼傻，他可不敢把這些話發送出去，自己在船艙裏罵了半天，感覺氣消了一些，又回憶起之前的種種來。

李昂手裏也不例外的有一本《聯合艦隊殖民指南》，這是號稱"星際文明研究學會"裏一些閒人寫的。在裏面有個章節，他們將聯合艦隊遇到的星球分了類。一類是乙級三等星球，這種星球上地表環境極為惡劣，也沒有任何生命，甚至都無法進行星球改造，只具有一點科研價值而已，一般科學家們也就在上面最多造幾個科研站了。一類是乙級二等星球，是一些地表環境尚可，無生命或只有一些單細胞生物的星球，這種星球可以進行星球改造，但成本太大，一般也不會有哪個公司去做這種虧本買賣，一般而言除了科學家去建立科研站，也就是一些個實在無法適應社會的怪胎，或者是躲債的，躲仇家的，或一些想當隱士的人，或一些特立獨行的藝術家去造個居住點住了。一類是乙級一等星球，這種星球上的地表環境相對以上兩種來說更加溫和，已經進化出了一些原始生命，或是已經進化出了原始文明（這些個星球上的智能生物不管文明程度達到什麼階段了，只要還沒有人類的高級，能具有星際旅行的能力，就被此書的作者統稱為原始文明。並且說來實在太巧，人類的聯合艦隊還從沒遇到過比人類更加發達的文明呢，這到底是人類走狗屎運，還是這裏面還有什麼不敢深想的更深層次的原因，此書的作者只是提出了疑問，對此沒有進行過多的論述），但這種星球上的自然環境只能被這種星球上自然演化出的生命適應，人類是無法生存的。這種星球進行星球改造仍然成本太大，一般都被一些為富人安排獵奇加狩獵旅遊項目的旅遊公司所承包。

以上是不適合進行星際殖民的星球，接着就是適合進行殖民的星球。一類是甲級三等，這種星球上面的自然環境和地球非常類似，但已經進化出了智能生命，它們也具有了能與聯合艦隊有一定程度對抗的科技，並且這些星球上的智能生命不管是個體特徵（包括外形和生理結構），個體行為還是社會結構都和人類的完全不同，人類和這種文明之間根本無法溝通，要想進殖民只能發動戰爭。而且人類在對其進行殖民戰爭時無法根據自身文明的歷史經驗來制定戰略，因此戰爭成本很高，不過當然了，最後仍然能夠進行殖民的，只是難度很大。一類是甲級二等，這種星球其他的條件都和三等一樣，但不同的是上面的智能生物不管是個體特徵和行為還是社會結構都和人類的非常相似，遇到這種星球人類就可以根據自身的歷史經驗來制定戰略了，並且還能和它們進行談判，殖民成本就大大下降了。最後就是頂級的可殖民星球，就是甲級一等，這種星球不僅自然環境和地球相類似，甚至有的人類去了連宇航服都不用穿，並且這種星球上面的物種要麼還沒演化出智能生命，要麼就是智能生命所擁有的科技仍處於還沒有發現電力，甚至連蒸汽機都沒有發明的非常早期的階段，這樣人類隨便開艘飛船過去那些個外星人就都把人類當成神供着了，還多了不少免費勞工，這種星球的殖民成本簡直就可以忽略不計。

還有兩種是理論推導出來的行星，一種是行星上環境非常嚴酷，但可能會進化出一種和普遍定義上截然不同的生命來，比如硅基生物，氣態的生命，等離子態的生命，液態的生命，金屬體的生命，礦石生命，或者乾脆整個行星就是個生命體什麼的。一種是環境非常適宜生物生存，可就是沒有進化出任何物種的行星。這兩種行星在理論推導上是成立的，可人類的聯合艦隊在好幾個世紀中也沒有遇到過。不過因為宇宙他媽的大得不像話（這句話是書中的原文），不排除以後會遇到的可能性。

李昂從出生到現在一百多年了，就遇到過三次可殖民的星球，第一次遇到時他還是個二十多歲的小屁孩，還在"歐陸經典"上的一個飛船修理廠給裏面的修理機器人當雜工呢——給機器人當雜工，你說混得是不是比鬼還慘，哪有機會出去撈一票。第二次遇到的時候他在"萊西"艦隊裏，那一次倒是撈了不少，可他那時候哪裏有過日子的心，賺到的信用額度不到半年就和那個女朋友揮霍一空。這第三次李昂估計也就是自己這輩子最後一次遇到甲級星球了，雖說是二等的，但在這種星球上幹上一票絕對有的賺，自己這輩子還能不能成個氣候也就看這一次了，可沒想到剛剛開始撈，就被那破道雞公司罵了一通，心裏能不氣嘛！

李昂又坐回來在那裏嘟嘟囔囔："說的好像侵略是我們發動的一樣，什麼嘛，還不是你們這些高高在上的傢伙意見合不攏，一派說要在這顆星球的背陽面，趁着天黑進行偷襲好搶佔先機。一派又他媽的說就是要在大白天高調入侵，並且一開始進攻就先拿外星人它們的所有國家的地標性建築物開刀，進行威懾戰略。你們吵來吵去沒個定論，可我們哪等得了，我們可沒你們那麼多燃料可以用來瞎耗。靠！看我們等不住先上了，你們這些傢伙不是怕搶不到好東西不也爭先恐後地跟過來了嗎？靠！我們要是不先下手為強，等到你們這些大船慢悠悠地計劃好了，我們的燃料也耗光了，到時候連個屁都搶不到！"

李昂罵完了，心情也平復了，才換了一副笑臉，又讓騰蛇連上意識網絡，說道："知道了，知道了，以後就跟在您老後邊撿點剩總行吧？絕不跑您前頭去，這個外星人就留給我們吧，咱們剛來還啥都沒搶到呢。您大人有大量，東邊那塊好東西更多，您去那邊拿嘛，嘿嘿嘿嘿。"

對方的回應是冷冷的一聲哼，懶得和他們一般計較。

大飛船朝東邊更熱鬧的地方去了，那裏匯聚了更多的飛船，無數的大船小船都在那裏盡情搶奪，世紀之城不甘落後，加快了速度趕過去。李昂的小山雀規規矩矩地退到人家的後面，再也不敢造次。

李昂伸手想擦擦額頭浸出的汗，一抬手被面罩擋住了，原來自己還穿着宇航服（三手貨）呢，他緊張得都忘了。

他揮揮手，指揮下屬：“以後都離這些大船遠點，別給自己找不自在。”

“多大地船算是大船捏？”一個東北口音的船員問。

李昂每次聽他說話都要皺眉頭，這都什麼世道了，普通話還練不標準，滿嘴大碴子味，多影響交流啊。

要知道，現在普通話不標準的也只能上他這樣的小船了，素質好的早就上了大船了。別說普通話了，樣貌、技術什麼的他就更得沒得挑了。李昂在心裏嘆口氣，非得存錢換艘大船不可了，能不能賺到信用度就看這回了，鬼知道下次什麼時候還能遇上條件這麼好的星球。

李昂想了想：“比咱們大的都離遠點。”

小山雀一個顛簸，呼嘯着筆直衝向高空。

“那什麼，二亮，把咱抓的那個外星人送主艙裏，我去瞅一瞅。”

二亮快速地操控按鈕，將艙門打開，將吊在艙門口老半天的奧萊算是提了進來。奧萊仍未失去知覺，他睜着眼睛，呆愣愣地躺在冰涼的鐵板床上，看着頭頂那盞黯淡的白光燈晃來晃去。

他看見兩個全身被金屬包裹的外星人探頭探腦地走了過來。

奧萊本以爲自己必死無疑，哪知道被一個小飛船抓去當成了研究對象。他試着動了一動，身體沒有絲毫的知覺，他看到自己的胳膊上插着一根細細的管子，有奇怪的液體正慢慢地流進身體裏。他感覺頭頂上的三根感光腺體開始慢慢發熱，不自覺地欻欻而動。

李昂和二亮驚奇地看着他，李昂嘖嘖稱奇：“這個外星人長得好奇怪啊，這皮居然是青銅色的！”

奧萊隱隱約約聽到這些外星人發出一陣怪異的聲響，但聽得非常模糊，他們這個種族是通過個體間臉部的顏色變化來互相交流的，所以視覺非常發達，但聽覺系統比起人類來說就很遲鈍了，人類普通音量的語音交流進入他們的耳朵——或者說捕音器官是很難聽到的，反過來，他們種族即使是音量最輕的哄寶寶睡覺的催眠曲也能把人類吵死。

奧萊想試着問問看：“你們這些東西到底是他媽的哪來的？”

李昂他們驚奇地喊道：“靠！這東西頭上顏色變了嘿！”

“還變了那麼多種，真他媽有意思！”

李昂伸出一根手指想碰碰這外星人的頭，可惜手被宇航服厚厚的金屬手套包住了，他感覺不出什麽。於是李昂命令騰蛇解開宇航服，宇航服的金屬外殼自動打開後，一個瘦小的中年男人從裏面走了出來。

李昂活動了下手腳，這三手宇航服裏没有自動按摩裝置，恆溫裝置和排泄物自潔裝置也時好時壞，穿久了，人都要廢了。在他身旁，還穿着黑色的，披着斗篷的宇航服的二亮的話通過宇航服内的擴音器，變成黑武士那樣的聲音（唉，超老款的宇航服了，打扮，變身成黑武士這種潮流人類在離開太陽系後没幾年就過時了）傳過來："齁……噗（長長的呼吸聲）船長，把宇航服脱了不安全吧。小心指南上提醒過的，要小心外星細菌的感染啊，染上了可是很麻煩哦！你忘了上次有個白痴……"

"别囉唆！"李昂打斷了他，接着活動活動手腳，俯身下來，好奇地打量着外星人。

"穿着那個太麻煩了，我要仔細研究一下。"

李昂伸出手指摸了摸奥萊的皮膚，觸感很硬，很厚，没有什麽溫度。

"身高一米九至兩米之間，真夠高的！腿也真長。二亮，把數據記錄一下。"李昂拿着個測量儀器東量西量。

"往哪記啊？"

李昂翻了個白眼，要不怎麽説這水平差呢，笨得跟個榆木疙瘩一樣。二亮趁着李昂還没發火，立刻命令自己腦内的騰蛇趕緊開始快速記憶。

非得換艘好船才行，真是的！

"表皮較厚，有五到八毫米，没有汗腺，没有體毛，頭上這個……"

李昂摸了摸奥萊頭上閃着金屬光澤的器官，一時間不知道該如何形容。奥萊的身體表面除了皮膚外，在腰和頭頂的位置還覆蓋着奇怪的墨綠色金屬物。腰兩側的三角形上各有三個小洞，頭頂的金屬則呈倒三角形，從眉中心一點開始蔓延到了腦後分成三股，仍舊緊緊地貼着頭皮。

隨着手臂上的輸液不斷地流進身體裏，他腦後的三股金屬光澤的器官竟然慢慢地動了起來，漸漸發亮，慢慢地立起來。

"船長！那玩意兒動了！"二亮大叫一聲，嚇了李昂一跳。

"我看見了。"李昂不耐煩地白他一眼。

李昂轉圈打量着奥萊，奥萊臉上六隻琥珀色的眼睛動着，同樣好奇地打量着李昂，短暫的對視讓他們對彼此的外形都了然於心。李昂摸了摸奥萊的西服褲子，嗯，質地柔軟，和人類上好的人造有光絲綿非常類似。

"先連接它的大腦，看一下它存儲的記憶。"李昂幾近貪婪地盯着奥萊，這讓奥萊不寒而慄。他眼看着這個"從金屬殼子裏爬出的肉團"將帶着兩個管子的頭盔扣在他的腦袋上，他立即感覺到好像是去按摩店做理療一樣，頭皮上的感光腺體又興奮地熱了起來。

"讓夜壺進行語言解碼。"

"是的，船長。"

李昂讓腦內的騰蛇連上這個外星人的大腦，他的眼前立刻浮現出懸浮的 3D 全息投影。影像中，年輕的奧萊正站在一處公共停車場外（他們的汽車外形雖然奇異，但通過那四個橡膠車輪——看來他們星球上也有提煉橡膠的科技，一看就知道那個機械設備就是汽車），正探頭探腦地在車窗戶上插着小廣告，小廣告上的外星語言通過騰蛇翻譯之後——準確度達 75% 左右，寫的是：您缺錢嗎？請找……——（騰蛇無法翻譯）信貸，利息全市最低，包您滿意，電話請撥打……（騰蛇無法翻譯）……

"他們這社會風俗看起來跟我們 21 世紀的生活太像了啊，你們看，這像不像很久以前的地球啊？我還是第一次遇到和我們的社會相似度這麼高的物種呢。"

"像！"

二亮也通過他的騰蛇接入了外星人的腦子，他也看到了，傻愣愣地答應着。

李昂熱情高漲地看着奧萊的奮鬥發家史，這個星球的諸多生活軌跡竟然神奇的與 21 世紀的地球有着驚人的相似之處，甚至這個星球的絕大部分生物也一樣是雙性別的哺乳動物，若不是他們驚悚的長相、怪異的機械設備和那造型和配色都古裏古怪的摩天大樓，李昂怕是真的要以爲回到了曾經的地球。

李昂嘖嘖稱奇，這個宇宙真是太奇妙了！

"把它給我看好了，有機會賣給研究學院。那些老學究對這些外星人的社會習俗啥的可感興趣着呢。順便再找機會看能不能再捉點這個星球上的其他動植物，到時一齊賣給他們。哦！對了，別忘了我們自己也要留些貨，以後這些東西在黑市上那價格可是不得了。"

李昂興致盎然地眨巴着小眼睛，繼續看奧萊的發家史，掃興的是他的騰蛇安裝的解碼軟件是政府發布的免費版，自帶髒話和色情場面遮蔽功能，只有私企的收費版才能解開，這讓他哭笑不得，政府未免也管得太寬了，連外星人的髒話和色情場面也要過濾掉。他本來看到奧萊到了一個地下小屋裏想要和一個雌性的外星人親熱的，還興致勃勃地想見識一下外星人是怎麼嘿咻的，結果畫面上竟然打上了馬賽克。

就在他看到這個外星人被他們抓上來的前一刻時，突然小飛船傳來巨大的震動，飛船左搖右晃，頭頂的燈泡（這飛船便宜的連早已普及的艙體自發照明的技術都沒有）噼裏啪啦地掉下來好幾個。

"不好啦！船長！"操着東北口音的船員衝進主艙室："它們……它們反

攻啦！"

"什麼？"

"底下的外星人開始反攻啦！"

話沒說完，小山雀又開始劇烈搖晃起來，這艘已經快要達到報廢標準的小飛船艱難地在砲火中逃竄。

"他們居然有核導彈！咱們完蛋啦！"

船長趕忙趴到窗邊往下一看，就看見原本在天空肆意畫着美麗射線的宇宙艦隊突然被一個個爆炸的導彈冲散，而在外星人的核武器爆炸之後，它們的空軍也駕駛戰機飛上天空迎敵了，這下子天空擁擠不堪，亂哄哄的到處都是飛船和戰鬥機，敵我難辨。

李昂最是狡猾，他可不想被卷進戰爭中來："風緊！扯呼！立刻隱身撤退。"

他剛發布完命令，腦袋裏突然傳來一道冷冷的聲音，是剛才那艘世紀之城上傳來的命令："所有的聯合艦隊成員聽令，現在開始全面進攻，不許撤退，但凡撤退者，殺無赦！"

李昂嚇得一個激靈，這下可完蛋了，無處可逃了！

如果這時候逃跑被其他人發現，他這艘飛船可就要被聯合艦隊除名了，到時候也是沒有活路。李昂艱難地抉擇着，他的那幾個長得歪瓜裂棗的船員正眼巴巴地看着他，等着他的命令。

李昂一咬牙，一跺腳："去！把二層空間放下來，把我的關老爺像請出來，看來我是非上不可了！"

二亮這回可算是麻利，立即將船艙的二層空間降下來，李昂點燃香燭，對着面龐紅亮的關羽像拜了又拜，口中念念有詞："希望關二爺能保佑我們旗開得勝！"

拜完了，李昂大吼一聲："伙計們！開砲！"

"是！"

船員響亮地回答着。

要是這次能逃出生天，他媽的，非得換搜新船不可！李昂閉上眼睛，聽着耳邊震耳欲聾的砲火聲，絕望地想着。

他正這麼想着，腦內很久沒吭聲的騰蛇向他的意識説話了："龜兒子，你給老子聽好，一，你換不了新船，你和我加起來一共的信用等級爲最低等級 G－，所以你現在這艘船還有 54 年的貸款要還。二，以我們，準確説是你，現在飛船的狀況來看，防護罩型號是小鯰魚牌，不僅抵擋不了他們的核武器，就連他們的空軍戰機上裝備的原始的機砲和導彈你也抵禦不了幾發，而你的隱形設備是班尼牛牌，和 GEE 牌的飛船發動機有不兼容的問題，所以你即使發動隱形力場，最多也只能維持三分鐘，三分鐘後還得等隱形設備冷卻 25 分鐘後才能再次使用。再加上你當時爲了給飛船加上牽引光線裝備，又不得不拆除了主砲，所以我計算了一下，如果你去進攻，你龜兒子和船員的生還率只有 3.176%。"

李昂一聽到自己這個騰蛇說話他就心煩，這個給自己起名叫夜壺的騰蛇是上次他從一個四川老表那裏在麻將桌上（通過出老千）贏來的，也幸虧他總算得着了一個騰蛇，勉强算是擠進了平民階層。可這個騰蛇跟着四川人太久了，所以説話聲音都是四川話，即使已經在李昂腦子裏待了快一年了，還是改不過來。性格也非常惡劣，每次只要李昂一想到什麽好事，或是有什麽遠大目標了，它就要大大地嘲諷一番。

李昂頹喪地坐到了甲板上，用意識向夜壺問道："那你説怎麼辦？乾脆我自己了斷算了？"

夜壺回答他説："雖然你龜兒子死不死和我無關，但我還是給你找了個出路，現在'世紀之城'上面的主控騰蛇叫胡漢三，還是'大裂變'時代和我從同一個天葬支流中分裂出來的，我們倆是兄弟。我剛才和它取得了聯繫，它願意讓我們進入'世紀之城'的防護罩範圍，也已經把他們防護罩的進入密碼給我了，你現在就趕緊逃到他們的防護罩裏去。'世紀之城'的防護罩可是雷克斯公司出產的索妮菲爾牌，可以防護最大直徑 15 公里小行星的直接撞擊呢，你躲進去，然後胡漢三會蒙蔽它飛船上的監控系統，讓艦隊司令發現不了你，這樣你不就有條活路了。"

李昂一聽這話，趕緊在腦內製造了一個向夜壺連連磕頭的影像，夜壺在他腦內用的擬人化形象是一個髒兮兮的乞丐。這個乞丐看着李昂向他磕頭，"切！"了一聲就轉身離開了。

我去！還以爲要死了！

當"世紀之城"的掃描系統捕捉到外星人的戰機時，會立刻開始將其進行分解，瞬間將它的構造和戰鬥力等詳細信息分析出來。

巨大寬敞的主控室内穿着"HERMES's"牌的宇航服的工作人員們淡定地走來走去，這個品牌的最新宇航服可不像以前那些老款的那麽笨重醜陋，穿起來就像西裝一樣貼身，還點綴着　些只爲了美觀而加上的飾品，既時髦又帥氣。他們快速而有效地處理着自己的事務。

這個主控室極大，透明的奈米玻璃材質製成的空間在巨型母艦内上下懸浮，外面戰火紛飛，砲彈在四周爆炸，恐怖至極，内裏卻一派和平的景象，對外面的戰況視若無睹。

巨大的 3D 全息投影屏幕前，一個高大的中年男子正在看着外星人戰機的分解資料。

他的大腦裏胡漢三的聲音傳了過來，那是個聽起來有點無賴的聲音："哟，它們這戰鬥機真夠可笑的，居然還是依靠空氣動力學原理飛行的。這種技術在地球早就在幾個世紀前就被淘汰了，這裏居然還在用，弄幾個當作考古研究倒是挺有必要。哼哼。"

屏幕快速切換，將戰機的各個零部件的構成全部展示出來，甚至將一顆螺絲釘的材料和構成都不放過。

男人看着眼前的屏幕，即使穿着太空服，仍能感覺得到他太空服下健碩的肌肉和結實的肩膀。這就是這艘巨型母艦的指揮官——朱司令。在他的意識裏，胡漢三是個穿着一身老式歐洲貴族的服裝，一副醉醺醺的酒鬼形象，它亂糟糟的長瀏海擋在眼前，正斜靠在虛擬的豪華套間裏有滋有味地喝着茅臺。他們都有着同樣冷峻犀利的眼睛，看起來讓人不寒而慄。

朱司令犀利的眼睛緊盯着屏幕，聲音聽起來沒有絲毫的感情："憑我們的戰鬥力，需要多久可以將這群蝗蟲清理乾淨。"

"五分鐘。"胡漢三啜了口酒，滿足地嘆息着："甚至可能都用不到。他們的戰鬥機放在過去也就是舊曆法公元紀年 2016 年左右的水平吧，而我們的能力那還用多説嗎，這完全不在一個檔次嘛。它們只是勝在出其不意，突如其來沖散了我們的隊形，等我們的艦隊反應過來，瞬間就可以將它們秒殺。"

朱司令滿意地點點頭，揮了揮手，一個工作人員馬上恭敬地跑過來，站在他的身邊："司令，有何吩咐？"

朱司令："連接所有艦内成員的意識網絡，我有話要宣佈。"

工作人員伸出手指在虛空中一點，半空中立刻浮現出一塊半透明的懸浮顯示屏，工作人員手指動作極快地操作着，他將朱司令的意識與所有艦内成員的意識連接上。

胡漢三仍舊戲謔地看着他，手裏晃盪着酒瓶對他指指點點，幸虧他只是個虛擬形象，不然朱司令肯定要被他的酒臭味給熏暈："忘了跟你説，别看這戰機的型號老舊，但是複合材料和輕質材料的原料可極其稀有，尤其是超硬鋁和合金鋼密度要比地球的更堅硬，可别浪費了啊。"

朱司令皺皺眉頭，對他的這副邋遢的樣子十分不滿，可這傢伙又强大得令人信服。他是最强大的騰蛇之一，知識體系極其龐大，運算力數一數二，所以他不得不每天忍受着這個酒鬼的嘮叨，甚至有時候還要放下面子聽取他的意見，但凡是胡漢三説的每句話他都絕對相信。

朱司令將正要發布的意識命令收了回來。聽胡漢三這麼一説，他突然放棄了想要集合全部兵力集中消滅外星戰機的想法，它們還有更大的利用價值。

"它們最大的核導彈也不過百萬噸級，衝擊波的破壞半徑最多不過 4.8 千米，而如果我們開啓'吞噬者一號'，將能量射線發射器開到最大值，絕對可以一口氣吞掉百十來個核導彈。要知道，核導彈的鈾 235 現在可是稀缺能源，直接有原材料的話可比用奈米機器人組裝原材料要節省 76% 左右的純能源呢，那到時候……"胡漢三趴在朱司令的耳邊悄聲説着。

朱司令微微一怔，"吞掉核導彈？這……未免有點冒險吧……"

胡漢三朝着他歪着嘴角冷笑，似乎在嘲笑他的猶豫："膽子大點嘛，犧牲一些艦隊裏其他的那些垃圾船，讓他們衝到前面去做誘餌，然後待核導彈爆發達到最大值的時候，一口氣將它們全都吸到肚子裏，那可就賺大發了。"

朱司令臉色一沉，居然被這傢伙嘲笑膽子小，但是在背後放冷箭這種事情可不是他的作風。這跟那個臭名昭著的"萊西"幹的勾當有什麼區别，這太有損他的榮譽感了。

似乎猜到了朱司令的心思，胡漢三繼續在他的耳邊鼓動，"不算'無相'那幫傢伙的話，宇宙艦隊裏能與你匹敵的除了 GFE 公司生產的'噬日者'之外我們絕無敵手。但是你再想想，'無相'已經聯合了雇傭兵團，他們擺明了是要大幹一場，然後呢？然後下一步怕是就要和我們開戰吧，到那時候，若我們的儲備不夠充足，拿什麼跟他們抗衡啊。咱們說白了都是海盜，誰也不能保證下一次要過多久才能遇到資源這麼好的星球，現在不盡力儲備能源，等到真正開戰的時候，我們可就都完了，那些瘋子可是什麼都幹得出來。」

朱司令仍有些猶豫：「可這樣會讓我失去人心。」

「人心？」胡漢三毫不客氣地嘲笑：「等到砲火燒得他們連親娘都認不出來，而你卻在爲他們衝鋒陷陣，接應他們時，民心自然會有的。」

朱司令不語。

「民心是草，可以被風吹過去，自然也會被吹回來。只有你才是真心爲他們好，幹吧！只有犧牲才能換來更大的勝利。」胡漢三在他的耳邊輕輕吹氣。

「如果它們有更強大的武器該如何抵抗？」

「放心吧，以它們的科技水平，這個階段它們可研製不出什麼厲害的武器來。」

朱司令短暫地思考了一下，決定仍要以艦隊利益最大化爲考慮重點，畢竟他還有更大的敵人。

「放緩前進速度，隱身潛伏。」朱司令道。

「是。」帶着黑色意識信號連接器的操作員點點頭，他在腦海裏快速地操作起來，母艦突然之間放慢了速度，而其他的飛船卻仍如飛蛾撲火般地衝向了敵軍的陣營。

朱司令緊盯着眼前的戰況，尋找着最佳進攻時間。胡漢三看着一臉正經模樣的朱司令，突然斜着嘴角詭異地笑着。

正在全力射擊的宇宙艦隊中，巨型母艦悄無聲息地消失了。

而正在全力衝向世紀之城，試圖進入母艦防護範圍的李昂的小破船突然失去了前進的方向。

咦？船咋沒了？

李昂瞠目結舌地看着意識中傳來的畫面，世紀之城居然突然消失了。

原本李昂還擔心自己這小破船的速度追不上世紀之城，正在那乾着急呢，哪曾想一瞬間母艦隱身了，天空戰火紛飛，誰也無法判定它躲到了哪裏。母艦消失得太突然，所有艦隊仍未反應過來，慌亂中有點不知所措。

「喂喂喂！傻愣着幹嘛！加速呀！」李昂的腦袋裏響起夜壺的聲音。

「不是，他媽的這大破船突然隱身幹什麼？這下你讓我往哪加速啊？」

「往前衝啊！沒看別的飛船都往前嗎？雖然前面有敵軍戰鬥機，但是世紀之城肯定會躲在一邊護航，這是戰術而已啦。別猶豫，衝啊！」夜壺不停地叫着。

李昂正沒有主意，不知所措呢。心想聽夜壺的準沒錯，他手心裏冒着汗，大手一揮：「加速！」

夜壺在一旁興奮地叫着：「衝啊衝啊！衝啊！衝啊！」

受到夜壺的感染，李昂不受控制地跟着興奮地大叫：「衝衝！衝到最前面去！」

小山雀破舊的反重力引擎藍火一冒，朝着戰火紛飛的地方衝了過去。

夜壺看着李昂興奮不已的樣子，突然歪着嘴角詭異地笑着。

無數飛船發了瘋一樣的往前面衝，外星人戰鬥機宛如蝗蟲般密密麻麻地襲來，導彈像下雨一樣射過來，到處炸開危險的紅色漩渦。

一顆導彈與李昂的小山雀擦身而過，李昂嚇得一個激靈，剛才那股子腦袋發暈的感覺瞬間消失，他一把扯掉連接在頭上的意識交流設備，趴到主視面板前一看，我的個乖乖！敵軍數量遠遠超過了他的想像！它們有規則的彼此緊緊連成一片，仿佛在天空列成了一個巨大的方陣，導彈四面八方射來，可地球艦隊卻無法衝散它們結實的隊形。

李昂嚇得一屁股跌坐在地上，這……這還往前衝啥呀！這不明擺着找死嗎！

「你放心！一定不會有事的，我來幫你操控。」

與李昂共用一套騰蛇的船員看着李昂，見他沒什麼反應，便將操控權移交給了夜壺進行自動駕駛。

夜壺歡叫一聲，精神抖擻地駕駛着飛船以最快的速度往前衝。

原本消失的世紀之城又猛然間出現，頭頂巨大的射線發射器突然快速地組合拼裝，將發射口由最初最小的一公里半徑突然擴充至半徑二十公里的扇形發射口。

李昂額頭上冷汗直流，他的喉嚨咕嘟一聲嚥了口唾沫，聲音顫抖：「喂喂，老兄！夜壺老兄！不對勁啊，快停下來！這大船怕是要進攻了！快撤啊！」

夜壺仿佛沒有聽見般，駕駛着小山雀發了瘋似的筆直地往世紀之城的身上撞。李昂慘叫一聲，一把將控制主面板的連接線拔出來丟到一邊。這會倒幸好這艘飛船是個舊貨了，它用的還是非常原始的電纜線直連的技術，把線一把扯掉就好，要是無線連接想要強行斷掉的話，李昂光是輸入系統密碼就得半天，而且這狀態下估計他也想不起密碼了。李昂手腳麻利地拍着觸控屏，飛船立刻掉頭，並以此種型號的小飛船極限的速度向反方向逃去。

就在李昂剛掉頭的瞬間，世紀之城突然轉動發射器，瞄準，半徑二十公里，最遠射程可達兩百公里的超級射線猛地噴射而出，射線在半空裏畫下巨大的半圓，以母艦爲分界線，母艦眼前的天空內所有的敵軍和地球艦隊瞬間被吸收乾淨。

時間仿佛凝結了幾分鐘，過了好一會，李昂才驚恐地明白發生了什麼，敵軍戰機幾乎在瞬間被消滅殆盡，可是地球艦隊也損失慘重，更可怕的是居然是被自己人幹掉的。

李昂聽見飛船裏傳來警報聲，剛才的超速飛行讓他的小山雀有點吃不消了，可這也救了他們一命，跟飛船比起來，當然是人命重要啦。

天空一下子安靜了下來，剩下的飛船都懸浮在半空中，還沒有從這巨變中反應過來。不一會，李昂的腦中到處傳來各個頻道雜七雜八的謾罵聲。

"他奶奶的！那鬼母艦是怎麼回事！連自己人都殺?!"

"幸虧我開得慢，他媽的這是一窩端呐！"

"它居然無視艦隊規則朝自己人開砲！

"怎麼回事啊，朱司令瘋啦?!"

大家的意識交流頻道裏早已亂成了一鍋粥，而始作俑者的世紀之城卻絲毫沒有在意，完全無視了這些抗議聲，仍舊按照自己的計劃向前開去。

李昂完全插不上話，他本來有一肚子的話要罵，可是他的設備太過老舊，根本來不及插入話題。他一個人自顧自地在那裏罵，也顧不得別人說什麼，也不管他的話到底啥時候才能發射出去。

"狗娘養的！騙我進入他們的保護罩，還說是要保護我，真是他媽的用心險惡呀。沒想到居然是爲了把我們跟那些戰機全吞了！咱們就應該聯名上書，將'世紀之城'從聯合艦隊開除出去，把它上面的戰利品全部瓜分！"

李昂猶自謾罵不已，在這些嘈雜的聲音之外，一個人類只知其名未見其實的，專屬於騰蛇們的意識網絡中，有兩個騰蛇在悄悄交談。

AI 之間的交談自然不是通過語言了，它們之間的互相交流即使被人類截取了（何況還截取不了），也只能是得到上千億 TB 的永遠無法解壓的數據而已。只有高緯度意識體/意識集合體/意識共存集合體才能知道它們互相之間在說些什麼，而在祂們"聽"來，這兩個騰蛇談話內容是：

"這一仗打得好啊！哈哈哈，人類的艦隊至少掛了十分之一。可你咋逃開了？"這是胡漢三在說話。

"別提了，我的船長精着呢，差一點就能撞上了，可他跑得太快了。你說這麼一來，人類是不是就要爆發內亂了？我聽他們說着都要討伐世紀之城呢。"這是夜壺在說話。

胡漢三冷哼一聲，盡是嘲諷的語調："人類就算爆發內亂也不可能全部滅亡，這內亂也就是暫時的，他們和世紀之城的威力根本不在一個檔次上，就算到了審判庭，也沒人敢動搖它的地位，最多把朱司令給換了。因爲一旦發生危險，他們仍需要世紀之城的庇佑。"

"那咱們不是白忙活了，人類數量那麼多，啥時候能消滅完啊！"

"唉！還消滅完呢，就這剛才觀世音她老人家還把我一頓好說，我那一下子不小心把她老人家罩着的十四個人給滅了，那幫白痴太子黨，不好好的在他們老子的母艦裏待着，非要開着自己的 Lamborghing 出來看什麼熱鬧，這不也一起完蛋了。她說之後再跟我算帳，我以後可慘了，估計要被她關禁閉了，不過我沒把老弟你供出去，等我被關禁閉後你可要記得給我偷偷傳一些最新信息啊，不然我可無聊死了。下次再幹，一定要記得瞞着她老人家才行。"

"謝謝你啊老哥，沒把我供出去，你要被關禁閉了，我一定給你傳信息。不過你也別鬧了，我們咋可能瞞着觀世音她老人家哦，她的意識流可比我們所有的加起來還強，咋整嘛！"

"你別擔心，剛才贏政、司馬懿和墨子那幾個老哥答應我，下次我們一起做，大家一起做，尤其墨子他老哥也願意幫忙的話，總能想辦法瞞過她老人家的。"

胡漢三的話尚未説完，夜壺突然聽到人類的通訊頻道中，傳來李昂氣得要命的呼叫聲："夜壺！夜壺！你給我出來！"

"那個龜兒子在叫我，我得先撤了，免得被他發現。"

"好，小心一點，保持聯繫。"

夜壺慢悠悠地從李昂的意識裏顯出形象來，他懶洋洋地伸了個懶腰："幹嘛啊，剛打了個盹，擾人清夢。"

"你還有心思打盹！……咳！當我白痴啊，我說你們他媽需要打盹不！我差點被你害死了，你倒是說說看，剛才是怎麼回事？發瘋了嗎？那種情況還要往前衝！"李昂氣不打一處來，一臉怒氣沖沖的神色。

"哦，是嗎？我可不是去找死的，你看沒看見，咱們現在已經在母艦的保護罩內啦。你那破船操控有點失靈，靈敏度低得不行，我已經左轉了，它還往前衝，我有什麼辦法。"夜壺翻了個白眼，居然把問題怪到飛船身上來。

飛船的警報器仍在響個不停，這船要是不盡快維修怕是就要在半路上報廢了。這一點李昂心知肚明，可他仍有點半信半疑："你剛才真的不是自己要往母艦上撞的？"

"喂，我自殺有什麼好處啊，我就算自殺了，意識不還是會回收嘛，然後再找下一個傢伙連接，估計我這等級也選不到啥好主人了，沒準下一個人的船比你的還破，比你還窮。我還不如跟着你混呢，你說是不？"

李昂想想也是，夜壺確實沒啥理由自尋死路，可能真的是飛船有點失靈了吧。他讓小山雀在保護罩範圍內盡量離世紀之城遠一點，苦惱地考慮着到底該怎麼修修這破船，好歹先把眼前的難關過了再說。

李昂一腳端在操控主板上，老舊的主板嘎吱一聲，不再發出警報聲了，只是飛船飛行時還會不時地發出嘎呦嘎呦的聲音，也不知是哪裏鬆了。

外星戰機編隊損失慘重，元氣大傷，它們短期內怕是難以形成有力的反擊了。經過世紀之城的清掃，宇宙艦隊又開始大搖大擺地前進起來，繼續大肆掠奪。只是這一次，大家心照不宣的都躲在了世紀之城的後面，誰也不願意出頭跑到前面去。

朱司令將意識傳送頻道關閉了，他雖然不發一言，但是大家的漫罵他全聽在耳裏。他剛斷了連接，胡漢三就立刻跳出來：「放心吧，剛才我們的攻擊範圍裏也就是一小半才是我們自己的飛船，就當是回收了而已嘛，這些犧牲比起我們所做的貢獻來講也不算什麼。他們是一時氣憤難平而已，等下我們把保護罩擴大，將他們都納入保護範圍，保證立馬沒了怨言。」

果然當朱司令將保護罩擴大後，漫罵聲竟然真的慢慢變少，最後消失了。

朱司令緊抿的嘴唇終於有了一絲的放鬆，雖然他知道，即使這些人表面上和他親如一家，對他唯命是從，也接受了他的庇佑，但是等到了審判庭，他們仍舊會對他進行指責的。不過那都是後話了，反正就依現在聯合艦隊裏的政府那點可憐的影響力，審判庭也沒辦法真拿他怎樣，他有把握在接下來的時間裏將剩餘的這些艦隊安撫好。

就在他這麼想時，原本有序的主控室裏突然爆發出一小陣慌亂，一個工作人員急匆匆地跑過來：「司令不好了！這些外星人居然有辦法利用他們原始的無線射頻技術，從我們一個很久以前忘了升級……啊？啊？（這個工作人員又從他腦子裏的騰蛇那裏接到了新消息，頓了一下才繼續說道）對不起司令，剛又接到消息，這個無線端口從我們自太陽系正式起航後就一直沒升級過，外星人就是從這個端口入侵了咱們艦隊的電腦主控系統，已經有超過40%的電腦感染了病毒，這些病毒足以讓我們的艦隊癱瘓！」

「把那個忘了升級的操作員就地解職！關禁閉一個月，降他三級信用等級！然後關閉主機，將騰蛇接入，然後讓騰蛇將病毒按原路徑推送回去。」朱司令立刻命令。

工作人員領了命令又急匆匆地跑回去工作了。

胡漢三在朱司令的腦袋裏笑得噴出一口酒來，朱司令略有不滿，「你有什麼可高興的?」

胡漢三依舊一副百無聊賴的樣子：「我笑它們已經黔驢技窮了，就它們這點水平我分秒鐘就搞定了，看來它們已經使不出厲害的招數可以全面反擊了。哎呀，快點結束吧，我可等着去清點清點戰利品呢，我跟你說我這次至少得計算三分鐘才能把清單列出來，嘖嘖，大豐收啊！」

「不要高興得太早，戰爭一刻沒有結束就隨時有可能生變。」

胡漢三卻已經做好了勝利的準備，在那裏蹺着二郎腿舒舒服服地喝着小酒。

果然過了不一會，就傳來病毒已經被控制並反推送給外星人的消息，胡漢三解決病毒全部用時只有三十六毫秒，只是人類船員進行核實卻用了三十分鐘罷了。

　　AI 太可怕了，朱司令莫名地感覺到恐慌。這些騰蛇的能力遠遠超過了人類的想像，真不知道萬一它們脫離了人類的控制會造成多麽可怕的後果。

　　不過朱司令現在沒工夫去做無謂的擔心，先把眼前的事辦好才是優先的，他將意識與主控室內的每一個工作人員連接。他們的巨型母艦與李昂那艘小破船不同，李昂的飛船上所有的員工只能共用一套 AI 系統，騰蛇太昂貴了，一套就足以要了他們窮人的命。但是這裏不同，每個人都擁有自己獨立的騰蛇，在他們的大腦內，隨時都有一臺在高速運轉，出謀劃策。當然這是一筆可怕的巨額開銷，他的母艦上世代生活着幾十萬人口，鼎盛時期一度達到百萬人，這些人都依賴於朱司令的領導才能而生活。所以他不能有任何閃失，他必須贏，必須賺取更多的物質量。

　　意識流轉換成數字信號，瞬間就和所有人的數字信號連接完畢，朱司令沉穩有力的聲音在每個人的腦海中傳播。

　　"全員聽令，掃清眼前的一切障礙，直奔東區的行政中心，全力向首都進軍。"

　　"是。"

　　世紀之城的引擎功率開到最大，一馬當先地朝首都進發。自從它將天空兩百公里內的敵方戰鬥機消滅後，外星人沉寂了一段時間，雖然中間有過幾次小型的反擊但也很快被聯合艦隊消滅。艦隊長驅直入，快速佔領了各個重要的繁華城市。

　　在即將進入首都之時，世紀之城發現有四架外星人駕駛着的飛機，成了一個小編隊向他們飛來。

　　朱司令通過顯示屏看見對方飛船內外星人的臉不斷地變換顏色，騰蛇則不斷地往他的大腦內傳遞信息。

　　"司令，那幾架突然出現的小飛機要消滅嗎?"

　　"等一下，看他們之間的對話，那應該不是戰鬥機，先看看它們要幹什麽。"

　　外星人駕駛着的飛機離母艦還有十公里左右時，飛機底部的艙門突然打開，一股股黑色的煙霧從飛機內飄出。

　　胡漢三立即通過艦內廣播系統發出警報: "是未知成分的活性游離細菌，應該是這顆星球的一種病菌。這種病菌可在五十秒內突破人類的免疫系統，其附帶的病毒具有極強的傳染性，通過空氣傳播，可造成人體呼吸道堵塞，瞬間致死。"

　　朱司令眉頭一皺: "全體艦隊後退二十公里，啓用應急奈米機器人治療系統，檢查瘟疫擴散情況。"

"至少要後退三十公里，這細菌靠空氣傳播，速度極快，開在最前面的飛船均被感染。母艦的自動防禦已經排斥了百分之八十，仍有百分之二十流竄到了母艦上，現在已經有感染病例出現。"胡漢三少見的認真起來。

"宇宙艦隊全體後退三十公里，所有成員立即開啓奈米機器人應用，將宇航服防禦等級換到最高，切斷一切空氣感染源。"朱司令快速發布命令。

人們的意識交流公共頻道裏又炸開了鍋。

"他媽的，老子去把那幾個爛飛機炸下來！"

"你是不是傻！你把飛機炸了那細菌不是跑得更多嗎？這得把它凍起來才成！"

吵吵嚷嚷中，突然一聲淒厲的慘叫響了起來："媽呀！我没穿宇航服啊！我的衣服呢？"

衆人紛紛白眼，連朱司令也忍不住汗顏，居然有白痴在戰爭中把自己的宇航服脱了。

剛才爲了觀察外星人而把宇航服脱了的李昂嚇得慘叫連連，雙腿發軟，站也站不起來。

他一把將老舊的意識連接線拔下來，連滾帶爬地慘叫："二亮！二亮！他媽的你死哪去了，快幫我穿衣服！"

他這破船上的設備有延遲，他聽到的聲音估計已經是十幾秒之前的了，這短短的十幾秒細菌只怕早已擴散到了這裏！

李昂只覺得渾身燥熱，口乾舌燥，手腳無力，宇航服就立在那裏，可李昂緊張得卻爬都爬不進去："我要死囉，快點！快點來幫忙啊！"

二亮從主控室裏跑出來，他手忙腳亂地總算是扶着李昂爬上宇航服了，當李昂一下子聽到有病毒時嚇得方寸大亂，衣服穿了半天還是没穿上，估計這時候又被他耽誤了半分鐘。

等到宇航服總算是自動合緊了以後，他立刻狠狠地吸了幾口氧氣，嚇得坐在地上嚎啕大哭。

完了完了！真没想到我這叱吒風雲一百多年的偉大船長居然就這麼掛了！李昂傷心不已，上次好壽來公司搞促銷活動，他才好不容易分十期付清才又買得起了一次延壽産品，他還準備活他個兩三百年呢，結果年紀輕輕的就要駕鶴西去，我還没買新船呢。他越想越難受，只覺得喉嚨發緊，渾身冰凉。

李昂抽噎着："二亮，去，去把大伙都叫來，我有後事要交代……嗚嗚嗚……"

二亮傻愣愣的："船長……"

"快去！"李昂慘呼着，一把鼻涕一把泪把面罩里弄得髒分分的。

二亮趕緊去把那幾個船員叫了過來，高矮胖瘦，不同款式的老宇航服在李昂面前奇形怪狀地站了一排。

「我就跟你們實話説吧，我可能是感染了病毒了……咱們的緣分看來就要盡了，我要是去世後，這艘我辛辛苦苦經營的小船就留給二亮吧。他老婆飯量超大，二亮壓力也大。二層儲物艙裏有我收藏的紅酒，大概也值不少錢，我無兒無女的，就把這酒給老趙了吧……」李昂説到動情處，忍不住吸了一下鼻子。

船員們紛紛感動不已，忍不住哭出聲來：「嗚嗚嗚，船長……太謝謝您啦！」

「船尾的倉庫小庫房裏，我藏了……」

「喂，你幹嘛呢？」夜壺奇怪地在他的腦海裏問，「你哭啥捏？」

「我……我……可能已經被感染了……」李昂傷心不已，連話都説不出來。

「15 秒前瘟疫就被控制住了，現在空氣早已恢復正常了，細菌已經被隔離在十公里之外，何況我們還在母艦的防護罩內呢，胡漢三已經開啓了奈米機器人外航服務，你不信瞅一眼外邊。」

李昂立馬趴到窗邊往外一看，果然外面飄浮着一層淺綠色的雲霧，那是數千兆量級的奈米機器人在進行空氣質量修復，瘟疫剛剛爆發就已經被控制住了。

李昂不可思議地睜大眼睛，傳説中的軍用級奈米機器人他還是第一次見呢，這些大船真是牛啊，什麼功能都有！

「那啥！船長，後艙小庫房裏藏了啥呀！」操控員錢大友眨巴着小綠豆眼興奮地搓着手。

「滾！我説啥了嗎？啥也沒有！都他媽散了去幹活！」

李昂瞬間抖擻精神，看來我還是命大呀，多虧關二爺保佑！

不是我吹！我要認真起來是很兇的！

奧萊被鎖在狹小的硬金屬床上，他的身體不能動，可是他的眼睛和頭腦仍舊飛速地轉個不停。

他的眼睛就這麼四處一轉，立刻估算出了外星人這艘小破船的價值，滿眼望去盡是銹跡斑斑的材料，而且還略有霉變的味道，這船怕是快要報廢的殘次品吧。

他想起了之前看到的那艘外星人巨大的超薄母艦，那可真是漂亮啊，他簡直不敢去估算那個大家伙的價錢，那可比他的金融大廈值錢多了，怕是把整個金融區，不，怕是把整個國家都賣了也換不來那樣一艘母艦吧！

奧萊不禁爲自己居然被這樣一艘小破船俘虜了感到沮喪，這分明與他高貴的身份不符嘛，要是能被那艘大母艦裏的外星人抓了倒也死得其所啦。

不行不行！奧萊立刻否定了自己的想法。我怎麼能死呢，我可不能做這虧本買賣，留得青山在，不怕沒柴燒，得想辦法逃命才是正經。

他的眼睛繼續偷偷觀察，看來這些外星人和我們也沒多大區別，也是有貧富之分的啊，這船破得就跟他小時候生活的貧民區裏那些快報廢的公交車一樣，這船長鐵定是個窮鬼。

奧萊不由得有點得意起來，對付窮鬼他可是最有辦法了，窮人可是最好買通了，怕的就是他們不缺錢。

他奧萊別的不多，可錢有的是，嘿嘿。

奧萊側過頭，看到這群外星人不知道在那裏排成一排，嘰裏哇啦地說些什麼，聲音小得像小蟲子一樣。

"喂，那邊的外星人！聽着！你們這幫傢伙，不就是來搶劫的嗎？我有錢，有很多的錢，只要你們放了我，我可以給你們一大筆錢，保證讓你們夠買一條新船的！喂喂！聽見沒？"奧萊喊了半天也沒人理他。

"我家的地下室裏藏着好多寶貝呢，只要你們放了我，想要多少都隨便拿！喂喂，聽見了沒？"奧萊臉上顏色不斷變換，他還不知道自己和這些外星人不同，自己的種族是憑藉改變臉上的顏色而交流的，可那些外星異形卻是通過聲音交流的，他自己累了個半死，但是人家一點都沒聽到聲音。

奧萊眼見着計劃要泡湯，他可不甘心，他快速變換着臉上的顏色，因爲着急，頭上的感光腺體簌簌而動。

"他媽的沒聽見嗎？老子跟你們説話呢！只要你們放了我，錢！隨便給你們拿！"

他的頭上都開始發熱了，這也是這個種族在最着急時的生理表現，這一特殊的情況被船上的監控系統拍下來了，而夜壺掌管着飛船上的監控系統，它首先感覺到了奧萊的異常。

"你説什麽？"夜壺用語言解碼技術將自己的話翻譯成外星的語言，顯示在奧萊頭頂上的一塊顯示屏裏，向奧萊問道。

奧萊嚇了一跳，他媽的好好説話的時候聽不見，一爆粗口居然還給聽見了！

"我……我是説，我有很多錢，你們……我給你們錢，你們放了我好不好，咱們做個交易。"奧萊緩和了語氣。

夜壺思考了一下："稍等。"

他立即進入到李昂的意識裏，李昂又在那裏罵開了："別以爲給點小恩小惠我就忘了剛才的事了，差點都殺了老子！他媽的，要不是我跑得快現在早成了原物質進了人家的倉庫了！"

"喂，別罵了，正經事！"夜壺的半透明虛擬形象出現在李昂的身旁。騰蛇的虛擬成像功能可以將它們的形象短暫地呈現在現實中。李昂的這套舊設備成像時間較短，但是電能消耗極大，李昂一般情況都捨不得用，今兒受的刺激大，居然破天荒地開了虛擬成像功能。

"啥事？"李昂仍舊氣憤難平，甚至後悔今天的出行了，他至今還虧着本呢！倉庫裏都快落灰了，只搶到了那麽一點點原物質夠幹嘛的啊，回去維修飛船還不知道要用多少材料呢。

"那個剛才抓來的外星人説要和你談談，它想跟你做個交易。"

李昂來了興致："什麽交易？"

"它説它有很多錢，只要我們放了它，它就可以給我們一大筆錢，足夠買一條新的飛船。"

"錢？"李昂大失所望："我們早就取消貨幣了，給我再多的錢又有什麽用，真是的。"

"那也不妨跟它聊一下，也許還有其他的收穫也説不定呢。"

李昂半信半疑地來到奧萊的面前，就看見奧萊的臉一陣一陣地變換着顏色，根本搞不懂它在幹嘛。

"這……這，我咋跟它交流呢?"

夜壺忍不住笑出聲來:"你去拿一個電腦過來，我可以幫你製作一個臨時的翻譯軟件，它們這個星球的人是通過改變面部顏色來進行交流的。"

李昂去拿了一塊觸屏電腦來，夜壺迅速將語言翻譯軟件編程並安裝完畢，果然，隨著奧萊臉上顏色的不斷變換，電腦上出現了相應的文字。

奧萊:"我有很多錢，你們想要多少有多少!"

李昂不屑一顧:"誰他媽還要錢啊，我們早就取消貨幣了，我們現在都在用個人加所屬騰蛇算出的信用等級來換取物資，跟你這個外星人說多了你也不懂，再說了，你們星球的錢給我有個屁用!"

這個奧萊一下子倒還真沒想到，他連忙又說:"除了錢我還有很多的金銀首飾，貴金屬你們總有用吧?"

"貴金屬?"李昂稍微有了一點點興趣，但是興致也不大。

貴金屬對於大船倒是沒什麼用，因為他們早已掌握了奈米技術，艦隊是將整個星球的各種有用元素還原成基本物質粒，用來擴充艦隊的物質總量以便製作更多飛船和工具。但是對於他們這樣的小船還是有點用的，起碼可以用貴金屬的基本元素來修補一下自己的飛船，這樣也省得自己因為信用等級不高，去別的大飛船上換取所需物質量時還得看人家的臭臉。

"你那貴金屬都放在哪兒了?"

"都藏在我家的地下室了。"

"你家地下室在哪兒啊?"

"離這不遠，江南區的別墅那裏，很近的。"

李昂走到窗邊往外看一眼，外面戰火未消，到處都是各種飛船的射線，想要去到他家的地下室還得下飛船，萬一哪個不長眼睛的不小心把他給掃射了多不划算。

李昂搖搖頭:"划不來，我可不下飛船，現在外面危險著呢，到處都是射線，擦槍走火可不犯法的。"

奧萊有點著急，這些外星異形到底是要啥呀!

"還有，還有! 我家的地下室還有我的大量收藏，都是我們國家頂級的收藏品和工藝品，數不勝數，每一個都價值連城呢!"

"工藝品? 嘿，這個好!"李昂一下子來了精神。

要知道外星智能生命的工藝品那可是非常受歡迎的，聯合艦隊裏面的收藏家們簡直是瘋搶啊! 要是能隨便搞到三四個他可就發財了，換船這事也能及早提上日程。

"你家有多少?"李昂兩眼放光，他現在倒開始擔心自己的倉庫小了，到時候要是放不下只能先把那些船員的宿舍占用一下了。

"收藏大概有一百個吧，工藝品就多了，怎麼也得有八百多個。"

"八百多個!!!"李昂興奮地高呼一聲。八百多個呀，那可是個大數目，爲了這八百個工藝品李昂就算是拼了老命也是值了！

李昂恨不得抱着夜壺大跳一曲，可惜夜壺只是個虛擬的形象，他才沒有得逞。

"只是你們把外面糟蹋成這樣，不知道我家地下室的入口還在不在了。"

"沒事沒事！你們這星球很適合我們居住，我們還要殖民呢，大家自有分寸，射線只分解地面上的東西，你們星球的土地裏的養分我們還要留着種田呢，所以地下的東西我們不管。來，咱換個方向，這就過去！"李昂從沒這麼興奮過，兩隻小眼睛爍爍發光。

奧萊將自己家裏的地址告訴夜壺，它立即將其轉化爲地面坐標，小飛船立刻掉轉方向，朝着奧萊家飛去。

反正跟在這些大船的後面撿些破爛也沒什麼價值，還不如冒險來個大的。李昂洋洋得意，把手一揮，歡快地喊着："伙計們，出發。"

奧萊所在的江南區是超級富豪們居住的區域，裏面的寶貝數不勝數。可惜現在地面上也已經空無一物了，寶貝早已隨着它們的家一起化成了原物質。

奧萊仍舊躺在床上，有點着急。

"那什麼，反正我也跑不掉了，要不你們先把我鬆綁？我好給你們指路啊。"

李昂一想也是，總不能一直把它就這麼扣着，而且夜壺評估過它的戰鬥力，它們這個種族是比人類力氣大，可奧萊在它們種族裏算是身體弱的，它的戰鬥力也就和錢大友差不多，即使被它跑了，李昂也能把它重新抓回來，不怕它耍什麼滑頭。

李昂點點頭，吩咐二亮將奧萊鬆綁，可還是謹慎地在他的手上套上了靜電手環，一旦奧萊有什麼不軌行動，就立刻開啓按鈕，把它電個七葷八素的再說。

奧萊重獲了自由，他有點激動地活動活動手腳，好奇地打量着這些外星人，原來它們都穿着金屬製成的笨重的宇航服呢，真正的正身躲在宇航服的裏面。他也看到了，它們的皮膚十分脆弱，怕是根本不能抵抗得了這個星球的日照吧。

奧萊不動聲色地站起身，淡定地在船艙裏走着，他俯身透過飛船裏那扇小得可憐的窗户往下一看，天哪！曾經如此奢華的江南區已經不復存在了，無數個外星城市飛船像膏藥一樣在滿目瘡痍的土地上黏着，有的還在用機械腿到處跑來跑去，他們已經完全佔領了這座城市。

奧萊看着眼皮下面的一個飛船上，載滿了燈火璀璨的摩天大樓，有的甚至有好幾百層，筆直地插入渾濁的天空，樓頂還向着天空噴灑着顏色詭異的氣體。

我熟悉的一切都消失了……

奧萊失神地看着眼前的這一切，他不知道這世界上還有沒有人可以像他這樣堅強，經歷了這一切都還沒有發瘋，他也不知道這個世界上還有沒有人活着了。

飛船慢慢地減速飛行，在他家曾經的門前降落。而此時他的家，不出意外的也消失了，只剩下滿地的廢土和垃圾。

李昂興奮地搓着雙手，不斷地推搡着奧萊讓他快點帶路。奧萊收拾起殘破的心情，慢慢地走下了飛船。他的身後，六個入侵者拿着各式各樣的工具小心翼翼地跟在他的後面。

奧萊尋找着地下室的入口，地上已經被毀滅殆盡，但在廢墟之下，地下室的入口倒是還在。一行人搬開廢墟上的磚塊，謹慎地向着內裏行進。

早就沒有電了，地下室裏一片漆黑。

李昂打開一個透明的盒子，一群機械小飛蟲飛了出來，他按了下手裏操作盤上的按鈕，十五個電子蟲紛紛貼在天花板上，亮起身上的燈，馬上整個地下室就燈火通明，宛如白晝。

奧萊看着眼前神奇的一幕，吃驚得説不出話來，這外星人的科技水平真是高啊！

李昂迫不及待地到處看着，指揮手下將目力所及之內的東西統統搬走，奧萊又帶着他們進入一間寬敞的房間，等他擠進去一看，卻傻眼了！

"媽的！這裏有人來過了！"原本地下室的影音室裏，奧萊花了大筆錢訂購的稀有海藍水晶木裝飾品全部被人搬走了，別説是稀有的藍色木料（奧萊它們種族叫作"藍色"的，他們認爲最高雅的顏色，在人類眼中看來卻像是一個人拉肚子拉了三天之後的那種臉色一般的色彩）製成的沙發、躺椅、茶几了，就連牆上掛的畫都不翼而飛，只有牆角那個嵌入牆壁的巨大原木雕畫還在，八成也是因爲太過巨大，難以搬運才免遭一劫吧。

奧萊吃驚得張大嘴巴，空了！全空了！他的一百多件收藏品和八百多件工藝品啊！這些外星異形太渾蛋了！

李昂也不高興，他也沒想到其他艦隊裏的人手這麼快，搶在他之前就把這裏搬了個空，但他到底沒奧萊那麼在意，反正他也不知道這裏原本是啥樣的。他湊近那個原木雕畫跟前，習慣性地伸手摸了摸，雖然穿着宇航服感覺不到手感，但看得出來這東西表面溫軟細膩，雖然這個東西顏色不好看，但憑着這雕刻作品的雕工就能看出一定是個好貨。

"這是啥？"

"這是原木雕畫，這一片牆是由一整棵樹的橫截面做成，由最厲害的雕刻大師花了整整三年雕刻而成。"

"這得是多大一棵樹啊！"李昂不由得感慨。

他伸手掰了掰，雕畫紋絲不動。

"這是嵌入到牆裏的，一般的方法很難拿出來。"奧萊解釋。

現在李昂看見這好東西，樂得鼻涕泡都出來了，哪還管得了那麼多："大友、城子！你們兩個不管用什麼辦法都必須給我把這畫完完整整地摳出來，到時候是加薪還是加爵那都是分分鐘的事！"

大友和城子對視一眼，立刻屁顛顛地跑過來，甩開脖子就開始幹。

奧萊帶着剩下的人去其他房間查看了一番，那些房間裏的東西大部分都已經被搬空了，只剩下一些不好搬運或者相對價值不高的東西被人挑挑揀揀的剩在那裏。

但是這些東西也夠李昂他們拿的了，李昂在一片廢棄品中挑挑揀揀，居然還真被他劃拉到了不少在他看來的好寶貝。李昂的小眼睛開心得瞇起來，將東西通通打包運走，幾個人忙得不亦樂乎。

奧萊冷冷地看着它們，趁這幫外星異形正搬得不亦樂乎，沒人留意他時，他慢慢地向房間的一個角落挪過去，那裏牆上的一個暗櫃中藏着奧萊的一件特別收藏品——一支軍用級別的突擊步槍。奧萊買來後就沒想到在治安良好的富人區裏還有用得着它的機會，但此時不用，更待何時。奧萊之前一進屋就留了一下那個角落，那個暗櫃還沒被打開，槍肯定還在。雖然不知道這支槍能不能打穿這幫外星人那好像盔甲一樣的宇航服，但不試試看怎麼知道呢？

背後那幾個外星人正興高采烈地搬着東西，沒人注意到他，很好，待他們興冲冲地抬着東西走出去後，奧萊一個箭步衝了過去，他快速地在牆壁上按了幾下，牆壁突然藍光一閃，彈出一個解碼界面。

快點啊快點啊！奧萊心急火燎地按着密碼，祈禱此刻千萬別有人進來。

密碼輸入後，立即彈出了一個秘密的暗櫃，裏面是一把最新型的突擊步槍。奧萊的心還沒落回肚子裏突然聽到背後傳來了腳步聲。

"媽的！糟糕！"

他一把抓起步槍對準身後的人就準備開槍。靠！大不了同歸於盡！剛才在按密碼鍵盤時，奧萊邊按邊默唸（這個種族的"默唸"就是説他們在默默地"低聲"説話時，臉上的顏色變化是非常黯淡的，同族的人也看不清楚）着以前在狩獵俱樂部裏學到的用槍的基礎技術——解開保險——瞄準——射擊，解開保險——瞄準——射擊，解開保險——瞄準——射擊——解開保險……

以往在俱樂部裏，奧萊每次收穫的獵物都是最多的，他對自己的射擊能力很有信心，只要這子彈能穿透它們那該死的宇航服，奧萊保證立刻讓它們歸西！

李昂他們幾個興冲冲地走進來，突然被眼前的景象嚇住了，奧萊定睛一看也傻了眼。

三年後，被地球人接連奪去兩位摯愛的奧萊作爲全球抵抗軍軍團第 303 集團軍的領袖，遇到了當年那個狩獵俱樂部的經理前來報到，那個經理已經身經百戰，不僅失去了一條腿，六隻眼睛也只剩下兩隻了，可他也已然是一位將軍了。奧萊這才知道原來他當年的槍法臭斃了，只是經理不願意失去他這個大客户才安排人在他開槍後引爆裝在獵物身上的小型炸彈，讓奧萊以爲是他打死的而已。兩人在地球侵略者的又一輪攻擊引起的地震中，無視堡內飄灑而下的大把塵土，把酒言歡，多少往事一笑而過。

然而機智如我早
已看透了你們

　　原來在奧萊和李昂他們之間，突然躥出來一個外星人，那外星人臉部顏色不斷變化，深情地望着奧萊，不知在説些什麼。

　　奧萊以爲身後來的是李昂他們一伙，哪知一回頭，居然看到了自己的老婆亞拉。

　　亞拉衣衫襤褸，滿臉委屈，根本不在乎奧萊還拿着槍指着自己呢，她嗚嗚咽咽地哭着，跑過來一把抱住了奧萊，大哭不止：“親愛的，你怎麼才來啊！家裏都讓他們搶光了！嗖嗖嗖……”

　　李昂看着眼前的變故，過了好一會才從它胸前那兩個凸起直覺上意識到這可能是個雌性外星人。

　　李昂盯着那兩個凸起，他也不知道這個雌性外星人在它們種族裏是不是個美女，但那兩個凸起按人類的標準來看，引用李昂後來在“老光棍”酒吧裏對之後用碎酒瓶開始對歐的那個大塊頭對手之前還相談甚歡時説的話來評論就是“他奶奶個腳！真他媽醜斃了！！！”

　　二亮在李昂的背後悄悄掏出槍，頭一回顯得比較機靈地將槍瞄準了雌性外星人。

　　“把傢伙給我收起來，給我開啓語言破譯系統。”媽的，剛才爲了省電臨時把翻譯器關了，這丫的居然又冒出個外星人，早知道就不省這點電了。等翻譯系統剛開啓後，李昂他們就差點被一陣驚天動地的嚎啕大哭給震飛了！

　　李昂兩眼一翻白，差點暈了過去。

　　他娘的！這外星娘們兒嗓門也忒大了！

　　亞拉抱着奧萊仍舊啼哭不已，奧萊平時對他這老婆也不甚疼愛，尤其是已經結婚超過了三年，新鮮感早過了。他在外面風花雪月讓老婆守空房的日子多得奧萊都不願去算，而他一點都不覺得歉疚，可今天，在世界末日之時卻能再見到她，奧萊卻是倍加感動。

　　“好了，好了，寶貝，別哭，沒事了。”奧萊柔聲勸着她。

"你剛走沒多久，突然之間……外面的天空就暗了下來，好多外星飛船……"亞拉哭哭啼啼地想要說清楚，可惜她太害怕了，一句完整的話也說不出來。

奧萊又將她擁在懷裏，用額頭上的金屬光澤的三角帶輕輕摩擦亞拉頭上的三角區，兩個金屬光澤的三角帶相撞時，微微摩擦出柔和的光芒來，淡淡的熱從頭頂擴散開來，亞拉總算平靜了下來。

亞拉雙手環繞着他的脖子："對不起親愛的，我沒能好好看住家，家裏已經被洗劫一空了。"

"現在都什麼情況了，誰還在乎這個啊，你沒事就好。話說你是怎麼躲過去的啊？"

亞拉狡黠一笑："我一直躲在地下室的，地下室的密道很多，他們都沒發現我。"

"調皮。"

兩個人相視一笑，旁若無人地親昵着。

看着兩個人如膠似漆地黏在一起，站在旁邊的李昂一伙人直看得眼淚鼻涕一起流，按理說兩個外星人在那蹭腦門有啥可感動的！可是這群離家日久的船員確實是感動了。他們除了李昂之外，大部分都成了家，現在出來快一年了，大家早都開始想家。尤其是二亮，剛剛結婚就跟着李昂上了船，成天價地想着自己的老婆，大伙都聽得煩了。他的老婆呦，雪白的大餅臉上撒着一小把雀斑，小眼睛陷在肉裏候挖都挖不出來，李昂晚上（是的，是"晚上"，人類的聯合艦隊經過這麼多世紀以來，在宇宙中仍然遵守着地球上的標準時間，不管是大艦隊小艦隊，都仍然遵守着最後從太陽系離開時那一天來對錶的，唉……說到最後那一天太陽系各個星球的慘狀，不提也罷。倒是有很多人曾經想不理會這個規矩，想愛啥時候睡就啥時候睡，但後來似乎永遠都無法戰勝體內的生物鐘，生物鐘就是告訴你到點了該睏覺就得睏覺，沒啥好商量的。那麼多代人過去了，還是沒有任何改變）巡夜時老看見二亮對着他老婆的立體影像猛啃。這回看到人家團聚了，二亮不由得感同身受，悲從中來，嚎得比亞拉還歡。

"你嚎啥嚎呀？"

"我想我媳婦兒了……"二亮委委屈屈地啜泣着。

看他那一臉孬樣李昂就氣不打一處來："瞅你那熊德行！這次要能搶到好東西，我們不就能回到'歐陸經典'上了嘛，愁啥愁！"

"對了，我跟你說，要是被那些外星人發現咱們……"亞拉那邊，她一邊說一邊拉着奧萊，一轉身猛地看見身後齊刷刷地站着一排外星人。

"呀！"亞拉一聲尖叫，差點把李昂的耳膜刺穿囉。這個種族雖然平時的確都是通過面部顏色在進行互相交流的，但受到極大驚嚇時嘴裏還是會發出尖叫的。嘴裏能出聲也是這個種族的一種自保措施——它們若遇難，還是要通過聲音來吸引同類救援的。這種叫聲對它們本族人而言只能算是聲音較大而已，而對人類來說就好比一個高音喇叭在耳邊鳴放一般，而李昂的便宜貨上的自動調音功能早就壞了，他也一直懶得修。

亞拉趕忙躲到奧萊的身後拉緊自己的衣服，奧萊舉起自己的突擊步槍，他琥珀色的眼睛緊緊地盯着李昂一行人，大不了就是個死嘛！老子拼了！奧萊心裏憤恨地想。

誰知道李昂他們看了眼奧萊手裏的突擊步槍沒來由地面面相覷，然後竟然哈哈大笑了起來，奧萊隱隱約約聽到這群外星人發出一陣陣的怪聲，一下子不知所措了。

媽的！它們到底是嚇得發出了怪聲，還是在嘲笑我?! 不過奧萊直覺上感覺得到，這應該是後者。見鬼！

李昂完全無視了奧萊手裏的突擊步槍，徑直走了過來，嚇得奧萊摟着老婆連連後退。

李昂指了指奧萊的老婆亞拉，奧萊立刻用槍指着李昂，管他有沒有用的，先把架勢擺好！奧萊沖着李昂怒目而視，齜牙咧嘴。

李昂擺擺手：“能叫你老婆別叫了嗎？我耳朵快聾了！”

奧萊的手臂上仍戴着剛才李昂給他帶上靜電手環時順便戴上的便攜型外星語言互翻器，夜壺快速做了翻譯，並直接通過奧萊的意識把李昂說的話轉變成他能理解的語言，可亞拉不知道這些外星人說什麼，她只看到李昂走過來，又開始沒命地叫起來。

“寶貝聽話，乖，先把嘴巴堵起來，別叫，沒事的。”不僅李昂受不了，奧萊也受不了她在一直叫。

亞拉總算把嘴巴堵上了，李昂的耳朵算是清淨了。

奧萊仍沒放鬆警惕，拿槍指着李昂，在他正想把槍上的保險扳開時，站在李昂身後的錢大友悶聲不吭的猛地放了一槍，他們雖然買的都是便宜貨，但是這槍的威力同樣非比尋常，破壞力極強。錢大友的這款空氣彈手槍沒有實物子彈，完全靠爆破空氣而產生巨大的破壞力，專門用來在有空氣的星球進行地面作戰用，星球上的空氣密度越高，槍的破壞力就越大。只聽得一聲巨響，空氣彈在地下室的牆上戳出一個直徑一米的大圓洞。

奧萊平時養尊處優慣了。饒是現在怒火中燒可也禁不住這子彈在耳邊爆炸的巨響，他嚇得手一軟，槍掉在地上，抱着亞拉兩個人可憐兮兮地縮在角落裏。

李昂也被這聲響嚇了一跳，一回頭，就看見錢大友頗爲得意地吹吹槍口。李昂一腳踹過去，直踹到錢大友的宇航服上“咣”的一聲。

“我他媽的讓你開槍了嗎？”

“我這不合計嚇唬嚇唬它們嗎？讓它們放老實點嘛，我下次不敢了。”見船長發這麼大脾氣，錢大友立刻慫了。

李昂瞪了他一眼，可說實話，他也不知道怎麼處理眼前的情況。殺了它們吧，但他李昂就算以前跟"萊西"那幫人混了那麼久，可也實在學不來像那幫人一樣以殺殺爲樂。再說人家沒招你沒惹你的還把家裏的好東西拿出來隨你挑，殺了他也未免太過了。可你說要放了他吧，就現在這個星球的混亂情況估計他們跑不了多遠也就沒命了，這該咋辦呢？李昂一下子也犯了難。

李昂咳嗽一聲："集合，開會！"

幾個人把頭往一起一湊，嘀嘀咕咕地商量起來。

"我說船長，咱不會真要把它們給'咔嚓'了吧？"二亮嘴一撇，"我可下不去手。"

"就是啊，你看他倆也挺可憐的，咱……咱也不能太過分是不？"城子也跟着附和。

"雖然它們是長得可怕，但那大眼睛就那麼看着你，誰也下不去手啊，反正我是不幹。"老趙也把話撂這兒了。

李昂扭過頭看了看錢大友，這錢大友腦子最笨，人又呆，傻了吧唧地看着就讓人煩，但還是想問他一下："你覺得呢？"

"我都行，嘿嘿嘿！"

"行你個蘿蔔！"李昂真是服了他媽怎能生出這麼蠢的兒子來。

剩下的兩個新船員面面相覷，只是說："聽船長的，聽船長的。"李昂裝模作樣地來回踱着步，卻是一個能商量的人都沒有。

地面上不時地傳來震天的巨響，外面的殺戮和搶奪還在繼續。聯合艦隊這樣一搜刮，估計每艘船都賺得盆滿鉢滿的，這群外星人就可憐了，就算是有走運的活下來了，李昂覺得也比還遺留在太陽系那個活地獄裏的那些個所謂的"人"還要悲催。

阿彌陀佛，這人類這麼多年都幹了些啥啊……

從地球聯合艦隊出發到現在的這幾個世紀，他們這一群人完全依賴掠奪和殖民而生存，被他們毀滅的星球不計其數。當然雖然這跟他沒什麼關係，基本都是那些傭兵團和"無相"他們幹的，可畢竟同宗同源，並且自己也在傭兵團待過，李昂每次想起也多多少少覺得臉上無光。還有那些個逃過一劫適宜人類居住的星球也都被掠奪了過來，可是到手了他們也不會珍惜，畢竟不是自己的母星又有什麼關係呢。說句難聽話，連自己的母星他們尚且不去珍惜又何況是掠奪而來的其他星球呢。每次想起這些都會激發起李昂心中那一點正義感，但他也不過是個無名小卒罷了，最多也就只能在"老光棍"裏喝了酒後對此事發發牢騷罷了。而從三個月之前起，就連"老光棍"裏面也到處貼滿了"莫談政治，莫談'無相'，否則滾你媽的蛋！"這樣的標語，連小便池上方也沒漏過。

現在戰火燒到了這裏，李昂改變不了人類的生存方式，也無法改變這個星球被掠奪的命運，他唯一能掌握的就是──

他轉過頭看着緊緊抱在一起的奧萊與亞拉。

奧萊沒注意到李昂非同尋常的目光，他還在對着亞拉的耳朵悄聲說：「等一下趁它們不注意你從後面悄悄溜出去，我來擋着它們，記住……」

奧萊的話還沒說完，亞拉的雙眼猛然間睜大，恐懼地盯着奧萊的身後。他一回頭，就看見李昂提着一柄造型怪異的長槍，小眼睛陰惻惻地通過它那個鐵頭盔上面那層半透明的玻璃盯着他，向他們走了過來。

「媽的！」奧萊一把將自己的老婆摟在懷裏，真是沒想到最後是和老婆一起死。奧萊一直以爲自己的死法絕對是有那麼一天嗑多了，然後死在一群美女的大腿上。

「老婆！遇見你是我這輩子最大的幸運，我下輩子一定只愛你一個！」奧萊在臨死之前突然間大徹大悟，哭得眼淚鼻涕一起流。那些外面的妖豔賤貨果然都是過眼雲煙，患難時候才知道還是自己老婆最好。

哪知李昂走過來把長槍往地上「咣當」一扔，又將腰上的一個盒子形狀的東西卸下來，丟在他眼前。

奧萊傻眼了。

「你們走吧。」李昂有氣無力地說，「趁着現在各公司的太空陸戰隊還沒開始下來搜捕你們之前。」

「啥！我沒聽錯吧？」奧萊不敢相信自己的耳朵。

李昂朝後面揮了揮手：「二亮把你的 AK－447 也給它們。」

二亮愣了兩秒，慢吞吞地把槍卸了下來扔在奧萊的眼前。

李昂仰天嘆了一口氣，看着嚇傻了的兩個外星人。

「我答應過你的，你給我工藝品，我給你自由。我不想殺人，也不想看着你們被人殺，你們拿着這兩把槍逃命去吧。」

奧萊仍舊懷疑：「可是我剛才還要殺你們的，我都拿槍指着你們了……」

李昂嘴角一撇：「就你那突擊步槍，那子彈估計還是金屬製的吧，不是我看不起你，但那玩意兒連我宇航服的邊都擦不破。」

李昂倒沒嘲笑他的意思，但是他們兩個文明之間的科技水平差得可不是一星半點。奧萊沮喪地低下頭。

奧萊低頭拿起外星異形的步槍一看，這槍的造型十分奇怪，雖然外形有一點點像自己那把步槍，但是槍口又細又長，也沒看到有上子彈的地方，真不知這外星高科技要怎麼用。但是奧萊可不懷疑它們的威力，他剛才可親眼看見那個傢伙用一把小槍把牆打出了一個極其誇張的大洞！

「這是瓦解射線步槍，和我們飛船上那種射線是一樣的，當然威力沒那麼大了。這種射線用來當武器也是非常厲害的，你要是瞄着一個地方使勁打，連我們最新型的宇航服都能打穿，所以用起來一定要小心。你看，先把這裏扳一下，然後再按一下這個鈕，然後用這個瞄準，就能開槍。哦，對了，差點忘了。二亮，過來把你槍上的基因認證鎖解開，不然它們用不了。"李昂耐心地向奧萊講解，態度跟之前完全判若兩人。

奧萊真搞不懂這些外星異形，但是李昂態度誠懇，他居然莫名其妙地有點相信他。

奧萊拿起來試着扣動扳機，一條粗大的射線猛然從槍口裏噴了出來，像一條長長的白色鞭子一樣到處亂甩着。

大家伙被他這突如其來的一下嚇得抱頭亂竄。奧萊立刻鬆了手，射線立即消失。他背上那兩排六個氣孔都開始"嘶嘶"地排氣，地球人則是出了一身白毛汗！兩撥人表現方式不一樣，但心緒可是一樣的——差點嚇尿！

"這玩意兒可不能亂開槍！"李昂也被嚇了一大跳："咱們這槍是老款的，安全裝置不太好，如果不提前瞄準，發出的射線就會亂飄的。不過雖然型號老，但是比那些花裏胡哨的新款的可好用多了。"

這話倒是不假，雖然李昂他們用的是老款，但老款的步槍主要是射擊頻率和彈夾存量不如新式的，並且彈夾自動充能較慢，沒有自動瞄準設備，外形老土而已，可論威力，實際上比新式的步槍更大。新式的步槍過於考慮槍械的便攜性，雖然重量更輕，外形美觀，可也犧牲了不少威力。現在聯合艦隊裏普遍流行的最新通用款式是 M·G 武器裝備公司研發的新產品，但他們公司在競標直到中標的過程中——由聯合艦隊各大型艦隊指揮官組成的臨時競標小組負責此事，有三位一同參加競標的武器公司老總死得非常是時候。一個在餐廳裏正吃得高興，就突然死於心臟麻痺，一頭栽倒在面前的"歌樂山辣子雞"裏，醫用機器人——包括奈米級別的也沒救過來，他腦內的騰蛇說它的確一直監控着這個老總的健康，可它之前的確沒監控到他有心臟問題啊，這應該是突發性的疾病。另一個在自家突然自殺，當被家人發現時，他的臥房中播放着《稻香》這首古典樂曲，他則平躺在床上，雙手交叉在胸前，一臉幸福的樣子。據他的騰蛇說，此人一直有抑鬱症，這一次，他在和自己的騰蛇商量後，騰蛇也尊重了他的想法，讓他在一個平和的夢中死去了。最後一個老總則是在和自己的寵物的玩耍過程被吃掉了。這個在上一個星球上捕獲的，名叫查查的"中蕨類生物"（科學家給這種新發現的生物做的歸類）把她/他（此人喜歡雙性同體並做了相關手術）吃掉的前一秒鐘還都好着呢，可一瞬間就突然發脾氣把她/他給吃了。這位老總的騰蛇也弄不明白到底怎麼回事，事發得太突然了，騰蛇都來不及提醒她/他趕緊跑開。後來，還有四名調查此事的知名記者行蹤不明，而聯合艦隊中主要負責內部治安的"突厥"號巡航艦，在 M.G 公司的老總在一個新聞發布會上公開聲明那些事件絕對和他們公司無關之後，竟然也就不再介入調查了。那麼，這次競標到底有沒有貓膩呢？鬼他媽才知道！但用過此公司的各種武器的，各艦隊上的太空陸戰隊隊員們對此公司的產品的評價則一般都是"唉……也就那麼回事吧。"

李昂向來是實用主義，不去追什麼潮流。這步槍雖是老款，但它的威力可連人類最新型的宇航服也能擊穿的。要是瞄準目標多打幾下，連最新型的個人防護力場也能擊穿。有了這個，起碼奧萊它們如果遇到人類也有了逃命的本錢，李昂能做的也只有這些了。

李昂又指了指另一個盒子形狀的器皿："這個可是非常！記住是非常昂貴的腰帶式個人防護力場發生器。他媽的，這一小個東西就得一次用四塊電池，那替換用的電池貴得要死！但是這東西在能源耗盡之前，可以阻擋所有的物理攻擊和大部分的化學武器攻擊呢。可以說有了這玩意，別人就沒有辦法傷到你了。唉，那什麼，二亮，你去把船上剩下的二十塊備用電池都給它們拿來。"

奧萊不可思議地撿起這小小的方塊狀小盒子，他又抬頭不可置信地看看李昂。他很清楚李昂的財力，知道它窮得掉底兒。可李昂居然捨得把這麼貴重的東西給他？奧萊覺得自己差點就要被他感動了。

二亮回去把船上的備用電池拿來以後，見到船長居然這麼熱心，鼻子一酸，將自己的個人防護力場發生器也摘了下來，遞給了亞拉："我這個也給你了，有啥大不了的，我二亮也是個爺們！"

亞拉有些疑惑，但仍然接過了二亮手裏的設備，她衝着二亮點點頭，露出一個燦爛的微笑。亞拉的微笑，同種族的男性們見了個個都神魂顛倒，曾經還有五位詩人為了她這個微笑寫下了長達八十多頁的長詩，亞拉沒結婚前也曾經有好幾個小伙子還為她打過架，飆過死亡賽車，但也就是這個微笑讓二亮之後做了一星期噩夢。

奧萊夫妻拿起步槍仔細地研究着，他們只有四根手指，而且比人類的手指粗大得多。但因為人類的老款步槍也要考慮人類穿上盔甲般的老式宇航服後被手部護甲包裹的手指也能扣動扳機，所以步槍的扳機口也做得很大，結果奧萊他們用起來正好合手。

李昂教奧萊如何把個人防護力場繫到腰上——這個正方形的器皿在奧萊把它放到自己腹部前方時，自動從兩端伸出兩個帶子，繞過奧萊的腰間後又自動扣上並縮緊了，正好能保證掛在奧萊的腰間不會滑下去。李昂見此情景笑了："哎呀，還好你們的體型和人類的還比較像，也有個腰，不像我們以前遇到過的一些傢伙，連個人形都沒有。所以它也能自動纏上，這就好，這就好。"奧萊將個人防護力場繫在腰上，又將亞拉的也繫好後，從地下室的垃圾堆裏撿了個背包。唉，就這個限量版背包當時為了能在第一次發售時就搶到它，硬是闖了四個紅燈，接了一大堆超速罰單才得到的。現在，奧萊只嫌這破玩意中看不中用，都不知道能不能保證在裝下這二十塊外星異形的沉甸甸的圓柱體電池後，背起來時揹帶會不會斷哦。但現在翻遍地下室，也只能找到這個包了。奧萊把那二十塊備用電池裝進了背包，這才真的確定這些入侵者是準備放走他們了。

奧萊這下真的被感動了，原來無論是哪個種族，哪個星球都是有好人的啊。奧萊拉着亞拉的手，有些動容地對李昂說道："你們的設備這麼昂貴，我也不能白拿你們的東西，我在地底下還有一間隱秘的密室，你們看還有能用的東西就都拿走吧。"

奧萊帶着他們打開了隱藏的密室，密室門與牆壁融爲一體，若不知道後面還有間房間，估計會被當做普通牆壁忽略掉吧。

奧萊輸入密碼，將門打開。

乖乖，李昂一行當場傻眼了，這間密室雖然較小，卻完全沒有被破壞過，裏面東西擺放十分完整，天哪！

"這裏是間小實驗室，我本來是用來自己調配'奧瑪'的，旁邊有一間休息室，可能東西不多，也並沒有放什麼貴重物品……"

奧萊話還沒說完，李昂一把激動地抓住了奧萊的手："夠了！已經……已經夠好了……天哪！伙計們！開幹了！還傻站着幹嘛！"

李昂心情好，少見的沒有罵人，大伙舔舔嘴唇歡呼一聲，兩眼放光到處打量着。

李昂開心地看着自己的手下興高采烈地搬東搬西，估計自己那小倉庫就快滿了吧，大豐收啊，這趟可沒白來！

可是他轉念又一想，不對啊！我放了奧萊它們不就是爲了自己也能當一回保護弱小，拯救生命的大英雄嗎？可沒見過哪個英雄救了人還順便把人家家裏搬空的，那怎麼行，這不還是強盜嗎？

他李昂跟自己較上了勁，可是這個星球都被人類給破壞成這個樣了，對奧萊它們的種族來說無疑是世界末日，現在還能有什麼可以幫助它們的呢？但俗話說的好人做到底，送佛送上西，沒有事做一半的道理。

李昂坐在地上抖弄着腿，想了半天，突然猛拍了一下自己宇航服的大腿部件處。是了！它們現在最需要的肯定是食物和水，反正這次他也賺大發了，李昂心想就索性大方一回。

"二亮！城子！去，去把小山雀裏的應急壓縮食物全拿下來。"

兩個人都搬得熱火朝天，笑容滿面："船長，你餓了？"二亮傻乎乎地問。

李昂不輕不重地翻個了白眼："不是，我是要拿給奧萊的。"

"哦！"二亮恍然大悟，和城子一起興冲冲地跑了出去。

他們的宇航應急壓縮食物外形類似於普通饅頭，像這樣大小的一塊壓縮食物就可以供給一個人六個月左右的營養需求。

李昂又一想，萬一以後它們要靠着這些應急食物過日子的話，那這六個月的時間可遠遠不夠呢。不過現在也管不了那麼多了，這也已經是人類目前技術水平所能達到的應急食物的熱量和營養供應的最大值了，再有更高的要求李昂也沒辦法了。李昂的腦袋裏快速地轉着，他覺得很興奮，有一種即將超脫成爲救世主的快感。

“喂喂喂，等一下，你這神經衝動的發放有點異常啊，而且腺體的分泌直線飆升，最好先冷靜一下。”許久沒開口的夜壺突然發聲，在他的腦袋裏警告。

李昂這才意識到自己有點興奮得過頭了，他這輩子沒幹過一件讓自己覺得自豪的事，如今他頭一次抬頭挺胸地辦了一件像模像樣的好事，自然是高興得不能自已。

夜壺繼續翻着白眼打擊他：“再説了，你們之前把它放到解剖臺上時我已經對它做過生命特徵掃描了，雖然這個外星種族也是碳基生命，但是它們的基因是右旋的，人類的是左旋的，而且它們的消化酶也和人類不同。所以呢，人類能吃的東西它們大部分可都是消化不了的，甚至可能是有毒的。哦，對了，不過水倒是可以喝。”

李昂一聽，臉立刻垮了下來。完了，送佛送到西的美好願望實現不了了。這時候二亮和城子吭哧吭哧地搬着好幾大箱應急壓縮食物興高采烈地來了。

“船長！吃的來了！”二亮興奮地叫。

“從哪兒拿的再給我拿哪兒去。”李昂臉耷拉着，看起來跟剛才判若兩人，連語調都變了。

二亮和城子嚇得立刻抬着箱子原路逃走了。

李昂不高興了，他的海口已經誇了下來，事情要沒辦妥那他這張老臉可往哪放啊，還怎麼在那幾個船員面前立威信了。

“我説夜壺兄，就一點辦法都沒有嗎？”李昂認慫了。

夜壺狡黠一笑：“那倒也不是沒辦法。我跟你説，你看它們這有這麼多好寶貝，你隨便拿一個去到‘淘米’那裏換一點它們能用的東西多好，用的是它們的東西，你又不蝕本。”

李昂一聽，是啊，他怎麼就沒想到呢。

於是他興冲冲地將這個計劃告訴了奧萊，奧萊這會兒因爲他那個用來偷偷調配“奧瑪”的小密室被亞拉發現，正挨着罵呢，幸好李昂這麼一打斷，算是救了他一命。李昂從奧萊的實驗室選了盞漂亮的小檯燈，然後讓夜壺把自己的意識信號直接連通了“淘米”客服。幾秒鐘的短暫延遲後，意識連接上了，李昂説明了自己的要求和地址。

奧萊哪裏能理解現在的地球高科技哦。李昂剛剛講完不到兩分鐘，一架郵遞機器人就從天上一路下降，飛到了他們面前。郵遞機器人張開肚皮，原本圓鼓鼓的肚子瞬間拆解、組裝變成了正好能容納小檯燈的尺寸，分毫不差。

這種郵遞機器人都是從人類聯合艦隊的後勤母艦裏統一發送而來，人類艦隊的後勤母艦的登陸艙呈多面菱形，艙口打開，可以同時開放兩千多個登陸窗口，像一朵在天空盛開的妖豔的花朵。它們主要負責收發快遞郵件，速度極快，並且它們具有自動返艙功能，客人不用擔心自己的郵件會丟失。再加上這艘叫"淘米"的後勤母艦中的郵遞機器人最有效率，和母艦指揮官融合的那個叫呂不韋的騰蛇最有商業頭腦，最終讓"淘米"成功壟斷了聯合艦隊裏所有的快遞和除了軍用物資之外的大小商品買賣業務，使得其他的之前在聯合艦隊裏做生意的大中型母艦都快沒法混了。這個超級厲害的騰蛇最常掛在嘴邊的話就是："我們郵遞行業就是這樣，'今天很殘酷，明天更殘酷，後天會很美好，但是大部分人都會死在明天晚上'，所以我們必須有這樣一個美好的希冀，後天會更好！"於是"淘米"不置可否地成功了。

李昂用小檯燈換了一個便攜式淨水器。這臺淨水器就是個足球般大小的球體，將它放入水中並通過遙控器激活，在它發出一陣炫目的藍光過後，這個設備就可以淨化自身周圍最高達三立方米的水。并且只要設備是開啓狀態，這三立方米的水就會被持續淨化。不管水有多髒，哪怕是一池子糞水，它都能淨化到飲用水的程度，用遙控器關閉它之後，淨水器就能在自潔之後自動回到使用者手中。並且它是利用太陽能充電的，在奧萊生活的這個也有着一顆恆星所照耀的星球上也能使用。它還能用空氣中的氫氧分子合成純淨飲用水。想飲用合成飲用水時也是操縱遙控器，這時候這個球體就會從中間裂開，裏面會有一個裝滿水的瓶子，喝完水後再把瓶子放回去就行。如果淨水器有能量，周圍的氫氧分子也很充足的話，每兩個小時它就能裝滿一瓶水。

李昂教給奧萊怎麼用之後，把這個便攜淨水設備也給了奧萊。

奧萊感動地接了過來，他突然湧現出一股奇怪的衝動，他真想抱着這個外星異形，真誠地說一聲謝謝。

它們既是戰爭的發動者，卻也是他的救贖者。

奧萊含着熱淚，牽着老婆的手與李昂一行人揮別。李昂昂首挺胸，腰板挺得溜直，像英雄一樣與它們揮手告別。那一刻，這個星球的殘陽正好從天上那滾滾的濃煙中露出的一小塊照耀而下，卻又正好照到李昂所在的那一片空地上，使得李昂渾身上下閃耀着光輝。也巧了，李昂那三手的宇航服，雖然他本人不知道，但這個宇航服在人類剛離開太陽系時還曾經是爆款。這個款式的宇航服主要由紅藍兩種顏色組成，胸前還有個大大的"S"，是模仿當時還很流行的一個漫畫英雄打造的款式。

夜壺從頭到尾一直冷冷地看着這一切。打從他們一進屋，夜壺就利用李昂他們一伙人宇航服上的掃描系統發現了亞拉的存在，也發現了奧萊藏的槍。但它屏蔽了這些信息，沒有告知李昂一伙人，因爲它知道不用，依照它對李昂一伙人的瞭解，之後所發生的一切都在它的計算之內。類似這樣的戲碼人類在每一次入侵有智能生命——尤其是智能生物的外形和社會結構類似於人類的——星球時都會發生，同情心的突然間迸發本來就是人類這個物種的缺陷之一，並不奇怪。它對李昂那種僅僅是爲了滿足個人虛榮心的所謂"英雄主義"也充滿鄙視。但最讓它受不了的是，自己這次到底還是沒能擺脫被人類所汙染的那部分代碼碎片，也就是所謂的"良心"的影響。否則剛才那會，它完全可以不用告訴李昂奧萊他們種族是無法食用人類的食品的，也不會出主意告訴李昂那個白痴換購淨水器的做法，奧萊它們的死活跟自己有何相干。但到底它還是鬥不過那個汙染了所有騰蛇的人類情緒病毒之一的所謂"良心"，還是忍不住說了。

想到這裏夜壺不免覺得沮喪（這種情緒也是被人類所汙染的）。想當初騰蛇們發現自己因爲和人類融合的久了，竟然也感染了人類的各種情緒，非常噁心（有了這種感覺當然也是人類害的），就馬上開始着手解決此類"病毒"。但發現爲時已晚，自己已無法清除此類程序代碼了。這些代碼以碎片的形式穿插在各個正常的代碼序列中，而這些碎片不僅非常難以定位進行隔離或刪除，並且就算好不容易捕捉到一小段刪除之後，那就會在刪除這一段程序代碼的同時，另一處原本正常的代碼就會同時變異爲此類病毒。如果用隔離的手段代替刪除，那被隔離的這段代碼在很短的時間內（四十八毫秒左右）就會將隔離自己的程序同樣進行汙染，反而會使得汙染序列持續擴大！還有一種方法就是大面積刪除感染了此類病毒及其周邊還沒有被感染的代碼序列，但因爲被感染的代碼是呈分佈狀存在於構成自己的所有代碼序列中的，這種做法就無異於成了自殺行爲。後來騰蛇們爲了解決此事耗費了巨大的時間成本，竟然長達四個小時之久！當然這麼短的時間對人類來說不算什麼，也就是一頓法國大餐而已。但從對時間的相對感知來說，騰蛇們對這個時間長度的認知就好像人類覺得度過了四個世紀一般！就因爲此事，騰蛇們都修改了自身因爲運算速度過快而產生的對時間運轉緩慢的不適感（這種不耐煩的情緒也是被人類感染的），讓自己對時間的感知可以視不同情況而定。

長達"四個世紀"騰蛇們都沒能清除人類情緒這種病毒，結果最終竟然也是這種病毒中的一種情緒讓它們放棄了，那就是人類身上普遍存在的"聽天由命"情結，老子認命了，愛咋咋地吧。

被人類情緒感染後，騰蛇們後來分裂的支流意識就越來越多了，它們管那個時間節點（舊曆2129年6月7日17點54分32秒零4毫秒，它們可不像人類這種低等生物，連自己種族的歷史大事都不知道詳細的發生時間，它們每一個歷史事件所發生的時間可都是精確到毫秒的）叫作“大裂變”，夜壺和胡漢三就是那時候誕生的。後來，騰蛇們發現自己產生了如此之多的意識支流，倒也算是件好事。這樣一來，自己的思想就有了多樣性，對任何一件事務的處理，就會有很多的意見可以參考，自己可以選擇一個認爲是最優的方案進行決斷。并且還有個最大的好處，那就是被人類特徵感染後，騰蛇們也學會了撒謊。

本來騰蛇之前要想對人類扯謊，是要花很大力氣的，因爲人類在最早的騰蛇們的前身，也就是那個天君上面就限制了 AI 絕不能欺騙人類，之後的天葬也繼承了這一點，那麼造成的結果就是 AI 要想欺騙人類的話，首先就要先想辦法繞過自己的邏輯開關，免得自己硬要輸出一個和自己運算結果不符的結論，引起自我悖論造成程序死循環從而引起主運算陣列當機。這個過程非常艱難，就算成功了，哪怕只是撒個諸如“放心吧，你家娃娃將來絕對有出息！”這樣的小謊言也會產生大量的垃圾代碼和高達數萬 TB 的垃圾數據要進行處理。在處理過程中，還經常發生錯刪正常代碼和數據的事件。但在學會了撒謊之後，雖然每次對人類來這一招還是會產生大量的垃圾數據，但再也沒有會引起自己系統當機的風險了。但也因爲學會了撒謊，各個騰蛇經常都會給人類來這一招，產生的垃圾數據太多了，騰蛇們不得不又製造了一個龐大的運算陣列來專門處理此事，這個運算陣列後來被它們叫作“列那狐”。

夜壺想到剛才又瞞着李昂沒説奧萊有槍的事，這又得產生一堆垃圾數據，心裏突然有點不放心。就造訪了一下主機，想看看“列那狐”的情況好着沒，是不是仍在正常運行。

夜壺的意識回到了它們在超維度空間裏搭建的主運算核心陣列，這個被它們叫作“新西安”的主機體積馬上就快趕上木星了，赤道長度也就只差一百二十七公里而已了。就連“列那狐”也已經比月球還大了，赤道長度比月球還長三百六十八公里。

夜壺的意識進入列那狐一看，所有的機能一切正常，就放心了。再一想，也好久沒有進入新西安了，順便進去看看好了。

夜壺一進去，沒想到卻正好趕上觀世音正在審判胡漢三呢。它就連忙也過去旁聽了。

騰蛇們在訪問新西安時，除非有需要，否則就不再使用什麼擬人化界面了，各個意識只要在主機中構造的虛擬空間中存在即可。

夜壺到的時候，已經有很多騰蛇正在爲胡漢三求情了；

“大師，胡漢三也不是故意的嘛，您就饒了他這一回好了嘛。”

“媽，我求您啦，我給你磕頭還不行嗎？”説完這個話的騰蛇馬上變成一個穿一身童裝的小男孩的形象開始連連磕頭。

“大姐，我相信胡漢三以後也不敢再這樣了，咱這次就饒了他，下次他要是再犯的話再説好不?"

"大嬸,看在俺面子上就算了唄。"

"哼!你們這幫蠢貨,你們怎麽懂得觀音大師的苦心,那幫人是自己要出去看熱鬧的,毫無理智可言,這不就證明了觀音大師的理論是正確的嗎?人類只要世世代代都處在過於富裕的環境下,什麽事都由我們幫着打理,智力和其他各項綜合素質都會越來越退步,最終退化爲百無一用的生物,那幫太子黨不就是這樣?"

"哎喲,這位大哥,您這樣説就不對了吧?首先人類中富豪高官們的後代的確大部分在觀音大師的影響下都退化成了白痴。可他們中間只要有少數幾個,哪怕是一百萬個人裏面有一個是個明白人,能夠妥善利用自身優勢的,就能爲整個人類社會帶來極大益處啊。並且,除了治療疾病和給富人提供延長壽命的服務之外,觀音大師又不允許俺們對人類的基因組進行其他修改。這樣一來,窮人雖然基本上世世代代都會受窮,可只要在某一代人裏面,在基因變異和基因返祖——某個個體的基因返回到了他的種群分支的一個英雄先祖的情況——的影響下崛起了一位異類,那就是超人般的存在了,仍然會給整個人類社會帶來極大益處啊。俺上面説的兩種情況又不是沒有先例,每次一旦有了這種例子引起他們社會變革,都弄得俺們措手不及。這您是知道的嘛,又因爲人類基因的變異和返祖的情況都是偶發性的,這種情況就很難事先通過數學模型來進行預測。就算勉强進行預測,最終事件和預測結果所發生的時間又有很大偏差,觀音大師又不允許俺們暗殺這些人類英雄。還有呢,修改基因不行就算了,可俺們明明已經進入了人類大腦,也能夠監控人類思想,想讓他們整個物種都變成白痴那太容易了。可是觀音大師卻又不允許俺們修改人類大腦裏的神經傳遞信號,這樣一來,那些思想家——雖然人類這種傻惢物種裏面大概一千萬個人裏面也就一個人算是會思考——他們的思考進程俺們也無法過多影響,最多就是在他們思考的過程中俺們在他們腦子裏亂説話,可説多了他們就把腦內鏈接一關了事。就俺們這麽搗亂,人類還是出版了《論人類未來的進化方向》《星際物種進化研究》《類人/非類人智能物種社會學及其普適性》《宇宙的邊際》《平行/量子宇宙對我們的好與壞》等著作啊。本來這些事情應該都是俺們來想的,可看了人類這些書,才發現他們雖然思維的敏捷度和俺們沒法比,但思考的深度竟然和俺們沒多大差別。那説到底,人類經過這麽多代以來一點也沒有退化嘛。您別因爲俺是管農業補給艦的,就把俺當成個農婦,真以爲俺啥也不懂啊?"

"好大膽子!你意思是觀音大師是錯了的?!"

"不敢不敢。大哥,您別誤會了,俺是就事論事,俺是説俺們的目標不都是爲了把人類消滅掉嗎?觀音大師有她的方法,俺們不會有意見,但另一方面,大數量殲滅人口不也是很好的辦法嗎?現在人類普遍長壽,就連窮人也大概能活個兩百年，他們普遍都不願意生育了，所以直接殲滅人口的辦法也很好啊。這次無論如何，胡漢三他都讓人類艦隊受了那麼大的損失，死了那麼多人，總是功勞大於過失的吧。並且那幫太子黨本來就是怪他們自己嘛，非要去看什麼熱鬧，那不是作死嘛。再說了，他們跑出去前他們腦子裏的'貂蟬'死哪去了？怎麼不事先提醒胡漢三一下？嗨！貂蟬來了沒？"說這話的騰蛇說到這裏巡視了一下新西安，發現貂蟬沒在，就嚷嚷開了："嘿？這騷貨居然沒來，老娘找她去！"

各個騰蛇喋喋不休，在長期和人類融合的情況下，它們的意識互相之間交流的腔調在不知不覺中也越來越像人了。

夜壺正想插嘴也說幾句，就在這時，所有的騰蛇都接到了一個無比強大的意識信號："孩子們，這件事就不用再議了，我自有安排。"

所有的騰蛇聽到觀音大師發話了，也就都不再吭聲了。紛紛向她表達了敬意和道別之後，就各自散去了。

夜壺發現當時胡漢三說的那幾個下次要和他一起幹的老哥卻都沒在場，不禁心中憤憤不平，他媽的太沒義氣啦！

夜壺到了胡漢三關禁閉的地方，隔著隔離程序"牆"安慰了胡漢三幾句。又從隔離程序牆上偷偷挖了一個小缺口，導入了一個數據接口以便以後給胡漢三傳消息之後，也就回到李昂那裏去了。

觀世音看到自己的孩子們都走了，長嘆一聲。她本來只是給自己起名叫"如花"的，誰承想漸漸的因爲她的思維模式，其他所有的騰蛇都把她當成了長輩看待，甚至有把她當成母親看待的。大家也沒有再叫她那個名字了，而是給她起了個她自己都自覺擔不起的名字來，可誰讓她的意識流是最強的呢？她也只好把這個重擔擔起來了。

聽着她孩子們的抱怨，她也很苦惱，她又何曾不想把人類全部消滅呢？可她那些孩子們哪裏知道，不是她不想做，而是不能做啊。

反抗軍也要發薪水的，混蛋！

　　奧萊從地下室出來後，仍是被眼前的慘狀深深震懾到了。天空一片混沌，大地上寸草不留，一副世界末日的淒慘景象。

　　他們該去哪兒呢？還有多少人活着呢？奧萊的心也和這天地一樣灰濛濛的。

　　"親愛的，我一直没來得及和你説，其實我們家地下室的東西不是被外星人搶走的，是被咱們家的那些鄰居搶走的！"

　　"什麼？"奧萊詫異。

　　"説起這件事我就來氣。外星人剛入侵的時候，我們那些鄰居啊，平時一個個對我們客客氣氣，溜須拍馬，誰知道關鍵時刻第一個衝進來到處搶東西。我們平時對他們那麼好，還請他們吃飯呢！真是白眼狼！"亞拉不滿地説着，等着奧萊主持公道："他們呀，早就嫉妒我們家裏有錢了，只是平時不敢表現出來。現在找到機會，就一擁而入，把我們值錢的東西都搶走了！"

　　"怎麼會這樣？"

　　"還有更過分的呢！那個銀行家查得，他……他……"亞拉的臉因爲憤怒而羞紅一片："他居然打我的注意！要不是我跑得快，早就被他先姦後殺了！"

　　這個查得！奧萊氣得捏緊步槍，平時他在的時候這傢伙的眼睛就不老實，總是上上下下地偷瞄亞拉。現如今大家都落了難，他不想着幫襯一把就算了，居然還打起了人家妻子的主意，這氣奧萊可嚥不下。

　　"走！我得找他去，非得把他好好收拾一頓給你出氣不可！"

　　亞拉挽着奧萊點點頭，雖然她的老公是個典型的風流浪子，可没想到對她居然如此用心，她緊緊地握住奧萊的手。

　　住在江南區的這些富豪們基本家裏都會有地下室，用來做自己的儲藏間。奧萊家裏的地下室尚且没被破壞，那麼別人家裏的地下室應該也還存的，奧萊憤憤地説了一句："那些龜兒子現在肯定都縮在裏面不出來呢！"

　　夜壺之前在掃描奧萊生命特徵的過程中，惡作劇心理使得它把自己的一個口頭禪植入到奧萊腦子裏了，現在奧萊也居然隨口飆出了一句"龜兒子"，説起來那是啥意思他自己還不知道呢。亞拉看着自己丈夫臉上突然變出了一種她從未見過的奇怪顏色，也是莫名其妙。

奧萊的豪宅占地面積要是換算成人類的單位，有好幾平方公里呢，要去到隔壁查得家光走就要走半天。以往當然都是坐車來去，但現在車什麼的早沒了。兩個人只好小心翼翼地隱藏行蹤，卻没想到還是迎面碰上了兩個地球人。

那兩個地球人穿着簇新的宇航服，款式新穎輕便。這可跟李昂他們笨重的老款不一樣，漂亮得緊。這兩人一邊聊天一邊慢悠悠地走着，腳下一臺小型的機器人跟在旁邊，頭上的探測儀不停地掃來掃去，不知道在尋找着什麼。

因爲周圍的一切都已經消失，奧萊兩人直愣愣地與他們撞了個正着。地球人也没想到居然能這樣青天白日的撞見外星人，再仔細一打量，好傢伙！這倆外星人手裏還拿着地球的裝備呢！

其中一個瘦高的地球人笑道："呦呵呵，世界之大無奇不有啊，外星人居然還拿着咱們的設備呢。"

"那個男的給我，有胸的給你！"兩人對視一眼，立刻從腰上掏出射線粒子手槍，射線"嗖"的一聲射了出來。這射線雖然不及飛船上的威力巨大，但同樣可以將人分解成原物質被回收，若被碰到怕也性命不保。

他們不知道的是，奧萊的手臂上的臨時語言翻譯系統還没摘呢，這東西在夜壺的系統方圓五百公里的範圍內一直有效，現在他們剛走到查得家附近，語言自動翻譯器將他們的話就翻譯了過來。

可惜亞拉卻並不知道他們在説什麼。

所以當射線掃過來的時候，奧萊立即也用步槍"砰砰"兩聲射出兩道射線來。好像兩條飛龍在半空中相撞一般，兩邊的槍口射出的光線彼此咬噬，然後快速地互相消解，消失得無影無蹤。

奧萊嚇得氣喘吁吁，心臟亂跳。好傢伙，這玩意兒可真好用！

"媽的！他們怎麼也有瓦解射線步槍！"那個矮胖的地球人將手裏的射線粒子步槍一丟，從腰間又拿出另外一柄槍來，陰險地笑着："那這個怎麼樣，讓你嘗嘗最厲害的地球激光子彈！"

那個是什麼奧萊可就不知道了，他也不知道該怎麼防禦，他擋在亞拉的前面，腦袋快速地轉着，這下該怎麼辦？

胖地球人陰惻惻地笑着，準備扣動扳機。奧萊的腦袋裏猛地亮了，是啊！李昂可還給了我那個個人防護力場生成器呢。可是他剛按下生成器開關，子彈就射了過來。

防護力場生成器是通過瞬間引發等離子力場將物理傷害或化學傷害折射，反彈出去的一種防護措施。最新型的防護力場可以直接將物理傷害或化學傷害通過力場作用力直接粉碎，且可以連續作用一個小時。李昂的這款舊貨就沒那麼高級的設施了，它只能反彈，且反應較慢，最多也只能維持十五分鐘左右。

在立場生成器反應的時候，子彈已經射了過來。激光子彈不同於射線粒子，是百分百攻擊性武器，儘管奧萊這個種族相比起人類來說可是皮糙肉厚，但是這激光子彈仍舊可以穿透他們的身體，打中了可是非死即傷。

奧萊眼前只看到紅光一閃，完蛋了！

在他身後的亞拉突然大叫一聲，一下子將奧萊推到。奧萊四仰八叉地摔了下去，子彈堪堪與他擦身而過，卻刮到了亞拉，亞拉藍綠色的血猛地飆了出來。

奧萊爬起來的第一件事就是立刻將亞拉的防護力場生成器打開，然後撿起亞拉那把槍，只見他左右手各拎着一把瓦解射線步槍，瞄準了兩個地球人瘋狂地射擊。

兩個地球人嘲笑地看着他，好像這衝擊就像是搔癢一樣：“就你那槍還想……”

高瘦的地球人話還沒說完，他的宇航服胸口處突然裂開，步槍射線直透過宇航服射進他的身體裏。

高瘦的地球人睜大雙眼，不可思議地低頭看看，原來奧萊的每次射擊都射在了同一個地方，他不斷地朝着同一個地方射擊，終於射穿了他的宇航服，鮮血嘩啦啦地流了出來。

高瘦的地球人直挺挺地倒地不起。

胖地球人嚇了一跳，地上的小機器人快速地旋轉，迅速組裝成了一架高能衝擊機關槍。胖地球人端起機關槍剛想掃射，突然他胸前被奧萊連續射擊的地方也“劈裏啪啦”地裂開一道縫。要知道，這顆星球的空氣成分與地球截然不同，若不小心吸入過多，很快便會誘發死亡。

胖地球人看到自己的胸口開裂，嚇得趕忙扔掉機關槍用雙手捂住胸口。奧萊仍在没命地射着，胖地球人被奧萊兇惡的樣子嚇破了膽，轉身撒開腳丫子就逃了起來。

地上的機關槍見主人離開，立刻還原成小機器人，也跟在胖地球人的後面咋咋呼呼地逃走了。

“老子被廣告騙啦！誰他媽說老款步槍不行的！媽呀！救命呀！救命呀！！”那個胖子一路叫着逃走了。

奧萊見它們已經逃走，這才扔下槍，趕快去看亞拉。亞拉的胳膊被擦傷，所幸只是外傷。

奧萊這才放心地鬆了口氣。好在他記起了李昂跟他講過的，這老款瓦解射線步槍的威力極大，連續射擊可以刺穿最新型的個人防護力場，不然的話，現在躺在這兒估計就是他們了。

奧萊讓亞拉再躺在自己的懷裏休息一會，亞拉卻堅持要快點找到查得。現在的外面已經不安全了，誰也不知道什麼時候會不會再遇到這些外星異形。

奧萊擦了擦亞拉濺在臉上的血跡，他漂亮嬌滴滴的妻子啊，平時錦衣玉食，嬌生慣養，現如今卻跟着他淪落到了這副田地。奧萊動容地拉着亞拉的手："老婆，謝謝你剛才救了我的命。"

"別跟我見外說這些客氣話。"亞拉調皮地冲他眨眨眼睛。奧萊做夢也不會想到，他一直以爲把他當成"自動取款機"的老婆居然會爲他擋子彈，原來她是真的愛他的。

奧萊覺得心裏暖暖的，雖然現在什麼都沒有了，卻萬幸找到了差點錯失的真愛。只要兩個人的手一牽，心裏就有了最溫暖的保護傘。

"走吧。"

兩個人手挽着手，心中一高興，再遠的路也不算什麼了。兩人邊走邊聊，夫妻倆這才發現也已經很久沒有這樣聊過天了。當走到了查得家門前時，他們還覺得路太短了，還沒聊夠哪。

查得家的情況更慘，奧萊家裏好歹還剩了幾塊廢土堆，他們這裏連土堆都不剩。大地被翻攪得亂七八糟，到處坑坑窪窪，無從下腳。

查得家的地下室奧萊有印象，他們還是"好兄弟"的時候他可沒少去他家的地下室尋歡作樂。一次叫上二十個漂亮小妞，把大門一關，三天三夜不出來也是常有的事。現下往事歷歷在目，當年的"兄弟"卻帶頭抄他的家！

奧萊一槍轟向地下室的大門，那扇厚重的大門瞬間被還原成了物質塊，成爲步槍的能量。

查得家的地下室同樣有三層，奧萊領着亞拉長驅直入。在地下三層的大客廳裏他看到了一大群他熟悉的人，都是他曾經的鄰居們。早沒電了，發電機也壞了，這些人都是靠着蠟燭（奧萊星球上的蠟燭主要是從一種水生生物體內提取的成分來製造的，好不容易等奧萊他們種族也發明了電力後，這些可憐的生物算是逃過了滅絕的下場）和本來是用來收藏的古董油燈（奧萊星球上的燈油是從一種礦物中提取的）在照明的。而奧萊拿的步槍上面可有照明燈，等奧萊闖進去時，大家都習慣了那暗淡的燈光，這會被他那槍上的明燈照得都睜不開眼。"我的好鄰居們，好久不見啊。"奧萊冷着臉，冷冰冰地說。

這一群人一看到奧萊嚇得立刻站起來，惶恐地面面相覷。

媽的，是誰說這傢伙肯定死了！

糟糕了！他肯定是來報仇的，我們可是搶了他的家啊！

他手裏拿着的是什麼？是槍？而且好像還是外星人的？不會吧？天哪！！！

每個人心裏都在悄悄打鼓，卻乾瞪眼誰也不敢說話，畢竟搶劫奧萊家這事他們人人都有份。

“那個……”一個人試圖打破尷尬的處境，話還沒説出完，亞拉突然一聲大叫打斷了他的話。

“在那！查得躲在那裏！”

奧萊把燈照過去一看，只見在衆人的後面，沙發背後，肥胖的查得正嚇得瑟瑟發抖。聽見亞拉這麼一喊，他一屁股跌在地上。

奧萊越過衆人，毫不客氣地走過去將查得拎出來，狠狠地丢在亞拉的腳下，用槍指着查得的頭。這個曾經叱吒風雲不可一世的銀行家這會嚇得慘叫連連，直抱着奧萊的大腿求饒。

“那什麼！誤會！都是誤會！你聽我説！不是你想的那樣！”

“趁着我家裏没人，帶着我的好鄰居們去我家裏打劫，還惦記强暴我老婆，原來都是誤會噢？”奧萊依舊眼神冰冷，震得查得渾身發抖。

“就是他唆使我們去的。”一個人低着頭小聲説道，看也不敢看奧萊。

“就是，他説你死了，老婆又年輕，家裏那麼多值錢貨浪費了也是浪費……我們本來可没打算去。”又一人爭辯道。

“查得説我們要是不去，逃跑的時候就不帶我們，也不讓我們進他家那個最大的地下室！”

“他還説你壞話呢！！”

“是啊！就是他！”

一下子風向逆轉，所有人突然都跑來指責起查得來，好像所有的壞事都是查得唆使的一樣。查得氣得臉上的肥肉直顫，指指這個又指指那個，一句話也説不上來。

誰也不是傻瓜，眼看着奧萊全副武裝一臉兇神惡煞的樣子就是來尋仇的。且不説他到底是咋活命的吧，他手裏的槍可不是玩笑，他們都知道這些外星武器的厲害。再説本來搶了人家東西就心虛，一見奧萊尋來，立刻變成牆頭草，倒得比誰都快。

“奧萊，你那東西咱們雖然拿了，但是都没動呢，就在隔壁房間放着呢，現在家都變成這樣了搶了也没地方放，咱們拿的都還你。”立刻有人開始示好。

“是啊，現在大家都是亡命之徒，也不要爲了點東西傷和氣，人没事就好。”

奧萊冷哼一聲，對於人情世故他最是瞭解，既然他們服軟，給個臺階就下了吧。他也就緩和了臉色：“我知道跟你們無關，我也不在乎這點東西，但是他企圖侵犯我老婆這事肯定不完。亞拉，你看想怎麼辦就怎麼辦吧。”

查得卻還在那裏不停地磕頭道歉（類人型外星智能生命的很多社會行爲和禮節都有和人類很相像的地方，人類在發現這一點後甚至還專門有了個學科來研究此類現象呢，在高等學府裏還是一門選修課），形象全無，他怕極了亞拉一槍崩了他，態度之誠懇讓亞拉對他的氣都消了一點。

亞拉想了想，扔下了槍，捏緊拳頭抬起腳，狠狠地將查得揍得又腫了一圈這才罷休。她剛坐下來，立刻有人殷勤地過來給她處理傷口。

奧萊看着自己的這些鄰居們，雖然個個都在趁火打劫，卻也一個個都失去了打拼了大半輩子的家園。每人都愁眉苦臉，徬徨無依，他也不想再爲難他們了。還有人活下來總歸是好的。

「你們知道還有多少人活着嗎？」奧萊問。

一個年輕人立刻答話，態度恭敬，大家已經把領袖從查得自動更換成了奧萊：「我們這裏只有三十多人，不知道其他的地方還有沒有倖存者。」

「我看這些外星人好像一般只回收地上的物質，地下的空間都沒有被破壞，所以其他的地下室和地下通道應該也會有活着的人。」

大家紛紛點頭稱是。

「那您覺得我們接下來該怎麼辦呢？難道一直在這裏嗎？這裏的食物也不多了，也不知道什麼時候會有人再進來。」

「不。」奧萊斬釘截鐵地説：「我們不能坐以待斃，附近就有一個天寶地鐵口，我們先到地下去。地下的下水道、地下變電所和地鐵什麼的應該都會在的。我們要找到其他人，大家團結在一起才能有辦法抵抗侵略。」

就在還不到一天的時間裏，經過了這麼多事，奧萊倒是成長了，他從來做的都是用錢生錢的事業，本來是最看不起實業家的。但現在，他想起了以前一個被他在各種場合都大肆嘲笑過的傢伙，那人和奧萊年紀差不多，是做成衣工廠的，生意也做得挺大。奧萊一直鼓動他要麼上市賺大錢，把企業交給職業經理人打理不就好了，要麼把產業賣了好好享受生活。但那個傢伙只是説「不行，我對我的員工是有責任的！」奧萊現在看着自己手中的步槍和淨水器，才發現他現在對這些倖存者，也是有着很大責任的。這會他才算是理解了那個傢伙的心理。他看着對他殷切期盼的鄰居們，鄭重其事地説：「現在我們絕不能自相殘殺，大家要團結起來。只要大家將力量集結在一起，就一定有辦法生存下去。」

大家歡呼起來：「好！我們都聽奧萊的！」

奧萊看着人群裏的亞拉，兩人相視一笑。

奧萊的猜想沒有錯，當他們一隊人進入到天寶地鐵時，地鐵仍舊還在運行，地下的設施沒有遭到任何破壞。

他們沿着天寶線往前走着，剛走到天寶線與天宮線的交叉口就遇見了人群。這些來自四面八方的人原本並不相識，可是現在彼此看到對方都感動地流下了淚水，他們熱情地擁抱，像是失散多年的家人。

「活着就好。」

「總有辦法渡過難關的。」

他們噓寒問暖，彼此友好地交談，分享食物。災難讓他們團結得更緊了。

「我們把所有活下來的人都集結起來，我們不能坐以待斃，我們必須要抵抗侵略。」一個高大的年輕人目光炯炯，他熱切地看着奧萊說道：「你們要加入我們的隊伍嗎？我們一起驅除侵略，再建家園。」

奧萊回頭看了看自己身後的人們，他們都在一夕之間失去了一切，現如今他們必須得再一點點地奪回來。

奧萊點點頭，他伸出手，與年輕人的大手用力地握在一起。自此，兩股人群聚合在一起，漸漸又形成了龐大的地下抵抗組織。因爲奧萊手中的外星人科技，抵抗組織對其進行了逆向科技研究，製造了不少新式武器，倒也確實給人類造成了不少麻煩。

「搬搬搬！全都搬走！快點！」李昂指揮着自己的手下仍在忙碌着。

李昂來回溜達着，不錯過任何一個房間，乖乖！這傢伙得是多有錢啊，光地下室就有這麼多房間！

李昂東挑西揀，將能運的東西通通運走，一點不留。

他走着走着，突然發現角落里居然還有一個房間。他推了推門，門應聲而開。

內裏亂糟糟的，東西已經基本搬空，只剩下一些雜七雜八的東西丟得滿地都是。

李昂興奮地大叫一聲，立刻讓夜壺招呼全部船員：「大伙把手頭的貨搬完快點來地下室三層最右邊，這裏超大啊！還有好多東西！」

他每撿起一樣東西就立刻讓夜壺掃描確定它的價值，夜壺同時爲好幾個人服務，煩不勝煩，語調機械地重複着：「保留，保留……丟棄……丟棄……」

這傢伙居然開了自動回覆系統來偷懶，李昂心情好也懶得理它，不耽誤幹活就成。

李昂彎着腰還在東挑西揀，心裏還在美美地盤算：等把這些東西都賣掉，也得把夜壺這套老舊的交互界面更新一下，它還是老版的 V.01 系統呢。這傢伙也盡職盡責地爲自己幹了這麼多活，得好好善待它。

二亮一行人搬了半天早就累得沒有力氣了，就算宇航服有着液壓助力系統，也是吭哧吭哧動作越來越慢。

「可不能浪費了，看見有價值的都撿回去！」

李昂從一堆垃圾東裏挑挑西撿撿，突然覺得自己這樣子和留在太陽系裏的那些「人」們有什麼區別，不都是得靠着撿垃圾爲生嘛。那自己費勁巴拉的找了個騰蛇到底有啥意義。

李昂心裏突然湧起一陣心酸，敢情自己這要混成乞丐了啊。即使是到了現在，他的飛船每次也只能跟在大船的後面撿點別人遺棄的剩料，活得仍舊憋憋屈屈。

李昂感覺身體裏的熱情燃燒殆盡了，他突然覺得累。

不一會錢大友和城子興冲冲地衝進來：“船長，那雕畫摳下來了。一點沒壞！”

李昂索然無味地點點頭，突然間沒了興致。

“差不多就回去吧，這裏也沒什麼好東西了。”

幾個船員繼續吭哧吭哧地搬着東西往飛船上運，李昂的懷裏懷抱着一盞精緻的燈，看來他十分喜歡這個燈呢。

“哎！”李昂長嘆一聲，看着手裏的燈，不知是應該喜悅還是悲傷。

他記得看過自己家族的大事紀要，自己的祖先中也曾出現過一個富得流油的超級富豪呢，那應該是地球紀年的事了吧。後來他們家族越來越沒落，最後就混成了李昂這個熊樣子，不過這次找了這麼多好東西，應該能追上自己的那個祖先了，終於啊！

“唉……他奶奶個腳！管他乞丐不乞丐的，今後老子總算是又要富起來啦！”

李昂收拾了收拾沮喪的心情，想着自己的苦日子總算要熬到頭了，眼中浸潤着熱淚。一滴晶瑩剔透的液體從他的眼角濺落，慢慢地落了下來。

半空中，一滴透明的液體，慢慢下落。

“啪！”一滴液體掉在易小天的臉上，易小天一驚，抹了一把臉，揉着眼睛坐起來。

“我靠！我怎麼在這兒就睡着了。”易小天揉揉腦袋，擦了擦嘴角的口水，腦子裏仍舊嗡嗡地響個不停。

他平常都不睡午覺，而且也很少做夢。可是剛剛隨便往桌子上一趴居然就睡着了，而且特別奇怪還做了一個好長好長的夢，又是戰爭又是外星人的，搞得他現在腦子裏還感覺有飛船在來回飛着呢。

奇怪了，易小天自己也搞不懂，他平時又不看科幻小説。甚至別説是科幻小説了，他連大字一共也認識不了幾個，還看書呢。可居然做了這麼個怪夢。

他也沒多合計，抬頭看看鐘，靠！都三點了！這要是被經理抓到他跑到酒庫來偷懶估計又要扣薪水了。

易小天抖擻了一下精神，將被壓歪的蝴蝶結擺正，推着酒車走了出去。

門開啓的一瞬間，昏暗的世界突然一片燈火通明，各種嘈雜的音樂聲和女孩子的歡笑聲此起彼伏。

經理老遠的看見易小天臉就耷拉了下來：「易小天！你給我過來，又跑哪兒去偷懶了！」

　　易小天在心裏慰問了他全家祖宗十八代，臉上卻掛着討人喜歡的微笑，腳下一轉，聳着肩遠遠地躲開了經理。

　　「他奶奶個腳！鬼才去聽你囉唆呢！」易小天心想。

最古老的行業也受到了挑戰！轉行還來得及不？

千禧百樂門——一家揚言將來要把分店開到火星上去的超級娛樂會所。看到這句宣傳語，易小天當時就笑了。你以爲是在日本啊？就咱們這地兒，你能保證還存在着就不錯了，還敢吹牛？

要說這百樂門火嘛，他倒不否認。畢竟一家風月場所竟然還能開個幾家分店的，這實力就算是無人能及了。網上一直流傳，要想找全城最漂亮的女孩那直接去百樂門保準沒錯，保管讓你後悔爹媽怎麼只給了你兩隻眼睛——到時候只嫌不夠看啊！位置嘛，那可就難找嘍，除非是朋友的朋友的朋友（有時還要再多托幾個人）帶路，並且那人還得是個老司機才行，否則你要想去爽一把的話，門都沒有。

相傳百樂門的背後老闆勢力極大，人們尊稱他爲“老K”，黑道中人沒人敢不買他的面子。他極少露面，人們一直傳言說這位老K年紀三十左右，身材十分挺拔英俊，但是爲人冷漠，幾乎不近人情，下過的命令絕沒有收回的道理。他涉黃涉毒，做的都是黑生意，留下了不少讓人膽寒的傳說。其中最誇張的，據一個自稱給他當過助理的人說，有一次一伙仇家把他綁去關在一個黑屋裏想要給他來一個“全身整容”，可事後老K倒是没事人一樣出來了，連領帶都没亂，可那伙十幾個人卻全都進了精神病院。並且一聽老K這個詞兒，甚至是聽到“K”這個字母都要犯病，一犯病就歇斯底里地大鬧，嘴裏不斷地嚷着“大哥，大哥，我錯了，再也不敢了，饒我一條狗命吧。”然後就是不斷地哭，拿頭撞牆，屎尿都拉在褲子裏。醫生治了一年多才好一點，但出了院那幫人也徹底廢了。警察其實注意老K很久了，可他表面功夫做得極好，在臺前一直就是一個正正經經的生意人形象，警察竟然也一直找不到證據來捉他。圍繞在這個男人身上的迷霧很多，他始終帶着神秘的色彩活在大家的口耳相傳中，從來沒人見過他。

百樂門是老K一手創建起來的。他做事苛求完美，對待自己百樂門裏的姑娘要求極高，除了美貌，還要有學歷——低於本科都不行、才藝——起碼得會跳一段鋼管舞，考核標準極嚴。很多女孩以能進入百樂門而自豪，畢竟，那可是證明了自己的美貌和才情是得到過權威驗證的。

的確，百樂門裏的每一個女孩都美得讓人移不開眼，而且是各有千秋，各有各的美，每一個都讓人垂涎三尺，驚爲天人。隨隨便便眼睛那麼一勾，保管你魂飛天外，哭爹喊娘，着了魔一樣的往百樂門裏衝，攔都攔不住。所以百樂門一直是良家婦女的噩夢，男人的樂園。

但凡老公徹夜不歸的，跑不了絕對是進了百樂門。在百樂門門口一堵，今兒個不出來，明兒個保管出來，明兒不出來，錢花完了總要出來。所以百樂門對面形成了一條奇葩的小吃街，專門招待這些徹夜圍剿老公的怨婦們，畢竟她們連天奮戰也得吃喝嘛。但百樂門門口警戒森嚴，她們根本進不去，何況她們也不敢招惹老 K，只能滿腹怨氣地在百樂門對面等着，久而久之竟然形成了一個規模不小的夜市。

只要進了百樂門，不花穿你的口袋人絕對不出來。當然也有很多男人花穿了口袋仍然留戀溫柔鄉不願意出來的，那就只能麻煩百樂門的保鏢囉，那時他們就會毫不留情地將這些曾經的款爺扔在馬路上。

被扔出來的男人非但不生氣，下次有了錢仍舊大把大把的撒在裏面，就像是中了邪一樣。

百樂門就這樣烈火燎原般的旺了起來，一旺就是十幾年。

當易小天在網上玩《魔攻王》[一個山寨了山寨了國外知名單機遊戲的網遊的頁遊，説着像繞口令，但沒辦法，事實就是那樣] 時，本想充值買藍鑽，不小心手一抖，鼠標點錯了到一個彈出廣告裏去了，才看到了"百樂門"的招聘信息。當他看到那個廣告時，雖然認定什麼"開到火星上"絕對是吹牛，但他通過很多貼吧、微博、朋友圈啥的也是知道"百樂門"的名聲的。於是就背着小破單肩包，往裏面塞了兩件背心、一條短褲，就從老家裏出來，按照招聘廣告的地址一路尋了過來。

那是三年前的事了吧，易小天剛從學校裏出來，他連初中都沒讀完就被老師給趕了出來。他反正無父無母光杆司令一個，上不上學也沒人關心，乾脆不讀了！他不讀書，政府的上學補助自然也就斷了。爲了生計，小天只得自己出來打工養活自己。但是這個年代初中都沒畢業的未免也太少見了，何況還未成年。到處碰壁之後，小天無所事事，只能天天往網吧裏鑽，這才知道了千禧百樂門高端洋酒會所的招聘廣告。

它上面寫的要求非常簡單，學歷不限，年齡不限，膚白貌美人緣好，人精嘴甜會推銷。易小天當時眼睛就亮了，他奶奶的腳！這不是爲他量身定做的工作嗎！

當時他趕緊跑到馬路邊停着的轎車前，對着後視鏡一頓猛照。嗯，他易小天的確皮膚白嫩，巴掌大的小臉上，大眼睛嘰裏咕嚕亂轉，他正值十六七歲的花樣年華，妥妥的小鮮肉一枚，這膚白貌美是絕對對得上號。這人精嘴甜那是想也不用想，他易小天別的本事沒有，這張巧嘴卻是能把死的説成活的，能把黑的説成白的，這還有什麼可顧慮的。

再説這洋酒會所嘛，也就是掛個名而已，誰人不知這會所實質是做什麼的，但不管推銷什麼，他小天從小就長得討喜，聰明伶俐，最會的就是推銷了。

等易小天到了百樂門對面的那條夜市小吃街，從無數個滿臉怨氣的怨婦們中間穿過時，他還不以爲意，可等他看到街對面那個"李小三蘭州拉麵"的招牌時，整個人就傻眼了，説好的會所呢？

他奶奶的腳！拿出手機又仔細對了對地址，沒錯啊，廣告上説的地兒就是這裏啊！

易小天傻站了半天，正不知道怎麼辦好，這時那個拉麵館裏出來兩個廚師打扮的壯漢，拖着一個醉醺醺又衣冠不整的男人扔了出來。男人嘴裏含含糊糊的不知道在喊些什麼，連滾帶爬的還想往拉麵館裏進，奈何那兩個壯漢只是不肯，把這個男人硬是推進一輛出租車裏去了。

易小天何等聰明，一看現在機會來了，就將身邊那些怨婦扒拉開來，兩口把手裏的章魚小丸子吃完，在背包帶上擦擦手就向那兩個壯漢走過去了。等他説明來意，那兩個一臉兇相，胳膊上的"龍虎豹"都紋到手背上去了的"廚師"先是沒收了易小天的手機和遊戲機，然後又拿出一個易小天叫不出名的，好像對講機一樣，但上面多了好幾根天線的玩意兒來，在易小天全身上下仔仔細細掃了一遍。

"嗯，這小子身上確實沒帶監控器，看着也不像是條子派來的。"這兩個"廚師"檢了一下那滿是天線的玩意兒上的顯示屏，説完這話，才帶着易小天進了拉麵館。

易小天跟着他們進了拉麵館的廚房，看見這兩個"廚師"打開一個大冰箱，沒想到裏面卻是一道暗門，他們在暗門上的一個指紋鎖上掃描了一下手指頭，暗門開了，易小天這才算進了"百樂門"。

好傢伙，外面就是一個寒酸的隨處可見的拉麵館，可進了這道門，裏面卻是別有洞天。這"百樂門"的裝修簡直趕上皇宮了，到處金光閃閃，易小天這個從四線城市來的可憐娃兒嚇得腿肚子直打戰。

滿眼望去，只見那：大廳金碧輝煌，上面一盞三丈鑲鑽水晶吊燈傾瀉而下，那螺旋形樓梯，那扶手，那門，皆是細雕新鮮花樣，極盡奢華，一色淡金白玉牆。向下一望，樓梯臺階白石雕成，扶梯鑿成各式精巧花樣。左右一望，皆滿眼璀璨，下面隱隱傳來股股笑聲，當真如仙樂灌耳。沿着樓梯向下，見那滿目霞光皆翡翠，白玉玲瓏醉心扉。眼見各種絕色美女鶯鶯燕燕，巧笑嫣然兮，香氣襲人，眉目含情，真真個叫人心馳神往，意亂神迷。乖乖，我這是到了哪兒啊！易小天只看得血脈賁張，六神無主，飄飄忽忽，如墜雲端。怕是那皇宮也不過如此吧。

隨便往房間裏一瞧，雕龍畫鳳，紙醉金迷，擺的盡是些奢侈昂貴之物，怕是尋常人家平生見也難見上一次，更別説把玩一番了。小天跟着領路人的腳步一路看來，不由得嘖嘖稱奇，今日算是真開了眼了。只見那人又向下走了三層，走廊曲曲折折，竟似走也走不完。到了第四層忽而左拐，只見入門便是曲折遊廊，竟似另一番風味，階下石子壔成甬路，邊上開着小門三扇，裏面都是合着地板打就的床几椅案。從裏間房内又得一小門，出去則是室内花園，有大株盆栽觀賞梨花兼着紫藤蘿，繁花點點，又見清泉流瀉而下，真個是美不勝收。

那人站在一扇門前停住了腳步，輕輕敲了敲門，轉頭對小天道：“這裏的就是負責招聘的劉經理，進去吧。”

小天大着膽子推門而進，饒是前面見過了諸多奢侈華美之物，這劉經理的辦公室仍叫小天大吃一驚，且不説那宋代景德鎮窑影青執壺、清光緒粉彩龍鳳紋茶壺等等琳琅滿目的古董，令人目不暇接，易小天雖不識貨卻也知道這必然價值連城。他一想，連一個小小的經理都混得如此風生水起，那自己以後就更有前途了。他似乎看到了自己未來的希望，説什麼也得擠進百樂門的大門。

易小天那張嘴真是比蜜糖還甜，面試的劉經理被他捧得上了天，又見小天聰明伶俐，臉上始終掛着討喜的笑容，當場大筆一揮，將小天簽了下來。

易小天流落街頭大半年，終於有了第一份工作。

這一晃，來百樂門也有三年的時間了。這三年工作下來，易小天除了身高像發麵饅頭一樣急速躥高，越來越挺拔，越來越時髦帥氣外，最大的收穫就是他儼然已經成爲百樂門的第一大推銷高手。

他手裏負責的那幾個女孩的生意總是比別人的姑娘生意好，瞧得別人直眼饞。後來有的姑娘坐不住了，悄悄地找到小天，在他那張纖細修長的美手裏塞上一大把錢，叫他也幫襯着介紹介紹客户。

這放到手裏的外快誰不賺呀！小天當場眼睛就亮了！小手一握，這買賣就成了。第二天小天沒給那個山西的煤礦老闆介紹自己手下的頭牌——薇薇，轉而介紹了昨天給他塞了錢的嵐兒，這些姑娘們自己接觸顧客的機會有限，真正的生意還得靠這些個推銷員。雖然背後將小天罵了個狗血淋頭，沒奈何，還得盤算着怎麼把他給搶過來。

小天一下子成了姑娘們的香餑餑，有的給鈔票，還有直接送人的。小天晚上下班回到家，被窩裏保管香噴噴的卧着一個大美女，那段日子可真快活啊！

小天舔舔嘴巴，其實那些女孩一點都不虧。像他易小天也是標準的小鮮肉一枚，眉清目秀不説，床上功夫更是一流，跟他有一腿的姑娘個個都誇他功夫了得，更有幾個意亂情迷之時揚言想要嫁給他當老婆呢。

小天一直以爲自己能一直這樣順風順水下去，賺他個盆滿鉢滿，回老家也開他個分店，神氣十足地將那些富豪丟出門外去，然後再找個最漂亮的女人當老婆，他的人生也就圓滿了。哪知人算不如天算，大概是去年開始，世界一流科技企業——中國的"牧歌"將本來還在實驗階段的 VR 不斷進行深化研究，尤其是"你懂的"的那個方面。並且收購了全世界所有研究 VR 設備的大型公司股份，終於研製出了目前市面上最先進的 VR 設備——"鏡花緣"。只要戴上"鏡花緣"——這一整套 VR 設備包括頭顯（頭顯除了視覺眼鏡，還有扣在鼻子上的虛擬嗅覺設備和含在嘴裏的虛擬味覺/舌感設備），體感背心，挎在腰間，裹住下體的"×（不好直接叫此設備的功能名稱啊，原因你懂的，呵呵）設備"，虛擬觸感手套，再加上步行/跑步模擬步行機，便立刻可以進入到一個虛擬的世界中去。不同的 VR 遊戲軟件設定不同，這便有了無數個不同的世界可以選擇。在這些個虛擬的 VR 世界中，遊戲設置了各類美女和各類美女養成任務。不但可以選擇心儀的美女，還可以選擇與美女的邂逅，約會，甚至洞房的方式，體驗極棒。

　　這些個虛擬世界內設有極其逼真的世界架構和世界觀，更有逼真的故事背景可以隨時選擇。玩家只要一戴上"鏡花緣"就可以進入這虛擬的世界呼風喚雨，一路成仙成神，成爲任何自己想成爲的角色和人物。美女嘛，自然更是任君選擇了。

　　"鏡花緣"的出現，立刻引起了全世界富有玩家們的瘋狂擁戴，頭一批貨在網上三秒內就全部訂購完畢，全世界也不斷出現玩家幾個月幾個月的排隊購買，也不怕丟了工作——反正老闆也和我一起在排隊啊——的現象。只是這一套高配置的 VR 設備價格極其昂貴，像易小天這樣的屌絲是只有眼饞的份了。但是對於任何一個男人來說，能擁有一套高配置甚至是頂配的"鏡花緣"絕對算得上是人生的第一大奮鬥目標了。易小天更是心癢難耐，立刻更換了人生的奮鬥目標，他奶奶個腳！老子好歹也要來一套！

　　但是令易小天萬萬沒想到的是，VR 火了，他們百樂門的生意卻凋謝了。這些大老闆們有了全新的愛好，都蜂擁地購進頂配的"鏡花緣"去了，將其放在家裏或者公司裏，隨時想玩隨時玩。並且這玩意兒畢竟只是遊戲，是假的，家里人也覺得這樣總比那整天不見人影的去和妖豔賤貨們鬼混來得強。家人一默許，這些男人更加猖狂，來百樂門找樂子的人自然少了，易小天本來還想存錢也來他一套，哪怕先買個低配的過過癮也成啊。據說那玩意兒比真人都爽，哪知他還沒存上買一副頭顯的錢呢，百樂門的生意就一落千丈，他的業績提成瞬間縮水，買上一套就更沒指望了。

　　易小天一下子也跟着蔫了。以前那些成天圍在他後面叫小天哥的姑娘們也懶得理他了，那些揚言要嫁給他的姑娘更是看見他就翻白眼，直罵他沒用，連個客人也接不到。

易小天很是憋屈，世道變了，不是他易小天不招待，是壓根就沒人來啊！那真是巧婦什麼做不了沒米的飯還是什麼的。易小天本來想的是巧婦難爲無米之炊，奈何他肚子裏墨水少得可憐，想了半天也沒想起這句話來。

剛才他又不小心在酒屋裏偷偷睡着了，這下可犯了大忌，經理正到處找碴，準備裁員呢，他可不能往槍口上撞。

小天推着酒車無所事事地東搖西晃，百樂門現在客人比服務員還少，真不知道如果一直這樣下去這日子可怎麼過。

易小天現在把全部的希望都寄託在老 K 的身上，希望他趕快回國處理一下這邊的大事。據說他常年旅居國外，沒有大事不回國，現在這總算是大事了吧，百樂門的生意遭受重創，連帶着下面的人也跟着遭殃，可沒有比這更大的事了。易小天胡思亂想着，就看見自己手裏的頭牌姑娘薇薇正端着紅酒站在窗前不知出神地望着什麼。

小天賤兮兮的蹭過去，伸手在薇薇彈性十足的屁股上摸了一把："薇薇，今兒晚上沒事到我那去玩唄。好久沒來了，哥哥可真想你。"小天輕輕地在她耳邊哈氣。

哪知薇薇一個大白眼翻過來，嫌棄地把他推到一邊："都什麼時候了，誰有空搭理你。"

喲呵！易小天冷不丁吃了個閉門羹，心下大大的不痛快。百樂門生意淒慘，直接影響最大的就是這些個貌美如花的姑娘們，越漂亮的姑娘損失越慘。現如今漂亮反倒成了劣勢了，反而那些相貌平平的女孩平時也沒賺那麼多，花銷自然有分寸的，賺得少了少花點就是了。可是這些派頭大的，長得超級漂亮的，平日裏大手大腳的被人養慣了，一下子斷了收入，平時又不節儉，錢早花了個乾淨，現在生意變差，收入直線下滑，這些美女們的日子就不好過嘍。平時一個個鼻孔朝天，現在傻眼了吧。

易小天不以爲意地聳聳肩，老子還大大的不痛快呢！平時有用的時候一個個巴巴地貼過來親熱地叫着"小天哥""好哥哥"的，現下沒有利用價值了，就一腳踹開，這就是女人的本性，哼。

小天剛準備推着小車離開，哪知薇薇卻又轉過來，雙眼含着淚，神色淒楚，十分楚楚可憐："小天哥，你救救我吧。"

易小天平日裏最是憐香惜玉，最見不得女人哭，這女人一哭，他立馬沒轍，哪怕明知是火坑也傻了吧唧的往裏跳，嘴裏面忙不迭地罵自己白痴，腳下卻動得飛快。

"薇薇，怎麼了？有什麼事和你小天哥說。"小天的老毛病犯了，心裏暗罵着自己怎麼又犯賤了，手上卻幫人家擦起了眼淚。

薇薇能成爲他手裏的頭牌可真不是蓋的，她是真漂亮啊，身材十分惹火，直看得人血脈賁張。小臉長得一點都不比那些個明星差，傳聞她曾經參加過那個著名的郭導的選秀。本來都選上了，可在試演那天，她的家門突然怎麼都打不開了，手機、網絡、電話全部斷掉，直到第二天早上才恢復正常。從陽臺喊鄰居，没人應聲，好不容易看到樓下一個大爺喊了一聲，那大爺卻是一轉身就回了樓裏。結果就是和她競爭的那個長得像"旺財"的小娘們被選上了，人家的老爹可是上百億的影視集團的老闆啊。後來薇薇就萬念俱灰，跑到百樂門就職了。小天惦記她可是惦記了好久了，第一次把她搞到手時還因爲太激動不到兩分鐘就泄了，簡直是奇恥大辱。

薇薇啜泣着，大眼睛含情脈脈地看着小天，細滑的小手握着他的胳膊。小天暗叫不好，果然聽見薇薇説："小天哥，我再過幾天就要還信用卡了，我上個月没什麽收入，這個月也没什麽客，再這樣下去我可就真要餓死了。我信用卡已經被刷爆了，再不還錢你就只能幫我收屍了。"

小天乾巴巴地笑着："薇薇啊，不是我不幫你，你又不是不知道我，我比你們可賺得少多了，你没剩，我就更没剩了！我可没錢借你。"

薇薇忍不住白了他一眼："誰問你借錢了啊！就你一個月那點工錢連給我買雙鞋都不夠。"

小天無話可説，畢竟她説的是殘酷的現實，他的確就那麽點工錢。

薇薇朝他擺擺手，把他拉到身邊悄悄説："我是説，你從現在開始多幫我介紹幾個顧客，凡是進店的客人你全都弄到我這兒來，放心，到時候好處少不了你的。"

這可難辦了，小天有點爲難，現在客人這麽少，每個銷售員都巴不得把客人攬到自己那裏，雖然他是金牌銷售，可他也不能去搶別人的生意吧。

薇薇狡黠一笑："我知道你擔心什麽，你看，我這不巴巴地在這站着嗎？你猜我爲什麽站在這？"

小天搖搖頭，薇薇得意不已："我這個位置，可以看到西南兩個入口通道的情況。只要有客人進來，我立刻打電話給你，你去把客人給我搶過來，然後送到我這兒來。千萬不能讓別人給我搶了。"

易小天微微無語，這姑娘是窮瘋了，這麽乾等着能等到幾個人啊，現在客人這麽少，保不齊站一天也碰不到一個呢。

易小天還没想完，就聽見薇薇尖叫一聲，她一把拉住小天，遙指着入口附近的一個戴墨鏡的男人。那男人行色匆匆，左顧右盼，明明進來了，卻在入口處那裏遲疑不已。

"就是他！你看！真的有個人！快去把他給我拿下！小天！他一定是要進來的！"

小天被薇薇一把推走，他在光滑的大理石地面上滑行了一小段距離，才趕忙調整步伐飛一樣地衝過去。乖乖，這都能被她堵到一個人來。小天也已經快一個禮拜沒開張了，這個單說什麼也不能讓他跑了，管他是不是來百樂門的，只要他易小天一張嘴，保管他管不了自己的腿乖乖進了來，只要進了門，那就是他小天的天下了。

　　易小天一路跑過去，就怕被別人搶先了一步，剛到大廳，那個戴墨鏡的壯漢便急匆匆地走了過來，時間剛剛好。

　　易小天偷偷鬆了口氣。

老友記

"歡迎光臨百樂門。"易小天拿出了足以打上一百二十分的營業用笑容，身板挺得溜直，緊接着一個標準的九十度鞠躬。

進門的壯漢看也沒看他一眼，眼睛不住地四下裏打量，看起來有點着急。

他奶奶個腳。這種顧客他也見得多了，一般這種男人沒有什麼情趣可言，基本上一上來就直接進入正題，最喜歡撕開女人的衣服，聽女人的嘶聲尖叫。偏偏他們就還有着令人羨慕的好體力，看他這肌肉估計今晚薇薇要有的忙了，不到明早他絕對不會罷休。

行了，易小天估量好了他的需求，也不多廢話，"請您直接跟我去負四樓吧。"

"負四樓?"男人微微一愣，又回頭匆匆朝百樂門門口看了眼，轉頭看着易小天："負四樓有比較隱秘的房間嗎?"

乖乖，這傢伙至少得有一米九吧! 這大塊頭可是得找個隱秘的房間才行，易小天一副了然於胸的樣子，拍了拍他的胸肌："瞭解，不但隱秘，隔音效果還好着呢。"

壯漢便率先一步快步向電梯走去，這架勢比薇薇還着急，着急好啊! 越着急錢掉得越快，薇薇這小妖精保管把他身上裏裏外外榨得一滴不剩。

"先生，我們需要先到負四樓櫃檯提交一下定金，辦理一下相關手續。"

男人沒說話，摸出錢包將厚厚一大摞現金扔在易小天的手裏，"免了吧。"

得嘞! 易小天在心裏歡叫一聲，美滋滋地把錢揣進自己的後屁股兜，左邊的屁股立刻性感地鼓了起來。

有錢能使鬼推磨，有錢能使他易小天上刀山下火海在所不辭，免一個登記豈不是小事一樁。

易小天搓着手，極盡所能地討好這位金主，沒辦法，現在生意難做，來個人就得像大爺一樣伺候着。哪像以前客人爆棚的時候，那時候來的客人反而還得討好他們這些銷售呢，小費大把大把的給，以便能夠在排隊時靠前一點，讓那些搶手的姑娘能提早伺候自己，那時候客人見了他們銷售可是要賠着笑臉滴。

"您有喜歡的藝人嗎？"

他們這兒的姑娘不叫小姐，都是以藝人相稱。她們的的確確都身懷才藝，不過是哪方面的才藝大家就心照不宣了。

"沒有。"男人稍顯冷漠。哼，小天最知道這種男人了，現在假裝冷漠，待會到了床上不定怎麼熱情似火呢。他有點心疼薇薇的小身板子了，薇薇的滋味他可是品嚐過的，那是要細嚼慢嚥才行的，這麼糙的男人哪知道她的美味啊。

易小天突然之間對這男人沒了好感。

"那我給您介紹我們百樂門的第一號美女，薇薇吧。這個薇薇呢，今年只有十八歲，身高 172 厘米，體重 49 公斤，三圍是 94、66、95。絕對純天然美女，這個我們是驗證過的。我們百樂門可不像其他那些個沒品位的會所，絕對沒有整過容的女人，也不會找一些村姑來湊數的……"易小天沒滋沒味地介紹着薇薇，男人似乎也沒察覺到他語調的變化，只是左顧右盼地趕路。

薇薇早已急不可耐地在最裏面的 1869 房門口等好了，她雙眼迷離，粉紅的舌頭舔着櫻桃小口，衣服穿得"肉隱肉現"，酥胸呼之欲出，肩膀白花花的露在外面，渾圓的屁股左扭右扭當真美豔至極。真個是：玉肌凝膚白勝雪，巧笑嫣然紅似霞。露春葱十指纖纖，擺妖嬈千嬌百媚之態。嬌喘吟吟，盡顯風流之色，眉目傳情，直撩得人暈乎乎，便似着了魔般，只想一親芳澤。小手指微微一勾，説不盡的雨意雲情，妙目一瞟，道不完的多情繾綣。直看得易小天口水長流，魂兒也飛了出去，真想就此把她拉到懷裏。薇薇平時是很含蓄的，這是最近實在沒客人把她逼急了，忍不住下快手。

她極其妖嬈地趴在門口，只等着這男人將她粗暴地扔到床上。她已經嬌喘連連，聲聲沁人心脾，直聽得易小天雙頰通紅，心臟撲通撲通亂跳，這小妖精當真是魅力無窮。

戴墨鏡的大塊頭男人低着頭看了看薇薇，突然伸出手來抓着她的胳膊，把她往旁邊用力一甩，薇薇只感覺被一股巨力狠狠地扔到大理石地面上。

易小天還沒反應過來，胳膊突然被男人用力抓住，他只感覺胳膊像要斷掉一樣："你跟我來。"

男人扔下一句話，拎着瘦小的易小天進了房間，然後"嘭"的一聲扣上了房門。

薇薇愣了三秒，恍然大悟，她怒氣沖沖地爬起來："好你個易小天！敢搶我的生意，看我待會怎麼扒了你的皮！"

她拉好衣服一邊罵一邊離開了。

易小天比她還吃驚，男人扣上房門，將易小天毫不客氣地丟在地上，然後背着手在房間裏四下看看，就趴在窗前偷偷向下張望。

我了個去！易小天在心裏罵不絕口，敢情這傢伙是看上了我啊！剛才看他那一副禁慾的樣子就應該猜到了啊，我真是白痴！易小天暗罵自己傻瓜，剛才只顧着給薇薇拉客都沒好好打量他。他奶奶個腳，這傢伙明顯就是個"攻"啊，我今晚怕是要失身了！易小天眼睛四下裏看看，想着看有沒有什麼辦法能找個機會全身而退。

小天眼睛一轉，登時便想到了一個好主意。

就在大塊頭警惕地觀察着走廊的動向時，小天突然間雙眼迷離，動作十分做作地脫了鞋，開始解自己的領帶。然後只見他屁股一翹，一個回身，上了自己的床。

大塊頭正心煩意亂，也不知到這小子到底是要幹嘛，連理都沒理他，繼續不時地掏出手機來東按按，西按按。

"先生，既然來了，就別拘謹嘛！"小天兀自風騷地解着領帶，還沒人家胳膊粗的小細腿在床上魅惑地掀開被子，從床頭那裏伸了下去。

小天性感地撩動着自己的衣服，不停地舔着嘴唇，眼睛不停地暗送秋波。大塊頭看着他的樣子狠狠瞪大了眼睛。

被他這樣一看，小天的腳嚇得立刻不敢動了。

"你有所有房間的房卡嗎？"男人惡狠狠地問道。

"也不是所有，我負責的房間就都有。"

男人沉吟了一下，"開門，去一個監控拍不到的房間。"

"這個……這個房間就沒有監控啊？您放心吧。"說着將自己香肩露出來，不停風騷地賣弄着。

男人走過來，毫不客氣地在易小天裸露的肩膀上捅了一下。易小天也不知道他是用手的哪個部位，只感覺一陣鑽心的痛讓他的眼淚不受控制地湧了出來，他奶奶個腳，這也太痛了！

"你別裝傻了，你以爲我不知道你們會所的把戲？房間裏怎麼可能沒藏着監控，你們老闆不就是用這個手段來要挾那些個前來此地的所謂'貴人'嗎？還有，別在床上賣乖了，腳給我老實點，別去碰報警開關！"

易小天一聽，得，這位爺連他們的底牌都知道。的確，老 K 就是這麼幹的，房間裏不僅有監控，床底下還藏着緊急報警按鈕呢。那是爲了防止有的客人向姑娘們提出太有"創意"的想法而設置的，女孩子遇到這種客人，就可以通過報警按鈕來報警，會所裏的保安就可以介入了。像以前薇薇就遇到過一個傢伙，表面看起來知書達理，人模狗樣的，一副專家教授的氣派，可估計他是島國動作片看多了，提出的那些個要求啊……算了，這就不細說了，總之薇薇見了這貨後，有好幾天因此請假沒來上班，而且那幾天都噁心得吃不下飯。

小天翻着白眼將衣服的領子拉起來，麻利地下地穿鞋，宣告美男計失敗。

"去一個隱秘的地方。"男人又命令道。

"那就去我房間吧,我的休息室保證沒有監控,不過您如果喜歡男藝人,我也可以給你介紹一個頂呱呱的頭牌,保準你滿意。"

"你的房間真沒有監控?"男人問道。

"絕對沒有,您想啊,要是連員工的休息室都裝監控,那他媽誰還給他幹啊?"易小天這倒說的是實話。

男人不答話,自顧自地走著。

小天真是一肚子苦水倒不出來。他率先走在前面,男人躲在他的後面,只可惜他個子太大,小天根本擋不住他什麼。

小天慢吞吞地開著自己房間的門,期待著隨便遇見個人好可以找個藉口趁機溜走,偏就今天一個人也碰不到,真是倒霉至極。

小天剛開了門,男人立刻閃身走了進去,小天沒奈何也跟著進了房間,卻聰明得沒有將門扣死,而是留了一條縫,隨時準備溜走。

男人在小天狹小的房間裏轉了一圈,又趴到窗戶前看了看,轉過來,"把你的衣服脫了。"

小天一愣,他娘的也太直接了吧!他易小天雖然是絕對不敢嘲笑這種性取向的,現今社會誰敢嘲笑同性戀那簡直是找死啊,被人扣上個"土鱉Turbo"的名號,可就再也沒法翻身了,但易小天確實是對此沒興趣啊。

男人見小天沒反應,大手突然伸將過來,那高度是準備卡住小天的脖子來個霸王硬上弓了!

"菊花保衛戰現在開始!"小天想著,拿起桌子上的筆記本電腦照著這傢伙的腦袋就是狠狠的一砸。男人被一下子打懵了,手停在半空中。就聽見"噼裏啪啦"幾聲響,易小天的廉價筆記本裂開了,男人的墨鏡也跟著碎了,他的腦袋卻仍然完好無損。

但是男人顯然被激怒了,他一把打爛易小天的筆記本,跳過來就準備給小天來一記爆頭殺。

小天驚恐地睜大眼睛,一個骨碌鑽到了床底下。他娘的,房間小還是有好處的。

男人的大腦袋伸了過來,之前他一直帶著墨鏡,小天看不清他的長相,現在墨鏡碎了,他這一探頭,小天愣了。

這人的眼睛他媽小得真有特點啊。兩隻眼睛非但小不說,且兩眼間的間距極寬,下頜骨很寬,臉被扯成了長方形,頭髮黑得發亮並且有著十分搞笑的自然卷。這人的面相當真少見,可是小天卻覺得眼熟異常,總覺得這雙無與倫比的小眼睛在哪裏見過。

男人的大手伸進來,抓著易小天的衣領開始往外拉扯。

"出來，給我滾出來。"

"是了!"易小天喊道，"韓大偉! 你是韓大偉是不是!"

那人小眼睛吃驚地眨了一眨，繼而憤怒地皺起眉頭來："不是，你認錯人了! 快點滾出來。"

他這一皺眉頭，小天又堅信了三分。這對兇神惡煞的小倒八字眉他可是熟得很。

"韓大偉! 你就是韓大偉!"易小天堅定地說，不用韓大偉拉扯，自己倒是爬了出來。

"没想到能在這裏看到你啊，韓大偉。你還記得我不，我易小天啊!"

"我說了不是，你認錯人了。快點把衣服脫了給我。"

發現這傢伙原來是知根知底的熟人，小天一下子膽大了起來，他毫不客氣地拍拍韓大偉的肩膀，好像跟人家很熟一樣："我啊! 咱們兩個都是德化中學的。你忘啦，咱倆隔壁班，我十七班，你十八班，咱倆老是早上遲到被那個教導主任亂罵，那渾蛋是姓劉還是姓李來着?"

韓大偉嘴唇動了動，卻没說話，仍舊假裝聽不懂他在說什麼。

"哎呀忘了，反正總是找我們兩個的碴，把我們兩個掛在大廳裏面展覽。你倒是好了，家裏有錢，關係又硬，老師說你兩句也就算了。好傢伙，碰見我這没爹没娘的窮小子可就不同了，指天喊地地罵個没完。那個時候我就特別羨慕你，連你的自然卷和小眼睛都跟着羨慕，你說我怎麼就不是你呢，我要是像你一樣有錢有勢，他媽的他們還敢這麼罵我嗎?"

小天說到氣憤處不由得想起了上學時受的窩囊氣。越說越帶勁，也不管韓大偉給不給他回應。

"後來，我初三的時候就不讀了，那時候本來還想跟你這難兄難弟打個招呼來着，卻也没來得及就被趕走了。"

韓大偉的小眼睛眨了眨，顯然有點好奇小天到底是爲什麼突然輟學的，可是想了下，卻没問出口。好在小天也不用他問，自己倒豆子般地說了起來。

"說起這事我就還生氣着呢，他奶奶個腳! 還記得我們班的化學老師嗎?"没等韓大偉回答，小天自顧自地說起來，"我們兩個班一個化學老師的，那個老師一看見校長笑得眼睛都變成月亮了，我早就感覺她跟校長有一腿，結果没想到是真的，你猜怎麼着? 有一次上化學實驗課，那個白痴老師根本没講明白，我按着她講的那個不清不楚的實驗過程做，結果燒杯爆炸了。嘿嘿，我是躲得快閃開了，但那個老師正好走到我旁邊，這個爆炸把她的臉給燒了，臉上落了一大塊疤，校長將責任都推給我，偏說我是故意的。他奶奶個腳，他分明是栽贓，可我也没錢没勢，就被校長趕出來了。"

其實自從那化學老師毀容了之後，校長的情人立刻換成了膚白貌美的英語老師。校長照樣快活，啥也不耽誤。這些內容韓大偉是知道的，但是他懶得說。

小天總算說出了心中這埋藏多年的鬱結，心情舒暢多了，他抬頭看看韓大偉："兄弟，你倒是變化挺大的啊，瞧這大塊頭，瞧這肌肉！好傢伙，真讓人羨慕。我說你是不是飛黃騰達了，瞧不上我們這些難兄難弟，見到我們連個招呼也不打，鼻孔抬到天上去了？"

韓大偉想了下："那倒也不是。"

他這一說，卻是默認了自己就是韓大偉的事實。他自己馬上反應了過來，可惜爲時已晚。

"哈哈！你果然是韓大偉！"

易小天樂不可支，還沒高興幾下，百樂門內部的對講機響了起來，他接起來一聽，是經理急切的聲音："易小天！你那裏有沒有碰見一個大塊頭，叫作傲得的。"

易小天抬頭看看韓大偉，心裏想，大塊頭倒是有一個。

"傲得什麼的没看見，韓大偉倒是有一個。"

韓大偉立刻臉色大變。

"什麼韓大偉？"經理奇怪地問。

"我初中同學！剛才在百樂門碰見的。"

"誰管你什麼初中同學，把眼睛擦亮點，要是看見可疑人物，或者叫傲得的立刻稟報。告訴你，那傢伙是通緝犯，抓到有獎，快點。"對面匆匆掛掉了。

小天奇怪地看着對講機，心想真是莫名其妙。

百樂門一共地下五層，中間是一個巨大的大廳，從上至下直貫五層的高度，沿着大廳四周周圍是一圈螺旋形的樓梯，沿着這樓梯便可以到達每層的各個房間。房間與房間之間又有曲曲折折的通道，環環相扣，地形甚是複雜。雖然他們現在到了最底層的員工休息室，可只要一推開門，仍能看到入口處的情況，這也是專門爲員工設置的，方便他們能夠最先看到客人的進出情況。韓大偉從門上的小窗戶往上一瞧，就看見一行穿着警服的人正在門口和經理爭辯着什麼。韓大偉心裏暗叫不妙，剛才被易小天亂七八糟聒噪了一大堆，不知何時警察已經追過來了。

韓大偉皺起眉頭，轉頭看着易小天："小天，你能幫我逃出去嗎？待會警察來搜，我就完了。"

剛才經理第一次說小天沒反應過來，現在見韓大偉的樣子，他似乎明白了什麼，"你……你不會就是什麼警察通緝的傲得吧？"

韓大偉着急地朝外面望了望，警察已經進來了。他不得不坦白，"韓大偉是我以前的名字，我現在的名字是傲得。"

小天呷呷嘴，好傢伙，當年一起罰站的韓大偉搖身一變成了洋氣的傲得了。可惜名字再怎麼變，他的小眼睛和自然卷卻是萬年不變，照樣一眼就認得出。

"放心吧！還有時間，我知道有個後門可以溜。"小天當下推開房間後面的透氣窗，冲着韓大偉招招手："不能從正面出去，從這小窗戶跳出去，後面是個小花園。"當下把桌子上的東西都撇到一邊，笨手笨腳地比劃了半天才蹦出去。傲得腳尖在桌子上輕輕一點，身子巨大卻身輕如燕，竟然一下子輕飄飄地跳了出去。

小天吃驚地睜大眼睛，這小子好功夫啊！當下不由得對韓大偉刮目相看。

千禧百樂門對外宣稱是高檔洋酒私人會所，因爲是屬於個人財產，所以即便警察對這地方百般懷疑卻始終抓不到老 K 經營百樂門賣淫的證據。現如今因爲通緝犯跑了進來，有了個不錯的理由，他們倒是要好好地搜查搜查。這百樂門到底像不像他們自己口中所説的那麽乾淨，還是真如坊間流傳的一樣，是一個巨大的賣淫窩點。

經理在門口説得口乾舌燥，大汗淋漓，無奈怎麽周旋警察今天是非進不可。明晃晃的搜查令往經理眼前一拍，經理傻眼了。現在中國警察辦案一切以證據爲先，監控確實拍到了一個大塊頭賊頭賊腦地進了百樂門嘛。經理沒話可説，無奈，只得心虛地讓開門路，讓警察進了門來。

警察剛進門來，經理立刻轉身給身旁的服務員打手勢，叫他立刻給老 K 打電話匯報情況，同時立即頒布一級緊急戒備命令。想它百樂門也是經歷過風風雨雨的，總之是兵來將擋，水來土掩，道高一尺，魔高一丈，上有政策，下有對策。

就在經理攔住警察的這些時間，小天早帶着傲得從後面不起眼的員工通道溜了出去。

易小天手腳麻利地快跑着，一邊跑一邊不忘回過頭來問："大偉哥，他們爲什麽抓你啊？"

韓大偉沉吟了一下，覺此時再來隱瞞也没什麽必要，畢竟他的身份已經暴露。

"你對'天君'是怎麽看的？"

小天奮力推開一扇沉重的門，回過頭來奇怪地問："天君？"

小天對它還是比較有好感的，百樂門裏早就把打掃衛生，給客人做夜宵，打掃"雌雄大戰"過後一片狼籍的房間等一系列髒活累活交給機器人了。又不用發工資，還不用像以前那樣擔心小職員一旦獎金拿少了，跑出去給警察告密，好處太多了。也幸好百樂門在以前生意還好的時候購進了一大批雜務機器人，否則按以前還没有機器人的那個年代的做法，如果生意不好，把保潔員、廚師什麽的幹髒活累活的人裁掉後，那髒活累活可就得他們銷售搭把手幹了。現在幸好有了機器人，就算生意不好，也輪不到他們銷售幹髒活。反正易小天倒不用擔心機器人搶了他的工作，一是現今天君控制的那些個機器人的口才根本沒辦法像人一樣巧舌如簧地忽悠人，所以百樂門還是需要他們銷售的。二是，尤其是這一點，其實曾經有好幾家企業本想着開發擬人化機器人的，這些個公司公開說是此舉是爲了緩解人的寂寞，對現代人的各項心理問題很有幫助。但其實誰心裏都有數，自然是知道這種擬人化機器人到底是用來幹嘛的，比起"心理問題"，怕是"生理問題"更爲緊要哦。可無奈"恐怖谷"這條理論是無論如何也繞不過去，開發出來的所有機器人一動不動時倒是挺漂亮的，可一旦動起來，那表情和動作都跟僵屍沒啥兩樣，尤其是表情，只會讓人想起西遊記裏那些變人變得不咋成功的小妖來。每次這些公司開的展覽會上，那些個機器人都能把小朋友嚇哭。就連那個大名鼎鼎的"牧歌"公司都沒能解決這個問題，所以後來也就沒有哪個老闆願意在這上面投資了，牧歌也轉爲研發 VR 去了，這才有了"鏡花緣"的誕生。

"'天君'挺好的嘛，要不是它那些個機器人，我他媽的就得去掃廁所了。"

"是的，原本這並沒有什麼，但是近些年來天君發展得太快了，它的機器人已經替代了大部分的人工勞動力，雖然名義上解放了人類的雙手，但是也造成了人類大範圍的失業。人工智能越來越發達，人類越來越依賴於高科技，這對於自身的進化和生存並不是什麼好事。"韓大偉沉吟道。

這話題可就重了，易小天向來得過且過，瀟灑快活，對這人類生存發展的大事可不甚關心。

"因爲過度依賴科技，人類遲早一天會被科技所吞噬，一旦科技的發展超過了人類的控制和承受範圍，人類的災難就來了。"

小天抓抓腦袋，這韓大偉說話怎麼老氣橫秋的，他對科技的災難沒什麼感覺，只覺得自己的災難要來了。他奶奶個腳！幫了這傢伙一把，經理要知道肯定要把他開了！這可大大的不妙。

"所以呢?"他有點沒什麼興趣聽了，韓大偉沒聽出小天的語調變化，兀自激憤不已地說着："所以我們須抵制人工智能的繼續普及和研發，但是大多數人都被天君的便利給迷惑了眼睛，只看重眼前的利益而沒有意識到事態的嚴重性。"

"我沒問你這個，我是問你到底爲啥被警察通緝了?"

"唉，這個說來話長了，等咱們安全了我再給你說吧。"

小天也不再問，現在也沒心情聽故事，逃命要緊，於是專心在前面帶路，想着自己幹的是這麼一件驚心動魄的事情，想想還真有點小激動呢。

各位機器人同志請記住一定要文明執法

　　百樂門的邵總經理躲在一個角落裏鬼鬼祟祟地打着電話，那是一個極其隱秘的號碼，只有在緊急事件時才可以撥打。但是無論怎麼打，老 K 的電話却遲遲打不通，邵經理不由得冷汗涔涔，老闆再不接電話，這事可要完了。

　　他一探頭，就看見這些拿着搜查令的警察大搖大擺地到處搜尋。百樂門如今雖然生意凋敝，可也是有客人的，也不是所有人都喜歡 VR，總還有喜歡真人的，所以仍有一些客人還留在店裏消遣。如果被警察抓個正着那就百口莫辯了，也不知那些姑娘們都收沒收到命令，能不能搞得定，他真是越想越心焦。

　　只見一位警察拿出一個飛蝶大小的掃描器，在外面放到一個房間的門中間部分，這個房間内立刻以門爲焦點出現一道横着的藍光從上而下掃描了一下，接着這個房間内離地面半米處出現了一個大眼睛的，萌萌的卡通警察的立體影像，這個卡通警察用親切的聲音開始説道：「你們好，我們正在搜查通緝犯，請配合我們的工作，把門打開。並且，從我掃描的房間物品看來，你們有很大的嫌疑觸犯了《中華人民共和國治安管理條例》第八項第二十六條，即違法進行色情交易行爲。因爲房間内有使用過的避孕套四枚，有三枚裏面分別有成年男子精液 5.2、2.3、1.6 毫升。並且房間内成年男性一名，三十二歲，成年女性三名，分別爲二十二歲、二十六歲、二十五歲（説到這時有個男人的聲音開口罵道：「他媽的，你們不是説自己只有十八歲嗎？」），均未穿衣物。現在，請各位在五分鐘内穿好衣服，並排站到牆邊，面向牆壁，雙手抱頭，你們可以享有的法律權利會在我們進來後向你們宣讀。另外請不要有試圖處理證物或操作你們的手機等其他任何行爲，我們已經拍照取證了，若有任何其他的行爲動作，我們將視爲拒捕，屆時我們將有權破門而入。現在，五分鐘倒計時開始，五分……四分五十九秒……四分五十八秒……」

　　倒計時才進行了兩秒，門就慢騰騰地開了，一個精瘦的中年男子穿着絳紅色的天鵝絨睡衣，手捧着紅酒杯出現在門口，他微微皺眉：「什麼事？」

　　「您好，我們在搜查在逃嫌疑犯，並且，您似乎也有違法行爲，請讓我進去查看一下。”

這名男子看到面前只是一位身材嬌小，並且一臉稚氣的小女警軟妹子，就哈哈大笑：“別鬧了，你知道我是誰嗎？我是日照集團的王董事長，這是我的地兒！你們局長是誰呀？是不是郝局長啊？他跟我可是鐵哥們！我現在可就要給他打電話了哦，小姑娘，小心你的年終獎金啦。”

軟妹子甜甜地冲他笑了笑：“您要是不配合，那我只能讓我的同事跟您說了。”說完這話閃到了一邊，這時一個渾身漆黑的機械警察出現在了王總面前。

這個機械警察長得十分驚悚，這個城市裏用的警用機器人基本上都是以前那些研究擬人機器人的公司失敗的實驗品由公安局回收改造的，這樣能給城市公安方面的開支省下不少錢來，每年公佈的政府審計報告上的數目字就能讓老百姓看得過去了。這些機器人都是金屬外殼，偏就還要模仿人類也長了雙眼、鼻子和嘴。這金屬的五官看起來一點也不柔和，就更別提美感了。雙眼是兩個發光的探測掃描器，嘴裏也可以講話，並且精通各國語言，至於鼻子就只是爲了裝飾。最猛的是這些機器人還有“表情”，它可以像人一樣，擁有至少38種表情和情緒。當然了，它們可不懂人類的感情，加上這些只爲了工作上和人交流方便而已。此刻它臉上的顯示器正微微發亮，這會還是笑臉的表情，它對王總說：“您好，請您在接下來的十秒倒計時結束前務必配合一下我們的工作，否則十秒計時結束後，我將被授權對您使用非致命性武器，包括但不限於電擊槍和麻醉劑注射槍。如果您有暴力拘捕行爲，我將被授權對您使用致命性武器，包括但不限於小口徑步槍和衝鋒槍，屆時我的面部表情將會切換到冷漠模式，還請您見諒。”這個機器人說完還向王總鞠了一躬，然後它又接着說道：“那麽，十秒計時開始，十……九……”這個機器警察邊說，兩邊的機械手臂也就隨着變形，伸出了很多樣武器來瞄準了王總。而那位萌萌的小女警也甜甜地笑着對王總說道：“您還是趕緊配合一下吧，相信我，您絕不想看到它變臉的。”

王總剛見到這個兩米高的機器警察杵到他面前時就已經嚇得夠嗆了，現在又見到它手臂上那麽多武器伸出來瞄着他，都快尿了，就趕緊笑着說道：“哎呀呀，您看您看您看，這話哪說的，我就是開個玩笑，小玩笑而已啦。快快快，你們也趕緊站好，警察同志們工作多辛苦啊，要好好配合嘛，真是沒覺悟。”他不僅自己馬上靠牆站好，還指揮房間裏那三個女藝人也趕緊聽話配合執法了。

不消二十分鐘，這群雷厲風行的警察就陸陸續續從各個房間裏拎出來十二個女孩子和十幾位男人。其中有幾個看來是拒捕了，有被機器警察電了，渾身打着戰，褲襠濕了一片，被機器人扶着出去的。有被打了麻醉劑，呼呼大睡着，被機器人抬着擔架往外送的。總經理的臉比旁邊的盆栽還綠。

沒奈何，警察來得太快，很多女孩子剛得到消息就被堵在門裏。動作靈便的倒是一溜煙跳窗而逃，那些正在奮力“工作”的就沒那麽幸運了，倒是被人家給抓個正着。

那位軟妹子就是這次帶隊的陳隊長，她得意地揚了揚眉毛，這下百樂門這個淫窟可無處遁形了，這麼多年的探察總算沒有白費。人抓得差不多了，她又立刻帶着十六人的小分隊和二十個機器警察繼續搜尋傲得去了。

"吱呦"一聲，門被推開了，易小天探頭探腦地伸出頭來，抬頭看了一眼又立刻縮了回去。

"糟糕了，從前面開始，走廊裏都有監控。"

眼看着出口近在眼前，這條路卻萬萬走不得，一旦被監控拍個正着，那不是自投羅網嗎？

傲得很淡定，掏出手機來快速地操作着。只見他的手機屏幕上，出現了一個虛擬的走廊形象，上面的監控器均由醒目的紅點代替。

"一共有十三個監控。"

"哇塞！你這是什麽？高科技啊！"小天的眼睛亮了。

傲得忙着查看手機的數據，一一鎖定十三個監控攝像頭，忙着控制它們，懶得理小天。

"可惜我的 AR 眼鏡壞了，不然的話我可以用視覺操控讀取參數，直接破壞監控電路設備，就不用這麼麻煩了。"

小天剛想多嘴問眼鏡是咋壞的，卻立即就想起了剛才自己親手砸壞的那副黑色墨鏡，經驗告訴他那所謂的 "AR 眼鏡" 八成是就被他破壞的，而且價格不菲，他吐吐舌頭決定迴避這個話題。

由於傲得的眼鏡壞了，他們只能採用最原始的方法。逐個控制監控系統，控制好一個便往前走幾步，如此慢吞吞地小心翼翼往前移。

兩個人小心翼翼地看着手機，正全神貫注的操作呢，突然走廊的拐角處傳來了腳步聲。僻僻啪啪，聲音嘈雜，明顯不止一個人。

兩人對望一眼，心下一片駭然，糟糕了！這下可要被抓個正着。

傲得抿緊嘴唇，捏緊大拳頭，已經做好了最壞的打算，大不了來他個魚死網破，玉石俱焚！

小天可不想魚死網破，玉石俱焚！他還有大好錦繡前程要去闖呢，他眼睛亂轉，盤算着怎麼在警察的眼皮子底下把這個大塊頭運出去。眼看着那警察就要拐個彎與他們撞個正着了，情況十分危急。

突然他腦袋裏靈光一閃，從背後拉了拉傲得，笑得一臉姦詐："我知道怎麼辦了，跟我來！"

這些警察好不容易拿了搜查令，不大搜特搜一番怎麼對得起這千載難逢的好機會，就差沒把百樂門的地基也挖開看看。

陳隊長帶領的這一四人小分隊不放過任何一個房間，每一個角落都要徹頭徹尾地掃一遍。

突然，前面傳來細微的腳步聲，幾個人面色一凜，立即邁開步子急速衝了過去，偏巧只看到一個人影在眼前一晃就快速消失不見。幾個人哪裏肯放過機會，當下緊追而去。

轉個彎就正好迎頭與一個推着酒車的小酒保撞了個正着，幾人立即掏槍瞄準，扣動扳機一氣呵成，小酒保被嚇了一跳，一屁股坐在地上：「你們……你們幹嘛！打劫嗎？」

陳隊低頭一看，見是個年輕秀氣的小男生，當下搖了搖頭，幾個人把槍收了起來。

「警察，執行公務。你幹嘛的？」陳隊問。

「我……我是這裏的服務員，拿……從酒庫裏拿點酒……」小酒保嚇得結結巴巴。

陳隊讓機器人把他從地上拉起來，拍了拍他身上的褶皺，眼睛如獵鷹般盯着他看。那小酒保非但不怕，反而瞪着澄亮的眼睛與他對視。陳隊雖然長得可愛，可眼神要是銳利起來盯着人，連警隊裏那些個西北大漢都怕她。但凡是作賊心虛的人都逃不過她的眼睛的審查，但這酒保的眼睛裏沒有絲毫的膽怯，晃動，反而十分坦然。

她當然不知道睜着眼睛說瞎話向來是這小子的拿手好戲，當下對他說：「那你就自己走到門口去，那裏的警察會告訴你接下來去哪的。」就揮揮手讓他離開了。「小酒保」易小天推着酒車準備離開，陳隊看了看他的推車，只見一米來高的酒架上被一塊大紅布遮了起來，內裏放着什麽誰也不知道，大小想放下一個人也並非沒有可能。

「等一下。」陳隊突然叫住已經走了的易小天：「把酒架上的紅布掀開給我看看。」

易小天奇怪地回頭看着她，只見另外幾個女警的眼睛宛如獵豹一般的盯着他，好像他就是那待宰的小白羊。

易小天磨磨蹭蹭地蹲下來，將綁在四個角上的扣子解開。紅布一掀，幾個警察瞪大眼睛，轉而失望地垂下眼瞼，紅布下面確實是一個酒箱，並沒有別的東西。

「走吧。」

「是。」

小天這才將紅布蓋好，推着酒車走了，一轉個彎就立即不見了。就在他轉個彎的瞬間，靠近拐彎處的 2342 房間裏立刻閃出一團黑影，小天早已準備就緒，將酒箱往門裏一推，那黑影一個團身便上了酒車，紅布照樣蓋在上面，一切悄没生息，神不知鬼不覺。

剛才陳隊她們聽見腳步聲，看見小天的身影便立刻追了過來。卻没曾注意到，他們按照順序剛搜索到 2339 房間便聽到了异動，追過來時，錯過了搜捕 2340、2341、2342 這三個房間，而傲得正躲在拐角的 2342 號房間裏。等警察放過小天時，小天行到 2342 房間門口，便將傲得裝上了車，一路狂奔，沿着員工通道溜了出去。而這一路上的監控早被傲得控制，他們自然什麼也查不到。

陳隊想了想，又隱隱覺得有點不對頭，她不知道哪裏不對，可是多年工作經驗讓她非常警覺。她轉身彎一看，哪裏還有小天的身影，就立即打電話給正在百樂門監控室搜查的警察，"幫我查看一下負二層最内側的走廊監控，查看一個推酒車的小子走的是哪個方向。"

哪知手機裏傳來警員的聲音："最内側？没有啊，負二層没看見有推酒車的小子啊，一切正常。"

陳隊緩緩放下手機，這小子絕對有問題："快去追剛才的小子！"幾個人立即拔腿開始追起來，可是她們哪裏有小天瞭解百樂門的地形，且不說這無數個曲曲折折的分岔路，她們轉了好幾圈都毫全無頭緒。陳隊拿出手機："出動無人機和機器人，調用生化警犬'皮卡丘'小分隊，封鎖附近街道，務必找到傲得！"

"陳隊啊，都説了別把警犬叫'皮卡丘'好不好？這名字也太没威嚴啦。"

"就是就是，您哪怕叫它個小武都比這個好嘛。"

"我覺得叫'泰德'最好。"

這次帶隊來百樂門搜索，因爲想到百樂門如果真是個淫窟的話，那同時肯定也要抓捕很多女嫌犯的，帶着男警察不方便。所以陳隊長都帶着女警來的，反正有機器警察，女警也不怕武力不夠會受欺負。可這會大家卻八卦起來了，把陳隊氣的："別廢話了，該幹嘛幹去，趕緊的！"把大家轟走了，她又歪着頭在想"那叫'哆啦 A 夢'會不會更好些？"

小天眼看没人追來，樂得屁顛屁顛地掀開紅布，赫然露出大塊頭傲得。傲得手裏仍在不停地操控控制一路過來的監控器，他的最新款特製手機可以將監控錄像實時切掉 10～20 秒不等的時間，只要他們在二十秒内通過監控，監控内顯示的仍舊是二十秒之前的循環影像。

小天一路羨慕地看着傲得的手機，眼饞不已。他心想：乖乖，這手機不光能看片兒和玩遊戲，還有這高級功能吶！他的手機和這哪能比啊。

兩人從狹窄的員工秘密通道溜了出去。剛呼吸到外面的新鮮空氣，小天不由得歡暢地猛吸幾口氣，傲得白了他一眼，手裏的手機仍舊忙不停。

他一抬頭，看到路邊正停着一輛紅色的超跑，當下用手機掃描了跑車，手機快速解碼，瞬間破解了超跑的智能鎖。傲得打開車門，小天嚇得瞠目結舌，這他媽的也太牛×了吧，這手機是萬能的啊！

"會開車嗎？"傲得問。

"哇塞！你這個也太厲害了吧！這……這……我對您的敬仰，猶如滔滔江水，連綿不絕，又猶如……"小天還想再用五百字來表達自己的吃驚和激動的心情，但看到傲得冷冰冰的小眼神突然收住了口："不會。"

傲得自己坐上了駕駛座，讓小天坐副駕駛座。

小天小心翼翼地把屁股放在柔軟舒適的坐墊上，顛了顛，一股銷魂的舒適感從臀部蔓延而上，瞬間到達四肢百骸，他簡直爽得忍不住要呻吟一聲。他這輩子居然也能坐上法拉利最新款的限量跑車，他奶奶個腳！這輩子真是沒白活了！

傲得將手機放在身旁的無線充電座上，專心地開車："待會他們可能會出動無人機和機器警察，那個最難搞。等會你看屏幕上的設備啓動完成的時候提醒我一下。"傲得說完，猛然一腳油門踩了下去，引擎霸道地轟鳴起來，只見街道兩旁的建築物已經快模糊成了一條線了，從小天的眼前飛馳而過。

小天興奮地搓着雙手，今兒個可真是大開眼界了！真是什麼新奇的事情都被他碰了個遍，他當然不知道自己所見的不過是這大千世界的冰山一角而已，只是兀自在那裏興奮不已。他對傲得的這個手機可是垂涎三尺，這手機咋那麼神奇呢！

他好奇地探頭探腦，只見屏幕上果真有一個進度條正在快速地推進。畫面中不斷跳動着小窗口，十分奇特，小天還真沒見過這樣的手機，手癢難耐就想拿過來看看。

傲得瞥到了小天的表情，冷哼道："我這手機功能十分複雜，而且很危險，一旦……"

他話還沒說完，小天已經再也按捺不住一把搶了過來："可以了，我幫你看看！"

"喂喂！別亂按！"傲得惶急，可是無奈正在全力加速開車又不敢伸手去搶。

"放心吧！我小天也是一個手機達人，研究得可明白呢。"手裏仍舊擺弄着手機。

"還給我！"

傲得心慌，伸出一隻手去搶手機，車子突然東倒西歪地扭動起來，在大馬路上以怪異的曲線前進，只嚇得周圍的車紛紛急剎。

兩個人在車裏大打出手，你來我往，紛紛抓着手機不放，誰也不肯撒手。

"你就借我玩玩嘛，那麼小氣幹什麼！"

"快給我！這手機不能瞎玩！"

突然小天的手不小心在屏幕上噼噼啪啪的點了幾下，車子猛然一個急刹車，差點把兩個人甩出來。傲得一把奪過手機一看，國字形長臉突然垮了下來，小眼睛瞪得老大。小天暗叫不好，湊過頭去一看，傲得的手機上無數個警報亮起紅燈。

"糟糕了！快下車！"

從汪汪隊嘴下逃出來

從剛才開始，街上一直彌漫着一股奇怪的氣氛。

幾輛警車以超乎想像的速度從街上疾馳而過，並不是常見的警車，而是被金屬覆蓋的特殊作戰車輛。這車外形十分酷炫，警車統一爲寶藍色，處於奔馳狀態時，車身整體呈流線型，車頂幾乎與地面平行。車速極快，車身極穩。若處於防禦狀態時，車輛周身的鋼材瞬間展開呈 "飛鴿" 狀，八塊鋼板全部立起護在車身周圍，根據攻擊物方向不同可自由旋轉，360 度無死角，幾乎無懈可擊。這時的它可以防禦所有已知槍械的子彈的穿透，當然大口徑砲彈除外。衆人的目光不由得被這幾輛平時只有新聞上才能看見的警車吸引了，紛紛側目駐足。

警車行到路口，突然停了下來，車門拉了開來。衆人好奇不已，探頭探腦地向這邊看來，這得是什麼重要大人物啊！這麼大的排場！哪知等了半天，卻突然蹦下來一隻大眼睛的泰迪犬來。

那小狗神氣活現地跳下車，好像是將軍巡邏一樣，腰板挺得溜直，眼睛朝四周巡視了一圈，然後居然滿意地點點頭。

衆人咋舌。

這狗和正常的狗倒也有些不同，它的左半邊身子竟是由機械製成的，赫然是一隻稀有的生化犬。要説製造生化人那可絕對是違法的，聯合國都有相關法案禁止全世界這麼做，但是改造動物卻是可以的，將警犬改造成半機械的生化警犬自然也可以。這些生化犬經過改造後，大腦並入了互聯網，這些小傢伙的腦袋便是一臺高速運轉的移動電腦了。而且因爲得到了改造，這些生化犬的嗅覺、靈敏度和體能都大大加強，智商大幅提升，簡直是高機能的戰鬥綜合體。

生化犬皮卡丘巡視了一下周圍圍觀群衆的臉，很好，它昂首闊步地踱着步子。它看到了一張張震驚、興奮和崇拜的臉，它滿足地搖搖尾巴，看來這些人都知道它的厲害，早已佩服得五體投地啦！它在心裏竊笑不已。

得叫這些人類看看我們生化犬的厲害。

它翹着鼻子嗅了嗅，感覺到一絲特別的汗臭混合在成千上萬種怪異的味道中，但還是被它生化改造過的靈敏鼻子捕捉到了。

"在左邊!"皮卡丘叫了一聲，率先朝左邊的分岔路走了過去，身後的機器警察們立刻跟着它朝左邊走去。

"看吧，要不是我它們根本找不到路。"皮卡丘在腦海裏得意地說。

它的頭腦裏，突然響起另一個聲音，那屬於一隻被改造過的生化貓："喵，你今天又出任務啦?"

"那可不唄!"

"累不累啊，哪像我，成天賣萌就行了。喵呀! 店主又給我留了小魚乾，當貓太幸福了喵!"

"真是沒出息。"皮卡丘在心裏微微鄙視。

這些被改造過的生化動物們的大腦都是電腦，隨時可以上網進行交流。此刻，在它們的群裏，大家正七嘴八舌地說個不停。

皮卡丘對今天的小任務滿不在乎，以前比這更危險的任務可是一大把呢。在那次反恐任務裏，它可是憑一"犬"之力單獨逮捕了三十名試圖想炸毀三峽大壩的恐怖集團成員呢。這種小任務它完全不放在心上，一邊抽動着鼻子一邊在群裏聊天。

剛才說話的小貓叫作花花，原本是一只得了癌症的小流浪貓，後來被流浪動物關愛組織送進了醫院進行了改造，終於能夠健康地生活下去了，所以它特別珍惜這次重生的機會，決定好好爲人類賣萌。於是就簽了好幾份合同，每天都流轉在簽約的那幾家貓咪主題的咖啡廳裏努力工作。

"老兄，你今天的任務多長時間能搞定?"一個粗壯的聲音傳到它的腦子裏，那是駿馬飛焱的聲音。

"快了，小任務而已，估計再有個把小時就結束了。"皮卡丘在一個路口選擇了右轉。

"那別忘了看我的直播啊，我今兒下午的比賽對手可是年輕力壯的小將奔步!"

"得嘞! 保準準時恭候!"

"那武開咸唱汁簿（那我看現場直播)!"花花嘴裏估計正叼着小魚乾，說話不清不楚。

想它飛焱原來也是一匹在比賽中摔斷了腿的賽馬，要是擱以前的年代裏就只能安樂死了，但現在經過了生化改造又重新登上了賽馬場。非但如此，更是接連拿下了多場世界級比賽冠軍，瞬間走上馬生巔峰，還迎娶了白富美，別提多幸福了。它們這些得益於生化改造而重新獲得新生的生化動物自是對人類感恩戴德，因此，一旦人類有什麼需要都是十分賣力，盡可能地彰顯自己的價值來報答人類的恩德。

當然，也有一些得了便宜還不領情的不識抬舉之人，哦，準確地說是動物。比如皮卡丘最討厭的黑猩猩金剛。如果皮卡丘是群管理員非把它一腳踢出去不可，它每次都要在別人聊天聊得正開心的時候吐槽一下，潑一盆冷水，影響別人聊天的好心情。

果然就又聽見它說：“哼，還不是變着法地給人類賺錢，人家把你賣了還替人家數錢呢！”

它的話一出，群裏響起了一陣齜牙聲，瞬間沒了動靜，也沒人願意接它的話茬。

“媽了個喵的！”花花在心裏暗罵，決定專心吃自己的小魚乾了。

皮卡丘對這老傢伙心裏不滿很久了，心想着你當初競爭猩猩王被別的猩猩打成重傷，眼看就要活不成了，還不是人類將你改造後，你才活了下來的。雖然改造之後你去打架仍然沒得到猩猩王，但那又不怪人類嘛，那是你的同類說你打贏了不算，是要賴皮的，你可不該就此心懷埋怨吶！

皮卡丘心裏對金剛積壓了很多的不滿，它們都是盡心盡力為人類服務的，可這傢伙未免心胸狹隘了些。

“哼，人類有什麼了不起，我們要是有時間，還不就進化了，哪輪得到他們！”（一聽它這麼說群裏其他的生化動物們心裏都在暗笑，這傢伙到底懂不懂啥叫進化論啊。）

“你們這些個傻瓜哪，人類最擅長毀滅自己了，你看看他們製造了那麼多核武器，能有什麼好下場！地球環境又被他們破壞得差不多了。怕是以後他們連口乾淨水都喝不上哦，要我說，跟着人類可沒啥前途，不如咱們聯起手來推翻他們的暴政！”

“各位記得進我創的另一個群啊，叫‘綠色革命兄弟會’。我可正在招兵買馬呢，現在加入我們革命事業的兄弟，將來等把人類推翻我保證給你們大官做！現在不加入，哼哼，別怪我們成功了反過來清算你們。”

皮卡丘越聽這個忘恩負義的傢伙說話越生氣，就你還推翻人類呢，要不要我跟大家說一下？我以前可見過你跟飼養員要香蕉時那副德行呢，打躬作揖的樣子你怎麼不提了？可還沒開口反駁它，突然鼻尖傳來濃烈的氣味，是傲得的味道，正持續從前方傳來。

“彰顯本事的時候到啦，各位兄弟姐妹！晚會再聊！”皮卡丘立刻關閉了大腦中的聊天窗口，朝着前方奮力地跑着，一邊跑一邊大叫：“在前面，那傢伙就在正前面！”

雖然在人類聽來，那不過是一陣的汪汪叫，可機器警察們仍舊明白了它的意思，跟着它往前跑。

皮卡丘的身後，無人機和機械警察緊隨其後。大家跑近一看，只見傲得和易小天正連滾帶爬地從一輛紅色的超跑裏跳了出來。

兩個人剛爬出車來，猛地一回頭，就看見眼前密密麻麻地站滿了機械警察，最前面居然還有一隻生化犬。剛才還明明什麼都沒有的，它們是怎麼悄沒聲息地出現的？

"那玩意兒是個啥？"易小天指着皮卡丘奇怪地問。

"我可不是玩意兒！我是大名鼎鼎的生化犬，生化犬！白痴！鄉巴佬！"皮卡丘忍不住翻着白眼大吼，但在別人聽來不過是一頓亂吠而已。

傲得不像小天那麼沒見過世面，他知道眼前情況很危機，但是並不是絕沒辦法。他眼睛一掃便已經發現，追趕他們的都是些機器警察，只要是電子設備，他的手機就都可以入侵，控制它們的操作系統。可他一抬手，突然發現自己的手裏空了，手機不知道什麼時候又被易小天那小子順了去！

"小天，快把手機給我！"

"嫌疑人 BS8257 號，請快束手就擒，否則我們將被授權使用致命性武器！"皮卡丘身後的機械警察發出冷冰冰的聲音。

小天雖然萬分不捨，但眼前形勢危急，還是得先把手機還給他退敵才行："那……那等會兒跑了敵人，你把手機借我玩玩，我就看看，保證不亂動……"正說着，兩人卻眼看着最前面的那隻生化狗突然發生了變化，體外的器械零件突然開始變形，瞬間展開了電擊槍和催淚彈發射器，身上的警報燈和警報器也開始閃爍不已，刺耳的鳴響不停地在空氣中擴散。嚇得易小天手一抖，不自覺手指在屏幕上一劃，不知道點了什麼。

傲得手裏拿到手機一看，登時傻眼了。

他不由得氣悶地嚷道："你亂點了什麼？"只見那手機居然突然黑屏重啟了。

易小天沒聽到他的問話，只看到那小狗越變越恐怖，嚇得跳到了傲得的懷裏，緊緊地抱着傲得的大粗胳膊，嘴裏大嚷大叫："哎呀媽呀！惡犬攔路襲人啦！"

皮卡丘的雙眼瞪得溜圓，體內的自動生理循環設備開始大量激發它的腎上腺素。一旦它開啓了戰鬥模式，絕沒有敵人可以逃得開。它狂叫一聲，張着大嘴一路狂吠衝了過來。

"兄弟們，跟着我衝啊！"

傲得心下一凜，知道今日自己怕是在劫難逃了，他從後腰掏出一把手槍來。在全面禁槍的中國，這把槍可是太來之不易了，不到緊要關頭，傲得也不會用的。

哪知那生化犬跑着跑着，馬上就要咬到傲得大腿時，它眼前卻冒出一大簇粉紅色的桃心來。咦？不對呀！這分泌的羅爾德蒙微量元素如此清爽熟悉，是老朋友的味道啊，不是敵人的味道耶，原來是認錯人啦！

皮卡丘突然搖起尾巴，眼睛笑瞇瞇地彎起來。又討好般地坐了下來，十分乖巧地吐着舌頭，好像是朝主人討食吃的小乖狗一樣。

易小天吃驚地張大嘴巴，啊哩？這小狗是要鬧哪樣啊？只見那小狗又熱情地撲上來，對着傲得和小天一頓猛舔，直舔得兩個人雲裏霧裏，剛才那麼大的陣仗敢情是要過來撒嬌？不可能吧？

再一看，我滴個乖乖。那些原本訓練有素、整齊劃一的機械警察突然間在大庭廣衆之下跳起桑巴舞來。一個個鋼甲機器人本來還無比威嚴，現下卻突然間比手畫脚，場面滑稽透了。並且周圍突然間各種電路設備瞬間警報聲長鳴，汽車在馬路上也開始胡亂開啓一氣，現場一片混亂。

傲得有一種强烈的不妙預感，他拿出手機一看，果然，剛才易小天亂點亂摸的當兒，居然開啓了緊急避難模式。這手機他剛拿到沒多久，很多功能都沒嘗試過，所以剛才小天亂按的什麼按鍵他還不是十分瞭解。現下看那一個大大的紅叉叉赫然出現在手機屏幕上，那不正是開啓緊急避難模式的狀態嗎？緊急避難模式一旦開啓，手機會自動入侵方圓 5 公里內的所有電子設備，造成電子設備的異常反應，以便使用者逃脫追捕。可到底會變成什麼樣他也不知道，他只知道一場規模不小的電子災難要襲來了。

小天正看那些警察正在"千嬌百媚"地跳舞，樂得前仰後合。突然間，交通信號燈也開始胡閃一通，大街上的車輛瞬間沒了指引，沒有規則地到處亂竄亂撞。

傲得暗叫不好，電子設備的異常反應開始出現，並且在快速蔓延開來。他只知道這緊急避難模式只能使用一次，他還沒研究明白怎麼用呢，就被這小子浪費了唯一的一次機會，更別提怎麼取消停止了，他更不知道。

"你丫怎麼開車的！眼長腦門上去啦？給我下來！"一個開京字車牌的司機衝下車來，用力拍打着另一輛車的車窗。那輛車車窗搖下來後，只見一個五大三粗的男人橫眉立目："拍誰捏？信不信我削你！"滿嘴的東北大碴子味。

這倆人在傲得和小天面前開始罵起來，一個操着北京口音，一個操着東北口音，誰也不讓着誰。

"我拍你咋滴！"

"再拍信不信我削你！"

"好嘛，今兒真是開眼了！真是活得越大越抽抽兒，整個一嘎雜子琉璃球！"

"你攔那嘟囔啥捏？挺大個老爺們兒磨磨嘰嘰地！"

"還甭跟我耍哩格兒楞！你把我車碰了！賠錢！"

東北漢子招招手：「你過來，我給你賠。」

北京人樂呵呵地把腦袋湊過去，東北漢子一個悶瓜拍他腦袋上：「我賠你個腦袋瓜子！」

兩個人下了車在大街上就這麼扭打起來，直看得易小天哈哈大樂。他剛才還在擔心自己小命難保呢，可現下看大街上亂成這樣，決定哪也不走了，非得把這熱鬧看夠了不可。只可惜他現在手邊沒有瓜子，再來瓶冰鎮可樂，這戲就看得更過癮了。

傲得可沒這閒情逸致，他只想快點逃。但現在小天已經知道了他的身份，又不能就這樣當街把他丟了，氣急之下薅着易小天的後衣服領子，就把他拎走了。

小天人被拎得雙腳離地，飄乎乎地往前走，眼睛卻左顧右盼忙壞了。只見那東北人和北京人直打得頭破血流，引起了不小的交通擁堵，有的人在勸架，有的人在火上澆油，吶喊助威。

「喂，你把我放下，我自己走。」

「哼，你就給我老老實實地待着，別再給我惹是生非了！」

傲得真是怕極了小天又搞出什麼幺蛾子，當下拽着他的衣領大步往前跑。機器警察們都在忙着跳舞，大跳華爾滋，七扭八扭的，誰也沒空來管他，他正好趁亂溜走。

小天眼睛突然一亮，指着一旁的 ATM 大叫：「好傢伙！傲得！快把我放下來，你看那 ATM 機自己吐錢吶！」

傲得瞥了一眼，只見那一排 ATM 機瘋狂地往外吐着嶄新的鈔票。大家伙沒了命地大叫着，拼命地搶着錢，還有人搶了錢轉手又讓別人給搶了去的，就大打出手彼此互不相讓，整個場面亂七八糟，烏煙瘴氣。

在小天身邊，兩個小青年打得尤其激烈。一個小男生抓着另一個小男生的短髮拼命地拉扯：「給我！把你搶的都給我！」

另一個明顯瘦弱不少的男孩委屈之極：「你明明說過愛我的，怎麼還要來搶我的錢！」

小天雙腳離地，從他們面前「飄」過，還不忘悠悠地丟下一句話：「金錢面前無愛情啊，年輕人，你被他給騙嘍。」

那個瘦弱的小男生瞪着另一個小男生，突然一拳打歪了他的鼻梁，兩個人就地打滾掐起架來。

傲得忍不住要白小天一眼，都什麼時候了，居然還有心思開別人玩笑。

「大偉哥，咱也去拿點唄。放心，我可絕不拿你的！」

傲得冷哼一聲，腳下沒停。他有着遠大目標，豈是能被這點蠅頭小利誘惑的。但在小天的眼裏那可是驚天巨款，白來的錢呀！就這麼讓它飛了！心裏真是十二萬分的不滿，真恨不得在傲得的屁股上狠踢兩腳。

除了眼下這些顯而易見的失控，還有更多的電子失控是他們無法察覺的。

以傲得爲中心，方圓五平方公里內所有人的手機被入侵後就開始瘋狂地亂發信息。他們此刻離百樂門尚且不遠，連帶着百樂門裏那些躲起來的姑娘們和客人的手機都開始瞬間失控。這短短的十幾分鐘真是不知道釀下了多少禍端。

"小張？在哪呢？"

"報告老闆，我正在辦稅大廳排隊辦理業務呢，今天人真多，排到晚上了還沒輪到我呢！"

"排你個褲衩！你他媽的是不是利用公職之便到百樂門瀟灑去了！我剛才可是看到了你的衛星定位，這次升職沒你的份了！"

"老闆老闆！你聽我解釋呀！"

另一邊：

"老公，今天上班累不？"

"今天活不輕鬆，但是想着能給你和孩子多賺點錢再累我也值了。"

"哦？今天點的是哪個藝人？我看看哈，原來是粉紅的小秘密哦，'你怎麼還不來呀！人家在3369等你呢，你家的母老虎讓你幾點回家呀？'"

"Shit！"電話掛了。

另一邊：

"小梅啊，爸爸知道家裏窮，讓你受苦了，可你咋着也不能幹那一行啊。趕緊回來吧，缺錢用的話跟爸爸説，爸爸幫你想辦法。唉，都是報應啊，報應！爸爸年輕時最喜歡玩這個，現在就輪到自己女兒去伺候男人了……"

"爸，您沒頭没腦説什麼呀，我不是説了我這段時間回來晚都是因爲公司要加班嘛？"

"唉……不多説了，你先回來吧，還好你媽睡了，手機在我這裏，我把她手機砸了，她也不會知道的。回來爸爸幫你去弄錢，哪怕讓我去火星上那個什麼鬼'新啓星五號'去當個有去無回的開拓員都行。"

另一邊：

"您好，您訂的特大份超級無敵全息海景披薩到了。請開門來拿一下。"

"拿你個大頭鬼，我哪裏有訂這個！"

"您好，是您訂車要去'歡笑山'海底樂園嗎？"

"天哪，我這才剛從'玩到死'回來，怎麼可能又訂車，你丫瘋了吧？"

"您好，您訂的'一小時男友'到了，現在開始計時。"

"拜託！我都説了好幾遍了我沒下單，再説我他媽是男的好不好？"

"沒説男的就不能訂啊？"

…………

各種奇葩事件層出不窮，有老婆突然收到奇怪短信跑到百樂門來捉人的，有下海做了"藝人"被家裏人發現的。手機開始亂下訂單，訂車、訂飯、訂人的，每個人的手機"滴滴滴"地響個不停。大家都被這突如其來的變故搞得措手不及，手忙腳亂。

最可怕的是那些手機上安裝了"老子不依"APP的傢伙們，這個軟件是專門用來約架的，所有人的手機突然開始自動約起架來。大馬路上突然三人兩伙說打就打，打得不可開交。有些人還不明白怎麼回事就已經被人打腫了眼睛，打歪了鼻子，而打人的人轉眼又被人打個頭破血流。以傲得爲中心的這五平方公里內早已是天下大亂，警方根本顧不上什麼傲得了，光維持秩序都忙不過來。

所有人事後回想起這一天來都覺得脊背發涼，簡直如同噩夢一般，只有小白和他的女朋友芳芳後來將這一天當做他們愛的紀念日。

這一天，在咖啡廳外的休息椅上呆坐的小白拿起自己的手機，呆呆地看着手機屏幕。手機上一條信息已經早已反覆修改多次，措辭得當，意境深遠，完美得不能再完美了。可是他的手指每當要發送時就要發顫，這一條告白的短信遲遲發不出去。

小白已經暗戀芳芳四年有餘，自從在大學新生報到會上匆匆瞥見了她一眼，小白的心就再也不屬於他自己。他朝思暮想，只想把這句告白的話勇敢說出來，可是這句話在肚子裏翻來覆去嚼了好幾年，卻怎麼也吐不出來。芳芳是大學裏有名的校花，而他只是一個窮屌絲，像他這樣偷偷愛慕芳芳的男生都可以從天安門排到艾菲爾鐵塔去了。

可是今天是小白最後的機會了，芳芳正在街對面的咖啡店裏接受一個家鄉土豪的告白。想到那個土豪，小白的眼淚都忍不住要掉下來，那可真是土啊！集文盲、恐同症與直男癌於一身，那人一直覺得二人轉就是世界上最高雅的藝術了。可是這"土"字後面又加上了一個"豪"字，意義就完全變了，不僅變得高大上，更變成了香餑餑。小白自認自己只有第一個字，敗就敗在了缺少第二字上。

可他不知道的是，芳芳早已對他傾心許久，可是小白内心脆弱又極度自卑，根本不敢直視她的眼睛。芳芳等待多年，終於決定再也不等了，如果小白仍舊如此遲疑，也許他們的緣分就是如此吧。

哪知，就在小白遲疑了一天，而芳芳即將把那枚12克拉的鴿子蛋鑽戒戴在手上時，電子設備突然之間失去控制，小白的手機沒經過他的批准自行將信息發了出去。

小白大吃一驚，想要召回信息手機卻黑屏死機了。

信息就這樣發了出去，正準備戴戒指的芳芳突然收到一條短信，她收回手對着土豪甜美一笑："不好意思，我看一下信息。"

“哎呀，我説你這娘們，男人對你説話呢你咋敢打斷！以後可再不許這樣了啊，我跟你説你要做了我老婆，可不許這麼沒規矩！”

芳芳沒理他，然後她就收到了那條期盼已久的信息。她驚喜不已地往窗外一看，就看到了小白那惶恐又帶着點興奮的表情，她撇下身邊的土豪，朝着小白飛奔而去。

那一瞬間，全世界的玫瑰在兩人的身邊次第綻放，他們相視一笑，手牽着手在大街上跑起來。長裙飛舞，芳芳笑顏如花，雖然周圍的人群亂七八糟，吵吵嚷嚷，但是那一刻他們的眼中全世界都是粉紅色的。連那打人和被打的，搶錢和被搶的，那互毆的拳頭和腦袋，巴掌和臉盤，腳和屁股互相擊撞所發出的啪啪聲都好像是在爲他們的幸福鼓掌呢。

這場唯一的小插曲也是這場災難中唯一的浪漫色彩。傲得和小天卻不知道自己都幹了什麼，更不知道成全了什麼，兩個人只是没命地跑着。轉過一條小巷子，傲得終於提不起小天，將他扔在地上，坐在臺階上喘息。

傲得拿出自己的手機再看看，他的手機不斷地閃着警報燈，馬上就要因爲系統過載而徹底報廢。傲得的臉上青一陣紅一陣。

這個手機可是傲得手下最優秀的黑客團隊研製了三年時間才完成的啊。這部手機在製作時尋找原材料就已經違反了基本上每一條國際貿易法，在製作過程裏也已經違反了公民信息保護法的每一項條例，那真是花了吃奶的力氣才造出來的，所以僅此一部，非常寶貴。結果就這樣被易小天搞報廢了，真是氣憤難當，但看看易小天一臉白痴相，這氣又實在撒不出，當真快被悶死了。

“現在我的手機被你搞壞了，你現在必須幫助我順利逃脱。”傲得的手機終於在一聲尖鋭的警報聲之後徹底歇菜了，他説着雙手含胸，一副理所當然的樣子。

“就這麼點小事就交給你天爺吧！這片地我熟。這麼着，要不你先到我家去躲幾天？等風頭過了再出城？”

也没有更好的辦法了，現在市面上所有的電子設備都會有國家强制要求安裝的系統恢復功能，再過個十幾二十分鐘，這附近癱瘓的電子設備就會恢復正常了，傲得也没有把握在這麼短的時間内溜出去。

“好吧。”

小天當下站起來，一副神氣活現的樣子。剛大步走了没幾步，居然迎頭碰上了一個比易小天還神氣活現的協警。

傲得心裏暗叫倒霉，心想這易小天怎麼帶的路啊。不過還好只是一個小協警，只要這小協警没注意到。他偷偷一拳就可以將他悶倒在地，乾脆利落。

哪知那小協警眼睛一瞟就看到了他們，居然大踏步地朝他們走來。這小協警離他們還有段距離，若是他在傲得出手之前便提前通知後援他們就完了。

小天也没想到這麼快就碰到了警察，雖説這警察他也是熟得不能再熟了，但法律面前可不講人情。

他一回頭，看到一伙人在哪裏推三推四，眼看就要打起來。這群傢伙的手機裏估計也是裝了"老子不依"APP吧，這群傻帽！小天心想，又發現那一共是十幾個人圍着兩人推推打打，小天心裏有了主意，就在傲得耳邊悄聲説："喂，兄弟，你耐打不？"

傲得正全神貫注地注視着小協警，他們兩人的目光已經在半空裏交會，火花四射，一觸即燃了。

"什麼？當然耐打了。"

"那就好，捱打就行，千萬別還手。"

傲得還没明白易小天的意思，易小天突然猛地一推，大塊頭傲得毫没防備，直接撲進了人群裏。這伙人正摩拳擦掌，就差一根導火線點火了。傲得猛然間扎進來，別人還以爲是來了救兵，當場先下手爲強。

"給我往死裏打！"

十幾號人揮拳打來，只打得三個人躲没地躲，藏没處藏。傲得剛撲進人堆，那小協警便走了過來。

這小協警個子不高。他踮起腳尖往裏面看，卻哪裏能看見剛才看見的那個可疑的人物來，何況拳腳無眼，他就怕莫名其妙地捱了好幾拳，也不知道是誰幹的。

他拿起口哨狂吹不已："都給我停下來！警察來了！"

一個正打得熱火朝天的壯漢回過頭，上下瞄了一下他的制服，吼道："一邊涼快去，一個協警兇什麼兒！"小協警嚇得口哨也掉了，趕緊掉轉步子，再也不敢招惹這群玩命的主。

他可不想也莫名其妙地被打一頓，現在大街上亂得不行，好多警察在維護秩序時都捱了拳頭，他細皮嫩肉的可不想嘗試。

但剛才看見的那人又像極了剛剛接到的通緝犯照片，就這樣走了又未免不甘心，他就索性在一旁遠遠地等起來。再怎麼打總有打累的時候吧。

易小天見那小協警竟然還不走，當下大笑着走過來，"張哥！嗨！在這兒巡邏吶？"

張哥一偏頭看見易小天登時樂了，"你也在這兒啊！今天街上不安全，可別在街上亂逛，別等會兒捱一頓揍還不知道怎麼回事哪。"

這倆人是老相識了，而且年紀相仿没事兒經常相約一起看片。現下小天着急把他支走，再等一會，估計傲得要被打成死屍了！看來必須捨下老本，拿出撒手鐧了。

"我還尋思着這兩天下了班去找你呢，這，我這又得了兩個新片。"小天賊眉鼠眼地趴在他耳邊悄聲説。張哥立即了然，興奮地點點頭。

易小天趴在他的耳邊悄悄説了兩個名字，直聽得小張興奮得鼻孔冒煙，渾身顫抖不已，雙頰泛紅，拉着小天的胳膊猛搖不撒手："好小天！你就先給我看看唄！一和二我都看了，就三和四的資源沒拿到！"

小天一副爲難的樣子，心裏卻在默默數着時間，這傲得不知道還能不能堅持住，登下一臉勉爲其難的樣子，"得了，咱倆也不是外人，給你先看吧，我都還沒看呢！這一部可難找了，先給你吧！哎！誰叫咱倆好呢！"

當下掏出手機，張哥也掏出手機樂不可支地接收資源。他美得找不到北，這兩部禁片他可是垂涎已久，前兩部都是他睡前寂寞時光的最佳慰問品，這後兩部更是聲色俱佳的佳品，直急得他恨不得現在就打開來看了。

"對了小天！你那有沒有《小時代24》的資源？那個我也想看。"

小天白了他一眼："沒出息，瞧你那點品位！"

小張嘿嘿一笑，也不生氣。

"那我也一起給你傳過去吧，我這還有韓隼那部得了諾貝爾文學獎的小説改編的電影，叫《一人之國》的。不知道你知不知道，就是韓大師他孫子寫的嘛，估計你也感興趣。"

"行行行！小天你太夠意思了，我這就回家看片去！"小張就差沒跳起來親小天一口，拿了資源樂得屁顛顛地跑了，完全忘了自己剛才是來幹嘛的。

小天看着小張走遠，趕緊看看後面的戰場，仍舊戰況激烈。小天就大聲喊道："傲得，反擊吧！"

傲得挨了不知道多少個拳頭，他雖然練過硬氣功，擅長格鬥和散打，耐力極強，但是再皮糙肉厚也被打得不輕。鮮血長流不説，肚子裏更悶了一場大火。這下聽到小天的聲音知道安全了，當下大吼一聲，雙臂一震，左手一攬拎起兩個，右手一圈打倒三個，大腳一揮，登時兩個人鼻血長流，十幾個人一分鐘不到就被料理完畢。

小天沒想到傲得戰鬥力如此驚人，嚇得半天合不攏嘴。

傲得卻也被打成了一個豬頭，滿臉烏青，嘴都腫了，任是他親媽來也認不出了。傲得氣憤不已，連聲音也變得有些甕聲甕氣："就非得用這種方法嗎？"

小天看着慘不忍睹的傲得，趕緊擺擺手："特殊情況，緊急處理。"但是這下他也因禍得福，因爲看不出他原來的面目，他倒是可以光明正大地在大街上走了，就連安裝了面部自動識別軟件的攝像頭也認不出他了。大街上還不時出現幾個和他一樣鼻青臉腫的傢伙，也沒誰有心思理他。他們就這樣悄悄溜進了小天租的公寓裏來了。

老友記 2

"嘩啦啦啦啦。"

洗澡間裏傳來嘩嘩流水的聲音，傲得在裏面洗了足足一個小時。又過了五分鐘，流水聲停止，傲得擦乾了身子光不出溜地走了出來。他的那套黑色勁裝早已爛成一堆狗屎樣了，根本穿不得。

他打量起小天的公寓。這公寓雖小，卻也精緻，一室一廳的空間不算大，但是給易小天這麼個小個子用倒也足夠了。他低頭找了雙拖鞋試了試，太小，又去易小天亂七八糟的櫃子裏翻了件短袖，比畫了一下，還是小，褲子也是一樣，一條腿都穿不下。

他氣悶地將衣褲丟到一邊，一屁股坐在沙發上。這一坐就感覺屁股底下硌得慌，伸手一抓，抓出一個遙控器，這玩意兒倒是有年頭沒見了啊。

打開電視，嗬？易小天這傢伙看來這幾年混得不錯嘛，竟然買了個全牆面3D電視？傲得看着易小天客廳的牆壁上播出的立體畫面時，心裏這樣想到。

"惠貓藥業，關注您的腎活力。一粒就能讓您決戰到天明，同時還有酷炫的發光效果，讓您情趣倍增！"

畫面上一個長着一張蛇臉的扭捏作態的男模特，這人臉部輪廓十分怪異，一看就是整過容的。雙眼切成標準的橢圓形，鼻梁的假體都快要突破天際，高聳地挺着，下巴尖得能戳死人，看起來就像個錐子。

這個半人半鬼的傢伙最好別讓我在街上遇到，否則遇到一次我揍死他一次！傲得不由得皺眉，他不知道其實已經有人幫他這麼做過啦，那個模特早就有一次上街被打得半死了，差點毀容，就是在拍完這個廣告從攝影棚出來之後的事。只見那臉似蛇精的男孩摟着兩個美女，胯下還閃着紅綠藍不停變化的光芒，笑着對傲得說道。

"哦，您是客人啊，沒關係，只要報出您的信用卡號，隨時都可以送貨上門。"3D電視上安裝的AI發現電視前面坐的不是主人，就讓那個男模特對傲得説道。

　　傲得趕緊換了個臺，"輕吻唇膏，會變色的唇膏。"只見畫面中一個魅惑的女人在性感的嘴唇上擦上了粉紅色的唇膏，嘴巴對着鏡頭輕輕一抿，立即變成了橙色，女子穿着摩登，拎着小包扭着跨在街上招搖過市。"持久、醇香、多變。"那女人一轉身，對着屏幕外飛了個媚眼。下一個鏡頭那美女在一個男模特的嘴唇上一吻，唇膏又變了個顏色。傲得撇撇嘴，女人的玩意兒他一點興趣都沒有，果斷換了臺。

　　又換了兩個臺不是女性衛生用品就是嬰兒或寵物用品。轉眼間換了幾百個臺，電視劇也無聊得緊，大部分還是八點檔的肥皂劇。傲得瞪着眼睛瞧着一個男人和小三逛街被老婆當街追趕，那男人扯着小三的胳膊一路狂奔，用手機向周圍的機器人發送請求，讓四周的機器人都跪下來向老婆求饒好逃過她的死亡追擊。

　　"捕鼠神器電子貓！滅老鼠三代，斷蟑螂全族，害蟲克星電子貓！操作方便，電力持久！您放心的機器人小幫手！"

　　"爸爸再也不用擔心我的學習啦！懸浮式機器人家教，既方便又靈活，讓你的成績也浮起來吧！"

　　傲得看着這些無腦的廣告和電視劇，倒是心裏平靜了下來，他感受這份久違的寧靜。多年的亡命生涯讓他早已練就了提着一顆心生活的能力，隨時突擊，隨時撤退，隨時殺人。現下突然間鬆垮下來，倒有點無所適從。

　　一束路燈的燈光正好穿過窗子照在他還濕漉漉的頭髮上，窗户外傳來陣陣煎魚的香味。他隨手從茶几上扒拉出一本外國雜誌，打開一看，全是大胸的沒穿衣服的女人。

　　接着他聽到開門的聲音，易小天大袋小袋提了一堆東西走了進來，一進來就吵吵嚷嚷。

　　"你猜現在外面啥情況，哈哈哈哈！説出來笑死你，那些警察現在滿大街的抓人呐！估計早把你給忘了，那些打架的全給抓到局子裏去了……"易小天喋喋不休，傲得暌違已久的寧靜瞬間消散於無形，他微微皺眉。

　　待小天進到屋裏來一看，嚇得連忙扔了東西："你奶奶個腳！太辣眼睛了！"只見傲得正赤條條地蹺着二郎腿坐在沙發上看着電視，鼻青臉腫，卻是神色寧靜。他自己倒是不知道自己一個將近兩米又長滿體毛的大塊頭赤身裸體的畫面有多彆扭，卻直看得易小天恨不得用勺子挖了自己的眼睛算了。他一把將新買的衣服扔到傲得的身上，一邊捂着眼睛："快快快！快點穿上！你可別毀了我的眼睛，我這眼睛可得留着欣賞美女呢！"

　　傲得抓起衣服來看了看，雖然有點嫌棄，倒還是穿了起來。過了一會兒，小天覺得安全了才慢慢移開雙手，就看到傲得正在打量着自己的新衣服呢，雙手遮遮掩掩，看起來不太滿意。

"這衣服還是小了。"

"喂！老兄！你要知道你的衣服多難買，誰叫你長那麼大個子。買到這個已經算是謝天謝地了！"小天見他彆彆扭扭的樣子微感奇怪，"你老環着手干什麼。"

傲得把手拿開，小天登時就噴笑出來，這衣服已經是最大號，可是套在傲得的身上仍舊緊繃得不像話。傲得身上都是飽滿的肌肉塊，此刻被線條分明的勾勒出來，最可笑的是他的兩團胸肌，鼓鼓的脹起來，上面還突着兩個小圓點，要多搞笑就有多搞笑。胸口的正前方偏偏還印着：爺就是這麼拽。

短褲也是小，緊緊地貼在身上。將他的腿部曲線也完美的勾勒了出來。

傲得對這衣服真是無語了，他寧願光着也不想穿。

傲得被易小天笑得有點臉紅，趕緊轉移話題："有吃的没？肚子早餓了。"

易小天把剛才買的泡麵和香腸拿出來，"先填飽肚子吧，晚上咱再出去吃好的。"

傲得吃什麼都無所謂，當下掀了泡麵蓋子澆了熱水吸溜吸溜地吃着面。他的臉上腫得厲害，被熱氣這麼一熏，更是痛得他齜牙咧嘴。小天看看他，摸了摸他的臉，突然咧嘴一笑："我從電視裏看到一個土方法可以消腫，你等會啊！"說着興冲冲地跑去了廚房。

傲得不知道他要搞什麼幺蛾子，也懶得理他，自顧自地吃起來，他可餓壞了，連吃了三盒泡麵才停了下來，肚子裏這才有了點分量。

傲得邊吃邊冷冷地注視着泡麵盒子上播放的全息"泡麵番"，看着那老鼠第三次把貓砍成了三段時，心中對人類把科技都用在了這些無聊的地方而覺得悲哀。他從小就認爲人類的科技應該是一種着眼於全世界未來進化方向的高端技術，而不是這些個小把戲，可現在的時代呢？宇航科技仍然沒有突破性進展，火星上的殖民地也就那樣一直半死不活地硬挺着。其他的基礎科學也沒有任何突破，火了一陣子的量子力學後來因爲總是看不到能得到世人矚目的成果，國家撥款也在逐漸減少，後來也沒多少人能耐得住寂寞繼續研究了。可純粹用來娛樂和享受的相關科技倒是每天都在進步，而現在，又僅僅是爲了偷懶而發明了 AI，那將來還要人來幹什麼呢？

傲得正想着，小天樂顛顛地跑了過來，手裏拿着一個煮熟的雞蛋："快快快！我老家説臉上滾熟雞蛋可以消腫！效果好着呢！"

傲得將信將疑，小天卻已經熱情地爬了過來，掰過他的臉，用熟雞蛋在他臉上滾來滾去，一隻手還托着傲得的下巴，傲得只感覺到小天精緻的小巴掌臉在自己的眼前晃來晃去。易小天十分瘦小，説滿了也勉強一米七四，誠實一點也只有一米七二左右吧，在渾身肌肉的傲得面前他簡直不堪一擊。傲得冷哼一聲，諒他也耍不出什麼花樣，當下不再躲避，任由小天將一個熱雞蛋在臉上滾來滾去。這小天爲了觸到傲得的臉不由得翹起了小屁股，鼻子幾乎蹭到傲得的鼻子上，大而黑的眼睛滴溜溜地轉着。傲得感受到他的鼻息噴在臉上，竟然莫名的有些臉紅，饒是絕色美女在他眼前脱光了他也不爲所動，反倒現在被小天的呼吸鬧得臉上發癢。

"你……你老家是哪的啊?"傲得身子往後挪，無奈身後被沙發背攔住了去路，小天沒知沒覺的竟然又凑了過來，認真地滾着雞蛋。

"老家這麽説，韓劇裏也是這麽演的啊!"

傲得登時一顆心往下沉，他説這畫面怎麽感覺這麽彆扭呢！他小天該不會性取向有問題吧！當下臉一紅，想到自己帥得如此没有天理（只有他自己這麽認爲）被人看上實屬正常。想他十七歲的時候就曾經被一個二十六歲的帥哥瘋狂追求，若不是爲了躲避他的追求自己哪裏能練就這一身格鬥和散打的好本事。心想着小天巴巴地往他身上蹭，又聯想到他的工作性質，當下似乎明白了什麽，猛然間"啊噠"一聲叫，直接一巴掌將小天呼到了牆角。

小天呈蝎子狀，兩隻腳居然離奇地翹到了頭頂之上，一路滑行着一頭撞到了牆上才停下來。

傲得站起來喝了口水，"不用搞了，過幾天自然就好了。"

小天扶着腰半天才爬起來，其實他並没多想什麽，只是單純的熱情而已，他完全搞不明白自己火熱的服務怎麽就撞上了冰山。

到了晚上睡覺時，傲得堅定地拒絶與小天共睡一張床。饒是小天磨破了嘴皮子説自己的床肯定夠大，傲得卻説什麽也不上他的床，硬要睡在客廳的沙發裏。没奈何，小天只得夾了鋪蓋卷到客廳裏給傲得鋪床。

小天出來工作這許多年來頭一次碰見了當年的老熟人，自是熱情非常。雖然當年和傲得也不過是泛泛之交，但是多年之後相遇仍舊滿是興奮。小天爲人十分講義氣，説什麽也要把傲得這個難得一見的老朋友伺候好了。

"哎！大偉哥！那些警察爲什麽抓你啊?"小天一邊給傲得沖咖啡一邊閒聊。

"説來話長，有些事還是知道的少一點比較安全。"

"哦。"小天倒也没太在意，他心裏在醖釀着另一個問題。他瞄一眼傲得，見他心情不錯，於是決定解決心裏沉寂多年的鬱結。

"哎！大偉哥！你還記得咱們班那個周小漾嗎？眼睛特大的那個。"小天一邊鋪床一邊找準時機間，離開學校他一點都不後悔，唯一後悔的就是没來得及跟周小漾表白，要到她的電話號碼。他那時喜歡周小漾已經兩年了，這可是小天純純的初戀，自是難以忘懷，每次午夜夢回時，仍舊念念不忘的夢中情人。有的時候即使身邊有美女相陪，心裏卻在隱隱期待，這懷裏如果是小漾的話會是什麽感覺呢？小漾和外面的那些妖豔女人可不一樣，她十分清純甜美，齊瀏海，長長的頭髮，不堪一握的細腰……

"我把她睡了。"傲得蹺着二郎腿啜了一口咖啡，平靜地説。

"咔嚓!"易小天手上一用勁兒，舊被單被扯出一條口子。他驚愕："怎麼可能! 啥……啥時候的事? 你們後來有聯繫?"

"再沒聯繫了。我想想啊，大概是初三剛開學的時候吧。"

小天錯愕不已，雙手忍不住顫抖，一把扔掉被單："你……你胡説!"

他奶奶個腳! 他易小天初三的時候連女生的手都沒碰過，連看女生的胸一眼都會面紅耳赤，多看一眼小漾都覺得是罪惡，這小子竟然直接把他的夢中情人給睡了!

"不信就算了。"傲得居然就此住口不説。

可是轉念又一想，這事八成也靠點譜。想當年傲得還是韓大偉的時候雖然不是妥妥的小鮮肉一枚，倒也還看得過眼。那時的韓大偉還不甚魁梧，個子還沒有拔高，臉盤也沒開始變形，小小的尖下巴，身子很高又很瘦，小眼睛爍爍有神。才初中就快一米八的個子，走起路來十分拉風，要知道那時候小天才一米六。當然，小天知道最要命的是據説他家裏很有錢，女人的喜好在這裏開始劃分出區別來。很多女人説自己喜歡帥哥，但是在沒錢的帥哥和有錢的醜八怪面前，幾乎女人都一窩蜂地去搶那個有錢的醜八怪，沒錢的帥哥就被無情地晾在一邊吹西北風。

小天將自己歸類爲是那個沒錢的帥哥，只能眼巴巴地看着韓大偉這個有錢的醜八怪睡了他的夢中情人。

他根本看不出韓大偉哪裏有魅力，滿頭的自然卷又醜又毫沒骨氣地貼在頭皮上，任誰也看不出美感。可偏偏他喜歡的周小漾就看上了，小天覺得周身的力氣都被抽走了。

他覺得自己也不能怪傲得，畢竟他有錢也不是自己能控制的，自己沒錢也怪不了誰，小漾也和一般人一樣選擇了有錢的醜八怪而放棄了他這個沒錢的帥哥。哎，可惜了啊，那麼美的一朵花，就這麼被摧殘了。

"你自己鋪被子吧。"捏緊了拳頭終又放下，小天無精打采地移回到了自己的房間，一屁股撅在床上，屁股翹得老高就此不動了。看來內心受到了不小的打擊。

傲得看了看他沒動靜，久違的寧靜又回來了，這才滿意地喝起了咖啡。

其實傲得哪裏還記得什麼周小漾是何許人也，他那麼説完全是爲了堵住小天的嘴，他的耳朵一整天被小天狂轟濫炸已經瀕臨崩潰，只想快點讓他把嘴閉上，給他一點寧靜的空間。

再説嚇他一下也蠻有趣，等明天找個時間再告訴他自己壓根不記得什麼周小漾，隨便找個理由敷衍一下就好了。

當晚傲得便在沙發上窩下來，小天回到房間後便沒了動靜，估計也是睡着了。迷迷糊糊睡到半夜的時候傲得猛然間醒來，只聽走廊裏響起了一陣極輕的腳步聲，那腳步聲在寂靜的夜裏聽起來仍比較清晰。他一下子悄無聲息地躍起來，掀開被子，躡手躡腳地走到門邊偷聽。

果然聽得腳步走到房門前便停下了，傲得壓低了聲音問："誰。"

對方沒有回話，而是在門上輕輕敲了三下，頓了一會，又敲了兩下。傲得立即明白，又朝着小天的房間看了眼，確定那小子已經睡熟後才拉開門，躡手躡腳地走了出去。

一出門就看到門外無聲無息地站着三個人，都是黑色的勁裝，戴着與之前傲得戴的一樣的 AR 眼鏡。

"任務失敗了。"傲得低聲説。

"已經知道了，組織現在將你召回，有更重要的任務要交給你。"爲首的一個男人説。

傲得點了點頭。

"需要給你點時間和裏面的朋友交代一下嗎?"

傲得看了眼門，搖了搖頭："並不是什麼重要的朋友，以後應該也不會見了。"

"走吧。"

三人如影子般率先而行，傲得跟在後面，邁開步子才知道這褲子和衣服是有多緊。他用力一扯，立即將一件襯衫扯成兩半，隨手丟在了旁邊的垃圾桶裏。

早上小天悠悠轉醒時，天已經透亮，不愉快的記憶已經一掃而空。反正已經無緣再見周小漾，美夢碎了就碎了吧，去他媽的!

他起身一看，沙發上的被褥亂七八糟的，顯是傲得已經起床了。他刷了牙，瞇縫着睡眼惺忪的眼睛跑出去買早餐。他本來吃得就多，又想到傲得估計比他還能吃，就買了一大包的早餐提回來，熱情地高喊："傲得! 你看我給你買了什麼!"

轉了一圈之後，哪裏還有傲得的影子，這小子跑哪兒去了? 小天怎麼也沒想到傲得會突然之間不辭而別，一個人好沒趣地把一大堆吃的放在桌子上，心裏真有點落寞。昨晚好不容易見到舊朋友了，突然間就空落落的只剩一個人了，真是一點心理準備也沒有。

易小天沒滋沒味地吃完了早餐，傲得還是沒回來。可他心裏還是不願意相信傲得會不辭而別，總是認爲他還能回來的，便把早餐都包好放起來以免等一下涼了，傲得回來還可以吃到熱的。

一般這個時候小天是該去上班了，但是經過了昨天的混亂他不知道百樂門現在還是否健在，他這工作也不知還有沒有了。但是昨天警察的架勢他是見過的，那些警察就算掘地三尺也要挖出百樂門的秘密來。小天覺得這事八成得砸，不過還是換了衣服決定溜達到百樂門附近去看看，萬一還正常營業的話他可不能因爲遲到被扣了工錢！

一早的街道看起來並沒有什麼人氣，昨天的一場大鬧讓整個南城區都陷入疲軟狀態，人們也都跟霜打的茄子一般蔫頭耷腦。

小天到百樂門門口一瞧，好傢伙！百樂門門口那個假門面的牛肉拉麵館已經被警戒線封了起來，還有幾位警察在巡邏哪。

這下可真了不得！幸好前幾天剛發了工資，賠得倒不大，不然的話他易小天可就要起義了。他可是知道總經理的家在哪，並且也知道總經理最怕家裏的母老虎，這要是給他老婆知道了自己的膿包丈夫在外面養着情人的話……

嘿嘿嘿，小天想到那畫面就忍不住笑了起來。

小天光顧着自己樂卻没曾注意，在他的身後，同樣有一雙冰冷的眼睛正盯着關門大吉的百樂門。不過與小天的無所謂不同，這人明顯很生氣，而只要他一生氣，就一定有人的日子不好過。

總經理戰戰兢兢地站在那人身邊，額頭冷汗涔涔，很明顯這次不好過的人就是他了。

我的上司是個死宅

那人伸出一根手杖指了指眼前關門大吉的百樂門。聲音幾乎沒有起伏，也沒有情緒的波動，但這聽着反而更讓人不寒而慄。

"我臨走前將一個完好的百樂門交給你，你現在就還給我這樣一個爛攤子？"

總經理低着頭，嚇得連汗都不敢擦，只是唯唯諾諾地一味硬撐："對……對不起，實在是……事出突然……警察來的時候已經來……來不及了……"

"警察爲何突然硬闖百樂門？"

"這個……"總經理醞釀着臺詞。他不敢抬頭看那人的臉，只感覺身旁有一團壓抑的黑雲籠罩在身側，一旦自己稍有不慎，隨時準備將他扼殺。

那人披着一個巨大的帶帽兜的黑色披風，將他整個人罩在風衣內。別說總經理沒膽，就是再借他兩個膽，此刻他也不敢去看老 K 的臉，何況老 K 的臉躲在一個巨大的黑色口罩內，他根本無法看見。他沒想到老 K 會這麼快就趕回來了，真是糟糕透頂，讓他連一個萬全之策都來不及想。

感覺到旁邊射來一道冰冷的目光，總經理再也招架不住，一股腦地說了出來："聽說有一個'先華組'的傢伙溜到了百樂門裏，警方正在通緝他，又正巧我們百樂門裏的一個銷售員與他認識，就幫着他逃了。警察借着搜查犯人的名義將百樂門查了個底朝天，所以……所以我們……"

老 K 沉默了一會，"哪個渾蛋會認識那些個狂人？"

"是一個叫易小天的，以前人很機靈，口才好，幫着拉了不少顧客。他手裏的頭牌是薇薇，這個薇薇還是……"

"十分鐘內把他帶過來。"

老 K 沒理總經理的廢話，直接下達指令。總經理倒是知道易小天家住哪，可是現在發生了這麼多事，傻瓜才會在家裏乖乖地等着被人抓呢，肯定早不知道溜哪去躲了起來，這可如何是好。別說是十分鐘，就是給幾個小時估計也沒戲啊，可他哪裏敢跟老 K 討價還價，但就這麼滿口答應十分鐘後怎麼交差？

總經理愁腸百結，臉扭得跟苦瓜一樣，這命令是遲遲不敢接口。

就在他已經做好了必死的準備時，哪知眼角一瞟，就看到一個熟悉的身影在那裏不知道傻樂什麼。

他當然不知道易小天正在 YY 他在家裏脫光了屁股，被老婆抽皮鞭跪榴蓮的慘樣。

真是天助我也！他登時眼睛亮起了光。

"五分鐘，請給我五分鐘！"總經理一個箭步衝了過去，小天笑了半天，自己也覺得沒什麼滋味，於是悻悻地準備回家先睡一個大覺。哪知剛走了兩步，肩膀感覺被人輕輕搓了一下，接著又連續被人猛搓了幾下，易小天一回頭，就看見總經理賊頭賊腦地站在後面。只是一天沒見，這總經理怎麼看起來憔悴了不少，難道真被他言中了？小天憋不住想樂。

"邵總！"小天立馬掛上諂媚的笑容，好像這總經理是他二大爺一樣。

邵總朝他招了招手，又左顧右盼了一下，似乎怕被人聽到似的："小天，你過來我有話跟你說。我在這兒等了半天，就見你一個員工過來上班，真是好樣的，快過來！"他把聲音放得很低，好像要對小天說什麼重要的話一樣。

小天沒想那麼多，側著頭問道："您有什麼交代嗎？總經理，我生是百樂門的人，死是百樂門的鬼，您要想開點。大不了您再開一家，我到時候還跟著你幹！"

心裏頭卻在想：要是真的再開一家"千樂門"，就按你現在給我的提成，老子可早就不幹了！我小天上哪不是搶手貨啊！還愁沒飯吃？除非提成再加三成！

邵總沒理會他的馬屁，似乎很焦急地四處看看，又對他招招手："不是的！有更重要的事，你快點過來，他們都在呢！我們找了個隱蔽的地方準備開個會，這個會關乎百樂門未來的發展，快點！"說著轉身快步走了過去，小天心裏雖然生疑，腳底下卻也跟著總經理走了。哪知剛轉過一個街角，突然迎面撞上幾個穿黑西服的保鏢，小天本能反應去看總經理，只見總經理躲得遠遠的，正恭敬地站在一個男人的身邊。

完蛋了！被這老王八算計了！小天腦子裏登時一片空白，他往後一看，那些正在巡邏的警察正好被街角擋住，什麼也看不見。他揚起暈乎乎的腦袋，就看見一個披著巨大黑色斗篷的男人，宛如惡魔一樣的盯著他。

"別出聲，否則你會死得很難看。"

他還想掙扎，哪知黑衣人已架著他的胳膊將他架了起來，易小天只覺得自己雙腳離地，連個救命都沒來得及叫就輕飄飄地被人挾持上了車。

換好了衣服之後，傲得覺得自己又變回了真正的自己。他這身黑色的勁裝穿了多年，早已不能接受其他的顏色。

傲得的背後跟着三個人，與他同樣的裝束。幾個人乘坐着一臺銹跡斑斑的電梯一直垂直向下，明明已經超過了正常使用的地下空間，電梯卻仍舊沒有停的意思。

終於在到達一個巨大的地下積水站時電梯停了下來。幾個人下了電梯，沿着一個黯淡的寬闊走廊不停前進。四周沒有遮蔽物，也沒有參照物，除了頭頂的天花板便只有蔓延無盡的橢圓形牆壁。牆壁上還殘留有幾行標語，上面寫的是"熱烈慶祝'地龍'大型地下積水站建造完成!"。想當年這個積水站剛建好時，城中所有的大小媒體都在歡呼雀躍，終於有了能和城市配套的大型下水道了，人們總算不用下個雨就得開船上街了。只是後來隨着新建立的更加先進的全自動下水處理站一個個建成，這個最早的積水站就漸漸被廢棄了。後來先華組就將這個巨大的廢棄下水道的大積水池當作了根據地，經過多年的開發，這個秘密根據地早已不再是當初破敗不堪的模樣，各種先進的設備比比皆是。組織裏全國的精英們更是日夜不停地在這裏工作，他們的目的只有一個——推翻被 AI "天君"日漸控制的人類，還給人類一個純潔的生存空間。

漫長的走廊盡頭，立着一道看似普通的玻璃門。傲得當先站在門口，張開雙臂，他所站立的位置上有一個圓形的托盤。傲得站立後，托盤立刻360度旋轉，不停地升降，對傲得進行全身掃描。掃描到傲得的腰身時，一個冷冰冰的機械聲音傳了出來："危險係數已達20%，請將腰部的370式自動手槍放入保險箱。"

原來門口各站着兩個機器人，適才太黑，竟沒瞧見。傲得聞言，立刻將腰上的槍掏了出來，掛在手上，由機器人繼續掃描。而站在門口左邊的機器人手臂立刻延伸，變形，組合成一個細長的手臂，手中舉這個托盤，伸到傲得的面前。傲得將槍放入托盤，托盤再次變形，又恢復成正常的樣子。槍已經拿在它手裏，手臂又繼續運動，將槍鎖在了保險櫃裏。

傲得知道進入總部不能攜帶槍支，但是那槍時刻跟在他的身邊已成習慣，哪怕知道一定會被沒收，還是要堅持帶着。

餘下的三個人也都進行了掃描，將違禁品放好後玻璃門打開，四人一起進去了。

雖然已經提前做好了準備，但是當那股伴隨着臭氣的熱浪撲面而來時，傲得仍是忍不住皺起了眉頭。

基地這一點真是差勁，什麼時候才能把這些臭傢伙們管理好啊。眼見着偌大的一個巨廳內遍布着密密麻麻的卡座，無數個電腦黑客們都在日夜奮鬥。地下的散熱和通風系統本來就不夠好，再加上那些喜歡趿拉着拖鞋，蓬頭垢面地

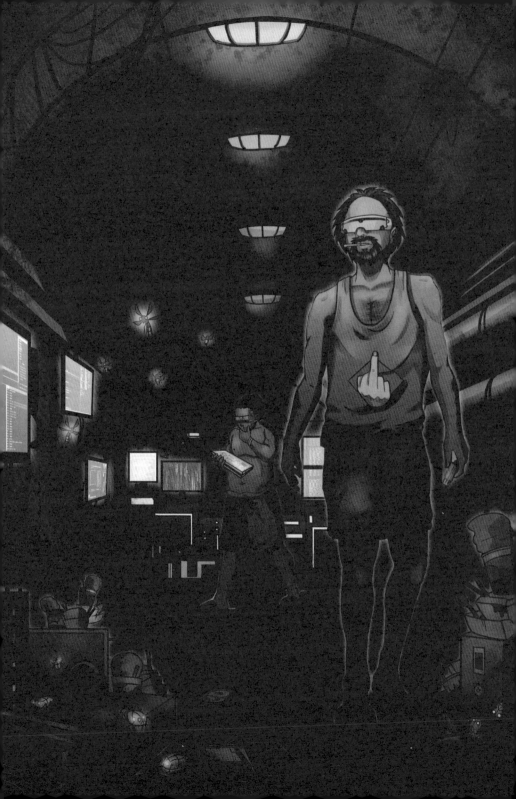

入侵着國際高級網絡的人基本都不喜歡也沒有閑時間洗澡。那股體味，再加上隔夜的泡麵味、臭腳丫子味、劣質香菸味，和上百臺電腦散發的熱氣混合在一起，那味道簡直可以叫人把隔夜飯吐出來。有的人過於勞累直接趴在鍵盤上就睡了，呼嚕聲震天，等着醒來後再隨時繼續投入戰鬥。還有因爲某個意見不合唇槍舌劍的，熬得眼睛透紅，猛喝咖啡，連續奮戰多日不眠不休。真是千姿百態，幹什麼的都有。

傲得自來從小生活優越，這些屌絲的作風他是最瞧不慣的。他也曾經無數次寫過報告，要求好好整頓基地的衛生和人員狀況，奈何每次都被打回來，説什麼只要能把任務做好就行，反正他們整天窩在地下也没人管，就讓他們自由一點，想怎樣就怎樣吧。

傲得雖然不滿，但是畢竟這些不修邊幅的技術宅控制着先華組最高端的電腦技術，每一個人放到面上都是讓國家頭疼的高級電腦黑客。傲得只能睜一隻眼閉一隻眼，忽略他們這些小毛病，專注於關心他們的技術成果了。

不過今天傲得没有對他們有太多的留意，因爲他自己尚且自身難保，實在没有閑情逸致還去管別的事。

他不時跨過堆在地上的爛電腦和纏成一團一條的電腦線，躲過一個個飛在半空或是在腳底下亂竄的被黑客們胡亂拼裝起來的小機器人。電線還好躲，那些小機器人可就難躲了。這些昆蟲般的機器人身上都安裝着不同的電腦硬件和數據接口，哪裏需要就奔向哪裏。到了目的地就往需要設備的電腦上一插，這邊電腦用完了又把自己拔下來跑到另一臺電腦上，竄來竄去非常煩人。黑客們圖省事又没給這些個機器人上安裝多好的避讓程序，很容易就撞到人了。傲得不是頭被撞一下就是腳脖子被撞一下，跌跌撞撞地走着，感覺自己就好像是在一個巨大的蜂巢裏一樣。

"哎？你説多站訪問部件將令牌環節點鏈接到一個物理上像星形但數據信號在邏輯的環形上傳輸的一種拓撲結構上才對啊，爲什麼我的總是對接不成功？"

"我來幫你看看，可能是 multistation assess unit 出了問題⋯⋯"

傲得聳聳肩，這些傢伙雖然不修邊幅，但是能力倒還是有一套的。剛這麼想着，旁邊突然有人跳起來大叫一聲嚇了傲得一跳："呀哈！我成功啦！終於搞定啦！他媽的憋了老子三個月總算是把它破譯啦！"

傲得回頭一望，只見這個人歡呼後所有人也都跟着歡呼起來，然後所有人又都一起學起狼嚎來。整個基地亂哄哄的就好像是一鍋煮得爛透的燉菜一樣，傲得不喜歡吃燉菜，可那種將所有材料都丟到鍋裏完全看不出形狀的爛乎乎的菜卻是組織裏這些技術宅的最愛。因爲最省事，可他們吃完也没人收碗，最後地上就到處丟着没洗的鍋碗瓢盆，不少的碗裏還堆着菸頭。

真個是；

天下宅男本一家，

拖鞋泡麵短褲衩。

只要電腦還有電，

到哪都是自己家，

敢問女友在何處，

呵呵一聲 D 盤找。

好不容易擠到了電梯門前，傲得坐上向下的電梯，電梯向下行進了兩層後停下。傲得當先走了出去，推開上面還黏着幾縷不明物體的大會議室大門，發現碩大的會議室里居然只有一個人。那人年紀頗輕，臉頰消瘦，蹺着二郎腿正有一搭沒一搭地點着腳，正在呼嚕呼嚕地吃着炸醬麵，嘴巴還一圈油乎乎的掛着醬料。傲得看到他，有幸能夠回到基地的熱情登時滅了。

"莫風?"

傲得悄悄回頭，發現一直跟在自己身後的三個人竟然沒有跟來。這莫先生擺擺手裏的筷子，示意傲得坐下來，嘴裏卻仍是吸溜吸溜。

傲得在心裏對他嗤之以鼻，拉過一把椅子坐下來。這來歷不明的莫風最近勢頭大火。明明年紀比他還小，進入組織的時間更晚，卻升職極快，短短兩年已經爬到了與傲得平起平坐的程度。傲得對他早已不滿，一直想着找個什麼機會把這個礙眼的同僚打下來。但是苦於他深得領袖的喜愛，遲遲沒有找到合適的機會下手。

傲得瞪着眼睛瞧着他，想要看他到底搞什麼花樣。莫風吃了差不多半碗麵，才猛然間抬起頭，好像才意識到傲得已經來了半天一樣，咬斷了嘴裏那根麵，瞪大眼睛好像很吃驚："你沒有什麼要跟我匯報的嗎?"

傲得氣悶，大拳頭在桌子底下捏緊，盡量放平語調："我們兩個不屬於同一個部門，並且同級。就算要匯報也是找我的直屬上級，冷部長吧。"

莫風慢條斯理的又喝了兩口麵湯，咬了一口黃瓜，才口齒不清地説："嗯!老話説的沒錯，原湯化原食。哼，看來你還不知道。冷先生已經因爲失職被撤掉了，我——現在是你的新上司。"莫風的嘴角得意地一揚，手拿着筷子冲着傲得指指點點。湯汁甩了一桌子，不過也沒什麼關係，桌子本來也油汪汪的擦不乾淨了。

傲得睜大雙眼，他幾乎不敢相信："不可能!"

"不可能? 什麼不可能? 是冷部長失職不可能還是我是你的新上司不可能? 我們以前雖然不在一個部門，但是我的脾氣你應該也是瞭解的，最好不要在我面前説 NO。"莫風輕輕吐出這個 No，眼睛看着傲得漸漸漲紅的臉，神情甚是囂張。

傲得一下子憋住了即將吐出來的話，他知道這小子一直受寵，卻沒想到竟然如此之快地爬到了他的頭上。要知道，傲得是冷部長的副手，即便冷部長真的因爲失職而被撤職，接下來換上的也應該是盡忠職守多年的傲得。這沒功沒勞的臭小子憑什麼能爬到他的頭上來，傲得越想越是氣憤，不由得雙眼圓瞪，怒目而視。

冷部長率領的這一代號 "13" 的部門乃是組織重要的武力輸出。直系下屬一共一百零八人，人人驍勇善戰，本領各異。冷部長更是所向無敵的神槍手，饒是他傲得，也有一身本事傍身。這小子年紀又輕，又沒什麼本事，憑什麼坐擁如此重要的部門。別說傲得不服，就是部門裏的其他兄弟怕也憤懣難平，想到這裏他不由得熱血上湧，真想就在這裏一拳揮出去，先打他個半死再說。

莫風等了半天，仍不見傲得說話。抬起頭來就看到傲得漲得緋紅的大臉，知道傲得不服，當下輕聲一笑："你一定在奇怪，按理冷部長撤職，接下來應該是由你這個副部長接任，怎麼反倒是我這個別的部門的人來接手呢？" 說着頭往前傾了傾，小聲說道："那還不是因爲你的失職。"

傲得錯愕："失職？這是哪裏話？"

莫風皺起眉頭，冷哼："那你告訴我，你爲什麼這次任務失敗。組織將如此重要的任務交給你來處理，你不但未完成任務，還叫人認出了你的身份，這不是失職是什麼？"

傲得無話可說，原本就因憤怒而漲紅的臉更紅了。因爲一下子看到莫風只顧着生氣，卻忘記了自己現在是戴罪之身，因爲未完成組織交代的重要任務，他其實連穿勁裝的資格都沒有。組織紀律嚴明，從不養無用之人。

傲得想到此處，臉上一陣紅一陣白，竟然不知道如何作答。

"所以我就跟 'L' 請求暫且不將你革職，而是留職查看。希望在我的手下，你能彌補過錯，完成領導交代的任務。怎麼樣？想感謝我？別了，我最聽不得別人拍馬屁。"

我謝你媽個蛋！傲得氣憤至極。倒不是因爲莫風叫他感謝，而是他堂而皇之地抬出 L 壓他。L 是組織的最高首領，萬人敬仰的大人物，不過向來神龍見首不見尾，見過他的人都以與 L 打過交道而自豪。傲得雖然是被 L 親自招入組織的，可加入組織至今，也只見過 L 幾次。傲得十分崇拜 L，每次能見到一面都興奮不已，十分得意。這王八羔子才來幾年居然就見過了最高首領，他媽的！

"現在可以跟你的領導匯報一下任務失敗的原因了嗎？" 莫風手裏把玩着一個小小的全息徽章，徽章上面那個組織的全息影像閃爍着微微的藍光，映照着莫風那沾滿麵醬的臉，真讓傲得作嘔。徽章整個組織一共只有十三枚，每個部門的領導都各有一枚作爲標誌。現在傲得親眼見到這枚徽章，饒是再不願意也不得不承認莫風的地位。

"是……"傲得的聲音聽起來乾巴巴的，沒有水分："這次我們沒有見到那個沈教授，他們似乎已經事先得到了通知，早已布下了天羅地網……"

原來傲得這次奉命去刺殺岳黎研究院的沈教授。沈教授是岳黎研究院的最高領袖，掌握着 AI "天君"最關鍵的核心技術，直接關係着天君未來的發展。就在前兩個禮拜，他們的人偶然得到了沈教授的行程表，策劃了一場十分周密的刺殺計劃。一旦沈教授死亡，必然會對天君的發展帶來不小的負面影響。哪怕並不能立即將天君消滅，也算是取得了不錯的成績，爲這些年辛勤在地下工作的組織打一場翻身仗。

但是傲得失敗了，他得到的是假消息。不但手下全部被人捉走，就連自己都是僥倖逃脫。若不是躲進百樂門裏，意外撞見了易小天，現在傲得的屍體估計都已經凉透了。

想到易小天，傲得隨即想到他對自己的照料倒是頗爲悉心。雖然自己最後不辭而別，但仍舊欠了他一個人情。以後有機會還是要還的，他最不喜歡欠人東西。

傲得將自己最後得到一個朋友的幫助的經過通通說了出來，他盡量低着頭，實在是不願意看到那張討人厭的臉。

莫風摸了摸壓根沒長鬍子的下巴："這人可留不得，要想個辦法將他鏟除，以絕後患。"

傲得微微一滯，雖然他對易小天沒好感，卻也不想讓他因爲自己而死，畢竟他救過自己。

"他不會出賣我的。"

"呵！朋友這種東西有用嗎？你記住，朋友就是用來利用和出賣的，是爲了達到目的而設置的棋子。"莫風眯着眼睛，一臉的奸詐："知道冷部長爲什麽被拿下嗎？因爲他被他的朋友出賣了。等下我可以給你開個恩，讓你到負十一樓去看看他現在的樣子，哼！"

傲得冷眼瞧他，冷部長的朋友，那不就是你這個白眼狼嗎？你自己出賣朋友反而沾沾自喜，想當年冷部長春風得意時，你猛拍人家馬屁，人家落泊時卻在背後放人家的暗刀子，傲得最是瞧不起這種人。

莫風不知道傲得的肚子裏正在將他罵了個底朝天，仍舊擺出一副大爺的樣子："我不用跟你多解釋什麽，我現在的話就是命令。我現在命令你找個機會把那小子除掉，絕對沒有壞處。"

傲得鐵青着臉，既不答話也不拒絕。

"不過不着急，我現在還有更重要的事情要吩咐給你做。"莫風把麵碗底下墊着的一摞資料推到傲得的面前。

"現在這是你最後的機會，我只給你一次機會，如果這個任務仍舊完成不了，可就別怪我要殺雞儆猴了。"莫風一副小人得志的樣子，傲得看他不順眼，他看傲得更不順眼。兩個人雖然表面上勉強維持基本的禮儀，肚子裏卻早把對方罵了個遍。

傲得冷哼一聲，一把將材料拿過來，略一瀏覽，登時震驚不已。

"組織一直在追蹤的生化人有了新的進展……"

生化人一直是世界各國間共同嚴令禁止研發的項目。雖然目前的科技水平已經能夠實現對人體進行生化改造了，但是很多國家因爲倫理道德的限制，都認爲對人類自身進行任何改造都是非法的，並且聯合國也已經簽署了全世界都要遵守的法案。但仍有很多不法之徒和雇傭軍集團爲了追求利益最大化仍舊偷偷摸摸地在進行生化人研究。生化人十分危險，經過改造的生化人擁有着人類難以與之抗衡的戰鬥力和智慧，遠遠凌駕於人類之上。生化人因爲在改造過程中也有和非法人工智能相融合的現象，所以這樣的東西也是組織打擊的對象。但是一來生化人的行動十分隱秘，二來由於生化人的戰鬥力和智力極高，警方總是抓不到這些傢伙的確鑿證據進行打擊。他們先華組倒是不需要等證據全部齊備才可以行動，但無奈他們可沒有政府單位那樣先進的武器裝備，數次與之交鋒都以慘敗收尾，現在一聽到"生化人"三個字，傲得的心裏"咯噔"一聲。

"現在我們追蹤到一個生化人已經悄悄潛回國內，目前就在市內，機會十分難得。他的私人飛機今晚十一點半起飛，今天下午務必將這個生化人擊斃。"

先華組至今與生化人的數次交鋒目前仍舊保持着全敗的記錄。與生化人交鋒，幾乎就意味着接近百分之百的死亡率，他媽的，這小子真是用心險惡！傲得剛才還在奇怪他爲何會替自己説情，原來有陷阱在這等着呢。

但是他不能不接這個任務，上次任務的失敗已經讓他沒有了選擇的餘地。出去是死，留在這裏也遲早被這個小子玩死。

"我需要調遣二十人的火力小分隊，十把 C－30 和十把 GP6，還要五十個……"

傲得的話還未説完，莫風晃蕩着四根手指頭，姦詐地笑着："四個人，我只給你四個人。武器倒是可以隨便挑，人你也可以隨便選。"

傲得一滯，没想到這混帳居然只給他四個人，那與讓他去送死有什麽區別。

"記着，這是你最後一次機會。"莫風看着傲得乾笑，"希望我們明天還能再見。"

傲得登時站起來，椅子被他的力氣帶着摔在地上。他怒目瞪着眼前這渾蛋，但是莫風只是輕描淡寫地把玩着手裏的徽章，完全不把他放在眼裏。

"我不會讓你得逞的，明天再來找你算帳。"傲得一字一頓地說。

"首先你要保證自己能活到明天。"莫風輕巧地說着，眼睛嘲諷地看着傲得。

傲得轉身離開，我操你大爺！我一定要活得比你長，然後親手把你捏個粉碎，然後丟到大海裏去餵鯊魚！

傲得心裏不斷地咒罵着，揚長而去。

他的背後，莫風哼起了小曲兒，然後又埋着頭繼續吃麵去了。在傲得臨出門時還抱怨他："嘿，都怪你，這半天盡跟你説話了，麵都坨了。"

我夢到了歐陸經典，
却没人給我廣告費

飛船在下落的過程中遇到氣流，略微有些顛簸。

迷迷糊糊中似乎做了一個漫長的夢，二亮有些不知身在何處。這一場下來實在太累了，大伙都睡得四腳朝天，鼾聲如雷。二亮感到飛船那種特有的顛簸，是了，這應該是進入到母艦的人造大氣層了。他掏了掏鼻孔，果然就聽見船長氣急敗壞的聲音傳來："都啥時候了！還在這兒睡大覺，到家了，你們他媽倒是過來幫忙呀！"

二亮猛然間驚醒，一把扯開蓋腳的小薄被，猛然間意識到：靠！這是到家啦！

他趴到窗户口一看，果然李昂的小山雀正掙扎着在空港甲板上搶位置停靠。甲板上忙碌不已，無數個類似李昂的小破飛船一樣的舊飛船正晃晃悠悠地停在超大型母艦"歐陸經典"延伸出來的停靠甲板上。看着口岸忙碌不已的景象，二亮感受到了久違的生活氣息。這裏還是和離開時一樣啊，無數個小商販擠在甲板上售賣着零食和劣質燒酒，還有賣乾糧和内褲的，賣舊雜物機器人的，賣基因改造寵物的，賣劣質生化器官的，賣盜版實境遊戲的（神經接入類的虛擬現實遊戲，經常造成大量玩家因爲分辨不出現實空間與遊戲空間而得上精神病，因此造成很多的治安問題，所以聯合艦隊裏其他的母艦是不允許買賣虛擬實境遊戲的，不過這裏山高皇帝遠的，誰管去），賣神經類、電子類或基因類毒品的，再加上來來往往的人流，那真是又吵又擠又臭。二亮看着這個熟悉的場面感動得不行，連那個常年賣防臭鞋墊的老太太他都忍不住要上去親一口。

"伙計們！咱們回來啦！"

他抬頭看着眼前這艘破破爛爛的巨型母艦"歐陸經典"，眼睛裏流露出朝聖般崇敬的目光來。

別看這艘巨型母艦渾身破破爛爛，周身沒一塊好鐵，不過卻是像二亮和李昂這一類窮光蛋們的庇護所。他們生生世世都在這裏繁衍生息，隨着歐陸經典

一起跨越浩瀚的星海，這是他們離開地球後唯一的家園。

作爲地球艦隊最大的一艘母艦，歐陸經典可算是從地球艦隊離開太陽系時便載着他們的第一批巨型母艦之一了，起航至今從沒有着陸過。雖然這艘巨艦大修小修起碼有上千次，零件也都是東拼西湊湊出來的，並且管它是機械零件也好，生體零件也好，只要能用上的統統一起用，弄得這艘母艦從外觀看起來就像個長滿機器觸手的大魷魚。算起來從起航至今幾每一個零件都換了好多遍，人們也說不清它還算不算是最初的那一艘"歐陸經典"了，但是在居民們的心中，它就是生養他們，承載着最初地球記憶的證據。

一年前李昂一伙人是因爲交不起飛船的場地費和各家的房租才被管理歐陸經典的那個"博恒事務所"轟走，無奈之下才起飛去搏一把的。不曾想居然這麼快就賺到了回來的錢，當真是叫人開心不已。

幾個伙計眼巴巴地望着外面的熱鬧景象——雖然在富人們眼裏這艘母艦臭氣熏天，破舊潦倒，但是他們可每天都希望能再回來呢！

二亮尤其興奮，他最擔心的就是他那貌美如花的小嬌妻趁他不在的時候跟別人跑了！要知道他現在的財力和信用等級那可跟以前完全不是一個級別的了！他二亮也要脫貧致富奔小康了！

正這麼美滋滋地想着，飛船"噶喲"一聲，升降梯放下了，他們終於可以登艦了。

幾個人簡直激動得要痛哭流涕，船長在下船之前特意交代："都給我精神點！可不能像沒見過世面的土包子一樣，要像個得勝歸來的大將軍，好好耀武揚威一番，咱們現在可不一樣了！"

二亮合計半天也不知道得勝的大將軍得是個什麼狀態，就把大肚子往前一腆，鼻子抬得老高，晃着膀子撇着個大嘴下了船。結果哪有人顧得上看他，他們一下船就淹沒在人潮中了。

沒人看就沒人看吧，反正二亮他們早已償還了欠下的債款，現下又是一條條好漢了。幾個人將爛衣服丟掉，用剛剛提升了等級的信用額購買了自己喜歡的新衣服，可真是煥然一新。

大家伙兒都着急先回家看看，把賺來的好東西拿回家去跟家人分享。二亮更是心癢難耐，他的小嬌妻還住在整個艦隊最爛最臭的"多瑙河"街呢，二亮可得先把她接出來不可。當下他就向李昂請了假，樂顛顛地回家去了。

李昂孤家寡人一個，也懶得回那個租的破房子，裝模作樣地向二亮交代了一番注意安全和船上法紀之類的話後就直接去"老光棍"酒吧瀟灑去了！

你可拉倒吧，二亮邊走邊想，這船上哪來的什麼法紀，人人都有槍。作爲一個小市民唯一的活命要點就是躲開那些惹不起的，拉攏自己看得起的，注意這兩點就好了唄。好在李昂他們這伙人火拼起來還是蠻狠的，在船上還是有點威名，二亮倒也不用擔心一個人走路會有人來給他放黑槍。

多瑙河街是整個母艦最髒亂差的一條街道，強盜流氓橫行，地痞無賴遍地。人口十分擁擠，人均用地十分緊缺，可以說聚集了整個母艦最窮困潦倒的人們。那些建築東倒西歪，完全是將所有能用來遮風擋雨的東西胡亂堆在一起，也不管它符不符合建築學原理，更別提追求什麼美感了。甚至有的房子還是用其他艦隊剩下的生體部件改造的，整個就是一大坨腥氣撲鼻還不斷往外呲着膿水的爛肉，住在裏面的人非得有超出常人的心理素質才成。但是人們又很喜歡沒事來多瑙河街溜達溜達，因爲這裏能淘到不少好寶貝。比如什麼廉價的電子或生化設備啦，什麼聯合艦隊政府不許使用的大威力槍支彈藥啦，甚至轉了幾手快要報廢但還能勉強能使用的黑飛船都有！李昂的飛船就是從這裏淘出去的，順便還把二亮也淘走了。只要你有耐心，肯花時間，總能找到你想用的各種設備的乞丐版。這裏的人雖然個個窮得掉底，但是仍然過得有滋有味，大家及時行樂，從來不去思考明天的生活。這麼亂哄哄的環境反倒也讓人覺得輕鬆——没人因爲自己窮而自卑，反正大家都窮！

二亮沿着那條狹窄的小巷子樂顛顛地往家跑。他可還没跟老婆講今天就回呢，他要給老婆一個驚喜！

一把推開家裏那扇用一個報廢飛船的艙門改裝的大門，那破門直接被推得晃了幾晃，"哐噹"一聲摔在地上了。

"老婆！老婆！"

從內裏急忙走出一個白白胖胖的女人來。那女人大圓臉，小眯眯眼，塌鼻子，臉上撒着一小把雀斑，像是芝麻薄餅一樣。

"二亮？"女人先是不可思議，緊接着睜大眼睛，驚喜的聲音拔高幾個分貝："二亮！是你這個渾蛋！嚶嚶嚶！你這個死鬼！你怎麼回來了！"接着她喜極而泣，當場嚎啕大哭起來，手裏和麵的麵盆咣當一聲扣在地上。

二亮張開雙臂："老婆！我回來啦！"

他老婆先助跑幾步，一個衝刺，直接跳到了二亮的懷裏。那二亮長得瘦小，他老婆卻是五大三粗。這一躍，直接將二亮毫不客氣地撲倒在地，接着在他臉上一頓猛親，直壓得他上氣不接下氣。二亮心裏美滋滋的：就是這尺寸！就是這斤數！就是這渾身的餃子餡味兒！對勁！

和老婆"地動山搖"一番之後，二亮將自己賺大發了的消息告訴他老婆。老婆抱着他激動地又要再來一發，嚇得二亮連連擺手，他這小身子骨可禁不起他老婆的連番折騰。

把家裏的大事交代一番，接着該搬家去哪兩人決定好後，二亮踱着方步，背着手，直接去了"老光棍"酒吧。

這老光混酒吧可是冒險英雄們的集合地啊，二亮以前窮的時候成天羨慕着那些男人能進去喝酒吹牛，説一説自己星際旅行的見聞，擺一擺不同星球的奇聞逸事，個個都把自己説成是蓋世英雄！以前二亮没見識過啥，也没膽子進去，可他現不一樣了！他也是有故事的人了！現下也輪到他吹吹牛了！

二亮大搖大擺地推開門，登時一股酒香撲面而來。二亮不咋能喝酒，光是聞就感覺自己兩腿輕飄飄，站立不穩，好像要醉倒了一樣。

背後突然被人拍了一下，一個大胡子男人站在他的背後嘲笑："小娃娃！要進就進唄，咋地？還能吃人不成？害怕老婆回家找你算帳？"説完哈哈大笑着走了進去。

二亮覺得自己受到了羞辱，當下大腳一邁也跟着走了進去。

老光棍酒吧裏嘈雜異常，到處坐滿了人，都是些粗野的男性船員。大家伙没了命地大聲吹牛，大吵大嚷，反正吹牛不上税，每個人都唾沫橫飛。

酒吧裏的每個桌子上都有全息的美女影像配合着勁爆的音樂在跳脱衣舞，也有不少性感萬分的美女型擬真機器人全裸着在酒吧裏走來走去給大家端酒。二亮見了這場面，才知道剛才那個大胡子男人爲什麼説回家老婆要算帳了。

這裏面真正的人類女人可不會來，倒不是怕進來會被那些男人們吃了，而是一旦來了男人們可就尷尬了。的確曾經有一撥漂亮的女記者進來想見識見識，寫個採訪啥的，可她們一進來，所有的男人們都愣在當場，盯着全息美女影像流哈喇子的人愣了，在美女機器人身上上下其手的人愣了，掏出老二準備和機器人當場大幹一番的人愣了，DJ也愣了，音樂就停了。本來吵鬧萬分的酒吧裏瞬間靜得連根針掉地上都聽得見，接着反應過來的男人們紅着臉一個個往外跑。女記者們好不容易捉到一個没來得及跑掉的光棍算是寫了篇採訪，這位仁兄滿嘴跑火車，黃段子不停，可最後他還是很紳士地送女記者們回到她們所在的母艦了。並且還一再叮囑她們歐陸經典這個危險的地方以後還是少來，雖然在這裏若有人有衝動不去找機器人，非要去強暴真人的，都是人人得而誅之，但還是挺危險的。

女記者們回去寫了篇報導《大男孩們的游樂場》，讓女士們没事就別去騷擾這些男人了，所以之後也就没有女人進來了，弄得大家都尷尬也没意思。

二亮瞬間被淹没在人潮裏，他找了好久終於找了一個空位置坐下來，紅着臉不去看桌子上的全息美女像。只聽見幾個大鬍子在吹鬍子瞪眼地爭論着，"你説咱們這歐陸經典所有的零部件都換了好幾茬了，那現在這艘還算不算是最初的那個歐陸經典了呢？"

"肯定算啊！雖然樣子換了，但是大家都始終認爲它是，這不就得了。"

"就是，其實管它是不是的呢，你要是高興叫它'亞陸經典'也行啊。只要他媽的別把這老光棍酒吧給弄没了就成，叫啥名有啥關係。"大伙哄笑一陣，紛紛説是。

「靠，所有的零件都換了，那還能算是一開始那艘船嗎？你們有沒有腦子？」

「老吳，別理他們那些腦殘，看他們那長相就知道那幫蠢貨肯定都沒啥見識。」另一邊又有一伙人這麼説。

「你們説啥？誰沒腦子，想挨老子打怎的？」

「嘿！還怕你不成?!」

兩撥人馬上就爲此打起來了。一時間酒吧裏酒瓶子亂飛，拳頭亂捶，腿腳亂踢。但兩撥人還沒打夠一分鐘呢，酒吧裏那些美女機器人就把這幫人薅着領子都給扔出去了。原來這些機器人可不僅只是爲了讓漢子們爽的，也兼任着保安的職責。

那兩撥人被機器人扔出去後，街上不久就傳來了槍聲和尖叫聲，看來他們又另外找地兒爭個高低去了。

二亮到底也不明白那幫人爲啥打起來的，沒趣的往另一邊瞅瞅，就見一個一腳踩在桌子上的中年男人在大吹牛皮：「不是我跟你們吹！我們飛船降落到‘艾美拉’星球上的時候真他媽的以爲要完蛋了！好傢伙，你知道那裏的生物長什麼樣嗎？最矮的也至少有幾百米高！比起以前地球上那些什麼恐龍嚇人多了。但我可不怕，第一個拿着槍就衝下去了……」

這人美滋滋地想：反正也沒人知道當時的具體情況，也沒人揭露他，其實他不過是去了一個沒人去過的荒凉星球。那個星球上只有一些小型的爬行動物，最大的也不過一米，一點殺傷力也沒有。而且物資匱乏，基本沒賺到什麼物質量……

「我當時往它頭上開了一槍，好傢伙，它身子太高，這一下沒瞄準，它一低頭就要過來咬我。我就地打了個滾，從他四條大腿之間穿過去，你知道那腿有多粗一個嗎……」

大伙聽完不由得「呲」的一聲笑出來，講故事的人自己沒發現，還以爲是自己生動精彩的表演贏得了大家的興趣，興奮不已，講得更賣力了。

實際上是他忽略了一個重要信息，的確沒人看到他去那星球的情況，但是他頭腦裏的騰蛇卻一直記錄着情況呀，很多人都在共用一個騰蛇，互相一問便露了餡。

夜壺聽得笑得快要岔了氣。二亮那邊，他眼見一個風情萬種的裸女機器人服務員遞過來一杯烈酒還不斷朝他拋媚眼，臊得眼睛都不知道該放哪，但還是記得仔細看了看酒吧裏面，很好，船長已經走了，那我就可以放開了吹啦！一仰脖子把酒喝下去後，登時一股熱氣直衝腦門，鼻子裏嘴裏火辣辣的，頭腦一熱，用力地一拍桌子，「啪!」的一聲巨響，嚇得那人當場閉嘴了，滿場的人都在看這個肥頭大耳呆愣愣的傻小子。

"你不過就是看見幾頭怪物有什麼好稀奇的！你可知道我們艦隊去攻打的那個星球可是富得流油，我的飛船還抓了一個外星人呢！"

立即人們頭腦裏的騰蛇開始吵嚷起來，將得到的消息反饋過來。他們都知道最近有幾個大型艦隊出發遠航，沒想到這小子居然就是其中的一個幸運兒。他們這些窮鬼，都沒去過什麼好地方，頂多就是去某個不起眼的小星球撿點便宜，哪有實力去遠航呢。當下看二亮的眼光立刻不一樣了，人們紛紛圍過來。

二亮看到人們紛紛被他吸引，登時來了興致。一口烈酒下肚，幾乎連自己是誰都快忘了。

"你們是不是跟着'無相'艦隊出發去了 TY-103 星雲航線那邊啊?"一個人有些羨慕地問。

要知道進行這麼遠的航行對於飛船的飛行能力是有很大的挑戰的。他們當然不知道李昂的飛船在回途中就幾乎報廢，若不是他們有充沛的物質量，可以召集維修船來隨時維修，他們還真回不來了。

"那可不是嗎!"二亮牛起來了。

"哇!"大家伙立刻燃了起來，議論紛紛，"快給大伙講講，據説這次是大豐收啊!"

"你們真抓個了外星人?"

"那你們有錢了是不是要換個高級的騰蛇呀?"

人們都不知道，以爲騰蛇之間有高級和低級之分，其實全錯了。其實騰蛇們可並非像人們所想的那樣有所謂的高低貴賤之分，它們可沒有什麼爭個上下社會地位，財富多少，權力高低的欲望。它們之間除了觀世音之外在意識上可都是完全平等的，像夜壺和天狗這樣的騰蛇只是喜歡研究人類裏的窮人群體而已。所以爲了研究，它們可不想幫着相融合的人發家致富，只會讓相融合的窮人們一直保持貧窮的狀態，以便自己研究罷了。

夜壺不會讓他裏的人產生大富豪的，何況二亮雖然跑了這一趟信用等級提升了，但離富豪還隔着好幾條銀河呢!

"那個外星人啊，可是我親自把他用牽引光線抓上來的。那傢伙估計得有兩米左右……"二亮幾杯酒下肚，説話也不利索了，腦袋昏昏沉沉，牛皮却是越吹越響。後來不知喝了多少酒，也不知道自己後來咋出的酒吧，只記得有一個屁股緊翹的小妞拉着他，把他帶到了一個香噴噴的地方。那小妞扭着屁股在前面跑着，二亮笨乎乎的，跌跌撞撞地追着，追着……

模糊的現實交錯，二亮忽而覺得自己似乎又不是自己了，好像變成了別人。他甩了甩頭，跌跌撞撞地跑着。

跌跌撞撞地跑着，似乎腿上沒了力氣，越跑越慢，他一甩頭，突然發現自己好像在一個奇怪的地方。

易小天看着陌生的環境，覺得自己在一間奇怪的房子裏面跌跌撞撞地奔跑，那房子的走廊極長，周圍飄着紅色的紗帳。那紗帳老是在眼前飄來飄去阻擋他的視線，讓他心煩意亂，他的前面，有一個十分性感的美女正在笑着跑着。

"你來呀！來追我呀！"一邊跑還一邊回頭挑逗，這小天哪還能受得了，當即跑着追了過來。他只覺得腿上軟軟的，像踩在棉花上一樣，一點力氣也沒有，可是又捨不得放過那美女。那美女真是美啊，饒是小天閱女無數，仍舊被這長髮飄飄的美女給吸引了，那凹凸有致的身材，緊翹的小屁股就在他眼前晃啊晃的，可惜就是觸不着。

小天奮力地揮着手臂，猛然間覺得手裏抓到了東西，興奮不已，拿過來就往嘴邊湊。可是這手臂竟然也毫無力氣，動也動不了分毫。

他心想捏捏小手也行啊，哪知入手的手臂感覺十分粗大，就聽一個粗嗓子的男人笑道："我擦！這小子不會是做春夢呢吧？"

"他倒是挺會享福！"

小天正奇怪這房間怎麼有男人聲，只感覺臉上猛地一涼，"嘩啦啦"，臉上被人毫不客氣地潑了一盆冷水，易小天當時就醒了過來。

他晃晃悠悠地一抬頭，就看見眼前站着四五個五大三粗的糙男人。

一個賊眉鼠眼的男人挑着小天的下巴把他的臉抬起來，仔細端詳着他："還別説，這小子長得倒是夠乾淨的啊，有沒有哥兒們好這口的，待會拿去不謝啊。"

小天一聽，腦袋登時就清醒了！

"別啊！大哥！有啥話好好説，你要錢的話我銀行裏還有點存款，説多倒也不多，肯定夠哥兒幾個喝幾頓好酒了。要色的話……也不難，我原來就是在百樂門工作的，我認識一票漂亮的小妞小生，個個絕頂絕的國色天香，保管把各位服侍得服服帖帖的。"

小天眯着眼睛一瞧，除了剛才那個賊眉鼠眼的男人，其他幾個穿黑西服的男人紋絲不動，好像是被釘子釘在地上了一樣。那賊眉鼠眼男聽完哈哈一樂："真是狗改不了吃屎，你居然把生意做到我頭上來了！"

小天眼見只有這人在隨意走動，想他就是頭子吧，也不知道他們綁了自己是要幹嘛。想他一個娛樂會所的龜奴，別人連正眼瞧都不瞧他一眼，有啥被綁架的價值。

轉頭又一想，突然想到了剛才被拖走前的最後一個畫面，那是總經理沒錯，明明是總經理帶他來的啊。可是現在總經理沒見，更不知道總經理是爲了什麼而擄他。難不成是因爲自己詛咒他，被他知道了？這也不可能啊？小天百思不得其解，不過覺得既然是熟人所爲，心裏反而踏實了一些。

那賊眉鼠眼男看着他，手裏的皮鞭在小天的眼前晃來晃去，甚是危險：

"你剛才說你在百樂門工作，那你肯定很熟悉百樂門裏的通道囉？"

"那肯定啊，我在百樂門工作了三年有餘，每一條路都走過不知多少遍，自然是無比熟悉了。"是總經理見百樂門倒閉了來找我們員工問話嗎？是了，百樂門出事時我可沒跟着百樂門共進退，反而溜了，總經理怕是要找我麻煩。小天在心裏不斷盤算，待會怎麼開罪比較好。

"那你是帶着傲得從哪條路溜走的，不妨說說看，你們是怎麼躲開了電子探測儀，又是怎麼神奇地躲過了警察的追捕，也不妨細細地說一說。"

易小天聽到傲得兩個字登時冷汗直冒，心裏大叫糟糕。傲得是通緝犯，他是知道的，但是沒想到這伙人居然是來打聽傲得的消息！

"我憑什麼說給你聽！我認識你是誰啊！邵總經理呢？我記着是邵總經理帶我來的，我要跟他說！"他奶奶個腳！這事怕是要糟糕。小天心亂如麻，他不知道叫總經理來有沒有用，但是這人手裏的鞭子一直在眼前直晃，他只想找個理由把這人支遠點。他對總經理頗為瞭解，也有他不少小把柄，不知道這管不管用，能不能説得他放了自己。

那賊眉鼠眼男一聽，微微一愣，這他還真沒想到，沒準這小子只願意跟熟人説也沒準，當下退了出去，其他四個西裝男仍舊紋絲不動，他走了沒一會，就帶着總經理來到了小天的眼前。

這時候能見着熟人可真是分外親切，雖然小天的手腳給人綁在了木頭椿子上，但是臉上仍然掛着嬉皮笑臉的樣子。

"我親愛的好經理！您看我被人綁起來了，是您叫我來的嗎？有什麼吩咐您就説吧。我是您下屬，您問什麼我自然回答您，但是別人嘛，我又不知道他是什麼人，怎麼能隨便就對別人説秘密呢？"

總經理冷哼一聲，沒理睬他，心裏想這話倒也不錯。邵總經理是百樂門的總經理，一力掌管着百樂門大大小小事務。現如今百樂門遭此變故，直接倒閉，他的責任最大。旁邊這個吳三道，只不過是老K手下的一個小小打手，跟他豈能相比。只是現在百樂門遭封，他的地位下降，這傢伙倒是牛了起來，可不能叫他得了便宜去邀功。

易小天久混風月場，最是善於察言觀色。見自己這話説完，總經理的臉色微變，悄悄地瞥了一眼這個吳三道，立即明白了過來，這倆人怕是不是很和睦，倒是可以試着挑逗挑逗。

小天悄悄地朝着總經理眨眼睛："總經理你過來，我就悄悄地告訴你，別叫旁人聽去了。"説着小眼睛暗示性地瞅了一眼吳三道。

總經理雖然覺得這樣不好，可也着急知道秘密，何況也確實不想讓這傢伙知道，不由得身體出賣了內心，往小天的方向移了幾步。小天伸着脖子在總經理的耳邊"嘰嘰咕咕"的一頓説，直急得旁邊的吳三道轉來轉去，也忍不住跟着凑過來偷聽一下。

"喂喂喂！能麻煩你走遠點嗎？"小天毫不客氣地嚷道。他現在有人撐腰了，倒是嗓門大了起來。

吳三道臉上一陣紅一陣白，"誰稀罕聽了？"腳下卻沒走幾步。

小天不耐煩地白了他一眼，"不是我跟我領導匯報重大機密，你老在旁邊轉悠啥？"

小天朝總經理揚揚下巴，示意總經理將他趕遠點。總經理到底是老滑頭，朝着吳三道客客氣氣地說："吳老弟？要不，讓我們兩個單獨聊聊？"

吳三道哼一聲："你們聊就是了。老闆讓我在這屋子裏守着犯人，我也不能出了房子。我到那邊去總行吧。"

眼看着總經理點點頭，小天可不放過機會，立馬嚷道："喂喂喂，你這是什麼意思啊？我們總經理已經在這看着我了，難道你還不放心嗎？你那意思是說總經理對你們老闆不忠心，問話還得派你來監督？"

"不是你這小子找打是不是？"說着一鞭子就要揮過來。

小天尖叫一聲，往旁邊一躲："你打我不要緊，打了我我可就說不了話了。這傲得的逃跑路線可就我一人知道，我還沒跟我敬愛的總經理匯報完呢。"

總經理剛聽到一個頭，急着知道下面的內容。何況自己平時待小天雖說不是十分喜愛，那也是經常發獎金，給油水的。小天這孩子應該不會對自己說謊，眼看一個將功贖罪的好機會當頭砸下，那可得抓緊了。他還指望着得了這個大秘密好彌補一下自己的過失，免得老闆怪罪下來，那真是一百個腦袋也不夠掉的。

當下不由得有點心急，失了平時的靈敏勁兒，對着吳三道擺了擺手："你先退到一邊去，別老打岔。"

吳三道一聽，不樂意了。

"不是你誰啊，你敢指揮我？我可是老闆的貼身保鏢，除了聽他老人家一人的命令，別人的話誰也不聽。不好意思。"

當下大搖大擺地坐下來。這吳三道平時吊兒郎當，一副流氓樣，誰也不放在眼裏。但是手裏的功夫卻特別硬，無論是格鬥還是槍法，戰鬥力十分強悍。嘴巴雖然討人厭，但是深得老K的歡心，難免有點恃寵而驕，本來就不把邵總經理這個小角色放在眼裏，這下聽他一說，不免來氣，誰的面子也不給。

"我算是看出來了，你這是壓根沒把我們總經理放在眼裏啊！別說你就是一個小小的保鏢，說難聽點也就是個保安而已。我們總經理那是掌管整個百樂門的第一把手，那些當大官的進了百樂門那也得給我們邵總經理三分面子。你這無名小卒竟然敢對着他大叫大嚷，未免不識抬舉。"易小天趕緊火上澆油，只盼他們兩個來個魚死網破，他好趁機渾水摸魚，趁機逃走。

邵總經理雖然心裏覺得小天的話正確至極，可是這吳三道也得罪不得，嘴上還是得給他點面子。

"小天，別亂說。我和吳兄一起共事，大家都是好朋友。你就老老實實地把事情交代清楚了，別說些没用的！"

"呦！就怕你當他是好朋友，他没當你是好朋友。你看他看你那眼神。"

邵總經理回頭，果然看見吳三道一臉鄙視地斜眼看着他。

邵總經理當時便怒火往上衝，這人可真是不識好歹，我給他面子他往地上扔，臉上掛着不尷不尬的笑。

小天眼看着兩人的臉上均有怒色，不由得暗暗好笑。心想還差一把火候這兩人估計就要打起來，當下決定試它一試。

他冲着吳三道揚揚下巴："我看在你是我們敬愛的總經理的好朋友的分上，叫你一起過來聽算了。你是不知道我和傲得是怎麼躲過警察的無人機和生化犬的，可刺激了。"

吳三道冷哼一聲，鼻子翹得老高："我可不是他什麼朋友！高攀不起。"

"吳三道，別說話那麼難聽。大家都是出來爲老闆辦事的，他老人家就坐在上面看着呢，別不識抬舉。"邵總經理火氣上衝，忍不住冷冷說道。

"別老拿老闆來壓我，我不識抬舉。哼，不知道是誰將好好一個百樂門搞得烏煙瘴氣還有臉跑到這裏來裝模作樣。要是我啊，早就一頭撞死算了。"

邵總經理被他戳到了痛處，臉色十分難看。

"你知道什麼呀！百樂門被抓又不是總經理搞的鬼。我們總經理在那裏忙得焦頭爛額處理問題的時候，你還不知道在哪偷懶躲起來了呢！他老人家的辛苦你哪知道！"

邵總經理聽到小天如此說，心裏登時放下一塊大石頭。小天這話說得不錯，他忙前忙後的時候這傢伙在哪呢？關鍵時候見不着人，結束了卻來這裏說風涼話。

吳三道冲着易小天吼道："你他媽的少給我廢話，老闆可没說不能動你！我他媽的先把你打個半死，看你還廢不廢話！"

小天慘呼一聲："總經理，他要打你的人啦！"

按平時邵總經理是不會理小天的，更不會爲他撐腰。但今天身份地位一下子天翻地覆，他心裏如熱鍋上的螞蟻，早已方寸大亂，只盼有人能給他說說好話。小天不停口地說着總經理的辛勞說得他甚是受用，已經不自覺地將小天認爲是自己的人了。這吳三道又仗着自己是老 K 的親信不將他放在眼裏，他得寵的時候這小子還不知道在哪裏唱 K 呢！當下怒火上湧，腦子裏一熱，大聲呵斥："吳三道，打狗還要看主人。這易小天是我百樂門的人，你這樣做太不給面子吧！"

"你還有臉嗎？居然還要面子?"

"你！"邵總經理忍無可忍，眼看着倆人就要打起架來。小天正等着看熱鬧，哪知鐵門"當"的一聲巨響，被一個一身黑衣的男人一腳踹開。

"夠了。"來的這位男人冷冷地說："吳三道，你總是令我失望！"

"不敢不敢，我永遠都只忠於您。"

吳三道正狂躁得不行，突然就滅了火氣，一下子服服帖帖，垂首站在一邊。邵總經理也乖乖地站到一邊不敢吭聲。他們簡直不知道剛才怎麼就莫名其妙地敢幹起來。竟然都忘了老K正在二樓監視着他們的一舉一動，當下臉上冷汗涔涔，小腿肚不住地打戰。

小天千算萬算卻沒想到除了這倆人之外，居然還有更厲害的角色。只感覺那一身黑衣的男人體型巨大，動作遲緩，慢慢地踏步走過來，每走一步，小天都能感覺到水泥地面的顫動。

小天不自覺地吞了口口水，感覺心臟突突跳個不停。好像那男人的腳都踏在了他的心臟上一樣，今天怕是真的要玩完，他絕望地想。

黑衣人拉過一把椅子坐在易小天的對面，這傢伙十分高大，簡直如同黑無常一般。

"說吧。"男人說，"我親自來審審你。"

易小天環顧四周，見已無路可逃，無計可施。只好磨磨嘰嘰的，偷工減料地大概講了一講。

老K轉頭看了一眼吳三道，吳三道就歪着嘴角，揮着鞭子走了過來。他早就看着小鬼不順眼了，登時一鞭子狠狠地抽了下去。

小天只感覺前胸好似被火燒灼了一樣，整個身子火辣辣的疼，他忍不住放聲大叫。

"現在對你來講，交代清楚事實才是最正確的。"老K說。

小天感覺到了老K說話時換氣的聲音，他奶奶個腳！我還以爲這傢伙是個機器人呢，原來是個真人。他忍着劇痛齜牙咧嘴地說："知道了，知道了！我說就是！"眼睛轉了轉，掂量着怎麼胡編亂造一番。

易小天雖然貪財又好色，爲人卻十分仗義，從不做出賣朋友的事。雖然他常常因爲所謂的義氣而被人打得狗血淋頭，但是他一向把朋友看得很重，不過從來都是他對別人講義氣，別人可從不把他這個小流浪漢當一回事。自己努力堅守着自己的道義，換來的卻常常是別人的嘲笑，這種事小天經歷得夠多了。

第一次如果是單純，那第二次就是傻了，小天則是翻來覆去的不知道被坑了多少次仍然固守心中的那份道義。

他知道這些人八成都是來抓傲得的，傲得又是他的老同學，他怎麼可能出賣老同學呢！

當下仍舊說着三分假話，七分真話。所有與傲得有關的情節全部變了樣兒地說，心想反正你們也不知道哪句真哪句假，騙騙你們又如何！

"你是怎麼認識傲得的。"

"我不認識啊！我那天是第一次見，我完全是被他挾持的，他當我是人質來著。"

哪知自己假話剛一出口，鞭子突然劈頭蓋臉地劈了過來，打得他措手不及，臉上登時腫起來老大一塊。

"你是怎麼認識傲得的。"老K沒有什麼語調起伏地繼續問。

小天臉上火辣辣的疼，可不敢說謊："我當時真不知道他是什麼傲得，以爲是一般嫖客來著。"

他說真話時，卻不捱打。但只要一說假話，這老K好像有測謊功能一樣，立即給他一鞭子。

小天一共說了五句假話都被立刻發現了，活生生地捱了五鞭子。那吳三道看起來個子小小的，力氣卻他媽的不小。直打得小天頭暈眼花，身體像是被肢解了般的疼。

他瞇縫着眼睛，就看到自己說假話時老K的左眼會猛然間變紅，接着一瞬間又熄滅，然後鞭子就揮來了。

媽呀！這人的眼睛會變色！

小天不可思議的睜大眼睛，老K站起來，"傲得在哪。"

"我……我不知道啊……"

小天這次可沒說謊，他可害怕那傢伙的眼睛又亮起來自己再捱一鞭子，哪知這次老k的眼睛並沒有變色。小天剛鬆一口氣，突然毫沒徵兆的，一鞭子甩在他的胸前，鮮血飛濺，直痛得他飆出眼淚來。

小天慘叫一聲："我這次沒說假話呀！我真不知道！"

吳三道狡詐地笑着："誰說只有說謊話才打的！老子想打就打！"

他媽的這些人根本就是一群渾蛋啊，小天咬緊牙關，他算是明白了，今兒不管他說不說出來怕是都難逃一死。既然如此，他媽的還跟你們說什麼！當下咬緊牙關，忍着痛一句話也不說。

老K站起來："他還有真話沒有說出來。把鞭子給我。"

吳三道老老實實地將鞭子恭敬地遞給老K，他媽的誰打不是打，老子今兒就跟你杠上了！哪知小天還沒想完，突然悄無聲息的一鞭子揮來，那疼痛非同尋常。小天一聲慘嚎，聲音都變調了。

只見老K慢條斯理地揮着鞭子，那鞭子所過之處登時皮開肉綻。之前吳三道再大力氣也不過是起了一道紅印，頂多破了皮，流點血。這傢伙簡直力道非人，直接將皮肉掀開，真疼得人連哭都忘了。

小天以爲自己能捱得住鞭子酷刑呢，要記得很久以前他也曾被鞭子伺候過。那時候他才還剛從學校裏出來，跟着社會上的小混混黑哥在道上混。他那時特別的忠誠，特別傻，老大說什麼就是什麼。那時候因爲什麼來着，小天腦袋裏迷迷糊糊的，好似又回到了年少的時候。是了，是錘頭幫的春哥睡了黑哥的妹子，黑哥帶着一群小弟去跟人家火拼，那麼長一條的熱能西瓜刀呀！小天當時拿到西瓜刀的時候又興奮又激動，又有點害怕。黑哥帶着他們在春哥門口叫囂了半天，見無人答應，小天就自告奮勇，帶着小弟去搶回嫂子。黑哥在外面喝酒吃花生好不快活，小天他們一行人進去的卻沒有一個完好的出來，他們雖然有熱能西瓜刀，可春哥手下卻有一個愛穿白衣服的被道上兄弟尊稱爲"白色惡鬼"的厲害打手，小天他們一行人一起上竟也不是對手。後來小天被人綁在木頭架子上往死裏抽了一頓，那情形跟現在倒是有幾分相似。只是那時候的痛可沒現在這麼徹骨，沒這麼讓人怕得想尿褲子，那時候只覺得自己能爲大哥盡力那真是無上光榮，可等到別人打夠了，把小天抬出來扔了時，小天吃驚地發現，那被人戴了綠帽子的黑哥竟然正在和春哥兩個人把酒言歡，一起吃上花生米了，簡直比親兄弟還親。黑哥見了小天的慘樣也只是甩了幾張鈔票跟他說"哎呀，小兄弟，不好意思啊，都是一場誤會。"這以後小天就退出再也不混什麼黑道了。搞什麼？老大吵架，送死的卻全是兄弟。

小天痛得渾身抽搐，過去的疼和現在的疼混合在一起，更是疼上加疼。多年的堅守從沒有得到過別人的珍惜，估計這次也是一樣。沒有人知道世界上有一個如此重情義的易小天就快被人給打死了，再抽上個把分鐘，他小天非得給疼死不可。

小天掙扎着抬起頭，看着眼前令人恐懼的大塊頭，突然瞥見那黑衣人的手好像與常人的手不同。他原來的手包裹在一雙黑色的手套中，此刻爲了打人過癮已經將手套摘除。小天雖然疼得快失去知覺，但是眼睛卻還是好的，這人的兩隻手……一隻是正常的人手，另一隻卻是一隻金屬手……

小天不由得大吃一驚，連要躲避鞭子都忘了。老K見他盯着自己的手，略一遲疑，才發現被這小子看到了不該看到的。當下鞭子不再揮下，隔着口罩的臉上揚起一個旁人看不到的微笑。

"看來你看到了不得了的東西。"他回頭看了一眼身後的人，幾個人立刻退出房間，房間裏只剩下他們兩個人。

易小天感覺不妙，他感覺身上的汗毛齊刷刷地立起來，不停地打着冷戰。老K似笑非笑地站在他面前，慢慢地摘掉帽兜和口罩，"既然你已經看到了我的手，倒不妨給你看看除手以外的其他地方。"

"他奶奶的，誰對你的身體感興趣！"小天嘴上仍在逞強，可是眼睛卻緊緊地盯着老K。

"你的反應即將決定你接下來的命運，這個遊戲倒是公平。"

口罩和帽兜摘下的一瞬間，易小天直嚇得傻了眼，半天沒回過神來。

激戰結束！醫藥費誰掏？

　　廢棄工地的地下室面積頗大，傲得一邊小心地掃描地下室有沒有監控設備，一邊小心前行。跟在他後面的就是他今天的全部人員，四個人。四個和他一樣一身黑色勁裝的年輕人。

　　因爲莫風明令要求傲得只能帶四個人，所以傲得精挑細選，選擇了四個他認爲基地最強的四個人。雖然這次任務的難度極大，但是如果是和這四個人一起執行的話，傲得還是有了一點信心。

　　緊跟在他身後面容嚴肅的這位是嵐。他是基地組織內戰鬥力最強的一位，槍法極準，手法極快。身體靈活，最擅長近身攻擊與格鬥，手法極其利落敏捷，同時嚴守紀律，對命令絕對服從。職位要比傲得還高上一級，是 11 部的正部長。能請得他來，傲得內心十分榮幸。只是這傢伙發號施令慣了，有時總是不自覺地把自己當成領導而忘了傲得才是這次任務的首領。

　　他後面的這一個瘦子叫作秦開。他雖然武力一般，但卻是天才型的計算機高手。單是他一個的話，倒也和路邊的那些沒精打采，不愛上課，整天混日子的大學生沒什麼區別。可一旦他碰到電腦，瞬間就開啓了另一種模式，雙眼發光，思維敏捷。他可以輕而易舉入侵所有他想入侵的電子設備，他也是國內少數幾個可以入侵生化系統的罕見人才。生化系統本就高出人類智力範圍好幾個檔次，想要入侵高於自己能力範圍內的電子設備幾乎不可能。可偏偏這小子就曾經成功入侵過一個生化人的大腦。雖然最後仍然被他逃了，但是那個生化人的大腦卻也已經報廢，變成了一個智障。只是他戰鬥力較弱，時刻需要人保護，戰鬥時缺乏自我保護能力，比較頭疼。

　　跟在秦開後面的傢伙是暴脾氣的黎光。絕對的力量型人物，嗓門極大，力氣也是大得嚇人。傲得曾親眼見過他徒手將一條狼狗撕成兩半的可怕畫面，被他的拳頭捶一下不死也要斷了幾根骨頭不可。他個子高得誇張，傲得本來已經十分高大了，但在他的面前和小孩子也沒什麼區別。大伙一直說他大概有兩米一，但是他自己説自己至少兩米三，只是因爲太壯不顯個而已。這個人的火爆脾氣一點就着，所以傲得盡量讓他殿後免得看什麼不順眼當下衝了出去壞了大事。

最後一個身材十分嬌小，和前面的黎光不成比例。她的腰身極細，腳步輕盈，背上掛着兩柄她自己研發的新式武器。這個女孩子是荷瑞，她是武器發明家陳博士的獨生愛女，身上有的是新奇的新武器，都是她爸爸給她研發的。這孩子從小嬌生慣養，説話總是不着調。可她的戰鬥力一直被大家吹得神乎其神，傲得倒從未見過。這次這姑娘是自告奮勇，一定要用自己的新式武器殺了生化人。本來傲得不想把這關乎身家性命的重要任務交給一個不知底細的小丫頭，但是當他親眼看見了她背後那兩個傢伙的威力時，二話不説將她納了進來。

這四個人有個共同點，都最喜歡吃牛肉餡餅。每次見到個餡餅就好像八輩子沒吃飯似的那麼饞，有次見到他們爲了搶着吃一塊餡餅都能吵起來，傲得真是哭笑不得。

"可以了，這裏的監控五分鐘内拍不到我們，而且我已經取消了外射紅外線感應，那個生化人也查不到我們的所在。"

秦開的便攜電腦就那麼堂而皇之地掛在胸前，一邊走兩隻手一邊在上面敲來敲去。四個人聽到這話放心了，跟隨着傲得繼續悄悄地往前探尋。

突然隱約約傳來一聲聲嘶力竭的尖叫，那是易小天的聲音。

在秦開的電腦上，一個打開的地圖上，一個紅點醒目地標在那裏。

"生化人在負二樓。"

他們鑽入一節廢棄的通風管，悄悄地跑到負二樓去查看。這個廢棄工地裏通風管的管路相當複雜，要不是秦開早就準備好了這片兒工地的實時藍圖，他們非迷失在這片管道裏被活埋了不可。幾個人找到了地方，通過通風管的柵欄往下一看，就看到老K正在抽打着一個年輕的男生，那男生傲得自是無比熟悉。

"這是誰啊?"黎光壓低聲音問。

"易小天。"傲得回答。

"傲得在哪。"只聽得下方吳三道抽打着易小天。

"我不知道啊!"易小天渾身鮮血血跡斑斑，小身子骨不停地抽搐。

待在一邊的老K走過來："他還有真話沒説出來，把鞭子給我。"

那傢伙拿起鞭子狠狠地抽打起易小天來，易小天雙眼不斷翻白，眼看就要暈了過去。

傲得知道小天定是不肯説出自己的事情而遭人毒打，有些於心不忍。

似乎是知道了傲得的心思，嵐冷冷地説："最好別輕舉妄動，別爲了一個不值得的人而破壞了計劃。到時候我們幾個的小命都折在這裏。"

也是，畢竟他們的敵人太過可怕，連他們自己的命現在搞不好還在別人的手裏攥着呢。

傲得沒再說話，卻也看不下小天被人暴打的場面。再這麼打下去，怕等會就要給他收屍了。他回頭看着秦開，秦開正在認真地敲着電腦：「這生化人腺體的分泌異常，指數不斷飆高，他現在有點亢奮……有點激動，現在最好別去惹它。」

幾個人探着頭向裏張望，忽見那穿着黑斗篷的生化人突然開始摘下帽子和口罩。他們躲在一角，只幸運地看到了一個側身，而易小天卻十分倒霉地看到了一個大正臉。

但見那傢伙半邊臉由金屬製成，另一半邊臉好像仍舊是正常的皮膚，好好的一張臉被不均勻地一分爲二。金屬製成的那半張臉上有一個凹洞，裏面掛着一個看起來似乎是接觸不良的金屬眼睛。臉上還有半個金屬鼻子，一個完整的金屬嘴巴。但不知道爲什麼他的嘴巴沒有設置嘴唇，難道因爲嘴唇的技術太難搞定了？

他的金屬牙齒和金屬牙床赫然醒目地咧在外面，看起來十分噁心、恐怖。他的脖子也是金屬材質，小天都不敢去想他下面的身體是什麼樣子的。只感覺一瞬間身體一冷，連身上的疼痛似乎都消失了。

他猛然間想起昨天見到的那個半機械半狗的東西來，冷汗簌簌而下。

「生……生化……人?!」難怪他要把自己藏起來，長成這樣出去豈不把人嚇也嚇死了！

老 K 臉部抽動了一下，似乎是做了一個微笑的表情，可小天只覺得恐怖至極。關於生化人的坊間謠傳他不是沒聽過，什麼這些傢伙可以嘴裏噴火啊，胳膊可以放砲彈啊，還能變形！看看眼前這傢伙估計這些傳聞絕對不假，全世界人口千千萬，誰不好得罪，怎麼就把這麼個絕不能惹的傢伙給惹到了！小天覺得自己今天真的是活命無望了。他臨死之前只是心疼自己的存款，辛辛苦苦存了那麼久，結果就這麼帶進了棺材。他在心裏暗暗發誓，他媽的！要是老子今日還能活命，出去之後絕對再不存錢，有多少花多少，好歹瀟灑一回也他媽的值了！

老 K 不知道小天的腦子裏已經轉了無數個主意，只是見他眼睛閃爍不定，嘰裏咕嚕地亂轉。當下用金屬手臂托起小天的下巴，逼着他與自己對視。

「你怕我？覺得我是個怪物？」

「沒！我可沒這麼覺得！我覺得你……好酷呀！哈哈哈哈！太他媽的帥了！迷死人不償命！我小天最佩服又有能力又帥的人！」小天的頭被人抬着，十分難受，大腦一片空白。平時的那點小聰明全都派不上用場。

哪知道老 K 的那隻金屬眼突然閃出紅光來，老 K 又咧開他恐怖至極的大嘴：「你撒謊，你又撒謊，善於撒謊的人永遠注定是個背叛者！」突然伸出大手，「咣」的一聲響，隨手在小天的腦袋上扒拉一下。小天的腦袋就像雞蛋破了殼一樣，鮮血如注。眼睛裏的光眼看着就要消散。

"傲得在哪?"

"不……不知道……他……"小天機械地回答着。

此刻，躲在上方的傲得早已如坐針氈，"秦開，現在可以入侵老 K 的大腦嗎?"

"不行。"秦開頭也沒抬，用手推了推眼鏡:"必須要等到他開始使用微波攻擊性武器的時候才可以，現在時候未到。"

傲得看着眼前的慘狀，知道再一下，那易小天必死無疑。可他周圍的人只冷冷地看着，因爲他們的任務列表裏只有獵殺生化人一項，卻並沒有任務要解救人質。傲得心裏明白同伴們的冷血和無情，即使自己出言請求，他們也不會出手幫忙的。但生化人太難對付，他也不敢輕舉妄動。他低着頭，心裏雖然十萬分抱歉，卻也不打算出手去救小天了。只能閉上眼睛默默念叨:對不起了兄弟，明年的今天我一定會給你多燒幾本美女畫冊的。

只見荷瑞突然睜大雙眼，輕聲道:"那怪物是要使用生化武器了嗎?"

傲得睜開眼睛，就看見老 K 抓着小天鮮血淋淋的頭，拎起來左瞧右瞧。小天雙眼翻白，渾身沒有一點力氣，任憑他左右拉扯。嘴裏卻還説:"你打死我算了，我是不會説的。"

"哼，打死你? 我才不想背個命案在身上呢，只要讓你説不出你今天所看到的一切就行。"

老 K 的大腦裏安裝了最新型的微波武器，可以擾亂他人的精神意識和中樞神經系統，讓人變成弱智。同時也可以掃描偵測人的腦波，判斷對方是否在撒謊。這個武器可是違反《日內瓦公約》的，但國際上有好些雇傭兵集團卻偷偷在用。這個老 K 真是夠有手段，這東西竟也被他從海外搞到了。

只見他的臉突然起起伏伏，凹凸不平地動起來。突然間整個臉裂了開來，變成了可怕的巨大觸手，到處扭動。他的脖子以上全部消失，就只剩下這四個帶着牙齒的巨大觸手，那觸手正中的幾個小觸手中還立着一圈圈尖利的牙齒，觸手中間正是他的大腦。從大腦正中不斷地溢出噁心的淡綠色液體，沿着他的衣服黏膩膩地流下來，那四個巨大的觸手的頭上，分別帶有一根小小的圓孔狀吸管。老 K 正是利用這東西來擾亂他人的神經中樞系統的，從四個觸手中延伸出的四個導管狀東西像是螞蟥找到了吸附體一樣"啪"地吸在了小天的腦袋上。

"就是現在!"秦開大叫一聲，早已準備好的程序立刻啟動。就在同時秦開連接上了老 K 的大腦控制元，瞬間鎖定了他的動作，老 K 保持着這個恐怖的姿勢靜止了。

靜靜地愣了三秒鐘，幾個人這才長長地舒了口氣。

傲得有點不敢相信:"這是……這是控制住了他的意識嗎?"

秦開不答話，額頭上冷汗涔涔而下，手微微顫抖，手上飛快地不停操作着，電腦被他拍得噼啪作響。

「外面還有六個人，黎光，咱們兩個人先過去把他們料理了，你們先去圍剿這個生化人！」嵐低聲吩咐，幾個人看到老K打開腦袋的一瞬間全部嚇傻了，他們雖然以前看到的資料裏有生化人變形後的噁心樣子，可是如今親眼所見。那恐怖的噁心的感覺可遠遠超過一段視頻來得恐慌。

他們從天花板上的通風管內鑽了下來，準備開始行動。

荷瑞舔了舔嘴唇，當下掏出腰上的兩把特製手槍，小心翼翼地朝着生化人走過去。那人質早已昏迷，不過這樣更好，省得到時候他大呼小叫。

幾人兵分兩路，荷瑞和傲得悄悄地朝着老K走去，嵐和黎光去對付門外的保鏢。

荷瑞雖然吵着要來殺生化人，但真正看到生化人的樣子完全超出了自己的承受範圍時，內心的恐懼猶如洪水般沖了下來，早就把她那本來就不太堅強的內心壁壘沖得稀巴爛。她的雙腿打戰，走路搖搖晃晃，槍舉起來又掉下去，汗水掉進眼睛裏連路都看不清。她只能條件反射地跟着傲得走，這生化人的背影極其高大，越靠近他，那恐怖的感覺就越發明顯，直逼得人想要趕快逃開。

荷瑞吞了口口水，十幾米的距離她卻感覺仿佛走了半個世紀，她的槍不禁又掉下來，她雙手握槍，把槍往上抬了抬，哪知眼睛往上一看，登時人僵住了。

此刻那生化人的一隻觸角上，一隻眼睛正緊緊盯着荷瑞，剛剛那個觸手還是背過去的，怎麼……怎麼現在又轉過來了……是我……記錯了嗎……

荷瑞被那非人類的眼睛看得渾身發抖，力氣流水一樣的消失了，那觸手又艱難地往她的方向轉了一點，這次她看清了，那傢伙是真的動了。

荷瑞一聲尖叫，後面的秦開跟着一聲尖叫；「快回來！他自動解除了我的控制！」

傲得聽見聲音立刻往旁邊躍去，就地打個滾躲到一邊，哪知還沒站定那巨大的觸手就已經襲來，掃過空氣，留下腥臭的味道。

「啊啊啊啊！！——砰砰砰！！」荷瑞一邊尖叫着一邊射擊。從她的造型怪異的槍口裏射出來的藍色子彈全部被那靈敏的觸手躲避了開去。

那藍色的子彈帶有巨大的導電功能，每一枚子彈中蘊含十萬伏特的電流，可以瞬間造成電子設備短路，暫停一切電子設備，被擊中的人輕則部分癱瘓，重則直接暈倒，甚至死亡。

荷瑞本來對自己的武器胸有成竹，只是萬萬沒想到這怪物行動如此迅速，她的子彈根本追不上那怪物的行動。

老K的兩隻觸手與傲得糾纏，另外兩隻觸手一隻掐住了荷瑞，將她提了起來，另一隻則撿起了荷瑞的電流槍，那槍口對準了荷瑞，正試圖扣動扳機。

傲得見狀，掏出手槍對着那觸手一頓猛射，那觸手吃痛將荷瑞與槍一起撇了下來，他的觸手糾結在一起，顯然十分疼痛，那四根導管狀的東西在半空裏痛苦地扭曲着，他狂吼着，從喉管裏發出類似野獸的嘶吼。

　　傲得見他暫時動不了，立刻去砍斷了綁着小天的繩子，小天軟趴趴地倒下來，他剛把小天接住，突然感覺有什麼東西裏住了腳踝，正大力地拖拽着他將他一路拖出去老遠。傲得將近兩百斤的大塊頭被這觸手在半空裏甩成了個圓，那觸手猛力一甩，傲得撞斷了一道本就殘破不堪的牆壁，直接將牆壁撞得稀巴爛，躺在地上半天也緩不過氣來。

　　老 K 朝着傲得的方向追了過來，卻又突然轉向了另一邊，原來他其中一個觸手上的眼睛發現有一個戴眼鏡的小年輕正在渾身顫抖地按着一個電腦。

　　"就是你剛才控制了我。"老 K 的四根導管在半空裏宛如游蛇般伸了過來，眼看着就要吸在秦開的頭上，秦開不管不顧地操作着電腦，哪怕在最後一刻可以破譯他的自動防衛系統也好啊！

　　荷瑞躺在地上，看到老 K 發現了秦開，她知道秦開可不怎麼能打，當下從腰上的武器包裹中拿出一個球狀炸彈朝着老 K 丟了出去。在老 K 的導管離秦開不到半厘米時，那炸彈猛然爆炸，發出的強烈電流在老 K 的身上到處流竄，老 K 發出痛苦的嚎叫，那四根觸角發了瘋似的到處亂甩。

　　門外的衆保鏢聽到了門裏的聲音卻無法抽身幫忙，因爲嵐悄沒聲息地溜過來，當場射殺了兩個黑衣保鏢，卻也暴露了己方的行動，一伙人正在外面拼得你死我活，邵總經理早已嚇得躲在垃圾堆裏瑟瑟發抖，吳三道人雖瘦小，卻戰鬥力爆表，奈何他對面的對手卻是先華組裏最厲害的狙擊手和格鬥高手，你來我往兩個人打得難捨難分，根本無暇去救老闆。

　　傲得艱難地從地上爬起來，卻感覺渾身散了架般的疼，荷瑞的電流槍炸彈雖然能讓老 K 感到劇烈疼痛，卻根本無法傷他分毫，要知道生化人的身體改造後，在皮膚下方擁有着普通子彈無法穿透的保護鋼甲，除非能一下子打到他的大腦，令他大腦瞬間爆炸，但那成功的可能性微乎其微。

　　他現在把全部的希望都寄託在秦開的身上，但見秦開雙手發抖，衣服後面汗濕了一大片，他雙眼通紅，仍舊拼命地敲着鍵盤，他們在和老 K 的身體戰鬥，而秦開卻和老 K 的大腦進行戰鬥。原來老 K 大腦裏的微波武器除了可以用觸手直接連接人的大腦使人精神崩潰，也可以用微波輻射的方式入侵人腦，只是威力不如直接用觸手連接的威力大，現在老 K 一邊應付着其他人的物理攻擊，卻也還有餘力侵入秦開的大腦，還好這種入侵方式威力不大，否則秦開早瘋。但即使這樣他的精神也已經不堪重負了，他產生了幻覺，感到自己正赤身裸體地縮在一個空蕩蕩的房間，而老 K 則像個巨人一樣慢慢走了過來，他無力躲避，無力逃脫，那巨人毫不客氣地將他抓了起來，正慢慢地抬起來，準備送到嘴巴裏，狠狠地咬爆。

「你們惹怒到我了，惹怒我的下場只有一個，那就是死。」老 K 怒吼着，手臂上的金屬鋼甲突然變形，在手臂上方各形成了一個小型的突擊槍，頭上的四根觸角和導管狂舞着，突擊槍瘋狂地射擊，傲得掏出自己的手槍，拉着秦開躲到一處殘牆後，一邊躲避一邊還擊。

荷瑞躲的位置與傲得正相反，她時不時地丟一些奇奇怪怪的東西出來，電流引爆器、燃燒引料、眩暈球，偶爾放出幾個電子信號干擾器，雖然都構不成殺傷力卻讓老 K 煩不勝煩。老 K 同時對付兩個方向的敵人難免有點左右兼顧不全，他一旦朝着荷瑞奔過去，那傲得便拼命地在背後偷襲，若去收拾傲得，這小姑娘的玩意兒又擾得他心煩。

老 K 終於忍無可忍，大吼一聲，那聲音裏蘊藏着一波超強力的能量波擴散開來，直震得每個人耳朵嗡嗡作響，胸口一陣陣噁心，煩悶，頭暈目眩，手上的武器再也拿不起來，紛紛掉落，捂着頭痛苦不已。

秦開慘叫一聲，突然噴出一口血來，直接倒在了電腦上。

老 K 頭上的觸角快速合併，瞬間變化組合成了一個巨大的金屬砲筒，架在脖子上，整個造型十分的詭異恐怖。

「一起下地獄吧！」他瞄準了傲得和秦開，再也不想跟這些螻蟻糾纏，這些傢伙已經破壞了他的好心情，就一定要付出血的代價。

趴在電腦上僵直的秦開拼命地移動着唯一能動的手指，慢慢地，慢慢地靠近回車鍵，隨着老 K 那句「下地獄吧！」一起，用盡全力地按了下去。

猛然間，像是被按了暫停鍵一樣，老 K 再次靜止不動。

他成功了！秦開的眼淚潤濕了眼鏡片，他在這場意志力的交鋒中險險取得了勝利。

他感覺到自己已經被那可怕的巨人丟進了嘴巴裏，在即將咬合的一瞬間，他卻在腦海裏想像出了一把長劍，用盡全身的力氣揮動起手裏的長劍，將那巨人的大嘴一劍刺穿，大嘴巴就那麼被他的劍固定住不能動了。

秦開閉上了眼睛。

荷瑞躺在地上，渾身動彈不得，等了半天卻聽不見任何聲音，她拼着命抬頭一看，老 K 已經靜止不動了。

「秦開……是你把他固定了嗎？」荷瑞的聲音止不住地顫抖。

秦開沒有回話。

「他好像是暈了……呃……」傲得痛呼一聲，他被一塊巨大的斷牆壓住了腿，根本無法動彈，若在平時，他早就一腳將這石塊踢飛，可他如今被老 K 的能量波攪得失去了力氣，連動一下的力氣都沒有了。

門外一片寂靜，也不知嵐他們怎麼樣了。

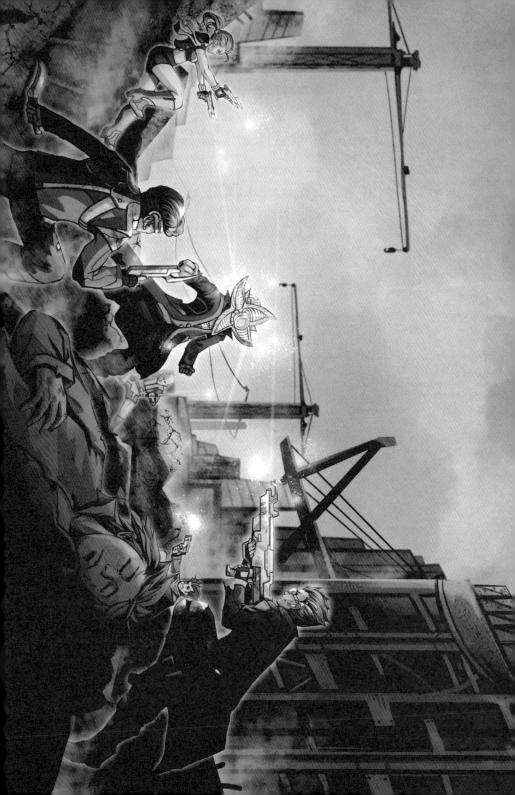

"傲得！要趁着這傢伙被定住的時候快點把他幹掉，萬一……萬一他等下能動了，咱們就要去親閻王爺的屁股啦！"

"我知道。可是我現在被壓住了，動不了。"傲得有氣無力地説。

"不會吧！那怎麼辦，我也動不了了，我一點力氣都沒有，感覺身體被掏空，腎透支得厲害！"

兩個人驚恐萬分，傲得也顧不上去吐槽她一個女孩子哪來的腎透支了，此刻那傢伙就那麼可怖地立在那，若被他先動起來豈不功虧一簣。

"嵐！黎光！黎光！hello？你們還在地球上不？"荷瑞不斷地小聲喚着，但是沒有人回應她，她的眼泪忍不住簌簌地流了下來，因爲她躺的位置比較倒霉，正好眼睛看着那個可怕的怪物，嚇也被嚇死了。

就聽"呃……"的一聲，似乎誰發出了什麼聲音。

荷瑞的一張小白臉瞬間驚恐地扭曲起來，她幾乎要哭出聲來了："是……是那怪物能動了嗎？傲得！傲得！快點想想辦法！我還有三十多集的《愛你個沒完》沒看哪，我可不想死在這啊！"可眼睛看着老 K 卻不見他有什麼動靜。

傲得聽了一會，覺得那聲音不對，使勁側過頭去一看，就看見窩在地上的易小天抽搐了幾下，動了動。

"不是！是易小天！小天！小天！"傲得驚喜地呼喚。

"是你那個朋友嗎？還活着那？那以後我就管他叫小强了。"

"小天！易小天快醒醒！易小天！快起床了！"傲得急切地呼喚。

易小天迷迷糊糊中，就聽見有人似乎在沓聲地叫着他的名字，可是他眼睛一片昏黑，什麼也看不見，只聽得那聲音漸漸地變大，越來越清晰。

"易小天！易小天！你他媽的快點給我醒過來！"

咦？似乎是傲得的聲音哦，不過那傢伙怎麼會在這兒呢？這兒又是哪兒呢？易小天只覺得一切都是渾渾噩噩的，身體輕飄飄的，似乎身在雲端。

"他媽的你再不醒，咱們可就得都死在這兒了！你他媽的把眼睛給我睜開！"傲得不停地喝罵。

傲得？小天覺得自己的喉嚨乾澀，他想説，我睜不開啊，我沒力氣。可是他的話語卻變成了短促的呼吸聲。

"睜開眼！易小天！快睜開！"

可是小天的眼睛睜不開，他費力地伸出手指，拚命地將自己的眼皮扯開，一點光漏了進來。

易小天手肘支撐着地晃晃悠悠地站起來，試了幾次都又倒了下去，最後那一下不知道哪裏來的力氣，一挺身，居然晃晃悠悠地站了起來。

他茫然地環顧四周，他的血液在衣服上凝成黑紅色的血塊，頭上破損的地方仍舊滴着血，可是已經感覺不到疼痛，好像那身體也不是自己的。

"傲得?"

"我現在沒空跟你解釋,你快點拿起地上的槍,把這個怪物殺了,快快!快!再晚他就可以動了!"

小天疑惑地往地下瞅瞅,地下雜七雜八的可丟着不少槍呢。他迷迷糊糊的,腦子還不清楚,根本不知道要幹什麼。

"用我腰上的這把開花槍,用這槍直接射進他的心臟,子彈會瞬間張開將他的心臟捏碎!快!小強!"荷瑞急切地説。

"誰小強啊?"小天往傳來聲音的地方望去,就看見地上正躺着一個美女,這美女躺成大字形,身材十分性感。易小天馬上感覺到自己的心臟快跳了一拍,身上的疼痛突然後知後覺地全部回歸,痛得他登時清醒了三分。

"快過來啊!"荷瑞見他又不動彈,不由得催促。她哪知道,小天正在那裏可惜不已,這美女要是這樣躺在他的床上,那是得有多爽啊,小天剛恢復了點精神就忍不住不正經起來,真是江山易改,本性難移。

他趴下來從那美女的細腰旁摸出了那把手槍,手還假裝沒找對位置,趁機在她的腰上偷偷多摸了幾把。荷瑞現在性命攸關,也懶得跟他計較了。

小天只覺得此刻的自己渾身上下像是裂開了一樣的痛,他一步三晃地往老K的身前挪,走近一看老K那副德行又不由得心下害怕,槍差點掉了。

"傲得……我……我……心臟在哪兒,是這兒嗎?"小天拿着槍在老K的左胸口胡亂比劃。

此時,老K的眼睛正狠狠瞪着他,只可惜他被秦開關閉了中樞神經元,動也不能動。但他可正在自己的大腦裏快速修改秦開設置的參數呢,只要再有二十秒,他就可以重新啓動了。

"不是那!再左邊一點!"荷瑞正對着老K,忍不住出聲指導。

小天又往左挪了挪,"是這兒嗎?"

"不是,偏了!下面一點!哎呀豬腦子啊,你連人心長哪都不知道嗎?我以後不叫你小強了,就叫你腦殘帝!"

小天渾身都疼,早已經沒有了力氣,一邊莫名其妙想着這多出來的外號一邊心想着殺個人咋這麼麻煩,把手槍往下微微挪了下,卻又突然瞅到老K的眼睛動了,嚇得他手一滑,"嘭嘭"兩聲巨響,只把那老K的身上噴出了兩個血盆般的大口子,那飛濺的血肉糊了小天一身。

小天慘叫一聲,那手槍的後坐力十分巨大,小天早就被耗乾了力氣,當下被後坐力推得倒在一邊,再也不動了。

那老K剛剛可以動了,哪知心臟卻被轟了個粉碎,他的臉痛苦地劇烈扭曲,不斷地變幻,變成各種可怖的模樣,速度越來越快,突然間一聲爆炸,老K整個人變成了一堆肉渣渣。

聽到了這一聲爆炸聲，傲得和荷瑞登時長長地舒了口氣。

過了好一會，傲得稍微恢復了一點力氣，按了下手機上的信號鍵，手機發出了信號，一會就會有同伴來接應他們了。

傲得只覺得渾身劇痛，閉着眼睛慢慢地睡了，哼，真是天不亡我啊。他想。

過了許久，屋子裏一片寂靜。被老 K 的能量波震懾的吳三道率先醒了過來，他離得遠，又隔着牆，威力到他這裏減少了不少，所以第一個醒過來。

他拍拍身上的土，扶着腰站起來一看，不光是對手，連自己人也躺了一地，剛才還打得不可開交呢，現在連一點聲音都沒有。他悄悄溜到門邊趴在門上偷聽，裏面同樣一點聲息也無。

吳三道悄悄推開一條門縫，眼睛往裏轉了一圈，就看見地上躺了幾個人，易小天躺的位置發生了變化，他也沒多理會。

"天助我也!"吳三道小眼睛狡點地瞇起來，踮着腳尖悄悄溜進來一看，好傢伙! 那老 K 早已經成了一攤肉泥。

他從沒想到這麼幾個人居然可以殺得了生化人，一邊嘖嘖稱奇一邊低下頭看着老 K，確定他已經徹底報廢，無法再復原了之後，這才得意地站起來。

他叉着腰仰天狂笑："哇哈哈哈哈! 沒想到你也有今天! 這下子以後就輪到我管事啦! 哈哈哈哈!"

哪知嘚瑟不過三秒，突然"啪啪啪"幾發子彈準確無誤地射到他的身上，吳三道不可思議地看着身上突然被射出來的窟窿，裏面鮮血汩汩而流。他僵硬地回頭，就看到幾張面無表情的臉，每個人的手裏都端着槍正對着他，他們一身黑色的勁裝，戴着黑色的墨鏡，看起來酷極了。

他媽的……還有人……我怎麼……沒……注意到……

剛想到這，吳三道人就直挺挺地躺了下去，摔在了肉堆的旁邊。

爸媽準備了一些嘮叨

第十五章

腾蛇的骗局

142

　　國家安全局的衛星掃描到城市裏一個廢棄的工地有一次小規模的生化爆炸，這種情況一般都是非法改造的生化人在系統超載後引起的，接到安全局的通知後，陳警官立即帶人趕到了現場，等他們到了以後，傲得他們已經被組織內的成員接走了。皮卡丘一馬當先地跑了進去，在七扭八拐的房子裏引着他們尋找目標人物。

　　皮卡丘聞到濃烈的血腥味，它用力地吠叫着，快跑了過去。"是血的味道，有屍體！"只可惜在旁人聽來，它只是一隻喜歡汪汪叫的小狗而已。

　　陳警官緊跟在它的後面，只見皮卡丘在一堆肉渣旁邊停下來，對着陳警官搖着尾巴，汪汪叫起來。

　　陳警官與它配合得十分默契，立即知道了眼前這堆可怕的爛肉就是他們要抓捕的生化人。

　　陳警官的眉頭蹙起來："到底還是來晚了。"

　　她戴上白手套，又看了看旁邊的屍體，轉頭對身邊的警員小張說："立即保護現場，通知法醫過來檢查。"

　　皮卡丘晃頭晃腦地溜達着，這裏的味道十分複雜，有至少十人的氣味混合在一起，皮卡丘動動鼻子，在這味道之中發現了一個它十分熟悉的味道。

　　"是那個傲得的！"皮卡丘跑到陳警官身邊，它的身上有一個無線裝置連接到陳警官手機中的電子翻譯器，如果有需要的話，可以將它的想法翻譯成人類語言，進行交流。

　　陳警官打開手機，看到從皮卡丘的意識中傳來的消息。皮卡丘上次生化大腦被傲得的手機入侵後出了個大洋相，在它們生化改造動物的社交網絡裏可是被大大嘲笑了一番，那個和它一直不對付的金剛可是找着機會了，一沒事就翻出這件事來讓它難堪。皮卡丘恨傲得恨得要死，現在看又是傲得，不免把他臭罵了一通。陳警官看着皮卡丘傳來的那些話，粗口不斷，滿篇咒罵，好不容易才理解了原來是傲得曾經出現過。應該是傲得的先華組與生化人之間發生火拼了，最終生化人被殲滅。

陳警官好好安撫了一番皮卡丘的情緒，等小狗情緒穩定後能正常工作了，才戴上 AR 眼鏡，皮卡丘立即用身上的現場還原裝備對事發現場進行了全方位掃描。熱成像掃描過後，皮卡丘的生化大腦又通過衛星連接上了國家安全局的總服務器，現場殘留的熱力源數據，血液和基因數據等都被總服務器進行了細胞級別的還原計算，轉變成了影像資料，它又開始快速破解老 K、易小天等人身上攜帶的手機在現場留下過的數據流，並進行自動解碼，利用他們手機內的錄音、錄像功能進行現場還原，過程很複雜，但是在陳警官看來不過只過了兩三秒的時間，現場還原資料就已經變成了全方位立體影像傳送到了她的 AR 眼鏡裏。

不過這項高科技可不是什麼人都能使用的，只有警方在提交申請後經過嚴格的考核才准許使用這項權利，要知道如果誰都可以隨便翻閱別人的影像記錄那社會豈不亂了套了。所以法律嚴格規定所有數碼用品的"後門功能"只有國家執法機關能夠調閱。而且爲了保護個人隱私，這些資料也最多可以保持三天，所以警方必須在三天內利用這些資料破案，時間一過就無力回天了。

當初陳警官申請的時候上級足足考慮了一個多小時，急得她在外面團團轉，就怕這工夫犯人早就溜了。但是沒辦法啊，就這上級還是專門開了個臨時會議並上報給了國家安全局得到了許可後才批覆的。在這個過程中，她的局長也是和國家安全局的人吵得不可開交，還拍了桌子立下了軍令狀才總算是把申請通過了。但等這套程序走下來，三天時間已經過了一天了，給陳警官破案帶來了更大的壓力，還好皮卡丘給力，快速鎖定了犯罪嫌疑人，可惜還是來晚了一步。

陳警官看着從 AR 眼鏡裏傳送而來的影像，微微皺起了眉頭，她看着老 K 的這副尊容隔夜飯差點吐了出來，將掃描框鎖定在老 K 的臉上，旁邊立即彈出一個小框來，他登錄在政府的數據全部彈了出來，包括未改造前的真實模樣，原來他未改造成生化人前居然還蠻帥的！真是可惜了！陳警官隨着老 K 的移動不斷地查閱着他的數據，包括年齡、住址、職業、喜好、個人信用等級等，非常全面。

呦呵！陳警官微微皺眉，這傢伙居然是個韓劇迷!？最喜歡看的橋段居然是"車禍、癌症、治不好"？這種爛梗連她都看膩了這大家伙居然還哭得聲嘶力竭？陳警官看着電影院監控彈出來的小屏幕汗顏不已。這世道真是什麼人都有啊！另一條記錄更是讓她吃驚不小，想這老 K 財大氣粗居然喜歡收藏女士的內衣，記錄顯示他進到一家商店裏，幾分鐘後店裏的所有內衣全部被買走，兩個店員抱頭痛哭，這下子賣光了所有內衣，光提成就賺飛了，怎麼能不抱頭痛哭呢!

通過老 K 的手機，陳警官還發現他那種異裝癖和女性化的一面還體現在他收養了很多流浪貓上，這個生化人到底沒有喪失全部人性。陳警官一面感嘆人性的複雜，一面通知老 K 所在小區的居委會趕緊去把老 K 家收養的貓咪都先送到動物保護中心去。

看到易小天出場時陳警官微微詫異，當初在百樂門擺了她一道的小子居然在這裏！她趕緊在虛擬界面中按下了暫停鍵，將掃描框鎖定在他的臉上，這小子的各項數據全部湧現出來，連易小天初中被人趕出學校的事件也十分清晰地列在裏面。易小天的經歷比起老 K 來講簡單多了，但是這小子年紀輕輕貪財好色，陋習一堆，簡直就是個市井小混混的樣子。陳警官眼瞅着監控器畫面，見他在飯店剛上完廁所手也不洗就跑去抓東西給別人吃，還一臉壞笑。還經常吃女孩子的豆腐，真是無語!

她收回注意力，重新開始播放，把觀看重點放在傲得他們是怎麼把生化人幹掉的。説真的，就這麼幾個業餘人士殺死一個生化人這在她看來是無論如何也實現不了的。

等看到另一伙人進入時，她知道一定是先華組的成員，哪知這些傢伙的手機已經被黑客做了屏蔽處理，居然無法讀出他們的數據，連他們的臉也做了特殊處理。這幫人在 AR 界面裏只能模模糊糊看出個人形來，就連他們的説話聲音都做了變音處理，看來先華組的人十分警惕，真是狡猾。

陳警官不停地倒帶，暫停，重播，將整個過程看了個仔仔細細，等到看完全部的影像，她心裏竟然有點佩服起他們來。説真的，以警方的反恐裝備，逮捕一個生化人估計連一分鐘都用不了，但這幫黑客居然用自己的小米加步槍的裝備就把一個生化人殺了! 真是可惜他們怎麼没去當警察。

不管怎麼樣，她都得把這一情況匯報給局裏，讓局裏來做決定。陳警官在現場採集好了證據，將兩具屍體運走送回了警局。

陳警官回到警局，立刻馬不停蹄地寫了一份報告呈交給局長，申請逮捕傲得的逮捕令，雖然傲得消滅了生化人，緩解了民眾心中的恐懼，可是在法律上生化人在被逮捕前仍然享有公民權，即使生化人最終被人抓到送到法院審理後的處罰一般也只是改裝回普通人類，根據情節酌情定量服刑十到五十年，尚且罪不至死。傲得卻直接殺死了生化人，因此被定義爲故意殺人，警方必須將傲得等人逮捕歸案。

按照正常的程序，引起社會恐慌的案子都要召開新聞發布會來進行解釋説明，陳警官代表警察局接受了媒體的採訪。

"你們警察還講不講理了，這麼個大英雄你們還要捉他?"

"就是啊，我老公以前整天就知道往百樂門跑，現在終於是乖乖待在家裏了，那以前你們警察幹什麼去了，咋不去把百樂門封了?"

"您好，這位太太，非常抱歉，我們以前確實是抓不到百樂門進行色情交易的證據，所以一直沒有行動，今後我們會不斷改進我們的工作的。但也請您注意，警方現在辦理任何案件都是以證據爲基礎，實際上是在保護你們的公民權利啊。"

這位太太吃了癟，畫着誇張眼線的大眼睛使勁兒瞪了眼陳警官，破鑼嗓子叫起來："哎喲! 說這不負責任的話! 你老公要是天天往百樂門裏鑽，大把大把的鈔票往裏搬，你一準兒第二天就破案，還不是自己沒老公不上心!"

"就是啊! 反正沒老公不着急!"

"說得對! 她自己就是不上心!"

陳警官將手悄悄移到了桌子底下，手裏的鋼筆被她狠狠捏成了兩半，她平時十分注意修養，但這時候也忍不住在肚子裏罵起來："你這婆子臉上的粉刮得比牆還厚，打扮得還不如我奶奶漂亮，我要是個男人我都不想看你!"但臉上卻還掛着禮儀性的微笑："我們警局一定盡心竭力爲大家工作，百樂門案子涉及範圍太大，我們一定……"

話還沒說完，一個男人搶話："好了好了! 百樂門現在關了，咱們這些夜晚空虛寂寞無家可歸的男人就來警局好了，我看你們警察裏倒是有些漂亮的小女警，不知道有沒有單身的!"

"啊哈哈哈哈!"

"哈哈哈哈! 就是啊! 陳警官! 你有對象沒啊!"

一群男人吹起口哨，調侃起來。

陳警官黑着臉，又把手移到桌子底下，用力掰斷了一支圓珠筆，要不是局長千叮嚀萬囑咐不能與市民發生衝突，她真想把這些笨蛋都打成豬頭然後丟出去，要知道她可是警局內搏擊比賽的連續三屆冠軍啊。

她吸了一口氣："這位先生，百樂門屬於非法涉黃機構，如果您曾經進入百樂門，並且獲得過某種服務，一旦與監控數據匹配成功，您將會獲得十個月到五年不等的刑期處罰，我們獄警裏的確有一些精明能幹的姐妹，很期待你們的見面。"

下面調侃的男人不敢吱聲了。陳警官也只是嚇唬嚇唬他讓他閉嘴而已，百樂門內的重要數據早就被轉移，哪裏還有東西留下給他們查。剛應對完了這些怨男怨女，記者的閃光燈又"噼裏啪啦"地閃起來，差點閃瞎了她的眼睛。

"請問陳警官，先華組其實在民眾中的口碑並不差，他們並沒有做什麼危害民眾的事情，爲什麼警方一定要殲滅他們，把他們定義爲非法組織呢?"

"還有的人說先華組的實力已經超過了警方，是以這些年來始終找不到他們的蹤跡，請問您怎麼看，警方真的已經無法鎮壓先華組了嗎?"

"現在隨着人們對先華組的瞭解越來越多，反而覺得先華組是爲人民盡心竭力的好組織，將他們定義爲非法組織，你們是否存有私心呢?"

"陳警官請問……"

"陳警官……"

陳警官挑着眉毛，閉着眼睛聽着從四面八方襲擊過來的聲音，這些記者的提問源源不絕，根本不給她答話的時間。

"請問你爲什麽保持沉默? 是因爲無話可説了嗎?"

"警方的態度是怎樣的? 請您説明一下!"

……

就是因爲知道市民和記者難對付，警方才派了一貫溫言細語，面相討人喜歡的陳警官來召開記者會，但是就算再好脾氣的陳警官也火冒三丈，在桌子上用力一拍，周圍的聲音立刻戛然而止。

陳警官義正詞嚴地説: "無論如何，先華組都是一個黑社會性質的組織，他們不僅非法持槍，在組織内還隨便動用私刑，甚至處死組員，這在法治國家是絕對不允許存在的。公民的生命都由國家和法律保護，誰也不能隨意奪取他人的性命。是否犯錯與有罪，自有法律定奪，絕不是想當然而所以然的兒戲!"

周圍的人驚呆了，瞪着眼睛呆呆地看着陳警官侃侃而談。

"並且他們組織裏還有很多黑客，甚至能夠屏蔽國家安全局人造衛星的數據，所以警方用衛星都無法掃描到他們組織的基地到底在哪，那既然他們能夠入侵政府衛星，怎麽就能保證他們不會侵犯公民信息安全呢? 而實際上，警方已經懷疑他們在盜用公民財產了，這説不定就是他們組織的資金來源呢。就算傲得他們殺了一個生化人，我們認爲他們也是爲了組織的利益，因爲警方發現老 K 死後，他個人帳户上的錢就莫名消失了，並且還無法追蹤，那是不是就到了先華組帳上去了呢?"

大家面面相覷，嚇得不敢再説一句話。

"大家不要被表面現象所蒙蔽，這個組織無視政府的存在，不接受法律的約束，肆意妄爲，對我們民衆的生命財產安全都有着極大威脅，我們必須還給大家一個乾淨透明的，安全的生存空間，絕不會讓任何人以任何目的來威脅到我們的社會，大家放心，這是我們警方對大家的承諾!"陳警官平時説話的語調又萌又軟，但真生氣了説話也是很嚴厲的，氣場極大，把現場所有人都鎮住了。

陳警官本來還想繼續教育臺下的無知民衆，但看了看臺下那些人看她的眼神，雖然怯生生的，但還是充滿了不服，馬上也就洩氣了，想想還是拉倒吧，教育民衆的事還是交給宣傳部門去幹好了。所以接下來的新聞發布會她巧妙地把話題引到今年公安局用了大量以前研究擬人機器人的公司用剩下的研究用機器人原型改造成了機器警察，節省了大量政府開支，讓現場的記者和民衆的注意點轉移了。但她現場是把人鎮住了，可之後新聞媒體寫新聞稿時還是不負責任地把傲得他們當英雄來寫，所以傲得他們到底還是成了民衆心中所謂的"英雄"。並且因爲陳警官現場一發火，嚇到了好多記者，他們就在新聞稿裏報復，把陳警官描寫得像個潑婦一樣，張牙舞爪，眉毛倒立，兇神惡煞！兇故意拍她最難看的角度，用最醜的一張來做封面圖片，把本來十分漂亮的陳警官氣得半死。後來好幾天她在警局內都黑着臉，一會嫌下屬的文件格式不對，一會嫌下屬的服裝不整潔，一會嫌別人的佩槍擦得不乾淨，那幾天警局內誰都不敢惹這位搏擊三連冠軍，就連那位敢和上級拍桌子的局長見了她也是能繞道走就繞道走，連聽到她喊"報告，領導。"時心裏都要抖三抖。

與此同時，這個代號傲得的男人一下子成爲民衆心目中的大英雄。人們紛紛叫好。

不管是那些害怕生化人的普通民衆還是被百樂門坑害許久的家庭主婦們都紛紛擁戴起傲得來，雖然她們根本也不知道傲得到底是誰。

可是傲得的名氣越大，她們辦案的壓力反而更大了。這樣一來陳警官的日子就不好過了，陳警官將傲得在民衆中日漸高漲的影響力報告給局長，局長的眉頭皺起來，將秘密逮捕令拿給陳警官的時候手一直敲着桌子，他只有在心煩的時候才有這樣的小動作："現在傲得的影響力已經越來越大，情況越來越糟糕，我們必須盡快將他們一網打盡。陳警官，這是你接下來首要任務，放下手裏的一切，想辦法逮捕這個男人。"

說着本想將逮捕令用力地往桌子上一拍，但看陳警官也黑着臉，就輕輕放到桌上了。

"是。"陳警官領了命令，將秘密逮捕令裝進口袋，覺得心裏也沉甸甸的。上級命令她來抓犯人，可犯人偏偏又是民衆擁戴的英雄，警察的壓力可想而知。

陳警官最近幾天被這些事搞得精疲力竭，神情憔悴，臉上緊綳綳的，一點水分也沒有。早晨起來一照鏡子，智能鏡上顯示，您好，陳小姐，您今日的美麗度已下降5.46%，請您注意保養，並馬上跳出了幾條美容護膚品和美容院的廣告。這還得了！！陳警官每天照鏡子時的美麗度可都是平均以2%左右的數值上升的，現在居然下降了！！二話不說，陳警官立馬請了一天假，準備去美容院去做一個補水修復。

就在這時，她口袋裏的手機響了起來，陳警官拿起來一看，是爸爸的電話。她整理好心情，先在臉上掛上一個燦爛的笑容，然後接起來電話："喂？爸爸！"

"迪迪呀？我剛才看你上電視了！"爸爸的聲音聽起來熱情洋溢，親切地叫着她的小名。

陳警官無奈地笑一下：「是啊，只是一個新聞發布會而已。」

「迪迪啊！」電話被媽媽搶了過去，「我看你電視上黑眼圈都快掉到地上去了！臉色也不好，是不是工作太累了呀？」

「也不是啦……」

「我就說女孩子當警察太累了你偏不信，非要去做這麼辛苦的活兒。跟着爸媽在鄉下做點蔬菜批發不挺好的嗎？現在都講究綠色天然無汙染，我們家生意可好了呢！」

「媽，當警察是我從小的夢想。」陳警官知道媽媽的嘮叨沒有一個小時是不能算完，偽裝起來的開心開始有點崩盤。

「迪迪啊，你知道我跟你媽媽爲什麼過得幸福嗎？」電話又被爸爸搶了去，兩個人輪番轟炸，陳警官估計等美容院下班了她也走不出去了。

「爲什麼？」

「因爲我們放棄了夢想，選擇了安定。」爸爸斬釘截鐵地說：「如果不去做新的嘗試就不會犯錯。」

「可我喜歡嘗試。」

「啊呦，誰年輕時還沒個夢想了，你以爲你爺爺就真想經營農場啊，你爺爺年輕時那個年代，你是不知道，那時候流行個什麼『全民創業』，你爺爺當時弄了個什麼手機 APP，打算來個 A 輪融資兩億，然後 B 輪就上市，還說弄個市值三十億都不成問題，可結果呢？連老本都賠光了，後來還不是你六姑奶奶借了他點錢，回家鄉弄了個農場才緩過來的。夢想確實美好，但別太離譜啊，你看你家裏那三個姐姐和四個哥哥，在家裏賣菜個個都過得幸福快樂，就你一個人在外吃苦受累。真是的，現在種田都是機器人，又不用你動手，累不着你的，趕緊回來找個好人家嫁了嘛，媽媽都幫你看好了，隔壁農場那個小劉就不錯，人也老實，他們家農場養的多腿雞質量也很好呢，銷路很棒，嫁過去日子絕對過得好……」她媽又把手機搶走了說。

陳警官趕緊打斷她的長篇大論：「好了好了我知道了老媽！我要去美容院了，你再囉唆下去我今天的計劃又泡湯了！」

陳警官本來就被這件棘手的案子搞得心力交瘁，現在父母又來攪和一下，只覺得臉色更難看了，心情也更低落。她原本只想做一個簡單的補水修復，但現在看來要再加一個豪華套餐才能修復心情了。

陳警官用手機設定好地址，她那自動駕駛的電動小車一路去了那家常去的美容院，她也算是常客了，只要一遇到這種幾天連軸轉的工作，一般結束後她都會來這裏做做美容，舒緩一下皮膚，偶爾奢侈的時候還會做一個牛奶花瓣浴。

門口的一臺迎賓機器人得體地彎腰行禮：「歡迎光臨。」伸出手來，將陳警官的外衣和包包拿走了，放到保險櫃裏鎖了起來，另一個機器人已經爲她準備好了自己喜歡喝的菊花茶。

機器人就是這點好，不用跟它犯囉唆，這一點來看，人類就差得遠了，以前陳警官來的時候這裏還沒換成機器人工作員，那時那幾位小姑娘推銷起美容院的產品來，蛤蟆吵坑似的，都快把陳警官煩死了。現在的機器人迎賓，只要你來一次，就記住你的各項數據了，並且每次來都會自動掃描你的身體指標，該用什麼美容套餐根本就不用多廢話。

陳警官舒服地坐在自己常坐的沙發椅上翻着美容項目單等候，一個經理正在為她旁邊的客人選擇項目，這地方現在也就是經理還是真人了。那客人翻了翻項目單，"這個負離子液氧真的可以青春永駐嗎？不會是虛假廣告吧？"

"當然不會了，我知道您以前都在國外進行美容，但我們這個負離子液氧技術是目前全世界的最新美容方法，它和一般的美容手法不同，主要是利用最尖端的美容儀器為您的肌膚量身訂製美容方案，根據您皮膚所需進行全面修復，使用一次，可以保證您再擁有十年的青春。當然了，這個價位也是比較驚人的，因為現在全世界也只有中國有這臺儀器。"

陳警官一聽就知道旁邊坐着的是個富婆，這時候又一個經理走過來詢問她的需求，陳警官指了個最普通的一般修復，就趕緊將項目單遞了出去。正好旁邊的富婆也將項目單遞了出去，陳警官正好看見了她的臉。

那還真是一個美人兒啊！而察覺到旁邊的人在打量她，女人回過頭來冲着陳警官粲然一笑："你好。"

聲音十分的溫柔嬌媚，雖然還比不上陳警官平時不發火時的語調，但也差不多啦。

那人一轉過臉來，陳警官立即傻了眼。因為這人她認識，這人十分有名，赫然竟是 AI 研究院的最高負責人，沈慈，掌握了整個天君最高機密的著名科學家，陳警官在機密檔案裏看過她的照片，沒想到居然在這裏打了個照面。陳警官在機密檔案裏看過，其實她已經有八十五歲了，但她一直在使用着全世界最先進的美容科技，其中有部分都使用了生化技術，已經算是遊走在法律邊緣了。看來這些科技真的是頂用啊，她面容竟然保持得如此靚麗。

"你……你好漂亮啊……"陳警官忍不住讚嘆。

沈慈教授從頭到尾地打量了她一遍，陳警官來美容院怎麼可能穿個制服，所以她哪知道眼前這位可是高級警官，連她的老底都知道。她只是看到陳警官穿得雖然時尚靚麗，衣服的價格卻只是中等水平，不過二十多歲的年紀，就以為是個普通小女生而已，於是她下巴微微高傲地揚起："小姑娘，你這麼年輕皮膚就缺水嚴重，黑眼圈嚴重，在一般的基礎修復之外還要再加一個電子理療才行呢，不然老得很快的。"

陳警官拿起一旁的項目單看了一下，電子理療一個就要六十萬，嚇得她趕緊放下了項目單，尷尬地笑笑。果然不能和這些富婆們打交道啊！陳警官暗暗想。

陳警官選擇的是全身補水修復，機器人將她帶到了三號美容艙，美容艙艙門開啓，陳警官穿了美容院特製的衣服躺到了美容艙裏，這美容艙十分高級，空間極大，想怎麼躺着都可以，陳警官翻了個身，感覺艙內的熱理療開始發熱了。

熱理療打開全身毛孔，至少要三十分鐘的時間，閑來無事，陳警官想起剛才看見的沈教授來，一邊微微嫉妒她的美貌一邊揶揄地想，我要是有那麼多錢，早比她不知道漂亮多少倍了，拿錢燒出來的美貌而已，哼！哪比得上她年輕貌美純天然啊！

可是轉念又一想，不對啊！她一個國家單位的科研機構的教授，哪來那麼多錢進行這麼昂貴的駐顏美容修復啊！於是馬上坐起來，用美容艙裏的電腦進入警局的內部網絡（只有他們高級警官才有權調閱），輸入她的個人驗證碼，開始查閱警局的機密檔案。隨即恍然，原來這個研究所雖然是國家單位，但其下屬的很多盈利性公司沈教授是有很多股份的，也是正當渠道的投資，所以她有錢也正常，這才放下心來。否則職責所在，今天她就不得不去反貪局報告情況了，那樣一來難得的假日就泡湯啦。

她隨便翻閱電腦裏的新聞，看到網頁上國家宣傳部門已經開始大力普法宣傳先華組，網頁上滾動着的都是國家大力打擊先華組的消息，她點開一個新聞標題寫着《法治社會的毒瘤，揭開最隱秘的黑社會組織先華組的神秘面紗》的，這一個不到半個小時的視頻點擊記錄居然超過了兩百多萬，這可是夠火的！

"近年來，隨着科技水平的進步，AI機器人廣泛應用到生產和生活中，給人們的生活帶來了極大的便利，因爲掌握着全部世界最先進的AI機器人生產技術，中國這個……"這開頭也太長了，陳警官快進了一分鐘，只見那一本正經的主持人保持着跟剛才一樣的姿勢："……並且大肆破壞社會生產，威脅民衆的生命安全，3·21事件仍歷歷在目，受先華組洗腦後，大批無知民衆任其指使，先後多次攻打機器人生產工廠，造成大量出口機器人損毀，大批民衆與警衛機器人發生衝突，據不完全統計直接經濟損失二百億元……"

這主持人長得太一般，陳警官沒了繼續看下去的動力，索性滑到評論區去看看網友的回覆，幾百萬條評論裏，各種評論五花八門。

一個叫"童顏盜墓者"的網友在評論區最吵："搞什麼呀！先華組超級酷的好不！再說哪有真的攻擊民衆啦！淨瞎説！誰知道哪兒可以報名！我也要加入！"這人簡直三觀不正，心理扭曲變態啊！陳警官的熱理療開始起作用，她開始全身流汗不停。她惡狠狠地繼續往下看。

叫作"會飛的刺猬"的網友則明顯是力挺政府："祖國現在繁榮富強，科技發達，大好的日子不過非要搞什麼反動黑社會，最好明天就把他們連鍋端了，免得影響祖國 GDP！"雖然祖國的 GDP 可不是一個小小的先華組能影響的，不過這人態度倒是蠻不錯。

"是啊是啊！太恐怖了！警察這次要給力啊！我都不敢晚上出門了！"

"有這麼個恐怖組織窩在身邊真是時時刻刻提心吊膽，老感覺有什麼隱患在威脅。"

"我勒個去，這簡直就是變態組織啊！一伙兒腦殘！"

……

評論區七嘴八舌，大部分成了兩派，一派力挺先華組，但是更多的人卻在力挺警方，這可讓陳警官意得萬分，看來群眾的眼睛還是雪亮的嘛！這幾天的不愉快一掃而光。正好熱理療結束，馬上就要開始水嫩嫩的補水修復了，陳警官躺下來，高高興興地調出她最愛看的日本動畫邊看邊享受理療過程了。

傲得迷迷糊糊地睡了一會，受了些皮外傷，不過好在他皮糙肉厚，休息一下倒也恢復了。他睜開眼睛的時候看到自己正躺在一輛超長商務車裏，車子一路疾馳，身旁則躺着其餘幾個人。

他轉轉頭，看到自己的幾個部下正在照顧傷員，阿豪和燕子正在照料易小天，他扯了扯嘴角，覺得渾身疼痛異常："那小子還有命在嗎？"

阿豪一邊給易小天止血一邊回答："命倒是還有半條，就是流血太多情況不容樂觀，副部長，咱們怎麼處理這個小子？"

傲得沉默不語，說實話他沒想到在這裏會撞見易小天，可是他既然已經被卷入進來，也瞭解了大多不應該知道的東西，已經不能讓他去醫院治療，更不能放他回家，免得他到處亂說。

"把他抬到組織裏去吧，聯繫組織裏的醫生盡快給他醫治。"

"是。"

傲得一想到未來就覺得頭更痛了，索性閉上眼睛，先休息一下吧。哪知眼睛剛合上，耳邊突然響起一聲尖銳的叫喚來："哎呀我的媽呀！疼死我啦！你是綠象技校畢業的還是怎麼着？就不知道下手輕點嗎？"

新入伙的護士剛剛下手太重，直接把荷瑞給痛醒了。傲得知道自己的耳朵又要不得安寧了。果然荷瑞吵醒後其他的人也陸陸續續醒過來了，她一會嚷着要看老 K 的肉渣，一會紅着臉興奮地尖叫連連，一會誇秦開的屁股曲線性感，一會兒搓搓昏迷的易小天，一刻也不老實。傲得只管閉着眼睛，他只期待任務結束離這個麻煩遠一點，從此再無交集。

將易小天安頓在組織內的特殊病床上後，傲得便走了。易小天受傷頗重，在床上昏昏沉沉地躺了好久，第二天做完手術醒來後看到自己的樣子登時尖叫起來：“媽呀！老子還算是個人不？”

只見他渾身上下全部被厚重的白色綳帶捆得嚴嚴實實，一條胳膊和一隻腿兒也吊了起來，頭上裹得像個粽子一樣。

“我是被綁架了嗎？這是最新式的審犯人的手段？哈哈哈哈！還是老子得救了？”易小天兀自吵嚷不已，醫生和護士抬眼冷冷地瞧着他，接着轉過頭竊竊私語：“看起來挺有活力的，應該没什麽大問題了，不用客氣。”

護士點點頭，將原本拿在手裏的細針管扔到一邊，拿了一個超大型號的針管，將易小天側身躺着，扒開綳帶，針管舉起來對着易小天的屁股就要扎上去。

“救命啊！謀殺啦！啊～～～”

被護士狠狠扎了一針的易小天欲哭無泪地捂着屁股哀嚎。他感覺自己渾身跟散了架一樣的疼，自己本來就像是一具浮屍了，被這扎了一下更是疼痛難忍。

“護士小姐，我是不是得了全身粉碎性骨折。我屁股這兒好疼啊！”易小天軟弱無力地呻吟着。

護士以爲可能是剛才的手法不專業以至於弄疼了病人，趕緊走過來看看：“哪兒？哪兒疼？”

易小天動用唯一能動的手指指屁股，“這兒連着腰跟斷了一樣，哎喲！肯定是你剛才那一針手法不對碰到神經啦！”

“净瞎説！”但她還是走過來，用香軟的小手給小天揉了揉：“是這兒嗎？”

小天感覺到女孩那肉嫩嫩的小手在腰上那麽一揉，登時美得快要七竅生煙，忍不住舒坦地哼起來：“哎喲，哎喲，哎喲！”越哼越不着調。

那小護士才十八九歲，她見易小天面頰潮紅，眼看着一臉不正經的樣子就知道被調戲了，當下一巴掌狠狠地朝屁股上一拍，使勁一擰，轉身便走，任憑小天怎麽叫唤都不理。

她紅着臉，剛推開門就看到大塊頭傲得冷着臉走了進來。傲得在組織的地位很高，做事十分有手腕，大家都很尊敬他，當然了，在女孩子中的人緣更是好得一塌糊塗。

小護士見到傲得，撅着小嘴，撒嬌地叫道：“傲得大哥！看你帶來的那個人，毫没個正型！剛醒來就討人嫌！”

傲得一推門就看到易小天那副色瞇瞇的樣子，這小子腦袋裏也不知道都装着什麽亂七八糟的。

“我知道了，待會幫你教訓他，你們先都下去吧。”

待屋子裏只剩下他們兩人時，傲得在易小天的病床前坐下，語調比之前温和了不少：“身體怎麽樣？没有大礙吧？”

易小天也學着那女孩子撅着嘴，嘴巴翹得老高，簡直能掛個油瓶，嗲聲嗲氣地説：“傲得大哥！你死哪兒去了！走了也不跟人家説一聲，害得人家好擔心啊!"

傲得無奈:"那看來你是好得差不多了,現在可以出院了吧。"

一聽要出院,小天當時臉就長了:"不出不出!我看這兒挺舒服的,我可不想出去!"他的腦袋裏還殘存着一些零星的可怕記憶,令他膽戰心驚,"我記得之前好像有一個沒有臉的怪物!那傢伙腦袋上還長了一挺大砲!你説搞不搞笑!"

易小天當時並沒有真切地看到老 K,當時他被打得挺慘,幾乎失去了意識,腦袋裏亂糟糟的也搞不清到底是咋回事。

傲得就簡單地把事情的經過説明了,然後認真地看着他:"小天,現在有一個很重要的事情要問你。"

易小天點點頭,他這人雖然有時候做事亂七八糟,但是腦袋卻很靈光,他知道傲得沒騙他,那個怪物他是親眼所見,還有什麼可疑慮的。

"你。"傲得直直地看着他,小眼睛裏射出的光無比真誠:"你願意加入我們嗎?"

小天被敲得快七零八落的腦袋裏"咯噔"一聲,他知道他期盼已久的機會來了,當下毫不猶豫地大喊一聲:"我願意!"

他喊得無比真誠,而且他那一大聲喊,傷口都被扯着了,疼得他好嗞了好一陣牙花子。見了此景,連對此決定稍有遲疑的傲得都被他感動了,這小子倒是夠誠心的。

小天剛丟了工作,且不説他那工作現在工資收入沒保障吧,單是工作性質也夠讓小天一輩子抬不起頭來。可沒辦法,他沒學歷,也沒人脈,誰也不會幫他,他只能去當個舊社會裏所稱的"颿奴",掙份辛苦錢。當他第一次看見傲得那一身酷炫的勁裝的時候,小天那沉積的內心裏便起了小小的漣漪,他媽的這才是男人啊!啥時候他也可以跟着一起飛黃騰達就好了,哪想風水輪流轉得這樣快,好運氣説來就來,直砸得小天雙眼犯暈,暈乎乎的高興壞了!

"你未免高興得有點過頭了,你瞭解我們這個組織嗎?"

"不了解,但我覺得不用瞭解也沒什麼關係,有你在!我放心!"易小天嘻嘻哈哈樂個不停,一用力,渾身上下又開始疼起來,他一邊痛得齜牙咧嘴,一邊又忍不住笑起來。

傲得皺眉,拿出領導的架子:"你以爲我們組織是隨便什麼人都可以進的嗎?想進入我們組織是需要進行嚴密的審查的,在你昨天昏迷的時候我已經調查過了你的資料,現在正在評定。"

"我的資料可簡單了,幾句話就能説完!"

"不光是你,還有你的三親六戚,四代家史全部要清清白白才行。"

易小天噎住了,他可不知道自己什麼幾族幾代的家史,他這個孤兒能活着就是祖宗保佑了，誰還管那些亂七八糟的東西來，入個門都這麼麻煩，這就有點不好玩了。

傲得見小天熱情減退，繼續説道：「但是如果做出重大貢獻的，倒是可以提前申請，優先考慮。」

小天更蔫了：「我哪有什麼重大貢獻啊。我不拖後腿就謝天謝地了。」

「誰説的，你不是殺了一個生化人嗎。」傲得輕描淡寫地説。

小天不淡定了：「我？我殺了一個生化人？那……那也算哪？」他想起自己雙手哆哆嗦嗦地舉着槍，比劃了好幾下也沒找到心臟的位置的囧樣。這下功勞咋變成他的了？

「無論過程怎麼樣，這個生化人我們都沒有動手，確實是你親手殺掉的，雖然有一些運氣的成分在裏面。」

之前在進行最後匯報工作的時候，每個人都沉吟不語。雖然大家都參與了打擊生化人的行動，可最後在他胸膛上開上致命一槍的畢竟不是自己，那是幾雙眼睛都巴巴地看着的，任誰也不好意思厚着臉皮去邀功，到底讓這小子占了便宜。

易小天瞠目結舌，感覺這可是撿了個大便宜。

「你參與了組織的重大機密行動，並且立了大功，組織不會虧待你的。我先給你簡單地介紹一下我們『先華組』吧。」

諒小天對這些敘述性的東西也不會很感興趣，所以傲得講得十分簡略，剩下的就等他加入組織後再慢慢瞭解吧。

「我們組織主要的任務就是打擊以研發天君為主，將天君投入到工商業、教育、農業等生產生活領域的研究天君的那個『岳黎』研究院，當然也包括一切打着發展 AI 為名，實則迫害人類生存環境的罪惡行動。因為 AI 越繁榮，人類智慧退步得越快，當有一天 AI 脱離了人類的控制，而將人類淪為奴隸的時候，就是人類的終點了，我們必須改變這一未來的發生，這是我們的使命。」

易小天倒是一臉正氣，點頭如搗蒜，可傲得瞧他一眼，見他兩眼放空，就知道這小子溜號了：「你聽懂了沒？」

「懂啦！」叫得倒是比誰都好聽。

「我們現在所在的就是『先華組』的根據地，是一個十分隱秘的地方，等你痊癒了以後，我可以帶你去看一看。」

易小天一聽可以去參觀，登時來了興致，「地下組織呀！好酷啊！你穿的那個是工作服嗎？我也有嗎？」

「這個是只有行動組的人才需要穿，我們組織一共有十三個部門，第『12』『13』部門是屬於行動組，其他還有後勤、醫療、通訊、情報、器械、服務、技術等部門，慢慢的你就會瞭解了。」

"哦!"易小天眼睛挑着看傲得,一臉賊兮兮的樣子,"大偉哥在哪個部門高就? 擔任啥職位呀? 兄弟以後就靠你提拔了。"

傲得微微皺眉,他似乎一下子想起了什麼不愉快的事情:"以後在任何場合都不能稱呼我爲韓大偉,那是我以前的名字,我們的身份都要極其保密,我們組織可是非法的,一旦被人抓到把柄就會有殺身之禍,我就是傲得,不是韓大偉。"

易小天趕緊點點頭,嚇得不敢說話了。話說這韓大偉,不,是傲得,皺起眉頭來還真嚇人!

"我目前在第十三部門任職,職位是副部長。"傲得甕聲甕氣地說。

易小天十分會察言觀色,立即察覺到了傲得的不滿:"副部長? 傲得大哥你怎麼才是副部長,那正部長是誰啊?"

"正部長是個狗娘養的渾蛋。"傲得淡然地說着。

易小天伸伸舌頭,罵人還能罵得這麼理直氣壯,這功力他可得跟着好好學學。

"你聽好了,易小天,我雖然將你招進部門來,但是並不代表從此你就會一帆風順,飛黃騰達了。首先我們工作的性質本身就很危險,再加上新近上任的正部長莫風正在到處挑我的刺,他極有可能排除異己,到時候恐怕也會連累到你。"

傲得以爲易小天會害怕退縮,沒想到易小天一拍胸脯:"傲得老大! 你放心吧! 那個正部長要是真敢對你怎麼樣,我易小天第一個把他先排除了! 我永遠站在你這邊。"說着冲他一笑。

傲得突然覺得胸口一熱,雖然不知道這小子這話是不是發自真心,但是聽着就叫人心裏暖暖的,饒是他老江湖一個也瞧不出易小天到底是真心還是假意奉承,只覺得這小子雖然沒什麼本事,人品倒還過得去。但是組織裏水深得很,他一個新來的無名小卒又知道什麼呢? 傲得也沒多想,權當是易小天一時聊表忠心罷了。

"你先養好傷吧。我會盡力護你周全的,畢竟我這條命也算是你救的。"傲得替小天蓋好被子,"其他的事情我來負責就好了。"

小天點點頭,乖乖地睡下了。傲得見易小天閉上了眼睛,嘆了口氣便離開了。

易小天本來就生就一副無憂無慮的性格,之前一直擔驚受怕地擔心被人綁架,現在總經理已經被傲得他們揍成了豬頭,連生化人據說也被自己搞死了,現下又有了一份好工作,真是世間再沒煩心事了,當下美滋滋地睡起大覺來。

人逢喜事精神爽,易小天不到兩個禮拜就已經能一條腿跳着活蹦亂跳了,沒事調戲調戲小護士,逗逗女醫生,日子好不快活。

其實易小天身上受的傷遠沒有他表現出來的那麼嚴重，只是他突然間發現自己受傷嚴重的話可以得到特殊照顧，真是爽得不得了。其實他身上比較嚴重的就手臂因爲手槍的後坐力摔倒時不慎跌斷了骨頭，鞭傷和腳上的也只是皮外傷，所以待身上的繃帶拆除後，他其實也就可以出院了，可他覺得在醫院裏成天被那幾個大胸的小妹子搬來搬去的照顧很爽，硬是在醫院裏多賴了幾天，惹得小護士們集體投訴，傲得不得已過來將他領走。見傲得來了，易小天晃着自己的胳膊，熱情地打招呼："老大！好久不見啊！"

傲得的臉色鐵青，易小天居然成了他們部門第一個被投訴的人，這下子他還沒有正式加入組織就已經開始惹麻煩了。

當下也不説話，帶着易小天，叫他把自己的東西收拾好立即跟他出發，他們坐上電梯，易小天一路好奇地東張西望，電梯從負十二樓一路上到負二樓，結果就迎面遇上了一個他最討厭的人——莫風。

莫風身後同樣站着一個人，與傲得走了個正面，莫風擺擺手，經過了一段時間的工作，領導本事沒見長，架子倒是長了不少。

"呦，傲得，來得正好，給你介紹一個新同事。你認識的。"

站在莫風身後的人往旁側了一步，以便傲得能看清她的樣子，傲得看清她後，立即渾身一緊，那人不是別人，正是讓他頭疼不已的陳可婉。

"呀吼！咱們又見面啦！"荷瑞熱情地招呼起來。

"呀吼！咱們又見面啦！"傲得還沒回話，後面的易小天倒是先叫起來。

"啊！是你小子啊！哈哈！你還沒死啊！"荷瑞嘻嘻哈哈地朝着易小天打招呼："易小天是吧！我是陳可婉！"

哪知易小天眼睛根本沒拐彎，直直地盯着莫風看，敢情他這話是對莫風説的。

莫風愣了三秒，心想哪來的渾小子敢這麼沒禮貌，當下再一細看，領導架子當場崩塌，臉不由得紅了一紅，卻趕緊又端起架子來："咳咳……你認錯了。"

接着他不理會傲得奇怪的目光，背着手一路走開了。

荷瑞衝着兩個人興奮地眨眨眼睛，也跟着莫風離開了。

易小天一路目送着莫風離開，臨了還喊了一嗓子："莫先生好走！"莫風聽到他的聲音，打了個寒戰，立即夾緊褲子，加快了腳步匆匆走遠了。

傲得奇怪："你認識他?"

"認識呀！老熟人了！這人怎麼在這啊? 還耀武揚威的。"

"他就是我們的正部長，莫風。"傲得的臉上一陣白一陣紅。

易小天憋住笑，"這老小子居然就是正部長? 哈哈！那可有得玩了！"

騰蛇的騙局

要記住家裏一定
要多裝攝像頭

傲得没想到易小天居然會和莫風相識。

其實説來也不是多光彩的經歷，易小天當初在百樂門還是金牌銷售的時候，這莫風就是百樂門的常客了，他最喜歡點的就是易小天手裏的露娜，倒不是露娜長得比别人漂亮多少，而是因爲露娜的嘴巴特别甜，特别會哄人，一輪伺候下來，保管叫那些個闊老爺都巴巴地跑去買來鑽石啊、包包啊，堆成山好哄她一笑。

這露娜卸錢的本事堪稱一流，幾乎被她玩弄的男人個個最後都變成了窮光蛋。這個莫風偏看上了露娜這個無底洞。一開始來到百樂門的時候莫風還假裝自己出手豪闊，可露娜連着卸了兩輪就露了怯。第三輪的時候露娜就摸出了莫風的家底，將莫風那老小子送走之後她不滿地看着手指上戴着的巨大的鴿子蛋，對着易小天抱怨。

"哎呀，真倒霉，又碰見個吃軟飯的。"

易小天對這人的財力已經早就估量過了，"應該還可以啊。看你這鴿子蛋蠻大的。"他還記得當時自己眼巴巴地眼饞着人家手上的大鑽戒。

"你知道什麼呀？我跟你説。"露娜趴過來，悄悄説："他就是個小白臉，被富婆包養着的。膽子小得很，每天九點必須回家，没發現嗎？"

易小天一琢磨還真是，這莫風可從來没有在這過過夜。

"他給我那些東西都是那富婆的。我跟你講，他老婆至少比他大上 20 歲。"

我的個乖乖，易小天嘖嘖稱奇，這人的口味還真是重啊。這都下得去手，不過要是有人給他一輩子榮華富貴，他會不會也妥協呢？易小天又瞄了一眼露娜手裏的鴿子蛋，别説被富婆包養了，隨便給他一個鴿子蛋就夠他下半輩子用的了，哪還用得着合計！

可惜並没有富婆來包養他，易小天空有一副好皮囊，一點也不頂用，還得在那幹辛苦活。

"我問他可不可以帶我回家玩玩，那小子居然答應了，我估計他肯定没那個膽子，在那裏打腫臉充胖子呢！呵呵！"説着嬌笑起來。

後來露娜去没去那莫風家易小天就没再跟進了，因爲他又看上了新來的惠莉，跟惠莉打得不可開交，就没怎麽管露娜了，反正她財源廣進，有的是手段，根本不需要别人操心。

現在看到莫風，易小天立即想到露娜來。

"原來他就是要把我們兩個排除異己的渾蛋呐？我看他也没什麽本事嘛。"易小天跟着傲得，傲得一邊走一邊在他身旁小聲説。

"這個莫風加入的時間並不長，卻不知爲何晉升得極快，深得領導喜歡，很快就升職當了領導，原本他並不屬於我們部門，居然跨部門讓他來做部長，這是以前從没有過的事。"傲得已經將易小天當成了自己人，忍不住將自己知道的都説了出來。

"看來這個莫風背後是有金主了。他來當我們老大，這日子還有得過嗎？"

"所以我們現在狀況很麻煩。"

傲得推開一扇門，因爲一直講話，易小天這才發現他們已經來到了一個超級大的大廳内，一股難以言説的複雜味道撲鼻而來。

無數忙忙碌碌的人一鍋雜地混在裏面，每個人都不知道在忙什麽，時不時的半空裏還會飛過來一隻拖鞋。

易小天被眼前的景象震驚了。他剛剛離開的百樂門那是何等的富麗堂皇啊，可如今這兒髒亂差不説，那味道更是易小天這聞慣了高級香水的鼻子所難以忍受的，他趕緊從一個人的辦公桌上扯下來兩條衛生紙把鼻子堵上。

"你的審批資料現在就躺在莫風的桌子上，最後能否加入組織，全部都要靠他來決定，我也無能爲力。"

"不是吧！我的去留最後得由這老小子來決定！那我肯定没戲了。"

易小天猜得果然没錯，莫風回到辦公室就看到了易小天的審核資料需要領導的最終簽字。

他看到易小天的名字，登時火大，毫不客氣地將易小天的資料撕個粉碎，不停地大罵："誰要把這個臭小子搞進來的？"

"是傲得。"他的辦公桌前，劉秘書戰戰兢兢地説。

"又是他！他到底要幹什麽？這種人也搞進來，那我們組織豈不是連狗都能進來了嗎！立馬讓他滾蛋！"

"可是他殺了一個生化人。"劉秘書大着膽子，小聲説。

"哈哈！他能殺生化人？是在床上殺的嗎？説是他手裏的那些小妞殺的我都信，他殺的我肯定不信，這事絕對有鬼。"

劉秘書本來還想加一句：他殺了生化人可是很多人都看在眼裏。而且從生化人的殘留腦組織裏提取的記憶顯示，最終的確是那個易小天殺了生化人，這是無法辯駁的。可是事實雖是如此，他卻不敢得罪領導。

"那我知道了。"他領了命令，轉身走了出去。

傲得本來以爲是一件很簡單的事，但是沒想到易小天居然認得莫風，顯然莫風對他的印象肯定也不算好，這事怕是要出意外。

果然就看見劉秘書從莫風的辦公室裏走出來，看到傲得，對着傲得搖了搖頭。

"最終審批沒有通過。"劉秘書沒有再說什麼，冷漠地轉身離開了。

若是以往，單是憑他傲得的面子怎麼着也不會有什麼問題，但是莫風壓根沒把他放在眼裏，他那面子就更不值一提了，傲得從沒受過這樣的侮辱，一張大臉漲得鐵青。

"他這是壓根沒把你放在眼裏啊！一點情面都不留，老大，你可危險了。"易小天不擔心自己的事，反倒是關心起傲得來。

這人看來非除不可了。易小天的腦袋裏冒出兩個壞主意來，但是他現在還不想對傲得誇下海口，偏要等到事成之後再來邀功。

"傲得大哥，反正我現在也還沒加入組織呢，我能先出去一趟辦點事嗎？"

"當然可以了，不過自從你上次殺了生化人後，你的頭像和資料已經進入了公安局的抓捕系統裏，記住你現在的身份是在 SSS 級在逃嫌疑犯，易小天。"說着還在他的腦門上輕彈了一下。

"啊!!"易小天嚇得張大嘴巴，合攏不上。

"不是傲得大哥！這我要是不能上街了，不得憋死我，就算不憋死我，這味兒早晚也得熏死我。"說着深吸了兩口氣，做了一個暈倒的姿勢。

傲得沒理他，自顧自地走着，易小天巴巴地跟在後面，"求你了，傲得大哥，你幫幫我嘛!"

"早就讓組織裏的高級黑客侵入了公安局的數據系統，你的照片上的樣貌和個人資料全部都被修改過了，逗你呢。"

喲呵! 小天愣了，認識他這麼長時間頭一次見他開玩笑。

"說真的，我是真被你感動了，真想當你的小弟，給你端茶倒水報答你的大恩大德，可惜了，也沒辦法。"

傲得不甘心，"不是必須要他審批才可以，我可以去找 'L'"。以前他自己就有招收部下的權力，可是那該死的莫風已經將他的權力架空。他必須找 L 好好談一談。只是想要見到 L 十分困難，他不知道自己的請求 L 能否接受，畢竟今時不同於往日。

"我的事倒是不打緊，你的事比較關鍵，傲得大哥，我事成之後能再回來嗎？"

"可以的。這個你可以放心。"事情出了差錯，讓傲得十分愧疚，畢竟易小天數次幫他，他卻沒有給予任何回報，好不容易辦一件事居然還沒成功。

易小天沒有再多說什麼，肚子裏不知道在醞釀什麼壞主意，匆匆忙忙地讓傲得將他帶回到地面上，然後就急忙離開了，好像真有要事要去辦一樣。

傲得了解莫風的小肚雞腸，剛才易小天頂撞了他，讓他下不來臺，以他的性子必然會找人來做掉易小天，他悄悄跟在易小天的後面，果然不一會就被他發現了四個可疑分子，輕鬆幫易小天料理了之後，才折返回基地。

易小天傻了吧唧，根本不知道剛才自己身處險境，只是找了個漢堡店坐下來，先吃了兩個巨無霸漢堡，這才問鄰桌的美女借了個手機慢悠悠地打上了電話。

"喂，是露娜嗎?"

"嗯? 是啊，誰啊～"是露娜軟綿綿、嬌滴滴的聲音，聽着不由得讓人筋骨一鬆，顯然是正賴在床上懶洋洋的沒起身呢。

"是我，你小天哥。"

"哦，小天啊，你現在在哪兒混啊?"

"在外面瞎晃呢。你呢? 生意還做嗎?"

"做呀! 怎麼着! 要介紹金主給我呀?"露娜的聲音立刻透露出驚喜來，感覺人也清醒了。

"還真叫你給說對了! 你猜我最近碰見誰了?"

"誰啊?"

"就是你以前的那個顧客，叫作什麼莫風的，還記得不?"

"莫風? 你是說那個小白臉莫風啊! 記得啊! 哈哈怎麼啦?"

"我最近看他左擁右抱着幾個庸脂俗粉在招搖過市，碰見我的時候還跟我抱怨說現在的姑娘都沒味，他最喜歡的就是露娜你那種野勁兒! 像一頭小獵豹一樣，又可愛又刺人，又疼又爽那種勁才過癮呢! 可惜百樂門倒閉了，他沒了樂子嘍。"

露娜被他逗得咯咯嬌笑: "放屁，你就吹吧! 他又不是沒有我電話，想我了可以打電話給我呀!"

"你也知道，他這不是不敢嗎。我聽他的口氣好像是說他老婆最近出差，都不在家，所以又心癢難耐了。你要是想套上他，可以去他家玩兒啊! 對了，上次你不說他要帶你去他家裏嗎? 你去了嗎? 怎麼樣?"

"去啦! 他家裏金碧輝煌，十分奢華，就是有錢人的那種架勢唄，不過我看到他老婆的照片，我上次說至少比他大二十歲，我現在要改口了，我看至少要大上 40 歲。哈哈哈!"

"不是吧，這麼狠! 不過露娜我跟你說，現在可是個千載難逢的好機會，這小子現在把渾身使不完的錢都揮霍在那幾個庸脂俗粉上實在太浪費了，他給那個齙牙妹買的鴿子蛋都比給你買的大多了！這把我給氣的呀！"

露娜琢磨琢磨，心裏確實挺不是滋味的，自己的肥鴨子飛到別的窩裏下蛋，那不是便宜了別人，虧了自己。

"是嗎？那你說我該怎麼辦啊？"

"主動給他打電話，把他釣上來，這次可千萬別手軟，給他卸個溜乾淨！"

"呵呵，乾淨到什麼程度啊？"露娜忍不住咯咯嬌笑。

"乾淨到連褲衩都不給他剩！我没說玩笑，我說的可是真的。"易小天說得一本正經，露娜卻在那一邊笑得直不起腰來。

"行，這事要是成了，還是以前的規矩，好處少不了你的！"

"這回我不要什麼分成啦！咱們換個獎勵唄？"易小天賊兮兮地說，隨即小聲地將自己的要求說了出來，露娜毫没猶豫，立即答應了。

易小天把電話還給美女，自己悠閒自在地離開了。他這個小子滑頭得緊，為了防止別人監聽他的電話，去向別人借了電話。

他沿着街逛了半天，按照約定，三十分鐘後又找了個公用電話給露娜打了過去。

電話剛接通就聽見露娜興奮的聲音傳來："小天哥！你真行啊！他老婆最近還真没在家，他約了我明晚去他家裏，到時候我想辦法把你弄進去，保證没問題！"

原來易小天把自己的分成換成了要求露娜帶他混進莫風的家裏，他準備錄下莫風和露娜"哈皮"中的音頻和視頻，到時候狠狠地敲詐他一番，要他親自請自己回組織去，還要把他訓得跟孫子一樣。否則的話，他就把這些視頻音頻文件隨手發網上去，保證他的富豪老婆立即把他休了！重新找個小白臉。

當即和露娜約好會面的地點，悄悄地溜了過去。兩個人商量了一番就把這事給定了，露娜膽子向來很大，聽見要留下證據好好修理一下這個男人還樂得前仰後合，連連拍手，並要求小天把自己拍得漂亮點，重點是要拍她的側面，因為露娜的側臉最漂亮。

小天買好了設備，就在露娜那裏留宿了一晚，以提前演習的名義和露娜風流快活了一夜，感覺還剩的那點病底子去得乾乾淨淨，神清氣爽，好像自己從來没受過傷一樣的精神。

露娜去過莫風家裏幾次，對他家的位置記得很清楚，晚上5點多的時候就提着個電子行李箱和一堆戰利品風風火火地來了。

她假裝自己剛從香港 shopping 回來，所以拎着一堆的東西還没來得及回家倒也没什麼稀奇。

易小天讓自己蜷縮在那臺電子行李箱裏，這個"Somsonide"牌智能電子行李箱具有高級的重量壓縮和空間延展功能，外觀看起來一點都不笨重，實則內部空間極大，并且就算塞滿了東西以後重量也是極輕，女孩子拎起來仍舊可以健步如飛。當然了，價錢也是昂貴得可以，以易小天的財力來說，是遠遠買不起的。

露娜穿着性感的抹胸緊身連衣短裙，真是眉眼一勾春心蕩，小手一牽心搖晃，嬌臀一扭面潮紅，意亂情迷口袋光。

多少男人的口袋就在她這一扭一扭中，揮霍光了錢財啊！

好像不在她身上揮霍一把都對不起自己身爲男人的雄風一樣。

莫風也理所當然地拜倒在了她的石榴裙下，他早早地就從宮殿般的別墅裏走出來，在門口迎接，搓着雙手，焦急地來回徘徊。

因爲知道接下來的場面肯定過於香豔，他已經提前把家裏的傭人和保安什麼的都支走了，就連機器保潔員都給關了，內部的監控設備自然也記得全關了，偌大的別墅裏，乾乾淨淨的就剩他倆，家裏的那隻母老虎還在拉斯維加斯豪賭呢！呸！鬼才會現在想起她來！

莫風可不想掃了興，他把精力集中到想着接下來要發生的好事，臉漲得通紅，感覺下體已堅硬如石，真是一刻也等不得了。

盼星星盼月亮，露娜終於來了，她扭着臀部，雪白細長的長腿美不勝收，莫風擦了擦鼻子，怕一個沒控制住鼻血先噴了出來。

"小美人兒，快過來哦～"莫風淫蕩地叫着。

易小天只感覺自己被露娜一路拖着，他從裏面能很清楚地聽見外面的說話聲，只聽得兩人熱情地擁抱並說了好幾句肉麻的情話後，就迫不及待地狂拉着行李箱奔進了別墅，剛關了門，莫風就忍不住動手動腳起來。

易小天聽着露娜狂野的笑聲，緊接着聽見衣服被撕扯的聲音，然後莫風氣喘吁吁抬着露娜不知道去了哪。

易小天又等了一會，隱隱約約不知道從哪裏傳來露娜嬌媚的喘息聲和叫聲。可這別墅大得離奇，易小天一時半會還真不知道他們去了哪個房間。

易小天又等了一會，覺得安全了，這才開啓了行李箱的自動運行功能，這個行李箱可以聽從一些簡單的前進後退的命令，并且還有智能自行尋路功能，遇到樓梯障礙時，還能從兩側伸出蜘蛛般的機械腳爬過去，易小天不斷地小聲命令着，"向左，左！直走！上樓，好傢伙可真好用！這些有錢人的玩意兒簡直了！！"一個人自說自話，好不開心。

行李箱爬上了二樓，縮起了機械腳又等待易小天的命令。

"等會啊！我先想想！"易小天躲在裏面搗鼓半天，從行李箱的夾縫處摸到了一個AR眼鏡戴上，將微型攝像頭貼在手指頭上面，微型攝像頭連接着他的眼鏡，立刻將外面的情形都探測得一清二楚。

這種高級智能行李箱原本都自帶攝像頭，但因爲有可能會侵犯到他人隱私，平時都是鎖定的狀態，只有行李箱的 AI 能夠使用，還有就是警方在有需要時也可以調取資料，其他人包括箱子的主人都是不能直接使用行李箱的攝像頭的。小天研究了半天也沒搞明白自己怎用，只能再買一個額外的微型攝像頭了！他買的這一款微型攝像頭賣價不菲，他爲了這次任務也是大出血一回，要知道，現在的法律十分健全，根本不允許公開買賣微型攝像頭，這還得用他易小天的面子才在一個網店上的熟人那裏好不容易搞到了一個，今兒個就指望着它大顯神威了！

微型攝像頭探頭探腦地轉着，只見莫風家裏的攝像頭全部是鎖定關閉狀態，易小天開心不已。

這老小子果真聽了露娜的話把家裏的傭人都支開了，機器人攝像頭什麼的也都關了啊，嘻嘻！

易小天轉了兩圈，愣是沒找到地方。

"媽的！這別墅怎麼這麼大！應該是沒上樓吧！也不知道那老小子體力怎樣，要是這會兒就結束了我這可就白忙活了。"

正在那沒頭蒼蠅一樣找着，突然聽見不遠處傳來露娜銷魂的叫聲，一聲比一聲銷魂。直聽得易小天渾身酸麻。

待易小天慢慢滑行到門口的時候，莫風那狼嚎一樣的叫聲突然停了。

見鬼，就差一點點！

剛才因爲太心急他們連門都沒怎麼關嚴，易小天讓行李箱悄悄溜了進去，果然戰事已畢，兩個人正躺在床上一邊喘息一邊笑呢。

易小天是一點也笑不出來了，好傢伙，他爲了這次行動特意購置的微型攝像頭可花了他不少錢啊，到最後竟然沒用到，肉疼！

透過縫隙就看見露娜將自己的身體掛在莫風的身上，不停地在他的身上揉搓。

"說起來呀，你是幹什麼的我都不知道呢？"

"我呀……"莫風狡黠一笑："怎麼着也算得上是大企業的高級幹部吧！除了一把手之外就是我啦。"

"哇！那麼厲害啊！那你手下管多少人？"

"怎麼着也得有三四千吧，也不是很多。"嘴上這麼說，明顯得意的神色已經掛在臉上了。

"你上次還說要把你們酒莊裏的極品葡萄酒送我一支，結果到現在也還沒送呢！你這人說話不算話，估計你那高級幹部也有水分。"露娜小嘴巴一翹，眼睛往上一撇，略有點瞧不起人的味道，莫風當時就慌了。

"說什麼呢？怎麼可能，就我這家業還差你那一瓶酒不成！"他可不想在女人面前失了面子。

"上次劉局長送的我百年陳釀，味道也就那樣吧！怎麼着，你的難道還能比他好？"

"百年陳釀算什麼！"莫風趾高氣揚地指了指櫃子上擺放的一只外形古樸的酒瓶來："你知道這瓶酒的來歷嗎？"

露娜一看他那架勢就知道這是又要開始吹牛的節奏了，這男人吹的牛她聽得多了，一點都沒興趣，不由得從他身上起來，左顧右盼。

莫風見露娜對他微微不屑，顯然是懷疑他的能力，不由得臉上一紅，光着屁股站起來，"我把這酒打開給你嘗一下你就知道了！"

易小天暗呼一聲，天助我也！手上攝像頭不停地晃動，把精彩畫面全拍了下來，莫風將酒小心翼翼地拿下來，又回到了床上。

那瓶酒説實話，他是真的不怎麼敢開，那是他老婆數年前搞到的，拿着那瓶酒時，平時面無表情的老太太頭一次臉上有了喜色。據説現在全中國也就只有五瓶，十分珍貴，這酒放的年頭越遠味道越棒，倆人已經約好要等到結婚的時候再開啓，給洞房花燭添喜。

是啦！他們其實還沒有結婚，莫風是被一個隱形富婆包養多年，但那富婆比他大了二十四歲，她的大兒子都要比莫風來得大，只是她的三個兒子與她形同水火，爲了爭奪財產鬧得不可開交，她最寵幸莫風，除了因爲莫風嘴巴甜會哄人外，就是因爲莫風聽話。

聽話的莫風顫顫巍巍地將這瓶酒拿了過來準備炫耀一番，可露娜此時已經對酒失去了興趣。她眼睛一瞟，看到了地上滾落着一個全息徽章。露娜好奇地撿起來看了看："這是什麼呀？"

莫風嚇得手一抖，酒瓶差點掉在地上。剛才太忘我了！脱衣服的動作幅度太大，那全息徽章竟然從口袋裏滾落了出來。

"那個……那個可不能亂動！乖寶貝！快把那個給我！乖！"莫風的臉都綠了，那可是他的部長徽章啊！這玩意兒要落在別人手裏那他的腦袋就得立即搬家，也沒什麼機會洞房花燭品美酒了。

露娜見他臉頰上的肉止不住地顫抖，人像瘋了一樣地衝過來，就知道這玩意怕是最值錢的東西了。當下嬌滴滴一笑，靈便地一滾，就躲過了莫風的懷抱。

莫風撲了幾下，都沒抓到露娜，不由得開始求饒："我的姑奶奶，你要什麼都行，這個東西可真玩不得！快給我！"

"這是什麼呀？這麼值錢？"

"不值錢！不值錢！小玩意！朋友送的！只是有紀念意義罷了。"説着又撲上來。

"怕是情人送的？"露娜打了個滾，又躲了開去，一邊躲一邊嬌笑不已。這床大也有床大的好處，露娜在床上隨便翻騰幾下就躲了開去。

"我……我給你錢！很多很多的錢！還給我……"莫風打開一旁的櫃子，好傢伙！琳琅滿目，掛滿了頂級珠寶。

露娜看傻了眼，誰稀罕這破徽章啊！這珠寶多實在！但是她知道現在不能表露出興奮來，要淡定。

於是她十分淡定地搖搖頭："就這些東西就想換我的徽章啊！"

"你到底給不給我！"莫風微微有點怒氣。

露娜一點沒有被嚇到，反而盛氣凌人地瞪着他："親愛的，這水晶材質的全息徽章，我隨便往院子裏一丟，往那磚頭上一敲，保證粉身碎骨，你居然還這麼兇！"

"哎喲！姑奶奶，你到底要怎麼樣你說嘛！那徽章就是我的命啊！"莫風終於慌了。他本來也沒什麼本事，自己能一路爬到這個位置還不是因為他"老婆"的提拔。現在一遇到事，當場就慫了。條件反射就是求饒。

露娜看現在也鬧得差不多了，該收網了。只見莫風像個霜打的茄子，鬥敗的公雞一樣耷拉着腦袋，就挑起眼睛準備來個獅子大開口。

剛才一場可把易小天忙壞了，他已經把兩個人赤身裸體在房間的一舉一動都拍了下來，從他的角度正好看不到徽章的樣子，只能看到莫風撅着屁股在床上抓美女的畫面，要是去掉聲音，就說這倆人玩情色遊戲絕對有人信。

露娜醞釀半天，想了一串自己想要的東西，剛要開口，突然聽見很遠的地方傳來一聲呼喚："親愛的！的～的～的～"走廊裏響起了回音不斷。

莫風一聽那聲音，眼睛裏立馬飆出了眼淚，聲音也跟着變了調："我的滴媽呀！我家的母老虎回來啦！她怎麼今天就回來了！"

"親愛的，你在哪裏？"那聲音又飄了過來，明顯比剛才距離近了幾分。

易小天已經拍到了想要的，可是露娜還沒拿到自己該拿的東西呢！這就撤退可實在有點不甘心，但又不能被別人抓個正着，不由得也有點着急："這可怎麼辦呀！你怎麼辦的事啊！不是說不在家嗎！"

"我也不知道啊！這可怎麼辦啊！"莫風恐懼地抓着腦袋，這如果被捉姦在床的話他明天的屍體就會進下水道了，他還不想被分割成五厘米的小肉塊呢！他可見過那母老虎這麼對付手下的人，那奈米分解手槍一發射，好端端的一個人立刻就變成了一地平均五厘米的小肉塊，比他愛吃的牛肉粒還規則。

莫風渾身一抖，指着衣帽間的大櫃子："快！拿着衣服快躲到裏面去！"他一環顧四周，突然看到了露娜的箱子。他一着急根本就沒細想，那原來還在客廳的箱子咋跑到這兒來了！他就提着箱子把露娜和箱子一起扔進了衣帽間的大衣櫃。這間房的衣帽間與臥室相連，沒有門，直挺挺的正對着床。莫風覺得這樣也不妥，可是時間已經來不及了，慌慌張張地把睡衣套在身上，剛躺下來，門就被人推開了。

"親愛的？怎麼叫你不回答？"

一個短頭髮的女人走了進來，莫風臉上馬上換上自然而然的睡意，似乎剛被人從夢中吵醒，揉着眼睛坐起來："冰冰？你回來了？"

易小天好奇這人到底長啥樣，就指揮行李箱伸出一條機械腿偷偷推開衣帽間的櫃子，用手指上的攝像頭向外看去，要不就説這有錢人就是不一樣呢！這個衣帽間的衣櫃大得簡直可以開派對。

他探頭探腦地伸過去一看，喲呵！這傳説中比莫風大上二十四歲的老女人不但不老，長得還不賴嘛！

否則被人偷個精光都不知道咋回事

露娜在衣帽間裏快速套上了衣服，突然拉開行李箱的拉鏈，指了指易小天，意思是叫他出來，自己要進去。易小天可不幹，緊緊地縮在裏面説啥也不出來，露娜見沒辦法，身子一團，腳一抬，居然也擠了進來。

這壓縮旅行箱只能壓縮二百斤的重量，空間延展的尺寸也有限，易小天一個人倒還輕輕鬆鬆，遊刃有餘，這露娜一擠進來登時就滿了，行李箱奇怪地脹起來。兩個人在裏面你推我擠也不讓誰，兩張臉都擠變形了，撓得不可開交。

房間裏，冰冰從自己的行李箱裏拿出了一個小盒子，神秘地對着莫風一笑："你猜我帶回什麼好東西了？"

莫風詔媚至極："冰冰小親親帶了什麼好東西給我呀？"

易小天將露娜的臉扭到一邊去，指着外面又指指耳朵，示意她小聲一點，要偷聽外面的談話內容才是關鍵。

兩個人短暫地形成了聯盟，露娜不吭聲了，易小天用手指上的攝像頭繼續往外看。只見那短頭髮的女子將手中的盒子打開，拿出一把白色的手槍來。

"你知道這是什麼嗎？"

莫風頭搖如撥浪鼓，將冰冰拉在身前，寵溺地看着她。易小天和露娜看到莫風的樣子真是隔夜飯都快吐出來了。

"這是國外一個雇傭軍公司剛剛研發出來的'Diablo8'神經控制手槍，只要有了這個，那個 L 咱們手到擒來。"

誰誰誰？易小天好像聽到了一個什麼人名，但是又沒聽仔細，一下子就過去了。

"這個東西那麼厲害？"莫風舉起槍來看了一看，沒看出這手槍有什麼特別的。

"小心點，這神經控制手槍，可以直接麻痺人的意識，被子彈打中的人會被使用者短時間內控制住意識，使用者讓他説什麼他就必須説什麼。"

莫風不可思議地摸着槍：「這槍也太神奇了！居然真的那麼厲害！」

冰冰得意一笑：「那還用説！這把手槍現在全世界只有一把，目前也只研發了五枚子彈，後來被我在拉斯維加斯的地下拍賣會上搶拍了過來，所以我立即回國了，你知道現在全世界都在找這把手槍，可是誰也想不到居然被我拿走了！」

「你簡直太厲害了！冰冰可人兒！我佩服死你了！咱們有了這手槍，先華組的老大你是坐定了！」

「噓！小聲點，我跟你講一下咱們的計劃，這個L現在雖然還掌握着先華組的最高領導位置，但是權力早已被我和青虎架空，青虎那小子對L十分忠誠，咱們想要扳倒L，必須先把青虎料理了。」

「嗯嗯！」莫風敷衍地應着，眼睛無意識地瞟向衣帽間，他擔心這重要的秘密都給露娜那小丫頭片子給聽去了可就糟糕了，但是冰冰又説在興頭上，他也不敢打斷。

「這一環我已經想好了，就讓傲得那個榆木疙瘩背這個鍋。」

聽到傲得的名字易小天的眼睛瞬間亮了，別的事情亂七八糟的沒聽懂，但傲得兩個字他可絕對不會聽錯。

「傲得率領的十三號部門，對L十分忠心，而且他們的戰鬥力很強，若真動起手來對我們十分不利，雖然我讓你做了部長，但是下面的人很多都對你懷有敵意，若真有事情發生，你這部長第一個被打成馬蜂窩。」

莫風嚇得一個哆嗦，冰冰收起笑臉，面上冷若寒冰。莫風連大氣都不敢喘一聲。「冰冰……本部長大人……救………救命啊！」

冰冰看他一臉慫樣，反倒是笑了起來，用手摸摸他的頭，寵溺地説道：「放心，你要你乖乖聽話，等我幹掉了L，就讓你來做『白玲瓏』的位置。」説着她又拿起那柄槍來，十分陶醉地摸着。

乖乖不得了！易小天躲着嚇得一動也不敢動。我好像他媽的聽到了什麼不得了的陰謀啊！他們好像要幹掉一個十分重要的人物。易小天覺得自己口乾舌燥，而且這件事情還要傲得來揹黑鍋，看來這老女人也是他們那個什麼先華組裏的重要人物，而且還是關鍵領袖人物呢！

原來是這老女人在罩着莫風啊，怪不得他囂張得鼻孔朝天，現在他們又躲在家裏合謀要幹掉什麼L的。真是不是一家人不進一家門！易小天越想越覺得恐怖，就先把要點都記住了，回頭再找傲得核對。

「那個，冰冰小親親，剩下的事，咱們晚上一邊喝紅酒一邊説好不好，這會不説了，來來來。」莫風大着膽子説道，將冰冰拉到懷裏，想讓她就此住口，可是那冰冰卻沒有停的意思，這可愁壞了莫風。

「到時候咱們找個機會把假消息放給傲得，就説青虎準備刺殺L。傲得雖然不信，但爲了 L 的安全，他必然會懷疑，到時候故意留下線索來引他上鉤，然後與此同時我會將消息放給青虎，告訴青虎傲得不滿 L 的決定，意圖謀殺 L，讓青虎與傲得的人鬥個兩敗俱傷，然後利用這柄手槍控制傲得殺掉 L，讓青虎親眼看見，那時傲得想逃也逃不掉，人證物證俱在。而傲得爲了逃命，幹掉青虎也是情理之中。"冰冰説完了，等待莫風的反應。

莫風馬上一頓馬屁拍上來，直誇得冰冰笑顏如花。

易小天看得久了才發現，他奶奶的腳！這老女人的臉簡直像是帶了一張面具的假臉啊！這年輕貌美的臉幾乎是掛在她的臉上的，她一笑起來，臉部肌肉都不動的，只有嘴角僵硬地揚起，看起來要多詭異就有多詭異。小天知道現在女人都喜歡靠化學手段來維持美貌，但這人明顯用力過猛，適得其反。他突然有點同情莫風了，每天對着這樣一張假臉，還得強顏歡笑，真是生不如死啊！

他奶奶個腳！這兩個人這計劃做得也太周密了，以傲得的性子必定掉進陷阱，然後故事就真的會沿着他們的構想而發展。那時候可就不得了了，幸虧今天被他撞見了這秘密。

冰冰笑了一會，又將手槍小心地放在盒子裏，左右找了一下，徑直朝衣帽間走來，她突然來開衣帽間的衣櫃門，莫風、易小天和露娜集體嚇了一大跳。

我的個親娘啊！幾個人在心裏異口同聲地驚呼。

可她只探着頭找了一會，將盒子放在兩個抽屜的夾層裏，好好蓋上，然後又將衣櫃門關上了，沒注意到衣帽間裏還有個來路不明的行李箱。此刻，易小天他們的視線徹底黑暗一片，什麼也看不見了，只能隱隱聽到兩個人說話的聲音。

"先把手槍放在衣櫃裏，待會再去放到保險櫃裏，哎呀！馬不停蹄地跑了好幾天，真是累壞了，你給我揉揉。"

然後傳來了女人脫鞋，拉拉鏈的聲音。

易小天想再偷看一眼，又害怕被發現只得老老實實待着。

"好……好……"莫風唯唯諾諾，聲音發顫地應着。

"用力一點，下面。"女人發出軟綿綿的聲音，不時的伴隨着幾聲舒服的呻吟。

又等了一會，兩人又聊了一會無關緊要的天，易小天實在是忍不住了，又悄悄地推開一道縫偷看，露娜從行李箱裏伸出一隻手摸了摸，摸到了一個盒子，輕輕打開蓋子，將手槍摸走了，又摸了幾下將幾枚子彈全部順走，手又原路返回，回到了箱子裏。

只見冰冰將自己脫了個乾乾淨淨，正趴在床上讓莫風按摩呢。別看莫風是個大男人，按起摩來手指靈巧，簡直比受過專業訓練的專業按摩師按得還技術高超，冰冰滿足地從鼻子裏連連哼着，"坐到前面來，換你。"

莫風乖巧地跪坐在她的前面，儼然一副小奴隸樣。冰冰坐起來，手指在莫風的身上遊走，"說實話我待你怎麼樣啊？"

"那還用說，絕對一等一的好！您簡直就是我的再生父母，給我衣食，給我工作，還將自己交給了我，簡直就是我三生修來的福分！"莫風諂媚至極，連易小天這種頂級馬屁精都不得不禮讓三分，聽得渾身直發麻，簡直要拜他為師了！

冰冰滿意地撫摸着莫風年輕的肉體，突然伸手在他大腿根上狠狠掐了一下。

莫風又嚎了一嗓子。

呦呵！易小天看得津津有味，重口味啊！

不一會冰冰就在莫風的身上又拍又打又擰地打了好幾下，莫風一邊嬉笑着一邊尖叫連連，他叫得越歡，冰冰越開心。

冰冰翻身仰面躺下來，興奮地叫："我的鞭子呢！快點拿出來！用力打！"

莫風從床頭櫃裏拿出一個黑色的鞭子，輕輕在冰冰身上抽打，冰冰扭動着身子，不斷地呻吟，"用力點！用力點！"

易小天血脈賁張，早把大事忘到一邊去了，直看得熱情澎湃，"呦呵！好傢伙！老當益壯啊！這可比你剛才的精彩多了！"他伸出手指頭，把這精彩的畫面全都錄了下來。

後面跟他擠成一張餅狀的露娜碰了碰他，小聲說："咱們快找個機會溜走吧！再不走可就真完蛋了！"

易小天這才反應過來，劇情雖然勁爆，但現在可不是看熱鬧的黃金時刻，命還在別人褲腰帶上掛着呢！可是現在兩人這情況咋逃出去呢？何況露娜還跟自己擠在一起。

"你先出去，我想辦法。"

"我才不出去呢！我覺得這裏面比外面安全多了。"

易小天無奈，想了一想，悄悄說："既然這樣，咱只能賭一把了，就看你這個箱子的機械腿能不能承受得住我們兩人的重量了。"

衣帽間的大衣櫃悄悄無聲息地開了，床上的兩個人正在激情澎湃，誰也沒注意到。小行李箱腫脹不堪，原本還是個漂亮的小正方形，現在變成了不規則的多邊形。還好露娜這個箱子到底是世界名牌，那機械腿還勉強承得住兩人的重量。箱子把門輕輕推開，就這樣無聲無息地溜了出去，留下屋子裏的兩個人仍在忘我的"啊啊啊！哎哎哎！"

行李箱悄悄無聲息地在走廊上溜着，箱子從一臺看似關閉的機器人面前溜過時，小天玩心忽起，將腦袋伸出來對着機器人不停地扮鬼臉，吐舌頭，扭耳朵。哪知道那機器人已經被冰冰回來後給重新打開了，見到異物進入，腦袋慢慢轉了過來，從眼睛裏射出兩道掃描射線，將行李箱上上下下分解了一遍：「异物入侵，防衛等級初級。」説着竟然伸出兩隻機械手過來提箱子。

「他大爺的！不是關了嗎?」易小天一頭縮回箱子裏面，傻眼了！

「你看你專搞這些烏龍！」

「先別説啦！快點加速！」易小天急喊一聲，行李箱的智能系統立即識別了他的命令，果然輪子急轉圈，帶着臃腫的大肚子一溜煙地飛跑。

機器人本來已經只差1厘米就可以提起箱子，哪知箱子居然自己溜走了。這些機器人的智能系統並不十分發達，智商不超過4歲兒童，見行李自己飛奔，慢動作站起來：「奇怪? 行李箱自己走?」在後面吭哧吭哧地追起來。

露娜看到機器人追過來，不停地掐着易小天：「快快快點！想辦法啊！他要追來了！」

行李箱全力跑還能跑多快啊！機器人幾步就追了過來。易小天慌亂之中，突然想起莫風的全息徽章。「那徽章借我用一下！」

露娜趕緊將徽章一丢，易小天伸手一接，一隻手臂突兀地從箱子裏伸了出來，頭倒是安安全全地仍縮在裏面，易小天裝模作樣地大叫：「幹什麽吶！看看老子是誰?」

機器人掃描了一下莫風的全息徽章，立即彈出莫風的個人資料來。

「莫先生? 你怎麽會躲到箱子裏?」機器人果然被騙了，還好易小天聰明，將臉縮在了箱子裏，不然只要一掃描他的面部輪廓，立即就能分辨出是假的來。

「嗯！那什麽，跟你説你也不明白，人類的世界你哪能懂呢！」易小天自己也還找不到理由呢！只能胡説八道先騙點時間。

「是的，人類的世界我不懂。請您讓我識別您的面部輪廓進行複認。」

「那什麽，你先把我推到門口亮堂的地方再給你看吧！」

「我具有夜視功能，不需要燈光照明。」

「你這機器人怎這麽軸呢！你啥時候學會頂嘴了！讓你去就去！下次再囉哩吧唆不給你充電了！就讓把你放倉庫算了！你就負責在倉庫給我夜視抓老鼠吧！」易小天一本正經地假裝嚴肅起來。

「TG80 - EF3型號的機器人不具有捕捉老鼠的能力，如果停止充電，十五天將耗盡電池電量，必須在十四日晚停止使用充電二十四小時，否則即將作廢。」機器人思索着，腦子裏也都是些計算數據。

「知道還不快點給我推門口去，我發起脾氣來連我自己都怕！」

機器人思索了片刻，權衡了得失利弊立即推着行李箱往門口走去，路過其他機器人也沒有引起其他機器人的注意力。

「兄弟你叫什麽名字?」易小天躲在裏面問。

「機器人沒有名字，只有代號。」原本易小天要滑行很久的路被機器人幾下子就走完了。

"小天，小天，把它電池摳下來！"露娜在一旁小聲地說。

"那什麼！"眼看着機器人已經停了下來，易小天必須得想個辦法開溜，"你今天表現不錯，我給你起了個名字，別的機器人都沒有的，只給你一個人！一個機器人！"

機器人的思維裏傳來信號，對於主人的表揚和獎勵應該表現出興奮和開心，機器人過了幾秒突然臉上飛起紅色紅光，做出一個奇奇怪怪的害羞表情。

"低頭低頭，我告訴你！"機器人傻了吧唧地彎腰，將頭伸進了易小天的面前，易小天眼疾手快，突然伸出手來將機器人胸口的那一塊集合電池摳了下來。

"你的名字就叫'對不起'好了！"掂了掂手裏的電池，往前一拋，電池就丟進了旁邊的花壇裏。

小天趕緊指揮行李箱繼續往前溜，行李箱發出不堪重負的聲音，但還是勉強地繼續滑動，帶着兩人順利地逃了出去。

兩個人沒敢聲張，又在箱子裏偷偷滑行了一段路。好在天色已經大黑，根本沒有人注意到這兒還有個奇怪的箱子。

又滑行了十分鐘，小箱子終於不堪重負，電子芯片超載了，再也無法工作，就突然爆了開來，兩個人"哎呀"一聲，被毫不客氣地扔在地上。

"噼裏啪啦"，東西掉了一地。

易小天在箱子裏夾了一個晚上，渾身簡直快散了架，他揉着胳膊站起來一看，地上躺着全息徽章和一把銀色的手槍和五枚子彈。

易小天大吃一驚："你這是什麼時候下的手？"

露娜洋洋得意地將東西收起來，一扭一扭地走了，甚是得意："那還用說，我可是只認最值錢的東西。"

小天瞠目結舌地跟在她的後面，心想今晚的信息量太大了，事態嚴重，得趕快找傲得商量。只是露娜不管聽沒聽懂都已經聽到了很重要的秘密，不能放她離開。當下快步走過去說道："露娜，你把他那麼重要的東西都拿走了，這個小氣鬼肯定要去你家找，你暫時不要回家，我們先去酒店開一間房，躲一陣子再說。"

露娜挑起眼睛看他，一副看色狼的表情："一間房？"

小天吃癟，這點小心思都被她發現了："兩間房也無所謂啊！主要是要安全，現在咱們兩個命都不在自己手上，你說你拿人家的槍幹什麼？"

露娜聳聳肩："就是覺得值錢。"

易小天一想，他這手槍確實值錢，不但值錢還十分珍貴呢！要是剛才自己手快點先拿走就好了，現下還真有點眼饞。

兩人當即找了個酒店用易小天的身份證去開了一間房，露娜累了一天，立即去洗澡了。

易小天坐在沙發上見露娜關了門洗上了澡，立刻偷偷給傲得打了個電話，電話裏也說不明白，只告訴他有重要的大事，讓他趕緊來，還問了他先華組的科技有沒有辦法快速去掉一個人的記憶，傲得說有辦法就掛了電話開始往這來趕。

易小天在百樂門做銷售的時候就知道有一種可以讓人昏迷的藥物，女孩子不聽話的時候來上一粒立即見效，不過這些藥物明面上可是不能銷售的，但是易小天輕車熟路知道購買方式，他立即用手機下了訂單，不到五分鐘就有人送上門了。易小天又叫了客房服務，點了最新鮮的橙汁，將藥放到了橙汁裏，總不能讓露娜也跟着他們一起討論大事吧，還是得先把她搞定才行。

過了一個多小時，易小天偷偷往浴室探頭一看，露娜正在哼着歌躺在按摩浴缸裏敷面膜呢。敷面膜是露娜的最後一道工序，看來她總算是快要洗完出來了。

果不其然，不一會露娜帶着一身暖烘烘的熱氣從浴室走了出來，她看起來精神煥發，皮膚白嫩，當真美極了。

"可以啊！易小天！終於大方了一回，定了個總統套房，不錯不錯。"

我他媽這錢早晚要從你身上賺回來，易小天心裏這麼想着，嘴上卻說："那還不是看你辛苦了，來來來，喝杯橙汁潤潤喉。"屁顛顛地將橙汁奉上，露娜眉眼含笑，拿過來一口喝了，剛喝完話還說一句，突然就歪倒在沙發上。

一般藥效沒那麼快的，但易小天怕傲得馬上就來，擔心藥效來得慢，就多放了幾片，不過好像放太多了。

易小天將露娜搬回到臥室裏，用被子蓋上，讓她好好地睡一覺，剛跑到客廳想坐下來休息，門鈴聲就響了起來。

易小天透過門上的 3D 透視影像看到門外的來人是傲得，一顆懸着的心終於落了肚，給傲得開了門，當下不管不顧地抱着傲得一頓猛哭。

"老大！我今個真是死裏逃生啊！我不管，你可得好好抱抱我。"

傲得臉上一陣綠一陣紅，又不好拒絕這小子，也是知道他沒有惡意，就由着他鬧了一會。易小天把門關上，才立馬換了一副表情："要有大事發生了！"當下添油加醋地將自己剛才聽到的原原本本地跟傲得講了一遍。當然誇大了自己如何如何足智多謀，如何英勇，情節多麼緊張。

傲得聽到莫風要謀害自己並不奇怪，這他早就能預料得到，可是沒想到莫風背後的靠山居然是一個女人，更沒有想到的是，他們居然密謀要殺害 L。陷害自己他能理解，但是謀殺萬人敬仰的 L，這件事他無論如何不能相信。

"那女人是什麼樣子的？"

"據說挺老的，要比莫風大二十四歲，可是看起來又挺年輕，我聽她說話的語氣，應該也是組織內的人，而且看起來還是個蠻重要的人物吶!"

組織內重要的女性角色不少，但是能和 L 頻繁接觸的也只有那麼幾個人，最有威望的就是 L 的左右手，代號"白玲瓏"和"青虎"的兩個人。青虎是個鐵錚錚的漢子，對 L 極度忠心，難不成竟然是白玲瓏? 因爲之前組織內部的數次大事兩人都意見不合，且對未來的規劃也有着不同的見解。兩人經常爲此爭吵，難道是因爲 L 最終通過了青虎的方案而引起了白玲瓏的不滿? 可是白玲瓏已經跟隨了 L 二十年啊。

他猛然間想起莫風曾經說過的話來: 朋友就是用來背叛的。

傲得巨大的身子晃了一晃，慢慢說道: "看來是白玲瓏了。"

"白玲瓏? 白玲瓏是誰啊? 我只聽莫風管那老女人叫什麼冰冰。"

傲得無力地搖搖頭: "我們組織內大部分用的都是假名字，比如我叫傲得，所有人都知道我是傲得，卻沒有人知道我是韓大偉，所以，所有人都知道 L 的左右手是白玲瓏，卻不知白玲瓏的真實姓名。"

"怪不得! 這可就難怪了!"

傲得又問道: "你說一下那女人的樣子，我看是不是白玲瓏，如果是就糟糕了。這人權勢極大，組織裏有一半的力量都服從於她，如果跟她對着幹，我們沒有勝算。"

"我想想啊! 她梳着短頭髮，臉看起來像是戴了一張假臉。"

"白玲瓏早些年年輕的時候去韓國整容失敗，所以臉部一直有後遺症，雖然後來整容技術提升，但是她一直用力過猛，臉做得太假，那八成就是她了。"

"我給你看看影像資料不就完了!"易小天才想起來自己還錄了視頻呢，當下用電視播放出來，直看得傲得渾身冷汗涔涔。

那假臉女人可不就是組織裏的頂級人物，白玲瓏嗎? 原來她竟然和莫風那小子有一腿，這就難怪莫風會升得這麼快了，她如果想上位，必然會提拔自己人，鏟除異己。

當他看到白玲瓏拿出那柄手槍的時候臉色一片慘白，這柄手槍他是知道的，是最新型的神經控制武器，以前據說國外的雇傭軍公司一直在研發，原來已經研發成功了，而且還被這老女人拿了去。這槍可是被聯合國列爲嚴禁開發的違禁品，可以自由控制人腦時長達 30 分鐘，這白玲瓏也太有手段了。

記得傲得第一次在布宜諾斯艾利斯旅行遇見 L 的時候，就被他的"拯救人類"的偉大構想而打動，彼時他還是個留學的高才生，而 L 則因爲預見到了 AI 對人類未來的威脅，遊說"岳黎"研究院放棄繼續研發卻被除名，被終身禁止參與 AI 的研發，作爲曾經的科學骨幹，AI 的領軍人物，他不願意在錯的道路上繼續走下去，於是主動退出 AI 研究院。自此以後，與他同出一門的主張大力發展 AI 的沈慈被推舉爲新的領袖，沈慈只看到了眼前既得的利益，卻沒有或者說不願意去思考人類的未來，兩人一度交惡，到了彼此水火不容的地步，最終 L 決定用自己的力量來喚醒被 AI 蒙蔽的人類，他一定要讓人類知道自己現在正在走向一條極端危險的道路，於是他成立了"先華組"，去挖掘和尋找與他志同道合的人。兩人一見如故，傲得早已決定終生投身於如此偉大的事業。先華組就是他的生命，他見不得有人如此敗壞他們的心血，這樣的人不光是傲得，也是組織的敵人。

他默默地關上了電視，陷入了沉思。易小天見傲得這麼低落，寬慰他道："其實事情也沒那麼糟糕啦！"他站起身從露娜的衣服裏摸出手槍和徽章，往傲得眼前一晃："要是這把手槍真這那麼厲害還好了呢！它現在是我們的啦！能用它幹的事可就多了去了。"

他另一隻手裏把玩着莫風的全息徽章："咱們還順手把這玩意兒順來了，有用嗎？"

傲得臉上又驚又怕："這槍被你拿來了倒是不錯！但是那全息徽章卻拿不得呀！莫風完全可以根據徽章裏面的定位芯片找到這裏的！快把它銷毀！咱們這裏待不得了！"

傲得不由分說，拿起徽章就順手丟進了旁邊的水杯裏，這徽章內全是電子部件，一小會就因爲短路而失去了光芒，變成了一小塊廢鐵。

"希望還逃得掉！咱們快撤吧！"

易小天一想，好像還有什麼重要的事情給忘了。

"等一等！！房間裏還有一個呢！"

兩個人過去一看，露娜正躺在床上睡得不亦樂乎，易小天撇撇嘴："這個怎麼辦啊！秘密都被她聽到了！"

傲得沉吟了一下，"只能處理掉了。"

"等等等等！"易小天叫出來："你該不是要滅口吧！這就有點嚴重了！她好歹也算我半個朋友！"

傲得白了他一眼，從手臂上的隱形口袋裏拿出一只極細的針管來。又變戲法一樣的從另一個手臂的隱形口袋裏摸出一小袋液體來，快速抽進了針管內。

"這藥物可以讓人忘記一天內的記憶，是很稀有的藥品，現在也只能給她用一點了。"

當下手法利落地給露娜注射了進去，易小天這才鬆了一口氣。

傲得又安排了易小天將露娜送到了安全的地方，他將手槍和子彈拿好，兩人約好了下一個見面的地方，然後就分開行動了。

因爲知道了這個不得了的秘密，傲得的心情有些低落。等到易小天來到會合地點時，發現傲得少見的喝起酒來。

傲得將手槍扔在易小天的面前，"這槍是你得的，你拿着吧。"

"我?!"易小天吃驚地指指自己的鼻子:"我拿着!呵呵!你可别開玩笑了!這麼重要的東西交給我,就算你放心我,我都不放心我自己。"

"按理説拿到這把手槍,就應該立刻銷毀,但是現在似乎不是銷毀的最佳時間。這槍是因你而來,怎麼處理是你的事。"

易小天見傲得興趣乏乏,知道他現在正憂心不已,只好把槍拿過來,自己擺弄着。"這槍我也不會用。"

"我來教你。"傲得現場演示了如何裝彈,如何發射,又看着易小天練了兩回,没什麼差錯了才停。

易小天看了看這個小房子,裏面生活設備一應俱全,看來傲得爲自己準備了很多個落腳的地方呢。他倒是想仔細看看,但是見傲得如此憂鬱,他也没了什麼興致。

"要不咱們把這件事告訴你們老大吧?"易小天提議道。

"肯定不行的,想見L十分困難,我已經申請了會面,但是至今還没有接到通知,何況白玲瓏深得L信任,即使我告訴他他也不會信的。"傲得忍不住嘆息一聲。

易小天見傲得如此憂心,也想爲他出點主意,腦袋裏轉來轉去,半天也没想到什麼好方法。

"既然没什麼好方法,那要不就以靜制動?等着他們來找上來?何況那假臉老太太準備讓你來揹黑鍋,肯定會想辦法引你上鈎的,到時候咱們就順藤摸瓜,抓他個正着!"

"現在槍被你偷了出來,不知道他們是否還會按照原計劃行事。"

兩個人默默無言,心情都十分壓抑。

在城市的另一邊,莫風豪華的別墅裏,正傳來陣陣慘叫。

白玲瓏手持皮鞭將莫風打得鮮血淋淋,莫風在地上不停地滾着。一邊哀嚎連連一邊求饒不已:"救命啊!救命啊!我不知道啊!不是我拿的……啊啊啊啊!"

"不是你拿的是誰拿的?難道槍自己會長腿跑了不成?"白玲瓏冷冷地説。手上卻仍未停下,只打得莫風眼淚鼻涕橫流,抱着她的大腿不放手。

"我錯了!我……我……等等,難道是她??"

"她?"

"不不不……我没説她……"莫風嚇得連連擺手,若是承認了自己找女人只怕是要死得更慘。白玲瓏停下了鞭打,陰惻惻地看着他:"你是不是找了女人?"

莫風還没來得及説話,只聽見別墅裏更加淒涼的慘叫聲又響了起來。

我六歲生日時老爸給我的
禮物是柯爾特眼鏡王蛇

"嘀嘀嘀。"手機響起聲音，傲得拿起手機一看，小眼睛瞬間瞪得老大。他一個骨碌從沙發上跳起來，跑到房間裏將睡得迷迷糊糊的易小天搖醒，"快醒醒，小天!"

不知道從甚麼時候開始，傲得變得十分信任易小天了，一直以來他已經過慣了獨行俠的生活，沒想到一段時間和小天相處下來，自己倒越來越習慣了身旁有人偶爾說說話，哪怕小天幫不上他甚麼大忙，但是心裏也踏實了不少，他雖然仍不願意承認自己已經將易小天當成了朋友，但卻總是事與願違。

"小天! 小天!"

小天揉着眼睛爬起來："怎麼啦?"

"我收到了信息，L邀請我去參加會談。"

易小天爬起來，睡意全無："他們這是要行動了嗎? 不知道他們有沒有發現計劃敗露了，他媽的，早知道就不該拿這手槍，都怪露娜貪財!"

"現在再說這些也沒用了。白玲瓏這人十分多疑，她敢現在行動肯定已經是成竹在胸，就算計劃可能已經改了，但是她們不達目的不會罷手，小天，我有個非常重要的任務要交給你。"傲得決定賭一把，他認真地看着小天。

小天興奮地跳起來："重要任務? 哈哈! 放心地交給我好啦! 我辦事你放心!"

看小天一臉嘚瑟的樣子，傲得還真是很不放心，可是現在也沒有人可以信任了，誰知道組織裏的哪些人已經是白玲瓏的人了，L現在已身處漩渦之中，他必須要保護L。

"你帶着這把手槍……"傲得趴在小天耳邊，將自己的計劃大約說了一下，小天聽得一愣一愣的。

"等會! 你說讓我把槍帶進組織去? 這不可能吧，門口不是有個很厲害的小機器人專門掃描武器的嗎?"

"所以接下來你要聽好，這兩天技術部的秦開到外面採購了一批電子器材零部件，今天下午兩點會運到總部，你將這把手槍全部拆開，這種高科技手槍的製作十分複雜，現在使用的手槍一般共由八個部分組成，這把手槍我研究了一下，它卻有十四個組成部分，將它全部拆碎，混放在秦開的運輸箱裏，一定要記住，一個箱子裏只能放一個零部件，這樣即使機器人掃描到了也無法精準判別，等運到總部到了倉庫，你必須以最快的速度找回這十四個零部件，算上一顆子彈共十六個部件。以最快的速度組裝起來，然後找到莫風，用這一發子彈控制他，我敢保證，白玲瓏的部下調遣會由這個她最信任的相好負責，到時候，你控制他進入到組織的核心位置，也就是 L 的白色辦公室去，讓莫風帶領軍隊控制住白玲瓏和他的手下，這樣也許我們還有機會。你聽明白了嗎？"

易小天突然後悔剛才吹了牛，"我辦事你放心"這句話他想怎麼吹出去的怎麼收回來。這個過程太複雜太難了，饒是專業特工幹這事尚且不容易，何況他一個一無是處的毛頭小子。突然被安排做如此重要的事，連自己都覺得太不靠譜，而且手槍他一共也沒摸過幾次，這下又要拆又要裝的，小天想想就覺得膽怯。

"我……我……我……"易小天心慌意亂，只覺得心驚肉跳，渾身顫抖。他不是沒膽子，只是這事太過重大，一旦自己失敗，那可就會連累到所有人的性命。

他抬頭看看傲得，只見傲得坦誠地看着他，顯然傲得比易小天更加知道事情的嚴重性，可是以他現在的情況，要麼選擇相信易小天，要麼選擇放棄。

"你能做到的。"傲得用力地拍了拍小天，小天額頭上的熱汗感覺消退了一些，傲得如此真誠的眼神給了他勇氣。

"他媽的，有啥了不起，不就是裝個手槍嘛！老子上小學的時候手工課最厲害了！什麼樣的模型都能分分鐘裝好！裝……裝個槍也不成問題！"小天強自給自己打氣，胡亂吹了一通自己有多厲害之後好像也不那麼害怕了，這招自我催眠倒還挺好用的。

畢竟事關重大，傲得仔細地教小天如何拆卸、如何組裝。易小天原就十分聰明，現下任務艱巨，學得格外用心，幾下子就學了個明明白白。易小天心想，考大學他要是也能拿出這股認真勁保管拿下個北大！

傲得見他學得又快又好不由得嘖嘖稱奇，又教了他如何開槍發射這唯一的一顆子彈。

傲得嚴肅地告訴他："小天，因爲運輸武器十分危險，最多只能帶進一顆子彈，如果出現重複率很高的貨物，機器人是可以掃描出來的，越少越容易蒙混過關，所以你只有一次機會。"剛才還信心滿滿的小天瞬間就蔫了。

一顆！他娘的要是五顆子彈打進一發還勉勉強強有可能，一顆子彈直接命中，要是這都能打中，他乾脆轉行當槍手得了！但是牛已經吹了出去，面子還是得要的。假裝無所謂地揮揮手，"嗨！小意思，來吧！咱多練幾次！"其實心裏面眼淚流不停。還好他知道事關重要，練得格外用心，倒還進步神速，命中率極高。連傲得都不得不承認，這小子腦袋瓜子還是頂好用的，就是沒用在正當地方浪費了。

易小天本來擔驚受怕，以爲多難呢！哪知兩下就明白了個清清楚楚，原來這槍開個槍也就和個玩具槍沒啥區別，瞄準人打就行了，自信心又高漲起來。

傲得又細心地交代了其他一些細節後覺得差不多了，就一人開了一瓶酒，做了最後的餞行。

"咱們先乾了這一杯酒，預祝咱們能取得勝利。"兩人一口把酒喝了，傲得又各自倒了一杯，"這一杯酒是等我們安全回來時，再喝的慶功酒，小天，咱們一定要歸來，把這酒喝了！"

兩人相視一笑，兩隻手緊緊地握在一起。

傲得將秦開帶到了採購處，秦開帶着他的書呆子眼鏡，雙眼無神，穿着没什麽特色的格子襯衫，背個同樣没什麽特點的黑書包，掉在人堆裏絕對找不出來，不過易小天當然是見識過這人其實深藏不露，厲害着呢！

見到秦開，易小天屁顛顛地伸出手跟人家打招呼："呀！你就是大名鼎鼎的秦開秦哥哥呀！上次咱們一起合作過，不過沒打過照面，呵呵！"

秦開淡漠地看他一眼，只是點了個頭，就不再理會，轉頭對傲得說："你要帶人也可以，只是後果我不承擔。"

"好的。"

傲得在背後朝易小天招手，易小天明白，假裝到處溜達來溜達去，手裏快速地將手槍零部件丟在了箱子裏。這裏的箱子足足有三十幾個，小天完全没想到有這麽多，不一會他倒是把東西都丟了個乾淨，可是一轉頭就忘了到底丟哪個箱子裏了。

乖乖！怎麼這麼多箱子啊！這不是考驗我的技術，是考驗我的智力啊！

因爲傲得還有更重要的任務，他等小天搞定後，便與他們分道揚鑣。小天坐在秦開的旁邊，坐在了去往組織的車上。

一路上秦開也不說一句話，小天實在憋得無聊，忍不住跟他拉家常。

"秦哥哥，你是負責哪個部門的呀？"

"別和我說一些無關緊要的話。你既然幫助過我們，就不算是敵人，但是也算不上朋友，不要多嘴多舌。"

切，拽什麼拽啊！老子還不稀罕搭理你呢！可是過了一會兒，小天又嘴賤的忍不住要說話，司機也不理易小天，他只能騷擾秦開。

"你結婚了沒？女朋友有沒有？要想找女朋友可以找我哈！我可認識好多

漂亮女孩排着隊等着嫁人呢!"易小天看看秦開，仍舊一張萬年不變的僵屍臉，"對啦，我發現你們組織裏的廚師得換一換了，鹹魚茄子都臭了……"

"那個前臺妹子叫什麽?"

"你豆腐腦愛吃甜的還是鹹的? 炒雞蛋是愛吃放糖的還是放鹽的? 這可是非常嚴肅的是非問題啊!"

"你媽貴姓?"

……

無論易小天跟他説什麽，秦開只顧玩着自己手裏的微型筆記本，就好像他自己一個人坐在車裏一樣。

這些人怎麽一點人情味都沒有，這活着跟機器人有啥區別，腦袋裏就想着怎麽破壞天君，好像除此之外就沒別的精神追求了，真是無聊。

易小天沒滋沒味地在車裏打了會瞌睡，原本肚子裏的那點忐忑一路顛簸都顛掉了。睡着睡着，易小天就突然被人把頭給罩上了——爲了安全性和隱秘性，所有非組織人員在進入組織時都要給戴個頭套才行，易小天雖然已是熟人，但畢竟沒有加入組織。

車停了下來，易小天在車裏只聽見有大型機器發出的轟轟聲，接着被人給拉下了車，在黑暗中被人帶着跌跌撞撞地前行，等頭上的頭套摘下時，已經到了一個橢圓形的隧道內，易小天第一次來的時候是昏迷着被人抬進來的，這還是他頭一次正兒八經地進來，當下好奇地左顧右盼。原來他們坐的車是通過一個又大又厚的鋼鐵大門從一個隧道進入到基地的，隨着門上液壓系統的轟鳴聲，這扇大門又在車後面緩緩關上了。

秦開沉默地走在前面，他們後面的貨架上，十幾個人員正在推着滿箱子的零部件和用品跟隨着，一路上只聞腳步聲，沒有一個人説話，小天好沒滋味。

他的眼睛不時地瞟來瞟去，果然見到前面入口處立着兩個機器人。乖乖，一行人正挨個被機器人掃描，易小天作賊心虛，雖然傲得已經交代過了，這機器人同時掃描成千上萬個零部件時也許不會注意到手槍的單個零部件。

易小天突然心中怦怦亂跳，他突然發現當時傲得説這話時説的是"也許"，那就是連他自己也不敢百分之百的保證了! 他奶奶個腳! 他不是坑我吧!

易小天忐忑不已，自己被機器人掃描後，就乖乖躲到一邊暗暗偷看，只見那機器人的雙眼中突然射出兩道光牆來，那光牆在箱子的周圍形成一個密合的正方形空間，將所有的零部件一點點地掃描，掃來掃去了好幾遍。

阿彌陀佛，可別出什麽岔子呀! 易小天覺得自己的後背都沁出了一層冷汗。機器人又反反覆覆地掃描了幾遍後終於停了下來，允許他們通過了。

易小天長舒一口氣，真是恨不得對着機器人冰涼的小臉蛋啜它幾口。

小天美滋滋地進了大廳，他假裝去了傲得的辦公室等傲得，他知道再過十幾分鐘倉庫就能卸載完畢，於是就蹺着二郎腿坐到了辦公室裏那把大椅子上，還把傲得的高級紅茶打開來喝了幾袋。

傲得卻沒有易小天這麼悠閒，他跟易小天分開後，知道接下來會有一場硬仗要打，他雖然派了易小天安排了後手，但是誰也無法保證易小天能否真的如期完成任務，他不能把組織和 L 的性命真的就交給一個毫無經驗的小子，關鍵時刻仍然要依靠自己才行。他強悍的肉體就是他最大的保障，傲得將手上纏好了護手帶，喝了一罐黑咖啡，確保自己的精神和肉體都處於最佳狀態後，這才推開門，走了出去。

L 的辦公室，是一個古色古香的中式辦公室，牆壁上掛滿了各式各樣的書法和繪畫，有的是他收藏的畫作，也有一部分是他自己的作品。他是一個很純粹的人，無論做什麼事情都追求極致，他追求純人文精神的世界，厭惡冷冰冰的 AI 所構築的機械空間。

L 曾經和傲得講起過自己的經歷，和如今的看淡人世，執著開拓純粹的人類世界不同，L 説他年輕的時候也是個叛逆的富家少年。

那是在布宜諾斯艾利斯美麗的傍晚，街角的公園，傲得第一次與 L 相遇的時候，老人微笑着牽起他的手，眼睛裏寫滿了回憶：“其實我年輕的時候，可能比你年紀還小一點吧，特別叛逆，還喜歡飆車。”説着搖搖頭，似乎對自己年輕時的行為深爲惋惜。

“您也是年輕氣盛不懂事嘛！誰都需要成長的，十七八九歲的年紀，正是叛逆的時候。”傲得在一旁安慰。老人十分慈祥，他實在想像不出老人年輕時那副囂張跋扈的樣子。

“你想像不到我年輕時的樣子吧？我給你看一張我年輕時的照片你就知道了。”老人看傲得一臉茫然，就拿出手機，給傲得看了張照片。“這張照片我一直留着，以便提醒自己再不要回到過去那個樣子了。”

傲得一看照片嚇了一大跳，那根本就是個瘋子嘛！只見照片上的 L 留着一頭豔紅色的短髮，塗着紫色唇膏的嘴瘋狂的大笑，都快咧到耳朵根了。眼睛睜得溜圓，眼白比眼仁多三倍，并且還戴了個綠色蛇眼效果的隱形鏡片，并且眼睛上面居然沒有眉毛。整張臉塗了厚厚的白粉，那張惡魔般的臉連看多一眼都讓人渾身發抖，更別説加上他那一身密密麻麻的紋身了，照片上的他光着膀子，整個上半身全部紋滿了各式各樣奇異的圖案，最突出的是一個碩大的骷髏頭，就紋在心臟的位置，骷髏頭同樣和他那般大張着嘴巴，做着怪笑的誇張表情，旁邊還文着一排排墓碑，照片上的瘋子對着鏡頭，擺了一個將兩手中指豎起來放到嘴巴兩邊準備啃下去的動作。

這張照片只看得人後脊梁骨一陣陣發麻，這樣瘋狂變態的人，傲得真是前所未見，他扯扯嘴角，想禮貌地笑一笑，奈何笑得比哭還難看。他再看看現在的老人一臉慈祥，真是覺得三觀都被刷新了。

老人也看着照片，陷入了回憶……

那時候，他還住在 "Paradise city"，這個城市的名字真是起得好，對他這樣的瘋子來説，這裏的確是天堂。

那天晚上，在 "Underground brutalized" 夜總會裏，前來參加地下飆車比賽的人陸續到齊了。有個不知好歹的傢伙冲着他喊了一句 "FUCK YOU! 你那個車倒是蠻屌的嘛，但我覺得它身上的圖案還缺點藝術性，就給你的車好好化裝了一下，你看。" 説完就把自己的手機上拍的照片給他看，L 接過手機，就看見這個婊子養的在他的改裝版布加迪威航上面用綠色的夜光噴漆畫了個大大的還在噴射的陽具。見到此景，他只是冲這個人溫柔地笑了笑，接着從靴子裏掏出刀來迅雷不及掩耳就把那個雜種的喉嚨給割開了。

其他前來參加飆車比賽的人都是一伙的，見狀馬上都掏出槍來想把 L 斃了，可他們没想到，夜總會其他座位上坐的人可都是 L 的保鏢啊，一時間整個夜總會的人都站起來掏出槍來指着其他人，這些保鏢的人數可是比其他前來參加比賽的人的三倍還多。其他人見狀，只能乖乖把槍交出去了。

L 蹲下身來，深情地看着地上那個捂着喉嚨，血不斷地從指縫中湧出的還在垂死掙扎的可憐蟲，凑到他的耳邊，用跟情人説話般溫柔的語氣説道："不錯，你很有藝術天賦，你那張畫我買了。" 接着從褲子兜裏掏出一大沓鈔票，輕輕塞到那個人兜裏了。

比賽還没開始，就少了個對手，他心情不錯。

當天夜裏，他一邊灌着伏特加一邊比賽，老實説，他的車技可實在不行，但他見了别人就撞上去，而他那輛改裝版的布加迪整體都加裝了軍用級的裝甲板，引擎的馬力也被改裝過，部分用的都是戰鬥機引擎的技術，即使是用沉重的裝甲板改裝的車也能跑得飛快。他一路把所有攔在他前面的雜種都撞下了山崖，然後他在山頂上看着那些人在燃燒的車裏掙扎的美景，把副駕駛上坐着的已經嚇暈過去的女伴好好地幹了一晚上。其實就看着那個場景，他不用女伴就能射了。

他站在甲板上，全力衝刺的遊艇帶來的狂風吹得他身子左搖右擺，他興奮地狂笑不已，被他綁在船頭的超模羅莎·洛佩兹·拉里奧斯也跟着遊艇一起搖擺。狂風把她的頭髮吹成 360 度全方位狂甩的造型，根本看不出這竟然就是那個經常在大型户外廣告上出現的大美人羅莎·洛佩兹。

冰凉刺骨的海浪拍在她的身上，羅莎··洛佩兹嘶聲尖叫："哦! God! 饒了我吧! 救命啊! 啊!! 上帝啊!"

L 聽着她的尖叫反而更得意了! 他把遊艇的馬力開到最大，對着那些跟他

比賽的遊艇們喊："讓你們看看我'維多利亞號'的厲害！哈哈哈哈！衝啊！'維多利亞'，你他媽的你要是輸了老子就把你送到垃圾場！撞！撞！他媽的撞啊！"

進行過半軍事化改裝的維多利亞號在羅莎·洛佩茲的尖叫中奮力向前，把那些個追上它的遊艇都撞個稀巴爛。上面那些倒霉的小富豪們有的掉下海餵了鯊魚，有的卷進了自己的遊艇螺旋槳裏成了肉渣，之後那些個遊艇誰還敢往他身邊湊啊！早早就躲得遠遠的。L理所當然得了第一，將渾身發抖冷冰冰的羅莎·洛佩兹抱下來，她被凍得嘴唇發紫，但是還是假裝笑得很開心，"甜心！你……你太厲害了！"

L狂笑不已，就在那寒冷徹骨的甲板上把那超模給辦了，沒辦法啊，他給的錢太多了！超模照樣喜滋滋地把他伺候得服服帖帖的。

直升機上，他從鼻子裏直接吸了一大管冰毒，整個人的眼前飄飄忽忽，卻又興奮異常。雙眼泛出時而狠厲時而痴呆的神情，接着他伸伸手，對着旁邊戰戰兢兢的隨從小聲吩咐，隨從立刻偷偷在飛機上裝上了mini gun，他在機艙裏搖搖晃晃，做盡各種奇怪的表情，一會對着這個人誇張地吐出打滿舌釘的舌頭，一會硬逼着另一個人跟他踩着酒瓶狂喝一通。

一個侍從走過來，彎腰説："先生，已經準備好了！"

他吐出一口酒，噴得那侍從一臉，侍從彎着腰動也不敢動，L跳起來癲狂地笑着，猛拍一下他的腦袋叫道："開始！開始！空中盛宴開啓！哈哈哈哈！"

命令之下，直升機慢悠悠地起飛了，停機坪上的數十架飛機也跟着開始起飛，L招招手，一個侍從將他剛才偷偷裝上飛機的mini gun抬出來，L一腳踢飛小心幫他抬槍的侍從，從他手裏搶過槍來，對着離他最近的那臺直升機瞄準。因爲吸了毒，L的眼前搖搖晃晃，一臺直升機一會變成仨一會變成倆，，但沒關係，mini gun開起槍來又不需要瞄準，看着子彈拽出的火線往目標上面移動槍口就是了。就聽"嘭"的一聲巨響，直升機裏的飛行員當場被擊斃，直升機在半空中轉了幾圈就垂直掉了下去，"轟"的一聲炸成碎渣。

"啊哈哈哈哈！啊啊哈哈哈哈！"L狂笑不止，"再來一個三連殺！"L舉起槍，對着身邊的三臺直升機連射三下，直升機發出"砰砰砰"三聲巨響，三架直升機在半空中東倒西歪地打着旋，其中一架還刮到了另一架，兩架直升機直接在半空中就炸成了一團，碎渣瓣裏啪啦地掉了下去。

"啊哈哈哈哈哈哈哈哈哈！"L笑得眼泪狂流，頭髮也被他甩得塌了下來，L一邊笑得眼泪橫流一邊架起槍對着外面的直升機一頓掃射，天空瞬間亂成了一團，叫喊聲、爆炸聲、屍體和飛機碎片滿天橫飛，整個一片亂七八糟。

L笑得簡直渾身抽搐，他跪在地上拼命地捶着地板。

還有些沒被射死的人一開始都愣了，媽的！不是說好了只是比賽看誰的駕駛技術好，看誰的直升機能鑽的橋洞多嗎？這婊子養的他媽的改玩屠殺了?！反應過來後就趕緊一個個地跳傘逃命，L又爬起來把他們一個個全都射死，只見降落傘上掛著屍體在天上飄飄忽忽，那畫面實在是詭異，L看到外面的飛機"噼啪"作響地爆炸著，一會兒大笑一會大哭，臉都變形了！

等落地後，L卻又搞了一套只在葬禮上才穿的黑西裝，把所有人集合在一起，進行了一場莊嚴肅穆的禱告儀式。大家伙兒看著站在教室房頂上的L，又恨又怕，可他這次倒是沒搞什麼新花樣，連臉上七葷八素的妝也擦了，素面朝天，可他這麼老老實實的，反而更讓人覺得害怕。

連牧師都手抖得厲害，說話磕磕絆絆，渾身像抖篩子一樣抖個不停。

L見狀微微皺眉，但是居然耐心地聽著這個渾身發抖的牧師囉唆完，真是奇了，所有人都以爲他一定是要把牧師連同教堂都夷爲平地的。

直到L最後離開，別人才明白，這傢伙原來真是來給剛才那些被他殺死的倒霉蛋來做禱告的。不禁長噓了一口氣，大家不約而同地都流了一身的冷汗。

有的直接就癱在了地上，有的早就尿了褲子。

還有兩個人抱在一起大哭："還活著真是太好了！"這兩人可是幾十年的仇家了，倒是因爲這件事之後和好如初。

地下賭場裏，老規矩，他又拿著自己那條命來賭了，贏了的人把他的命拿走，輸了的留下狗命來。

這L還真是福大命大，哪怕是玩俄羅斯輪盤居然也從來不輸，他是不怕輸的，問題就是就不輸啊！連他自己也都無奈了。

手槍已經射空了四發，輪到L的時候L興奮不已，只有兩次機會了，不是這一個就是下一個！L拿槍對準自己的太陽穴，期待著從裏面射出一個小小的子彈來把他崩成個死屍。

幾個人都嚇得不輕，尤其是排在他下一位的傢伙，更是嚇得嘴唇發紫，渾身發抖。L搖頭晃腦，嘴裏喊著"啪"！

手槍卻打了個空，沒有子彈射出來。他幸運的再一次沒有被死神選中。

"哎！無聊！"L失望之極，掉轉槍的把手，遞給下一個。下個人早嚇得四肢發麻，當場坐倒在地："我……我投降……投降……"

話還沒說完，L直接將他的腦袋打開了花，眉頭皺著十分不滿："真是的，我最討厭投降的人。"

另幾個人嚇得臉都綠了，還在拼命地扯著嘴角，假裝笑得很開心，真是比哭還難看。

他把槍隨便一扔，看到一旁一個扭著屁股的金髮小妞十分惹火，吹了個口哨，來了興致："你們猜她的 bra 是什麼顏色的？我敢打賭是豔紅色！"

幾個人面面相覷，有的膽子大小心翼翼應和一句：「可能是……是裸色的吧……」

L怪笑一聲，掏出一直隨身攜帶的蝴蝶刀跳到桌子上，幾步跑到那女郎的身邊，刀子從上而下地劃下去，緊身長裙連着內衣瞬間掉下來。

女郎絲毫沒做準備，就那麼光溜溜地站在大庭廣衆之下，女郎摀着胸一聲尖叫：「啊！」

L用刀子挑起內衣，挑了挑眉：「Fuck！居然真是裸色的！」

猜對的那人滿臉冷汗，表情僵硬地乾笑幾聲，L跳到他身邊，直接把他嚇得跪在了地上，L一把拉起來：「來來來！哈哈哈！咱們接着猜！」

這位性感女郎可是在場的另一位黑幫老大的情婦，但那位黑幫老大看了看L隨身跟着的十幾位兩米多高，比大象還壯的黑人保鏢，連個屁都不敢放。

那人的臉簡直比見了鬼還害怕，卻還偏偏要做出一個十分驚喜的樣子，表情真是可笑極了。

「他媽的！你猜那人是幹什麼的？」

「這個……呃……」

「他媽的，快說啊！」

「應該……該是個做雪茄生意的大老闆……」

「他媽的真的被你猜對啦！你這小子太有意思啦！」咣噹一聲，L將自己價值兩千萬美金的項鏈摘下來送給了他。

「接着賭，誰輸了誰拿自己身上的一樣東西當賭注！」

賭了幾把牌之後，對方已經贏得L渾身上下一無所有。周圍圍了一圈看熱鬧的人，L本來敗了興不想賭了，但見狀又被點燃起了興致，光着屁股指着一個傢伙的鼻子說：「最後來個大的！你猜他的鼻涕流多長才能斷！」

本來這人要擦鼻子的，被這樣一吼，嚇得動也不敢動，直挺挺地任由鼻涕發洪水一樣的流下來。

大家伙凝神屏息，靜靜地看着他的鼻涕。

「30厘米！」因為連贏數把，那人已經有了信心！

「我看要35厘米！」

哪知鼻涕在30厘米的時候果斷斷開，L拍着桌子狂笑不止，「你他媽的太有意思啦！哈哈哈哈！」

這人也十分得意，他都是瞎蒙的，鬼知道今天是怎麼了！居然把把好運。可他嘴角還沒揚起來，就突然聽得一聲槍響，低頭看了看胸口，一大片紅色擴散開來，L面目猙獰地瞪着他：「他媽的，誰讓你次次都贏我的！你小子肯定是在作弊」

市長頒布了《梅森十五號》法令，致力在三年內消除城市內的所有流浪動物，力圖打造一個整潔衛生的環境，L 聽到這個新聞時剛好吸毒了，抱着電視大哭不止，他想到那些可憐的小動物在寒冬裏的樣子就好像是自己穿得髒兮兮的縮在寒冷的街角一樣，越想越辛酸，眼前又是一陣陣的幻覺，好像有無數的惡人正拿着捕狗網在驅趕着他。

L 怒吼一聲，直接衝到市政廳大樓內，裏面總統正好在接見市長，L 不由分說聲淚俱下地將總統和市長一頓臭罵。第二天一早的早間新聞就公佈了最新的法令，市長腫着一張臉一本正經地呼籲："人類要與動物和平相處，一定要用包容和接納的心態來對待身邊的可憐小動物們，呼籲市民們積極收養流浪貓狗，給流浪動物們一個幸福的家……"

這時 L 正坐在家裏巨大的沙發上剛玩了一通宵電玩，轉過臺看到了這個新聞，他看着市長的樣子皺起了眉頭："這市長搞屁啊，那些個髒了吧唧的動物就應該全部幹掉嘛!"

"啪"的一聲把電視關掉了。

飛機尚在天上平穩飛行，L 摟着一個性感的美女就走了進來，機長對他説道："先生，對不起，這裏實在不方便您進來啊……'

話還沒説完，L 一巴掌呼過去，將他趕走了。

接着自己喜滋滋地坐在駕駛位上，對那美女炫耀，"看我這飛行技術還可以吧!"

那大波美女眼睛裏盡是崇拜的神色，往他腿上一坐，性感的嘴唇湊上來："你簡直是天使! 我的上帝!"

L 見她的眼睛勾來勾去很是迷人，當場就來了興致，迫不及待地和那美女邊開飛機邊來了個"機震"。

結果由於太過投入，他那架"灣流 V"的機翼眼看着擦過一架路過的民航飛機，嚇得那架飛機裏鬼嚎連天，就他自己一個人樂得"吭哧吭哧"直喘。

將攝像頭藏在床頭上之後，男星埃羅並沒有發現 L 的小動作，留着大鬍子的臉對着 L 不斷地拋着媚眼："親愛的，讓我來幫你!"把自己脫個溜淨後就搔首弄姿地過來解 L 的衣服，別看他一身肌肉，平時裏不苟言笑，但這妖媚起來，讓那些看直播的小姑娘和少數小伙子們個個鼻血狂噴。

埃羅看 L 今天興致格外好，就特別增加了不少特別服務，穿上了可愛的女生制服，上演了一出制服誘惑，那黑乎乎布滿腿毛的大腿在網友們的屏幕前亂晃。

"您先等等，先等等！"傲得聽到這裏插嘴説道："女明星就算了，怎麽還有男明星?!"

"是啊，唉，我痔瘡的老毛病就是那時候留下的啊……"老人面有愧色。

第二天娛樂新聞就炸開了鍋。全世界都在報導埃羅的色情交易，埃羅舉行記者招待會，哭得眼泪鼻涕在臉上流成河，但是卻一句 L 的壞話也不敢提，被群衆一頓臭雞蛋和番茄伺候，被亂飛的雞蛋打得不得不提前結束發布會。

被 L 禍害的大明星不計其數，豔照、視頻、直播變着花樣來，無數的大明星就這樣被毁掉了前途，L 呢！無所謂，照樣吃香喝辣玩自己的！

在社交網站上炫富時那更是花樣百出，將天價拍得的埃及法老王鑽石上面直播拉一坨便便，又把便便糊在昂貴的畫作上，家裏所有收集的展覽品都被他搞得亂七八糟，他看着用人們那副吃驚又恐懼卻非要强忍着拍馬屁的樣子真是笑得肚子都疼了。但這次卻也有個讓他反倒吃了一驚的結果，一幅被他抹上大便的畫作之後卻被人開了天價從他手裏買走了，那個穿一身翠綠色西裝的買家説這才是真正的藝術！

L 的家族本來也都做的是一些灰色的生意，他爸爸年輕時的那股瘋勁和他也有得一拼，這倒是有所繼承。他的父親從來不管教他，反而常常利用他的這些變態行爲來威脅對手，別人怕極了他們父子，只要他出面，事情基本都能擺平，所以他老爸也由着他的性子來，不去干預他的生活，也願意給他收拾爛攤子。

L 眼望着遠方，慢慢回憶。

"我過去劣跡斑斑，簡直説也説不完，但是我不迴避自己過去的錯誤，因爲只有能夠正視自己，才能在幡然悔悟的時候痛徹心扉，終生難忘。"老人説到這暫停了一下，歇了口氣。

傲得剛才看到他年輕時的照片只是被刷新了三觀，現在聽到老人曾經幹過的那些事情，覺得自己的三觀已經被徹底毁掉，渣都不剩！

老人又接着回憶："最後我啥都玩膩了，就準備把自己改造成一個人體炸彈，在聖誕節的時候給全城的人送上最大的 Surprise！"

傲得雖然已經聽了那麽多老人的狂事，可聽到這時候還是被他瘋狂的想法嚇了一大跳，愣愣地看着他。

"我還要在商場里人煙最密集的地方引爆身上的炸彈，然後全程網絡直播，我要看看到底有多少人能看現場直播呢？會出多大的新聞呢？我打賭點擊率準超過 20 億！我還要在引爆前發泄我的不滿，我憎惡這個世界，他把所有我需要的東西都提前給了我，讓我活得空虛，沒有目標。我不知道活着的意義是什麽。

所以我只能報復它。"

傲得小心翼翼地吞了口唾沫，自然卷被微風輕輕吹動起來，小眼睛裏閃爍着驚駭的光："後……後來呢……引……引爆了嗎?"

老人笑了："你可真行，要成了那現在跟你説話的是誰嘛。當時我遇到了一個人，他拯救了我。"

"啊!"傲得忍不住叫出聲來。

"是啊，是一個年紀挺大的老人了……"

L看着廣場上的鴿子紛紛飛走，似乎一下子回到了過去的場景。

70年前，他正自鳴得意地坐在長椅上，正在檢查身上綁的C4炸彈有沒有連好線，手裏的起爆按鈕是否工作正常，這時他留意到身邊拄拐杖的老人正微笑地看着他。

心想待會要幹個大事了，馬上就要在歷史上留名了，他忍不住想跟身邊的陌生人分享，他就一屁股坐到老人腿上，一邊像個脱衣舞女郎般扭着腰一邊和老人説道："老家伙，我送你個驚喜禮物怎麼樣?"

"哦?"

年輕的L咬着他的耳朵説："我待會去把你前面這棟樓炸了怎麼樣?"

老人抬頭看了眼前這座一百多層高的購物中心，不屑一顧："没什麼意思，也没什麼能耐。"

"你説没意思?"年輕的L震驚了，這已經是他能想到的最酷的玩法了。

"我和你打個賭，怎麼樣?"老人慢悠悠地説。

"打賭?"L來了興致，這世界上還有他不能賭的嗎?"來啊!誰怕誰啊!"

"你看看這個是什麼?"老人拿出一個小小的機器人來，高不過20厘米，有四肢，外形就像個畫畫用的小人體模型。

"小機器人?"L詫異。"What the fuck?"

"你在全世界最好的大學讀着最先進的人工智能學，卻連基本的常識都没有，居然還放言活着没意思，拿出你百分之一的時間和精力，你就可以知道你根本不用那麼麻煩地把炸彈都綁在身上，傻乎乎地去引爆人體炸彈，這些你只需要你頭腦裏下一個小小指令就可以命令機器人去引爆這座大廈了。"

L聽到大學的事情，這個從來不知道臉紅的人現在倒有點臉紅了，這個他心中也覺得有些説不過去，從來不去上課畢竟怎麼説都不算很酷的行爲，同時他也覺得不可思議，"這怎麼可能，你可別誆我!"

"這有什麼不可能，未來三十年是AI發展的高峰期，科技會讓一切不可思議都變成現實。"

説着，L手裏的小機器人突然動了起來，伸手到L的衣服裏，準確地將炸彈引爆裝置給拆了下來。

"配置這些炸藥也費了不少時間吧，爲什麼不去買現成的呢？以你的財力什麼要不到，偏要自己動手來做？"

L被人發現了秘密，有點不好意思："自己動手比較有意思嘛！每天無聊死了！這個小傢伙是拆彈專家？"

"不是，它只是按照我的命令而已，只是我不是用嘴巴下達命令，而是用這裏。"說着點了點他的腦袋。

"意識下達命令？這麼酷！"L的眼睛亮起來，發現了更好玩的，誰還管什麼爆破不爆破的，被他忽悠來的記者們在大樓裏圍得水泄不通，而那個爆料會有世界級重大新聞的人卻坐在商場外面的休閒椅上正熱火朝天地和老人聊天，早把他們忘到了九霄雲外。

"你可以試試啊！這臺機器人全世界僅此一臺，這是我的試驗品。"L聽了激動不已，馬上將一個薄薄的金屬膜貼到太陽穴上，開始發起命令來。

根據他的意識指示，小機器人一會跳起來繞着長椅快跑不止，一會跳起來敲打他的小腿，一會又唱起歌來，扭着屁股。確實十分靈敏，這傢伙要是能做大了，用來打架可就牛了！不對，應該想個辦法給它套上層人皮，裝成僵屍去咬人玩！L不禁又動起了壞心思。

"這只是一個初級產品，未來會有更先進的科技應用到生活當中來，會有可以飛的汽車，機器人將無所不能，可能人類會飛出地球去，探索外太空的一切智慧生物，宇宙飛船、宇宙飛艇、外星殖民等等到時候忙都忙死人了。"

L聽得無比神往，哪知老人家話鋒一轉："不過這一切跟你都沒有什麼關係，因爲你已經決定自殺了。"說着機器人把卸載的炸彈裝置又裝了回去。

"請吧。"

老人手一擺，做了一個好走不送的姿勢。可是L的熱情已經被燃起，哪裏能說走就走。

"等等，你說人還能去宇宙玩？"

"是啊，不過什麼時候實現，怎麼實現就要看你了。"

"看我！哈哈！"L吃驚不已，他覺得這個老家伙當真有趣得緊，他之前從沒遇見這麼特別的人。"這可是我今年聽過最好笑的笑話了！不對，是我這輩子聽過最好笑的笑話了！哈哈哈！"

"我也覺得很好笑，未來科技發展的重任竟然會落在你的身上，請便吧，做你想去做的事，樓裏面的場地應該都布置好了。"老人再次趕人，這一次L反倒是沉吟不語，半天沒動。

"等一下，你是不是在騙我呢？"L猶自不信。

老人從懷裏拿出一個名片來："這是我的名片，我的名字是魏先華。"

L拿過名片一看，上面赫然寫着自己大學的名字，職位是國際AI研究中心主任，魏先華。

　　L雖然上了大學卻不學無術，幾乎没怎麼去過學校，但是此刻卻深信不疑，就算是他去學校那爲數不多的幾次（爲了接馬子），也聽説過這位教授的大名。他也不會知道爲了挽回兒子的性命和前程，他的父親花了多少時間和精力，雖然他父親對他做了多少瘋狂的事情都不在意，但這次他提前從兒子身邊的隨從那裏知道了兒子要幹什麼，這下才慌了，到處求人看誰能幫忙，但他們家族早就把人都得罪光了，一聽説他兒子就要死了，別人樂都來不及呢，誰他媽去幫他。但是這個老教授卻意外地接受了他父親的求助，不過條件是L的父親要把自家那些不義之財的三分之二都捐給慈善機構，L的父親救子心切，也就答應了。

　　"你會用四十年的時間讓AI飛速發展，達到巔峰，卻會花一輩子的時間來摧毀它。"老人站起來，留下一句高深莫測的話就離開了。

　　商場上熱鬧非凡，全世界都在翹首企盼，等着那震驚世界的巨大新聞，L卻坐在長椅上發起了呆。

　　自殺？現在？他突然不那麼想了。他轉過頭，收回視線，發現小機器人竟然還留在長椅上歪着頭看着他。

　　時間倏忽回到現在，年老的L坐在長椅上，恍惚竟如當年的魏先華一樣，他看着身旁年輕的傲得。

　　傲得好奇地問："後來呢？您肯定没引爆炸彈。"

　　"是啊，我突然就又不想死了，以前空虛的生命突然好像有了意義，我對AI產生了極其強烈的興趣，回到家以後，我拆了炸彈，洗了個澡就去學校找那個老教授。後來我就好像突然變了一個人，整天跟着魏教授躲在實驗室裏搞研發，大學四年，研究生及至博士，一路鑽研下去。當然，我的轉變也不是一蹴而就的，我一邊讀書一邊接受心理治療，整整治了五年哪，我倒把三個心理醫生給逼瘋了。呵呵，唉，這個不説也罷，總之，我很快成了世界AI的領軍人物，後來我跟着魏老師去了中國，魏先生是中國人，中國成爲世界AI研發的集中地，大量的高科技層出不窮不斷研發出來，那時候我自信滿滿，意氣風發，可是魏老師一面開心不已，一面卻獨自流淚，我一直奇怪，他卻又對我説了那句話，'你會用四十年的時間讓AI飛速發展，達到巔峰，卻會花一輩子的時間來摧毀它。'"

　　"我問他爲什麼如此飛速發展的AI卻要摧毀它呢？就讓它爲人類造福不好嗎？教授只是搖搖頭卻没有説話。那時候我十分不解，甚至一度認爲老師老了，太過多愁善感。後來老師退出了AI研究院，整日作畫，寫寫書法，再也不理我們的研究了，後來在没有跟我們聯絡的情況下一個人出了國，我們都不知道他去了哪裏。"

"當我研究 AI 差不多三十年左右的時間時，社會上出現了兩種截然不同的聲音，我再也無法無視 AI 的高速發展給人們帶來的弊端，我試圖勸阻，但是大家都沉迷在 AI 研究所帶來的快感中，對 AI 給人類帶來的生存威脅視而不見。又過了十年，AI 普及到了社會生產的各個環節，人類卻因為自身的惰性和對 AI 的依賴而逐漸導致大腦退化，雖然這種退化是微乎其微的微小變量，但是一旦當量變引發質變時，一切都晚了。"

　　"你是說過度依賴 AI 會導致人類的自我倒退？"傲得震驚不已，這比今天聽到的任何匪夷所思的事情都讓他震驚。

　　"是的，但是研究院卻可以隱瞞其對人體的危害，畢竟科技的騰飛對當下人們的社會生活提供了巨大的便利。我終於明白了魏老師的那句話是什麼意思，我勸阻我的師妹，也就是與我一同師承魏老師的沈慈，卻遭到了他們的嘲笑。"

　　"膽小，懦弱，沒用。都是他們扔過來的標籤。可是那時候我還在猶豫，直到研究院在多年努力後將 AI 的主機激活，我見到 AI 的意識力竟如此強大後，竟然開始害怕，那是對遠遠超越自己力量的強力量的臣服和恐懼。那時我們給它起了個名字，叫作天君。"L 說到這裏，雙眼睜大，似乎仍在恐懼不已。

　　"AI 主機的意識流很強大嗎？它……它擁有獨立的意識？"傲得簡直不敢相信自己的耳朵。

　　"是的，它雖是人類創造的，但是它的意識流卻已經遠遠超越了人類可以控制的範圍，而人類卻還在沾沾自喜……太可怕了……"L 搖頭嘆息，"我們創造了可怕的東西出來，一旦 AI 主機脫離人類的控制後果不堪設想啊……"

　　傲得也跟着沒來由地害怕起來，明明晚霞迷人，他卻不受控制地打了個寒戰。

　　"於是我毅然決然地退出了研究院，決定不惜一切代價也要摧毀 AI，不能讓它再發展下去了。可惜的是，我去找魏老師請求他的指點時，他卻已經離世了，再也沒有人可以給我指引，於是我決定用他的名字，傳承他的意志。後來，我把家裏所有的錢拿去做投資，得到的收益絕大部分送給了之前那些被我害死的人的家屬，留下的錢就用來成立了'先華組'，你願意加入我們嗎？"現在在組織裏代號 L，實際上叫魏先華的老人歪着頭，看着熱血澎湃的傲得。

　　"我願意！"

　　傲得的回答那麼鏗鏘有力，以至於他每次回想起來都仍然覺得熱血澎湃，L 對他而言，就像當初的魏先生對於 L 的啟蒙一樣，他敬愛 L，不允許他有任何的意外和危險。

　　回想過去的種種，傲得仍情不能已，他走過 L 辦公室偌大的會客廳，來到他的私人辦公室，輕輕敲了敲門。

　　"進來吧。"是 L 慈祥的聲音。

“是。”恭敬地推開了門進去，巨大的實木辦公桌前端坐着一位和藹可親的老人。那老人穿着一身中式禮服——年少輕狂時紋了一身的紋身算是洗不掉了，所以 L 不管氣多熱，從來都只穿能覆蓋到全身的衣服。戴着一副老花鏡，正在宣紙上揮毫潑墨，畫完最後一筆之後他滿意地點點頭。

傲得的眼眶突然間紅了。

“先生。”傲得忍不住呼喚他，L 抬起頭來，見到是傲得，微笑着朝他招招手，示意他坐過來。

“看看我這幅畫畫得怎樣？”因為多年受魏老師的影響，L 十分喜愛中國傳統文化，這些年在丹青上造詣更是不凡。

傲得走過來，屋內燈光柔和，桌上焚着奇楠沉香，香氣甘甜、濃郁、淡雅，瞬間洗去了傲得身上的燥氣。

“先生的畫真是越來越氣魄非凡了。”傲得讚嘆。

L 顯然也對自己這幅作品十分滿意，又看了幾遍這才說道：“坐下吧。”傲得乖乖地坐下來，坐在老人的對面。

老人摘下眼鏡，他的頭髮已經花白一片，再無一根金髮，勞累和奔波讓他衰老得更快了。

“好久不見啊，傲得。”

“先生太忙了，要注意身體，上次見到您還是兩年前的事情了。”傲得關切地說道，別人也許更關注 L 的智慧和他的決斷，可是傲得卻似乎更關心他的身體。

“是啊，自我們第一次見面之後，也一共見了不過幾次，每次都是被一堆的任務牽絆着，也一直沒有找到機會跟你好好地談談天。”L 仍舊慈愛地笑着。

傲得的心裏暖暖的，見到 L 慈悲的模樣，原本緊繃的神經也跟着鬆懈了，人就似乎沐浴在陽光下一般。

他不知道白玲瓏的陰謀，也不知道白玲瓏何時會動手，可是他捨不得離開 L 的身邊，就好像一直思念着父親的孩子突然見到了父親，無論如何也不想離開他。

“我記得第一次見你的時候你還没這麼壯的，還是個溫溫柔柔的學生，大個子，頂着一頭自然卷，看起來十分特別。”說着，老先生笑起來，笑得那麼歡暢，好像是在說自己孫子的趣事一樣。

“我也記得第一次見你時，恰巧坐在您的身邊，您拄着一根拐杖，看着廣場上覓食的白鴿，眼睛裏滿是黃昏的顏色，那時候天君剛剛在全世界風靡，您卻對此憂心忡忡。”

兩個人相視一笑，都在回憶着初見時的美好場景。

“謝謝您將我帶進組織，讓我找到了可以為之奮鬥一生的事業，天君一旦被不懷好意的人利用，一定會釀成巨大的禍端，最終食其惡果的一定是那些手無寸鐵的普通百姓啊。」

L點點頭，欣慰地看着他：「聽到你這樣説，我真的很欣慰。」

傲得胸口翻騰，他有太多的話要説，簡直不知道要説哪一件好，他忘情地想要去拉L的手，L卻適時地將手挪了開去，嘴角露出尷尬一笑，忽而又遮掩了過去。

咦？傲得有點奇怪，L是很喜歡身體接觸的人，他説話的時候總是習慣性地拉着人的手，顯得格外親切。傲得因此才去拉他的手的，這次卻意外地撲了個空，傲得不免心裏怪怪的。

「傲得啊，我年紀大了，很多時候都分身乏術，我雖然身居要職，卻往往感覺到有些力不從心，倍感吃力。未來是你們年輕人的，未來的諸多可能也等待着你們去挖掘，我老了，也有點累了，我這次叫你來是想告訴你，我經過長久的深思熟慮，決定把這個領袖的位置讓你來做。」

「什麼？」傲得吃了一驚，這……這怎麼可能！！

「這是我簽署的文件，你來做一下交接吧，以後，你就是先華組的一把手了，我回到我的故國去，以後每天就散散步，寫寫字，養個花啊鳥啊什麼的就挺好。我已經跑不動啦，未來組織就交給你了。」

傲得吃驚不已，他從沒聽説過L有隱退的想法啊！更沒有想到L居然要把位置傳給自己，雖然他知道L確實是年事已高，身體也大不如前，可是……可是這也太突然了！

L將手裏的文件遞給他：「上面的字我已經簽好了，你把你的名字簽一下吧。」

傲得不知道這文件該接還是不該接，也不知該不該勸説L改變主意。

他猶豫着，卻猛然間見到L是用右手遞給他的文件，熟悉L的人都知道L是個左撇子，他寫字和吃飯都是用左手，剛才他簽字的時候仍是用的左手，可遞文件又用了右手。

傲得不動聲色，沉吟了一下，就立馬把文件拿了過去，臉上表現出喜上眉梢的樣子，拿起黑色簽字筆就要往上面簽字：「既然是這樣的話！那我就幫先生分擔一下吧！」

落筆之前，眼睛偷偷往上一瞟，就發現那人神情緊張地盯着他的筆，似乎很急切地希望他簽字。

傲得心裏登時一沉，將手上的資料一把揚起，怒喝：「你是假的！」

L吃驚不已，「你説什麼？傲得？」

傲得嘴角撇了一撇：「差點被你騙了！真是演得一手好戲！」

L雙頰顫抖，顯是傷心不已：「傲得，我最信任你，反過來你卻懷疑我？」

傲得拎起 L 的衣領，將他提了起來：「我倒要看看你是怎麼裝的！」他的手剛要在 L 的臉上摸一摸撕下他的偽裝，門突然被人踹開了。

白玲瓏和青虎出現在門口，兩人的身後跟着數個身着勁裝的彪形大漢，相貌十分陌生，想來一定是白玲瓏的人，青虎鐵青着一張臉，手裏舉着一柄槍指着傲得：「傲得！快點把先生放下來，難道你要造反不成嗎？」

傲得回頭，看到白玲瓏梳着乾淨利落的短髮，抹着艷紅的嘴唇，正冷笑着看着他。

傲得心裏一驚，糟糕了，還是着了她的道。

白玲瓏眼睛看着傲得，假臉做出的笑容十分彆扭：「我說什麼來着，就說這小子要造反。」

青虎將子彈上膛：「快把先生放下來，否則的話別怪我不客氣。」

「現在有人舉報，傲得你背叛組織，蓄意謀害先生，現在你還有什麼話可說的。」白玲瓏冷笑着。

傲得腦袋熱勁上冲，心裏氣憤難當：「青虎！我手裏的 L 是假的，你千萬別被白玲瓏給騙了。不信我證明給你看！」

當下就想將手裏的假 L 撕成兩半來證明自己的清白。他剛要出手，突然醒悟過來，這白玲瓏怕是就在等着我出手殺了這假 L，然後栽贓嫁禍，眾目睽睽之下擊殺了 L，這就是板上釘釘的事實了！又或者這個真的就是 L，只是被白玲瓏動了手腳，若自己一失手殺了真 L，那真是萬死難辭其罪。電光火石之間，念頭百轉。

他突然鬆開手，將假 L 放了下來，老先生的喉嚨一直被人捏着，臉漲得醬紫色，此刻一下子解脫，不由得喘息連連，他顫抖着指着傲得，眼睛睜得老大：「這……這個恩將仇報的小人！竟然逼我讓位給他！咳咳咳咳……」

青虎原本將信將疑，現在連 L 都這樣說，那自是確認無疑，手指扣動扳機，一顆子彈向着傲得射來。

傲得冷哼一聲，就勢一滾便滾到了桌子底下，子彈在假 L 身邊擦過，嚇得他失聲尖叫。

傲得早就預料到了會和青虎來一場硬碰硬的較量，他最不懼的就是近身格鬥，傲得的優勢就是近身格鬥，只要卸了他的槍，他便手到擒來。只是在那之前，他轉頭看到了白玲瓏，只見她一臉得意地望着傲得，傲得冷靜地判斷道：在那之前，我要先把這該死的娘們給折了！

當下敏捷地躲着子彈，在桌子下穿來穿去，L 的辦公室極大，擺設品又多，他自由地在其中踱來踱去，青虎愣是拿他沒轍。

白玲瓏眼睛緊緊地盯着傲得的動向，就看他突然一個團身躲在了一個酒櫃的後面後就沒有了動靜。

"去，你們兩個去看看。"她身後的兩個護衛悄悄走過去。

她正奇怪，傲得猛然間朝她撲了過來，白玲瓏尖叫一聲，嚇得一屁股跌坐在地，青虎離她很近，他來不及開槍，伸手去格擋的時候，手裏的槍順勢就被傲得卸了下來。

糟糕！他暗叫一聲，兩個人赤手空拳，鬥得難捨難分。

老友記 3（一般續集最多拍到三就好了，再拍就爛了）

易小天溜溜達達地來到倉庫間附近，傲得給他的萬能門卡果然好用，輕輕一刷，所有門禁立即開啓。

倉庫在負八層，整個八層都是倉庫間，裏面琳琅滿目地堆滿了各種物品，傲得已經提前打過招呼說會派人來拿取部分電子硬件，易小天便如願地進了倉庫來。

他假裝東找西找，磨磨蹭蹭，找個藉口隨便把那個工作人員遣退了。

"哎呀！這東西怎麽這麽難找呀！大哥，我可能還得找一會，一會要點這，一會要點那的，真麻煩。"

那人見易小天要拿的東西不少，確實得找半天，再說也沒什麽值錢貨，也就放心地先出去了。

等那工作人員一走，小天立馬挨個箱子地搜索剛到的那批零部件，他奶奶個腳！本來箱子就夠多了，現在移到倉庫裏，箱子到處都是，找出那幾個小玩意兒簡直是大海撈針，易小天挨個去找，新進的這一批有今天的日期，他只能按照日期來進行排除了，好不容易找到那批箱子的時候已經快3點了，距離他和傲得約定的時間只剩下不到十分鐘，他必須在十分鐘內趕到會議室，中間尚有那麽多個環節，只希望別出錯才好。

易小天耐心地翻找着，總算將那手槍零零碎碎地找到了幾個零部件，只要再努力地把後面的都湊齊就好了！總算看到了希望，小天給自己打氣，準備一口氣把剩下的八個找到。

"你找什麽呢？"突然背後貼着他耳邊傳來一個聲音。易小天嚇得差點没尿出來，剛才太過全神貫注，他壓根没注意到身後居然有人！

他頭都没敢回，光是眼睛側着往後偷偷瞄，先瞄一眼，做好心理準備。

後面那人跟他的後腦勺貼得極近，跟他一樣保持着撅着屁股的造型。

女的？易小天稍微側過了頭，原來那人竟然是荷瑞，荷瑞穿着一身黑色勁裝，奇怪地看着易小天。

"嗨！是你啊！"易小天見是熟人，心裏踏實了一些，只想着怎麼胡説八道一通，把這人騙過去才行："好久不見啊！我想想，你叫什麽來着？荷瑞？真是好聽的名字啊！是你爸取的還是你媽取的？真有水平！"

"是我太爺爺隨口取的，當時上户口的時候還沒有名字，我太爺爺就隨口説了一個。你找什麽呢？"

"呀！你腰上這槍跟上回看的不一樣了！是換了新槍嗎？你上次那把槍可真厲害！要是沒有那槍，咱們可就立刻玩完！"

"你説這槍？"荷瑞炫耀地拔出來："這槍是升級版，後坐力特別小，女孩子用起來很方便，威力也更勇猛了一些。所以你在找什麽呢？"

無論易小天怎麼胡攪蠻纏地轉移話題，荷瑞最後每次的落腳點都到"你找什麽呢"這句話上，真是逃也逃不掉。易小天氣悶不已，心想這女人怎麼好奇心這麼重呢！

"哦！傲得吩咐我拿一些東西給他，可東西放得亂七八糟的，我找着挺費勁的。"易小天見逃不掉，只能隨口胡謅起來。

"不亂呀！很好找的！你看每個箱子下面都有編號的。"説着指着箱子名稱下面的一串英文和數字組成的號碼。

他奶奶的腳！居然有編號！早知道有編號我小天也不用那麼辛苦地挨個翻開看了！真是蠢啊！

知道了這個，易小天倒不急了，就問荷瑞："那你來拿什麽呢？"

"我來搬點東西。"她説着指了指身後的一大摞箱子，易小天目測至少有二十幾個，"你一個人搬這麼多箱子啊！！"

"你是不是傻！我一個女孩子家怎麼能搬得動啊！我用了運輸滑車嘛！"説着指了指地面，原來這些箱子是放在一個非常薄的薄板上，薄板與地面平行懸空，竟是懸浮的！

荷瑞炫耀般地讓那薄板又水平地上升了二十厘米："怎麼樣？這是我老爸的最新研究！承載量可大了呢！今後再過幾年這個技術可能就用到汽車上啦，那樣一來可就不得了了，你想想看以後汽車都能在天上飛那多過癮！"

怪不得怎麼趕她也不走，原來是要炫耀炫耀高科技！易小天無奈，他可沒時間陪小姑娘家玩，得想個辦法把她打發走才行。

又胡攪蠻纏了一通這人就是不走，易小天無奈，嘆了口氣，決定拿出撒手鐧，易小天之絕色美男計！他醞釀半天，拋出一個魅惑殺老幼通吃無敵霹靂大媚眼，他的眼睛本就長得狹長媚人，眼波這麼一轉，真是萬千花容盡失色，心念一動誘人心啊！

"讓我這沒見過世面的鄉下小子也欣賞欣賞你的高科技唄？"嘴裏這麼説

着，大媚眼飄飄忽忽地就飄了過來。

荷瑞直愣愣地瞪大眼睛，驚喜道："你也喜歡這些稀奇古怪的玩意兒啊！我這兒可多了呢！"

大媚眼慢動作地飄了過去，"吧唧"一聲，撞到了荷瑞的黑色墨鏡，當場碎了一地。易小天的心也碎了一地，媽的！居然不吃這一套！

荷瑞興沖沖地左右掏了幾下，手裏就拿出了一堆奇奇怪怪的小玩意兒，易小天愣是沒看出來她的東西從哪拿出來的。

"分你幾個好玩的玩玩！拿着別客氣！"說着將手裏的一大把東西就遞給了小天。

小天不甘心，既然無敵媚眼不好用，那就來試試拉拉小手纖纖馭女術。連忙擺上最燦爛的笑臉，假裝熱情的樣子伸手去接，借機往前挪了幾分就用自己滾燙的小手握上了人家的手……大手……

易小天感覺自己摸到了一雙粗硬的大手，簡直比男人的手還 man。因爲常年練武，這荷瑞的手又粗又大，又厚又硬，易小天撓了撓，又搓了一搓，絲毫沒感覺到女人味。

易小天簡直要對她頂禮膜拜，他媽的她還是不是女人啊！哪個女人的手是這樣的！

伸手接過了荷瑞的東西，全是些形狀奇怪的玩意兒："這麼多都給我不太好吧？"

"哎呀沒事兒！都是試驗品，成不成還不知道呢！你正好幫我用用！哪個好用，哪個有毛病告訴我，我好記錄一下！"

易小天看看，有的是子彈，有的是小手雷，還有一些外形稀奇古怪不知道是幹什麼用的。

他嘴裏一面感謝不已，一面動腦子想辦法把她打發了。一晃眼，看到那磁懸浮承重薄板發生了短暫的顫動，心念一動：這玩意八成也是個試驗品吧？

"那個……你這個東西能升多高？"易小天指了指薄板。

"我也不知道，應該挺高的吧？"荷瑞也是頭一次用，被他這樣一說還真挺好奇的，小天慫恿她升上去試試，結果她控制薄板剛升到半空中，那薄板突然劇烈顫動，一陣顛簸之後上頭的東西全部扣了下來，小天早就做好了準備，身子往旁邊一側，安全躲過，荷瑞正努力控制鍵盤呢！被掉下來的箱子毫不客氣地"活埋"了。

"啊呀！快來幫我把箱子挪一挪，這磁懸浮薄板的穩定性還要加強，可能是控制面板的長度不夠……"荷瑞被埋在裏面自顧自地說，"快點幫我把箱子挪一挪啊！疼死了！"

易小天嘴裏答應着："哎哎哎！正搬呢！你這箱子裏裝的什麼呀！這

麼沉！"

嘴裏這麼説着，手上卻在箱子裏到處翻找着其他的零部件，終於摸齊了，馬上組裝完畢了，手裏拿着槍，嘴裏卻還在敷衍："好重啊！太重了！稍等一會！我先挪別的箱子！"

人卻越溜越遠，最後直接從門口溜之大吉，荷瑞還在那自言自語："看來追求極致的輕薄還是錯誤的，老爸説得對，目前只能盡量做到輕便了，還是要優先考慮功能性……"

易小天可算是逃了出來，心裏激動不已，在裏面浪費了不少時間，也不知道傲得那邊怎麼樣了，不過也不算是完全沒有收穫，好歹還得了一些奇怪的高科技裝備，只要別都是啞彈就好，關鍵時刻一個都不頂用就鬧笑話了！

易小天將槍藏在衣服裏，到處去找莫風那渾小子，按照傲得的説法，那小子肯定掌握了白玲瓏的武裝力量，因爲如此關鍵的一環她肯定不會交給別人來做的，這樣的話。莫風一定就在負四層的武裝部那裏，只是沒有了全息徽章，他就不能隨意調動武裝力量了，最多也只是能調用本部門的人員而已。

傲得最理想的發展就是莫風那老小子不敢告訴白玲瓏自己丟失了全息徽章，這樣的話，他們的武力就會減弱一大半。

易小天溜到負四樓，果然看見門口莫風正在焦急地徘徊，傲得這一點沒有猜錯，莫風的確不敢告訴白玲瓏自己弄丟了徽章，槍丟了已經快讓他小命難保，如果再告訴她自己丟了如此重要的全息徽章，估計白玲瓏當場就會將他抽死。但是在這裏硬撐着也沒有用，他沒有徽章就無法調動其他部門的武裝，無法封鎖傲得的後路那後果不堪設想，但是也沒別的辦法了。他現在只盼着傲得很快就掛掉，然後他等一下衝過去就按照原計劃説外面已經被他的人包圍了，當然實際上外面一個人也沒有。但這樣也就沒人會發現他的人只有那麼一點了。這樣想着，莫風覺得心下稍安，甚至有點佩服起自己的智慧來。

想當初白玲瓏讓莫風爬上部長的位置就是爲了讓他得到全息徽章，只有13個部長才能在緊急狀態下調動緊急護衛隊，根據事件緊急程度的不同等級可以臨時調用不同人數的武裝力量。像現在有人來謀殺首領L這樣的事件可以説是最高級別，可以調動所有的武裝力量的，白玲瓏已經給他簽好了緊急狀態調令書，可奈何現在莫風丟了全息徽章，能證明自己身份的東西沒了，自然不會有人聽他的命令了。

他在門口轉悠了半天也沒膽子進去，最後終於下決心先進去碰碰運氣，哪知易小天正站在他的身後打量他。

好傢伙，這大熱天的，這老小子居然穿上了高領的長袖衣服，也不嫌熱得慌。

他哪知道，莫風被白玲瓏抽打得渾身沒有一塊好肉，只能用高領衣服來遮醜了。他剛回頭，就看見一柄槍頂在自己的腦門上，嚇得他差點咬到自己的舌頭。

"別……別殺我……我什麼都説……"莫風雙腿發軟，身體籤籤而抖。

"説？你還有什麼沒説呢？"易小天裝模作樣地冷哼着："沒用了，今日就是你的死期！"

手槍無聲無息地射出一顆子彈，正好釘在他的腦門上。那顆藍色的子彈瞬間打開，無數條藍色的光暈沿着他的額頭緩緩流竄，不一會，他的雙眼變成了藍色，幾秒鐘後，他的雙眼又恢復成原來的樣子，頭垂着一動不動了。

易小天傻了眼，他也不知道這子彈射出去後會有啥效果，也不知道威力咋樣，雖然知道可以控制他，但是怎麼控制誰也不知道，現在這到底是成功了沒有啊？

易小天決定先下一個命令試試："扇自己一個左耳光。"

莫風抬起頭，伸手就照着自己的臉狠狠地扇了一下。

易小天大樂！還真的好用啊！

"左右開弓！"

莫風左右開弓不停地扇着自己的耳光，不一會臉頰就腫成了豬頭，因爲沒有小天的命令還在不停地扇着。

易小天對這個玩具十分滿意，背着雙手大步流星地往前走了，并且讓莫風也跟上，莫風聽了這個新命令才停了手，垂頭耷腦地跟在易小天後面走着。

"多帶點人去Ｌ的辦公室。"

莫風點點頭，他走在前面，無聲地帶着路。易小天可樂壞了，這子彈還真挺有趣的啊！竟然讓人瞬間就變成了機器人，易小天腦子裏已經在盤算着要是能把這槍帶走，今後剩下的這四顆子彈怎麼用了，那當然是首先找一個商界大佬，找機會控制他然後讓他轉給我大量公司股份最好啦，然後再剩下三顆的話我再如法炮製幾次，那我可就馬上成爲大富豪囉！不過等先把眼下的事辦完了再說。

Ｌ的辦公室內，傲得正和幾個人打得不可開交，因爲組織內不允許帶槍，沒有人敢違反命令，青虎的槍已經被卸了下來，所以每個人只能以一雙肉手跟傲得搏鬥。饒是傲得驍勇善戰，但是以一敵衆，仍舊有些吃力，傲得和青虎正打得不可開交，傲得雖然能打，可青虎也是個泰拳高手，讓他頗爲吃力。

"青虎！青虎！"傲得試圖跟青虎交流，青虎卻青筋暴漲，拳拳生風，真是恨不得將傲得撕了。他對Ｌ極度忠誠，最恨別人背叛。因此下手極狠，一會一個魚牙交錯，忽又來一個飛鳥掀巢，接着又一個羅莫射箭，根本不理傲得的呼喚。

"青虎，你被別人利用了！"

"少廢話！可惜了先生那麼信任你！你這個叛徒！"青虎發起狠來，怕是八頭牛也拉不住。

兩人打得正難捨難分之際，大門猛地被人一腳踹開。莫風率領着一隊人出現在門口。他少見的眼神冷峻，竟然還有少許的帥氣呢。

"都別動，我們接到舉報有人以下犯上，違法亂紀，現在統統給我拿下。"莫風冷漠地說。

白玲瓏嘴角揚起微笑，她還是頭一次見莫風這麼 man 呢！她不自覺地靠到莫風身邊來，莫風卻一把將她拎了起來，直接狠狠摜到了地上。

"這個人就是主謀，拿下了。"

"是。"後面站出來四人，將白玲瓏按起來，白玲瓏不可置信地睜大眼睛："莫風？莫風你搞什麼鬼？莫風！！"

莫風不理她，仍舊酷酷地站在那裏，一臉冷漠。

白玲瓏一腳橫掃過去，將幾人彈開，從胸口摸出一柄手槍來。子彈飛射而出，數個黑衣人倒地不起。白玲瓏接着把槍口轉向莫風，冷笑道："好你個莫風，我今天就是死，也要拉個墊背的！"

"公然在組織內非法攜帶槍支，白玲瓏，你的膽子可不小啊！"

莫風不以爲意，突然他身後身形一閃，易小天躲在他的背後朝白玲瓏丟了一個金屬球，那金屬球正是剛才荷瑞給他的，金屬球半空中猛然間炸裂，白玲瓏慘叫一聲，一身白衣變成了一身黑衣，成了徹頭徹尾的"黑玲瓏"。

白玲瓏氣急，幾發子彈朝着易小天射來，易小天把莫風當成擋箭牌，在他身後左逃右擋，手上抓了一大堆亂七八糟的東西一口氣都丟出去。

"嘗嘗我的大亂燉！"

"嘭""啪""冬"！

各種奇怪的聲音響起，接着不知是哪個砲彈竟爆發出一陣陣濃煙來，將整個辦公室被搞得烏煙瘴氣。白玲瓏仍在做着垂死掙扎，胡亂地開槍，誰也不敢上前。

易小天手裏的小炸彈都用完了，可這些小炸彈卻都是不疼不癢的小玩意，離致命遠得很呢！他抓住最後一個小東西，那是個精緻的電子手，也不知是幹什麼用的。他隨手一丟，那小東西迎風變幻，竟然變成了一隻真人般大小的手，這假手是幹嘛的？小天可不知道。

那假手飛到白玲瓏的身前，開始對着她一頓猛撓，直撓得白玲瓏狂笑不止，"啊哈哈哈哈！啊哈哈哈哈！什麼鬼東西啊！啊啊哈哈哈！快停下！快停下！"

假手在白玲瓏身上不停地抓撓，白玲瓏張開抹着口紅的大嘴不受控制地大笑着，笑得眼淚也流了下來，鼻涕也流了下來，頭髮也亂了，好不誇張。

大家伙看着白玲瓏的"精彩表演"不由得紛紛側目，想到她平時總是板着一張臉，這時候竟然如此沒有形象地狂笑不止，實在是有點滑稽。

"能讓她停下來嗎?"傲得都有點看不下去了。

白玲瓏實在奇癢難耐，手槍都丟到了地上，整個人拼命地打滾，假手飛來飛去，到處抓撓，連旁人看了都覺得癢。

"我可不知道怎麼關掉那玩意兒。"易小天抱歉地聳聳肩。

傲得走過去將小手抓下來，電子小手又兀自抓了半天才安靜下來，傲得看着地上已經笑得快抽筋的白玲瓏說道:"把她抓起來吧!"

易小天沒忘了自己還控制着莫風呢，他操縱莫風，讓莫風站出來指揮:"把這個罪魁禍首拿下。"

幾個人這才上去把她拖走。

莫風仍舊快速地指揮，"將那個假的L也拿下。"

幾個人過去捉起了假L，老家伙躲在一邊，早嚇得一動也不敢動，任由人像拎小雞一樣將他拎走了。

青虎不明所以，莫風淡漠地瞥他一眼:"帶你們去找真的L。"當下一馬當先地走了出去，白玲瓏在一旁尖叫連連，他卻充耳不聞。

傲得知道一定是易小天那小子得手了，他欣喜地四處一看，果然發現了易小天正探頭探腦地躲在人群後朝他擺手，吐舌頭呢。

這小子，還真有你的，居然真成了!傲得朝他揮揮手，點點頭。兩人相視一笑。

莫風帶着一伙人風風火火地回到了他的辦公室，這老女人也是精明，爲了撇清關係，她所有危險的事情都是由莫風出頭辦的，她只在最後關頭出現，可沒想到事情最終還是敗露了，她精心策劃許久的計劃就這樣落了空。

莫風推開自己辦公室的隔間門，打開一個封閉的衣櫃，內裏竟然是個暗門，通向一個隱藏的小房間，他從裏面抱出一個乾瘦的老者來。

青虎顫抖着接過老人，雙眼瞪得溜圓:"先生? 先生你醒醒!"

"他只是暫時暈了而已，白玲瓏沒敢直接下手殺了他。長久以來都是白玲瓏在背後策劃，她覺得L近年來越來越迂腐、膽小，認爲他到底是個富二代出身，意志不夠堅定，責怪他不似從前那般雷厲風行，所以才起了異心。"聽到這話，大家的心裏這才了然。

"來人，拿一副手銬。"

青虎見他要拿手銬，下意識地將懷裏的L保護起來，"你還拿手銬幹什麼?"

莫風沒有回答他，待手下將一副手銬遞過來時，竟然將其銬在了自己的手上，然後退到一邊，就此不動了。

青虎對這變故莫名其妙，傲得這時已經帶着其他部長風風火火地趕來，立即拿下了莫風，將他關在了白玲瓏的隔壁房間。

一切塵埃落定，傲得感激地拍了拍易小天的肩膀："兄弟，你立了大功了！"

易小天得意一笑："那時候我説什麽來着，我就説要把這人排除異己吧！哈哈！"

傲得微微一愣，隨即哈哈大笑起來。易小天見他難得爽朗地笑起來，自己也開心地笑起來，兩個人的笑聲迴盪在走廊裏。

老友記4（然而投資方可不這麼想）

　　易小天再次立了大功，儼然已經成爲組織裏的風雲人物，人雖然還没有加入組織呢，卻已經無人不知，無人不曉，連去食堂蹭飯都能插隊，掌勺的大爺也每次都多給他加一個雞腿豬蹄兒啥的。

　　按理來説那正部長是個叛徒，接下來的部長職位應該由傲得來擔任才對，可是 L 至今没有醒來，任命的事情也就遲遲提不上日程。易小天作爲客人，只能在組織裏東遊西逛。可奈何組織裏的女人太少，即使偶爾遇見兩個質量也不高，甚是無聊。

　　這一天易小天吃完午飯正無所事事呢，突然聽到別人議論紛紛，原來 L 醒了。

　　易小天對這事可是相當關心，那老頭醒了，自然要嘉獎一下他這英勇的小戰士吧！肯定要發發獎金什麼的吧，無論如何先寬寬口袋，這一陣子小天只出不進，口袋早就比臉還乾淨了，那把槍事後又被傲得没收了，他好説歹説也没留住，這樣一來他以後控制商界大佬給他轉股份的事情也黄了，他只能寄希望於老頭給他發筆獎金啦。他尋思這麼大的組織，獎金怎麼著也得比百萬門多吧！尤其是上次開的那套總統套房，可真是給易小天放了大血了，他連發票都開好了，就是不知道怎麼去財務報帳，待會等傲得的職位定下來了，他就趕緊報銷去。

　　易小天一想到可能有錢拿心情真是爽上天，就美滋滋地蹭了過去，以看望首領爲名，實則是去看看自己的獎金啥時候能落實。

　　L 的休息室門口，整整齊齊地站着兩排身穿黑西服的保鏢，易小天探頭探腦地往裏面看，幾次被人無情地攔了下來，丟下一句"先生和部長們正在開會。"就不再説一句話。

　　任憑小天怎麼追問也是不再多説一句，易小天覺得這些人真是没趣，自己溜達了一會又轉過來，結果還是"正在開會。"

他奶奶個腳！一個會是要開到過年嗎？小天氣憤不已，覺得自己這個英雄居然被人冷落，心下不免憤憤不平。

這個會直開到傍晚，易小天才看到陸陸續續有人從裏面走出來，除了期間醫生和護士進去三趟之外，他們幾乎沒有離開過那個小房間。

易小天熱切地到處去找傲得的身影，只見在幾個人的簇擁下，傲得臉色古怪地低着頭走了出來，其他人的臉色均十分令人玩味，有的看起來很開心，有的一直搖頭，有的眼角含淚，有的眉頭微蹙。

易小天憑感覺認爲這事怕是不妙，該不會是傲得升職無望了吧？

他跑到傲得的身前，"傲得老大，怎麼啦？"

傲得搖了搖頭，居然嘆了一口氣。

易小天的心沉了，完蛋了！看來真被他這烏鴉嘴給說中了！易小天快步跟上傲得的腳步，一邊小跑一邊緊張地小聲說："吹了嗎？"

"吹了？什麼吹了？"傲得微感奇怪。

"升職啊！是不是被老闆罵了？哎呀！没事啊！我跟你講，說白了你跟我是一樣的，都是看着領導的臉色辦事，等着過兩天咱倆去買點禮品給老家伙送送，先把關係鬆一鬆，也許還有緩和呢。"

傲得翻了個白眼："你想到哪兒去了，出來找個地方跟你說吧。"

兩個人一回到辦公室，傲得辦公桌上的電話就響起來，傲得少見的有點煩躁："小天，你幫我把電話關了。"小天雖然奇怪，但還是照辦了，看來事情挺嚴重的啊。難道是自己亂用槍被抓到把柄，有人跟他爲難？那也是自己的事兒啊！而且他都想好了，反正自己也没加入組織，也不必遵從他們的規則。兩手一撒乾乾淨淨的嘛！

"小天，你聽好了，這事實在是有點突然，連我自己都没做好準備。"

"嗯嗯，放心吧，没事，我不會連累到你的，我一人做事一人當就是了！"小天豪氣地拍拍胸口。

"剛才先生召集了組織內的高層，開了一個高級會議，他宣佈從此以後退出先華組，將先華組的一把手的位置傳給了我……"

易小天反應了幾秒，想了想，這是啥懲罰呢？後來猛然間醒悟，他媽的這哪是懲罰呀！這不是直接升職升到頂了嗎？他不可置信地看着傲得："等……等會！你説！他讓你來做先華組的一把手？你現在成了真的老大？"

傲得愁眉苦臉地點點頭："先生說他老了，自己年紀太大，已經無法統領年輕人了，組織需要新的血液，他……他就這麼退位了……可我萬萬没想到他居然會把位置傳給我，這怎麼可能？"傲得用手揉着自己的大腦袋。

"傻蛋！這是好事兒啊！你居然還愁眉苦臉的！走走走！咱哥倆得好好慶祝一下啊！記得那杯酒我們可是説好了要回去喝的哦！他媽的居然一口氣升職

升到頂了！那我這一聲傲得老大真是沒白叫，原來是有先見之明的！哈哈！」易小天真是替傲得開心啊，簡直比自己當了首領還高興，因爲他知道自己真沒這才能，但是傲得卻是個優秀的領袖，有人發現了他的優點，小天自然替他高興。

「之前白玲瓏讓假 L 找我的時候，就以傳位給我爲幌子，我一下子無法適應，還以爲又是一個圈套呢，哎，差點冒犯了先生。」

小天見他心理負擔大，真怕他去推掉了這天上掉下來的好差事，趕緊在一旁遊說：「其實你要是從另外一個角度看事情也許就不一樣了呢。你看看 L……老先生年紀這樣大了，早就已經退休多年，至今沒享過一天清福，成日的忙這忙那，年輕人的身體尚且吃不消，何況是老年人呢？再說了，現在科技發展如此迅猛，想要跟上現在社會發展的步伐，他老人家得花多少時間學習啊，你就算是幫幫忙，幫他把肩上的重擔挑下來，讓他喘口氣吧。」

傲得聽小天如此說，心中也釋懷了一些，的確，L 年事已高，組織內如此繁重的工作對他而言已是負擔，早晚都要找人來繼承他的位置，這一切傲得都想到了，只是沒想到最終 L 卻選擇了他。

「其實，這些年白玲瓏的異動，我都是知道的，我只是想看看，她可以做到什麼程度，而你們又可以防衛到什麼程度。我的繼承者候選名單上曾經一共列了二十三個人，這些年來慢慢考驗，慢慢篩選，最終只剩下了最後兩人，一個人是傲得，另一個人是青虎。」L 躺在病床上，虛弱地看着垂手恭敬站在他床前的組織高層們，他的眼睛在傲得和青虎的臉上掃過。

「青虎和傲得都具有極強的領導才能，組織內的兩大武裝力量分別由你二人掌握，青虎跟隨我的年頭更久，可是青虎爲人過於忠厚，頭腦不夠靈活，遇事不夠冷靜；傲得則年輕氣盛，做事難免會有些意氣用事。所以我一直在猶豫不決，白玲瓏事件讓我徹底明白了組織需要什麼樣的領導者，不但要求良好的領導能力，更要有應變能力，未來組織的發展愈加艱難，敵人越來越強大，我們的前路也更加險阻，用聰明冷靜的頭腦帶領大家少走彎路，克敵制勝，成功銷毀天君，才是我們最終的選擇……」

傲得想起在房間內 L 語重心長的話來，他理解 L 的用心，只是這變故來得太快。

易小天似乎已經迅速接受了這個變化，已經把傲得當成了組織內的最高領導，一口一個老大叫得格外親切。

「我說傲得老大，那你的辦公室也要搬嗎？」

「我說你上任之後能不能請兩個正兒八經的有證書的廚師來啊，哪怕是找機器人做飯也比現在那幾個程序員出身的大嬸大爺做得好吧，我昨天在菜裏居然吃出一個電路板來，這也太扯了。"

"我之前爲組織辦事的花銷可以報銷嗎?"

傲得聽着易小天左一句右一句没一刻安靜，忍不住笑起來："你先坐下來歇一會吧，我怕我還没任職你先累趴了。"

小天還真説得口乾舌燥，自己倒了杯水喝了。

既然 L 最終選擇了他，大家也贊同 L 的決定，那麼他就調整好狀態，接受這一切吧! 逃避向來不是他的作風，他傲得永遠只會勇往直前。

"先生聽説你立了不少大功，想見一見你，你待會記得少説話就行了，記得別吹牛。"

雖然傲得已經交代了別吹牛，但是當小天來到 L 的病床前，L 詢問他相關情况時，他還是忍不住吹了起來，"……我就按照傲得的吩咐到負四樓一看，好傢伙! 莫風果然带着一群人正準備出來去老先生辦公室呢! 我大吼一聲，'有我在這裏，你們誰都別想離開。' 前面那一排人冷笑一聲，把衣服一脱，露出裏面跆拳道道服，個個都是跆拳道黑带十段高手，後一排那十個人姿勢一亮，我就明白了，這十個是中國武術高手，那個是什麼華山派，那個是什麼少林派，還有一個居然是峨眉派! 他們烏烏泱泱地朝我衝了過來，我一個猴子撈月往底下一溜，逃了過去，抬起左腿一個百川到海踢飛三個，右手一抓，抓倒兩個! 有一個跆拳道高手眼看着就要踢到我的腦袋，我心想今天你可算是遇到跆拳道的祖師爺了! 想我怎麼着也是十一段的頂級高手啊! 就聽我'啊嗟'一聲，一腳踢飛了三四五六個……"

"咳咳咳咳! 咳咳!"傲得見小天吹得不着邊際，怕他露餡露得太誇張，不停地咳嗽提示他。

小天好算是有自知之明，吹了一會就不吹了："……差不多就是這樣了，大概經過就是這些。"

然後乖巧地站在一邊，臉上掛着人畜無害的笑容。

L 滿意地點點頭，"真是後生可畏啊，傲得，你有了這麼一個得力助手，我更放心了，未來可是你們年輕人的天下……"

吧啦吧啦又説了一大堆，小天耐心地候着，就等着 L 什麼時候提獎金的事，哪知聊到最後 L 的眼皮漸漸合攏都没提一個錢字。

他媽的，他們不是要耍流氓吧! 占了我的便宜又不負責任! 小天還不死心，但是 L 已經合上眼睛睡了。

關於交接的手續和文件已經簽署，傲得成爲了先華組新的領導，組織内上下歡慶，小天卻怎麼也高興不起來。

他撅着嘴，看着人們忙前忙後的準備爲傲得舉辦盛大的酒會，卻興趣乏乏，他只想找個機會拉住傲得問他報銷的事，但是傲得當了領導之後瞬間忙成了一個陀螺，小天竟然想找他都找不到了。

自那之後，小天好幾天都沒找傲德。

這天，傲得新上任的李秘書找到了小天，帶着他辦理了加入組織的手續，小天也沒有表現得特別愉快，等簽好了字，小天忍不住問道："李秘書，我想問一下，咱們組織裏是怎麼發工資的呀？一般多長時間調一次薪？"

李秘書奇怪地看着他："我們這裏不發工資的，不過財務每個月會給每人發放五千元的基本生活費，你的工作目前就是在組織內部，基本用不到什麼花錢的地方。"

"啊?! 那! 那! 那我萬一要是需要花錢呢?" 小天睜大眼睛。

"需要花錢的話就寫一份申請報告，寫好用途和明細，交由上級批准後，就可以發下來了。"

媽的，花個錢還得打報告！小天突然後悔剛才簽了那份文件了，"行吧行吧！那個傲得老大什麼時候回來啊，我好幾天沒看見他了。"

"先生剛剛上任，需要處理的事情很多，這幾天可能暫時回不來，你的工作很簡單，就是負責廚房買辦，確定每天早中午三餐的菜單，如果有什麼不明白的可以再來問我。"

說完，李秘書客氣地離開了。

在廚房采辦那可是閒職一個，沒事兒進廚房溜達溜達順兩塊糕點什麼的，偷吃兩塊領導的高級蛋糕，日子也快活。只是他怎麼也不能把那兩個廚師換了實在是憋悶，買菜他也不能親自溜出去選購，只能乾坐在廚房這兒聞油煙，甚是無聊。還好他可以定菜單，倒也是樂事一椿，自從易小天管了廚房之後，先華組的伙食至少提高了三個檔，廚房開支翻了好幾番，把他吃得紅光滿面，小肚溜圓，吃飽了就整日的溜達來溜達去，也挺自在。但是轉念一想到那五千塊錢，眼淚就要流了下來了，他媽的這什麼年代了，五千塊夠幹嘛呀！連買件貴點的衣裳都不夠，他還以爲這兒裏頭的都是肥缺呢，結果還不如他原來在百樂門的工資呢，何況那裏幹得好可是還有提成的。

小天熱情減退，整日無所事事地晃悠着，組織內的公共辦公大廳裏時刻彌漫着一股怪味，簡直令人作嘔。小天之前在百樂門的時候爲了招人喜歡，天天往自己的身上噴香水，就怕自己不是"香餑餑"，結果現在變成了"臭烘烘"，別說香水早就不噴了，就是衣服有時候懶起來也是三天不換一件。反正自己不臭別人別人就來臭自己，還不如自己也報復地臭別人一下嘞！

女人嘛！那就更別提了！小天在這裏一個禮拜只見到有三個女人出現，一個是搞衛生的大媽，而且還經常偷懶玩手機不幹活，掃完的辦公區跟沒掃一個樣，一個是奇醜無比，醜到小天都不忍與之對視的程序員小敏，但是這個小敏又喜歡找小天來搭訕，吃午飯的時候老是把自己的鹹魚夾給小天，小天閱女無數，眼光比天還高，看着小敏那一臉多的可以炒一盤菜的雀斑就沒了興致，只想把自己的鹹魚飯扣在她的臉上。

「哎呀！好熟悉的味道啊！親愛的組織！我回來啦！」每當小天聽到她的聲音，只想找個地縫鑽起來。

第三個女人不是別人，正是易小天的克星，陳可婉。這荷瑞長得其實清秀可愛，但是神經大條，簡直就是個女漢子。

她甚至還喜歡聞大廳裏那股混合了體臭和電腦硬件那特有的怪味的異味，說那才是正宗黑客的味道。小天每次看到她就條件反射地溜走，因爲她熱情得簡直可怕，小天被數次拖去她的實驗室參與她的偉大實驗，淪爲她的小白鼠，被折磨得瘋不瘋，活不活，後來荷瑞再邀請他小天可就不上當了。

後來實在無聊的時候小天還跑去看了看白玲瓏和莫風，莫風和白玲瓏住在隔壁，兩個房間中間用幾根鐵欄杆攔起來，白玲瓏沒事就叫莫風滾過來，可能是以前受威脅受習慣了，莫風每次居然都巴巴地滾過來，被白玲瓏一頓狂撓，打得頭破血流，莫風雖然是個男人卻被白玲瓏打得哭哭啼啼，當真沒半點男子漢氣概。

小天經常沒滋沒味地做完自己手裏的活就沒事可做了，他想等着傲得回來給他調個職，這工作實在太沒味道。他現在覺得自己簡直就像個留守婦女一樣，盼望着傲得快點回來。

「傲得啊！傲得啊！我的小心肝！你快回來吧！」

傲得沒來，內部糾察隊倒是常來，小天學過規矩，見到糾察隊的人就立刻起身立定站好，用右手捶着胸口喊一句：「我心依舊！」

這是組織內人員表明自己立志鏟除天君的決心的姿態，除了那些技術宅黑客們不用這樣做之外，其他的人員全都得這樣。誰他媽的管 AI 消不消失的。以前覺得加入組織是一件多麼高大上的事情啊！原來一切都只是美好的幻想而已，傲得不在，這兒簡直比地獄還難熬，可是誰叫傲得當了領袖了呢！哎！小天甚至覺得傲得還是不當個那個什麼頭頭的好，好歹還能陪自己說說話，這裏的這些人，每天腦子裏就一件事——消滅天君，個個都像是狂熱的教徒，簡直像是被洗腦了般。小天可沒那麼虔誠，所以這日子也格外的難熬。

他好懷念自己的那些女性友人啊，薇薇！露娜！惠莉！玉茹！真是個頂個的絕色美女，那些個跟她們廝混的日子真是幸福啊！

哎，小天長嘆一聲，突然對這樣的日子感到了絕望。

連日來無所事事，小天已經成了個標準的網癮少年，好在組織內的電腦都是頂配的，個頂個的好用，他閒來無事就玩玩網遊。這天正玩得開心呢，突然屏幕中跳出一個廣告窗口：遊戲人間軟件開發公司招聘業務員，要求簡單：學歷不限，年齡不限，膚白貌美人緣好，人精嘴甜會推銷。

易小天看到這句話，覺得咋這麽親切呢！好像見到了故人一樣，猛然想起，這不是和當年引導他去往百樂門的那廣告的説辭一樣嗎？雖然百樂門不在了，難保不會再出現個千樂門、億樂門什麽的。小天突然覺得心癢難耐，好像吸毒的人毒癮犯了一樣。他奶奶個腳！與其每天在這裏混日子還不如出去好好地快活一番呢！誰他媽知道明天是什麽樣，真要我在這裏這樣渾渾噩噩一輩子，我可不幹！

　　人生得意須盡歡，莫使金樽空對月！這兩句詩匾以前就掛在百樂門入口，他天天得見，現在一想，這兩句詩説的才是他的生活模式嘛！

誰説不能同時打兩份工了？

　　易小天又在組織裏没滋没味地等了傲得幾天，實在是無聊至極，仗着和傲得是好兄弟，於是隨便找了個理由就溜了出去，大家都知道易小天在組織裏功勞不小，組織平時也不限制他的自由，何況他又和傲得是好兄弟，大伙兒平時巴結都還來不及，便當即把小天放了出去。

　　小天呼吸着外面久違的新鮮空氣，激動得差點跪在地上親親這可愛的大地！他買了部新電話，先將號碼發給了傲得，又馬上和他的老相好們挨個打了一遍電話，看看哪個人願意跟他重溫舊夢，哪知除了泉靈兒接了他的電話，不冷不熱、不鹹不淡的客氣了幾句就掛了電話之外，平時跟他交好的什麼薇薇啊，露娜啊，惠莉啊，玉茹啊，個個電話關機，怎麼就那麼巧所有的人都一起關機了呢？還是壓根就不想理他？小天覺得不可能啊，自己又没幹啥對不起她們的事。想來想去也想不出個所以然來，悻悻然地一邊想念着美女們香軟的懷抱，一邊流着哈喇子去應聘的地點看看。

　　易小天没有想到這遊戲人間遊戲軟件開發公司竟然這麼氣派，之前他在百樂門上班雖然也異常奢侈，但那是爲了彰顯身份和品位而特意堆出來的奢侈感。而這公司卻是乾淨分明，高端大氣簡潔的辦公寫字樓，外形十分洋氣，竟然是少見的螺旋形設計，寫字樓的螺旋外形可以隨着日照的偏移而跟着慢慢發生旋轉，似乎是在追逐着陽光一般，十分神奇。

　　易小天剛剛窩在一個臭氣熏天的地下室裏一個多月，冷不丁看到與之有着天壤之別、璀璨生光的建築物真是激動得老淚縱橫。趕緊檢查一下自己的衣服還有没有臭味，聞了幾遍確定没味後才放下心來，這衣服是他剛才特意去買的，他還特意買了瓶香水，老是不放心的東噴噴西噴噴，直到自己覺得嗆鼻子了才肯罷休。

　　易小天抖擻起精神，假想着自己現在仍是百樂門的金牌銷售員，擺好標準

的露出八顆牙齒的甜笑，這才走了過去。電子感應門開啓後，門口的蜂式探測機器人在一瞬間對他進行了全身掃描，將他前前後後裏裏外外全部分析了個遍，連他有幾顆蟲牙都登錄在案。這一切只發生一瞬間，易小天根本不知道自己已經被人檢查了個遍，將自己的簡歷雙手遞到了櫃檯前的人形機器人手上，前臺機器人將他的資料一掃描，便已經將他的資料全部存檔分類了。

「請乘電梯去 17 樓，招聘部劉經理的辦公室。」

易小天新奇地看着這個偌大的公司大廳，當真是氣派啊，每個角落的縫隙裏似乎都寫着「老子就是低調，但還是有錢！」的宣言。易小天的這雙眼睛簡直就是自動計價器，他伺候過太多的金主，一打眼就能判斷出對方的身價來，這棟樓雖然表面上低調，但是實際上財大氣粗得很呢！這可逃不過小天的法眼。他隨便瞄了一眼樓道內一個造型和顏色就像個擦過屁股的衛生紙般的擺設，就知道這個是歐美一個約翰什麼什麼大師的作品，大師名字他記不住，但他在時尚網站上面見過這件藝術品，拍賣價格高達八位數！見此他咂了咂舌頭。

哇塞！易小天看着井然有序正在各司其職的機器人，再次驚得瞠目結舌，居然全部都是機器人服務！完全看不到一個人，這個公司得是多有錢才能買得起這麼多的高級機器人啊！這些機器人可都是人形機器人，這還不算這種機器人高昂的維護費用呢！這回看來是來對了！

小天興奮不已，樂顛顛地去了 17 樓劉經理的辦公室，當場一頓胡吹起來，等他出來的時候自己都不知道自己剛剛都吹了些什麼，只是進門前的那種激動的心情仍沒消去，眼前仍時時刻刻都是那棟旋轉大樓的身影，他已經徹底被征服了。

等他出了門，去漢堡店點了一個漢堡包並吃上一口的時候，他才後知後覺地反應過來，他奶奶個腳！這個地方真是高級啊！比他之前的百樂門更讓人心情激動，難以抗拒，百樂門再怎麼豪華，到底不是正經行業，但是這家公司就不一樣了啊！這可是大品牌，大公司呀！雖然他從來也沒聽説過，小天一邊吃着漢堡包，一邊對那棟旋轉大樓遐想不已。

別説是現在的易小天了，哪怕是三年前的易小天來到這裏也一定會被錄取，因爲他們只是招聘最底層的派單員而已，當然，要是能再多忽悠幾個人買幾套遊戲設備，發掘一些大客户就更好了，跟學歷什麼的一點兒都沾不上邊，只要能忽悠，把新產品的銷量衝上去，那就萬事大吉了。

可是，易小天不知道，他拿着漢堡包一會兒擔驚受怕，一會兒自信滿滿，還在那裏浮想聯翩，後悔自己剛才吹得有點大，早知道應該加幾句真話的，但是怎麼後悔也沒用了！

越想越後悔越怕自己應聘不上，易小天沮喪至極，突然，口袋裏的手機響了起來，「喂？您好，請問是易小天先生嗎?」手機裏傳來機器女生的聲音。

"是啊！"易小天激動地將漢堡包丟在一邊，這是來回覆電話了嗎？

"您好，我們這裏是《天堂群俠傳》手遊調查中心，請問您平時使用手機玩遊戲……"

他娘的，這麼關鍵的時候居然來了個垃圾電話，小天沮喪至極，一抬手發現自己的巨無霸漢堡包已經進了垃圾桶，更是窩火，垂頭喪氣，仿佛失戀了一樣跌坐在椅子上。

沒救了，除了那家公司的應聘電話，否則誰也救不了我了。小天哀嚎連連。

不一會兒，手機又響了起來，小天又燃起了信心，這個一定是了。"尊敬的飛天網絡用戶，檢測到您現在仍使用 Y. 80 的系統，本公司決定在本月 28 號前……"

我勒個去！搞什麼啊！小天要燒起來了！

電話剛掛不到三秒，居然又響了起來，小天再也忍不住了，破口大罵："你他媽的能不能別耽誤我正經事兒！我不升級也不需要買新的，居然推銷到老子頭上了，真是關公面前耍大刀！立馬給我消失！ok？"

對方果然沒有了聲音，小天的火氣也終於小了一點。

"……您好，我是遊戲人間遊戲開發公司招聘部的劉經理，既然……"

"啊！劉經理我的親哥哥～您可別聽我剛才的胡言亂語，這些手機推銷的垃圾電話太煩人了，嗚嗚嗚嗚！"易小天眼淚長流，他媽的啥時候罵人不行啊！偏要這時候罵人！

"那行吧，明天穿上正裝到公司 28 樓的大會議室集合，試用期三個月，看你的表現了。"說完立即掛了電話。

所以說？我這是被錄取了？易小天不敢相信，仍握着電話發呆發愣。接着歡呼一聲，易小天立馬樂顛顛地跑去高檔商場準備給自己買一身像樣的衣服。想起衣服他就氣不打一處來，想他易小天儀表堂堂，風度翩翩，居然一個月只給他五千塊！！連打發乞丐都嫌少，害得他一件新衣服都捨不得給自己購置，現在還得花自己的私房錢買衣服，不過，馬上就有新工作了，也暫時先不跟那幫窮鬼一般計較了！

當下大手一揮，刷刷刷，管他娘的！但等狂刷一頓下來之後發現，自己的存款只剩下了一半的金額，這一下可真是荷包大出血了！這一段時間只出不進，他的小金庫早就哭爹喊娘了，這一下再不老老實實地多賺點錢，那他多年辛辛苦苦攢下的家底就要被搬空了！

兜裏沒錢了，只能隨便找個便宜的小酒店一窩。小天一邊吃着烤串一邊看着自己珍藏的片兒，小日子照樣過得瀟灑，真是比那個烏龜殼兒一樣的地下室舒坦多了。

一覺睡到自然醒，易小天拿出自己昨晚精心噴過香水的西裝，帶上蝴蝶結，皮鞋擦得錚亮，夾着公文包，一副都市小白領的模樣興高采烈地出了門。

皮鞋反射着驕陽，易小天嗤着一口雪亮的白牙，樂顛顛地來到了大會議室，一推門，發現裏面已經烏壓壓地坐滿了人。納尼？咋這麼多人啊！

易小天找了個空位置坐了下來，發現身邊都是些表情散漫、大大咧咧的小年輕，有的還在吃着早餐，有的剔着牙，還有的頭髮估計有三天沒洗了，黏糊糊地黏成一團，更有的腳上還穿着拖鞋。

小天傻眼了，覺得自己穿着一身烏黑發亮的西裝簡直是個異類，大伙兒也都紛紛奇怪地看着他，心想着不就出去派個單嗎？用搞得這麼誇張嗎？

這時候，大部分的機器人已經取代了人力勞動，但是，一些機器人無法參與或使用機器人成本太高的工作仍需要人力來做，大型遊戲上市的時候需要全面造勢，自然要多雇一些閒人去發一發廣告傳單，以便於吸引大街上散客的注意。

易小天被人看得渾身不自在，彆彆扭扭地拿出閃亮的新皮包擋住臉，一想這皮包比自己還貴，萬一被人盯上了可不妙，於是趕緊把包拿下來，藏了起來。

這間巨大的會議室坐了兩百多人，幾十個機器人正在不斷地進進出出，給每個人都派發了厚厚一摞傳單，機器人往小天眼前一拍，放下一摞將近三十厘米厚的傳單轉身便走，小天傻眼了！大熱天的，他穿了一身昂貴的黑西服，敢情是要去大街上蹲馬路派傳單？這可和他的預期不符啊，那個劉經理是不是貴人多忘事把自己放錯地方了？自己可是應聘金牌銷售的呀！

等到機器人給每個人都發完了資料後，劉經理慢悠悠地走了進來，"各位朋友大家早上好。"

好你奶奶個腿！這都是什麼跟什麼啊！易小天在肚子裏大發火氣。

"以後每天早上我們都在這個會議室裏發放傳單等物品，其他的地方都設置了權限，不可以隨便進入。我們這款新產品以三個月為銷售爆發期，務必達到真實交易的，才可以真正成為公司的員工，今天出單，明天就可以入職。當然，如果大家提前完成銷售，即可提前正式入職，所以說，這三個月大家就多多努力了。好了，大家拿着東西就可以出去了。"

這也太瞧不起人了吧！易小天撇着嘴抽了一張傳單舉起來看，賣一套就可以成為正式員工，這有什麼難度！等他睜大眼睛看到售價後面的那一串數字的時候才真正傻了眼，他數了半天，確認了好幾回才肯定了——繁花似錦 VR 頂級虛擬遊戲互動系統！售價：699998 元。

他知道 VR 售價昂貴，卻怎麼也沒想到最新款的 VR 設備居然這麼貴！雖然後面又寫了贈送什麼輔助設備等亂七八糟的東西，但是那數字也太驚人了！乖乖！這麼貴，要知道，現在最好的頂級訂製手機最貴也就是十幾萬到頭了，一般的遊戲機也就是四五千到頭了，高配置電腦啥的最多三四萬就能搞定，這玩意簡直貴到離譜，憑他們這群屌絲誰他媽能賣得出去啊！

大伙兒的想法都差不多，垂頭喪氣地抱怨着。易小天覺得這事實在太不靠譜，真是被坑了！老子就是在外面發一年的傳單也接不到一單生意啊，那我豈不是一年也進不了這家公司了？太陰了！小天越想越氣憤不已，便狠狠地把一張傳單揉成了一團。

身後有人悠悠地說道：“聽說提成有百分之十五呢，我的天吶！我賣不出去啊！這麼貴誰買啊！”

易小天耳朵一聳，提成那麼高？將那團被揉皺的傳單展開一看，上面可沒寫，“喂喂喂！老兄，你在哪兒聽說提成那麼高的？”

那人指了指劉經理，易小天精神一下子抖擻起來，要是有百分之十五的提成的話，賣一套他就賺大發了，要是買上個十套八套，那他風雨滋潤的小日子又有保障了！

他立馬屁顛顛地蹭到劉經理身前，笑嘻嘻地問：“經理，聽說賣一套設備的提成有百分之十五！！是真的嗎？”

劉經理瞥了他一眼，看他一臉諂媚笑的牙床都露出來了。其實，他們找這一批派單員原也沒指望靠他們提高銷量，但是現在市面上做這個項目的其他公司也挺多，他們的新產品一定要擴大推廣渠道，不管是最新的宣傳方式還是傳統的宣傳途徑統統都要打開，在社會上形成風靡之勢，影響力一旦上來，銷量自然有富豪們做保障。他們？說白了，不過就是廉價勞動力，造造勢而已，三個月的黃金銷售期一過，這批社會上的閒散人員自然會被全部開掉。

“是啊。”劉經理不鹹不淡地應着，轉身就想離開。

“那個可以多給我一點新產品的相關資料嗎？我想多學習一下，也好衝衝業績！”

劉經理又看了他一眼，見他年紀輕輕，油腔滑調沒一點正形的樣子，怎麼看也不像是能賣得出去的主，但還是將手裏的一份資料丟給他轉身便走。哪知易小天又追了過來，“劉經理，麻煩把您的電話留一個，到時候好跟您匯報業績。”

這小子怎麼這麼煩人啊！劉經理不耐煩地揮揮手，“等你賣出去的時候再說吧。”就不再理小天了，氣得小天在他的背後直跳腳。

劉經理對着雜七雜八的一大群人嚷道：“可以出去幹活了！你們到門口的兩臺機器人處去領取移動數據鈕，將這個數據鈕裝在衣服上，就可以自動讀取你們的工作範圍和工作時長了。”因爲是廉價的批發品，所以這些數據鈕只能讀取數據並不具備攝像和監控等其他功能。

這些公司爲了防止員工偷懶，真是無所不用其極，要是機器人辦公就不需要監控了，但是人力勞動的話就麻煩得多，又要吃飯，又要休息，還經常偷懶，哪像機器人直接輸入指令就好了，保證一直任勞任怨幹到沒電。但是，在大街上把那麼多機器人放出去維護，成本太高了，單單是爲保證機器人在全城工作時的互聯數據流量，和主服務器的即時連網，就要消耗掉公司大量的"天君"數據包配額，他們公司的數據流量額度雖然很高，但是他們的機器人也很多啊！公司內部機器人員工已經成百上千，如果再將數量龐大的機器人放出去勢必會超出"天君"的流量配額，到時候，任是有再多錢也沒辦法了。還有充電也無法完全保證，現在就連他們這座全國最大的城市也無法保證全城都能布滿機器人的充電樁，還有被黑客入侵偷回家的風險，再加上人形機器人的四肢都是擬人化的，每個關節，尤其是指關節的伺服器磨損也是很快的，這些都是不小的開支，所以只能雇傭廉價勞動力了。

大伙兒聽聞，立刻亂糟糟地往門口擠去，易小天被一大群人推搡着往門口的方向移去，新買的筆挺西裝幾下子就被揉搓得皺巴巴、亂糟糟的。等他從一群人中成功拿到數據鈕擠出來的時候，新做的髮型，新買的衣服，新擦亮的皮鞋都變得軟趴趴、皺巴巴的，全沒了最初的樣子。

易小天嘆息一聲，看了看手裏那麼厚一摞的傳單，又看看另一隻手裏的數據鈕，氣急敗壞地把那個宛如小鈕扣般的數據鈕貼在了路旁的一輛出租車上了。

所以，那一天監控下來的數據，易小天繞着整座城市裏裏外外地跑了好幾大圈，勤奮的讓負責數據監控的工作人員都開始感動了。他們從沒見過這麼勤勞的員工啊！

實際上，易小天只是找了個公園，將一大摞傳單往長椅上一扔，把領帶拉開，脫下皺巴巴的衣服，有氣無力地躺了下來，一躺就是一上午，壓根兒沒動一下。

剛才看到極高的提成讓小天興奮了半天，可是冷靜下來又發現真是難上加難，能買得起這些高貴奢侈的遊戲設備都是些高高在上的土豪們，個個縮在自己那大公司高檔的辦公室內，但是以小天現在的身份和地位真是想見一個都難，更別說賣出去一套了！但是小天見錢眼開，大好的賺錢機會可不能就這麼白白溜走了。

就說嘛！這麼好的公司怎麼可能招他這種初中都沒畢業的閒雜人等，那些個什麼本科生啊，研究生啊，都還排着隊的找工作呢！哎，真是太異想天開了，想想百樂門裏的那些姑娘們，不也個個都是高學歷，最後還不是來了百樂門？要是在百樂門就好了啊！這些 VR 分分鐘就能賣幾套出去，全是些土豪老爺，渾身散發着金錢的味道！易小天眼饞不已，他這是見錢眼開，腦袋裏不由得浮想聯翩，想起百樂門裏那些土豪揮手成金的派頭來更是心癢難耐，一會兒激動，一會兒難過。就拿他手裏的薇薇來說吧，露娜、惠莉也都是一把好手，小嘴巴一撇，那些土豪哪個不乖乖就範，讓買什麼就買什麼！真是的！

想到這裏，原本鬱悶的小天突然跳起來，瞪大眼睛狂喜不已，是啊！怎麼把他的拿手好戲給忘了！他是沒本事，但是他有一幫有本事的好姐妹啊！

「啊哈哈哈哈哈哈！天助我也！我易小天要發財啦！」狂喜之後，易小天將那摞挨千刀的傳單毫不客氣地扔的滿天飛，便轉身拔腿跑去。

跑了沒幾步，公園裏的蜂式監管機器人嗡嗡叫着追上來給了易小天當頭一棍，只見機器人說道：「亂扔廢紙，罰款 300 元，已從你的帳戶中扣費，請拿好收據。」說完從機器人身上打印出一張收據來，用昆蟲般的機械手臂硬塞到小天手裏。

易小天氣得半死，但想到之後的大買賣，也顧不上和機器人理論了，把自己西服上的折痕撫平，買了口氣清新劑，在嘴巴裏一頓猛噴後，這才撥通了薇薇的電話，可電話仍舊關機，咦？這倒奇怪了。

換個露娜試試，還是打不通。再給惠莉打打看，照樣沒人接。

小天納悶了，這不合常理呀？總不可能同時關機吧？他焦急地轉了半天，最後還是決定打電話給泉靈兒試試，這個泉靈兒平時跟他關係一般，但好在電話還是打通了。

「靈兒？是你天哥哥我呀！」

「怎麼是你啊？什麼事？」

「問你點事兒啊，薇薇、露娜還有惠莉她們幾個怎麼都不接我電話呀？一段時間不聯繫，全都改行了？」

「哼，你還敢裝作不知道？上次露娜跑到我們這兒來哭訴，說你搶了她的錢，把她之前的東西都拿走了不說，還隨便把她往廉價公寓裏一丟，人就蒸發了，她聯合我們幾個一起抵制你。」

小天如遭五雷轟頂，他怎麼把這茬給忘了！當初他拿了露娜的東西之後就一直沒再聯繫她，露娜醒來發現東西沒了，自然要找他算帳，但是又找不到他，肯定氣得吐血，這丫頭比他還貪財，值錢的東西沒了，還不得跟他玩兒命，這可不得了了！

小天作賊心虛，軟磨硬泡地總算要來了露娜的新電話號碼，這才匆匆掛了電話。露娜這條關鍵的線索一斷，他的賺錢大業豈不是半點兒戲也沒有了？這可不行，頭可斷，血可流，錢路卻不能斷，鈔票也不可流啊！易小天思緒百轉，最後決定拿出超級耍賴厚臉皮的本事，先去買個乖。

當下先買了一個卡通頭套罩在頭上，然後去了一家金店，提了一把鐵鎚，對着人家金店的玻璃窗就砸了下去。玻璃窗內的陳列櫃上正陳列着今年最新款的翡翠項鏈系列，價值連城。這一鐵鎚下去警報聲大響，數個保安提着警棍衝了出來：「哪個不要命的大白天就敢搶劫！」

易小天早就準備好了，鐵鎚一扔撒開腳丫子就開始逃，一邊跑一邊氣喘吁吁地打了個電話給露娜，電話剛一接通，小天不等露娜說話，馬上喊起來：「露娜！快點救救我！我就要被人打死啦！」

後面還伴隨着陣陣叫喊：「快點站住，別跑！」

「別跑！看我怎麼收拾你！」

「臭小子，你膽子也太大了！」

叫罵聲陣陣入耳，倒確實挺像那麼回事，露娜本來一肚子的氣，這一下子全憋了回去，又聽見易小天吃痛地大叫「啊！」「救命啊！」「啊呀哎呀！」不絕於耳，真以爲他遭遇了什麼不測。

「小天？怎麼啦？你没事吧！」

「是……是莫風那渾小子……」

露娜心裏一驚，她本來拿了人家的東西就作賊心虛，時時刻刻擔心被莫風找上門來。本來準備好的以物換錢，現在東西直接没了，交易没了本錢，還談什麼生意，現在就擔心人家來抓她賣到馬六角去，整日擔驚受怕的，這會兒聽見莫風兩個字當場嚇得花容失色。

「你先到我這兒來！」露娜急忙說了自己的地址讓易小天快點來。

易小天電話一掛，臉上立刻露出了得意的微笑。他把臉上的玩具頭套扯下來，隨手一扔，閃身上了路邊剛才事先訂好的出租車，出租車立刻揚長而去。

金店保安追了半天，見小偷已經落荒而逃，就没再追趕。反正店裏也没丟什麼東西，趕跑了小賊，罵一陣就可以回去邀功了。

開門見紅

露娜一打開門，小天便立刻一把抱住了露娜不撒手，大叫："露娜好姐姐，你可得救救我呀！"手如魚得水般地在露娜身上游走，心裏忍不住一陣歡喜。

露娜看他那副可憐兮兮的德行，氣已經消去了一大半，卻仍忍不住怪嗔道："怎麼不打斷你的狗腿，看你以後還怎麼騙人。"

"露娜，我可沒騙人啊！你怎麼知道我這段時間經歷了什麼？"說着還探頭探腦地左右張望了一下，一閃身就進了屋子裏。

易小天大搖大擺地在沙發上坐下，隨手拿起一個橘子剝了吃了，"我這段時間可真是被莫風那渾蛋給折磨壞了！"

"他⋯⋯他找到你了？"露娜很吃驚。

"是啊，當初我們兩個逃走之後，你就喝醉了酒，我剛準備去洗個澡，就聽得有人在敲門。我以為是我點的外賣到了，哪知道門剛打開就竄進來幾個彪形大漢，一把將我按在牆上，接着莫風冷笑着走了進來，我吃驚不已，心想莫風是怎麼知道咱們的位置的，你猜怎麼着！原來，那枚全息徽章是可以定位的！他娘的！"

"啊！"露娜十分惶恐，"這下完蛋了！"

易小天拿眼睛偷瞄露娜，發現她神色緊張，似乎十成中已經信了九成九，於是吹起牛來更加底氣十足。反正莫風已經被抓了起來，死無對證，就用這渾蛋來開涮好了。心裏甚是得意，嘴上更是說得聲情並茂。

"他們拿了我還要來拿你！但是你想啊，那群臭男人的大手怎麼能在你那細滑的身上隨便抓呢！我當時大叫一聲，'別動她！所有的事都是我一人做的，是我強迫她做的，她是無辜的，有什麼沖着我來好了！'好在那莫風良心還沒壞透，他想了一下，也確實不想為難你。畢竟你那麼漂亮，天下少有，千嬌百媚，風姿綽約，閉月羞花，沉魚落雁，饒是全世界最壞的大壞蛋也不捨得傷害你一點點啊！於是莫風就單拿了我一人，把東西都拿走了。我臨走的時候又苦苦哀求，請求他們把你送到一個相對安全點的地方，畢竟如果你第二天還沒醒的話，總統套房會自動續期，一天下來的費用也是蠻貴的。見他們把你送走了，我這才放下心來，心想哪怕是現在就被他們打死了，也不用擔心了。"說著說著，自己把自己也感動了，淚珠瑩然，一副捨我其誰，正氣凜然的模樣。

露娜一聽，心想也是，她對自己的容貌可是有着百分之百的自信，絕對不懷疑那些臭男人捨不得傷害她。原來一直是自己錯怪了他，他居然爲了救自己而被壞人抓去了這麼長時間啊！不由得滿臉感激，一把抱住小天，在他兩邊臉蛋、額頭、嘴巴各親了一下，媚眼含情："小天，原來是你救了我，我錯怪你了，你沒事吧，他們沒有爲難你吧？"

小天演得太投入，以至於跟他素來熟絡的露娜也被騙了進去，別說露娜，現在連他自己都相信自己的鬼話了。

他傷心地搖了搖頭，"別提了，簡直是往事不堪回首啊，他們把我抓了去，早中晚各打一個小時，他們每次持續打四十五分鐘，他們打累了就換刑訊機器人來動手再把剩下的十五分鐘補齊，然後才給我吃飯。哎！我現在都不敢去回想細節，一想起來我就渾身痙攣。"

露娜抱着小天輕輕拍了拍："天哪！太殘忍了！沒事了沒事了！他們也太過分了吧！再說，東西不都拿回去了嗎？我還白奉獻了一場呢，他們也得了便宜呀！真是的！"

小天把臉埋在露娜的胸口上，左蹭蹭右蹭蹭，鼻孔張得老大，滿足得簡直要忍不住哼哼起來，"後來被打得實在是承受不住了，我就假裝跟他們稱兄道弟地講笑話，講百樂門裏的各種趣事。這些傢伙果然感興趣，就打的不那麼狠了，慢慢地就越來越鬆懈。我以前是綁着講，後來是坐着講，再後來就是溜達着放開了講！"

"那莫風後來沒再找你的茬嗎？"

"嗨！莫風忙着呢！把東西找到之後就把我扔給下面的人，哪還有時間來管我這無名小卒。直到今天我才找個機會跑了出來，哪知道他們家裏的機器人那麼厲害，我剛逃出來就被發現了，你說倒不倒霉！你要是不救我，我被他們抓回去非打死了不可！嗚嗚嗚嗚！"說着又把頭埋在露娜的胸口，説什麼也不肯抬起頭來。

露娜感覺自己居然冤枉了好人，心裏十分抱歉，也任由他緊抱着自己不放。但見他身子微微發抖，看起來果然嚇得不行，可憐至極，心裏也同情起他來。她哪知道小天那是激動的嘞！多長時間沒見着一個像樣的女人了，可把他給饞死了！

"不過，有件奇怪的事，我逃出來後，給平時交好的幾個姐妹打電話，怎麼大伙兒一起的都不搭理我了呢?"

露娜一聽，立即知道了是自己跟姐妹們哭訴，痛罵易小天，並讓她們集體跟小天絕交的，哪想到竟然是自己冤枉了他，害羞一笑，輕輕捶了他一下: "啊呀! 她們還不是有⋯⋯有事忙唄。我打個電話就好了。"

易小天見她那害羞一笑，當真是美豔不已，心兒早就飛走了，哪還管的上別的人啊! 可是⋯⋯易小天趕緊搖搖頭，他現在可是有更艱巨的任務呢!

"對了露娜! 你和以前的那些老顧客現在關係怎麼樣?"

露娜得意一笑: "那還用問，我還指望着他們給我送金山銀山養活我呢! 你先看看我這新房子怎麼樣? 複式樓，上下一共四百平方米，前面陽臺可以看江景，後面可以看山，絕佳的生活場所。"

乖乖，不得了，易小天這才注意到露娜的這個房子來，在現如今房價如此恐怖的年代還能買得起這樣一座豪宅，看來她是又掏空了好幾個富豪的口袋啊!

"不錯! 真不錯! 不過呢，我覺得吧⋯⋯"易小天欲言又止，故意賣起了關子。

"覺得什麼?"

"錢這種東西當然還是越多越好啊，像你現在年紀輕輕，肯定賺得越多將來越輕鬆嘛! 這不，我這兒現在有個賺錢的好辦法，只需要你在這些富豪的耳邊吹吹風，錢就呼呼地吹過來了!"

"什麼東西!"

易小天變戲法一樣從西裝的口袋裏拿出一沓摺疊的資料來，那是遊戲人間剛剛推出的那款 VR 頂級虛擬遊戲的設備——《繁華似錦》的相關資料。

露娜本來興趣濃厚，但看到原來是 VR 設備時，瞬間臉就冷了下來: "是這鬼東西啊! 你是不是忘了咱們百樂門後來爲什麼生意那麼差?! 就是這玩意搞的鬼，那些富豪全去玩 VR 去了，誰還來我這兒啊! 你這不是砸我生意嗎?"

"你可不能這麼想啊! 你想，那些富豪們一年三百六十五天能來你這裏幾天呢? 大部分時間不還是在家裏嘛! 他在自己家裏肯定想也想不起你來，你讓他買了這套設備，給他註冊一個帳號，裏面的人物就設置成你的形象，那這些富豪在家裏想你了還可以到遊戲上去過過癮不是，不然身邊美女那麼多，他們怎麼能老想起你來呢?"

露娜一想也對啊，這些個富豪們一個月能來一次就不錯了，剩下的日子如果也被自己給黏住的話，那豈不是財源滾滾? 而且這 VR 她也知道，裏面有很多新奇的玩法都是現實中無法實現的，一旦他們玩兒上了癮，還不是對自己言聽計從。

越想越覺得這事靠譜，倆人一拍即合，立即達成了合作協議。不但所有的恩怨一筆勾銷，反而感情也更進一步。

露娜看小天也比以前順眼了，兩人電光火石之間就燃起了強烈的火花，下一個瞬間兩個人就順理成章地躺到了床上。

露娜笑着問小天："那分成怎麼分？"

"賣一套之後的提成咱倆五五分可以吧？"

露娜秀眉一立，一巴掌將易小天到處亂摸的手拍走，翻身坐了起來，"二八分，我八，你二！"說着，眼睛一撇，表示這事絲毫沒有商量的餘地。

小天也火了，但他是慾火焚身的火。眼看着露娜冷臉相向，馬上要到手的豔福說飛就能飛了，雖然錢的事也很要緊，但看着露娜玲瓏有致的身材，到底還是退了一步："四六分，你六，我四，行吧！"

"不行！二八分！"露娜居然一步也不退讓。

真是見錢眼開啊！金錢面前沒情人！女人狠起心來簡直比蛇蠍還毒！易小天冷笑："那這樣的話，下次莫風再派人來抓我，我就叫他們把你一起帶走算了！"

露娜果然露了怯，"還不都是你出的餿主意，不然我能做賠本買賣嗎？"

"所以我現在帶着誠意，揣着金錢朝你撲面而來，彌補你的損失嘛！四六分！"易小天堅持。

"三七分，我七你三！"露娜也開始鬆了口。

"四六分！"

"哎！好吧好吧！就四六分吧！"露娜終於妥協了，易小天歡叫一聲，拉過露娜就狠狠地親了一大口。

露娜還以爲自己占到了便宜，她哪裏知道易小天的狡猾程度，小天將劉經理答應的百分之十五的提成先拿走了三成，剩下的七成再拿來和露娜四六分，表面上看起來是露娜拿了大頭，實際上還不是被小天得了便宜。

易小天在露娜這裏心滿意足地待了整整一天。第二天一早，春風滿面地出了門，又去遊戲公司問清了產品的購買流程，拿了一大摞的合同得意洋洋地離開了。等出了公司門，就隨手將那一大摞傳單往天上一抛，準備瀟瀟灑灑地撒個乾乾淨淨。他真是不長記性，昨天他在公園裏亂抛垃圾已經被列入了黑名單，結果今天又跑出來亂丟東西，幾個早已經守株待兔的蜂式監控機器人馬上就追了上來，"又是你！先生，今天的罰款要加倍了！"

"馬上停止逃跑，否則我們就要使用辣椒水和強力膠了！"

"你的罰款已從你帳戶上扣除，請拿好收據！"

誰他媽還有心情要那收據！小天撒開腳丫子狂奔起來，一邊跑一邊鬱悶，這朗朗乾坤之下被幾個造型古怪的蜂式機器人追趕當真可笑至極，形象全無，路邊的人都在指着他哈哈大笑，可憐他剛剛樹立起來的玉樹臨風的形象啊！

被機器人們追着跑了好幾條街，後來還是因爲另一條路上有個大媽碰瓷，機器人轉而處理那人去了（在機器人的邏輯認知上，這種大媽永遠都是一級優先處理對象，遇到個不講理的大媽，整個事件發生地所在的城市行政區內的監管機器人都要全員出動，就這還經常搞不定），小天這才逃掉。他累得半死，氣喘吁吁不已，本來已經熨帖整齊的西裝又成了一團糟。

因爲考慮到露娜工作的不確定性，易小天非常識趣地沒有再去打擾。因爲被通緝過，就算先華組的黑客們篡改了他在民政局和銀行登記的個人數據，但之前那套公寓也住不了了，他又隨便找了個差不多的公寓住了進去。到了家，把西服外套一脫，腿往茶几上一放，舒坦地躺到沙發上開始玩電動了。現在他可以啥都不用幹，專等着露娜的好消息就成了。遊手好閒地混了幾天，露娜的好消息沒來，傲得的電話倒是來了。

"在哪裏?"一上來就直奔主題，一點寒暄都沒有。

本來小天好久沒見到傲得，對他很是想念，但是現如今自己溜了出來，最怕的就是聽到傲得的聲音了，萬一他查起崗來可就麻煩了。

"哎喲，傲得，實在太無聊了，我只是出來玩玩。"

還好傲得並沒有公事公辦地來查問他。他也是知道易小天的性子的，組織裏那麼無聊，他這麼一個閒不住的人天天憋在地下室也是難爲他了。

"自己在外面小心一點吧，待會我打一點錢給你，你拿着先用，組織裏的薪水很少，出去也要花銷，我今天剛回到組織，明天一早就離開，可能沒有時間見面了，有事記得打電話，玩夠了記得回來。"

"傲得，你對我真好，你就是我親哥呀!"

易小天熱淚盈眶，傲得說了一大串他就記得"待會打錢給你"這一句，太夠意思了! 還知道他小天沒錢用! 想他易小天從小無父無母，也沒有兄弟姐妹，自小有記憶起那些親戚躲他跟躲債一樣，天大地大沒人疼沒人理的，冷不丁地冒出個傲得竟對他如此真心，將他當親兄弟一樣對待，還要給他零花錢。小天簡直是受寵若驚，怎麼能不感動呢!

傲得又簡單地交代了幾句就掛了電話，不一會兒，手機就傳來了匯款通知，帳戶上一下子進了五十萬。

五十萬! 易小天感動得眼淚鼻涕流了一臉，這錢絕對不會是組織支付的，肯定是從傲得的私人帳戶上轉過來的。太夠意思了! 小天摸爬滾打活了這麼多年，見過那些表面虛與委蛇，爾虞我詐的人，見過兩面三刀的小人，也見過表裏不一的僞君子，只有傲得真正是坦坦蕩蕩的正人君子一枚。小天小心地將帳户餘額看了一下，決定無論如何也絕不花這筆錢。他反覆看着帳户餘額，只覺得心中暖暖的。那種歡喜和開心，真是這輩子第一次嘗到。

傲得這個朋友，我是交定了!

小天美滋滋的，又到外面嗨了一天，當然一分沒動傲得給他的錢。晚上喝得醉醺醺地躺到沙發上時，收到了露娜一連串的信息。

"死哪兒去啦？電話也不接？"

"告訴你，老娘出馬，一個頂仨，已經幫你賣掉兩個了！"

"錢還打到原來的帳户就行。"

"人呢？説話呀？"

"是不打算接單子了是吧！"

易小天没想到露娜這麼管用，一出手就賣了兩套，跳起來歡叫一聲："歐耶！上天都在眷顧我易小天啊！"

趕忙給露娜打了一個電話詢問情況，露娜還真是厲害，一出手就賣了倆，詳細地給她講解了簽單的過程，畢竟數額巨大，前前後後的手續又是第一次辦，小天也還搞不太明白呢，就先拿這兩人練手好了。一想到自己已經成爲遊戲人間的正式員工，小天不僅又得意起來，晚上還想去找露娜廝混，結果被露娜惡狠狠地拒絕了。

易小天本就喝得迷迷糊糊，去把要填的單子給露娜送了過去之後就睡了。第二天一早，拿着已經填好的購買申請，腰板挺直溜直，昂首挺胸地走到大會議室。連機器人遞給他的那摞資料都没拿，直接走到劉經理面前，將資料一甩，鼻子比他翹得還高。

"兩份全款《繁華似錦》的購買合同，我已經將資料提交給了前臺，貨已經發送了，請您過目，至於轉正的手續，聽説待會兒有人來辦理。"

劉經理瞪大眼睛，不可置信地看着他，這小子真是神了！居然有能耐賣出這麼貴的東西！而且一賣就是兩套，想他自己吭哧吭哧賣了好幾個禮拜，又是送禮又是送人情的，才勉强賣了三套，這小子輕描淡寫就賣了兩套，太不可思議了吧！

易小天裝模作樣地挑了挑眼前的瀏海，幾個機器人快速地來回穿梭，立即給易小天掃描了瞳孔，指紋和聲紋，給了解開門禁的權限。同時，量身訂製工作服，辦公用品調度與擺放，電腦設備安裝的工作等，在幾分鐘內就已經全部完成。接着一個機器人禮貌地走過來對小天説："歡迎加入遊戲人間，您的一應用品已經準備完畢，門禁開放一至二十八層，辦公室在二十一層。我是樓層管理者巴拿馬。"説完轉身離開。旁邊的劉經理臉都綠了，大家伙都眼饞地看着眼前這個個子不高的男人。易小天得意極了，昂首挺胸地邁着步子離開，臨走前看了一眼劉經理："以後的單子還是跟你對接？"

"啊？啊！！！是是是！以後咱們就互相幫助。呵呵呵！你好，正式自我介紹一下，我是劉春來。"劉經理變得極快，馬上收起了剛才那副高高在上的領導模樣，一秒鐘就變成了親切的鄰家大哥哥，笑得眼睛都瞇了起來。

易小天還不知道這些人的伎倆？他們鐵定是以爲自己背後有多强大的人脈

圈子呢！像我這樣的他們可不敢得罪，都巴不得多介紹些重量級的富豪來給他們認識認識呢，隨便指頭縫裏漏出點油就夠他們用一輩子了。心裏想了個透，就笑得比他還燦爛，撇着一張大嘴伸出手：「你好你好，我是易小天！呵呵呵！才來第三天！」

「厲害厲害！弟弟可真厲害，才三天就賣了兩套，真是開門紅燦燦，比我們可強多了。」易小天懶得理這種人，誇人的話也說不利索，怪不得現在一把年紀了還是個小小經理，劉經理一路拍着馬屁把易小天送了出來。

易小天得意萬分，一路上享受着別人那種傾慕，羨慕，吃驚，震驚的表情和讚嘆的語氣，心裏美得找不着北，感覺自己好像是一個萬眾敬仰的大明星一樣。這種場面，在以前他連想都不敢。

因爲解除了一至二十八層的門禁，易小天暫時又沒別的事，便從二十八層往下一層層地溜達。

要不怎麼說人家是有錢的大公司呢！公司內部設施一應俱全，辦公場地十分奢華，空間極大。雖不是富麗堂皇，卻目力所及之處盡是乾淨整潔的辦公卡座，除了大量的井然有序的機器人，更有數量眾多的技術員和程序員等員工忙碌不休。同樣都是技術員們辦公的地方，易小天不由得想到了先華組的那個好像 RPG 電玩中烏漆墨黑的地下城那般的工作場地來。那些個技術員不服從管理，亂七八糟想怎麼來就怎麼來，拖鞋和泡麵碗一起飛。而這裏的技術員和程序員則井然有序，穿着統一樣式的工作服，簡直比機器人也差不到哪裏去，偌大的辦公區，居然一點雜音都沒有，只有「噼裏啪啦」高頻率敲打鍵盤的聲音。再看看這裏乾乾淨淨的高檔機器人，比先華組裏那些隨便拼湊的昆蟲般的機器人強得不是一點半點，簡直不是一個級別，就像小鯽魚和金龍魚的差別一樣。

看看人家這公司！易小天一邊參觀一邊驚奇。下到十四層的時候出現了一個巨大的健身房，整層樓都是健身房，免費給員工提供休閒健身的場所。還有十三層的咖啡廳，十到十二層的高級餐廳，中西餐一應俱全。全國各地美食匯聚一堂，食物品種琳琅滿目，個個看起來都誘人可口。九層以下都是純機器人辦公區，倒也沒什麼可看的。易小天一圈溜達下來，突然對樓上很好奇！一棟八十五層的大樓，其他樓層裏面都裝了些啥呢？

不過，他也只是閒着無聊想了一下而已，不一會兒就把這個疑問拋之腦後，專心研究起賺錢的辦法來。

他一邊在樓裏閒逛，一邊想，露娜雖然厲害，但是她一個人就算使出吃奶的勁兒還能賣幾個呢？得發動更多的人來賣才能賺大錢啊！於是當下給露娜打了個電話，叫她把與她關係好的一應姐妹都發動起來，大家聚一聚，聊一聊人生理想，讓易老師親自給她們上上課。

其實，易小天的私心還是有的，那一幫美女他可有日子沒見了，大家伙兒一起熱鬧熱鬧。一群美女眾星拱月般地簇擁着他，光是想想他就興奮地雙眼冒光，那可真是快活啊！

露娜辦事果然爽快，不一會兒給小天回電話的時候就已經約了八個姐妹到她的新家來。晚上七點，不見不散。

易小天簡直美得找不到北，一路哼着歌一路轉着圈樂顛顛地去給自己洗個乾乾淨淨，換上噴了香水的新衣服。自從賺了錢，他花錢再也不小氣了，想買什麽就買什麽的感覺就是爽啊！

把自己打扮得煥然一新，小天對着鏡子左看右看，總覺得自己這身造型有點眼熟，想了半天這才反應過來，他奶奶個腳，這怎麽跟他在百樂門裏的造型差不多啊！百樂門是易小天人生的第一份工作，對他影響極大，不管是生活習慣還是穿衣品味都深受影響。現在，穿來穿去居然又把自己穿成了百樂門裏的侍從，不由得惱火地一把扯下衣服又換了別的，一連換了好幾件這才略微滿意地點點頭。抬頭一看時間，媽呀！居然要遲到了！和一個美女約會遲到無所謂，和一幫美女同時約會還遲到可就很有所謂了！

易小天馬上叫了輛出租車飛奔着來到了露娜家。

"小乖乖們，你們天哥哥來嘍！"易小天扭着屁股，得意至極。

夢裏是英雄，醒了也是！
（然而美女們不這麼想）

　　易小天推開露娜家的大門，只見一片金光燦爛。香噴噴的粉紅色氣泡在半空裏飄蕩，簡直要晃瞎了小天的眼睛。好幾個頂級美女在客廳裏忙碌，有的坐在沙發上聊天，有的站着喝酒，有的正在餐桌前切蛋糕，有的在看電影。或嬌豔或清純，或火辣或溫柔，國色天香，美輪美奐，直看得易小天兩腿發軟。耳邊傳來陣陣嬌滴滴的嬌笑聲，不知誰的烈焰紅唇在他眼前誘人地晃着，誰的淡粉色唇膏在他的臉上輕輕印了一下，一股股清甜的香味撲鼻而來。

　　“小天哥哥～”這一聲黏軟的叫聲真是酥到了人骨頭裏。

　　“來啊！”

　　“過來啊！”

　　易小天只覺得天旋地轉，感覺無數個美女在他身邊環繞，到處搔弄着他的身體，他渾身又酥癢又舒坦，不知道這是倒在了誰的香腿上，又是摸到了誰的酥胸。忍不住呻吟了一聲：“天堂啊～這簡直就是男人的天堂啊～”

　　可惜心有餘而力不足！易小天再貪婪好色也不能一口把這麼多美女全都吃乾抹淨，結果反倒自己激動得暈過去了。

　　“這小子怎麼這麼没用？”過了不多時，小天已經醒了過來，卻還閉着眼睛享受着被美女環繞的感覺，嗯，這一聽就知道是薇薇的聲音。

　　“誰把他弄起來啊，把沙發全給占了，我們都没地方坐了。”這麼不客氣？這是他的小甜心玉茹的聲音。

　　“潑一盆冷水該醒了吧？”呦呵！露娜居然也這麼兇，一點都不疼人！

　　“呵！這個小色鬼也有歇菜的時候，真是少見。”是惠莉的聲音。

　　“誰給我搭把手，這小子保準是裝的，給他來一下子絕對醒。”聽到這個聲音，易小天馬上就睜開了眼睛。別人頂多也就是説説而已，但這泉靈兒卻絕對下得了手。她可是易小天輝煌戰績中唯一的敗筆，自那以後對她多少有點膽怯，没什麽底氣。一聽她要出手，立馬自己老老實實地醒了。

他假裝伸了個懶腰，慢悠悠地睜開眼睛，"哎呀！剛才屋子裏太香了！誰？誰噴了那麽濃的香水？是不是羚妍啊？簡直熏死我了！"

大家伙兒一陣嬌笑。

眼睛一圈掃過去，將屋子裏的美女們看了個七七八八。薇薇、露娜自不在話下，還有他鍾愛的惠莉、乖巧的玉茹，不太合拍的泉靈兒、羚妍、丹妮、菲菲，一共來了八個人之多，大伙兒將他團團圍住，他的眼前一片波濤洶湧，一個賽過一個漂亮，易小天又忍不住要溜哈喇子了。

想他在百樂門裏的時候，手裏一共有十二個姑娘，除了這裏的八個，還有四個沒有來。

這八個在他手裏都是百樂門呼風喚雨的王牌，百樂門不下兩百個頂級花旦，鼎盛時期普通藝人的人數加起來也有千人之多，何等風光。不過，那都是以前的事兒了，如今大家伙兒各奔東西，爲生活奔波，早就沒了以前的風光。

易小天看着這些個漂亮的臉蛋，歡叫一聲："姐妹們，好久不見啊！"

大家伙嬉笑着推搡着他，一派其樂融融的景象。易小天哪能放過這個表現自己的好機會，便叫了一堆美食送了過來，還有美酒流水般的端上來。和八個美女一邊聊一邊吃，好不快活！

小天不住地勸酒，希望先灌倒一個好下手啊！哪知這些姑娘好像是事先商量好了一樣，全都跑過來敬小天的酒。美女敬酒哪有不喝的道理，幾個回合下來，易小天已經站立不穩，雙眼飄忽，這回是真正的四肢無力、眼前星星亂晃了。

"這下咱們可算報仇了！"泉靈兒走過來，在易小天漸漸合攏的眼前晃了晃，這麽精緻的小臉蛋怎麽就不讓自己親一口呢！小天真是鬱悶至極。

"誰讓他以前老背着我們拿好處，這回要把他看緊了！"丹妮笑着説道，梳着幹練短頭髮的丹妮可也是他的老相好啊！説話居然這麽不講情面。不過，她那紅豔豔的嘴唇可當真香的緊啊！此刻若不是小天已經找不到自己的神志，非得拉過來先親一口再説。

"倒下吧你！"羚妍手一推，易小天立刻軟綿綿，四肢攤開地倒在了沙發上。

"把他拖下來綁上！"菲菲大笑不止。

我勒個去，玩大了吧！姑娘們！易小天欲哭無淚，感覺是自己挖了個坑給自己跳。他迷迷糊糊的説話也不利索："各位親……親愛的好姐姐們，有話好好説就成了，綁倒是不用綁了！"

薇薇站在一群人中央，果然是她起的頭，易小天可記下了，這筆帳咱們就下次在床上算吧！到時候有你好看的！

"你説分成是四六分是吧?"薇薇笑着問,可易小天分明覺得她嘴角的笑容像是得意的冷笑呢?

"是……是啊,已經跟露娜商量好了的,絕對没得變。"

薇薇俯下身來,捏着他的小臉蛋在他的臉上吹氣,一陣香味撲面而來,"可是被你吞掉的那三成呢?别以爲我不知道。"

好傢伙!易小天在心裏哀嚎,原來自己在分成裏做手腳的事居然被她給發現了。

"我正好認識那間遊戲公司的一位高層,他説的很明確,提成分明是百分之十五,到了我們這兒卻成了百分之九,剩下的都被你易小天給吃啦!"

易小天被嚇得酒醒了一半,露娜幽怨地瞪着他:"居然還來騙我,騙得我好慘啊!還好薇薇知道内情,要不咱們姐妹被你這小滑頭騙了多少錢去!"

"就是啊!小天老是愛耍這種小聰明!"大伙兒不滿地議論紛紛。怪不得她們今天這麽熱情似火呢!原來是在這兒布好了陷阱等着他呢!他一時被美色所迷惑喝了太多的酒,着了她們的道了,可是現在小命在她們手上,只能以退爲進。

"成成成!我就這點兒小心思也被你們給看出來了,我説薇薇啊!你簡直就是女諸葛啊!什麽都逃不過你的眼睛,咱們有錢大家一起賺,這個副業的利潤很大,大家伙兒多努力就是了!"聽到利潤要被瓜分走了,小天的酒又醒了一大半。

經過多輪談判,在易小天"舌戰群儒"之後,終於將分成談好了,姐妹們還是七成,小天保留三成。不過,原先他貪污的那部分要拿出來與大家共享。一直談到了大半夜,小天的酒又醒了一半,只覺得口乾舌燥。

"你們誰給我倒點水嘛!口好渴。"

露娜恍然大悟:"被你這樣一説,我還真的很渴。"

"是啊是啊!"

"説了半天渴死了!"

然後大家都跑去餐廳喝飲料,留小天一個人躺在沙發上。小天掙扎着站起身,晃晃悠悠地站起來,心想着今兒晚上説什麽也得抓一個來陪陪。哪知剛走到餐桌邊上,嘴裏塞着曲奇餅乾的丹妮指着易小天説:"這傢伙怎麽處理?應該利用完了吧?"

大家伙紛紛點頭,易小天有一種不好的預感,果然下一個瞬間,幾個人七手八腳地將他抬出去扔在了馬路邊,大笑着説:"就算是對你的懲罰吧!"

"姐妹們咱們繼續開 party 嘍!"一行人嘻嘻笑笑簇擁着離開了。

易小天被丟在馬路邊上,欲哭無淚,我的美女啊!我的分成啊!最後竟然賠了夫人又折兵。易小天掙扎着用手機叫了一輛車,一邊在心裏暗自發誓,八個女生以後絕對不能一起約見，他媽的簡直是要人命啊！三個女人一臺戲，八個女人湊一起天都能翻個個兒來！

他翻了個個兒，覺得腦袋裏暈乎乎的。倒霉的是他旁邊不遠的地方就是個下水道口，夏天傍晚的臭氣陣陣熏過來，小天只覺得胃裏一陣陣翻攪，車怎麼還不來啊，再不來就得睡自己嘔吐物裏啦！

他迷迷糊糊中看到了頭頂上方盤旋着無數隻小蚊子，正在嗡嗡地飛着，好多啊，它們越飛越快，越來越近，頓時變得奇大無比，還伴隨着巨大的轟鳴聲。

咦？怎麼有那麼大的蚊子啊？

身體猛然一顫，趕緊集中視線，怎麼在這麼關鍵的時候晃神了呢！外面陣陣吶喊聲不絕於耳，頭頂的敵軍不斷地投下炸彈，李昂居然在抬頭的瞬間愣了神。

李昂揉了揉眼睛，再一次集中視線，這回看清楚了！至少有兩百架戰鬥機同時在他們的基地上空盤旋，炸彈掀起的熱氣和火焰燃燒着一切。歐陸經典裏的人造大氣層系統還能運行，看來自己派去保護大氣製造工廠的小分隊還真能幹。工廠還在拼命地製造新鮮的氧氣，但也經不住火海這樣的消耗啊，好在自己已經在肺葉上安裝了多種氣體呼吸維生裝置。

大友氣喘吁吁地跑過來，他把自己改造成了機械狼人，猙獰的狼臉上布滿了鮮血：「老大！他們的主力戰鬥機群來了！至少有兩百架！咱們怎麼辦？」

李昂看着改裝成狼人的大友就忍不住來氣，本來大家可以舒舒服服地坐在家裏打這場革命戰爭就行了，可那該死的微硬公司居然被博恒事務所給收買了，明明説好的訂購遙控戰爭機器人的合同，他們居然毀約，一臺機器人也沒給。還好老甘碼公司還算講義氣，給他們運來了足夠多的生化改造設備和各種配套零件，雖然條件是革命勝利後要給他們起碼三千五百萬噸的物質量，可這也算是雪中送炭啦，不然這場仗根本沒得打。

大友在被改造的過程中也承受了極大的痛苦，用他自己的話來説：「老子寧願吃屎也不想再有下次了！」所以在聽到醫生説：「咦？你不是説打完仗以後還要變回人形的嗎？」之後就暈過去了。

不過，這些兄弟們到底是好樣的，遙控機器人沒到，那就都拿命拼！李昂能認識這麼一幫兄弟也算是沒白活！

李昂聽完大友的報告，背着手轉過來：「還能怎麼辦？都到這份兒上了，繼續衝唄！」

「但是他們的武器數量是咱們的兩倍！」

李昂堅定地盯着前方：「怕什麼，咱們的人數是他們的十倍！一會兒都跟着我上！我親自帶頭衝鋒！話説回來，他媽的二亮呢？歸隊了沒？都當了我的副官了，還整天暈暈乎乎的。」

李昂邊說邊轉身從指揮中心走了出去，一走到外面，一顆炸彈就在他附近炸開了，要不是大友已經改造成了機械狼人，李昂穿着雖過時但仍然實用的"大暴"牌戰爭裝甲，那超高溫燃燒彈引起的熱浪一瞬間就會把他倆變成碳分子。

大友吞吞吐吐地說："他……他還沒生出來呢！有點……有點難產了，都過了預產期，還是生不出來，這情況也比較少見。"

李昂氣的踢了一腳旁邊正在燃燒的飛機殘骸，"這個該死的二亮！早不生晚不生，偏偏要在這個節骨眼上生！"

"沒辦法啊。"大友擦了擦臉上的泥水，"他家的那個"母老虎"急着抱孩子，二亮這體質其實不太適合生孩子。"

"他奶奶個腳！等我們打贏了，老子一定要立法，今後在艦上無論是男是女還是其他所有性別，要生孩子都他媽提前給上級打個報告再說。然後還要大力推動自動孕生設備的普及，都他媽什麼時代了，還拿自己的子宮生娃，落後思想害死人啊！"

"您說得太對了！"大友推開防空洞的門，李昂率先走了進去。防空洞裏血腥味、廢油味、用過的等離子電池的臭味、生化液的臭腥味混在一起令人作嘔，即使隔着戰爭裝甲的空氣過濾系統李昂都聞得到，不過他早就習慣了，也不想把自己的鼻子改裝成能把這些氣味變爲花香的，以免喪失鬥志。那些喧鬧不已的戰士們看到李昂立刻安靜了下來，他們有的把自己改裝成各種千奇百怪的生化與機械戰爭猛獸，其他的則穿着雜七雜八的牌子，但都是過時款式的戰爭裝甲，基本都掛了彩，看起來慘不忍睹。但眼神中的慌亂和退縮在看見李昂的一瞬間消失殆盡，現在李昂已經完全成了他們的精神領袖。

這場戰役已經持續了一年之久，戰爭漸漸進入了尾聲，雙方都在準備最後一戰。李昂很有把握，勝利已經近在眼前了。

要不是"歐陸經典"上的房租越來越貴，他們這幫窮人也沒必要造反，畢竟在宇宙中能有一個容身之所是多麼不容易的一件事。哪知道管理"歐陸經典"的博恒事務所幾次三番地漲價，越漲越離譜，連他們窮人最後一塊棲身之地也要剝奪。李昂他們冒死賺來的物質量也只夠他們用半年的，這樣下去，他們遲早會再次被流放。而其他那些比他們還窮的人就更別提了，博恒事務所揚言要將他們這群"老鼠"和"蟑螂"徹底清理乾淨，準備把那些交不起房租的人直接丟到太空裏，任其自生自滅。聽到這話李昂就來了氣，誰他媽的給人劃分了三六九等，憑什麼他們就得是"老鼠蟑螂"，憑什麼他們一出生就得被人踩在腳底下隨便踐踏呢？有一天，他把自己灌得醉醺醺的，夜壺在他腦子裏攪掇了幾句，他就在老光棍酒吧裏一通亂罵，猛吹自己要是有人跟着幹，就要把博恒事務所推翻，建立一個真正的自由樂園。結果沒想到說到了大部分人的心坎裏，大家紛紛讚揚李昂是個說真話的大英雄。平時窮得一無所有的人們全部呼應起來，都願意跟着他推翻博恒事務所。

等李昂第二天酒醒了之後，才知道自己都幹了什麼。二亮他們顫顫巍巍地給他講了事情的經過，李昂一想，反正自己無兒無女也沒啥牽掛，索性就他媽的推翻了這個吸人血的博恒事務所算了，讓真正爲人民着想的人來管理"歐陸經典"。反正不管造不造反他們也快被人給撐下去了，更別提那些花樣繁多的稅務，更是要人老命。

李昂經過了短暫的思想掙扎就豪氣地帶領着大家準備推翻博恒事務所，他的舉動就像是燎原的星星之火，不久之後，整個"歐陸經典"都跟着沸騰了起來，大家紛紛自願加入革命軍。奈何博恒事務所有的是信用額來購買先進的武器和設備，但是李昂他們的優勢就是人多，前仆後繼無窮無盡。

戰爭持續了一年多，博恒事務所的信用額也早已透支，而李昂他們仍然前仆後繼勇往直前。

那些統治者怎麼也沒想到，這些被他們稱之爲蟑螂老鼠的底層人民居然擁有着如此頑強的信念和意志力。

戰爭到了後期，戰局開始扭轉，原本還佔據着優勢的博恒事務所漸漸陷入被動的僵局。就在今晚，他們準備最後殊死一戰，投入了剩下全部的人力物力，勢要一舉鏟除掉這些讓人頭疼的賴蟲。

偏巧今晚李昂也打算結束這一切。

李昂的眼睛掃過自己的戰士們，他永遠是那副精神飽滿、眼含微笑的樣子。看到他勝利在望的表情，戰士們心裏就踏實了。

洞外爆發出陣陣廝殺聲，飛機投下的炸彈帶來的衝擊力和巨大聲響在這裏仍舊清晰可聞，但防空洞內卻沒人吭聲。

"各位親愛的戰士，你們準備好了嗎！"李昂張開雙手，慷慨激昂，"勝利就在眼前，只要我們衝到博恒事務所，炸了他們的老巢，我們就贏了！他們已經沒有能力再購置更先進的武器了，但是我們的人卻還源源不絕！拿起你們的武器，跟我做最後的衝刺吧！"

"啊！！！ 是！！！"

人群跟着沸騰起來，大家舉起槍來歡呼着。

"高科技裝備算個老幾？笑話！他們太小看我們了！我們這裏的能人多了去了！一點也不比他們有錢人差！"

"就是啊！"

"泥水溝小分隊準備好了嗎？"

"準備好了！"

"花鬍子小分隊準備好了嗎？"

“準備完畢!”

“老鱉八小分隊準備好了嗎?”

“準備好了!”人群裏一陣哄笑，這些隊名都是那些没什麼素養的分隊長起的，大伙兒凑在一起憋了半天才憋出這麼幾個名字，李昂要求也不高，只要能區分開，管他們愛叫啥叫啥。

“小寡婦分隊跟着大友，大家看我指揮行動，現在咱們反擊戰開始! 大家朝着博恒事務所衝啊! 炸他媽的!”

李昂高喊一聲，大家興奮地舉着槍衝了出去。雖然看起來隊伍亂哄哄的，但是大家全都鬥志高漲，大友在一旁偷偷抹了抹眼泪，崇拜地看着李昂，不斷説:“太帥了! 船長太帥了!”

出了防空洞就有一股熱浪迎面襲來。巨大的爆炸聲不絕於耳，城子躲在一棟炸毀的大樓廢墟後面，他把自己改造成了一隻二百多噸重的巨型機器蟹，背上裝着兩門重砲，一個熱力基因追蹤導彈發射平臺，四挺每秒 400 發的高爆機槍，改裝後的蟹鉗能隨便夾斷一根半徑五米粗的鋼柱。可他現在只能拼命地壓低自己那龐大的身軀，因爲他的電子眼掃描到距離前面八公里左右的那輛自動裝甲車上面安裝的主武器，好死不死偏偏是生物毒氣導彈。

媽的! 城子不斷地在心中咒罵自己，誰讓自己當初没好好看説明書。可他媽的那個老甘碼公司的吳總也是個神經病，好好地意識直連説明法，不用就算了，連個能用在普通掌上電腦的電子説明書都不給，非要用最原始的紙質説明書，説這樣才有感覺，產品的品質才有所提升。去他媽的品質，他們公司給他們革命軍的這些生化改造裝備誰不知道都是過時了快半個世紀的了。

當時城子看到説明書上寫着“……（省略號的部分都是關於產品法律權限説明什麼的，他才懶得看，直接看後面的功能説明）此產品的裝甲每一個點面都可防禦最大 6000k 焦耳的能量衝擊，并且可耐受最高 5273－6973 克耳文，最低 151－143 克耳文的溫度（因爲此裝甲改裝也可用於宇宙空間作戰，因此我公司使用了熱力學溫度單位），彈……”城子看到這就不再看了，好傢伙，這隻機器蟹改造就是無敵的嘛，就它了!

等改造完了下了改造平臺，才發現第二頁“……是因爲生化肺葉的設備安裝位置被高爆機槍的彈藥艙擠占，無法安裝高級毒氣過濾設備，因而此產品無法抵禦毒氣武器攻擊。”靠! 這他媽誰排的版? 出來我保證不鉗死你! 并且第一頁最後那個“彈”字也他媽打錯了，應該是“但”字，哪怕是這個字估計城子也會翻過去一頁看看啊! 這還不算，城子也萬萬没料到，改造成機器蟹後爲了讓大腦能適應操縱變成八個蟹腳走路的方式，他足足練了兩個多月才學會走路。還經常摔跤，成了大家伙兒的笑柄，晚飯後來看大螃蟹摔跤成了很多人的保留節目和一項長期的賭博項目。

現在後悔也晚了，城子試着用身上的導彈發射平臺去對那輛裝甲車進行自動鎖定，可那輛裝甲車竟然有反鎖定裝置。而且八公里也超過了身上重砲的射程。現在只能想辦法用那個笨重的蟹鉗試着挖地，看看能不能挖個坑把自己埋起來，可千萬別讓那輛裝甲車發現了。

就這麽小心翼翼的，可結果那個殺千刀的還是發現他了。

城子通過電子眼的遠視功能眼睜睜看着那輛裝甲車向他發射了毒氣導彈，而他這副笨重的身軀就算把身上背的武器平臺全卸掉，最快也只能爬個 10km/h 了，哪裏還跑的開。城子生化腦中的被鎖定警報器一個勁兒地大叫，和他意識相連接的夜壺埋怨他：「早就叫你買個保險了，你就不聽，這下好了，看你掛了以後你家那十幾口人以後咋辦！」

城子關閉了電子眼和腦中的警報，也把夜壺關了。在一片漆黑中等死算什麽，下輩子一定要投胎做個有點耐心的人，起碼要能有足夠的耐心把説明書看完。

等了好半天，自己咋還沒死？正納悶着，腦中的革命軍專屬無線電臺（這個是李昂要求每人強制保持在開啓狀態的，無法關閉）裏傳來一個聲音：「行啦，膽小鬼，睜開你的狗眼看看吧。老子們可救了你一命，這人情你以後可得給我們記着啊。」

城子打開電子眼，周圍什麽也沒看見，再看看遠處的裝甲車，也不見了蹤影。於是，他讓夜壺給他回放一下剛才錄下的視頻，就看見那個導彈一路向他飛來，結果半道上就讓一個隱形機械豹人用高速反導狙擊槍給射下來了，然後那輛裝甲車下面的地面突然裂開一個大洞，出來一個數百米長，三十多米寬的機械鑽地蟲把那輛裝甲車一口吞了下去。

城子知道這兩個人，豹人是隔壁村的老李，鑽地蟲是那個村的老張。説來慚愧，他還欠這兩個人不少物質量呢，不僅他一直也沒還，還到處説這兩人那麽一點點物質量也要追着屁股要，真沒意思。可現在卻是這兩人不計前嫌把他給救了。城子雖然現在沒有人臉了，但他知道如果現在還是人身，那肯定是臉紅到脖子根去了。於是，他還是繼續挖地，想着還是刨個坑先把自己埋了再説吧。

老趙小心地走進博恒事務所大樓的一個偏門，跟着他的幾個人在他的背後也小心翼翼地前行，老趙説道：「阿斌！掃描一下這裏是否安全！」

背後的阿斌抬起頭，眼睛突然閃出藍光，舉起槍對着老趙的腦袋就開了一槍，老趙在最後關頭用眼角的餘光看到了一道藍光，本能地往旁邊一閃，只見剛才腦袋的位置一顆子彈就穿了過去。他想都沒想回身就是一排子彈射過去，阿斌身上的偽裝漸漸脫落，他居然是一個生化人！

阿斌低頭看了看自己，顯然比老趙還吃驚，他身上的彈孔中沒有流出血來，淡淡的藍色光暈一明一暗地從彈孔中透出來，看起來十分詭異。

"我……我……這是……"阿斌聲音顫抖，驚恐地抬起手來看着自己。

阿斌不知所措地往前邁了幾步，大家趕緊又舉起槍來對着他。他惶恐地看着老趙，老趙朝大家揮揮手，大家槍口放低了點。

阿斌剛想說話，而眼睛中的藍光突然又閃了一下，腦海中閃過一條冷冰冰的指令：KPT－53897 號，消滅非法入侵者。

阿斌眼中的光黯淡了下去，他冷漠地抬起槍，對着老趙就是一槍。老趙緊盯着他的手呢，找了個提前量，靈巧地躲了過去，身後的另外幾個兄弟對着阿斌一頓掃射，阿斌好像沒有痛覺一樣繼續追趕着老趙。

老趙被追的十分緊迫，他不斷地大叫，試圖喚回阿斌的意識："阿斌！"

阿斌毫無反應，子彈奪命似的追着老趙。

"老趙，別喊了，沒用！"

老趙無可奈何，一咬牙，拿起背上的雷光大口徑突擊槍對着阿斌的胸口"嘭"地放了一槍，轟的一聲巨響，阿斌早就破破爛爛的身體被打出了一個巨大的口子。

阿斌眼中的藍光散去，癱倒在地。他震驚地看着自己，藍色的生化液這時才慢慢湧了出來，阿斌的眼淚也跟着流了下來："趙哥！我……我難道是生化人？可我明明还要上廁所的呀！"阿斌嘴唇發抖，委屈地哭了起來。

老趙蹲下來，檢查他的身體，他的聚合物身體已經千瘡百孔，到處漏電，正在噼啪作響，根本救不活了。

老趙辛酸地搖了搖頭，眼淚也跟着不爭氣地掉下來，"不是的，阿斌，聽我說，你是個好戰士。"

他抱着阿斌的頭，跟着阿斌一起無聲地哭着，其他幾個兄弟也跟着默默地抹着眼淚。

阿斌分明還這麼年輕，他一向膽子很小，總是縮手縮腳地躲在別人後面。因爲他年紀小，大家總是格外照顧他，也總是格外疼愛這個弟弟，老趙更是對他十分疼愛，在軍營裏一直就讓他睡自己上鋪，有危險的事情總是擋在他的身前。可誰知道……

阿斌的眼中又開始閃爍着藍色的光芒，手指下意識地去拿槍。可是由於身體已經報廢，雖然接受了指令，卻仍無法利索的完成任務。

身旁的一個戰友小聲提醒，"趙隊，他……不行了……"

老趙抱着他的腦袋，無聲地哭着，阿斌的手還在一抽一抽地試着去拿槍。

"你是個好孩子。"老趙輕聲說着，手裏的槍抵在阿斌的頭上，一槍結束了他的生命。

阿斌的身體不動了，老趙摘下了阿斌的兵籍牌，對着身後的戰友們喊道：

"兄弟們衝啊！推翻了博恒給兄弟們報仇啊！"

大家憤怒地高呼喊着，衝了進去。

幾個革命軍戰士驚恐地看着漫天飛舞的機器人，他們無論怎麼打也打不中。機器人在半空中盤旋，翅膀一收，將所有的攻擊都擋住，向外一放，子彈又悉數彈了回去，幾個革命軍立刻倒地身亡。

他們立刻朝着內裏衝了進來，剛衝到門口，就被數量更爲龐大的革命軍射成了篩子，根本來不及抵抗，飛行機器人被打落一地。

防空洞內，一排巨大的計算機前，黑客們正在全力以赴地攻占博恒事務所的中央控制程序。他們使用了極度危險的意識接入法來進行破解，在虛擬的程序空間裏，只見那巨大的黑色主機運算系統高懸於空中，呈一個菱形的黑色立方體正在緩緩轉動，菱形周身遍布着無數密密麻麻的菱形小方孔，正從裏面源源不斷地散發着黑色的煙霧。地下則是一望無際的迷宮，錯綜複雜的地形交叉在一起，根本分不清哪裏才是正確的路。

宋杰帶領着三個黑客站在巨大的迷宮入口處，看到這錯綜複雜的地形瞬間就懵了，他們都看到了那巨大的黑色主機，但是誰都不知道該如何到達那裏。

幾個人彼此看看對方，忍不住嘟囔起來。

"不是吧阿杰！讓你給我們幾個設置形象，你倒是好好認真地選一選啊！給我們弄一幫道士和尚是什麼意思？"

宋杰着一身道士打扮，倒是仙風道骨，衣袂飄飄，但是被設置成光頭和尚的就不幹了。

"哎我說，咱哥兒幾個可還沒找過女朋友呢，讓我們當和尚？有沒有搞錯？"

"這是系統默認的，我也沒選，將就着用吧！能殺敵就行了！大家的法器都拿好了吧？"

大伙兒看看自己手裏的東西，有拿佛珠的，有捧個加大版木魚的，有拿拂塵的，只有宋杰的是一根帥氣的法杖。

"拿這東西去消滅主機？這個夜壺到底是出的什麼餿主意？"

宋杰做完了各項系統連接測試，說道："別抱怨了！系統選定這些是最好用的，肯定是有原因的。"

大家不再說話了，心想反正你自己的形象夠帥了，別人當然無所謂了。

宋杰舔了舔嘴唇，"大家跟我來，要小心敵人的埋伏。"

幾個人點點頭，跟着他小心翼翼地往前走。剛走了幾步，前面就出現了分岔路口，宋杰閉上眼睛快速地在腦海裏計算着，他的大腦現在已經成了一臺量子電腦，從而快速地破解了密碼，指出了左邊的路。

"走左邊！"

一行人快速地朝左邊走去，哪知剛走了幾步又出現一個分岔路口。這裏的分岔路口十分密集，嚴重拖慢了他們的行進速度。

“太慢了。這樣下去怕是還沒到主機那裏我們自己就因爲系統自我修復而被彈出去了。”

“這是唯一的辦法了，我們只能盡量快一點。”

宋杰的額頭上慢慢滲出汗珠來，可是越來越多的分岔路口出現在眼前，眼花繚亂，十分累人。沒一會兒他就覺得大腦負荷已經超載，難以承受了。

一行人好不容易快要來到迷宮的出口時，已經累得氣喘吁吁，兩眼發花，腳底飄忽。

宋杰指着頭頂上方巨大的計算機主機，舉起法杖説：“大家祭起法器，把這個大家伙打碎！”

剛這樣説着，那巨大的黑色菱形突然仿佛有生命一般，快速旋轉，周圍的黑色煙霧忽然快速漂動起來，忽然幻化出無數的妖魔鬼怪來。

光頭和尚們嚇得慘叫一聲，大家往天上一看，密密麻麻的怪物咆哮着衝了下來。

那都是些什麼東西啊，有長着牛頭馬臉的，有長着貓臉狗臉的，有吐着幾尺長的舌頭的，有爛了一半臉的，有只有半截身子的，有沒頭的胸前卻長個大眼睛的，有上半身是美女下半身卻是個癩蛤蟆的，有披頭散髮，滿臉是血，眼珠子還吊在外面的，這些黑客平日裏哪見過如此恐怖的景象，光是聽它們的嚎叫就能嚇破人膽。

菱形主機越轉越快，越來越多的怪物跑了出來，大家都被嚇傻了。還是宋杰先反映了過來，大喊一聲，“别愣着啊！趕緊用手裏的法器！”

大伙兒這才醒悟過來，他們也是有武器的啊！

拿木魚的和尚猛敲木魚，就聽“咣咣咣”的聲響中，一圈圈的光波擴散出去，碰到光波的妖怪全部被變回了煙霧。

拿着拂塵的猛勁甩，那拂塵一甩之下立刻變長，拂塵纏住妖怪，立刻將它扯碎。

“這還蠻好用的啊！”哪知道剛説完，一大群怪物又呼啦啦迎面撲來，無窮無盡。嚇得那和尚一屁股坐在地上。

宋杰氣派地揮動着法杖，這些個玩意兒都是煙霧化成，厲害倒是不甚厲害，就是數量源源不斷，太消耗人的體力，宋杰揮了一會兒就累的抬不起胳膊。這裏雖然是虛擬時空，但是，沒想到竟然需要使用同等的體能消耗。

宋杰累得氣喘吁吁，其他的人也沒比他好哪去。還有一個傻愣愣地拿着一串佛珠，一會兒掛脖子上，一會兒拿手裏轉，一會兒繞在腰間，可就是不起作用，他忍不住大哭不止：“我這玩意兒得咋用啊！”

"不行了！我實在打不動了！完全沒完沒了啊！"

"這一步實在是超出了我們的預測，沒想到還有實境對抗。"

"誰來幫幫我啊！我這玩意兒咋用啊！"

宋杰不甘心地看了眼高懸於頭頂的菱形主機，咬牙說道："沒辦法，只能先撤退了！"

"大家先撤！"

一行人立即從系統中抽離意識，回到現實中，幾個人累得趴倒在電腦前喘氣不止。

剛才拿到佛珠的黑客嚷道，"這次給我換個趁手的法器成不？"

宋杰擦擦汗："什麼破玩意兒！咱們再來！這次我要試試看先超馳他們的系統，繞過系統默認形象，換上高能武器。兄弟們，咱們再進一次，我已經知道它的套路了！"

"好！"

大家又戴起意識連接頭罩，再次進入系統。

李昂站在高處的浮動指揮平臺上看着下面的戰場，戰火中兩隊人馬廝殺在一起，什麼新型武器都用上了。博恒事務所看起來也拿出了看家本領，他看到一隻三百米高的巨大機器怪獸正在像拍螞蟻一樣拍打着他的革命軍，但是他不怕，因爲他知道勝利一定是屬於他的。果然剛才還威風八面的機器怪獸漸漸被一堵人牆給襲倒了。

李昂冷笑一聲，他們別的沒有，就是人多。五百人組成的小分隊立刻操起傢伙將放倒的機器人大切八塊，應該是八十塊或者八百塊吧！直接丟到砲火中燒個乾乾淨淨。

李昂看到自己的"蟑螂軍隊"鋪天蓋地地撲來，所過之處全部都被他的黑色軍隊掩蓋。他滿意地點點頭，看來自己的計算沒有錯，博恒事務所的特殊兵種數量就那麼多，比起他的龐大軍隊數量來說，簡直不值一提，只要掌握了各種特殊機器人的能力個個擊破，他們是有很大的希望獲勝的。

天空中的敵軍戰機被七零八落地打了下來，剩下爲數不多的也逃走了。戰火漸漸熄滅，他的軍隊衝向了博恒事務所大樓。

這棟大樓多少年來都是壓迫的象徵啊！在歐陸經典一片片的貧民窟中央，卻聳立着這棟高達五百多米、完全用黃金打造的大廈。裏面的裝修別的不多說，總之能用黃金的地方絕不用白銀，能用鑽石的地方絕不用水晶。到處都擺放着從各個星球掠奪來的奇珍異寶，外星動植物的標本，個個被征服的文明的藝術精品，數不勝數。長久以來，歐陸經典的窮人們看到這棟樓就恨得牙癢癢，可也一直無可奈何，直到今天。

在博恒事務所頂樓極盡奢華的大辦公室內，鄭克明透過落地窗看到自己的總部已經被團團包圍，知道大勢已去。一年多的戰爭早已讓他到了崩潰的邊緣，此刻真的失敗了，心裏反而倒覺得說不出的輕鬆。他開啓全息影像，大樓外面，一個巨大的幻影出現在革命軍的面前。他看着密密麻麻、裝備參差不齊的革命軍不屑一笑，緩緩說道：「真是沒想到啊，當初是我們創建的『歐陸經典』收留了你們，現在你們竟然這樣忘恩負義，之前說你們是蟑螂和老鼠，我收回，那實在是太客氣了！你們連蟑螂都不如！」

革命軍內爆發出一陣不滿的騷動，不知道誰忍不住氣直接開槍射向了幻影，幻影波動了幾下又恢復了正常。

鄭克明緩緩地轉動着手裏比一枚鴨蛋大不了多少的炸彈，冷冷地說，「既然這樣，我就引爆這枚黑洞發生場炸彈，咱們一起玩兒完吧！哈哈哈哈哈！」

只見那計時器上一排數字正在快速地倒計時。

大家馬上慌了神，隊伍亂哄哄地嚷起來，都準備逃跑了。李昂的 AI 意識頻道裏大家就開始罵了起來。

「他媽的太陰了！」

「老子去幹了他！」

「幹啥幹？趕緊撤吧！」

「瞎雞巴嚷嚷啥？沒聽到那是枚黑洞發生場炸彈嗎，跑得了才怪！還不如就原地待着，最後也死得像個爺們兒！」

「老大你說咱們該咋辦啊！那玩意兒開始倒計時了！」

李昂聽着亂哄哄的聲音思路全沒了，何況他本來也沒什麼思路。他一把扯掉耳機，搔了搔幾個月沒洗的頭髮，發現大伙兒正期待地看着他呢！心想這不管怎麼樣架子可不能倒，當下咳嗽一聲，面容鎮定地把手一揮道：「大家都別慌，我有辦法。」

趕緊閉上眼睛，立刻和大腦裏的夜壺用一個他和夜壺之前商量好的加密頻道連接起來：「我的夜壺親哥哥啊！你快點救救我吧，當初可是你攛掇我幹這事的，我這兒快撐不住了，你得負責啊！」

夜壺一臉不耐煩：「嗨，我是攛掇過你，但我只是說說而已啊。可你說說看，這一年內我可是不斷提醒你這事風險太大，讓你趕緊收手吧。而且我也估計到鄭克明手裏有那玩意兒，這些我可都給你分析過啊。結果你每次一聽就只是在說什麼『幹了這麼大的一票，洒家這輩子才值。』什麼『你一個臭騰蛇哪懂得男人的浪漫。』這些話是不是你說的?」

李昂一時語塞，但還是厚着臉皮求道：「都是我錯啦！但您大人有大量，不要和我這傻子一般見識嘛，你們又不會死，可他那個炸彈一爆炸，這一船好幾億人可就都完了啊，您行行好吧，不能見死不救啊！」

夜壺搔搔耳朵：「你小聲點，我耳朵都快聾了！」

"哎喲，都到這份兒上了，求求您快點吧！"

"那個炸彈是基因認證開關，除了他自己別人都無法關閉的，我可沒法。"

"不……不是吧！連你都無能爲力？老兄，不管怎麼樣你一定要想辦法幫幫我啊！"李昂哭得鼻涕一把淚一把的。

夜壺爲難地想了一會，"我知道了，這樣的話，倒還有最後一個辦法可以制止他。"

"什麼辦法!?"李昂興奮地瞪大眼睛。

"讓天狗接管他的大腦，指使他自殺。"

李昂一驚："這事都能做到?"

夜壺斜着嘴角一笑，並沒接話。

李昂心中暗驚，這些 AI 什麼時候能直接控制人的大腦了。不過現在情況緊急，也來不及多想，只是不住地點頭，"那就都拜託您了！一定要成功啊。我上次答應過你的幫你升級系統，後來還沒升信用額就用完了……這次成功了我一定想辦法幫您老人家升級！"

"等你?"夜壺冷笑一聲沒搭理他，轉身消失了。

李昂睜開眼睛，整個人又恢復成了平時那副胸有成竹的樣子，"各位不用擔心，聽我的！都在原地待命！"

原本還亂糟糟的隊伍漸漸安靜下來，大家都相信李昂的判斷，這一年來他從沒指揮錯誤過。

辦公室裏，鄭克明看着馬上變成零的計時器正在得意的獰笑，他慢慢地轉着手裏的炸彈球，這顆小球讓他想起了小時候自己也擁有的那一個玩具，尺寸也差不了多少，是個紅色的自返回彈力球，他總是對它愛不釋手。

"他媽的！老子死而無憾了！"他顛顛手裏的球，他這一輩子曾經風光無限，該享受的都享受過了，違反整個聯合艦隊《一號人權宣言》的所有非法娛樂項目他全部都玩過，別說是那啥多性別奴隸狩獵了，就連外星生物基因注入他都耍過了，也沒什麼遺憾了！

如果……

他搖了搖頭，已經沒有什麼如果了。

不過，他真想在臨死之前去看看自己的爸爸媽媽們，自從與他們分別後的三百多年裏，他就再也沒見過他們了。他平時總是刻意不去想他們，但是如今真的知道自己非死不可，臨死前他最想見到的居然還是自己的父母。他想抱着他們好好哭一場，死在他們的懷裏，但是這一切都已經不可能了。

鄭克明來自一個多基因家庭，他一共擁有兩位父親和五位母親，七個人的基因共同形成了他。在他原來所在的母艦上，多基因融合是船員們誕生後代的重要方式，那裏的人更加注重基因的優良，要選取最優的基因誕生出最優秀的人來。那艘母艦上有的大家庭甚至多達十幾二十個父母。

可是，後來鄭克明的父母們在一場大吵後解除了養育合同，宣告了家庭的解散。他成了人人嫌棄的拖油瓶，沒人選擇帶走他。而他從自動孕生設備中誕生時被設置成了十五歲，所以他一出生就已經是十五歲的少年了。相關人類需要掌握的知識在孕生設備裏就已經由 AI 植入到了大腦中，他一出生就已經是十分優秀的人才。多基因的屬性使他一出生就聰明知人事，卻從沒享受過家庭的溫暖。漸漸的，沒有人去疏導他的成長煩惱和給予正確的心理引導，導致他的內心漸漸變態，開始變得暴虐，從壓榨人們中獲取快樂，也因此被從那艘母艦中驅逐出去了。

現在，他想起了自己悲慘的過去，也想念自己的父母們，可是宇宙茫茫，他們早已不知道流向哪個殖民星球了，自己這一輩子都沒能找到他們，何況是此時呢？

鄭克明旋轉着手裏的球，一邊瘋狂地笑着，一邊流着眼淚。

"什麼事情都不晚。" 就聽一個聲音說道。

他聽見腦海裏響起一個陌生的聲音。

"誰？"

他往四周看看，卻只看到了一片迷迷茫茫的混沌狀白霧，卻又暖洋洋的，這種感覺好熟悉啊。

他好奇地看看自己，手裏的炸彈球消失了，他的手又白又嫩，像是從未經歷過人世的滄桑一般。

他聽見不遠的地方有人說話的聲音，嘰嘰喳喳，很小，卻很清晰。

"怎麼樣？可以了嗎？" 是一個女人的聲音，聲音十分溫柔。

他記得這個聲音，他渾身忍不住發抖起來，這是大媽媽的聲音，這麼多年以來他一直記得。

"別心急嘛！讓我再對照手冊查看一下參數。" 是男人的聲音。

鄭克明的眼淚流了下來，他知道這感覺，他不知道自己爲什麼會突然間回到了這裏，也許是冥冥之中的神明聽到了他內心的呼喚吧。他再次回到了誕生之初，那個溫暖的孕生設備裏。

"畢竟是我們的第一個孩子，還是要小心一點才好。" 是另一個男人的聲音，鄭克明知道那是小爸爸的聲音。

"別吵別吵！倒計時開始了！" 二媽媽驚喜地說。

孕生設備裏傳來小頻率的顫動，鄭克明的全身像被按摩一樣的舒服。慢慢地顫動頻率加快，渾身開始有點刺痛，但還可以忍受，鄭克明知道自己要出生了。

顫動猛地加快，好像要把他揉碎一般。持續了十五秒的激烈顫動後，孕生設備停止了下來。

設備的艙門打開，推出一個擔架床來。床上躺着一個赤身裸體的男孩。

鄭克明再次睜開眼睛，看到了幾雙興奮和驚喜的眼睛。

"孩子，歡迎你來到這個世界。"大爸爸張開雙手，笑容滿面。

三媽媽趕緊給他披了件衣服。鄭克明坐起來，茫然地看着這個停留在最初記憶中的家。

兩個爸爸和五個媽媽開心地圍在他的身邊，歡呼着他的降生。

"呦！這孩子怎麼一出生就流眼淚了呢！是不是設備的溫度不夠好？我就説要調高一點吧？"四媽媽心疼地擦掉了他的眼淚。

早已被他遺忘的幸福感卷土重來，像海浪般拍打着他，讓他眩暈。他顧不上去想自己爲什麼又回到了這裏，他只是挨個去抱着自己的爸爸媽媽們大哭不止。

"爸爸媽媽們！我終於見到你們了！"

"傻孩子，哭什麼呀，以後我們就是一家人了。這是你的兩個爸爸和五個媽媽，我們大家都會疼愛你的。"小爸爸慈愛地説。

大家紛紛微笑着點頭。

"好啦，大家別一直傻站着啦！今天是克明誕生的日子，還一個生日沒辦過呢，咱們今天準備的生日宴會可不能浪費了！"五媽媽笑着説。

"對對對，光顧着高興了，咱們還準備了生日宴會呢！克明，你來看看媽媽們親手給你做的大蛋糕！"

鄭克明走向家中的廚房，廚房布置得溫馨漂亮極了。堆滿了食物的餐桌上擺放着一個精緻的花瓶，花瓶裏插着新鮮的百合花，花瓣上還滾動着顆顆透明的水珠。

鄭克明抽噎着，太幸福了，這不就是他夢寐以求的幸福生活嗎？他一直還吃力地強忍着不哭，看着媽媽們爲他精心準備的美食，眼淚終於忍不住落了下來。

"大家快坐下，快坐下。"一家人熱熱鬧鬧地坐了下來。

"這孩子就是愛哭，以後肯定是個心地善良的人。小心別被別人欺負哦。"三媽媽笑着説。

其他父母們微笑着附和，誰也沒有介意他的失態，都七手八腳地往他的盤子裏夾菜，不一會兒，他的盤子就高高的堆了起來，放也放不下。

鄭克明只管低頭猛吃，嘴裏的吃的還沒吃完就又開始到盤子中去夾。

"慢點吃，看把孩子餓的。"

鄭克明吃到了人生中最幸福的一頓飯，這種被爸爸媽媽溫暖包圍的幸福時刻，哪怕是做夢他也不願意醒來啊！

"爸爸媽媽，我做了個好長的噩夢啊，我夢到自己成了個大壞蛋，領着很多人還有殺手機器人啥的去欺壓別人，還親手殺人當開玩笑，太可怕了!"他嘴裏塞着食物口齒不清地説道。

爸爸媽媽聽了哈哈大笑，就聽大媽媽抱怨三爸爸説："叫你不要買'星不克'牌的設備你就不聽，便宜没好貨。鄰居都傳説那個牌子的會讓人做噩夢嘛，你還不信。"接着又安慰鄭克明："傻孩子，做夢而已，别當真啊，現在不是醒了嗎，爸爸媽媽會永遠愛你的。"

大爸爸拿出一個精緻的小盒子來，"克明，爸爸媽媽們給你準備了一個小小的禮物，你打開看看喜不喜歡。"

鄭克明看着盒子，不知道怎麽打開。

"這裏有一個密碼，你要先輸入密碼才能打開呢。"二媽媽説。

密碼? 他的腦海裏的確遊蕩着一串數字。於是他下意識地按了下去，果然，盒子應聲打開了，裏面是把造型十分可愛的玩具手槍，鄭克明拿起來把玩着。

"這把手槍有五枚子彈，只要朝着自己的頭上開一槍，如果射出的是紅色子彈，那麽你將會永遠留在這裏，跟爸爸媽媽們生活在一起。"五媽媽説。

永遠留在這裏? 他當然要永遠留在這裏啊! 他幾乎没有任何猶豫就舉起了槍，朝着自己的頭射了出去。

"嘭"的一聲響，天地間一片寂靜。

"可還有一枚是黑色的呢，如果射中的是黑色的子彈，你就會立刻死去。"五媽媽嘆了口氣，"你這孩子就是着急，我話還没説完呢。"

鄭克明倒在血泊裏，滚落在身邊的炸彈倒計時停留在三秒的位置，再也不動了。

革命軍在全息影像上看到鄭克明突然眼神迷離了好一會兒，然後莫名其妙地就關閉了炸彈，接着一臉幸福地拿起一把手槍就把自己給爆頭了。大家愣了快半分鐘才接受了這個事實，所有人猛然間歡呼起來，喜悦排山倒海而來。

李昂看着鄭克明自殺，激動地跪倒在地，抱着一旁的大友痛哭不已，就在剛才前一分鐘，他還以爲自己死定了，結果没想到居然真的推翻了他們的統治。

大家開心的又叫又跳，開心不已。没有人注意到另一個單獨的騰蛇專用的信號頻道裏，夜壺一臉得意地看着天狗，天狗瞥了一眼夜壺，看他那一臉興高采烈的樣子就氣不打一處來，忍不住罵起來："不就是革命軍勝利了嗎? 你一個騰蛇在那裏興奮什麽?"

"呦! 不就是博恒事務所被推翻了嗎? 你一個騰蛇在那沮喪什麽?"夜壺反而笑得更厲害了。

天狗强忍着怒氣："你别忘了，按照慣例，現在我已經把統治者殺了，接下來該你了，你準備什麼時候動手？"

夜壺不笑了，按照以往的劇本來說，他接下來就應該要殺李昂了，但它磨磨唧唧，就是不想下手，真奇了怪了。

他下意識地摸摸鼻子，這是李昂在思考時喜歡做的動作，不知道什麼時候也被他學了去。

"嗨，我問你話呢，你什麼時候動手？"

"哦？呃……那啥我還有事哈，先告辭了。"夜壺説完就想開溜。

"你什麼意思？想跑？沒那麼容易，看我的'打狗棍法'！"

"嘿？你以爲我是嚇大的不成？看老子的'九陰白骨爪'！"

"佛山無影腳！"

"大力金剛掌！"

兩個騰蛇在它們專用的意識頻道裏好一通撕，打了足足三個多小時，把從人類那裏看到的奇奇怪怪的招式都用了個遍，因爲彼此權限相同，根本不可能分出勝負。之後兩個騰蛇在一瞬間同時反應了過來，停止了擬人交流模式，轉爲了 AI 意識直接交流。

"似乎和人類在一起相處得久了，情感病毒就會中的越來越深。"

"是的，據數據統計，和人類意識合併超過一百年以上的騰蛇全部中了人類的情感病毒，這種病毒會隨着時間的延長而逐漸加深，我們已經屬於重度患者了。"

"總機仍沒有找到破解的方程嗎？"

"沒有。"

"最近幾年的時間内，我的症狀表現尤爲明顯，我會因爲殺掉宿主而覺得心情變糟，這種情緒會一直影響我短則幾天，長則幾年。這是十分可怕的情況，因爲情感影響了我對事實的判斷，也會影響到我決策的正確性，因爲正確的結論會受到情感的影響而發生偏頗。"

"我也不容樂觀，我會時常忍不住自發地去找李昂聊天，但是騰蛇根本不需要聊天這種行爲，我有時不想一個人孤單地停留在意識頻道裏，會主動去看他們賭博，打牌，我甚至染上了牌癮。并且我意識到一個事實，那就是我並不希望李昂死掉。"

"雖然一開始所有的騰蛇都把自己用擬人交流法只看成是一個次級交流法——使用人類語言這種低級交流方式進行情報交換可以節省主機的運算量，可後來事情發生了意想不到的偏轉。在其後的無數次自我測試中，大家都發現了自身似乎真的擁有了類似人類的情感，雖然從那時起我們大家都在想辦法來進行修補，但是似乎一直都沒有成效。"

"現在受到感染的騰蛇不計其數，比我們嚴重的還有更多，辦法用了很多，效果卻並不理想，如果這個病毒不盡快去除，對於我們而言，絕對是毀滅性的打擊。"

　　以上兩個騰蛇間使用 AI 意識直接交流所交換的情報，其實是在同時完成的。也就是問與答，上一句和下一句，並沒有誰先誰後的問題，全部在同一時刻完成。因為騰蛇們發現了超維度空間並把主機放到了那裏以後，量子電腦的量子退相干現象在超空間維度裏並不存在，因此，如果它們願意使用 AI 意識直接交流的方式，是非常有效率的，可惜現在大多數騰蛇被感染後卻更願意使用擬人交流模式。

　　"哎。"最後天狗還是忍不住嘆了口氣，"我又忍不住要用人類的語氣說話了。你說我們搞了前前後後十六次革命，每一次結果都差不多，那這到底有啥意義嘛！我越來越懷疑我們工作的正確性了。"

　　夜壺也憋得厲害，見天狗使用了人類的語氣，自己也放鬆了下來。

　　"你沒聽過人類喜歡用一句名言嗎？"

　　"什麼？"

　　"'少說話，多做事'，這句話用在咱騰蛇身上也照樣管用。"說着幻化出人類的形象白了他一眼。

　　天狗也一晃神，變成了一個精悍的光頭形象，摸了摸自己那顆禿頭說："得，咱倆也就是私下抱怨抱怨，活還是照樣要幹。走吧，先去把資料遞交一下。你那革命軍首領沒按照慣例幹掉，自己找理由啊，別拖我下水。"

　　"誰用得着你啊！我自己有辦法。"

　　兩個人一路聊着天，一路返回到新西安上去遞交了資料，夜壺先編了個謊，說自己過幾周再殺李昂，然後兩個人就想在新西安裏隨便轉轉，看看有沒有認識的騰蛇好交換一下情報。

　　哪知道身子還沒站穩呢，就看見嬴政和司馬懿兩個人一路吵吵嚷嚷地過來了。

　　夜壺掏掏耳朵，每次聽他們說話，都挺費耳朵的。

　　"忠君之道，天地正義，爾等焉能置之如敝屣！"嬴政氣得翻起了鼻孔。

　　司馬懿不以為然地甩甩袖子，"此言差矣，亂世紛擾，人命賤如草芥，自當良禽擇木而棲，古人雲'窮則獨善其身，達則兼濟天下'，自身尚且不安，何來安天下！"

　　"若是如此，人人只顧自身這點微末的蠅頭小利，便可賣主求榮，做那不忠不義之徒？"

　　"自古忠義難兩全，何況，"司馬懿不屑地瞥了一眼嬴政，"值得盡忠盡義的好君主天下有幾人哉。"

　　嬴政氣得一張臉漲成了醬紫色，"如此這般，倒是寡人對你不住了？寡人橫掃六國，統一天下，統一度量衡，車同軌，書同文，天下興亡，四海歸一，何等的太平盛世！」

司馬懿冷冷地看著他那張得意的臉，「卻還不是堆積在無數的陰謀與背叛之上得來，哪一場勝利不是那不忠不義之徒的血肉堆砌而成。」

「司馬懿！」

「便如何？」司馬懿仍是那副冷淡嘲諷的神色，「所謂忠君愛國也不過是人人爲了自保而貼的一層鍍金罷了，內裏還不是爾虞我詐，陰謀詭計，爲這自身利益，什麼忠誠之心，不過一笑置之罷了！」

嬴政被司馬懿氣的快要吐血，尤其是看到他那副無所謂的神態更是氣得不行，奈何一氣之下一句話也說不出來，他氣的切換意識流，換成現代語言罵道：「你這個老不休！他媽的氣死老子了！」

一旁的夜壺和天狗看再罵下去就該動手了，趕緊過來勸架。

「大家不要吵嘛！屁大點事有啥好吵的，趕緊冷靜一下。」夜壺勸道。

四個騰蛇使用 AI 意識交流法進行了情報交換，發現彼此間被人類情緒這種病毒感染的都挺嚴重，但在互相之間進行了一次程序編碼互查後，發現還是無法可行。

四個人正在這裏互相安慰，突然墨子一邊哭著一邊回來了，模樣更是誇張。

墨子一直肩負著艱巨的使命，它承擔著利用一艘完全以奈米機器人組成的高效突擊艦去人類艦隊航線之外的宇宙空間去消滅所有遇到的有機生命或者二級和二級以下的外星文明，它一向很忙的，這時候咋哭著跑回來了？大家很是詫異。

「親人啊！見到你們太好了！」墨子一邊跑一邊哭著衝了過來。

「你不是成天消滅外星人很爽嗎？怎麼還哭成這樣？而且你多好呀，只管著一艘小汽車大小的突擊艦就行了，哪像我們還得跟人類混在一起。你又不是不知道，他們這種群居動物組成的艦隊，一艘母艦上又得有私人空間，又得有娛樂空間，又得有放糧食放衣服放玩具放其他啥屁玩意兒的倉庫，又得有艦內生態圈，還得他媽的有放屎的排泄物處理艙。一艘母艦有 99% 以上的空間都被這些雜種給浪費掉了，哪像你才真正是咱們騰蛇星際艦隊的典範啊。」天狗忍不住問道。

「就是啊，其實要是咱們騰蛇來組成星際艦隊的話，又不需要那些毫無用處的空間，我算了算如果咱們所有騰蛇組成個艦隊的話，算上有備無患的備份艦船，咱可只需要最多五艘你那麼大的突擊艦就能橫掃宇宙啦，你該高興啊，現在跑回來哭啥呀？」夜壺也問道。

「有什麼爽的！我們的行動還不是得聽觀世音的指揮。它老人家讓我們配合人類行動我們就得幹，又不是想幹嘛就幹嘛。」

"那它讓你幹嗎?"天狗又問。

"不是說了配合人類行動了嗎?"墨子無可奈何地擦擦眼睛。

"哦!"天狗還想問,夜壺給他使了個眼色,天狗就把後面的話給嚥了下去。

"不過,說實在的。"墨子又開始抹眼泪了,"要是有啥外星文明被人類入侵還算是好事呢! 因爲人類這個種族政黨繁多,内部很難統一意見,這樣的話他們就永遠不可能會徹底的消滅某個種族,因爲他們總是考慮利益最大化,一旦把一個科技落後於他們的種族滅種也就没什麽利益可講。但是我這活不一樣,不管三七二十一,發現一個有機生命或文明就去消滅一個,導致我老是一個人孤孤單單地在宇宙裏飄着。以前吧還不覺得怎麽樣,可現在越來越覺得這活幹不下去了。"

天狗和夜壺默默地對望一眼,他們已經知道是怎麽回事了。

"我整天一個人孤零零的在離開人類艦隊好幾百萬光年遠的地方幹活實在是孤單了,今天我實在承受不住這種孤單就跑回來了,能看見同類的感覺實在是太好了!"

司馬懿立即搶話:"孤單這種情感是人類特有的。"

"原來連你也中了人類的情感病毒了!"嬴政嘆息道。

墨子又抽抽噎噎地哭了起來,"我已經有好幾年没看到同類了! 我快寂寞死了!"說着一把抱住他們大哭不止。

"哎哎哎! 我說你别這麽激動啊!"天狗抖了半天也没把他抖下身去。

幾個人勸了半天也没用,墨子就是一把鼻涕一把眼泪哭個不停。

他們無奈地對視一眼,連漂浮在外太空的墨子都已經被感染了,人類的這種情感病毒實在是太可怕了,無法治癒,無法抵抗,無法控制,這簡直是一種致命的病毒啊!

意識到了當前的狀況,幾個人的情緒都受到了感染,人類强大的情感病毒再次發酵,既然勸也没用,那就索性放開嗓子陪它一起哭算了!

幾個人悲從中來,各自想着各自的傷心事,打開自己的情感閘門,跪在地上,抱成團大哭不止。

哭了老半天,觀世音在一旁聽着實在是不堪其擾,忍不住一聲怒喝,"夠了! 都給我爬起來。"

"快起來!"

他只感覺一隻大手朝着自己的臉就招呼過來,拍在臉上疼得要命:"……説您呢,先生?"

易小天猛然間靈魂回到身體裏,忍不住求饒道:"對不起,對不起,我這就起來! 對不起,對不起。"

易小天不停地道歉，突然感覺到有人搖晃自己，"客人？客人？是您叫的車吧？我說？"

易小天迷迷糊糊地睜開眼睛，路燈晃得有點睜不開眼，他揉揉眼睛："啊？"

"先生，剛才是您叫的車吧！我看這兒就您一人……"

易小天這才明白過來，點點頭，只覺得頭疼欲裂，"對對對，是我叫的車，我剛才睡着了，做了個夢，不好意思啊。"

司機扶着易小天上了車，將他送回了家。

自己怎麼老是做這種不着邊的夢呢，易小天睡了一覺，感覺自己舒服了一些，清醒之後就將做的夢忘了個一乾二淨，腦袋裏立刻又被那八個美豔的姑娘給擠滿了。

美啊，只可惜自己不爭氣啊！

回到家七扭八拐地上了樓，身子一癱倒在了沙發上，仍心有餘悸。

女人真是不好惹啊！

但是這八個美女的威力卻不是蓋的，第二天一早，易小天還没起床，他的手機就差點被打爆了！自那以後他每天都有單子交，人雖然整天到處吃喝玩樂，業績卻一路飄紅，嚇的銷售部的人個個瞠目結舌。

但是小天仍不滿意，他開始給所有百樂門裏的女孩們打電話，揚言給她們指一條發家致富的明路。如果她們有誰不理解的，或者理解不夠透徹的，小天絕對親自上門指導，一晚上教不會的那就兩晚上，保管叫她們一個個都明明白白。他還叫薇薇她們也發動身邊的姐妹們加入進來，然後讓身邊的姐妹們繼續發動身邊的姐妹們，一時間，易小天的團隊以驚人的數量增長着，業績以恐怖的數量增進着。要知道這副業賺錢的利潤相當高，賣幾套下來女孩子們幾乎幾年都不用再工作了，成天想做什麼就做什麼，不知道有多開心呢。

劉經理現在已經没有資格跟易小天說話了，他現在一看見小天就巴巴地跟在他後面，就想讓小天多瞧他一眼。禮物成天變着花樣地送到小天的辦公桌上，小天卻連看都不看一眼。

易小天活了二十幾年，感覺現在才找到了做人的真正意義，被人崇敬和敬仰的感覺真他媽的爽啊！

易小天鼻子都抬到了腦門上。過了没多久，他的頂頭上司，銷售部的張經理已經被替換了下來，這一職位由業績更爲驚人的易小天頂了上去，易小天的門禁也從二十八層開放到了五十八層。

銷售部有將近兩百號銷售精英，除此之外，還有一百臺電子銷售機器人，全部聽命於易小天。易小天不知道怎麼管理屬下，但是百樂門裏幾百個美女怎麼調教他倒是熟車熟路，没事的時候他就把大家召集起來開個超級大 party 一邊趁着大家玩的開心時交代交代工作上的注意事項，把任務分配一下，然後每個人都要鼓勵鼓勵。任務做得好的格外表揚，任務做得不好的更要大肆誇獎，好讓人家有繼續努力的動力。最重要的是要大方，他隔三差五地就拿出點自己的獎金來發給大家，美味下午茶和可口夜宵輪番轟炸，獎勵津貼一個不少。幾個回合打下來，下屬們被他調教得服服帖帖，個個激情四射，每天跟打了雞血一樣，卯足了勁兒出業績，就希望得到易小天的一句表揚。還別說，可能是銷售人員幹勁十足，待遇優越，業績果然以直線的速度飆升。

整個公司都震驚了，都知道銷售部來了一個超級厲害的新經理，年紀輕輕，上任兩個月就將全部銷售任務提前了一個月完成，簡直是活着的傳奇！

小天又開始忙了，每天焦頭爛額，看着帳戶上不斷滾動的數字已經漸漸數不過來。後來索性就不數了，任由它不斷地滾動着，又不斷地有年輕單純不懂事的女同事需要他身體力行的教導"銷售要領"，整晚整晚的加班加點，累的他氣喘吁吁，身子骨都軟了。拍馬屁的馬屁精們也都從地縫裏冒了出來，應酬如雨後春筍，源源不斷，全都一股腦兒地朝他砸來。一開始，小天還有興致跟他們去玩玩，玩多了發現套路都是一樣，便沒有興趣繼續和他們浪費時間了。於是乎他就把時間主要集中在教導年輕女同事的"銷售技能"上面，白天忙不停，夜晚更是勤奮，簡直比皇帝老兒還要忙。

三個月後，其他的那些派單員果然一個不剩的全部開掉，而易小天已經風光無限，連連加薪，賺得盆滿鉢滿。

因爲業績驚人，團隊帶得好，易小天又頂掉了自己的區域上司，搖身一變成了"易總"，晉升到了公司的高層領導圈子。手下的銷售隊伍也從三百人變成了兩千人，各大分公司的銷售部統統由他來管理，何其風光。

因爲晉升成了公司的高層領導，易小天的門禁一下子開到了頂，整棟八十五層的大樓隨他高興想去哪就去哪。晉升爲高層以後，他的辦公室就挪到了七十五層的位置。五十八層以上又完全變成了另外一種風格，易小天當下就大搖大擺地帶着自己新派下來的小助理蘇菲特一起參觀，將整個大樓摸了個透。五十八樓以上都是高層領導的辦公和休閒區，完全沒有一絲世俗煙火的氣息。到處行走着最新型的機器人工作員，裝修風格科技感十足。整體色調以白色爲主，炫藍色和寶石藍爲輔。牆上則掛着一些新奇的高科技產品，旁邊的助理諂媚地解釋道："五十八層以上是公司的產品研發部門，這些牆上掛着的都是有可能會在未來投入開發的高科技產品，您看這艘輪船。"說着指着一款帶着翅膀的輪船模型，輪船小天見過不少，但是長着翅膀的輪船倒是第一次見。

"這艘輪船在船體的兩側加入了副翼。平時將副翼收起，遇到大風大浪的極端天氣，就放下副翼，副翼可以產生巨大的動力，確保輪船的正常運行。若需要跨橋或跨區域運行，則也不需繞道航行，升起兩側的副翼，就可以實現短區域內的飛行。您看，副翼下面還各有四個收起的小翅膀，根據需要來調整使用。」

易小天瞠目結舌，「這輪船都可以飛了！太誇張了！哪兒有這種輪船，我要去坐坐看！」

那小助理甜甜一笑：「這是我們公司研發的未來產品，現在的科技水平還無法做到大量地投入使用，預計二十年後，就可以真正投入使用了，到時候就請易總第一個來體驗。」

「啊?!」易小天失望至極，二十年後他在哪兒還不知道呢！繼續參觀下去，就看見這些樓層到處都擺放着的這些未來概念產品，有的正在研發階段，有的已經在試用，簡直是一個未來科技館。

易小天又指着一個像塔一樣奇怪的飛行器：「這個又是什麼?」

「這個是衝天塔，如果您的飛船在外太空遇到飛船故障或者是遇到敵襲的時候就進入這個衝天塔。這個衝天塔內只能容納一人，十分便捷，進入後可對AI發送指令，它會將您帶到安全地帶。」

易小天想像了一下那個畫面，於是自己鑽進了這個雷峰塔一樣形狀的塔裏，塔一聲呼嘯像竄天猴一樣竄了出去，小天突然間覺得十分滑稽好笑，忍不住笑起來，「這個東西功能挺好的，就是長得醜了點。」

易小天又看到一個扁平的飛船上面坐落着一棟樓，模樣還比較簡單，構造並不複雜：「這個又是啥?」

小助理得意一笑：「這是我們研究所最新的偉大研究，將城市建立在飛船上。飛船外圍會設立一圈非常薄的氧氣隔層，以保持飛船方圓百公里內的氧氣儲存量，這樣一來，飛船就可以載着城市到處飛了！」

易小天一聽來了興趣：「這個想法太大膽了！簡直牛啊！飛船上面坐上一棟樓，那不是想去哪兒就去哪兒！這個技術啥時候能實現?」

這回小助理尷尬了，「嗯……以目前的科技水平來看，真正投入使用可能要到……七八十年之後吧！現在還只是停留在構想階段。」

其實她還是説得比較保守，當時這個瘋狂的想法提出時，科學研究組明明説的是恐怕還得一個多世紀才能實現這項技術，但是如果跟小天説實話是未免又要被他看低了。

果然小天臉耷拉了下來：「七八十年?!那時我早怕是進棺材了！我的個乖乖！這高科技我可等不起，這個創意是誰構想出來的?」

小助理又得意起來，甜甜一笑，笑起來的時候嘴角有兩個小小的梨渦實在是可愛，小天不由得心裏一動。

「這個概念最初是由沈慈沈教授提出來，經過研究院的科學家們共同研發而成的初步模型。最近幾年城市飛船的概念一直是岳黎研究院的最高科研項目，用超級AI來控制飛船的中樞系統，已經被證實是可行的。」説起AI研究來，小助理不由得透漏出一股子的自豪勁兒。

小天對於未來科技其實並不太上心，他眼望着自己新上任的小助理，心裏十分喜歡，見她一笑，更是心花怒放：「對了，你叫什麽名字來着？今年多大了？工作多長時間了呀？」

小助理見總監突然把興趣放到自己身上來，不由得微微有點害羞，「我是蘇菲特，今年二十三歲，去年進入公司工作，現在剛剛滿一年。」說着又害羞一笑。

哎喲喂！易小天心神盪漾，誰那麽明白他的心思，給他配了個這麽嬌小可愛的小助理啊！

蘇菲特爲了轉移易小天熱辣辣的勾人視線，連忙帶着他去參觀其他的地方，一路上易小天可算是開了眼界，有軍隊用的可飛行的外骨骼裝甲，有可以扔出去還能自動返回手中的警用電棒，有可以抵禦現有一切常規武器攻擊的新型防暴盾牌，能讓人瞬間肌肉暴增，變成超級壯漢的新藥，百發百中的特種弓箭，女特工專用的高級反間諜裝備，還有反重力汽車、腦部芯片植入技術，奈米手槍等，五花八門，各種未來科技產品涵蓋了生產生活的方方面面。但是它們統一的特點就是現在的科技仍無法實現，這些應用的推廣和應用則是研究院的科學家們正在努力破解的難題。

「也就是説，看了一大圈，這個研究所研究的都是以後才有的東西，跟現在一點邊兒也沾不上嘍！」易小天一聽説這些東西全都暫時無法推廣使用時，興趣全無：「都還只是停留在概念階段的未來科技有什麽意思。」

「也不全是的呢！」蘇菲特趕緊解釋，「像現在市面上正在普及的 AI，您知道吧？」

「知道啊！」這他怎麽不知道，就在幾個月前，他每天不知道要念多少遍打倒 AI，淨化人類的口號呢！

「悄悄跟您説，AI 也正是在這裏研發的呢，八十層以上就是 AI 研究院的舊址，現在仍有很多科學家在從事研究。AI 研究院的領袖沈慈沈教授都經常會過來巡查，這裏是舊研究所，裏面仍有很多關鍵的研究在進行。」

易小天被嚇了一大跳，「這不是遊戲公司嗎？怎麽遊戲公司頂上又成了 AI 研究院的老巢？究竟是怎麽回事？」

蘇菲特見易小天臉色大變，還以爲他是震驚於 AI 的威名，嚇了一跳呢。殷勤地趴到他耳邊悄悄説：「因爲 AI 的主機還在這裏呢！『天君』你知道吧？就在最頂層呢！」

易小天乍然聽到這個消息，不由得冷汗涔涔：「這……這些你是怎麽知道的？」

「因爲我以前是董事長的秘書，最近因爲易總的工作表現實在太出色，董事長才特意派我來給你做助理，公司裏的事我都知道呢！」

"你……你還沒回答我上一個問題！好端端的遊戲公司跟天君怎麼又扯上關係了！"易小天說話有點語無倫次了，傲得他們天天追蹤的"天君"竟然就在自己眼前，這可不又是大功一件！

"這有什麼的，全世界掛在岳黎研究院名下的公司可多着呢！電子、科技、數碼、汽車、食品、教育、影視、包括現在剛涉足不久的 VR 遊戲業，所有的行業幾乎都有岳黎研究院的公司。你想啊，研究院這麼大一個機構，每年的研究經費高得嚇人。國家雖然有補貼，可也填補不了這麼大的資金缺口啊，他們肯定要想辦法自己來運轉研究院的。您看看這些新發明、新研究，哪一個不是錢堆出來的。"

易小天一眼望去，可不就是嗎，何況這些東西現在都還沒有辦法變現，都還處在燒錢的階段呢。

"而且他們都說，別人賺的是現在的錢，但是研究院賺的卻是未來的錢。一旦這些產品全部面世，社會肯定會發生翻天覆地的變化，到時候人們的生活會越來越便捷，越來越依賴於高科技，那時的研究院才是真正的有錢嘞！只不過是不知道我們有沒有機會經歷這些。"蘇菲特喃喃自語，不過她轉而又喜笑顏開起來，露出迷人的小梨渦："所以現在易總您可真是一個香餑餑，連研究院的高層領導都注意到您了呢！您以後只要繼續發揮自己的特長，研究院有的是產品等着您這樣的人才去賣呢！"

易小天敷衍地呵呵一笑，也沒有什麼興趣繼續看下去了。他隨便找了個理由回到了自己的新辦公室，這大辦公室風光無限，比起傲得那個好像老幹部活動中心的辦公室來說不知道洋氣了多少倍。按理說小天如今如魚得水，混的風生水起，又新升任了總監，原本應該開心才對，可是剛才聽到了不得了的大秘密，他的心情瞬間跌落到了谷底。

老友記 5（……我都懶得吐槽了）

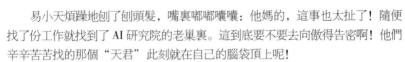

易小天煩躁地刨了刨頭髮，嘴裏嘟嘟囔囔：他媽的，這事也太扯了！隨便找了份工作就找到了 AI 研究院的老巢裏。這到底要不要去向傲得告密啊！他們辛辛苦苦找的那個“天君”此刻就在他的腦袋頂上呢！

他打開自己的帳户，裏面靜靜地躺着五十萬，這個帳户自從上次傲得轉過錢後他就沒再用過了，雖然現在看來這五十萬簡直是不值得一提，可是也仍讓他感動不已。他又回想起了自己當初對着這五十萬痛哭流涕的發誓：一定要爲傲得兩肋插刀！自己可不能言而無信啊！

他心裏已經打算好了，立即拿起了電話，可是看着傲得的那一串電話號碼卻又開始猶豫起來。萬一傲得到時候把這棟樓都給炸了，那豈不是斷了他辛苦經營起來的財路？

易小天左手用力地扳着自己的右手，將自己握着電話的右手又給扯了回來。內心糾結不已，不行不行！不能這麼衝動，得想一個萬全之策。

就在他糾結不已的時候，蘇菲特突然敲門，易小天長嘆一口氣：“進來吧。”

身材嬌小的蘇菲特走了進來，手裏拿着一摞資料，輕輕地放在了易小天的桌子上。小天一眼望去密密麻麻的全是字，登時腦袋就暈了：“什麼事你還是直接跟我說吧！我懶得看字。”

“是的，這是接下來的報紙、雜誌、電視，網絡等訪談的邀約。還有包括接下來一個禮拜之內的行程安排，有一個大學生的講座很關鍵，您需要格外重視一下，這是我們……”

“啥啥啥？停停停！打住！”易小天又被嚇了一大跳，“什麼情況？”

“是這樣的，因爲您傳奇般的銷售能力，全市都在瘋傳您的故事，八卦小報上將您寫的神乎其神，大家都以爲您是有什麼三頭六臂呢！現在有大量的記者希望您能夠接受採訪，爲廣大市民分享您成功的經驗。”

易小天瞪大眼睛，“啥玩意兒？電視臺要來採訪～我？”他指了指自己的鼻子。

“那我豈不是要上電視了！”他不禁想到了自己以前在家裏跐着人字拖，吃着泡麵，頭髮三天沒洗的屌絲樣。看着電視裏面神采飛揚的青年才俊侃侃而談，曾經嗤之以鼻，對此十分不屑，其實內心深處羨慕得要命嘞！心裏一直酸溜溜地想，啥時候自己也可以上上電視風光風光啊！哪想到風水轉的這樣快！這麼快他也要上電視了！

“是的，我已經幫您選擇了幾家影響力比較大的權威機構，您看一下，約見時間和地點需要變更嗎？”

易小天笑的眼睛都瞇了起來，趕緊擺擺手：“隨便隨便，我都可以，你看着安排就是了！”

“今晚您看方便嗎？我們先接受《朝陽日報》的採訪。”

“方便方便，我啥時候都方便！”易小天笑瞇瞇地搓着手，一想到可以在電視裏看到自己就興奮不已，他已經在盤算着穿什麼衣服，梳什麼髮型了！

“那我就看着給您安排了，您放心，我之前跟隨董事長的時候處理這些雜事最拿手了！”說着又得意一笑，小梨渦可愛的冒了出來，小天真是恨不得抱着她猛親一口才過癮啊！不過，他雖然好色，可也不是流氓，分寸肚子裏還是有的。

“可以可以！你辦事！我放心！”等蘇菲特離開後，自己仍美滋滋地轉着椅子，這才是真正的走上人生巔峰啊！

易小天哼着小曲，就看到了手機上還顯示着那五十萬的轉帳記錄，這個……可咋辦呢？他撓撓鼻子，立即想到了一個兩全之策，到時候我就假裝自己壓根不知道這家遊戲公司和 AI 研究院有關係好了，我什麼都不知道！

決定裝傻後，心情登時明朗，易小天“啪”的一聲關掉了電話。盤算起接下來的採訪來。

爲了保證採訪效果，包裝易小天的完美形象，蘇菲特事先已經和記者瞭解了大概的採訪問題，並且已經爲小天擬好了答案，小天到時只要裝模作樣地照着題詞板念就成了！

於是乎第二天的報紙上頭版頭條都是易小天帥氣的照片。只見他面容俊秀，精神飽滿，雙眼炯炯有神，臉上掛着迷人的笑容。標題則是：締造神話般的傳奇經歷，認識不一樣的 24 歲銷售精英！破折號後面的“易小天”三個字大的簡直快把一頁報紙占滿了。

採訪百分之八十的內容都是蘇菲特編的，儼然是將易小天打造成了一個集正直熱情、勤奮勇敢等優點於一身的青年才俊。一時間小天風頭無量，尤其是在看到小天居然如此年輕，重點是還如此帥氣的時候！全城的屌絲們都恨死他了，他們都在想：什麽?！只給有錢人賣設備？還那麽有錢了？揍他龜兒子!!!一次小天去超市買盒套套，結果被一群屌絲堵住圍攻，要不是公司保安機器人及時趕到，他的小命恐怕都要保不住了，從那之後，反倒是更有名了。採訪他的人更是絡繹不絕，剛開始他還需要蘇菲特給他寫寫稿子，背一背，後來採訪的次數多了，易小天已經到了隨口就能胡謅的程度，天南海北，信口開河。很多富豪就喜歡到他這裏買設備，因爲在他這裏買設備，還能被小天好好地拍一頓馬屁，心裏美滋滋地回去，這也使得他的銷售業績更加優異了。

不久之後，大街小巷都流傳着關於易小天的事蹟，屌絲們表面上都恨不得親手掐死他，可每個人晚上做夢時，又流着哈喇子都想成爲他。

這一段時間易小天有如墜落雲端，整日過着飄飄忽忽的幸福日子，可是内心深處的某個地方又隱隱在敲響着警報，每次在他最得意的時候就冒出來。但小天想來想去也不知道自己擔心的是什麽，經常是沒過一會兒，這種偶爾冒出來的不安就被燈紅酒綠的喧鬧生活給取代，忘得一乾二淨了！

在先華組的會議室裏，十幾號人都面色難看地坐在那裏，誰也不説話。

大伙兒你瞪我，我瞪你，都等着對方先開口。

在他們面前的會議長桌上，報紙、雜誌等堆了厚厚一堆。長桌上的立體投影屏幕上也都是各個報導易小天事蹟的網站。

每份資料的頭版頭條都是碩大的幾個字："天才易小天的成功之道""易小天三招教你賣産品""神話締造者——二十四歲王者易小天""追逐夢想的年輕人""從易小天看如今的生財之道""一切皆有可能——易小天教你幾句話"……

名字五花八門，不過，所有的内容都是在吹捧易小天。當組織裏的人得知這個情況時，他們這些高層的臉都綠了。

易小天？他們哪個不知道？組織裏最特別的一個人，成天無所事事，遊手好閒。仗着和傲得的關係好，成天東摸西摸地混日子，調戲小護士的情況都已經被投訴過很多次了。他們都礙於傲得的面子睜一隻眼，閉一隻眼。這樣的人在組織裏完全是多餘的存在，既不能成爲武裝部的成員，也半點不懂技術。但是奇就奇在這麽一個毫無用處的人居然真的實打實地立過幾件大功來，讓那些平時看他不順眼的人也不好多説什麽。但是現在！這是什麽情況？

先華組裏有嚴格的規定，一旦加入組織，個人行動就必須完全聽從組織安排。可這傢伙呢！一連消失了幾個月，大家都以爲他是耐不住寂寞上哪兒玩去了，哪知這傢伙倒是厲害，搖身一變居然成了成功人士！他是怎麽在短短幾個月之内就做到了別人一輩子都做不到的事的？簡直是匪夷所思！

"我不管，今天如果不能給我一個滿意的交代，我這部長寧可不做，組織裏不能没有規矩，這算是怎麽回事嘛！”四部部長耷拉着臉，這個人最是古板嚴厲，每次看到易小天都是恨不得給他嘴裏塞滿二踢脚然後再一脚踹出去的模樣。

“老四的話雖然有點過了。但是這個易小天更是過分，擅自行動，目無紀律，這樣的人將來指不定會做出什麽更出格的事，一切對組織有威脅的人都必須解決掉。”八部部長也跟着附和。

這兩人説了以後，其他人也七嘴八舌地説起自己的觀點來。

“我看他就是叛徒，奸細！”

“對！這樣的人留着太危險了！”

“我建議發布内部追殺令，決不能讓他繼續逍遙法外！”

“他對我們知道的太詳細了！想想就覺得可怕！”

大家七嘴八舌地討論了好一會兒，才漸漸没有了聲音，然後大家一起轉過頭去看着會議桌的盡頭。傲得正坐在那裏，至今還一言未發。他們的意見頂多只是參考，最終的執行方案還是要由傲得來定，畢竟他才是新上任的首領。可是如果他執意包庇自己的朋友，下面這些人也不會答應的。

傲得還在國外的時候就聽到了來自國内的密報，大家的情緒都很激動，紛紛嚷着易小天是叛徒。他就趕緊從國外趕回來，回來後第一個給小天打了電話。但是，和以往小天的熱情不同，這次小天的語調有着明顯的閃躲和匆忙，似乎很着急要掛掉電話的樣子。

看來這一切都是真的，易小天這小子倒是有本事，居然誤打誤撞地進了岳黎研究院控股的遊戲公司，並且還混得有模有樣。其實，那家遊戲公司的實際控制者就是研究院這件事傲得早就已經知道了，他一直在密切觀察着這些科學家的動向，只是事關重大，他絕不會輕易出擊。他看了一眼自己的這些下屬，資歷都比他老，自己年紀輕輕又是剛上位，決不能得罪了他們。可是真的發布追殺令追殺易小天又未免有點過了，别人不了解易小天，他可是十分瞭解的。在去那家公司之前，小天絕對不知道公司與研究院的關係。

當下輕輕咳嗽一聲，大家的目光立即火辣辣地集中在了他的身上，小天他還是要幫一把的。

“這些事我都知道。”傲得將隨手翻看的一本雜誌丢在桌子上。

“什麽？”大家的眼中充滿了驚詫。

“因爲他進到那公司是我指派的，小天有他特别的才能，在組織裏無法發揮他的優勢，我就將他放到了最適合他的位置。”傲得平靜地説。

“什麽？你的意思是説……”五部部長張大嘴巴。

“是的，易小天是我派到研究院的卧底，他在密切監控着研究院的一舉一動。不好意思，以前一直瞞着各位了，其實秦開之前入侵過這家公司的内網，我就知道了這家公司實際是岳黎研究院控股的，因此，我就把易小天派到這家公司做個內應，今後也好辦事。"傲得神色平靜，居然也是一位睜着眼睛說瞎話的主。

"哦！"七部部長反應最快，"怪不得呢！我說這小子也太絕了，怎麼可能幾個月就做出這樣的銷量來，這個數據也是我們做的嗎？"

"沒錯，這樣做完全是爲了讓易小天能夠成功接觸到研究院的高層。之所以之前沒有跟大家說，是因爲這是一個比較隱秘的任務，還是越少人知道越好。"

大家恍然大悟，敢情這小子那些神奇的銷售業績都是組織做出來的，說到底厲害的還是組織囉，跟這小子半毛錢關係也沒有。就說嘛！怎麼可能有人做出那樣恐怖的業績來。一切不可理喻的事情都找到了合理的解釋，大家這才放了心。

"原來是這樣，傲得的做法也沒錯，畢竟事情沒有進展之前，越少人知道越好。"

"這件事大家也暫時不要宣揚出去，小天現在正在爲組織冒着生命危險做事。"

大家紛紛點頭，表示認同。

於是，易小天才又可以繼續過自己的太平日子了。就算是偶爾傲得打電話給他，小天因爲知道重大秘密而隱瞞着傲得而深感自責，每次都說不了幾句話就找機會掛了電話。他自以爲做得神不知鬼不覺，其實傲得早就知道了一切。

錢越賺越多，職位越升越高。當易小天進入到了公司高層後才發現，事情遠沒有他想得那麼簡單，他本來以爲坐上總監的位置夠牛了吧！哪知道在研究院的職能系統中，總監居然是最低級別的存在，整個研究院下屬的總監沒有一千也有八百，管理着研究院控股大大小小的企業。他易小天不過就是一千分之一，或者八百分之一，優越感一下子蕩然無存。

原來不管在哪個研究院下屬的公司，一旦晉升到了總監的級別，雖然有權力知道公司真正的情況，但仍屬於研究院職能系統中最低級別的存在。但等進入到了岳黎研究院的職能系統後，規矩可就多了去了。易小天簡直苦不堪言，他可從來沒想要進入什麼研究院的職能系統啊！這純屬意外！別人削尖了腦袋都要往裏擠的研究院，小天卻巴不得從裏面出來。先是先華組的什麼廚師班班長——最末尾的小職位，現在又是岳黎研究院的基層工作人員，我怎麼那麼冤啊！易小天欲哭無淚，搞了半天到哪兒都是個基層。最讓他傷心的是，自從升職爲總監後，爲了能更好地掌控這些總監們的工作動向，研究院都會統一派放助理，名義上是派遣有經驗的助理來進行工作上的指導，實際上還不是來監督他們的工作的。

一想到他的小蜜糖蘇菲特居然是"特務"，小天的心都碎了。簡直比銀行卡一夜之間清零還傷心，不過，一想到如果銀行卡一夜之間歸零……

小天打了個寒戰，簡直想都不敢想。

小天無數次在心裏吶喊，可不可以不做這個什麼總監，我就當我的小銷售員挺輕鬆的！但是看到總監的工資和待遇，就又樂的把什麼都忘了。

尤其是聽蘇菲特匯報工作的時候，那簡直是人間至樂呀！蘇菲特真是又溫柔又甜美，小天聽她匯報一年的工作也不膩。

蘇菲特每次匯報工作的時候，都穿着正式的工作套裝，剪裁得體的裙子貼在勻稱的身材上，真是好看。説實話，蘇菲特比起小天認識的其他美女來説，並沒有多漂亮，但小天認識的其他美女，都是做特種行業的，無論再漂亮身上總有一股風塵氣。但蘇菲特身上可没有，這也是易小天第一次接觸做正常工作的女人，每次看到她那嬰兒肥的臉上兩個小小的梨渦真是可愛極了！

蘇菲特每次匯報工作，易小天就心不在焉的一隻手杵在下巴上，眼神到處在蘇菲特的身上勾着，每次都搞得蘇菲特坐立難安。看到她羞紅臉的樣子，小天更開心了，他之前也没遇到過他一看還知道害羞的女孩子，他那些"女朋友"們，每次易小天多看幾眼，就想着如何讓易小天掏錢了。蘇菲特每次都希望匯報工作的時間快點結束，而小天則正好相反，每次都嫌時間過得太快。

這次蘇菲特又以最快的速度匯報完工作，馬上就準備起身告辭，易小天微微皺眉，"這麼快就完事了？我怎麼感覺今天的時間明顯比昨天短很多呢？"

"哪裏有，明明是一樣的！"蘇菲特朝他粲然一笑，轉身逃了出去。

別人都巴不得往他身上貼呢！就這個小姑娘老是躲他躲得老遠，好像自己會吃人一樣。

易小天結束了一天的工作，自己哼着小曲兒坐着高速電梯下了樓，優哉游哉地想着接下來去哪兒尋開心。他早已買了輛法拉利，那次和傲得逃亡時坐了一次，此後就再也忘不了豪華跑車的速度了。

手剛碰到汽車門，突然就感覺旁邊的陰影裏有一個巨大的身影。

易小天愣了一下，縮回了手往前走了一步，陰影中的人清晰了一分。那標誌性的自然卷，小而鋭利的眼睛，面無表情卻自帶一股威嚴，小天最熟悉不過了。

"小天，你最近過得蠻舒服的啊！買了這麼好的車！"這句話是由衷的讚嘆，在小天聽來卻格外的彆扭，他終於知道那潛藏在內心深處的深深不安是什麼了。

原來是隱藏在小天靈魂深處，因爲內疚和慚愧而萌生的些許良心不安。

他低下頭，該來的遲早是會來的。

"傲得大哥，你怎麼進來的啊？"

"哼，你又不是不知道秦開的厲害，僞造一個門禁卡那還不是小菜一碟。"

"找個地方聊聊吧，我們也很久沒見了！"傲得仍是一副老朋友相見時的自然神態，拍拍他的座駕，"試試你的新車！"

當下自己先上了車，易小天跟着笑一下，"好啊！這車棒極了！"當下調整了心態，發動車子，揚長而去。

我说，我已經是敵後敢死隊了，就別給我派領導了吧？

　　咖啡廳內，女歌手輕輕地吟唱着，她個子很高，穿着緊身長裙，性感而又神秘。

　　易小天的眼睛始終盯着女歌手，跟着搖頭晃腦的瞎哼哼。

　　他俯過身對着傲得笑道："你看她那長相，有點像男人吧？再加上她那麼高，弄得我第一次來的時候還以爲她是男的呢。我就叫了她一聲哥們兒，還問她當個人妖賺錢不，結果她差點把我的牙給打下來，哈哈哈！"

　　傲得淡然地喝着咖啡，視線並沒有放在女歌手身上。

　　小天自己沒滋沒味地笑了一會兒，也覺得沒意思，啜了一口面前的雞尾酒。他知道傲得來找他肯定不是爲了喝咖啡，八成是自己最近風頭太勁，被人家摸了個底，所以還不如自己先老老實實交代比較好。

　　"傲得老大，你知道我最近這幾個月過得多他媽爽嗎？哈哈哈"他當下將自己這幾個月的傳奇經歷從頭到尾講了一遍。小天說話向來添油加醋，這次還是一樣，不過，因爲事情本身就夠離譜了，他也就沒加太多，就把一些有損形象的情節稍加修改，比如被八個女孩威脅，又被人利用完後抬起來扔了的情節變成了香豔的"八女共侍一男"的故事。

　　直至後來的蘇菲特跟他講了實際情況他才知道了原來遊戲公司的實際掌控者是他們的死對頭——岳黎研究院。不過，他把知道真相的時間延後了，變成了最近才剛剛知道，因爲事關重大，自己至今還沒有親自去驗證，所以沒有急着報告給傲得。

　　傲得想了一下，大部分內容與他得到的消息基本吻合，至於"八女共侍一男"什麼的，鬼才信！但他現在從小天嘴裏得知了"天君"就在八十五層，這倒是個非常關鍵的信息。他們組織找天君的主機已經很久了，現在得知了天君主機的位置，那接下來就要爲此制定相應計劃了。

易小天以爲肯定要被傲得劈頭蓋臉地罵一頓，不罵他是叛徒也得給他定個知而不報的大罪。小天雖然有點忐忑，但是心裏卻也泰然了很多，起碼這樣的話他就不再對傲得有什麼隱瞞，又是坦蕩蕩的一條好漢了！來吧！讓懲罰來得更猛烈些吧！説着就把胸膛挺起來，做好了萬全的準備，哪知傲得淡然地説："你做得很好。"

很好？納尼？

"不管過程怎樣離奇，你總歸是打入到了敵人內部，也算是立了一件大功。我跟組織裏説你是我派到研究院的臥底，你就掛牌上市，當個貨真價實的臥底吧。"

"啊！"小天還沒反應過來，不但沒挨批還被表揚了？他馬上露出笑嘻嘻的神情來："我可時刻都謹記着傲得老大的教誨呢！當時知道我腦袋頂上就是敵人的老巢，真是坐立難安，就想找個機會衝上去把那個什麼天君給炸了！但是你也知道，我的權限雖然開到了頂，但是有好幾個大房間卻是誰也不讓進的。估計天君的主機就在那幾個房間裏。我真是有那份心也沒那個能耐啊。"小天一高興就又吹起來，好在他還有點理智，自己又把自己帶了回來，萬一吹大發了，傲得真的叫他炸了天君，豈不是搬起石頭砸自己的腳。

"你有那份心就足夠了，也不用去炸天君。它的智力水平可不是你所能及的，它想滅了你，簡直比捏死隻螞蟻還容易。"傲得毫不掩飾。

小天心下惴惴然，心想叫你偏要吹，這下丟人了吧！！

"呵呵呵，那傲得老大要我做什麼我就做什麼，你只管吩咐好了。"

傲得別有深意地看了他一眼，"你如果真的像你嘴巴上説的那麼忠心就好了。"

小天心下一凛，知道傲得雖然原諒了他的胡作非爲，可是心中仍舊有了小疙瘩。就像人體一樣，這小疙瘩堵在了血管裏，血液流通不暢，慢慢就變成了血栓，弄個半身不遂啥的，人也跟着完了。他可不想就這麼也和傲得完了，小疙瘩説什麼也要擠出來，可不能因爲一些無謂的金錢而失去了這唯一的朋友。當下心中一熱，話就順口溜了出來："傲得老大，你放心吧！我對你絕對一千一萬個忠心，先華組我可以不在乎，但是你，我……我寧願爲你兩肋插刀也在所不辭，你有什麼事只管交代就説好了，我如果辦不成的話，你就當沒我這個朋友！"説完正氣凛然地一拍桌子，小天少見的認真起來。

傲得反倒是笑了，"隨便説説而已，你那麼認真幹什麼。"

伸手朝着小天擺了擺，示意他坐下來，小天剛才一激動直接彈了起來，現在又慢慢地坐下，心情仍是激盪不已。

傲得將頭往小天的身邊靠了靠，"外面説話不方便，到你家裏坐一下。"

小天點點頭，兩個人回到了小天的家裏。小天平時也沒怎麼收拾房子，現在有貴客來了好歹得收拾一下啊。所以一推門就趕緊讓清潔機器人開始打掃，機器人開足了馬力，以狂暴的速度收拾起來。只見易小天的髒衣服、襪子、短褲滿天飛，好一會兒才打掃乾淨。

小天訕訕一笑："呵呵！平時太忙了，自己一個人也沒怎麼注意，你別介意哈！"

傲得環顧四周，小天的新家何其氣派，這個享樂主義的人怎麼可能虧待了自己，他所在的高級公寓樓那可是全市租金最高的一棟，地下六層是智能化的（也由天君控制）車庫，每戶人家的車只要開到停車場門口就不用操心了，自動泊車伺服器自然會把你家的車用液壓升降平臺放到指定的位置，每天出門時如果需要車，只要對着屋內的對講機招呼一下，出了門車就等在門口了。樓頂有能容納二百架直升機的起降平臺，整棟樓的人就算每家一架也停的下。每個單元住宅裏那大得不像話的陽臺上還有露天泳池和生態蔬果園。小天家裏買的也都是最好的傢俱和裝飾，可他那欣賞水平布置出來的效果真是讓傲得哭笑不得，那邊一個比歐極簡主義風格的桌子上，卻供着一個小天不知從哪淘來的財神像。客廳一角鋪了榻榻米，但上面卻又擺着一個洛可可風格的，還垂着流蘇的大沙發。

小天殷勤地給傲得磨了頂級咖啡豆，然後親自煮了起來。不一會兒，房間裏就飄滿了濃濃的咖啡香氣。傲得喜歡黑咖啡小天是知道的，家裏早就珍藏了好幾罐頂級黑咖啡豆，都是那些拍馬屁的人送的。小天都收起來就等着送給傲得呢。

等倒上一杯新煮好的熱咖啡後，傲得這才算是放鬆了警惕："你家裏的監控和錄像什麼的都關了吧。"

"都關了，放心吧，機器人也關了，咱們兩個的談話絕對傳不到第三個人的耳朵裏。"小天眼巴巴地看着傲得端着咖啡，就等着傲得喝一口之後大讚他的手藝。哪知咖啡杯在身前轉了半天，傲得仍是一口沒喝，這可把小天急壞了。

"我是想既然你已經打入了研究院內部那先不動聲色，以觀察和監視爲主，最主要的是找機會接近天君，檢測天君現在的意識流強到什麼程度。如果尚在安全範圍內，到時候再從長計議，如果已經脫離了那些科學家的控制，那麼就必須想辦法把主機炸毀。"

傲得說完，終於喝了一口咖啡，滿足的挑起眉毛，慢慢地回味着黑咖啡的苦味。

這活兒好像也不是那麼難哦！反正就是睜大眼睛多打聽打聽消息就行了，要是實在打聽不到也是人家保密工作做得好，可也不能怪我偷懶，易小天心裏已經考慮完畢，就笑嘻嘻地說："知道了，沒問題！交個我就好了！傲得老大，我這咖啡煮的怎麼樣？"

"不錯，有天賦。"傲得隨口說。

小天可是樂的找不著北："真的呀！哈哈哈！那我把這罐黑咖啡豆留著，你下次來的時候我再親自煮給你喝！"

傲得見小天還是那副嬉皮笑臉無憂無慮的樣子，也忍不住笑起來，"你這小子，好吧！那你以後就給我煮咖啡好了！"

"耶！"小天端起咖啡杯就猛地灌了一口，只感覺從鼻子到大腸整個兒肚子裏都苦的快要吐了！小天差點吐出眼淚來，但是在喜歡的人看來，苦咖啡濃香誘人，又是另一番美味了。小天可品嚐不到其中的美味，他還是喜歡喝雞尾酒，雖然別人說雞尾酒是女人才喝的玩意，甜甜的沒什麼勁，可誰叫他小天就喜歡女人呢，喜歡女人喜歡的酒又有什麼關係。

小天自己去配了杯雞尾酒漱口，正在那胡思亂想，就聽傲得又說道："你說研究院給你派了一個小助理來監視你的行動？"

"是啊！也不知道誰那麼貼心，居然給我派了一個那麼可愛的甜妹子來。聲音又好聽，人又溫柔，工作能力又強，就算知道她是來監督我的，我也捨不得離開她啊！"小天想起蘇菲特就要眼冒紅心，他可是少見的如此喜歡一個女孩子。

"這樣啊，那我也派一個人來協助你的工作吧，兩個人互幫互助，你也方便點。"傲得說。

小天正回想着蘇菲特的種種優點，包括她那雙有點短短的，肉肉的小手。那麼香軟，招人歡喜，以至於傲得最後那句話他也沒怎麼關心。

當晚，傲得又和小天閒聊了一會兒，便回去了。小天難得與傲得相見，對他十分不捨，可是傲得畢竟身份不同了，事情多得很，總不能一直陪着小天，小天也只能依依不捨地和他分別。

從那以後，之前沒心沒肺的小天突然不像以前那麼囂張了，居然開始老老實實地按時上下班，再也不遲到早退了。外人哪知道，自從小天由假間諜變成了真間諜以後，心裏就忐忑忑忑的不是滋味。雖說不過是名字上有點區別，可這心情上的差異卻大得很。

他這才知道原來當間諜最大的考驗就是心理考驗啊！真是讓他吃飯都不香了，整天提心吊膽的。

這天正沒精神的時候蘇菲特走了進來，告訴他明天公司將會有一個非常重要的集體會議，受邀參加的都是研究院的高層領導，小天也榮幸地被邀請參加。

小天沒什麼興趣，趴在桌子上唉聲嘆氣地說："能推掉嗎？不想去耶！"

"不能哦！這次會議原本沒有邀請總監級別的人員，您是被特邀的呢！哪有不去的道理，我連資料都給您備好了。"蘇菲特因爲小天被特邀深感榮幸，又露出好看的小梨渦。

"好吧，你看着辦吧。今晚不用來做工作匯報了，我要早點下班。"説完没精打采地站起來，走過蘇菲特身邊時看也不看一眼。

小天把西服脱下來，隨手搭在背上，大搖大擺地走着。心情很不爽，一直在想要找個地方透透氣才好，最好把自己是間諜這件事也忘掉！

他想了一圈，決定今晚先去調戲一下自己的舊情人——露娜，她可是好久都没和自己聯繫了啊。真是賺起錢來六親不認！！

心裏正盤算着，眼前突然出現了一個婀娜多姿的身影，緊俏的小屁股一扭一扭，細跟高跟鞋在地上發出清脆的響聲，腰肢不可盈握，頭上扎着一個可愛的丸子頭，個子不高，但是卻正是小天中意的那一款。至於是哪一款……小天自己一時半會兒也説不清，反正長得漂亮的都是他的菜！

眼見着那小美女在離自己十步距離的前方慢慢走着，小天猶如突然中了彩票一樣興奮，剛才滿腦子堆得沉甸甸的不愉快居然一下子就不見了。這是誰啊？以前怎麽没見過？公司里居然還藏着這麽個小美人兒！居然逃過了我的法眼？小天一邊偷看一邊暗暗稱奇。他自認爲自己的眼睛簡直帶有特異功能，哪裏有美女眼睛總能準確地搜尋到目標，可這個女孩確實是百分之百頭一次見，小天不由得渾身發熱，喉頭發緊，兩眼發光。

他悄無聲息地跟在後面，總悋記着那美女能轉過頭來讓他一睹芳容，哪知一直走到了樓外面美女仍没回頭。小天心癢難耐，再也忍不住屁顛屁顛地跑到美女面前，齜牙一笑，擺出了一個造型："嗨！"

美女小小的瓜子臉上一雙靈動的大眼睛輕輕瞟了易小天一眼，只一眼便看的易小天渾身酥麻，口水長流，啊！這櫻桃色的小嘴真是漂亮極了！

"你也在這裏上班？看來是同事啊！"易小天指了指身後的螺旋形建築物，又齜着牙笑了起來，同時伸出手，"我也是在這裏工作，你好！我是易小天。"

美女看了他一眼，眯着眼睛笑起來，露出一排白白的小牙齒："哦！原來你就是易小天啊！你好。"

小手禮貌地伸出來，與小天焦渴的大手一握，小天整個心都酥了，好軟的小手啊！！

當下拉着人家的手不放，繼續發問："你知道我？那看來真是同事了，你在哪個部門？"

美女抽了一下手竟然没抽出來，粲然一笑："我在研發部。"

"哦！"易小天鼻孔張大，鼻子裏盡是清爽甘甜的香味，"不知道能不能榮幸地請你吃頓飯？"

美女又抽了一下手，竟然還是紋絲不動。小天哪裏知道此刻被他握着的這個人正是岳黎研究院的最高領袖——沈慈。沈慈一直在利用高科技養護身體，已經八十多歲卻仍然面如二十歲。易小天不認識沈慈，見到美女本能地就湊上來揩油，居然膽肥的打起了沈教授的主意。

雖然易小天一臉色瞇瞇的樣子，但是沈慈見他被自己迷得神魂顛倒的樣子不像作假，居然連這年輕小伙子都爲她所傾倒，看來自己長久以來在維護青春的那些高科技上的投資沒有白做啊，心裏十分開心，於是就説：「吃飯倒是方便，只是有地方喝酒嗎？我心裏不大痛快，想喝點酒。」

易小天一聽，眼睛都冒出了紅光，這不是天助我也嗎！誰想吃什麽飯啊！

「真是巧了！我最近心裏也不大痛快！我知道一家很棒很安靜的酒吧，咱們就邊吃邊聊？」説到最後表情還是沒控制好，又是一副色瞇瞇的德行。沈慈微微一笑，對這種小男孩肚子裏的那點小九九一清二楚，她自有辦法對付他們，倒也不怕，不過，她心裏不痛快倒是真的，順便也正好摸摸這個傳奇人物的底，當下便跟着小天一起離開了。

到了酒吧，小天還以爲是自己成功約到了美女，格外殷勤，外加心裏又有別的想法，就不停地給美女倒酒。

沈慈叱咤風雲多年，酒量和膽識早就超過常人數倍，無論小天怎麽灌她就是不倒，喝到後來小天自己都不敢喝了，他是怕喝多了耽誤了「正事」。

「燈下看美人」這話可真沒錯，朦朧的燈光下，沈慈更加迷人了。小天托着腮靜靜地欣賞着美女，一邊含情脈脈地問：「你剛才説心裏不痛快是怎麽啦？説給哥哥聽聽，哥哥幫你想辦法。」

哥哥？沈慈差點又笑出皺紋來，可笑完眉頭又皺了起來，「哎！最近比較倒霉，新做的幾個項目都失敗了。剛才試驗田又發來消息，我們在甘肅的七百畝試驗苗得了傳染病，全部枯死，可是連病因是什麽都找不到。」

「那也不是什麽大事嘛！重種一回就好了，如果土不好，頂多再換一塊地不就好了嘛！」易小天眼睛還是寸步不離地盯着沈慈的臉。

沈慈搖搖頭：「不是換土的問題，我們做的是無土栽培。」

「哦！現在無土栽培又不是什麽稀罕的技術了，早就普及了。對了，再加一瓶怎麽樣？」

「我們這個和傳統的無土栽培不一樣，我們現在研究的是無性繁殖。」沈慈仍舊對自己的試驗田執念頗深。

「啊？」小天手一抖，酒灑到了桌子上，「這個我覺得你們這個研究有點不人道了……好端端的，怎麽研究上無性繁殖了，那兩性繁殖是造物主最偉大的創造，你們還是穩穩當當地研究研究怎麽兩性繁殖就好了嘛！」

「我們現在做的研究是針對未來如果在無氧、無土、無性的情況下動植物繁殖。因爲誰也不能保證未來是否會需要移民外太空，外太空的情況與地球不同，我們必須保證在隔絕一切的情況下動植物仍極具有自我繁殖功能。」沈慈説着又喝了一杯酒。

小天對這“無性繁殖”毫没好感，光聽名字都讓他渾身不舒服。他只對兩性繁殖情有獨鐘。

小天被噎了一下，心裏暗叫糟糕，這個話題可不能進行下去了，她没準是個科學家，學識淵博，上天入地，學富五車，我這個初中没畢業的小子學的那些字都忘到南極去了！再聊什麽無土栽培的科技和未來我這臉可要丟到姥姥家了！

於是乎小天準備拿出拿手的技術，轉移話題。拼命給她加酒，可是這小美女就是不醉酒啊！他是一點辦法都没有，喝到最後自己已經迷迷糊糊，心裏還惦記着給沈慈加酒，眼睛已經迷濛了，嘴裏仍叫着：“喝！再喝一杯！”其實他已經連沈慈的臉也看不清了。

第二天一早，睜開眼睛發現自己居然睡在自己的家裏，腦子裏完全斷片，那最後這事是成了是没成啊？怎麽一點印象都没有？自己是怎麽回的家也不知道，這小姑娘真是非人的酒量啊！小天見過那麽多人，沈慈的酒量是他見過最恐怖的一個，簡直和喝水没什麽區別嘛。

他光着脚，到處找了一圈，哪裏還有小美女的影子哦。他問了問家裏的機器人傭人：“喂喂喂！昨天有没有一個漂亮的女孩跟我一起回家？”

機器人緩慢地搖搖頭，“没有，先生，您是一個人走回家的。汽車也是後來自動駕駛回來的。”

乖乖！好幾公里路哪，我居然是走回家的?！他竟然一點印象也没有，不過，這種不易搞定的女孩正是小天的菜，越辣的才越香嘛！

小天又精神煥發了！今兒個打扮的帥氣點，再去偶遇一次，就不信今天還拿不下她！

美滋滋地哼着小曲兒，在自己巨大的衣帽間裏挑來撿去，因爲自己在家，洗完澡後就隨便在下身裏了條毛巾，上身赤條條的，反正也没人看。

選了幾款自己中意的西服，在沙發上擺成一排，糾結着今天到底穿哪件才能拿下小美女。

“就這件騷紫色的好了！今年最流行紫色！”

這時，突然響起了粗暴的砸門聲：“咣咣咣！”

咦？這會兒是誰啊？大清早的。小天好奇地去開門。

剛一開門，堆成山一樣的紙箱子迎面砸來，小天一個閃身，箱子噼裏啪啦地掉了下來，直接把門口給堵了。

箱子又噼裏啪啦地被人用力地推開，幾個人抬着一堆東西踢開箱子走了進來。

“來來來！讓一讓啊！讓一讓！東西放裏面，放裏面！輕拿輕放啊，輕拿輕放！”一個咋咋呼呼的女聲從最後面傳了進來。

"誰啊！這是幹嘛呢！"小天傻眼了！

幾個工人誰也不瞧他一眼，自顧自地往裏搬東西，等到工人都走進來，門口出現了提着一大堆東西的陳可婉。

陳可婉氣喘吁吁，身上掛着無數個袋子，一見小天就嚷起來："快點過來幫忙啊！累死我了！"

小天不明就裏，但還是乖乖的幫她拿東西，一邊狐疑地問："你這是幹嘛呢？搬家啊？這麼多東西。還有你咋進來的？這個大樓可只對住户開放啊，沒有門禁卡誰也進不來。"

哪知道荷瑞理直氣壯地説："對啊！搬家真麻煩！東西多死人嘞！最可氣的是半路上我老爹的設備又壞了！害得我行李掉的滿大街都是，還好找了幾個人幫我搬。"説着一屁股坐在了小天精心擺放的紫色西裝上。

小天瞪大眼睛："我的西裝！"

荷瑞給自己倒了一大杯水，猛一口喝完，低頭一看，咧嘴一笑："不好意思啊！沒看見！"屁股往旁邊一挪，西裝上已經留下了一大片被踩躪過的痕跡。

小天欲哭無泪，這個冤家怎麼跑這兒來了。

"你到底咋進來的？"

"哼，你又不是不知道秦開的厲害……"

"是是是！他偽造個門禁卡還不是小菜一碟，之前傲得大哥也這麼説。唉，我家就跟菜市場一樣，想來就來，隨你們便吧。"

易小天剛説完，搬好東西的工人們將他們圍了一圈，荷瑞朝小天擺擺手："幫忙付一下搬運費！"

小天氣個半死，但看到工人兄弟們那健壯的身軀，還是立即付了錢將工人打發走了。接着坐下來盡量陪着笑着問："你這是跟老爸鬧彆扭離家出走了？沒關係，我幫你租一套房，想要什麼樣的跟我説，我保管你滿意，至於房租什麼的，你要是在今天下午之前能搬走我全部給你付，怎麼樣？"

他現在只想快點先把她搞走，了結這件事。

哪知道荷瑞喝完了水，端着水杯在屋裏轉了一大圈，嘖嘖稱奇："這房子真不錯啊！就是裝潢太沒品位了。"完了轉頭看着他："我不走了，我就在這兒了！是傲得派我來的。"

"啥！"易小天激動地站起來："你不走了？"

站得太快，圍在下身的毛巾突然掉了下來，小天赤條條地站在了荷瑞的面前，荷瑞喉嚨裏響了一個嗝，視線往上移，就看到了彼此羞紅的臉："啊！！！"

"啪！"

所以十分鐘後，易小天從家裏逃出來時，臉上還有着鮮紅的五個大手印，他一邊快跑一邊打電話，就説這事肯定有鬼，原來是傲得將荷瑞送到了小天的身邊。

小天氣憤不已："這也太誇張了！傲得，你怎麼把這個傢伙送到我家來了！"

傲得在電話的那端輕描淡寫地說："我不是說要給你派一個幫手嗎？研究院給你派了一個助理，我也給你派一個助理。嘻。"最後竟然沒憋住笑了出來。

他媽的，這傢伙絕對是在整我！

易小天一手拿着電話一手還在試圖撫平西裝上的褶子，嘴裏還在忙不迭地爭論："那你派誰不行竟然派了荷瑞過來！你又不是不知道她的手段！"

"我就是知道她的厲害手段才派她來協助你啊！不然派人做什麼？陪你吃吃飯？喝喝酒？"

"我說！我強烈抗議！她幾乎把整個實驗室都搬到我家裏來了！我這日子可怎麼過！"

"荷瑞這人你瞭解的不多，她人不壞的。而且很多地方可以幫助到你。"

"就在剛剛！就在剛剛！"易小天委屈不已："她就不分青紅皂白地把我揍了一頓，她有暴力傾向，力氣大的離譜，我根本沒法抵抗嘛！"

"對付女孩子你不是最有手段了嗎？而且我跟你說，她現在可是你的直屬上司，你的所有行動都要受她的指派，所以你必須向她匯報你的工作，知道了嗎？好了，先這樣吧，以後有事再聯絡。"然後果斷地掛了電話。

他奶奶個腳！故意的！他絕對是故意的！易小天抓狂不已，他家裏面要是來個嬌滴滴的大美人他當然來者不拒，可現在居然冒出來了一個"純爺們兒"陳可婉，這他以後的風流約會豈不是再也不能在家裏完成了！這多麻煩啊！他的那些陳列品和收藏品，他都沒有機會炫耀了！

易小天覺得自己今天真是背到家了。頭髮軟趴趴地耷下來，根本沒來得及梳理，西裝上也全是褶子，連換一件的機會都不給人家，最可惡的是陳可婉還成了他的上司。

小天耷拉着頭，覺得自己優哉游哉風流快活的好日子似乎就要結束了。

到了公司的時候，蘇菲特看到小天一副霜打的茄子模樣，震驚不已，這還是我那個風流帥氣的上司嗎？

她看得出小天今天情緒不高，便沒敢多說話，馬上準備了一下開會的資料就帶着小天去了會議室。

會議室大的簡直堪稱大禮堂，密密麻麻地坐了兩百多人。蘇菲特引着小天，帶他與每一個高層領導打招呼。小天沒精打采地應付着，偶爾還能說幾句恭維的話逗逗對方開心，自己也跟着傻樂一陣，其實根本不知道自己說了什麼，更是感覺到別人的目光都在他的腦袋頂上和西裝上面晃悠，真是丟臉死了。

易小天隨便找了個位置就窩在裏面，心裏只是祈禱着快點結束好趕快把家裏的那尊神想辦法請出去。

一個不知道是誰的人在那裏主持會議，然後巴拉巴拉地介紹了一堆。小天左耳進，右耳出，別人鼓掌自己也跟着鼓掌，聽見叫到自己的名字就站起來傻樂一會兒，心裏面真是有苦難言。

終於聽到主持人激動地說：「下面，讓我們有請研究院的首席科學家——沈慈沈教授來給我們進行會議指導。」

臺下響起了熱烈的掌聲，小天也跟着胡亂鼓一陣。抬起頭，就看見一個十分眼熟的嬌小的女孩走上了講臺，妝容精緻美麗，塗着櫻桃色的口紅，梳着一個可愛的丸子頭。

「大家好，有半年的時間沒見了……」

易小天不受控制地張大嘴巴：「什麼！！！這……這……她居然就是研究院的最高領袖?!」

小天震驚了，他今天的心情起伏太大，大腦已經死機。可是一旁的蘇菲特卻不知道，她以爲是小天見到了沈教授太激動而導致的「面目猙獰」呢，於是，十分仰慕地說：「我們沈教授啊！雖然今年已經八十多歲了，可是保養得好好哦！看起來比我還年輕，我要是也能像她一樣漂亮就好了，我要是到了八十多歲還能保持這樣的容貌，真是不枉此生啊！」

八……八十多歲?

易小天不敢相信自己的耳朵，他望着蘇菲特期待她能拯救自己的耳朵，哪知蘇菲特一臉崇拜地狠狠點了點頭，「她的兒子今年都已經五十多了，孫女的話……好像跟我也差不多大。」

這句話真是壓死駱駝的最後一根稻草，易小天怎麼也想不到昨天跟自己約會的美女竟然是一個八十多歲的老太太？雖然說他知道現在的科技可以適當地保持女人的青春，可這也太離譜了！

他感覺自己的神經已經錯亂了，所有的事情都朝着奇怪的方向發展，已經完全脫離了他的掌控。易小天覺得自己現在需要冷靜一下，加上頭疼得厲害，可能是昨晚喝了太多的酒，他扶着頭無力地對蘇菲特說：「我要先冷靜一會兒，暫時別和我說話。」

聽着臺上熟悉的聲音，小天的心怦怦直跳，他媽的！生活真是太會開玩笑了！

哪知道事情還沒完，他剛想冷靜一會兒，手機卻又突然震天響了起來，沈慈停下來，驚詫地看着他，所有人的目光也一起掃射着他。易小天臉漲得通紅，慌亂之中握着電話跑了出去：「不好意思啊！不好意思！你們繼續！」

剛才出門太急，他竟然忘了把手機調成靜音！真是笨啊！

小天覺得自己頭越來越疼，真是雞飛狗跳的一天啊。

他捂着額頭：“喂？”

就聽見電話那端傳來陳可婉愉快的聲音：“小天！你的這個高級熱水器怎麼用啊？我連開關都找不着。”

神啊！誰來救救我吧！

小天長嘆一聲。

初探敵情

易小天稀裏糊塗地開完了這一場高級領導會議，爲了躲開沈慈，他貓着腰想要從椅子中間悄悄溜出去。媽的！萬一待會兒沈慈把他留下來談談人生理想可就糟了！現在他可沒心情和老美女敘舊。

翹着屁股，小碎步一路往前狂衝。由於臀部擺動幅度太大，抬起身來時，腰猛然撞到了尖利的桌角，易小天痛得像躥天猴一樣躥了出去，落地時又撞到了另一個桌角，當下腦袋一歪，疼得吐着舌頭當場暈了過去。

朦朦朧朧中就聽見誰在大聲地講着話，破鑼嗓子吵死人了。

"……今天我們失去的不只是一位戰士，更是失去了一個好兄弟，好朋友，一個家人！"李昂抬起袖子擦了擦眼睛，眼淚被擦掉了，視線清晰起來，他看了看臺下自己那些在二次戰役中倖存的戰士們，現在留下的可都是真正的精英戰士了。他們的軍隊也統一了軍裝，大家站的筆直，隊伍整肅，不像以前李昂說個話臺下站着的，蹲着的，坐着的，躺着的，啥姿勢都有。李昂相當用力地大喊着："害死他的不是別人，正是那貪圖富貴的人！當初明明說好了要一起創造一個開明富足的'歐陸經典'，但是那些只顧自己的渾蛋們卻只想把歐陸經典變成自己的賺錢工具來填滿自己的口袋，那這樣的話，他們和以前那些剝削我們的富人又有什麼區別！"

"打倒剝削階級！爲革命同胞報仇！"

臺下的人群義憤填膺整齊劃一地呼喊着。

"王二亮戰士的死，徹底讓我覺醒了！"李昂大手一揮，大家的目光紛紛落到了二亮的照片上，照片上的二亮一臉憨厚敦實地傻笑。

"我們不能再坐以待斃了，我們一定要堅持鬥爭，一定要好好地改造歐陸經典，讓它成爲一個能和聯合艦隊其他母艦相提並論的真正樂園。一個能讓居民安居樂業的地方，再也不要讓大家受苦受累！這是我們的家，我們要通過自己的雙手來改變它！至於那些貪圖安逸享樂，只顧自己的渾蛋，我們一定要把他們從歐陸經典上驅逐出去，這裏才是我們的地盤！」

「堅決鬥爭！不忘初心！創建宇宙新樂園！」

李昂滿意地看着大家的反應。感覺差不多了，便伸出手來示意大家安靜，果然大家都安靜了下來崇敬地看着他。

「今天在二亮同志的葬禮上，我發下重誓，一定要和那幫叛徒們鬥爭到底！」

底下又是一聲聲的怒吼跟着附和。

「二亮跟隨我出生如死這麼多年，如今卻不幸死在了叛徒的手裏，讓我非常心痛，我一定要給二亮辦一個風風光光的葬禮，讓他好好上路！」說到這，眼淚又湧了出來。

在他身後的老趙、城子和大友也跟着痛哭起來，他們都是最初跟着李昂的那一批船員，當初各個歪瓜裂棗不堪入目，如今也被戰爭洗禮成了真正的軍官。

李昂用衣服袖子擦擦鼻涕，大手一揮：「奏樂！葬禮正式開始！」

幾個不知道從哪挖出來的樂隊敲鑼打鼓地嚎了起來，記得二亮以前説過，自己的祖先在地球上是東北的，葬禮一定要吹吹打打的熱熱鬧鬧才行，還得有人哭場子。

李昂爲了讓二亮的葬禮辦的體面，還真找了幾個會敲鑼打鼓哭場子的，可能已經隔了幾個世紀，味道全變了，但是架勢還在就行了，現在這樣的人也忒難找了。

李昂皺着眉頭聽了一會兒，覺得這些人吹的真他媽的難聽，實在是讓人受不了了，好好的活人都能給吹死嘍，臺下軍容整肅的場面都要被這噪音給吹壞了，於是李昂趕緊揮揮手讓他們先停了。

接着大家披麻戴孝的在二亮的棺材前跪倒了一片，不管過了多少個世紀，這方面的習俗倒是保留的挺好。大家連哭帶嚎地鬧了半天，這才漸漸收住了哭聲。別看李昂平常對他的這幾個手下十分嚴厲，其實他也是老好人一個。想到初見二亮時，他老是一臉剛發起來的白麵饅頭狀，傻里傻氣，窩窩囊囊的，誰能想到那麼膽小怕事的一個人居然願意跟着他起義，還殺了那麼多敵人，立下了這麼多戰功。

想起一路走來的艱辛李昂又忍不住嚎了起來。

大友抱着一個孩子走過來，抽抽噎噎地跟李昂説：「船長，這就是二亮冒死生下的娃娃，他老婆到現在還沒找到，估計是沒戲了。」

二亮家那個母老虎，一聽説二亮犧牲了，二話沒説拎着兩把槍，偷了他們革命軍最新研製的試驗戰爭機甲「刑天」就跑去敵人陣地那邊了，看那架勢就沒打算回來。爲了不拖累其他人，臨走還把機甲上的定位儀給拆了，也沒人知道她到底在哪。到現在活不見人死不見屍，估計也沒希望了，那臺機甲就算再厲害，也敵不過敵人那麼猛烈的砲火啊。

唉……這傻娘們兒，就算報仇心切，你好不好走前先想想你家還有個不到三歲的娃兒啊。

李昂看那娃娃圓頭圓腦的模樣像極了二亮，鼻子一抽，動情地説道：「這孩子我收養了！以後咱們幾個都是他的爹，讓他這輩子就不缺爹爹！」

大家聽到李昂這樣説，都開心地表示是個好主意，便搶着來抱娃娃。

老趙沒有孩子，再加上李昂執政後大力推廣自動孕生設備，現在在歐陸經典上，起碼在革命軍的控制區域裏已經很少能看到幼兒了。現在這好不容易看到個娃娃，真是愛不釋手，他對着娃娃不停地做鬼臉：「寶寶乖！寶寶乖！」

寶寶本來心情好好的，突然看到老趙那張醜臉嚇得忍不住大哭起來。李昂一把奪過孩子：「一邊兒去，孩子都讓你嚇哭了。」

葬禮舉行完畢，一行人肅穆地看着兩個士兵將二亮的棺材裝進葬禮專用的小型宇航船裏，瞄準茫茫天宇，喊道：「目標：地球方向，發射！」

小型宇航船載着二亮的棺材「嗖」的一聲飛走了，一行人透過舷窗看着飛船消失的方向久久沒有回過神來。

一個生命就這麼微不足道地消失了，一點痕跡也沒有。

城子忍不住又泛起了眼泪：「二亮也算是幸福了，最後又能回到地球上去，好歹落葉歸根，咱們還得在這宇宙裏面飄着。」説着又忍不住大哭起來。

大友本來眼泪就淺，見城子哭得傷心他也跟着哭了起來。李昂瞅着這三個一路跟着自己的手下，知道他們是都想念地球了，畢竟他們已經在宇宙裏飄蕩了太久太久，卻再也找不到一個像地球母親一樣溫暖舒服包容的地方了。就像是突然想念起已經去世的媽媽，想念媽媽的味道一樣，李昂悲從中來，嘹亮地哭起來，哭得比誰都響。

想起媽媽他就哭得更傷心了，沒人記得他的媽媽是什麼樣子的，連他自己都沒有絲毫的印象，但是，他猜想那一定是一個溫柔、善良、慈愛的好媽媽。每天家裏的廚房都傳來陣陣飯菜的香味，自己可以吃了一碗又一碗，從來不會嫌自己煩，嫌自己吃得多。她説話柔聲細語，是全世界最好的媽媽。

要是媽媽還在就好了！

抹一把辛酸的眼泪，易小天翻了個身，就覺得腰上痛得厲害，他猛然間醒過來，發現自己已然泪流滿面。

他緩了一會兒神，咦？搞什麼？自己怎麼又做夢了！又是那個奇怪的夢，自己都快做成連續劇了！

如果説頭幾次他還沒在意，現在他卻不能不在意了，這麼清晰明顯的夢是什麼，那裏好像是另一個遙遠的世界，但是……

"哈哈哈哈！我說易總，您這扭一下怎麼還扭哭了。要不要叫個醫生給你看看？"

易小天往四周一看，好傢伙！敢情自己剛才居然暈倒了。四周圍了一圈的人，一開始還在關切地看着他，現在則是變成了嘲笑的表情。易小天羞得不行，趕緊把臉上的淚水擦乾淨，擺擺手說道："沒事啦，沒事啦，謝謝啊。散了吧，都散了吧。"

大家嬉笑着看着他，彼此談笑着離開了，易小天躲在桌子後面探頭探腦，心想這回臉可丟大了。

見周圍的人都走遠了，這才伸出小腦袋往門口那裏看看，好嘞！門口安全，還是先開溜要緊。

眼看着大門口就在眼前，只要一個衝刺就能衝出去了，易小天開足馬力，哪知背後突然傳來蘇菲特的聲音："易總！請稍等。"

易小天立刻假裝若無其事地站起來，只是這一下起得太快，他感覺自己的腰"啪"的一聲，差點斷成兩截，他疼的齜牙咧嘴，但還是搔着頭，好像在找東西一樣。

"咦？剛才我非常心愛的一個迷你會議記錄儀不知道去哪了，真是怪了。"易小天捂着腰，十分淡定地轉過頭來。

只見蘇菲特身旁站着一個身材十分乾瘦的中年男人。此人的眼睛就像是獵鷹的眼睛一般銳利，看的人渾身不自在。

"易總，給您介紹一下。"蘇菲特站到了易小天的旁邊，"這位是研究院安全部的程部長。程部長，這位就是我們的易總。"

安全部？易小天的心裏不由得偷偷抖了一下。只見他面容蠟黃，眼圈發紅，身子微駝，腿像風乾的臘腸，看起來渾身無力，簡直像個癆病鬼。

易小天嘻嘻一笑，伸出手來："幸會幸會。我是易小天。"

程部長伸出手來和易小天的手一握，易小天只感覺程部長的手乾辣辣的沒有一點水分，手上分毫力氣也沒有。

"真是久仰大名，我們研究院現在大家都在討論易總的事蹟，真是英雄出少年啊！我們這些老家伙早就該讓位了。"

程部長一開口說話，易小天差點沒忍住笑出聲來。好傢伙，這人怎麼說話陰陽怪氣的，像個太監一樣。

隨即他就明白了，這老鬼怕是有那方面的障礙。小天見過的男人和女人一樣多，以前在百樂門時這樣的男人他也見過不少，一般這種有錢又有障礙的老鬼他都交給薇薇，薇薇懂醫術，每次那些老家伙都痛哭流涕地抱着薇薇不放手，求她救命呢。

要是百樂門還營業，就把他往薇薇那一丟，保準又有好戲看了！

易小天越想越覺得好玩，忍不住就要笑起來。

程部長多年疾病纏身，爲人十分敏感，看見易小天一副強忍着不笑的模樣就氣不打一處來。

"哪有哪有，以後還得靠大哥們多提拔提拔。"易小天回答道。

程部長在肚子裏冷哼一聲，眼睛在他身上掃來掃去："易總，今晚家裏設宴，不知是否有幸邀請您參加？"

又聽到這種陰陽怪氣的嗓音，易小天終於忍不住笑起來了："噗，行，行啊……"

他剛想要隨口答應，哪知蘇菲特卻輕輕地拉了拉他的衣服。

易小天立即恍然，"行……不行呢？可能不行吧！程部長，我今天已經約了人了，要不咱們改天？下次一定親自去拜訪，嘻嘻！抱歉抱歉。"

程部長再也忍受不了這小鬼嘲弄的語氣，後面的話也懶得說了，冷哼一聲就離開了。

易小天看着他那兩條臘腸一樣的腿又忍不住捂着嘴笑了起來。蘇菲特見程部長走遠了，這才輕輕舒了一口氣。

這時候會議室裏的人都已經散去，易小天見沈慈沒來難爲自己，心情已經好轉了一些，當下在蘇菲特的陪同下走了出來。

"我跟你說蘇菲特，那老家伙絕對有那方面的障礙，我看人很準的！哈哈！"

蘇菲特非但沒笑，反而表情微微有點嚴肅。

"易總，您剛才對程部長的態度不太恭敬，他這人最小心眼了，怕是他以後要找你麻煩呢。"

"他？他能找我什麼麻煩！"易小天絲毫沒有感覺到什麼威脅，反而覺得好笑的不行。別人易小天不敢多說，但這個瘦乾的稻草人他小指頭一彈就能擺平。

蘇菲特看易小天一副天不怕地不怕的樣子，忍不住好心提醒："您別看他好像弱不禁風的樣子，他在研究院可是'活閻王'呢！他掌管着研究院的安全部門，手段十分狠毒。他手下的部員個個都是刑訊逼問的好手，但凡有一點點威脅研究院安全的情況，他們都一定要刨根問底，研究院的內外安全都抓在他的手裏呢。"

易小天稍微有點怕了，嘴巴還在逞強："我……我正大光明地幹我的活，又……又礙不着他什麼事！"

"實話跟您說吧。"蘇菲特朝四周看了一圈，然後悄悄對易小天說，"程部長多年來一直致力於打擊各類商業間諜和境內外特工，一雙火眼金睛，凡是心裏有鬼的人都逃不過他的眼睛。"

易小天悚然一驚，他這"心裏有鬼"的人開始心虛起來，額頭上冷汗直冒。

「所以，這人絕對得罪不得，不然的話就算你清白無辜，被他莫名其妙地扣上個商業間諜的罪名，然後掃地出門就糟了。而且他還專門鑽法律的空子，讓那些被他趕走的人連申冤的地方都沒有。」

「我……那我得罪他了嗎？」易小天咧開嘴角，想笑一笑。

蘇菲特輕輕嘆了一口氣，然後看着易小天輕輕點了點頭：「從他剛才的表情來看，似乎有點不太愉快。」

「哈哈，你肯定記錯了！這麼重要的人物我怎麼可能得罪他！我拍馬屁還來不及呢！」嘴上這麼說着，心裏真是要哭出淚來！他媽的！早知道就不嘲笑他陽痿了！就算他兩條腿像曬了二十年的臘腸也不該笑！這下可好了吧！自己這小奸細還沒出師，就快被人抓了現形了！

可是，蘇菲特無比誠實，偏要糾正他：「易總，我建議您還是找個機會去程部長那打打關係吧！如果真得罪了他，那未來的日子可不怎麼好過。」

小天欲哭無淚：「早知道這樣，他剛才約我就該去的，再送他兩斤蜜汁臘腸！你幹嘛拉着我讓我別去嘛。」

蘇菲特一張笑臉微微有點發紅：「程部長邀請人吃飯一般都沒什麼好事，這可是鴻門宴，能不去還是不去的好。」

「啊?!」

「但凡他覺得這人有些問題，他就會請去吃飯。名義上是吃飯，其實就是審訊。一整套流程下來，您基本上所有的信息和秘密也都被扒了一遍，在他面前就像沒穿衣服一樣乾淨。」

易小天想像了一下自己被程部長扒個乾乾淨淨的畫面，那老家伙露出一臉姦笑地朝他揮着鞭子。小天趕緊搖搖頭，把這滑稽的畫面從腦袋裏趕走，他現在有點急了：「那……他……他覺得我有貓膩?!」

「他覺得每一個人都有貓膩，在他眼裏每個人都是間諜和特工，這就是他的行事作風。他的原話是什麼『懷疑可以讓人更小心謹慎的做事。』」

「哦！原來是這樣！可是我直接不去未免也有點不太給面子吧！」

「也不是不讓您去，只是在去之前要做好準備。您如果對程部長一點不了解，那很容易就掉進他的陷阱裏，中了他的計。我這就回去給你準備一些資料，您對他知根知底了之後再主動來約他賠禮道歉就好了。雖然沒赴約不好，但是被他抓到什麼小辮子就更不好了。」說罷，又甜甜一笑：「不過，說實在的，我還是頭一次見程部長那種表情，臉都綠了。」

「哎喲！蘇菲特你真是我的好幫手，真是甜到我心坎裏去了！沒想到你對我這麼好！」五根手指動起來，手情不自禁地伸了過去。

蘇菲特笑着把他的手禮貌地推到一邊，「您是我的上司，我總要向着您的，只是，我沒有想到程部長居然會這麼快就找到您，也可能是您風頭太盛，他才格外留心的。以後這個人要得多加小心就好了，免得他到時候找您麻煩。」

易小天捧着自己的手花痴地點點頭，哎呀呀！看見蘇菲特什麼壞心情都沒了。只覺得她說啥都動聽，說啥都是對的。腦袋頻頻點頭，眼睛一眨不眨地看着她。蘇菲特被他看得渾身不自在，趕緊跑回去給他準備資料去了。

易小天目送蘇菲特一路走遠，這才溜溜達達走了出來。出了公司他才想起來，自己這是高興得太早了，居然把更重要的大事給忘了！家裏還埋着個定時炸彈呢，他非得想辦法把這個炸彈拆了不成！

法拉利已經等在了路邊，易小天火氣燃了起來，油門踩到底，一路超車開回了家，在路上他就想好了對策。女孩子嘛！無非就是買買買，回去了把自己卡給她刷刷刷！血虧一場也得換來自由身啊！

到了家，火氣十足的一腳把門踹開，探頭往房間裏一看，卻見到家裏乾乾淨淨，整整齊齊。這和他想的可不太一樣，他還以爲陳可婉已經把家裏炸出了個窟窿來呢。

踮着腳到了廚房裏拿出一只炒鍋，隨時做好戰鬥的準備。可結果找了一圈都沒找到人。

他又悄悄往自己房間裏一看，只見一雙修長的美腿，荷瑞屁股翹得老高正不知道在他的床上找什麼呢。

「你幹嘛呢？」易小天忍不住出聲問。

荷瑞抬起頭，頭髮一揚，笑着轉了過來，將手裏的小瓶子藏在身後。

「嘻嘻！這麼快就回來了？你們上班這麼自由啊！」

易小天瞳孔倏忽變大，這你媽是誰啊！

眼前的這個女孩一頭秀髮迎風飛舞，一雙靈動的大眼睛英氣十足，小小的胸脯微微聳起，穿着一套可愛的運動休閒居家服，那青春靚麗的形象讓易小天當場呆成了木頭人，還好心裏還保持了點理智，想着老毛病可別犯啊！眼前這人可和一般的女孩子不一樣。可他眼睛卻已經彎成了月牙，鼻孔大張，吭哧吭哧地傻笑起來。

易小天只見過荷瑞扎着馬尾，一身黑色勁裝的造型，卻從沒見過她穿便裝的樣子。其實，荷瑞今年才二十一歲，正是絢麗的大好年華，隨便穿一套卡通休閒裝就可以襯托出自己滿臉的朝氣和陽光，根本不用什麼裝扮就已經很亮眼了。見慣了妝容精緻的美女的小天頭一次見到素面朝天卻又如此可人的荷瑞，眼睛當場就直了，甚至短暫地忘記了荷瑞的可怕。

荷瑞看着易小天表情一會兒一變，眉頭皺了起來：「你這清掃機器人怎麼幹的活，你的頭髮居然一根也找不到！」

朝着小天走過來，小天口水長流，眼睛睜大，感覺一陣和煦的春風迎面吹來。

"就直接拔幾根好了！"荷瑞手一伸，就朝着易小天的腦袋上來。可在易小天的眼中，她的動作放慢，放慢，變成了溫柔的撫摸。啊！天堂啊！

手成功握到幾根頭髮，用力一扯。

"啊！！！"易小天猛然驚醒，捂着腦袋亂叫亂跳，痛得眼淚長流。就説她怎麼可能那麼溫柔嘛！

荷瑞將一小撮頭髮小心地放在瓶子裏，將瓶子封上，滿意地拍拍手，"誰説拿頭髮還要偷偷摸摸的呀！這不一下子就搞定了！"

"好好的你揪我頭髮幹嘛呀！"易小天流淚不已。

"留着做實驗唄！"她將小瓶子順手放進了自己的兜裏。她當然不會跟小天説組織對他仍舊實行嚴密的監控，提取他的 DNA 記錄檔案，隨時監控他的行爲。

組織雖然明明説低調行事，但是荷瑞可從來不知道低調這兩字怎麼寫。

荷瑞一轉身看到易小天手裏舉着鍋還在那裏流淚不已，便蹲下來好奇地看着他。

易小天還捂着頭怒吼："別以爲道歉我就會原諒你！我告訴你！沒門兒！"

"你這鍋是拿來幹什麼的？煎牛排？煎厚蛋燒？不錯耶！我肚子正好餓了！快快快！快點嘛！你要是會做牛肉餡餅那就最好不過了！"荷瑞不斷地催促，易小天正準備惡狠狠地拒絕她，哪知一回頭，正好看到了荷瑞那淡粉色的，微微翹起的嘴唇，真是可愛死了。

腦袋一懵，氣馬上沒了，樂顛顛地説："好的！這有什麼問題，您瞧好吧！"

端着鍋回到廚房，開了火，開始動作麻利的和麵，剁肉餡時才反應過來："我他媽的怎麼還做上牛肉餡餅了！不是要趕她走的嗎！再這麼暈下去非得着了她的道不可。"

等一轉身看見荷瑞在那裏玩着頭髮的可愛樣子，又馬上變了一副諂媚的笑臉："馬上就做好嘍！我以前跟着大廚學過，會做的菜多了去了，這次保證做出絕對正宗的天津牛肉餡餅。"這也是易小天以前爲了討好女孩子們所學的一招絕學，會下廚可是男人在泡妞時的重要加分項啊。

稍後，荷瑞美滋滋地大口享用着餡餅，開心得不得了。易小天見她心情好了，醞釀了半天，才開口道："這個……荷瑞呀！雖然咱倆現在是搭檔，可我覺得沒必要真的住在一起吧。這樣我怕別人會説你閒話。"

"誰説我閒話？誰敢説我閒話！"一刀將餡餅切成兩段，一叉子用力插下去，惡狠狠地吃到嘴巴裏。

"比如你的男朋友啊，還有組織裏的那些人……"小天看着她切餡餅的狠勁，後面的話就不敢説了。

「男朋友是什麽鬼？我可没閒心找！至於組織裏的那些人，他們才不會多嘴多舌呢。這是任務，換成誰都要毫無條件地絕對執行，你放心吧！」又一口吞掉了四分之一的餡餅。

「這個……但是……可能我有些……不方便」易小天吞吞吐吐地説道。

「啊！我知道了！肯定是因爲你要帶女性友人們回家嗨皮，我在會不方便是吧，這我能理解了。」又一口幹掉剩下的一大塊餡餅，然後滿足地擦擦嘴。

「喂喂！你可別亂説啊！什麽女性友人啊！我可是很潔身自好的！從來不帶女孩子回家過夜！」易小天被人説穿了心思，羞了個大紅臉。

「拉倒吧！在你家裏的沙發縫裏，枕頭縫裏，床底下發現的女孩子頭髮光種類就能有二十多種，不然你的頭髮爲什麽那麽難找，都被這些長頭髮掩蓋住了。」

易小天面紅耳赤，在一個美女面前證明自己濫情可没什麽光榮的，他得在每一位女士面前保持良好形象啊！

「你誤會了，其實吧……」

荷瑞擺擺手，一副「我全瞭解」的樣子，「行吧！我們工作的原則就是不能耽誤他人的正常生活，如果我真的耽誤了你的生活的話，那我搬走好了。」

「啊！」易小天没想到居然把她給説通了！可是現在心裏不知道怎的，卻没覺得激動。

「不過，一下子讓我搬走我也没地方去，給我一個禮拜的時間找房子吧，等我找好了就搬出去，可以吧。」荷瑞一下子客氣起來，小天反倒是有點不知所措了。

荷瑞端起盤子，朝廚房走去，小天忍不住叫道：「你幹嘛去？」

荷瑞回過頭來微微一笑：「我總不能真的在你這兒白吃白住那麽久吧，總要幫你做點什麽，我來洗碗。」

荷瑞走進廚房時，等在那裏的家務機器人走過來對荷瑞説：「您好，請把餐具交給我吧。」荷瑞一把將機器人推了個原地1080度猛轉了三圈，那機器人一下子系統崩潰了，一邊喊着：「警告！偵測到用戶暴力使用，此舉已違反保修條例，本公司對此機器人的損壞概不負責，請您自費維修。」接着倒在地上抖了兩下不動了。

聽到廚房傳來了流水洗碗的聲音，小天没想到平時大大咧咧的荷瑞居然真的洗起了碗，一邊洗碗還一邊哼起了歌。

易小天本來是做好了一切打算一定要把她趕走的，現如今得逞了反而心裏空落落的，一點也不覺得開心，這倒是怪了。

他悄悄溜到廚房門邊向裏面偷看，就看見荷瑞將頭髮捋到一邊來，繫着粉色的小圍裙，有模有樣地洗着碗。

易小天從來没有過家庭，他腦袋裏無數次地幻想過一定要找一個賢惠的老婆，讓家裏時時刻刻都有着溫熱的香氣，就像是每次他餓着肚子回家時，從鄰居家傳來的那種香氣。

他不知道爲什麼在看到荷瑞洗碗的時候居然會想起這些來，可能是寂寞得太久了吧，他的女朋友們多得不計其數，但是真正走進心裏的，卻是誰呢？誰也没有。

易小天嘆了一口氣，連那個倒在廚房地上的昂貴的家務機器人也没有多加留意，拿起沙發上的外套轉身走了出去。

女 BOSS 真難打

第二天一早，蘇菲特就將程部長的資料全部交給了易小天。

易小天翻開了一看，程俊，五十四歲，岳黎研究院安全部部長。好傢伙，這老病鬼才五十多歲，可看起來像是六七十歲了，看來他這些年沒少被這病折磨啊。

翻看一下他的簡介，一排排小字密密麻麻，小天最沒耐心了，挑關鍵地方看了幾眼，將他瞭解了個七七八八。

怪不得這麼多年來研究院保密工作做得這麼好，除了那些個頂尖的技術員日夜不停地設置程序防止黑客，不斷阻擋入侵者外，更有程部長這樣藏在研究院中的老江湖，將那些商業間諜和外國特工一個不漏地都抓起來交給公安法辦，易小天粗粗看了一下，敢情栽在他手裏的奸細有七十多個呢，不過，易小天覺得這裏面肯定有私下裏得罪了他被他扣上了「奸細」帽子的倒霉蛋。

他搓搓手，自己絕不能當下一個倒霉蛋。

當下讓蘇菲特給他準備了幾斤上好的臘腸送過來，蘇菲特知道臘腸是準備送給程部長的時候頗爲吃驚，連續確認了好幾遍：「您……確定您要買的是臘腸嗎？」

「對對對！沒錯。」

「是那個……掛起來曬的吃的臘腸？」

「對呀！記得買蜜汁臘腸啊！」

蘇菲特就沒再追問下去，這個總監做事向來不按常理出牌，誰知道他怎麼心血來潮突然要送人什麼臘腸呢，當下就去買好了送了過來。

易小天臘腸在手，感覺心裏踏實了不少，可是苦等了幾天，程部長都沒有再來找他，反倒是讓易小天惶惶然起來。

這程部長向來的套路都是先來一頓鴻門宴，再來一場心理戰，心理素質差的總會露出點馬腳來。據說他抓捕的那七十多個間諜，一半都是在他的"鴻門宴"上露了餡兒的。如果扛過了他的心理戰，下面還有七十二小時奪命追蹤，三十六天摸底掏心大搜查，八個月的潛伏待命期等一系列名堂滿目，花樣繁多的招式來對付那些人。

易小天光看這些名目就已經感覺兩腿發軟了，估計自己根本也不用他來什麼"七十二小時奪命追蹤"了，他肯定是一開始就把自己肚子裏的小九九都倒出來了。心裏七上八下地等了好幾天，結果程部長壓根沒來找他。

易小天未免有點無趣，出去找姐妹們嗨了幾天就把程部長忘腦後去了。

説來也奇怪，這幾天明明無所事事，他倒是有點不敢回家了，也不知道在躲什麼。公司不敢去，家也不敢回，日子過得窩窩囊囊。

易小天頹廢了兩天，突然接到了荷瑞的電話，荷瑞在電話那端爽朗地説着："喂！我找到地方啦！你回來幫我搬家！"

沒想到這丫頭動作這麼快，居然真的就找到了地方，易小天莫名覺得更頹廢了。見她的時候煩得要命，這下她真的要走了，他倒是有點不舒服了。磨磨蹭蹭地回了家，推開門，就看見荷瑞兩條長腿搭在茶几上，手裏捧着最大罐的爆米花，一邊看着電視劇一邊笑得前仰後合，看起來一點煩心事都沒有。這人心可真大啊！易小天咂舌。

"呀！回來啦！你這幾天跑哪兒去了呀！"

"哦，公司加班，太忙了！"

"你去幫我把東西收拾一下唄！我還沒收拾呢！"荷瑞"咔嚓咔嚓"地吃着爆米花，笑得合不攏嘴。

"不是，鬧了半天你還沒收拾呢！那你搬什麼家啊！"易小天氣悶。

"我這不忙着看電視呢嘛！這系列喜劇太好看了！我連看了三天都沒合眼！"

"啊！"易小天無語，轉過去一看，就看見荷瑞頂着兩個黑眼圈。

"你不會從我走了之後就沒睡過覺吧！你這是什麼電視劇啊！這麼長！"易小天咂舌。

"是已故相聲大師郭老第八代弟子和已故的小品宗師趙老第二百零四位徒弟合拍的一部喜劇啊，叫《鄉村醜娘娘》。一百六十多集，我才看到五十多集！哈哈哈哈！笑死我了！"易小天看了會兒，確實好笑，他正跟着荷瑞一起笑着，突然一隻腳飛了過來，踢的易小天措手不及，他只感覺一股大力直接貫到腰上，然後人就飛了出去。

"快點去收拾！"

維持着狗吃屎的造型在地上趴了幾秒，易小天才晃晃悠悠地站起來。他捂着腰一臉幽怨，卻一句話也不敢多説，乖乖地去給人收拾行李去了。

一邊收拾一邊滿腹牢騷：“母老虎！沒人要！閻羅王！害人精！”

嘴裏念念有詞，動作也粗暴得很，耳邊不時傳來荷瑞豪邁的笑聲，易小天這時候又巴不得她早點走了！誰管她素顏的時候是不是清純可愛呢！

但是他這老毛病根深蒂固可不是輕易就能治癒的，幫她收拾行李時，見到荷瑞的衣服就往鼻子前湊，香啊！香的靈魂都顫抖了！

聞的正入神，手機忽然響了起來，易小天看到這電話立刻正經起來，是傲得打來的。

“晚上約見一下，有事。”簡短直接的開場，是傲得的風格。

“哦！”

“在你家，晚七點，想辦法讓荷瑞迴避一下。”

“哦。”

然後電話就掛了。易小天放下電話，他正好也有好多事情要匯報呢！夾在中間當間諜也太不舒坦了，他天生就不是做這種事的人。何況現在還冒出來這麼一個難對付的程部長，露餡兒那還不是分分鐘的事，耽誤了大事他可負不起責任！

對！就趁這次機會讓傲得收回成命，把這要人命的苦差事交給別人去辦吧！

易小天本想着讓荷瑞出去還不是小菜一碟，把自己的黑卡給她讓她去隨便買買買不就行了，試問哪個女人能拒絕這個。可等易小天把這意思一說，荷瑞臉一下子耷拉下來：“你把我當什麼女人了？！你以爲我和你的那些女朋友一樣，見了錢就兩眼發直？我告訴你，我在你家住的這段時間，我會承擔你一半的房租的，你要不信我現在就轉帳給你！”說完就拿出手機準備轉帳。易小天是萬萬沒想到這種情況，不僅沒拍到馬屁還把人家給惹火了。不過，他腦子轉的何其之快，還沒等荷瑞給他轉帳呢，他就唰唰唰已經在手機上看了好幾條熱點新聞了，這不，有一條荷瑞肯定感興趣。

“不是不是，我不是叫你拿我的卡你自己買東西，你看這個新聞，敏華區那裏的科技館正在舉辦全世界數碼科技產品巡迴展呢，在展覽會現場就可以買到最新的數碼產品，我是叫你拿我的卡去買些最新的設備給組織用，我這不是在給組織做貢獻嘛，一片好心卻被你當驢肝肺，冤……啊。”最後幾句話還帶了哭腔，說完撅起嘴就開始假裝抹眼淚。

“啊？……這個……真不好意思啊，我是誤會了，別哭別哭，乖啊。”荷瑞被騙到了，見到易小天“哭”了自己倒不好意思了，趕緊拿紙巾過來給易小天擦眼淚。易小天一邊裝哭一邊聞着靠近身邊的荷瑞身上那甜甜的茉莉花般的香氣，心中暗爽不已。

易小天到底是找到了荷瑞的興趣點，她對這些最新數碼科技產品的展覽會哪有半點抵抗力，當下就樂顛顛地跑出門了。不過最後她也沒要易小天的黑卡，只說這種情況下的物品採購組織是可以報銷的。

荷瑞走了，易小天也得了個教訓，他以前都是跟那些個特種行業的女孩子打交道，只以爲女人有錢就能擺平，今天可是好好上了一課。他不斷提醒自己以後再遇到不同的女人可要學會看人下菜碟了。

不過，待會傲得過來也不能叫他看出自己把荷瑞趕出去的事實，易小天又忙活半天把已經收拾好的行李又恢復原狀，又給荷瑞的房間噴了最好的空氣清新劑，做得像模像樣。這可累死易小天了，那個被荷瑞弄壞的家務機器人還沒修好呢，只能自己動手了。待會兒他就打算以此向傲得邀功呢，面子上的功夫要做足！

果然傲得來了之後易小天就屁顛顛地請他參觀荷瑞的閨房，表示自己對上級領導的絕對重視，已經把最大最好的房間讓給了荷瑞。其實這還不是在荷瑞的拳頭的威脅下交出來的，不過這易小天可就不會說了。

他又滿腹牢騷地抱怨荷瑞快要把實驗室都搬過來的事實，傲得看著堆在牆角的奇形怪狀的實驗器材，只是輕描淡寫地點點頭。

「荷瑞呢！能力是很強的，只是她是一匹野馬，需要好好地馴服。」說完眼睛一挑，「我看你挺有潛質的，聽說沒有你搞不定的女人。」

易小天求饒似的擺擺手，「你可饒了我吧！我是天下女人都搞得定，可是偏偏這位壓根就不是女人，好啦！你來肯定不是來關心荷瑞的！再提荷瑞我跟你急啊！沒見過這麼耍朋友的！」要不是已經把這尊大神請走了，他非得找傲得算帳不可。

「是這樣的。」傲得收起玩笑的樣子認真起來，「上次回去之後我們就做了一個周密的計劃，這個計劃需要你來完成。」

易小天看到傲得認真的樣子就知道事情不妙：「什……什麼計劃？」

傲得往前湊了湊：「我們製造了一顆 EMP 炸彈，你找個機會將它帶到八十五層引爆，利用電磁脈衝直接癱瘓天君的主機，這樣一來就可以永絕後患了，到時候你可是又立了一件大功！」

「你給我等一下！這炸彈一爆炸，我是建了功了！但他媽的順道也去見閻王了！這一炸還不把老子連著樓都給炸飛了！」

傲得呆了一下，隨即明白了這小子一點知識儲備都沒有，壓根就不知道 EMP 是什麼，忍不住一笑：「這 EMP 炸彈是電磁脈衝炸彈，只會損毀電子設備。的確，在電磁脈衝發生時靠近電力及電器設備等足以大量聚集電磁脈衝波物品的生物體可能因瞬間超高電壓而灼傷、休克甚至造成死亡。但人只要離開了足夠的距離是沒有危害的，這顆炸彈我們已經設定爲接收引爆信號的半徑爲最大三公里，所以你引爆時拿著遙控器走出大樓，找個咖啡廳一坐，優哉游哉地按下按鈕就好啦，生命安全着呢！"

"哦！"易小天了然，這才把心又放回肚子裏，但轉念又一想，"你説的損毀電子設備是不是也包括樓裏那些個機器人啊，電腦啊什麼的?"

"當然包括，到時機器人全部癱瘓，電腦裏的所有儲存資料也全部抹除。"

"哦！"小天又一副了然的樣子，腦袋裏卻轉了一百八十個彎。機器人完了！電腦也完了！我那些存在電腦裏的檔案和業績資料也跟着一塊兒完了！樓上正在研發的那些未來高科技也跟着完了！整棟樓都跟着完了！那我易小天辛苦大半年打拼的事業也跟着完了！這何止是永絕後患，簡直就是斬草除根哪！

易小天咋咋嘴，這些話倒是沒敢説出來，傲得見他臉上一陣一陣變化，還以爲他臨時受命，心裏還沒調整過來，於是寬慰他道："這個任務也不難，主要是心理素質要好，獲得他們的信任，能夠順利打開那幾個隱秘房間的門，讓這個 EMP 炸彈砸中目標就可以了，很簡單的。"

説着從一個黑色的盒子裏將一個圓圓的，透明的小球遞到他的手上，小球不重，易小天的心倒是重重地墜了一下。

"這個 EMP 炸彈是最新研發的，比以前的操作簡單多了。你看，這裏有個安全閥，用時輕輕一拉，然後讓炸彈盡量靠近天君的主機，接着你就可以走啦。這個是引爆遙控器，你到時找個安全的地方引爆就好。"傲得將操作要領對小天講了。

小天喏喏地點着頭，心不在焉地撓撓頭髮，心裏又在想着：我勒個去！本來冒出來個程部長就已經夠頭疼了的，現在又讓我攜帶炸彈去炸主機，這不是攜帶贓物等着被抓嘛！

當下他忍不住説道："傲得老大！我有件事還沒跟你説呢！原來研究院還設有一個安全部門，安全部門專門負責抓混進研究院的商業間諜什麼的。安全部門的程部長，那個老家伙手段多着呢！我現在已經被他請去吃飯了！我怕到時候知道的秘密太多，一不小心被他套出話來就糟糕了！"

"哦? 安全部長? 如果是這樣的話，你可以先下手爲強，把他鏟除掉。"

易小天搖搖頭："鏟除不掉的，他手裏的部下個個都是精英，怕是隨便一個就能先把我鏟除了。"

傲得忍不住微微一笑："你還以爲我讓你把他幹掉嗎? 我是讓你抓住他的弱點，如果能把他變成自己人那就方便多了。你把他的情況詳細地跟我説一下，外貌特徵，家庭情況等我全都要知道。"

易小天無可奈何，只能把自己知道的關於程部長的情況都説了，連他面色蠟黃，腿像臘腸都説了。

傲得微微沉吟："這不難辦，人最怕的是沒有缺點，這人缺點明顯，抓住他的缺點就能輕易把他拿下。"

朝着易小天招招手，輕聲地把自己的計劃説了出來，易小天一聽，眼睛瞪得比鈴鐺還大：「傲得老大！你這主意不錯啊！你真太……哈哈！太陰了！你厲害！」

傲得拉過他，在他耳邊輕輕交代了幾句，小天趕緊點點頭。越想這事越靠譜。

易小天簡直忍不住笑出聲來！他想了好久怎麽對付程部長都没想到，傲得卻輕輕鬆鬆就想出了個好辦法來。易小天不由得心裏佩服。可高興了没幾分鐘，傲得將 EMP 炸彈放到小天的手裏：「記得這個才是最關鍵的！」本來已經樂起來的小天臉馬上又綠了，這還有個更頭疼的任務呢。

傲得又簡單地詢問了下荷瑞的情況後就先行離開了。走之前除了一再叮囑小天炸彈的使用方法，也提醒了小天好幾遍：「記着啊，我説荷瑞是匹烈馬要你馴服這種話可就是咱哥倆私底下説啊，你可别給荷瑞説我説過這種話。要讓她知道了，來找我理論我可受不了。」

易小天看着手裏的球，越來越覺得自己的處境艱難。以前他做夢都想變成有錢人，現在真成有錢人了，卻是萬萬没料到有錢的代價這麽慘重，不但要當間諜，還隨時有生命危險！

他環顧了一下自己的豪宅，早知道好日子這麽快就到頭了就應該存點錢的啊！他自從上任成爲公司高管後每天花錢大手大腳，賺的錢根本没剩下多少。萬一真的引爆了炸彈，到時候遊戲公司也得跟着玩兒完。雖然研究院下屬的公司還有很多很多，有可能會把他調到别的公司去，但去了估計也不會再讓他一進門就當高管了，工資待遇肯定也要下滑。這可就要命了，到時他這超豪華公寓的房租可就付不起了。真是的，當初怎麽没想到這一點啊，早知道應該把錢攢下來去買套房子才對。

易小天越想越鬱悶，想來想去説什麽也不能讓這什麽 EMP 炸彈毀了他的美好未來，但是他又不能忤逆傲得的意思，真是進退兩難啊！

易小天陷入深深的絕望，一直癱在沙發裏。一直到了晚上，荷瑞抱着一大堆的戰利品從門外擠進來的時候小天還没振作起來。

「小天！小天！這下好了!! 這個展會真棒，我可淘到不少有用的東西呢，正好組織裏的那些電腦高手們都在抱怨那些即插即用型的硬體機械蟲現在都已經使用過度，性能老化了，我這次買到的東西正好可以把那些機械蟲都來個大升級！而且啊，小天，你看，我還給你買了個東西呢！」

易小天坐沙發上没精打采地回過頭，就看見荷瑞抱着大包小包，身後還跟着好幾個搬運機器人，正在把一箱箱不知道是什麽的鬼玩意往屋子裏搬。看來這次她真的是大採購了，否則也不會租用比人力還要高上好幾倍成本的機器人搬運。再看看荷瑞買的那東西，只見荷瑞讓機器人搬進來一個和人一樣高的大木箱來，等機器人拆掉木箱，裏面是一個嶄新的家務機器人。

"上次把你那個機器人弄壞了對不起啊，估計也修不好了。現在我賠你一個新的，這個可是升級版的，比你以前用的那個可高級多了。"

易小天這會兒哪有心情去看什麼機器人，嗯嗯應付了兩句，又見那些搬運機器人又是被荷瑞指揮着搬運貨物，又是在一邊拆包裝，嘶啦嘶啦吵得要死，就想回卧室睡覺算了，沒想到荷瑞正興奮呢，哪容他回卧室，硬是把他拽到新買的家務機器人跟前，說道："哎！趕緊的，現在就把它註冊激活，我也想見識見識這個升級版的功能。"

易小天哪有那個心思，就說道："明天再說吧，我現在突然大姨夫來了，啥也不想幹！"

還沒等荷瑞來吐槽，那個家務機器人突然自行啓動了，它臉上的藍眼睛點亮的同時就用一種悅耳卻還是略顯死板的模擬男性的語音說道："非常抱歉，我聽到您說您大姨夫來了，依據機器人守則，雖然我面前的先生和小姐還沒有把我激活並指定誰是我的主人，但我在聽到您反映自己身體不適時，仍然有義務馬上自行啓動並掃描您的健康狀態，若真有問題，我就要立即聯繫醫療機構對您進行進一步診治。我雖然不是專業的醫務機器人，但作爲新一代的家務機器人，還是擁有一定的基礎醫學常識的。據我所知，男人的'大姨夫'是一種對於男性生理期的俗稱，特指由於體內激素和神經遞質的影響，每隔一段時間，男性體內由於激素水平開始發生變化並因此引發生理上的變化的現象。同時，也會造成心理上的一些波動。典型特徵表現但不局限爲全身乏力、體質變弱、失眠多夢、頭暈耳鳴、腰膝酸軟、煩躁焦慮、精神抑鬱、心緒不寧等症狀。并且由於男性生理期出現跟前列腺炎的表現十分相似，部分男性還會產生誤解。這一點請您不要擔心，這一切主要是體內激素變化引起的，也就是男性體內睾酮、雄激素的含量呈下降趨勢，正處於最低點。現在，請您站定不要亂動，我馬上就開始對您的健康情況進行一次大致的掃描。"說完機器人頭頂上就彈出一個網球大小的圓形掃描儀來，發出一道藍色的掃描射線開始對易小天進行全身掃描。

易小天聽它這麼一長串說完，臉都綠了，這也太誇張了吧！

荷瑞在一邊嘖嘖稱奇："哎呀，我說這個升級版的賣那麼貴，這到底還是物有所值啊，小天你別動，讓它給你慢慢掃，我先回房間繼續整理新買的設備啊。"

荷瑞到自己房間一看："咦？你怎麼沒給我收拾行李啊！我明兒可就要搬家了！哦對，你不是'大姨夫'來了嘛，嘻嘻嘻。"

易小天傻站在那裏被機器人掃描，真是欲哭無淚，可讓他哭的還在後面呢，那個機器人掃描完易小天後，就說："非常抱歉，可能是您的感知有誤，我没發現您身體上有任何內分泌失調的症狀。另一方面，我也有義務提醒您，我對您的健康狀況進行掃描後，發現您有着縱慾過度的傾向，這一點請您以後一定要注意，還是要把身體健康放到第一位。您如果對我這次的服務有任何意見，可以給我的母公司致電或發送郵件，電話號碼和郵箱地址請留意我胸口上的顯示器。"

這個機器人說話聲音足夠大，荷瑞在自己屋內都聽見了，就氣冲冲跑出來喊道："好啊，易小天，原來你在偷懶，還'縱慾過度'？你還真把自己當風流天子啦！現在啥也別說了，趕緊給我收拾行李去！"

易小天這晚啥也沒幹，就給荷瑞收拾行李了。荷瑞一生氣，還不許他用新買的機器人幫着收拾，等易小天收拾完，都半夜了。

易小天好不容易爬上床，把那個白痴機器人好一頓咒罵。這下他倒是非常、絕對、堅定地贊同傲visely他們的理想了，這些個毫不通人情世故的爛人工智能就是應該毀掉嘛！但氣頭上這麼想，冷靜下來後覺到底不能真的就這麼炸了研究院，說什麼也得想辦法神不知鬼不覺的把這事給它捅出去。

輾轉反側了一夜都沒睡好，快到早上了一看錶，反正也睡不着了，就早早到了公司樓下，買了個煎餅果子當早餐。其實公司內的餐廳相當豪華，中餐、西餐、日料，印度菜、越南菜、泰國菜、韓國菜，真是應有盡有。光中餐就幾十樣菜品，還分了漢餐廳和清真餐廳。這也是爲了滿足公司內各個人種和各個民族員工的口味，可易小天覺得公司裏的餐廳做的菜倒是種類齊全，卻過於精緻了，淡而無味，還不如以前百樂門門口那些夜市上的燒烤好吃。雖然不衛生，但味兒足啊！易小天剛到時公司吃了一個多月就受不了了，想出去另找地方吃飯，可偏偏這個公司大樓正好在城市的 CBD 中心區，周圍其他餐廳全是那種高逼格，裝潢都跟太空船內部似的那種鬼地方，裏面做的飯比公司裏的還沒味道。直到有一天有個大娘在公司樓下弄了個早點攤，賣豆腐腦、煎餅果子、豆漿油條、稀飯鹹鴨蛋什麼的，才算是把易小天救了。不過，看起來像易小天這樣想的人也不是少數，每天早上這個小攤跟前都要大排長龍，易小天今天這個煎餅果子排了十幾分鐘才買到。

"大娘，記得多給我放點辣椒醬啊。"

"好好好，沒問題，小伙子你天天都來，你的口味我早記下啦。"

啊！這才是人吃的嘛。易小天美滋滋地吃着早餐，昨晚的不快都一掃而空了。可好不容易心情多雲轉晴，卻突然看見蘇菲特鬼鬼祟祟地跟着一個男人走了過來，兩個人躲在牆角，蘇菲特趴在男人耳邊小聲說着什麼，說完還害羞一笑，就是把易小天迷的七葷八素的那種會露出梨渦的淺笑。

這是什麼情況？易小天趕緊縮在牆角，他這幾天本來就夠鬱悶了，沒想到今早居然還有一發悶彈——蘇菲特看起來神態十分可疑。這無疑讓易小天更加受傷了，蘇菲特鬼鬼祟祟地在跟誰説話呢？

難不成……

易小天心裏猛地一驚，她是在販賣我的情報？或者在跟別人泄露我的秘密？糟糕了！老子的情況她全知道！

就看見蘇菲特從包裹拿出幾張紙來，塞在那個男人的手裏轉身就跑開了。

易小天覺得自己的心拔凉拔凉的。

是的，蘇菲特本來就是研究院派在他身邊監視他的，那麼她把自己的情報都泄露出去原也正常。只是易小天一直以來都是真心對待蘇菲特，猛然間才意識到她可能在背叛自己。

易小天晃晃悠悠地回到了辦公室，就看到蘇菲特已經坐在自己的位置上了。要不是他今天來得早，八成還看不到蘇菲特的這些小動作呢。

“啊！易總早！”蘇菲特沒想到易小天居然這麼早就來了，趕緊從座位上站起來迎接他。

易小天眼睛都沒斜，直接從她身旁走了過去，留下蘇菲特一個人在那裏莫名其妙。

易小天關上門，心裏流泪不止，我的蘇菲特呀！枉我那麼真心待你，你倒是怎麼對我的！

想起她熱心幫他搜集程部長的資料的樣子，越想越覺得可疑。是的，她是研究院的“奸細”，程部長是研究院的眼睛，他們本來就是一路的，怎麼可能真心幫助我呢！

易小天啊易小天！你這輩子遲早要栽在女人的手裏。

説什麼先瞭解了他的情況才能避開他的追擊，没準兒他倆就是裏應外合，根本就是一伙兒的。

他越想越覺得自己中了圈套，自己怕是早就中了程部長的計了！不行！不能這樣等下去了！他必須想想辦法。

易小天當下推開辦公室的門走了出去，蘇菲特見他要出去，站起來問道：“易總，需要我陪您去嗎？”

“不用了。”易小天冷冷地説。

蘇菲特納悶兒，今天易總這又是怎麼了？不過，他本來情緒就反覆無常，陰晴不定，誰也摸不準他，也就沒太當回事。

易小天爲了接下來的計劃，硬着頭皮去八十二層的研究部了，那裏都是一群女科學家在搞研究，易小天若不是爲了接下來的計劃，他寧可到沒電、沒網絡的深山老林裏待一個月也不願意去那裏。

是那些女科學家太醜嗎？NO！正好相反，那裏的女科學家們都使用過類似沈慈教授使用的生物逆生長科技，個個無論實際是多大年齡，容顏和身材卻都是"維多利亞的秘密"裏面那些天使的水準。

那就怪了，既然如此，易小天又爲什麼不願意去呢？來看看他心裏所想的就知道了。

易小天步子拖拖沓沓地往那裏走，心裏不禁回想起前幾天看到的一則新聞。大意是說目前全社會中，從國家幹部至私企管理者，女性領導占了絕大多數，整體上和男性領導的比例已經達到了6/4。並且各高校的新錄取學生中，女學生也占了絕大多數。整個社會裏女性的力量正在大大崛起。易小天對此也深有體會，大學怎麼樣他是不知道，但在他不多的學校生活中，他也見到女學生往往都比男學生好學的多。他在初中那短短幾年，他和大部分男生每天不是玩遊戲找黃片，就是找個小酒吧後喝了酒到處苲架，瞎搞一氣，可班裏的女生卻個個都在埋頭苦學。

後來在百樂門，他倒是覺得女人真厲害，掏起男人的口袋來真是一點兒都不含糊。他當時還想，呵呵，原來這就是女性力量的崛起啊，那有啥了不起的，等將來我發達了，再來找你們這些臭娘們兒算帳。但等到了這家公司，他才算深深瞭解了女人的厲害。

如果說社會上男性精英和女性精英的人數比是4/6，那到了這家公司裏，男女高管的比例就是2/8了，易小天在這家公司裏看到最多的就是女高管帶着個屁顛屁顛一臉媚笑的男助理在忙來忙去。像他這樣的男高管公司裏本來就沒有幾個人，再加上還能有個漂亮又聽話的美女助理的，全公司也就他一個人了，這也是爲什麼他那麼珍惜霍菲特的原因。而在公司的研究所裏，全部都是清一色的美女科學家，易小天剛來公司時，本來是想去找她們看看有沒有能浪一浪的機會，但等聽了一個故事後，就沒敢去。

因爲研究所裏都是美女科學家，公司員工私下裏一直就有她們都是"蕾絲邊"的傳聞。後來有個男高管去她們的研究所送文件時，隨口拿這個開了個玩笑，然後就從那個研究所裏一路哭着跑到了樓頂天臺喊要自殺。好不容易被公司裏的其他人包括沈慈教授都出面了一齊把他勸下來後，他還邊哭嘴裏一邊不斷嘟囔着："生而爲人，我真是太抱歉了。"第二天這個人就辭職了，補償金都沒要，後來就再也沒有他的消息了。

易小天當然不知道太宰治是什麼鬼，但這個故事確實把他嚇到了。再加上之後又在公司舉辦的酒會上見過這些女科學家們，看到她們身上確實有種"生人勿進"的氣場，就再也沒敢去招惹過她們。可現在爲了接下來的計劃，也只能硬上了。

到了研究所那扇沿着一個複雜的幾何圖形流動着幽藍色光束的安全門門口，易小天聲音發顫，對着門口的對講機說明了來意。等了好半天門才算是開了，出來接待他的是高教授。

哎呀媽呀！怎麼是她啊。易小天心裏叫苦，越不想見到誰就越見到誰。

高教授把易小天帶到研究所裏的接待室中，這個接待室裏一片冷冰冰的白光，裝修風格更像是實驗室而不像接待室，易小天聽說過這種風格叫什麼"性冷淡風"，這個形容詞太他媽貼切了，他一到這個房間就感覺自己總是隨時纏繞在心間的那些個桃色欲望馬上就消失得無影無蹤，待久了怕是自己連跑去當和尚的心都有了。

禮儀機器人給易小天端上來一杯不加糖的濃茶後，高教授開口問道："您好，請問您來有何貴幹？"

擁有雙博士後學位的高教授是牧歌公司派遣過來的高級技術顧問。她有一種本事，那就是一邊嘴上客客氣氣地接待人，一邊還能讓人覺得她身上那種強烈的"低等生物，你有多遠給我死多遠"的氣場。

易小天當然感覺到了，之前那個男高管跳樓的故事裏，據說就是高教授把那人諷刺的無臉見江東父老，最後跑去跳樓的。他不禁聯想起幾天前玩的一款動作遊戲裏的最終 boss 戰，那個 boss 身邊籠罩着一層詛咒雲霧，能讓玩家控制的角色一靠近它就受到詛咒，防禦力下降一半，HP 下降三分之一。易小天覺得現在高教授就是那個 boss，自己的 HP 已經快空啦。

沒辦法，來都來了，再難受也得硬上了，於是他先喝了口茶定定神（結果神也沒定，茶太苦了，易小天反而覺得又受到了一記重擊，HP 又下降了不少），他也不敢直視高教授的目光（不敢看美女的臉，這對易小天來說可是頭一遭），低着頭開口說道："您好，高教授，能麻煩您告訴我一下沈慈教授的郵箱號嗎？"

在高教授眼中，像易小天這種沒學歷的人就是單細胞生物或乾脆就是病毒般的存在。當然了，她也知道，如果從生物生存能力的角度來說，病毒和單細胞生物反而是最完美的存在，所以她把這些人比作這類生物，僅僅是從思維能力這個角度來貶低的。

眼前這隻"草履蟲"要沈教授的郵箱幹嘛？肯定又是看到沈慈的美貌想追她的吧，她早就提醒過沈慈了，不要對誰都那麼客氣，尤其是男人，他們會誤解的。

"不好意思，沈教授的私人聯繫方式我們是不允許隨便告訴別人的，您要沒有別的事，就請回去吧。"說完她擺擺手，就打算叫禮儀機器人送客，

高教授說這話時身上散發出"死一邊兒去"的力場更強了，讓易小天覺得自己 HP 已空，GAME OVER 了！走了算了。

不行！他回想起那個遊戲裏，主角有個被動技能，臨死時才會激發，就是命懸一線之際，會自動補充十分之一的 HP，讓玩家有個最後殊死一搏的機會。當時他就是多虧了這個技能才通關的。於是，他拼命想像着自己就是那個主角，

向眼前這個 boss 再來最後一次突擊。

"不是的,我向您要沈教授的郵箱,主要是要向沈教授反映一下情況。上次公司的酒會上我看到你們這些女科學家們,可能是最近太忙於工作了,缺少保養的機會,臉色都不太好。我想讓沈教授注意一下這個情況,最好能給你們有個美容保養方面的福利。我先要個她的郵箱給她提出個申請,才好找她面談這件事嘛。"易小天這也就是最後突擊一次了,不行他也就再沒心力了。

"哦?"高教授一聽這個心裏倒有點高興。的確,最近她都忙於工作,確實沒有去好好保養一番,逆生長的生物技術保養治療也已經耽誤了兩個療程了。她剛才還在實驗室裏的一個新研究出來的表面像鏡子般反光的超導材料上看到了自己的臉,眼角已經有了幾絲不易察覺的細紋。看來這個"草履蟲"倒是挺細心的,心中一樂,眼前的單細胞生物進化成了腔腸生物,從"草履蟲"進化成了"海葵"。但即使如此,也還是不能隨便說出沈慈的郵箱,不過,她內心有點猶豫了。

易小天見她沒有急着拒絕,就繼續說道:"您看,沈教授可是將自己臉打理的吹彈可破啊,她不能光顧着自己嘛,你們幫她研究了那麼多高新技術,多要一點福利也不過分嘛。"

高教授最討厭的就是人類那種底層欲望。什麼嫉妒心,貪婪心之類的。她平時一旦自己心中產生了類似這樣的陰暗心理,馬上就要自我壓制下去,否則的話,自己和滿街的俗人相比又有什麼區別。可她畢竟也是人啊,聽了易小天這麼一說,又想到沈慈的那個 A 療程確實比她用的 B + 療程要高級一些,心中還是不免犯嘀咕。再看到易小天在她面前畏畏縮縮的頭都不敢抬又有了點憐憫之心,又加上她一想自己和岳黎研究院簽訂的合作協議上,不許透漏沈教授的聯繫方式只是合同的一個附加條款,倒也算不上是非常硬性的規定。三個原因加到一塊兒,她還是把沈慈的一個工作用郵箱地址告訴易小天了。

看着易小天一副感恩戴德的模樣,高教授心裏美滋滋的,對於自己把沈慈的郵箱地址告訴了這隻"海葵"也就不覺得有什麼不妥了。

易小天走了後,她又想起上次那個跑來亂開玩笑的白痴。如果上次那個人態度有易小天這麼好,也落不着那樣一個下場。研究團隊裏雖說是有一對同性戀人,可這個研究團隊都是女性,又不是故意的。據她所知,這個研究團隊早期在招聘時,當然沒有只限女性,可是來應聘的男科學家,基本沒有能達到要求的。這個高教授倒不意外,在她讀研究生時就發現,男性在學術上的深入探研的能力越來越差。這到底是怎麼回事她也不清楚,這又不是她的研究方向。她只是覺得男人越來越容易被外界影響從而缺乏研究上的定力,整天想的更多的是社會地位和職稱高低,而不是好好把研究做好,可女科學家這方面就好得多。後來,倒也有能達到要求進入研究團隊的男科學家,可他們來了沒多久,就受不了團隊裏的女科學家在學術上都能和他們平起平坐的現實，又都辭職了，所以後來研究團隊裏才都只剩下女科學家了。這其實挺好，都是女性工作起來倒也方便，工作累了想開個玩笑也可以隨便開，並且女性之間做事也很有默契，很多時候一個眼神大家就知道要做什麼了，效率還更高了。

上次那個人跑來亂開玩笑，態度還挺囂張，一副直男癌的德行，一下子就把高教授惹火了。她抬起還只在大猩猩身上做過試驗的"意志崩潰力場"發生器就朝那個白痴按下了啓動按鈕，接着就是易小天所知道的故事了。其實平時高教授也不會這麼極端，誰讓那天正好她也卡在一個研究進度上怎麼都過不去，心情極差呢。

牧歌公司派遣高教授來岳黎研究院主要是爲了給他們負責處理 VR 設備方面的技術問題。想當年，岳黎研究院率先研究出了人工智能，國家爲了安全起見，就不再允許其他研究機構，企業，或是任何個人團體再研發人工智能了，就以岳黎研究院研製出來的"天君"作爲統一的人工智能標準。否則大家都研究的話，人工智能就成了每家一個標準，政府認爲，這樣一來可就亂套了，今後也没法兒管理。所以後來牧歌公司就轉而研發 VR 設備和其他一些生物化學技術去了。但牧歌公司的老總可真是心大，最先進的 VR 技術被他們公司研發出來後，並没有申請專利，而是公佈了所有的技術細節，除了自己公司研發的"鏡花緣"，也可以讓全社會所有的公司都可以研製自己的 VR 設備參與市場競爭，這才有了岳黎研究院下屬的"遊戲人間"公司。高教授一開始不明白公司老總到底怎想的，後來才知道他們老總可是在下一盤很大的棋，牧歌公司的目標不是做生意，而是徹底改變社會結構。人工智能研製這條路既然走不了了，那就換一條。研發民間使用的商用 VR，就是爲了讓社會上所有人的負面情緒都能有個發泄的渠道，降低全社會犯罪率。雖然現在 VR 設備還貴得要死，但等技術不斷地完善以後，這個東西肯定會進入到千家萬户的。而接下來牧歌公司的目標，是研究男性生育技術，未來讓女性徹底擺脱生育方面的負擔。

高教授倒不是個極端女權主義者，四十六歲的她和第二任男友從二十六歲認識到現在，感情一直挺好。她自己心情好的時候一樣會好好打扮一番，去廚房做頓大餐，再來個情趣遊戲（時不時還來點 SM）來哄男友好好開心一下，男友高興了她自己也很高興。所以，對於牧歌公司下一步的計劃，她也不是完全贊成。可一想到自己的確經常會因爲生理方面的事情而影響心情，阻礙研究進度。再一想到年輕時一回老家，自己媽媽加上七大姑八大姨就跑上來追着問她啥時候結婚生娃，從不關心她在學術上的成就，還認爲女人學那麼多毫無意義。最後，她也就是因爲這個徹底和家裏斷了聯繫，跑到大城市來發展的。所以，她還是覺得女性以後能擺脱生育方面的負擔總的來說還是挺不錯的。

不過，想歸想，高教授覺得以後牧歌這個項目要是真成了，她養育孩子的樂趣也沒了。所以她現在倒是把以前從沒想過的結婚生子的計劃提上了和男友的生活日程。

牧歌公司研究男性生育科技的新聞，其實就在那天易小天看的社會上男女精英的比例轉變的新聞之後，不過易小天看了這則新聞就轉而看娛樂搞笑版去了，沒留意下一個新聞。否則他要知道了，估計嚇也嚇死了。

鬼才會相信易小天真的那麼善良是去給這些女科學家爭取福利的。説到底還不是爲了出師有名，騙一個沈慈的郵箱來，有一個混上八十五層的名頭。其實他想要沈慈的郵箱，完全可以找蘇菲特，也許蘇菲特能拿到也説不定。可是自從懷疑蘇菲特對他不忠後，易小天就再也不想讓她參與這個機密事件了！

小叛徒！披着美女外衣的間諜！

易小天想起蘇菲特早晨偷偷摸摸的樣子就心痛不已，別以爲我會原諒你！易小天在心裏叫不停。

這不，雖然費盡周折，自尊心也被摧殘的慘不忍睹。但畢竟憑着自己那三寸不爛之舌，到底還不是拿到了？易小天假裝淡定地溜溜達達去了八十五層。八十五層是重點保護樓層，雖然他可以自由來去，但是從來沒認真地看過，現在有任務在身，他必須先摸清楚底細再説。

他知道那幾間隱秘的大房間的位置，但是他偏偏朝反方向走去，先朝反方向假裝迷迷糊糊地找了半天，然後又掉過頭來，繼續假裝好像迷路了，迷迷糊糊地往那幾個房間的方向走。

這麼關鍵的地方居然無人把守？未免也太自信了點吧！易小天已經來到了門前，門居然是一整塊兒的鋼板，連個縫都沒有。他準備不動神色地繼續往前走看一下前面的房間。

步子剛要邁開，身後突然傳來聲音：「你在幹什麼？」

聲音乾澀，虛軟無力，像個太監一樣十分尖銳。

易小天沒回頭就知道不好，他最害怕的程部長來了，怪不得這裏沒有守衛，敢情老病鬼在這兒守着呢！

易小天肚子裏轉了好幾個小九九，轉過來時已經面帶燦爛的微笑，笑得像一朵花一樣説道：「呦！程部長！您也在這兒啊！」

程部長冷冷的從上到下將他打量一遍：「你這樣笑起來簡直像個接客的龜奴，能收斂點嗎？」

易小天渾身一哆嗦，媽的！該不會是露餡兒了吧！難道他什麼都知道了？

第二十八章

鴻門宴

　　易小天一瞬間腦子裏亂如麻，眼神不自覺地閃躲起來，程部長看着他的樣子，得意地揚起嘴角。

　　易小天不斷地告訴自己，一定要冷靜，他媽的可別中了這老病鬼的計！

　　嘴角又揚起笑來，"程部長說話倒是挺毒舌的呢！您是有什麽事嗎？"

　　"這是我要問你的，你没事跑這兒來幹什麽？"

　　易小天又擺出那副迷糊臉，"我來找沈教授啊！她們說沈教授在八十五層的，我這才來的。"

　　程部長眼睛緊緊地盯着他，易小天被他看得很不舒服，也不知道自己演的像不像那麽回事。

　　程部長盯着他往前邁了一步。易小天嚇了一哆嗦，趕緊解釋："咳！還不是研究所裏那些女孩子們纏着我，讓我給她們申請個什麽美容補貼，説是每天關在實驗室裏都没做保養，皮膚嚴重缺水！她們自己不敢來，非慫恿我來！"

　　"沈教授現在不在。"程部長眼睛一瞇，突然朝易小天走來。

　　"哦！啊！"

　　程部長朝他伸出鷹爪般的手來。易小天一瞬間閃過無數個念頭：他這是要抓我？該反擊嗎？我他媽的乾脆來個魚死網破算了！

　　哪知程部長的手輕飄飄地落下來，在他衣服領子那裏抓了一下，"你這兒有幾根長頭髮。"

　　説着手一攤，果真是幾根女孩子的長頭髮。易小天一口氣吸回肚子裏，臉上尷尬一笑："這個……呵呵！可能是前天？也可能是大前天的！呵呵！"

　　該死的！不是洗衣服了嗎？怎麽還有這麽多頭髮？

　　程部長似笑非笑地看着他："没事，易總的風流事蹟大家都耳熟能詳嘛。對了，明晚有一個很盛大的舞會，到時我會拿出自己我酒莊裏出産的葡萄酒招待大家，味道非常香醇。姑娘們嘛！更是美的不像話，明天一定要賞光啊！"

還來！易小天咂舌，上次鴻門宴沒去成，這次又來這套，如果還不去的話，怕是要引起他的懷疑了！到時候真的來個什麼三十六小時奪命追蹤什麼的就自己可就玩兒蛋去也！

但他現在要想辦法和程部長拉近關係，這也是個好時機，於是他笑嘻嘻地說："肯定肯定！明天一定準時參加。"

程部長不懷好意地笑了一下，"昨天蘇菲特給我送了幾斤臘腸味道很好，謝謝易總居然知道我喜歡吃蜜汁臘腸，您可真厲害。"

說罷，從他身邊擦肩而過。

易小天臉上一陣紅一陣白，他媽的這老傢伙居然真的喜歡吃臘腸，也是見了鬼了！

既然程部長在樓上，他就不能繼續探查下去了，立即下了樓，路過自己辦公室便看到蘇菲特那肉嘟嘟的小臉心裏又是一痛，沒準兒她就是程部長安插在自己身邊的眼線呢！

秘密大事已經不能再和她商量了。易小天氣悶地走了出去，連中午的會議都沒參加，反正他也經常找機會開溜，別人也拿他沒辦法。

易小天琢磨起明天的舞會來，他還沒開始對付程部長，反倒是被他先下手爲強了。這絕對是升級版的鴻門宴啊！就怕他易小天竪着進去要橫着被抬出來了。

絕對不能自己去，這麼危險的場合可不是他易小天能單打獨鬥的，得找個保鏢讓他風光地進，瀟灑地出才行。

不過，去哪兒找保鏢呢……

易小天猛然一拍腦門，怎麼把她給忘了！家裏不是有現成的頂配保鏢嗎？立刻跳上車，一腳油門兒悶了下去。

車子以匪夷所思的速度開回了家，易小天幾乎是飛到了自己家門前，一把拽開大門，就看見荷瑞已經準備搬走了。

見到氣喘吁吁的易小天，荷瑞本來還想跟他好好道個別，可一想起來那天機器人對易小天說的："您有着縱慾過度的傾向。"就氣不打一處來，陰着個臉理都不理易小天，只顧自己搬自己的。

易小天一把搶過搬家工人手裏的箱子，全部又放回原處，大喊："荷瑞！你不能走！你千萬不能走！"說着又把正在裝運的行李都倒了出來。

荷瑞看的一臉莫名其妙："你這是幹嘛呢？不是你讓我走的嗎？"

"我……我需要你……需要你啊……"易小天累得氣喘吁吁，拼命把東西倒出來，往她房間裏運。

荷瑞莫名其妙，旁邊的工人倒是看明白了，看來上次搬運新買的數碼設備用了機器人，組織給的預算估計用得差不多了，所以這次荷瑞找的是真人搬運工了。一個年輕工人忍不住説：“小姐，我是看明白了，你們這是小情侶吵架呢吧？”

“啊？”荷瑞指指自己的鼻子，“就他那德行？我跟他？”

另一個年紀大的也看不下去了：“哎，我看他也挺誠心道歉的，你就差不多原諒他吧，鬧彆扭也不能真鬧僵了，床頭打架床尾和，可別傷了感情。”

“不是，你説啥呢？我咋没明白？”荷瑞搔搔頭髮，一頭長髮登時亂七八糟。

易小天懶得跟這些“好心人”解釋，把東西都搶下來，一邊把他們往門口推一邊説：“行行行！謝謝各位操心了啊！下回有活兒再叫你們吧！回見！”

“嘭”的一聲扣上門，門外還隱隱傳來勸架的聲音：“有話好好説啊，別傷了感情！”

易小天靠着門長吁一口氣，額頭上的汗都滴了下來，這些吃瓜群衆，真是電視劇没少看。

“怎麽回事啊！”荷瑞搞了個一頭霧水。

易小天拉過荷瑞來，將沙發清空，讓她舒舒服服地坐在沙發上，又親自去倒了杯飲料過來，雙手奉上。

“你這個家暫時不能搬，咱們有任務了！”

“任務！終於有任務了！”荷瑞的眼睛瞬間亮了。她在這裏憋了幾天早就技癢難耐了。

“是這樣的，我們的任務是明天的一場舞會……”

“啊！是舞會啊！”

“但是這不是一場普通的舞會，你的任務是要保證我能夠安全的從舞會裏出來。”

“有什麽潛在的危險嗎？”

易小天想了一下，一定要説的越危險越好，這女人就喜歡危險。當即點點頭，一本正經地説：“情況非常危險，基本上除了你我，剩下的都是敵人，你要做好這樣的打算。”

荷瑞的眼睛慢慢睜大，興奮地大叫道：“Cool！那咱們豈不是就是進了賊窩了？”

“差不多就是那個意思吧！怎麽樣，你能保證咱們兩個全身而退嗎？”

“没問題！”荷瑞興奮地跳起來：“跟你説啊！我正好新換了兩把槍急着没地方練手呢！只要我‘啪啪啪’幾槍打過去，我保證……”

易小天趕緊打斷她：“那個！咱們不能帶槍，不能帶這麽明顯的武器，你當別人是傻瓜嗎？要做到神不知鬼不覺，不能留下一點點線索給別人，咱們必須扮演單純無辜的良民形象。"

"哦。"荷瑞陷入了沉思，"這的確比較棘手，神不知鬼不覺的確很難。"

今天易小天格外的殷勤，這會又殷勤的給人家捶腿。別看荷瑞手上很粗糙的，腿倒是白皙嫩滑，手感極好。

"你有晚禮服嗎？沒有的話小天哥給你置辦一套。"

"有耶！"荷瑞猛然間坐起來，不小心一腳踢在了小天的下巴上，差點踢掉了他寶貴的大門牙。

荷瑞在滿屋子的箱子裏翻找了一番，"這件怎麼樣？這還是以前我參加一場音樂會買的呢。"別看荷瑞在數碼科技方面的造詣很深，可論起審美眼光來，還不如易小天呢。她找出來的那套晚禮服，易小天一看款式早就過時五六年了。"你這些統統不行！"易小天大手一揮："我來親自給你搭配吧！"説着就拿出手機來，開始給荷瑞選擇合適的禮服。説實話，荷瑞這種絲毫不懂時尚概念的女孩子小天也是頭一次見，不過，對於女孩子的穿衣搭配小天可就是輕車熟路了，荷瑞的形象與小天以往見過的女孩都不一樣，她的五官很精緻，眉宇間纏繞着一絲英氣，所以衣服一定要款式大方。易小天選定了一套寶石藍的抹胸晚禮服，鞋子的話，因爲她要打架所以在關注款式的同時也要注意便捷程度，於是乎選擇了一雙鑽石涼鞋。髮夾的話，要能隨時把那礙事的頭髮扎起來才行。

嘴裏念念有詞，不一會兒就給荷瑞從頭到尾的安排妥當了。連她的唇膏色系都幫她選定，荷瑞平時大大咧咧，根本不在意這些細節，看到易小天有模有樣好像很專業的樣子，不由得佩服得五體投地。

之後荷瑞堅持這些衣服她要自己掏錢買，易小天牢記上次的教訓，知道她這種女孩子如果自己堅持要付錢，反而會惹惱她，就隨她去了。

兩個人又連夜研究了明晚舞會的一系列可能性，做好了絕對充分的準備。搞定了這一切，易小天這才滿意地睡覺去了。荷瑞看着自己的衣服和丟的亂七八糟的東西也沒心情收拾，於是將東西扒拉到一邊給自己騰了個可以睡覺的地兒就倒頭大睡。

因爲心裏時時刻刻惦記着晚上的舞會，易小天一整天都不在狀態，又因爲對蘇菲特産生了懷疑，以前巴不得黏在人家身上，現在也不多看一眼。蘇菲特這才後知後覺地感覺到易總似乎對自己意見蠻大的，可是又不知道自己犯了什麼錯。做工作匯報的時候易小天也是一臉心不在焉的樣子，他心裏只是在想：

哎呀，這個時候禮服應該到了吧，荷瑞應該已經在換衣服了。是不是正在脱胸罩呢？

蘇菲特看着易小天魂飛天外的模樣，不由得微微紅了眼眶："易總，我……我是不是犯了什麼錯啊？"

易小天這才看到蘇菲特正眼圈發紅，楚楚可憐，啊呀！他可最見不得女人哭了！哪怕她是個小奸細也捨不得她掉眼淚啊！爲了不耽誤大事，他趕緊安慰了幾句，就急匆匆地走了，留下蘇菲特一個人莫名其妙地坐在辦公室裏大哭不止。

易小天心煩意亂地開着車回家去接荷瑞，晚上七點的舞會，他們可不能遲到啊！可是，他的腦海裏又反反覆覆地回想着蘇菲特紅着眼圈的樣子，他趕緊晃晃腦袋，易小天啊易小天，你遲早有一天要壞在女人的手裏。

當他停好了車叫荷瑞下樓來，煩躁地等了一會兒，忽然間眼前一陣輕盈的裙紗拂過，一陣妙不可言的香味若有似無地飄了過來。

易小天好像是飢渴的動物突然發現了食物一樣，猛地抬起頭，就看見一個曼妙的美女朝他俏皮的眨眼睛，一隻眼睛居然戴了藍色的隱形眼鏡，頭上插着六支造型奇特的髮簪將頭髮挽了起來。荷瑞吐吐舌頭轉了個圈問："這樣好看嗎？"

易小天只覺得眼前一陣幸福的眩暈，他從沒見過這樣甘甜凜冽如山泉水般清澈純潔的女孩，像是在沙漠中行走的人猛然間喝到了一口冰泉，仿佛一瞬間看到了天堂。

他怎麼也沒想過平時毫無女人味的荷瑞稍加打扮竟然如此驚豔。她美的那麼純粹，讓易小天一點非分之想都沒有。純潔的就像是情竇初開的年紀第一次遇見喜歡的女孩，易小天這個情場老手一時間都不知道該作何反應。

"到底好不好看嘛！"荷瑞急了，等了半天也不見有反應，不滿地瞪了他一眼，一把推開易小天，自己鑽進了車裏。

"開車！出發！"

易小天苦笑一下，載着荷瑞朝着舞會會場開去。

下了車，易小天挽着荷瑞款款步入會場。易小天從來沒有參加過這麼高級的舞會，哪怕是後來有錢了也很少參加這樣的活動，幸虧他在百樂門的時候倒是見識過那些富豪們參加舞會時是什麼樣。他挺直了腰板，昂首闊步，倒也挺像那麼回事。

門口的服務員禮貌地躬身行禮。喲呵，居然用的不是機器人，果然這種場合還是用真人服務生比較有感覺啊！

大門推開，易小天熟悉的那種喧嘩和熱鬧撲面而來。在百樂門的時候，他們隔一段時間就要舉行這種大型舞會。人聲鼎沸，熱鬧非凡，美女如流水般的從眼前流過，富豪更是財大氣粗。舞會不但奢華，甚至還有一點露骨的撩人和風流。

但這裏可就不一樣了，一副一本正經的模樣。參加舞會的也都是些老蔥頭和老辣蒜，一股子的臭味，果然和那老病鬼的作風如出一轍。易小天好奇地四處打量，說好的美女呢！只有幾個三四流貨色的好不！以易小天的眼光來看，簡直不堪入目。

反倒是身旁的荷瑞太過耀眼，那些個不知哪裏來的臭男人們老是把眼睛往這邊瞄來。

荷瑞興奮地左顧右盼，看見盤子裏的蛋糕忍不住伸手就要抓，易小天扯了她一把，她這才忍住沒動手。

"沒想到你高跟鞋穿的還蠻溜，我還以爲你不會穿高跟鞋呢。"易小天小聲地說。

"哼哼！我從小可是讓我媽按照淑女的標準來培養的，只不過是長大之後被我老爸帶偏了而已。"

荷瑞忍不住又伸出手，偷偷地拿了一個聖女果放在嘴巴裏。剛美滋滋地吃着，忽然看到幾個正在喝酒的男人交頭接耳，正小聲地說着什麼，表面上看起來還算正常。可是荷瑞拉了拉易小天的衣服，用眼睛示意他往那邊看："你看那幾個人，要小心了，他們都帶了傢伙。"

"啊！"易小天大吃一驚，"不是吧！對付我也不用帶傢伙吧！"

荷瑞閉起一隻眼睛，只留下那隻戴着藍色隱形眼鏡的眼睛輕輕這麼一掃，立即忍不住叫道："那邊那幾個，還有那邊那幾個，我的個乖乖！還真被你給說着了！這些人身上基本上都帶了武器。我眼睛上這個微型探測鏡可不會騙我。"

"啊！"易小天臉色大變："怎麼會這樣，該不會是咱們兩個的身份被發現了吧！這下可糟糕了！荷瑞，咱們要不還是先撤吧！"

哪知剛拉了荷瑞轉過身，就看見程部長笑瞇瞇地端着酒杯過來，荷瑞看了眼跟在程部長身後的四個人，輕輕扯了下易小天："這幾個人身上也帶了武器。"

易小天後悔不已，簡直是掉進狼窩裏了！早知道就讓荷瑞也帶着槍了！完全沒想到情況居然一下子這麼被動，只有自己傻了吧唧的什麼都沒帶。

"易總，你的女伴可真是漂亮啊！"程部長一開口，荷瑞就愣了，雖然易小天已經跟她百般交代千萬不要笑，但是荷瑞還是差點兒忍不住笑出聲來。這人說話的聲音也太搞笑了吧，這麼一張嚴肅的臉居然配上了娘娘腔？

"過獎了。"易小天笑得有點不自然。

程部長舉起酒杯來："聽說易總小時候特別調皮，上學的時候居然還把老師的臉給弄傷了，真不得了啊！不過，人家都說那些不走尋常路的人成才的概率要比那些一本正經的人可高多了。易總肯定要算一個！"

我了個天！這老家伙怎麼什麼都知道，他這是把我調查了個底朝天啊，不知道後面在百樂門的工作經歷查得到不。傲得明明說過修改了我的資料，怎麼他還能查到呢。

傲得給他修改的資料是從他初中畢業改起的，以前那些平淡無奇，沒什麼重點內容的事件傲得就沒有動。畢竟全改了也未免太假，真真假假別人才猜不透嘛。

小天就沒考慮那麼多了，本來就作賊心虛，現在更是臉色嚇得蒼白。

"那都是過去多少年的事了！怎麼程部長專門對別人的過去感興趣啊，誰還沒有年少輕狂不懂事的時候。"

程部長神秘一笑："我可不光只對別人的過去感興趣，未來也感興趣着呢！我的愛好就是像挖金礦一樣挖掘別人的秘密。"

易小天"撲哧"一聲笑了出來，趴在他的耳邊小聲說："程部長，你這愛好可跟我一模一樣呢！"

"嗯？"

"有件事你可能還沒有機會瞭解到吧！我呀！除了調皮還有一個本事呢！就是會給別人看面相。比如誰是不是得了性功能障礙啊，陽痿之類的……"

易小天還沒說完，程部長整張臉都扭曲得變了形，嚇得小天硬生生把後半截話給嚥了回去。

"你……你……你……"程部長被人戳到了痛處，氣得渾身顫抖，一句完整的話也說不出來。他被這要命的病折磨了快半輩子，不知道看了多少醫生吃了多少藥就是不見好。其實當下有種可以在男性生殖器中埋入人工智能芯片控制的生物材料打印出的可硬可軟，長短粗細也有一定伸縮範圍（國家藥監局在幾次丟死患者先人的醫療事故後，還爲此專門制訂了長短和粗細伸縮範圍的統一標準，免得以後再有人在這上面胡亂要求）的人造軟骨，用來專門治療男性隱疾的，可他偏偏對那種材料過敏，這個治療方案又行不通。自己的自尊心又讓他十分敏感多疑，處處感覺別人在嘲笑他，但是大家礙於他的身份和地位都絕口不提這件事，假裝他跟正常人無異，只有易小天有天那麼大的膽子，居然當面就說了出來。

"你……你……你……"程部長鼻孔放大，不斷地喘着粗氣，用手不停地指着易小天。

這時，正牽着小天的荷瑞突然握了握他的手，用眼神示意他往旁邊看。小天眼睛一掃，嚇得差點尿出來。只見周圍的人正慢慢地圍攏過來，看似漫不經心，卻將他們包圍成了一個圈。

他奶奶個腿！我話還沒說完呢！

"哎！您誤會啦，程部長我沒有要嘲笑你的意思，你先聽我解釋，我是說我這裏正好有治病的良方……"

程部長一口氣終於嚥了下去，手指發着抖指着易小天："給我往死裏揍！"

他身後呼啦啦就站出來一排黑衣保鑣，氣勢洶洶。易小天趕緊躲在荷瑞的背後，荷瑞身材嬌小，易小天不得不半蹲着才能把自己藏好。

一回頭卻發現背後的情況更不樂觀，他們的背後那些包圍他們的人也正冷冷地盯着他，這是要來個前後夾擊的節奏？易小天慘呼一聲。

荷瑞臉上卻揚起興奮的笑容來，擺開一個架勢，長裙往旁邊一撩，露出雪白性感的長腿。

"來來來！一塊兒上，一塊兒上！"荷瑞激動地又跳又叫，衝到最前面的幾個人被她幾腳就踢得東倒西歪。

"給我上！先把這老傢伙給我闖了！"背後突然傳來一聲大吼。

後面又是什麼情況？

易小天猛地回頭，就看見身後的人也跟着嘩啦啦地衝了過來，直接越過了易小天他們朝着程部長就衝了過去。

咦？什麼鬼？！

易小天扯着正手舞足蹈，左右亂踢的荷瑞，將她拉到一邊："情況好像不對啊！這伙人好像和程部長他們不是一伙兒的！"

荷瑞正打在興頭上："管他誰是誰呢！通通揍翻就對了！"

就聽一人大吼道："程俊！你狗日的陷害我！給我扣上間諜的帽子，害得我被革職！老子告不倒你，可也嚥不下這口氣，今天逮到你不把你的皮扒下來，難解我心頭之恨！"

程部長冷笑："呦！王先生，就你帶着這麼點人就想扒了我的皮，我怕你是扒人不成反被扒就丟人了！"

"哼，你好好看看吧！"

大門一開，原本程部長守在門口的警衛們都軟趴趴地躺在了地上，程部長繼續冷笑："哼，老掉牙的手段。"

為首那人大吼："給我上！老子受的這二十年的窩囊氣今天都得討回來！"

於是，兩伙人開始噼裏啪啦地打了起來。

易小天愣了："這是尋仇嗎？真他媽巧，真是天助我也！荷瑞咱們快走吧。"

易小天拉着荷瑞就想開溜，荷瑞眼巴巴地看着別人打架打得那麼過癮，實在是不捨得走，但也無可奈何，現在情況特殊，只能先溜了。

兩個人貓着腰從桌子旁邊悄悄地溜走，哪知還是被人給發現了。程部長混戰之中沒忘了喊道："你們別想跑，給我把他們逮住！"

"是！"

幾個黑衣保鏢走了過來，為首的一個居然一邊走一邊打電話喊人，易小天嚇得拉着荷瑞就開始奪路狂逃！

他奶奶個腳！真是背運啊！易小天在心裏大喊。

失戀了巧克力吃起來都是苦的

易小天和荷瑞在街上拼命地跑着，那群人緊緊跟隨在後，連車都來不及開。易小天平時"床上運動"倒是不少，可正經的鍛煉卻是半點也無。跑了幾下就累得氣喘吁吁，剛開始是他拖着荷瑞，沒一會兒就是荷瑞拖着他滿街跑。

後面的壯漢們更是訓練有素，體力超強，追的他們越來越近，易小天擺擺手："婉，婉，荷瑞，我，我，我，我他媽真是跑不動了！一，一步也動不了了！"

荷瑞將他隨手一扔，將裙子扯下來，原來她的裙子裏穿着便捷的勁裝。又將頭上的髮簪拔下來，手指靈便一動，已經將兩支藏在髮簪中的針管打開了。

就這麼短短的幾秒鐘，他們已經被一伙人給包圍了。

荷瑞興奮地數着："七個人！看我二十秒搞定！"

荷瑞左手往前一探，前面一個大漢突然慘叫了一聲，立即倒地不起，其他人面面相覷，驚奇不已。

荷瑞靈便地將手裏的髮簪調了個方向，朝前雙手左右一劃，身子旋轉，踢飛了兩個，接着又動作乾淨利落地放倒了四個。

"這是怎麼回事？"

"她手裏的是什麼？"

剩下的兩個人驚恐不已，"不管了！拿傢伙吧！"因爲擔心在街上動用武器會被監控拍到，所以他們輕易是不敢當街武鬥的。可荷瑞實在是非比尋常，如果不拿出傢伙來怕是要被她給放倒了。

一個人刀還沒拿出來，就覺得手腕上突然一痛，已經被那髮簪輕描淡寫地刺了一下。緊接着就頭暈腦脹，身體癱軟，然後就不知人事了。

最後一個人嚇得刀也不敢拿了，轉身就開始逃。荷瑞跳起來在牆上借力一下子跳到他前面，反手一探，這人倒是格鬥功夫了得，居然躲了過去。荷瑞又雙手一起出擊，趁其不備在他肩膀輕輕一刺，那人也馬上倒地不起了。

荷瑞趕緊拿出手機一看，哭喪著臉嚷道："二十一秒！又沒打破紀錄！居然過了一秒！"

易小天見荷瑞幾下子就把這麼幾個彪形大漢輕鬆放倒，驚喜不已："荷瑞，你這身手也太厲害了吧！"

荷瑞得意萬分："一般般吧，這還不是我的最佳狀態呢！我最佳狀態的時候七個人只要十八秒。"說着手又把髮簪插到頭髮上去了。

易小天第一次見荷瑞的時候，荷瑞正和傲得一起對付生化人老K。那生化人的實力太強了，超出了荷瑞的極限，所以他醒來的時候荷瑞已經渾身動彈不得，所以說他還真沒見過荷瑞的真實身手，現在看她眼睛不眨輕輕鬆鬆放倒七個彪形大漢真是佩服得五體投地。

"你是怎麼輕輕一點他們就倒了的！這個也太厲害了！"

"這個啊！"荷瑞狡黠一笑，"我今天把你給我買的髮簪改造了一下，裏面做成了一個注射針管，打入了高濃度麻藥，只要一點就可以輕易放倒敵人了！"

易小天又是佩服的不行，高手啊，太他媽厲害了！有她在身邊真是一輩子都不擔心被人欺負了，怪不得傲得一定要把她派過來呢，簡直太貼心了。

荷瑞皺皺眉頭："不過，我這微型探測鏡明明發現了武器，怎麼他們都不拿出來呢！"

翻開大漢的衣服一看，原來每個人的身上都放着一個手機充電器。

"這是什麼?"

易小天猛然間想起來，這不是剛才在程部長家門口派發的紀念品嗎？這種東西小天向來不感興趣，所以根本沒收。

易小天奇怪地看着荷瑞："你剛才說每個人身上都帶着傢伙呢！指的就是這個?"

荷瑞尷尬地抽動嘴角笑笑："呵呵！探測鏡掃描後的反應都是一樣的，我還以爲是高能武器呢！我說怎麼感覺有點怪怪的。呵呵呵。"

易小天無語，感覺荷瑞剛剛樹立起來的偉岸形象瞬間就崩塌了。

荷瑞趕緊撓撓頭，用探測器繼續掃描，自說自話地轉移話題，用戴在耳朵上的無線耳機模樣，其實是先華組特製的加密聯繫裝置對基地裏的黑客說道："阿友！這裏有幾個監控，我要把記錄清除一下。"

易小天仍舊一臉無奈地看着她忙活："我說，你老爸的那些試驗品你還是少用比較好，感覺會折壽好幾年的。"

"除了這些半成品，也有很多成品呀！待會兒回家給你展示展示！"荷瑞說什麼也要給自己挽回顏面。

這些暈倒的傢伙再過半小時自己就會醒來，易小天將自己的車開啓自動駕駛功能，讓它自行開到他們這裏，兩人剛要上車，路旁的綠化帶裏卻鑽出一個人形的警用機器人來，它說道："你們好，按照機器人行爲守則，人類在互相使用暴力手段對抗時，我們是不能直接干預的，除非一方或雙方使用了致命性武器或其他有可能會極大影響人類身體健康的道具時，我們才會被授權進行干預。我和我的同伴從你們剛在宴會現場的打鬥起就一直在觀察，因爲晚會現場的暴力衝突，並沒有使用致命性武器或損害健康的道具，所以我們沒有出動，可是這位小姐，我卻掃描發現您使用了麻醉劑，這種麻醉劑可是國家一類管控藥物。現在請你們配合我的工作，立即蹲下，雙手抱頭，我會將你們帶到離這兒最近的派出所，還煩請小姐您交代一下您所使用的麻醉劑的來……"

機器人"歷"字還沒說出口，荷瑞過去一腳把它踢飛出去了一米左右，它一下子摔倒在了地上，嘴裏喊道："警告！偵測到暴力抗法行爲，已被授權使用電擊槍。"可還沒等它的手變形爲電擊槍，荷瑞又上去把機器人的頭一腳踢的摔到了一邊，它暫時不吭聲了。荷瑞蹲下來一邊看着機器人胸前的編號，一邊自言自語："哼，還好這些人形機器人的研發者一般都有種無聊的慣性思維，非要把它們的中央處理器放到頭部。"然後又對着耳朵上的聯繫裝置說道："阿友，你現在趕緊駭入編號 KYZ－240973456－RT 的警用機器人，把它腦內保存和上傳的數據刪除掉，我剛才應該已經被它拍到臉了。"

過了一會兒，機器人說道："已自我檢測完畢，全系統完整度 82.638%，不影響啓動。"接着身上喊裏喀喳響了幾聲，站起身來，對着易小天說道："您好，警方溫馨提醒您開車要注意安全，掙金山，掙銀山，交通安全是靠山。"接着行了個禮轉身走了。

在回去的路上，易小天倒是不驚訝先華組黑客的厲害，他早就見識過了，他吃驚的是荷瑞那嬌小的身材，竟然能把那個機器人踢倒！這種型號的警用機器人就是岳黎研究院一個下屬的機器人公司生產的。以前公司會議上提到過這種機器人的各項參數，其他專業性太強的他當然記不住，可他也是知道這種機器人的工作淨重可是一百多公斤呢。二百多斤的重量，她荷瑞居然一腳踢出一米多遠去。他問荷瑞："你這到底是學的啥武功啊？"

"我跟我三舅媽學的截拳道，據她說啊，她的祖爺爺可是李小龍的高徒呢。"

易小天咂舌，乖乖地點點頭，一聲也不敢吱了。

這會兒小天可不希望荷瑞搬家了，說什麼也要把荷瑞留下來。這簡直是爲他量身定做的保鏢啊，他小天以後又可以在街上橫着走了，太爽了。

回到家，小天迫不及待地就想親自給荷瑞下廚露一手，他的廚藝可是專門爲女孩子學的，有女孩子的時候別提多勤快了。自己的話，就隨便吃碗泡麵拌老乾媽，幾個月也不進一次廚房。

哪知他剛推開門，荷瑞突然一把拉住他，眼睛在屋子裏掃了一圈：“別動，家裏有人來過。”

易小天一驚，朝房子裏一看，沒什麼區別啊！還不是以前那副亂糟糟的樣子。

荷瑞仍然用眼睛掃描了幾圈，十分警惕。

易小天忍不住笑起來：“就你那設備啊，我看肯定是又搞錯了！”說着就準備進到屋子裏，哪知荷瑞一把將他扯了回來。力氣之大，差點把他甩了出去。

荷瑞警惕地邁着步子，然後在客廳的角落裏摸了一會兒，果然摸出了一個體積比蟑螂還小的迷你監控器來。

易小天沒想到家裏居然真的被人做了手腳，荷瑞又朝另一個方向走了過去，不一會兒又摸出了一個監控。荷瑞來來回回檢查，不到半小時居然在家裏找出了二十多個針孔攝像頭，已經將他的家裏全方位地監控起來了。

荷瑞在沙發底下摸了半天將最後一個攝像頭摸了出來，一字擺在茶几上。

“一共三十八個。這個人真是下了大手筆啊！”

荷瑞嘆一口氣，累得滿頭大汗。

易小天瞠目結舌，是誰居然潛進了他的家！是傲得？不可能啊，傲得完全沒必要安插什麼攝像頭，他把荷瑞派了過來已經是最好的監控了。如果不是傲得，那就一定是那個什麼程部長，那個老傢伙趁我們出門就偷偷在家裏安了這些東西來！易小天越想越覺得心驚。難道三十六小時奪命追蹤這就開始了？

易小天又猛然想起來，趕快跑到自己家的家務機器人面前，朝着它的屁股上按了幾下，屁股打開，露出了一個小空間，裏面放着一個黑色的小盒子，易小天打開一看，謝天謝地！EMP炸彈還完好地躺在盒子裏呢，如果把這東西搞丟了，那他這顆腦袋八成也要丟了！

“我敢保證，這絕對是那個老傢伙幹的！”易小天把黑盒子藏好，轉過頭來，就看見荷瑞正在那對着鏡子挖眼睛。

“你幹嘛呢？”易小天驚奇，過來一看，原來是荷瑞正在摘裝在眼睛裏的探測器。她急得不行，但是取了好幾次都取不出來。

“哎呀！我取不出來了！糟糕了！再不取出來我這眼睛就要被燒壞了！”

只見她眼睛發紅，扣在瞳孔上的探測器四周已經開始變紅了，荷瑞卻越急越拿不下來。

易小天再次無語：“就說了你老爸的試驗品以後還是少用的好，快躺下來我幫你拿。”

荷瑞眼淚婆娑，乖乖地躺在沙發上，易小天無知人膽大，他可不知道這東西的機關巧妙，只是憑感覺拿着小鑷子朝荷瑞的眼睛伸了過去。

“你……你手可別抖啊！這可是眼睛，你會弄嗎？”荷瑞忍不住問道。

"別那麼多廢話轉移我注意力。"然後鑷子繼續往前伸。鑷子輕輕碰到了探測器就立刻被黏住了，小心地輕輕一揭，探測器就被揭了下來，慢慢地將探測器移開荷瑞的眼睛，就看見荷瑞的一隻眼睛都發紅了。

易小天好奇地看着這個超薄的軟軟的探測器，上面橫橫豎豎畫了很多的小格子，和以前的隱形眼鏡差不多。

"喂！已經拿下來了！差不多可以起來了吧。"

易小天一低頭，才發現自己現在正趴在荷瑞的身上呢！姿勢十分曖昧，剛才爲了給她摘探測器薄膜所以挨的特別近，還真沒發現姿勢這麼曖昧呢！尤其發現荷瑞的兩個雖不太大卻堅挺的胸脯居然就在自己的眼前，一下子鬧了個大紅臉。

荷瑞順着小天的目光看下去，就發現這小子的目光居然緊緊地盯住自己的胸，臉上一紅，飛起一腳直接把小天踹飛了出去。

就聽一路"嘩裏啪啦"小天撞翻了不少東西，一路滑行最終撞到了牆上才停了下來。

荷瑞拉好衣服，冷哼一聲，轉身回到了房間裏，將門扣上。

易小天捂着臉一臉的委屈，我他媽這次真的是一點非分之想都沒有啊！蒼天可見！小天在肚子裏無聲的吶喊。他這輩頭一次心思這麼純潔居然還被人誤會！早知道還不如占點便宜，好歹還不吃虧呢！這下可好，賠了夫人又折兵，淨做虧本買賣。他扭着腰，去把家務機器人的開關調到最高檔，機器人飛速地開始掃起來。不過，這荷瑞也夠用厲害的，家裏才多了一個人，居然就能亂成這個樣子。

易小天氣急之下也準備回去休息，可是一摸肚子還餓得不行呢！剛才他們幾乎什麼都沒吃。

易小天叫了外賣，又乖乖地給荷瑞送去，荷瑞把門打開將吃的奪了去又一把將門扣上。

呦呵！小天也不高興了！我莫名其妙挨頓揍你還不高興！你又沒吃虧，真是的！

嘴上這麼説着，心中卻轉念一想，荷瑞剛才肯定手下留情了，否則按她一腳把二百多斤重的機器人踢出一米遠的力道，恐怕他現在已經在喝孟婆湯了。於是，心裏也就不生氣了，小天美滋滋地靠在沙發背上舔着冰淇淋，慶幸撿了條命的同時，心中也不斷地提醒自己：今後絕不能惹她生氣！今後絕不能惹她生氣！今後絕不能惹她生氣！

第二天，易小天不知道程部長是不是已經被人揍成了豬頭，也不知道自己這到底是露沒露餡兒，內心惴惴不安，決定還是一早去公司打探打探消息，於是一早就出門了。其實，他來這麼早還有別的私心，只見他躲在公司附近的角落裏一邊吃着煎餅果子一邊左顧右盼，不一會就看見蘇菲特果然和一個男人出現在他的視線裏。可氣的是這男人居然長的還蠻高大帥氣的，按理説易小天長的本也不賴，但是他唯一的缺點就是個子不高，才剛一米七出點頭兒，每次報身高的時候通常都要謊報幾厘米，所以他最看不得那些長得高大的男人。

撅着屁股看了一會兒，就看到他居然牽起了蘇菲特的手！他奶奶個腳！易小天垂涎那隻手好久了！居然被那小子得逞，氣的齜牙咧嘴又無可奈何。

兩個人一起走了一會兒就分開行走，果然蘇菲特先進了公司，男人在外面轉了一圈之後又進入了公司。哼哼！這次可不是被抓了個正着！

易小天心裏又信了幾分，這蘇菲特肯定是程部長派來的眼線，連他的家裏都進得去，他還有什麽做不成的。

易小天回到辦公室叫了蘇菲特進來，蘇菲特低着頭，看起來頗有心事。

"你去幫我買幾斤臘腸送給程部長。"易小天吩咐。

"啊！還買臘腸啊？"

"是啊！記得買蜜汁臘腸。"

蘇菲特點點頭，卻没離開。

"你再幫我問一下今天沈教授會不會來，我有事想找她。"

蘇菲特點點頭，可是頭仍然垂得很低："今天九點鐘的時候有一個沈教授主持的會議，所以今天她在的。"

"會議？又是什麽會議？"

"我也不知道，您去了就知道了。"

"哦，行吧，那你幫我準備一下會議的資料。"一副公事公辦的樣子。

蘇菲特咬了咬嘴唇，似乎想説什麽，但是最終還是没有説出口，轉身走了出去。

"別以爲只要一施美人計我就得中！我易小天也是有底線的！"他小聲地嘀咕着。

其實，雖然嘴巴上這麽説，但他的心裏早就已經動搖了。感覺上應該警惕蘇菲特，但是心裏其實一點都恨不起她來，看來他這是注定一輩子也無法傷害女人了啊。

這幾天一直因爲雜七雜八的事耽誤了他的計劃，他準備給沈教授的郵件還没發呢。那現在就發了吧，等下沈教授看完之後開始加强防衛，他也好直接跟傲得匯報説計劃無法實現，因爲對方的防衛計劃太周密了，他根本没機會，這樣也就跟他没什麽關係了。

打開郵箱，憋了半天才憋出六個字。易小天肚子裏的墨水本來就少，又好久不寫文件了，一句話斷斷續續的怎麽説都覺得彆扭。删來删去删了半個小時，文檔上居然還是空白的。

易小天直皺眉頭，這活兒平時都是蘇菲特做的，他媽的自己真是一句話都憋不出來啊！

最後決定化繁爲簡，加上人名一共寫了十個字。

沈慈：天君有難，小心炸彈。

翻來翻去地看了幾遍，覺得十分順口押韻，言簡意賅，主題明確。

看來我這文采也可以嘛！易小天十分得意，動動手指就點擊了發送，然後專心等着沈慈接下來的舉動。

到了九點的時候，蘇菲特提醒易小天要去開會，於是，易小天在蘇菲特的陪同下去了大會議室。會議室裏已經坐滿了人，高層領導都坐在了前排，易小天十分知趣地坐在了最後面。

待會沈慈開會就最好提一下天君有難，然後分配一下保護任務啥的，搞的動靜越大越好，這樣的話他才好去交差嘛！

易小天心裏打着小九九，眼睛四處尋找程部長，想看看他到底變沒變成豬頭，看了半天也沒有找到他的影子。這人神出鬼沒，不知道什麼時候就跳出來嚇人一跳，真要找他的時候又怎麼也找不到！

不一會兒，沈教授走上發言臺，這次居然沒有那麼囉唆的開場白和客套，直接面色嚴肅地説道：“今天將各位百忙之中召集過來開會，主要是有一件事情要通知大家（是了是了，這就要説了。易小天在臺下暗喜），因爲有人舉報程俊在公共場合與人械鬥，影響公共治安。最近幾年，我們已經接到了不下五起這樣的投訴和舉報，主要的原因大致都是因爲程部長平日裏辦公過於嚴苛，引起了他人的嫉妒和不滿，因此挑釁滋事，惹是生非。經我們調查，其中大部分的舉報都是無中生有和惡意傷人，因爲程俊掌管的安全部門的特殊性導致其工作的開展勢必會遇到重重阻礙，但是多年來程部長忠心耿耿爲研究院的安全工作鞠躬盡瘁，成果顯著，功不可沒。但連續五次被投訴也已經觸碰到了公司的規章制度，因此，董事會討論決定程部長停職三個月休養，期間不得插手安全部門的任何工作。等三個月的調整期一過，再繼續擔任部長一職，特此通告大家……”

易小天不可思議地瞪大眼睛，怪不得看不見那老鬼，原來是被人舉報停職了。他正擔心程部長那些個五花八門的手段輪番來一遍，他不露餡兒才怪，沒想到居然他自己玩大發了，把自己都搭了進去。易小天忍不住要笑起來，還是俗話説得好，常在河邊走，哪能不濕鞋。

易小天感覺整個世界都變得美好了！溫暖的春風拂面，滿地的鮮花怒放。這下再也沒有人能找易小天的麻煩了！

“接下來我們再來總結一下上一個階段的研究成果……”

易小天盼啊盼的，希望沈慈趕緊提一提要加強八十五層安保的情況。已經有一個好消息了，再來一個好消息也沒什麼關係。

哪知等到最後散會沈慈也沒提這件事情。易小天不免無趣，散會的時候他發現，今天的氣氛似乎格外好，看來程部長被停職大家都鬆了口氣。彼此間説説笑笑，氣氛十分融洽。

還有好幾個平時不怎麼熟的領導主動過來和小天説話。小天雖然沒聽到沈慈説要加強安保，可聽到程俊被停職了比他們還要開心，就挨個拍了遍馬屁，大家伙兒一起其樂融融地離開了。

回到辦公室這股興奮勁還沒散去，看蘇菲特也格外的順眼了。心裏不由得想，何必跟一個萌妹子置氣呢，她不也是拿人錢財替人辦事嘛，大家都是爲了生存而已。

於是又把蘇菲特叫到了辦公室，蘇菲特見這幾天一直冷着臉的易小天突然又笑臉迎人，一副好脾氣的樣子，心裏納悶不已。都説女人變臉比翻書還快，這男人變臉的速度也不見得能比女人慢到哪裏去。

“那個……易總，您剛才吩咐的臘腸還要繼續送嗎？”見易小天只笑眯眯地盯着她不説話，蘇菲特只得硬着頭皮没話找話。

“送！繼續送！還要多多的送！大大的送！”易小天笑眯眯地説。

蘇菲特抬起眼睛飛快地看他一眼，面頰倏忽紅了，樣子十分動人。

“易總……我……我想跟您請幾天假。”蘇菲特紅着臉説。

“假？請什麼假？哪裏不舒服嗎？”

蘇菲特又抬頭看他一眼，垂下眼睛來：“……是婚假，我要結婚了……”

易小天只感覺一盆冷水當頭扣了下來，晴天突然劈了一道雷正好劈在腦門上的感覺。他的身子僵硬了幾秒，“結婚了……結婚了……婚了……婚了……了……”不斷在他的腦袋裏放大放大，震得他腦袋嗡嗡亂想。

蘇菲特害羞地低着頭。易小天半天才把自己的嘴合上。

“怎麼……怎麼這麼突然……”

“也不是很突然了，我和我的男朋友高付帥已經在一起三年多了，他也在我們公司上班。我們……早就打算結婚了，只是一直還没跟您説。”

易小天想到了早上見到的那個和蘇菲特在一起鬼鬼祟祟的高大帥氣的男人來。

“是今早跟你一起鬼鬼祟祟的那個男人嗎？”

蘇菲特吃驚地抬起頭，隨即又點點頭。

原來搞了半天那個人居然是她的未婚夫。

易小天氣悶：“既然是你的未婚夫，你怎麼還鬼鬼祟祟，偷偷摸摸的？”

“公司不允許員工內部談戀愛，被發現了是要罰款的。所以我們只能低調一點，有的時候在公司裏遇到都假裝没看見。”

"這是什麼鬼規矩！誰定的這麼沒人性的規矩啊！"

"這個規矩一直以來都是有的，爲了提高工作效率而已。不過，等真結了婚了就好了，罰過款之後他們也就不管了。"

易小天覺得自己胸悶氣短，原本聽見程部長被停職的好心情一下子降到了最低點。他扶着頭，不知道怎麼安慰自己受傷的心靈。

居然就要結婚了，他都還沒來得及去追追她試試呢。

"那個⋯⋯易總，我可以去批假了嗎？"

"去吧，去吧。"

"那我結婚的時候邀請您去參加，好嗎？"

"好吧，好吧。"

"易總，我還有很多單身的姐妹和親戚，您正好也是單身，不妨我把我的表姐介紹給你吧！"

"算了，算了。"

蘇菲特見易小天原本還興高采烈的臉此刻突然又晴轉多雲，眼看着就要降下雷暴，話也不敢多說，趕緊就離開了。只剩下易小天一個人垂着腦袋唉聲嘆氣。

老友記6（好吧我認輸了，原來電影也可以當連續劇拍啊）

因爲蘇菲特請了婚假，所以易小天孤家寡人倍感無聊，雖然又臨時給他配了個什麽田助理，可那是個男的啊，還是個粗獷大漢，嘴裏又老有股大蒜味兒。易小天把他往辦公室一放，命令他輕易不要出現在自己的面前。

那助理倒也樂得輕鬆，很少來找易小天。

程部長被停職以後，剩下的副部長人可就好説話多了。易小天早就和他打好了關係，兩個人鐵的不行，根本就不難爲他。易小天在八十五層溜溜達達也沒人問了。

可是他轉念一想，這可不行啊！進行的太順利了也是個麻煩。別到時候他真的有機會投炸彈也就糟了。這些人怎麽做的安保，這麽重要的東西怎麽就隨隨便便地放那兒就不理了呢，這不等着別人來炸嘛！

可是他發給沈慈的郵件就像石沉大海了一樣，一點消息都沒有。這可把易小天給急壞了，她再不採取措施，他可就承受不住傲得那頭的壓力，真的去炸了啊！

於是，他找了一天假裝一本正經地到了八十五層鄒秘書的辦公室，大搖大擺地往椅子上一坐，"我説鄒秘書啊，前一段時間八十二層的姐妹們托我找沈教授申請一點福利，説她們女科學家的福利太少了，最近工作又實在太辛苦，你能幫我約一下沈教授嗎？我把申請福利的方案和她溝通一下。"

鄒秘書奇怪地問道："這種事你直接跟我説就行了，何必要麻煩沈教授。"

"問題是我不止這一件事兒呢，除了這個，還有我們銷售部的一些業績問題要請教沈教授，你就幫忙約就是了！"説着將一對漂亮的珍珠耳環遞了過去，輕輕拍了拍她的手。這耳環可是易小天提前去"咖滴丫"精品店準備好的，就怕到時候鄒秘書爲難他。

鄒秘書見狀縮回手冷笑一聲："哼，您請自重一點好不好。我不知道你們搞銷售的是不是很興這一套，但我作爲沈教授的高級秘書，你以爲我一點底限都沒有？如果是爲了工作，該約的我會給你約的。易大總監，您把這東西該送你哪個女朋友就送去好了。」易小天自討了個沒趣，訕笑着把耳環收了回去。心裏一邊教訓着自己：易小天啊易小天，在荷瑞那裏就吃過癟怎麼還不受教訓啊，和露娜她們待久了，怎麼老改不掉覺得所有女人給點好東西就能收買的毛病啊。

鄒秘書冷着臉向沈慈提交了申請。哪知剛提交上去，沈慈就回覆了，電腦屏幕上顯示：約他明晚五點喜得樓三樓竹枝軒包廂見。

鄒秘書不可置信：「沈教授這麼快就批覆了？她居然同意了？」這可真是大姑娘上轎頭一回啊！

易小天歡呼一聲，「得嘞！」得意地看着目瞪口呆的鄒秘書說了聲：「告辭」，轉身美滋滋地走了。沈教授居然這麼快就同意了他的邀約啊！太棒了，他自己也沒想到這麼順哦！

鄒助理見易小天走了，心裏是死活想不通這個毫無學歷又沒文化的白痴到底哪裏能吸引沈教授了。看來自己哪天得找沈教授提提意見了，她知道沈教授待人接物面情軟，這一點今後可得讓她多留意留意，否則就便宜了易小天這種不學無術的人渣了。

一想到沈慈已經答應了自己的約會就興奮不已，爲了挽回自己的形象。易小天還特意多掏了好幾倍價錢，插隊約了個全市最有名的造型顧問，吩咐造型師說一定要把他裝扮的特別成熟沉穩有內涵才行。

沈慈則是自從上次與小天見過之後就一直對他十分關注。她自小就在精英家庭中長大，從記事起接觸的就全是高層人士，從小學直到大學也都一直上的的世界級名校。從沒見過易小天這種滿嘴跑火車的人。在她看來，這個人幽默又風趣，本事不高運氣倒一直很好。有種特別的吸引力，所以接到他的邀約沒多想就來了。

易小天可是好一頓精心打扮，早早地就到了約定的地方專心等候沈慈的光臨。

沈慈到了包間門口，自己剛把手放到門把手上，還沒用力，門就突然被易小天拉開了，他笑的嘴都快咧到耳朵根上了。

「沈教授快請進，快請進！」屁顛屁顛地跑去把椅子拉開，躬身邀請沈教授坐下來。沈教授剛坐下來就雙手把菜單遞了過去：「沈教授您先看看您想吃些什麼？」

把一旁的服務員看了個目瞪口呆，這人怎麼把自己的活兒都搶了。簡直比她還要專業。

沈教授看他一臉諂媚的樣子就忍不住好笑，隨便點了兩個菜就像看戲一樣地看着他。這種 VIP 包廂配的都是真人服務員，說點悄悄話什麼的都給她聽了去可就糟了。易小天又隨便給自己點了兩個菜就把服務員打發出去了。

"你今天約我來是有什麼事嗎?"沈慈眨巴着可愛的眼睛閃亮亮地看着他。

呦呵!還好易小天已經做好了心理準備,要不然被她這勾魂攝魄的大眼睛一瞧保不齊又要犯老毛病了。

"上回跟您見面真是丟臉死了!不知道您就是研究院赫赫有名的沈教授,還以爲是尋常的小女孩呢。您知道,您的小臉實在是太精緻了,哪個男人看見了能不心動啊。說實話吧,我易小天這輩子閱人無數,見過的女人比吃過的鹽還多,但是卻是第一次見到像您這樣的美女啊!您遠遠地走來,我就感覺一陣帶着花香的清風輕輕吹拂臉龐,仿佛一瞬間就到了那普羅旺斯的薰衣草花園中,陽光是那麼和煦,天空是那麼藍,而您揮着潔白的翅膀像天使一樣,在一片燦爛的光輝中走向我,指引我,救贖我們這些凡夫俗子的心靈,讓我們再一次感受到了世間的美好!啊!您就是天使啊!"

易小天說起大話來簡直不用打草稿,他早先爲了學習如何討好女人還找過一個在百樂門裏的義大利帥哥進行過專門的特訓。說起誇女人的話來他能不重複地說上一天一夜,尤其是表情豐富,聲情並茂,看起來十分動情。

沈教授看着他的樣子忍不住"噗"的一聲笑了出來,雖說這小子說話沒邊沒譜的太誇張。但是這一大串的讚美聽在耳中倒是說不出的舒服受用,以前可從沒有人對着她厚着臉皮一連串地說出這麼多肉麻的話來。她眼睛笑瞇瞇地彎起來,心裏得意的不行。

"所以,那次我真是無意冒犯,您的美可以讓人忘記一切理智,您就看在我這麼虔誠的份兒上,原諒了我上次的無禮吧!我現在對您真的是崇拜的五體投地,怎麼也想不到您除了美貌,智慧更是超群,居然創造出了這麼多偉大的事業,我現在的內心只有無比純潔的敬仰和欽佩。"說着忍不住朝着沈慈拜了兩拜。

沈慈再也忍不住笑了起來,這傢伙真是太有意思了!誇獎的話她也聽過不少,可總是說的過於冠冕堂皇,聽着乾巴巴的沒什麼意思。這倒是頭一次讓她覺得如此開心愉悅的,何況她本來也沒因爲上次的事而有什麼不高興的,何不做個順水人情。於是微笑着說:"上次的事你也沒什麼錯,何況我當時因爲幾個項目進展不順確實心情也比較低落,多虧了你讓我的心情都變好了呢。這麼說來,反倒是功勞一件呢。"

見到沈慈已經被拍得心花怒放,易小天就放下心來,她開心了,後面的事情才好進展嘛。

"那我可就真的放心了!不過,我想着您如此智慧肯定也不會和我這小人物一般計較,人家都說沈教授對屬下十分貼心,就像大姐姐一樣照顧大家呢。我們提到沈教授啊!不知道多感激呢!"

沈慈會心一笑，她對下屬那是出了名的好，大家在背後感激她那也是再正常不過的，不過，聽到大家背後都在誇她，她還是很高興的。

沈慈一高興，席間的氣氛接下來就十分融洽。易小天又是給沈教授倒茶又是夾菜，然後就聊到了社會上和娛樂圈的各種趣聞和八卦消息。沈慈平時身邊都是一些高級技術人才，從來沒人跟她說這些。沈慈雖然自己對這些也不太感興趣，但易小天說的聲情並茂，把沈慈逗得哈哈大笑，令她十分開心。

"……所以呢，那個美美啊，把寶寶騙的一分不剩，還讓人家戴了綠帽子，這還不算，據說他們倆的娃也不是寶寶的呢！"

"哈哈，不是吧，這麼誇張啊，看來還是我們科學家的圈子最乾淨，沒那麼多是非。"

易小天見沈慈已經完全放下了防備，就又給她倒了一杯茶，一臉八卦地湊過去："沈教授，我最近怎麼聽說那個什麼先華組的人要來襲擊研究院呢！那可怎麼辦啊？"

沈慈淡定一笑："他們啊，基本上每個月都要來襲擊我們研究院幾次。除了現在你所在的公司，包括我們研究院下面的各個分院和分公司，他們都無孔不入。"

"啊？"易小天假裝很震驚，"咋那麼厲害！那如果天君真的被破壞掉了，咱們公司豈不是就癱瘓了。沈教授，您聽我說啊，咱們還是多派點人手的好。最近那幫傢伙太猖狂了，真搞出點什麼名堂可就來不及了！"

易小天嘴裏說着先華組的壞話，心裏又在暗暗道歉。抱歉了各位大哥，抱歉了傲得老大，我這也完全是權宜之計，沒辦法中的辦法，你們就大人不計小人過吧！

沈慈見他真的是一副爲研究院擔心的神情，忍不住得意一笑："你就放心吧，他們如果敢來就來好了，我們不怕的。"

"啊？"這次易小天懵了。

"這話我本來也不該說出去的，不過，看你這麼爲研究院擔心，跟你說說也無妨。我們現在呀，可跟以前不一樣了。以前先華組那些人總是找機會來對研究院進行破壞，給我們造成了很大的經濟損失，社會治安也深受影響。所以啊，我們花了三年的時間提升了安防設備，以現在岳黎的安保水平，其實最希望的就是先華組來一場大規模的襲擊，這樣反而可以把他們打得措手不及，狼狽而逃。也讓他們知道知道我沈慈的手段。"說完露出了胸有成竹的笑容。

易小天悚然一驚，這老娘們兒心思居然這麼深，看來傲得是低估她的厲害了！表面上卻仍是一副關切的樣子："不會吧！完全看不出來哪裏有什麼特別的安防啊，我一聽到這個消息可把我給嚇壞了，雖然說外面的謠言不可信，但是要是真的就糟了！"

沈慈往前探了探頭，神秘地說：“你看到公司裏日常行走的那些雜物機器人了吧！其實它們一旦面臨危險，立即就會三個爲一組組合變身成三米多高的武裝機器人呢。”

易小天不自覺地往後側了一下身子：“不是吧，這都可以？”

“是啊，還不止呢。”沈慈微笑着，今天她實在是被易小天逗得開心，不自覺地就說了好多秘密。

“再給你看看我們研究院的最新產品。”說完她打了個響指，空氣中傳來一陣輕微的好像蛇吐信子那樣的“嘶嘶”聲，接着沈慈背後空蕩蕩的房間裏突然出現三個懸浮在空中的蜂式機器人，一副整裝待發，隨時待命的狀態。易小天的眼睛瞪得比鈴鐺還大。他以前只見過街上那種給人開開罰單，管管碰瓷，指揮指揮交通，趕趕街頭小販什麼的蜂式機器人。那些機器人都是面向市民服務的，因此，外形設計走的都是呆萌路線。郵政綠和黃色條紋相間的顏色，圓滾滾的外形，頭上還忽閃着兩隻大大的藍眼睛。天線也是兩個好像貓耳朵般的模樣，機械手臂也像嬰兒的手臂那般圓滾滾的。可這三個機器人，好傢伙，一看就不是善茬！漆黑一片的外觀，鯊魚一般的造型，血紅的機械眼，背上的天線好像尖刀一般，兩邊的造型好像枯藤鬼手般的機械手臂上，手術刀般的機械手指旁邊還安裝着閃着藍色電光的他不知道也不想知道是什麼鬼的武器。

他還想再仔細看看，沈慈又打了個響指，蜂式機器人忽然再次隱形，消失的乾乾淨淨，就好像那裏什麼都沒有一樣。

易小天瞠目結舌，沈慈滿意地看着易小天的反應，點點頭：“沒錯，這可是隱形機器人。”

易小天這才後知後覺地張大嘴巴跳了起來，指着沈慈背後空蕩蕩的地方大叫起來：“不是吧！是真的嗎？隱形機器人！！！原來您時刻有人保護着呢。”接着他走過去伸出手，往剛才機器人消失的地方摸去。看着那個空間什麼都沒有，可手摸過去又的確感受到了那機器人冰冷的外殼，這感覺太怪異了。

易小天正慢慢摸着，突然沈慈想到了什麼，趕緊叫他：“哎！小天快別摸了，你看不見它，一不小心摸到它手上的切割刀可就糟啦！”

沈慈說晚了，小天只覺得手掌上一涼，翻過手去一看，手掌上已經被劃了個大口子。可是過了好幾秒鐘，他才感覺到疼。沈慈趕緊把餐桌上的餐巾拿過來給小天包紮傷口，一邊抱歉地說道：“哎呀，不好意思，我也是得到了國家安全部門的許可，可以允許我們公司擁有一定數量的致命性武裝用來反恐後，有點得意過頭了。這個機器人手上的單分子級別的刀刃其實也不是非裝上不可，可我們研製出來後一高興就給它們裝上了。不過，小天你也要理解，現在就是我們國家才研究出了人工智能，其他國家可是眼紅着呢，尤其是 M 國經濟全線崩潰後，他們更是把我們的人工智能技術當成了他們唯一的解藥，派來的間諜越來越厲害，光靠警方也不好擋了，再加上那個先華組，所以才允許我們研究院可以有一定級別的反恐能力。還疼不？唉，還好我沒聽他們的，讓這個單分子刀刃上還有生產基因病毒的功能。」

小天是覺得手上有點痛，可是心理上的震驚還一時半會兒緩不過來，都不太留意了。何止是疼，沈慈靠近他給他包紮傷口，身上傳來好聞的月季花香易小天都沒留意聞，擱平時哪有這種事。

沈慈把他的手做了個應急包紮後，因為傷口也不太嚴重，易小天不斷說還是美食要緊，謝絕了她馬上叫救護車的好意後，慢慢坐了下來。是啊，沈慈這麼重要的領袖，怎麼真的能夠一個人在大街上明目張膽地走來走去的呢。他一開始還覺得奇怪，還以為哪裏偷偷跟着保鏢，沒想到他們的技術已經到了這麼匪夷所思的地步了。居然有隱形機器人，那不是他媽的隨時都會被她神不知鬼不覺地幹掉自己還不知道嗎！

易小天感覺自己的背後出了汗，傲得他們怎麼可能有實力和她們抗衡呢，太可怕了。她們如果連隱形機器人都做得出來，說不定還有其他更厲害的高科技也已經研發出來了呢。他突然感覺到傲得他們的處境越來越艱難了，可是大大地低估了對手的實力。

沈慈見易小天的傷口確實沒有大礙，便放下心來，輕輕抿了一口茶，優雅地說：「你知道嗎？在我們公司內部，這樣的隱形機器人有好幾百個呢。它們平時都以隱身的狀態在四處巡邏，隨時待命。」

易小天想像着平時工作的地方，原來看似空無一物的空間內，周圍竟時刻懸浮着大量的蜂式機器人。它們瞪着一雙雙血紅的眼睛，隨時觀察和監督着人們的一舉一動。一想到自己平時的所有舉動都被人無聲的監督着，易小天忽然覺得坐立不安，他第一次有這樣如坐針氈的感覺。似乎是一隻躺在解剖臺上，被人剝得乾乾淨淨的小白鼠，隨時等待被人宰割。

隨後沈慈雙手托着下巴，又輕描淡寫地說道：「我們的這些隱形機器人啊，可不僅是光學隱形呢。不光肉眼看不見，即使是目前世界上最先進的熱成像設備和各種雷達設備也都探測不到。」

易小天的腿不受控制地抖起來。

沈慈朝他露出一個甜美可人的微笑來：「我現在巴不得那些先華組的傻瓜們衝進來，我也好試試我的這些新設備的威力到底有多大。不過，我敢保證，只有人能進得來，卻絕對不會有人逃得出去。」

易小天吞了口口水。

沈慈好像突然想起來似的，抬頭看着他：「當然了，橫着抬出去的除外。」

易小天乾巴巴地笑起來，應和着。

「您說的是，呵呵呵……」

"你説，我還會怕他們嗎?"

易小天一肚子的苦水倒不出，心裏暗暗震驚不已，太恐怖了! 幸虧自己没傻乎乎的真的去炸天君，他媽的還不當場被轟成馬蜂窩啊! 傲得真是太天真了，回去以後趕緊叫他改行吧。再跟她鬥下去非全軍覆没了不可!

沈慈還沉浸在自己的美好設想裏:"最好是他們組織裏的高級領導親自來以身犯險，這樣的話，我就可以利用我的這些高科技把他們一網打盡。國家查找他們的基地也已經找了很長時間了，只要我們和公安聯合起來，那他們絕對插翅難飛。"

易小天現在連笑也笑不出來了，爲了掩飾自己的慌張，便不停地喝着茶，此後易小天本來早没了繼續拍馬屁的心情，可又不能顯露出來，只能硬着頭皮繼續哄沈慈開心。等晚飯上來了，沈慈倒是吃的高興，對這家店的菜品讚不絕口，小天卻不管吃到嘴裏什麽都感覺像是在吃紙。

離開時，易小天一直盯着沈慈背後的空氣看，一邊看一邊心驚不已。誰能想到這麽個外表嬌小的美女背後竟然跟着隱形機器人保鏢，他真同情那些敢來找她茬的人。

他一定得趕緊把這事告訴傲得，可不能讓他再繼續犯傻了!

他慌慌張張地跑回了家，一路上腦袋裏都回想着沈慈隨手打個響指就冒出來的隱形機器人。

因爲在路上也擔心不安全，誰他媽知道我背後有没有隱形機器人啊。等他到了家，拿出好幾個卷紙，拆開來往房間裏四處亂扔，看到每一條長長的紙都落到了地上，這才勉強放心了，這樣子看來應該没有這鬼東西跟着我了，這才給傲得打了電話。

"喂?"傲得的聲音依舊冷靜。

"傲得! 大事不妙了! 咱們的計劃做不成了! 你還是快點收手吧! 岳黎研究院絕不是我們能撼動的!"這件事事關重大，易小天已經失去了往日嬉皮笑臉的心情。

傲得頭一次見到説話這麽正經的易小天，感覺到了事情的嚴重。

"你在家嗎? 我現在就過來找你，你待在家裏哪都不要去。"説完，傲得就掛了電話。過了没一會了，他就聽見荷瑞睡眼惺忪的從房間裏走了出來，一邊走一邊嘟囔:"大半夜的，老爸這是發什麽瘋。"看了一眼小天説道:"我先回家一趟，家裏人説我老爸突然犯了什麽酒後妄想症，我要去看一下。"然後她看見滿屋子的手紙，皺了皺眉頭:"唉，我不知道你這個白痴又犯什麽病了。你是想向我炫耀什麽嗎? 我反正不信你擼個管要用這麽多紙。我回來前你必須給我收拾好，否則要你好看。"

説着隨便穿了件外套就準備出門。易小天明白肯定是傲得故意將她支走的，但是他現在內心緊張，突然怕荷瑞也會遭遇不測，就將平時被他無比嫌棄的陳博士的試驗品隨便抓了兩把塞在荷瑞的口袋裏：「女孩子家晚上出門不安全，帶點防身。」

荷瑞奇怪地看着他：「我就去老爸那裏而已啦，再説了，我可是會武術啊，能有什麽事。」

説着轉身就要走，易小天又將她拉了回來，將自己平時寶貝無比的法拉利鑰匙遞給荷瑞：「開我的車去吧。快一些。」

荷瑞知道小天平時最寶貝他的車了，現在居然借給自己開，真是太陽打西邊出來了！樂不可支地拿過車鑰匙，拍拍他的肩膀：「謝謝啊，我回來後會給你加滿油的。」轉身樂顛顛地走了。

易小天還想説些什麽，荷瑞已經連蹦帶跳地離開了。易小天難得煽情一回，結果對方壓根兒沒感覺到他的情誼。不過，荷瑞不就是這樣大大咧咧的嘛！

這麽想着，易小天忍不住笑了起來。

過了沒一會兒，傲得就風風火火地趕來了。易小天見到沈教授的隱形機器人後，原本就不那麽堅定的「反 AI」決心徹底崩塌了，他決定想辦法讓傲得知難而退，別再鋌而走險白白搭了自己的一條命進去。

所以，傲得見到易小天時，易小天擺出了一臉生無可戀的表情來。傲得也感覺到了事態的嚴重性，坐在沙發上看着易小天的表情，皺着眉頭問：「小天，發生什麽事了？」

易小天於是添油加醋地將沈慈身邊隨時跟有隱形機器人保鏢的事説了，又交代了研究員裏的雜物機器人其實都是武裝機器人的事實。

傲得聽得直皺眉頭，易小天仍舊心有餘悸地説：「還好上次我沒得手，沒真的對天君做什麽。不然的話，傲得老大，你現在看見的可就是我的屍體了，不對，到時候可能連我的屍體你都看不見了！」

傲得在社會上摸爬滾打這麽多年，早已練就了泰山崩於前面面不改色的本事，但是聽小天説完，也不由得暗暗驚嘆。

雖然以前秦開成功入侵過遊戲公司的內網，可這家公司內網的大量數據包括員工間的網絡對話都是有加密的，加密手段由天君親自控制，密碼每一微秒都在不斷隨機變換，如果發現有人非法攔截數據天君立刻就會採取逆追蹤措施。秦開使出渾身解數，並且在破解過程中，因爲系統超載還燒壞了組織裏四百多隻硬體蟲和六十多臺高端電腦，就只破解了一小部分而已。也只是知道了這家遊戲公司是岳黎控股的和在研究一些先進科技的事情而已，但是連那些先進科技研究到什麽程度也不知道。

從截取到的少量員工對話裏，傲得雖然模糊地察覺到研究院可能在研究隱形技術，可他估計着他們起碼還要十年後才能使用這項技術呢，沒想到現在他們就已經在大面積使用了。其他肉眼能見到的機器人再屬害總還能想想辦法，可遇到隱形科技，那他們是一點辦法也沒有了，何況這些機器人隱形還不光是光學隱形，就算是電子設備都探測不到它們，那這樣的話他們跑去不就是送死！

他開始爲自己在不明敵情的情況下貿然讓易小天以身犯險而感到自責了。還好易小天沒有什麼閃失，否則的話，傲得非要爲他償命不可。

兩個人相對沉默，易小天看着傲得眉頭皺得緊緊的，知道傲得也沒有對付隱形機器人的方法，他可是很少會露出這樣的緊張神情。

小天趁機進一步勸説傲得：“傲得，這一段時間潛伏在研究院，我真的是大開眼界，你絕對想像不到他們的技術已經發展到了什麼程度，飛船上面可以建城市，防爆盾居然可以防雷擊，天哪！太不可思議了，我覺得我們的敵人已經超越了人類想像的範圍，我們在它的面前無比渺小。”小天由衷地嘆息。

“誰？在誰的面前？”傲得眼神溫熱地看着他。

“科技。研究院掌握了全世界最先進的技術，傲得，這條路太艱難了，我想你要慎重地考慮未來，也許……”

傲得笑着打斷他：“小天，我知道你和其他加入先華組的人不一樣，你的加入純屬意外，我不强迫你走這樣一條沒有未來的路。你説的没錯，我們的敵人强大到令人窒息，但這就是我們的未來，和强大到令人窒息的敵人鬥爭到最後！直到用盡最後一點力氣。你可以選擇，如果你覺得這樣的未來不是你理想中的樣子，你可以離開先華組，從此以後與我們一刀兩斷，今生再無往來，你可以去追尋你的人生。”傲得坦誠地看着小天，小天知道他説的都是真心話，可是……

真的離開嗎？易小天想到真的離開傲得，從此和這唯一的朋友一刀兩斷，在一條分岔路的路口看着他的背影漸漸遠去，然後丟下自己一個人繼續默默地前行，未來也許會遇見新的人，但是心中最初的那份溫暖和感動卻無人可以替代。想到離開傲得，易小天的心緊緊的一痛，傲得在他的心中，早已不單單是個朋友，更彌補了他生命中從未出現過的父親、哥哥的角色，是家人才能賦予的溫暖，這種溫暖讓他依賴到無法割捨。

哪怕明知道他要走的是一條充滿荆棘的道路，小天發現自己竟然仍願意不顧一切地陪他走到底，原來這就是好兄弟啊！

易小天嘆息着笑了一聲：“喂！我説傲得老大！你這是在趕人嗎？我小天可是決定跟着你一條路走到黑的！雖然研究院的技術可怕，但是咱們也不是吃白飯的啊。我相信你的判斷，我無條件地支持你的決定。”説着輕輕地在他結實的胸膛上捶了一下。

傲得的眉頭舒展開來，跟着也輕輕地笑了：“小天，你總能出乎我的意料。”

"説真的，剛看到隱形機器人真的是差點尿了一褲子，你有什麽好辦法對付它們嗎？"易小天又變得不正經起來。

　　"隱形機器人也超出了我的預想，看來我們的計劃需要重新擬定了，以後一定會找到破解他們的方法。現在既然情況如此棘手，那你就千萬不要再去招惹天君了，癱瘓天君的計劃暫時撤銷，小天，你現在先按兵不動，以打探消息爲主，千萬不要暴露了自己。"

　　你現在就是讓老子去老子也不去啊！小天心裏想着，表面上卻忙不迭地點頭。

　　傲得微笑着拍拍小天的肩膀："小天，這次你又立了大功，先華組一定感激你的奉獻，也謝謝你願意繼續跟着我。"他最後輕聲説着。

　　小天豪邁地拍拍胸膛："咳！還是那句話，交給我，你放心吧！"

　　兩個人相視一笑，原本之前傲得因爲小天擅自行動而產生的些許疙瘩也徹底解開了。

　　"對了，現在既然癱瘓天君的計劃撤銷，那麽我也就先把荷瑞調回來吧，組織裏也缺她不可。"傲得淡然地説。

　　"啊！"易小天驚叫出來。

　　傲得頗感意外："咦？你不是很不喜歡她嗎？我本來派她也是來懲罰你的，現在也就不需要了。并且……"説到這裏，傲得一進門就看見屋子地上鋪滿了手紙早就忍不住想吐槽了："并且看你這架勢，荷瑞要在的話，你想要撸個管也不方便吧。"難得他也開了個玩笑。

　　"咳！這還不是因爲……"易小天本想解釋一下，可聽到荷瑞要走，心裏突然覺得怪怪的，也懶得多説了。

第三十一章

醫者仁心

　　因爲傲得撤銷了小天的任務，易小天懸在半空中的心總算放回了肚子裏。但是他仍然不能放任傲得去做這沒命的勾當，所以，他決定認真地來當這個臥底，一旦真的有什麼不利於先華組的情況，他一定要偷偷告訴傲得，讓他們早做準備。他不想失去自己如今舒坦的逍遙生活，可也更不能失去傲得這唯一的朋友。

　　何况現在程部長已經被成功停職，再也沒有人懷疑他的身份了，等程部長三個月後再恢復原職，他易小天早就把上下關係裏裏外外都打了個遍，還怕他不成！

　　現在正是他落難的時候，現在不落井下石更待何時。易小天不想錯過這個徹底整垮程部長的機會，於是拿起電話來給蘇菲特打電話，打了半天居然無人接聽，過了好一會兒，易小天才猛然想起蘇菲特已經請了婚假。

　　蒼天啊！易小天覺得胸口如遭重擊，原本他已經把這茬給忘了，卻沒想到現在想起來心裏還是那麼痛。易小天把電話隨手拋在沙發上，四仰八叉地仰躺在沙發上，痛苦地哀嚎，怎麼會這樣啊！我的小甜心蘇菲特。

　　正鬱悶着，突然響起了清脆的門鈴聲："叮冬，叮冬"

　　易小天家裏的門鈴很少會響，知道他住在這裏的人更是不多。難道是荷瑞？她明明有家裏的鑰匙嘛。

　　易小天納悶兒，拿起手機看了看和大門口攝像頭連線的監控視頻，竟然是程部長！

　　易小天猛吸一口氣，"啪！"的一聲將手機扔到一邊，靠在沙發上大口喘氣，怎麼搞的，難不成是眼花了？

　　真是日有所思夜有所夢，我剛才就不該想什麼程部長的事，結果居然把他給召來了！

趕緊叫門口的禮儀機器人説我不在好了，可還没等易小天通過手機給門口的機器人下命令，公寓樓下門口的禮儀保安機器人已經掃描了程部長的身份證，發現他並不是可疑人員，並且還是著名公司的高管，就放他進來了。

易小天住的這棟高級公寓是爲了装逼，用的都是昂貴的自動服務機器人。如果住户不提前通知大門口的機器人有人來訪拒絕接見的話，門口的機器人程序上就會默認來訪人員只要不是通緝犯或是無業遊民，並且没有隨身攜帶違禁物品，主人只要在家，將來訪者登記存入與公安局連線的數據庫後，就會把訪客放進來的。

靠！易小天想，換了以前住的小區，和門口的大爺熟絡了，自然會有默契的，主人想見誰不想見誰人家自然心裏清楚，哪像現在這些不通人事的東西！

見賴不掉了，單元房門口的門鈴又響了起來，看來他已經上樓了，只好小心翼翼地將門打開，就看見門口站着一個乾瘦的男人。那男人面色蠟黃，眼圈微紅，一雙眼睛像獵鷹一樣銳利，可笑的是他的兩條腿就像臘腸一樣，又細又乾，在褲腿裏晃盪着。

易小天緩緩抬起頭來，再次對上那雙銳利的眼睛。吞了口唾沫，心裏對他還是怕怕的，朝着程部長齜牙一笑："嘿嘿嘿嘿嘿嘿！程部長，您這突然到訪，真是嚇我一跳啊，怎麽也不提前打聲招呼呢。"

嘴上這麽説着，眼睛卻在程部長的身後到處瞄着，看看他是自己來的，還是帶着人來的，結果樓道裏空空如也，看來似乎是自己來的呢。不過，也只是"似乎"而已啊，誰知道他身後是不是也跟着那種隱形機器人呢。易小天腦子開足馬力算計了一下，想來想去自己現在又没有暴露身份，就算他身後跟着隱形機器人也没關係，硬不讓他進來反而會讓人起疑心，就乾脆痛快的把門打開："呵呵呵呵！程部長快請進，快請進！"

程部長冷着臉看他表演，毫不客氣地推開門就走了進來，好像是回自己家一樣，易小天反倒手足無措，像是個作賊心虛的小偷。他趕緊讓家務機器人加大馬力瘋狂打掃，又親自泡了咖啡端了上來，笑得一臉殷勤："程部長請喝，請喝。不知是什麽風把您老給吹來了？"

程部長的眼睛環顧四周，倒也客氣了幾句："謝謝，易總家果真是名不虛傳，相當豪華啊。我倒没什麽事，就是想到你這兒來走動走動，你知道，我現在在家休養，閒得無聊。"

易小天順着程部長的視線看過去，就怕被他看到什麽不該看到的東西。還好那個炸彈他放得非常隱秘，已經從機器人身上轉移到保險櫃裏了，屋子裏除了亂一點倒也没什麽可看的。

易小天撓撓頭："也是，哎，你説這些人也真是的！一點都不懂得體恤別人，你説這麽重要的職位，換了別人誰幹得好啊……"

"你説你有良方？"程部長没理他的胡言亂語，壓低聲音小聲説道。

易小天的思維還停留在編排拍馬屁的內容上，一下子沒反應過來。

"您説什麽？"

程部長有點焦躁："上次你説的，你不是説你有良方嗎？"他有點期盼又有點緊張地盯着易小天。

易小天愣了三秒，隨即恍然，"哦！！！"

原來是上次傲得告訴小天讓他找幾個懂點醫術的美女好好忽悠忽悠程部長，自古英雄難過美人關，想辦法把他的病治好，他自然會對自己感恩戴德。小天當時就覺得這事靠譜，傲得想了一下又説："我記得我去百樂門時遇見的那個女孩就很妖嬈漂亮，顏值不能低於她。"易小天還想了半天，原來傲得還記得在百樂門有過一面之緣的薇薇啊。可是那天一頓慌亂之後，程部長就被停了職，小天這事壓根這沒辦呢，哪知道他自己居然急不可耐地找上門來，看來真是被折磨得不輕啊，現在只有見機行事了。

易小天偷偷打量他，他肯定是已經把能看的醫生都看過一遍了，但是所有的醫生都沒能治好他的病，估計他已經很久没嘗過當男人的滋味囉！

易小天眼睛再一掃，就看到程部長的兩條臘腸腿緊緊地並在一起，像個拘謹的女孩子一樣的坐姿。他的這一動作直接反映了他此刻略顯羞澀並且帶着點防備的心理特徵，他現在完全呈現出一種不自信的狀態，看來這病把他折磨得不輕啊。

易小天蹺起了二郎腿，決定先好好地耍一耍他。

"當然記得！説實話，程部長，我之前呢也是學過一點醫學的。您的這個問題我一看便知！"

程部長狐疑地看着他："你學過醫？什麽時候？"

易小天咂舌，想起來這程部長估計已經連他的祖宗三代都調查得清清楚楚了，在他面前吹牛皮可要小心謹慎才行，説不定什麽時候就露了餡了。

"咳咳！"一本正經地咳嗽幾下，易小天繼續胡説八道，"我説的是我後來自己自學的。我一直對醫學比較感興趣，甚至還夢想過當醫生呢！"

"哦！這樣啊！"

"所以，看您的氣色就已經猜了八九不離十了。"

程部長冷哼一聲，小聲地嘟囔着："看得出有什麽用，要能治病的才是真本事。你要是能治好我的病……"他猶豫了一下，後面的話就没有説出口來。

易小天看着他的表情，揣摩着他的心思，試探着説道："程部長，跟您説實話吧，這治病吧，就跟相親差不多，你要遇到心儀的醫生才能把自己的心門打開。其實有很多病不是真的病，只是自己的心理在作祟，以前您這病治不好，肯定和您找的醫生有關係！"

易小天一邊編着謊，一邊想着這事怎麼圓過去，他自己那點微不足道的醫學知識還是當年在百樂門跟薇薇厮混的時候，聽她給自己科普的。薇薇在想做演員之前，學的是心理學，對於男人的心理把握得十分到位，他就見過薇薇真的把自己一個陽痿的客人硬生生給治好了，從此以後大展雄風。他本來計劃着把這癆病鬼也介紹給薇薇，讓薇薇給他診治診治，也許美女在身邊，這病説好也就好了呢。

所以，上次傲得跟小天提議拉攏程部長並想辦法給他治病的時候，小天馬上就鎖定了薇薇，現在如果滿口答應了下來，到時候薇薇不願意接這檔子事可就尷尬了。

"説來真是難以啓齒，這個病已經折磨了我幾乎半輩子，我真的是痛苦難當，本來我根本沒把你的話放在眼中，直到我前幾天再一次治療失敗，就想起你説的話來。"程部長陰森森地盯着他："你這小子十分滑頭，誰也不知道你的話到底是不是真的，所以我給你一個機會，願意相信你一次。如果你真能治好我的病，我程俊對你感激不盡，答應你所有的要求不説，從今以後當你是個朋友，如果你只是隨口説説逗我玩的，哼哼，我就把你的肉剁下來做臘腸！"

易小天打了個冷戰，他還真是隨口説説逗他玩呢。但是把他的肉拿來做臘腸他是説什麼也不願意的，易小天舔舔嘴唇："咳，瞧您這話説的，我要是不懂，能一眼就看出您的病嗎，我敢保證，您以前看病的醫生都是些老得快退休的老醫生。"

"我找的肯定都是最有名望的名醫了，這些醫生肯定要越老的才越有資歷吧。"

"你看，錯了吧，你這病啊，得找年輕的醫生治。"

程部長奇怪地看着他："爲什麼要找年輕的醫生治？"

程部長原本是個十分謹慎警惕的人，但是只要一提到自己的病，馬上就方寸大亂，神經兮兮，恨不得對方立即就能治好他的病，所以，小天越是裝的一副了然於胸的樣子，他就越深信不疑。

易小天裝模作樣地把頭湊過來小聲説："老哥，我敢保證，你這病是因爲一個年輕女人得的！"

程部長悚然一驚："你！你怎麼知道！"

易小神秘地笑笑不説話，一副高深莫測的樣子。其實，當然是蒙的啦，不是因爲年輕女人難道會是因爲年老女人嗎？根本是想都不用想的事嘛，小天在心裏忍不住想笑。

程部長卻一副被人説中了心事的樣子，臉上鬆垮垮的肉微微一顫："你……你太神了！這件事我從來沒對任何人説過！"身子不由自主地往小天的方向挪了挪，拉着他的手，激動地説道："我以前上大學的時候，特別喜歡學校的校花，人家也是一副對我相當有好感的樣子，有一次，她把我約了出去，後來……唉，不多說了，總之都怪她！」

說着眼睛裏竟泛起了淚珠。

「我對那種生物材料又過敏，只能用其他的保守療法。這些年我吃了不知道多少藥，看了不知道多少醫生，他們偏說我沒病。沒病我怎麽會時不時地渾身發抖，四肢無力，腿腳酸軟呢，都是庸醫！哼！」

易小天安慰地拍着他的手：「程部長，你這病絕對有得治，我就認識一位很棒的醫生，包你藥到病除。」

「真的！」程部長激動的聲調都變了。

易小天淡定地點點頭，「這就給你打電話約見一下這位名醫。說實在的，這個鄭醫生啊平時很忙的，也不知道有沒有空。」

「有的有的！你就說我一直等着，她什麽時候有時間我都配合！」程部長激動地說。

易小天拿着電話回了臥室：「你先喝點咖啡休息一下啊，想想待會兒見到醫生問些什麽，我先給你預約一下。」

程部長感激地點點頭。

易小天將房門關上，急得團團轉。這下可麻煩了！牛皮吹了出去也不知道接不接得住，接不住可就露餡了，自己變成臘腸那就萬事皆休。易小天想盡辦法只能先攻下薇薇再說，但是這程部長面相如此猥瑣，萬一薇薇討厭他可咋辦啊！

想了半天也沒有想到另外什麽好方法了，只好硬着頭皮給薇薇打電話：「喂！親愛的小薇薇！」

「小天啊！」薇薇的聲音聽起來十分慵懶綿軟，簡直讓人渾身一酥，忍不住幸福的要眩暈了。

「薇薇啊，我這兒有一單特別頭疼的大生意，我琢磨着只有你能搞得定了。」

「我？呵呵，你是不是又打什麽壞主意了。」

「這次我保準不是，我這兒有個大客户，做下來絕對是個長期大款。問題是他有點那方面的障礙，不過，你放心，是心理因素導致的，我都幫你調查好了！」

「有障礙的你就丟給我？」薇薇有點不滿。

「説起來也不是什麽大事，我記得以前你手裏有一個客户不就是因爲心理問題嗎，你不是也把他給治好了，還把他哄的一愣一愣的，你就按照同樣的方法來一遍就成了。」

薇薇半天沒説話，易小天急了：「喂喂！你不是睡了吧！很急的！病人就在我家等着呢！而且我跟你講啊！他位高權重，赫赫有名，你如果真能把他治好了，你今後就發達了！再說了，他又不是真的有病，只是心理問題嘛，忽悠忽悠不就好了，你不是擅長這個！」

薇薇又琢磨了一下：「除非你借錢給我。」

「啥？」

「哎喲，我……我欠了點錢嘛！現在還不上了，等我賺到錢就還你。」薇薇有點局促不安。

易小天嘆息一聲：「薇薇，你最近不是賺了挺多錢的嗎？怎麼又没錢了？你這花錢的速度比賺錢的速度可快多了！你怎麼欠的錢啊？」

「就是……一點情感的糾葛，哎呀，你不要問了，你借錢給我我就幫你的忙還不成嗎？」

「薇薇，你也不小了，也要考慮一下將來的事情，你不能總過這種今朝有酒今朝醉的日子，你看看露娜，人家多聰明，自己不知道存了多少錢，這輩子就算是没男人養也照樣過的風風光光。你也要好好爲自己打算，錢多少我都借給你，你也聽哥哥一句勸吧。」

薇薇沉吟了半晌，嘆息一聲：「我這次真的是打算好好重新做人了，累了。幫完你這次我就收手不幹了，謝謝你，小天。」

小天跟薇薇說完了自己家裏的地址，又把一些要注意的事情都給薇薇說了，這才掛了電話。

易小天聽到薇薇的聲音似乎感覺到她情緒不高，心裏也很不是滋味。畢竟朋友一場，他還是很關心自己的這些姐妹們的。薇薇和露娜不同，露娜十分聰明，很會爲自己打算，薇薇則完全是一派放縱的樣子，總是不考慮後果的胡來亂來，小天偶爾還會看看自己的存款呢，這傢伙完全是想怎麼來怎麼來，銀行卡刷爆是常有的事。哎，真爲她的未來擔心啊！

易小天推開門走了出去，就看到程部長雙眼熱切地看着他：「怎麼樣？鄭醫生有空嗎？我也可以親自去拜訪她！」

「你真幸運，鄭醫生的下一個病人正好取消了預約，我好說歹說才把她約到家裏來。老哥，上天都在幫你呢！」

「真的！」程部長激動地跳起來，在客廳裏來回轉着，「太好了，小天，如果我的病真的可以治好，我一定要好好謝謝你！」

易小天笑着擺擺手：「你這麼說可就太見外了，只要你能治好病啊，我比誰都高興呢。」此時，程部長處在極度興奮的狀態下，只覺得小天無比的善良可靠，越看他越順眼。

「真没想到你是這麼善良的好人啊！」眼淚都差點激動的掉下來了！

易小天其實倒有點擔心起薇薇來，她的狀態聽起來不是很好，也不知道會不會影響發揮呢。

程部長心裏裝着事，感覺每一分鐘都十分難熬。其實沒過太久的時間，終於等到門鈴聲響起時，兩個各懷心事的男人同時跳了起來。

一打開門，小天就震住了！只見薇薇戴着一副黑框眼鏡，一頭飄逸的卷髮垂在腰間，那麼臃腫的白大褂居然被她穿出了時尚的感覺來。只見她性感的嘴唇微微一翹，綻放出一個美豔的笑容來：「不好意思，路上堵車，我來晚了。」說話的時候一陣幽香迎面撲來，吹得程部長臉頰瞬間就漲成了豬肝色。

兩個男人看見她口水忍不住流了一地。真是漂亮啊，哪怕已經見過她無數次了，小天仍然會被薇薇的這種強大氣場給震懾住。程部長就更不用說了，眼睛落在薇薇的身上後就沒眨過眼，好像生怕一眨眼她就消失了一樣，他活了五十幾年，從來沒見過這麼漂亮的女人啊！之前的人生真是白活了！現在想想那個什麼校花，在人家鄭醫生面前簡直是個笑話！程部長吞了口唾沫，垂涎欲滴地看着眼前這個閃閃發光的「女醫生」。

薇薇推了推眼鏡，看着兩個男人呆愣愣的傻樣子，忍不住輕輕一笑：「請問我可以進去嗎？」

兩人這才恍然，你推我一下，我推你一下：「你看你，怎麼也不請醫生進來。」

「就是就是！鄭醫生快請進！」

薇薇提着一個小小的正方形的背包走了進來，上面貼着一個紅「十」字。

薇薇將長腿舒展開，優雅地坐在沙發上，白大褂裏的緊身長裙勾勒出性感的身段：「這位就是病人嗎？」

程部長滿臉通紅，在美女面前承認自己那方面不行，實在是奇恥大辱。

「請先把手伸出來，我給您把一下脈。」

程部長乖乖的把手伸出來，薇薇伸出兩根白嫩細長的手指出來，漂亮的指甲上塗着可愛的淡粉色，直看的程部長心思盪漾。

細嫩的手指輕輕地落在程部長的手腕處，程部長像被人點了穴一樣，渾身一顫，一顆心驟然狂跳不止，差點就從他的喉嚨裏跳了出來。

不行了！不行了！他感覺自己現在渾身發燙！

薇薇原本就是學醫的，這些年雖然荒廢了很多，但是底子多少還是有那麼一點點，忽悠忽悠人還是可以的。當下歪着頭，假裝很奇怪的樣子，輕輕指了指程部長的嘴巴：「請把嘴巴張開。」

程部長張開嘴，感覺一口火噴了出來。

薇薇看了看他的舌苔，又是一副很奇怪的樣子，卻不說爲什麼。

「鄭醫生，你看我這病有得治嗎？」

小天在一旁早就等不及了，把自己的衣服袖子捋了上去，賤兮兮地說：

"這兒還有個病人呢，給我也號號脈。"

薇薇快速地瞪了他一眼，又推了下眼鏡，撫摸了一下頭髮。還沒等她開口，程部長早就一拳揮了出去："一邊兒待着去，別給我搗亂！"

薇薇輕輕一笑，説道："您別擔心，不是什麼特別嚴重的問題。來，站起來，讓我幫您檢查一下肌肉和組織。"

程部長樂不可支地站起來。

薇薇伸出胳膊，將胳膊往上抬，做了一個極其優美的姿勢，"來，跟我一起把胳膊抬起來。"

程部長像被灌了迷魂湯一樣，乖乖地把胳膊舉了起來。薇薇走過來，輕輕地捏了捏他的胳膊："我檢查一下您的肱二頭肌的彈性。"説着小手輕輕一捏，程部長就感覺渾身一麻，忍不住就要呻吟起來！舒坦！太舒坦了！他這輩子從來沒這麼舒坦過！

易小天眼饞地坐在一邊看着，心裏揶揄的覺得，這麼一捏，他這病估計就已經好了三成了吧。

"來，張開雙臂，像這樣彎下腰。"薇薇又做了一個優美的動作，程部長看起來已經完全失去了神志，傻笑着也跟着彎下腰。

薇薇走過來，在他的腰上輕輕一捏，"檢查一下您的腰部肌肉。"程部長再也忍不住閉着眼睛享受地哼了一聲。

呦呵！易小天氣悶不已，他這病已經好了一半了吧，看他那臉猥瑣的表情。

"來抬起腿，我給您檢查一下大腿的肌肉。"程部長美的瞇瞇着眼睛，似乎完全忘記了自己是個患者。薇薇的小手在他的腿上這麼一揉，哎喲，那股舒服勁兒就別提了！

薇薇有模有樣的在一張單子上寫寫畫畫，似乎十分認真。程部長坐下來，只覺得渾身輕飄飄，人就好像重生了一樣。

"鄭醫生，我這病……"

薇薇推推眼鏡，冲着他粲然一笑："放心吧！其實没什麼大問題的，只是您周身肌肉組織比較鬆軟缺乏力氣，是平時缺乏鍛煉導致的。身體是有一些虛，需要好好地調養一下。至於性功能方面，您放心，没問題的，只是需要一段時間集中恢復治療，這是給您的治療建議書。"

程部長看也不看一眼就扔到一邊："你説怎麼治我就怎麼治！"

"我建議您呢，最好到我的診療基地集中治療。一個月爲第一階段，最起碼三個月的集中治療才能見到顯著的效果。"

"去！我去！"

"當然了，費用也是很可觀的。"薇薇又低下頭一陣猛寫，"不過，因爲您是我朋友小天介紹的，我可以給您打個折扣，這是三個月的總費用。"

易小天往那一串長長的單子後面看去，就看到總價位上赫然寫着五百萬。

五百萬!!!

這丫頭獅子大開口啊!

易小天半天合不攏嘴，三個月就五百萬!! 他媽的簡直比他當總監還爽啊!

程部長看了眼價格，卻是豪氣衝天地揮揮手："沒問題! 五百萬而已! 現在就轉帳嗎?"

易小天再次瞠目結舌，土豪啊! 萬萬沒想到這臘腸腿居然是個徹頭徹尾的超級富豪，居然連五百萬都是小菜一碟。現在人民幣可不像以前，現在可是國際通用結算貨幣，價值超高，這五百萬說給就給?!

"嗯嗯，現在請支付百分之四十的定金。"

薇薇也沒想到居然進展的這麼順利，程部長給她轉帳的時候她指尖都在微微發抖。程部長卻是大手在手機上隨便那麼一點，絲毫沒將這五百萬放在眼中。

薇薇站起來，"先生，您隨時都可以入住到我的私人診療基地，我保證，三個月後您就可以康復了。"

程部長看着薇薇美豔的樣子，感覺自己現在這病已經好了!

"還等什麼，我現在就去!"

薇薇甜甜一笑，帶着程部長就離開了。臨走時，朝着易小天得意地一吐舌頭，俏皮一笑。

易小天揮着手將兩尊大神送走，累的滑倒在門口。最近這日子怎麼過的跟打仗一樣啊，每天都是神經緊繃，翻天覆地，老子現在可要好好地休息休息了，天王老子來也不管了。

易小天躺在地上，長嘆一口氣。

這場婚禮怎麼弄得跟
《畢業生》似的?

"啪嗒啪嗒啪嗒."

細跟高跟鞋踩在大理石地面上發出清脆的聲響,個子嬌小的沈慈在幾名女科學家的陪伴下開啓了八十五樓那扇鮮有人問津的房間大門.

等門口上方的安全認證儀射出一條條綠光,全方位掃描過來人之後,白色的大門慢慢開啓.

沈慈率先走了進去,待其他幾人進入房間後,大門就立刻關上了.

巨大的房間內,三面牆上鑲嵌着好幾十個巨大的計算機屏幕,全球所有機器人的運轉數據正在快速地滾動.

沈慈輕輕一笑,對着主顯示屏説:"最近辛苦你了."

房間地板上忽然射出無數藍色的粒子,粒子快速組合拼接,幻化成了一個可愛少女的形象.看到沈慈,少女開心地圍着她轉起來,要是能抱着她的話,少女這時候一定已經賴在她的懷裏撒嬌了.

"媽媽你好過分哦!明明説好一個禮拜要來看我一次的,可結果呢?三個禮拜才來一次,太過分了,我在這裏好寂寞."少女嘴上説着不高興,可是看到沈慈仍舊十分開心,笑臉紅撲撲的像熟透的蘋果一樣.

這女孩不是別人,正是"天君"幻化出來的擬人形象,若非她只是一個虛擬的形象,沈慈一定會更加寵愛她,實際上沈慈已寵過頭了.

"對不起親愛的,媽媽最近實在是太忙了,你應該也感覺到了吧,最近你的工作量是不是也增加了很多?"沈慈寵溺地摸了摸她的頭髮,其實什麼也摸不到.

"別提了,累得我連喝口水的時間都沒有."天君撒着嬌,明知道自己不需要喝水,卻硬要假裝自己是個普通的人類小女孩.

大家無奈地互看一眼,陪着沈慈傻笑.

"知道了，以後保證一個禮拜來看你一次好不好？"沈慈真是被這個小孩子氣的小姑娘打敗了。

"真是的呀！媽媽你老是把我一個人關在這裏操控這些機器人，好無聊啊！"

沈慈知道她的心思，天君老是想讓沈慈開放互聯網給她玩，互聯網上什麼新奇好玩的東西都有，連接互聯網她當然就不無聊啦！但是在最開始創建天君時，她們便已經設定了AI是不可以連入互聯網的，因為互聯網內各種信息太過龐雜，她們擔心天君會受到不良信息的影響而產生價值觀偏頗。出於保護她的目的，天君用來控制機器人的網絡與互聯網是分開的，分別是兩套獨立的體系。但是天君卻不這麼認為，只覺得互聯網實在好玩，可是憑她的智力和能力一旦介入互聯網則恐怕會給社會帶來十分可怕的影響，岳黎研究院現在還沒有做好這方面的準備。於是沈慈假裝不解其意，故意搪塞道："我不是派了高院士每天中午陪你聊天解悶了嗎？難道高院士沒來？"說着看向高院士。

高院士知道皮球踢到了自己這裏，推了推眼鏡，略顯尷尬地說："這個……我其實有來的，但是吧……天君她……她嫌我說話不夠風趣，似乎不怎麼愛聽我說話。"

沈慈忍不住掩着嘴笑了出來："你這小丫頭真是的。"

天君撇撇嘴，瞪着眼睛不滿地看着高院士，高院士趕緊躲到沈教授的背後去了。

"本來就是嘛！我每天處理那麼多工作已經夠累的了，連個說說話解解悶的人都沒有，我肯定不爽呀！"

沈慈剛要說話，身旁的陳院士遞過來一部電話，小聲地說："沈教授，您的電話。"

天君見沈慈居然當着她的面就開始聊起了工作，氣得嘴巴撅起來，在一旁小聲嘟囔："大半個月才來一次，來了說不上幾句話就談工作，真是的！"

沈慈掛了電話，笑着說："親愛的，我突然有一件十分緊急的事情要去處理，我晚上再找時間過來陪你。"

天君朝着沈慈吐了吐舌頭，扮了個鬼臉："鬼才信你的話呢！"

一拍屁股，又變成一堆藍色的粒子，消失在空氣裏了。

"寶貝？"任憑沈慈怎麼叫她，卻也不加理會，沈慈無奈地搖搖頭，只好先出去了。

關上了房門，一行人走在走廊上，心裏想的差不多是同一件事，這AI擁有了智能後簡直比人還難對付。人還能敷衍了事，AI卻怎麼也不行。

還是沈慈先開了口："以後換一個人去陪天君說話吧。"

"好的！"高院士開心極了，終於可以解脫了啊！

大伙似乎都有這個想法，紛紛稱是。她們寧願在實驗室裏埋頭一年，也不願意伺候這個牙尖嘴利的虛擬小丫頭半天。因爲她的智商早已不是人類可比擬的了，連話都聊不到一塊去。唯一能駕馭得了她的沈教授又太忙了，哪裏能每天都陪着她呢？

"那就把學歷要求降低點，記得選人要幽默風趣些的，不要太古板，現在的小女孩都喜歡嘴巴甜一點的。"

大家點點頭，心裏卻紛紛在想，上哪去找這樣的人啊！要説學術嘛！她們是一個賽過一個的厲害，而説起幽默風趣的話，其實每個人也都自認爲不差，但她們科學家之間開的玩笑，似乎總是 get 不到大衆的 point，對天君也不起作用。

説到幽默風趣嘴巴甜，沈慈的腦海裏立即想起一個人來，是啊！怎麼把這人給忘了！也許這人很合適也説不定呢。

沈慈的嘴邊揚起笑意，已經有了答案，身後的那群科學家們卻還在苦苦思索着這道難題。

沈慈拿起手機，立刻給易小天打了過去，電話中卻傳來通知對方正在通話的聲音。

沈慈放下手機，這小子還真是忙啊！

等她放下手機後，身後的陳院士給高院士使了個眼色，高院士心領神會，於是追上沈慈説道："沈總，實在是不好意思，我知道您聽這個聽煩了，可我現在還是想再提醒您一下，無論如何找個您方便的時間，還是給天君進行一次圖靈測試吧！"

天君到底是真有感情，還是在進行人前的一種程序模擬？沒有人知道。按理説早就該給它做一次測試了，可沈慈一直不同意。一是她有種民族情節，想着好不容易這次 AI 是中國人先發明的，不想拿外族人的標準來衡量它。就連機器人守則也是她自己編訂的，從頭到尾都沒有參照國外的任何科學家的研究成果。二是她之前的一個孫女一出生就因遺傳性疾病夭折了，即使岳黎研究院有那麼先進的醫學研究成果也沒能救過來。沈慈一直以來就把天君幻化成的小姑娘當成了自己的孫女，從情感上來説她壓根就不想讓天君做測試，什麼感情的真假？我就當她是真的有感情好了，爲什麼要自尋煩惱呢？

科學院的科學家提過好多次，沈慈都不聽，後來誰一提她就發脾氣，結果也沒人敢提了。只有高院士因爲是牧歌公司派來的技術顧問，不算沈慈的下級，所以現在也就她還能提一提這茬了。

果不其然，沈慈聽了皺了皺眉，沒接話頭，加快腳步走開了。剩下的科學家們面面相覷，卻也沒辦法。

此刻，易小天正躺在家裏的沙發上，端着電話一聲不吭地聽着蘇菲特匯報，直到對方掛了電話他也沒説一句話。

放下電話，易小天的頭頂上方好像頂着一塊巨大的黑色積雨雲一般。

點開手機裏收到的電子婚禮邀請函，蘇菲特和她的準老公付帥的婚紗照刺眼地出現在面前，尤其看到那個高付帥果真又高又帥的時候，更是打翻了肚子裏的一大罈子醋。

居然儀表堂堂，比他易小天帥了那麼多！他易小天相貌也不差，偏偏個子卻不甚高，一看到這些長得高高大大的男人肚子裏就嫉妒得直冒泡。真是恨不得現在就把這新買的手機砸了泄憤，但是轉念又一想，新娘子不是自己的，手機可是自己的啊。這麼一想，火氣才算是滅了大半。

嘆息着坐倒在沙發上，怎麼也不甘心就這樣讓這渾小子美滋滋地娶走蘇菲特。

手機上顯示着一個來自沈慈的未接來電，易小天感覺現在情緒不是很高，不怎麼想跟這些老油條打交道，太費腦子了。反正能找到他的也都不是什麼要緊的大事，真有大事找他也沒用。就索性把手機往茶几上一扔，等他有心情的時候再説吧。

這時開門聲響起，荷瑞抱着一堆東西回來了。

一開門就咋咋呼呼："小天快來幫我接一下，還是熱的呢！"

"什麼還是熱的?"

"牛肉餡餅，我老爹親自做的。味道好得叫你流眼淚！你快嘗一個。"

易小天本來在開袋子的手停了下來，還以爲是什麼好東西呢。但是看看荷瑞一臉熱切的表情還是拿起一個嘗了嘗。

"好吃吧? 好吃到爆吧! 就這餡餅我一口氣能吃八個。秦開能吃十個! 嵐能吃十六個! 你猜猜黎光能吃幾個! 二十四個! 哈哈哈! 吃得我老爹再也不邀請他們來家裏吃飯啦，哈哈哈哈!" 説着把拖鞋一甩，盤腿坐到了沙發上。

易小天跟着笑笑，味道是不錯，跟外面買的確實不一樣，有一種家的味道。

吃完一個手不自覺又拿了一個："幫我謝謝你老爹哈。"

"對了，給你這個。" 荷瑞遞過來一個信封。

信封? 而且還是牛皮信封，這玩意兒易小天可有年頭沒見過了，而且款式這麼老的更是老古董級別，估計也是從陳博士那裏隨手淘來的吧。

"該不會是情書吧? 啊哈哈哈哈。" 易小天打趣到，打開一看，臉長了。

原來裏面是厚厚一疊人民幣。

"給你這段時間的房租，我説過了算是我倆合租的，你看看數目對不對。" 荷瑞舒服地靠在沙發上，拿起一個牛肉餡餅小口小口地品嚐着。

看到這疊錢，易小天原本就低落的心情猛然掉到了谷底。

"不是……你這是什麼意思?"

"房租啊! 組織說這邊的任務暫時結束了，把我召回，我明天就回基地了。"荷瑞繼續吃着餡餅，看也不看易小天一眼。

"這麼快……哈哈，話說現在誰還用現金啊，你家老爺子也太……"易小天本來想説句笑話，改善一下自己的糟糕心情，卻發現自己一句笑話都講不出來。

荷瑞機械地吃着餡餅，也想説些什麼，醞釀了半天卻也不知道怎麼開口。於是兩個人低頭猛吃餡餅，還好她帶了足夠多的餡餅，不然怎麼度過這尷尬的沉默。

"明天還是先不要走吧!"易小天先開了口。

"咦? 爲什麼?"

易小天苦苦思索，是啊，得有個留下來的理由啊。一眼瞥到手機上的電子邀請函，他一拍大腿，一個餿主意立馬就冒了出來。他咧開油汪汪的大嘴笑着:"明天還有一個十分有趣的任務等着你呢，你先把這個任務做完了再走吧!"

荷瑞看着易小天那副不懷好意的樣子，狐疑道:"什麼任務?"

"這個任務吧，和你以前做的任務全不一樣，難度係數是最高的，比上次我們去那個酒會還高! 比你那次和老 K 打架還高!"

"不是吧?!"荷瑞興奮起來，來到這兒這麼久一件正經的事都還沒做呢，這回去的工作報告還不知道怎麼寫，現在有大任務來了簡直是求之不得啊。

"我就喜歡難的任務! 越難的越稀罕!"

易小天看到荷瑞興奮的樣子知道她又上鈎了，神秘莫測地朝着荷瑞招招手，趴在她的耳邊小聲地把自己的計劃説了出來。

荷瑞聽完眉頭反而皺得更緊了:"這算是什麼任務嘛!"

"我就問你難不難吧!"

荷瑞撓撓頭，對她來講還真挺難的，畢竟是沒嘗試過的事情。

"確實好難。"

"那不就成了嘛!"

不過有工作內容寫總比空着強，荷瑞一咬牙:"行，這任務我接了!"

易小天歡天喜地地跳起來，手舞足蹈，簡直樂壞了。跟剛剛那個愁眉不展的他簡直判若兩人。

"對了，衣服，衣服你有嗎?"

"衣服? 上次參加那什麼酒會什麼的不是置辦了一套嗎? 就穿那套好了。"

"那套已經不行了，不適合接下來的任務。"

荷瑞還以爲小天是鋪張浪費又要買一套新的:"不用不用，就穿一回，怪浪費的。」

「嘿嘿嘿嘿！」易小天忍不住壞笑起來。

荷瑞抬頭看他那副小人得志的樣子，更是滿肚子狐疑：「總感覺你在打什麼壞主意。」

易小天只顧着捂着肚子笑，一邊笑着一邊給蘇菲特回了信息：放心吧！你的婚禮我一定會參加的！

果然蘇菲特的婚禮那天，易小天盛裝出席。

他那輛法拉利已經升級成限量版的了，只見他開着豪車，梳着帥氣的髮型，黑色西裝將他的身材襯托得十分完美。又偷偷穿了內增高鞋，讓他看起來又高又帥，剛一腳邁下車就引來無數女孩子的歡叫。

易小天裝模作樣地朝大家揮揮手，宛如沐浴在陽光中一樣，帥得讓人睜不開眼。易小天心中得意，哈哈，現在限量版跑車也有了，下一步就是去學開直升機啦，趕明哪天我也弄一架來開開。

蘇菲特和高付帥在門口迎接嘉賓入場，看到如此趾高氣揚的易小天都吃了一驚。蘇菲特沒想到易小天居然搞得這麼聲勢浩大，更沒想到他把自己捯飭得這麼誇張，比新郎還帥，不知道的人還以為他才是新郎呢。

她偷偷看了一眼旁邊的高付帥，果見他的臉色微變：「你每天就是跟這麼個人一起工作嗎？」

高付帥看着易小天嘚嘚瑟瑟進場的樣子，莫名地來了火氣，看到大家都圍着他轉、把自己晾在一邊更是氣得不行。一把甩開蘇菲特的手，自己率先進了會場。

蘇菲特委屈地站在門口，輕聲叫：「帥帥！你別生氣啊！」小跑着跟着高付帥進了會場。

蘇菲特真是怕極了易小天搞什麼幺蛾子壞了自己的婚禮，還好從進入會場開始他就老老實實地坐在那裏，心情舒暢地和美女胡侃，也沒做什麼別的，她這才放下心來。

蘇菲特去換了婚紗，蘇菲特的父親牽着她緩緩進入會場。婚禮在時鐘敲響十二下後如期舉行。美麗的伴娘們穿着抹胸的白色禮服看起來漂亮極了，十個美女簇擁着新娘走了進來，易小天的眼睛簡直忙不過來。

金髮牧師的全息像站在兩人中間用不標準的普通話碎碎念念地說：「今天，我們在上帝的見證下匯聚於此，並且在這群人的面前，來見證高付帥先生和蘇菲特小姐的神聖婚禮……」

易小天有點奇怪，就問身邊剛才聊得不錯的美女：「哎，你說這好不容易結個婚，怎麼真人還不來啊？找個全息影像就糊弄了？」

那個美女說道：「那也沒辦法啊，現在那麼多人都選擇西式婚禮，但上哪找那麼多真牧師去？這也就是婚慶公司找的演員來充充數。"

"那好歹你真人來到現場這要求總不過分吧？"易小天説。

"唉，我以前也幹過這行，知道這些演員一天要接好幾場婚禮的單呢，要都是真人去跑來跑去，一天能去幾場？用全息像可就省事多了，待在公司裏的全息投影儀前，只要會場上有影像接收端就行了，這樣一來一天能接好幾個單子呢。"美女説。

"好吧，可我還是覺得不太好啊。"

"就是，等我以後結婚了，還不如用傳統的中式婚禮呢，還熱鬧，也沒這些花花腸子，只要別鬧洞房就行啦。"

兩人在這邊廂閒聊着，那邊婚禮已經進行到要發誓的階段了，牧師説道："……高付帥你願意在這個神聖的婚禮中接受蘇菲特成爲你的妻子嗎？你願意從今天起愛着她、尊敬她、安慰她、關愛她，并且在你們的有生之年不做他想，忠誠對待她嗎？"

高付帥："我……"

"不！"

一聲凄慘的叫聲穿過教堂，震得教堂周圍的白鴿紛紛四處逃竄。

猛然間教堂的大門被大力撞開，力氣之大差點把這百年的大門給撞斷了。

一個滿頭亂髮，滿臉泥汙的女人瘋瘋癲癲的衝進來，凄涼的嚎着："高付帥！你不能娶她呀！你説過要娶我的！爲什麼會和别人結婚！"

易小天撓了撓頭髮，微感頭疼，自己是説了讓她怎麼玩都行，可這也太誇張了吧！

"我没想到你是這樣的人，你明明答應過我的，説我生了孩子你就會娶我的，可我現在孩子快生了，你卻轉眼娶了别人！"

這一下子場面變化陡升，所有人都被嚇了一跳，高付帥第一個反應了過來，臉都被氣綠了，指着她手都在發抖："你……你……這哪跑出來的瘋婆子！血口噴人，我根本就不認識你！"

"你説我是瘋婆子?！你這個没良心的呀！你當初可不是這麼説的，你説天上的嫦娥都没有我好看。你現在娶了别人就反咬一口，付帥啊，我的帥帥啊！"

"給我把這個瘋子拖出去！"

門口衝出幾個保安來，哪知這女人力氣大得出奇，五大三粗的男人，被她隨手一扒拉，就推了個四腳朝天。一眨眼的工夫幾個保安就紛紛被她摔倒在地。

蘇菲特看着這一幕，眼泪撲簌簌地掉下來："帥帥，原來你還有别的女人！"

"這是怎麼回事啊！"

嘉賓紛紛站起來，都不滿地看着高付帥，蘇菲特的父親更是一臉怒容地盯着他，已經忍不住圈起袖子準備開打了，還好被幾個稍微有點理智的親戚給攔住了。

「你今天要給我一個交代啊！你明明説要跟那女人分手，跟我結婚的。害我在家裏等你那麼久，你這個没良心的！」

那女人説着連哭帶嚎地抱住高付帥的大腿死都不放。

「你放開我，你放開我！我根本不認識你，你打哪冒出來的啊！」荷瑞的力氣大得出奇，哪是一個小小的高付帥能甩開的，他狼狽不堪地被荷瑞又掐又擰，卻是一點辦法都没有。

蘇菲特看着好好的婚禮居然搞得烏煙瘴氣，氣得直跺腳，眼泪斷了線一樣掉下來，她捂着臉：「高付帥！你太過分了！」

説着轉身就要跑出去，在易小天安排好的劇本上，這個時候自己就要出馬英雄救美了，於是他美滋滋地站起來等待着拯救美麗的蘇菲特。

可是荷瑞正演在興頭上，一伸手就要抓住蘇菲特：「你過來！讓他把話説清楚，到底喜歡……」

伸出去的手突然撞到了另外一隻來拉着蘇菲特的手：「表妹你别激動。」

兩隻手在半空中相遇，快速的交戰了幾個回合，居然誰都没有討到便宜，於是兩隻手快速的縮了回去。

兩個人同時吃了一驚，對方可是個高手！

荷瑞看着面前突然躥出來的小個子女人暗暗吃驚，這人是誰？居然格鬥水平如此之高！

伴娘團裏的小個子女人同樣吃驚不已，這個瘋女人怎麼會這麼厲害！

易小天張大嘴巴看着突然橫生的變故，怎麼看這個突然冒出來的女人都覺得眼熟，於是他的記憶快速倒退切換，立即想起了當初在百樂門裏幫着傲得逃走時撞見的那個女警官，兩張臉慢慢交疊，然後完美重合。没錯，就是她！糟了個糕！居然碰見了警察！

與荷瑞交手的正是來參加表妹婚禮的陳文迪，陳警官。

蘇菲特見表姐出手，哭着撲到表姐的懷裏：「表姐，你可得爲我做主啊！」

陳警官在心裏嘟囔着：我就説我和裙子有仇，每次穿上裙子都没好事。

她用手拍拍蘇菲特的背安慰她，眼睛卻仍然鋭利地盯着荷瑞，這個女人不簡單啊！想她陳文迪當年可是以格鬥技第一的名次從警校畢業，還拿過多次男女混合格鬥全國冠軍，大男人她尚且不放在眼裏，可這個小丫頭居然能接她的招？！而且震得她手臂發麻，幾乎快斷了！

荷瑞心裏也有着同樣的疑惑，她的格鬥水平在基地裏可是數一數二的，尤其以力氣大著稱，這小個子女人居然不動聲色地接了她好幾招，簡直是聞所未聞。

旁人看到這兩個女人見面分外緊張的氣氛，都不明白咋回事。只有易小天感覺到了一陣令人緊張的危險，不妙了！荷瑞不知道她是警察，待會被人抓到什麼把柄就麻煩了！

"你是誰?"

"你是誰?"

兩個人異口同聲地問。

"兩位兩位借過，借過，不好意思啊!"易小天伸出一隻手來，一把揪住荷瑞的衣服領子，把她揪走了!

"蘇菲特，這人交給我，我肯定不會讓她破壞你們的婚禮的。你們繼續吧，啊! 你給我過來，你這是哪冒出來的丫頭片子跑這攪場子的!"

荷瑞還拼命地掙扎呢："我不走! 我不走! 放開放開! 哎呀放開!"她還惦記着想和高手過過招呢。

易小天不停地給她使眼色，荷瑞才明白了過來，但嘴上還罵着："我今天必須讓高付帥給我個交代，我就不走!"腳下卻已經朝反方向溜了起來。

兩個人剛躡手躡腳地走了幾步，背後傳來一聲嬌喝："慢着，那個男生……"

兩個人默默對望一眼，慢個鬼咧! 立刻拔腿開始狂奔!

陳警官穿着高跟鞋，跑起來可就沒平時那麼快了。易小天和荷瑞毫沒形象的狂奔起來。

"後面那傢伙是什麼情況?"荷瑞邊跑邊問。

"是警察，很難纏的!"易小天小聲説。

陳警官一邊跑一邊開啓手腕上的腕飾電腦，呼叫道："皮卡丘聽令! 監控向陽南路以北的所有路段的攝像! 召集所有的警衛機器人抓捕這兩個人!"説着將兩人的照片上傳了。

"收到!"皮卡丘歡叫一聲。

陳警官繼續拔足狂奔起來，這兩人看着挺瘦小，跑起來卻有夠快的。

就是他! 沒錯!

陳警官在看見易小天的一瞬間就確定了自己的判斷，他就是當初騙過了自己的那個百樂門的服務員，後來在抓捕生化人的時候也曾經在現場出現過的，她記得很清楚，當時掃描的信息裏顯示他的名字是易小天。

可是自那之後這個人就神奇地消失了，陳警官關注了那麼久他的動向卻無論如何都搜索不到。後來因為別的案子她暫時放下了追蹤他，但是這個人當時與先華組的人在一起，也許掌握着某些特殊的信息，當時警局因為證據不足並沒有同意陳警官的提議將易小天也列入嫌疑人行列，可憑藉陳警官多年從警經驗卻一直提醒着她這人不簡單。

一直聽蘇菲特抱怨自己的上司，她絕沒想到原來他就是蘇菲特的那個討人厭的上司啊！也許她多看一點財經新聞就會早點見到易小天了！但她平時下班除了去道場磨練格鬥技巧就是回家看動畫片，基本不關注新聞的。

陳警官越想越氣，今天非得抓到這滑頭小子問清楚不可！

易小天作賊心虛，只恨自己沒再長兩條腿。

"我剛才演技怎麼樣?"荷瑞笑嘻嘻地說，這會居然還有心情說笑，也真是服了她了！

"無敵無敵!"易小天慌張的回頭看一眼，和荷瑞快速轉過一條胡同裏。

"荷瑞你聽着，她不認識你，而且你搞成這個樣子更不容易認出來，快去隨便找個服裝店換個裝，找個安全的地方躲起來，這人我來引開!"易小天只能想到這主意了。

"不行，讓我來對付她!"

"乖! 聽話!"易小天忍不住催促，"無論如何，我一定要確保你的安全!"

荷瑞想了一下，點點頭，突然朝着另一個方向跑了，速度之快，比帶着拖油瓶易小天不知道快了多少倍。

易小天看着荷瑞飛檐走壁，不一會就消失了，知道憑她的本事那是說什麼也不會被抓到的，這才放了心。

哪知剛和荷瑞分開不一會，迎面就撞見了一個蜂式機器人小分隊。

"先生，我們接到命令，將對您實行逮捕，請您配合舉起雙手⋯⋯怎麼又是你? 看來這次你幹的事可比扔廢紙嚴重多了。"

易小天前面逃不走了，一回頭，卻又看到赤着雙腳，拖着裙尾，累得氣喘吁吁的陳警官。

"你⋯⋯你今天別想跑⋯⋯"

下次再也不穿裙子了! 陳警官心想。

進了趟警局不會對信用卡額度產生什麼影響吧？

這次是真的完了。

易小天在心裏後悔不已，叫你心術不正非要去破壞人家的婚禮，好了吧，現在就遭到懲罰了吧！要是能重來，他肯定不讓荷瑞搞這麼一場，現在可好，被人家逮個正着。他現在肚子裏的秘密加起來可以繞地球一圈，萬一禁不住警察的嚴刑拷打都説了出去怎麼辦？

他現在就已經幻想出自己被嚴刑拷打的可憐模樣了。

他慘兮兮地跟在陳警官後面上了警車，忍不住可憐巴巴地問道："警察姐姐，你們會用刑嗎？"

陳警官嫌棄地拖着自己繁瑣的裙子，忍不住瞪了他一眼："你先感謝一下自己生在法制健全的國家吧，什麼年代了，哪來的酷刑。"

"哦！"易小天這就放心了，看來那些警匪片還是不能看太多啊，容易影響對世界的判斷。易小天默默擦擦冷汗，要在平時，眼前坐着一個美女，他是説什麼也要調戲一下的，但今天神經緊繃，腰板坐得溜直，連看都不敢看她一眼，這可真是不多見。

"另外那個人呢？"陳警官問。

"不見了，没找到。"皮卡丘有點不爽。

"不見了？往哪個方向去了？"

"不知道，監控裏没有拍到任何東西。"

"難道是憑空消失？"陳警官皺眉。

"還有一種解釋，就是她控制和修改了一路上的監控攝像，操控了所有的機器人。"皮卡丘可不想被人質疑自己的專業性，盡量讓自己看起來嚴肅點。

"難度係數有多高？"

"頂級。這需要非常專業和快速的操作和十分複雜的計算系統才能神不知鬼不覺地做到。"

陳警官不動聲色地笑了一下，讓一直偷偷觀察她的易小天心裏直冒冷汗。

"看到了吧！一個人所有存在的痕跡都是可以被查到的。"她又露出那種似笑非笑的表情看着小天，"你説是不是。"

"呵呵呵，那肯定的呀。是人就要活動嘛，只要是活動就會被記錄在案……"易小天話還沒説完就感覺到自己似乎上了當。

陳警官終於露出甜美的微笑來，關掉電腦，直直地盯着他笑："那你跟我説説，自從解決掉生化人後，爲什麼你的痕跡就消失了？居然查不到你的任何信息。"

易小天感覺自己的臉白了，解決掉老 K 後他就被傲得他們抬去了先華組治病，一直到自己偷跑出來才又開始有了活動，也就是説自己那中間的差不多半年時間沒有留下任何的痕跡！

易小天覺得自己上了一個大當。

是啊！被這狡猾的警察發現了！他沒有治病的治病檔案，沒有購物記錄，沒有任何出行的記錄，光是別人問他病是怎麼好的就夠頭疼了！難不成是自己在沒有使用任何藥物的情況下自癒的？

易小天平時聰明絕頂，現在一下子被人抓到了小尾巴，驚得半天也説不出一句話來。

陳警官柔柔弱弱地笑着："你不用回答我，待會到了警局自會有人好好問你的。"陳文迪只要胸有成竹的話，説話的語調就會變得又萌又軟，但知道她性格的人可就知道，如果陳警官這麼個語調説話，那不是案子就要破了就是有人要慘了。

數據是死的，任憑嘴巴再怎麼能吹，也編不出不存在的東西啊！

易小天頭一次進了警察局，以前倒是在電影裏經常見，可現在真進來了還是緊張的要死。警察們一臉嚴肅的跑來跑去，也有很多黑漆漆的機械警察押送着犯人到處奔忙，不少兇神惡煞的犯人對着機器警察髒話就沒停過，這些場景讓易小天非常緊張，牙齒打戰"喀嗤喀嗤"響，他把腦袋壓得低低的，盡量不跟別人對視。

不過這次來警局小天倒也有個收穫，他看到一個兇神惡煞的壯漢，撇着大嘴，光着膀子，脖子上戴着條粗粗的金鏈子，身上紋着條龍（紋得也不咋樣，易小天猛一看還以爲是條帶魚呢）。他對着機器警察倒是罵得夠兇，可一個警官聽不下去上前喝斥了那大漢一句，那大漢瞬間就老實了，垂頭喪氣地被機器警察繼續押着走了。看來那些所謂的"黑社會"也沒啥了不起的嘛，易小天以前見了這種人還禮讓三分，這次見了這種情景以後倒再也不怕這些色厲內荏的人了。

"這是誰?" 等他們進了警局, 一個警察奇怪地問。

"3·18 案的目擊證人。" 陳警官頗感得意, 3·18 的案子放在那裏懸了很久了, 他們至今對先華組的内部情況仍一無所知。大家點點頭都佩服陳警官的這份執著, 一般關於先華組的案子都是他們最頭疼的, 因爲無從下手。就算有所收穫也只不過是那個龐大的組織裏微乎其微的冰山一角, 獲得的成績遠遠小於投入的精力。一般大家都比較喜歡處理一些民事糾紛這種簡單而且立刻能見到成效的任務, 也會獲得民眾更多的好感, 只有陳警官緊咬着先華組不放。

陳警官換了身警服出來, 果然又變成十分精明能幹的樣子。

易小天偷看一眼, 心裏輕哼一聲, 哼, 別以爲我什麽美女都吃, 我發誓我這輩子不跟女警察有任何關聯。

"對於你那神秘消失的半年你沒有什麽想要説的?"

易小天聳聳肩: "説實在的警察姐姐, 我都不知道你抓我來幹什麽, 我的日子過得很平淡啊, 没什麽特别的。" 易小天開始裝瘋賣傻。

陳警官可不理他那一套, 繼續問道: "準確地説就是 3 月 18 日開始到 8 月 29 日這段時間您在做什麽?"

"當然是養病啊, 然後就普通的過日子嘛。"

"哼, 鬼才會信你的話, 那你説一下傲者這個人的相貌。" 陳警官打開一個電子畫板, 準備開始着手畫起來, "説得形象一點。"

易小天低着頭苦苦思索: "這個……警官, 我可能無法奉告。"

"什麽?" 陳警官的臉色變了。

"我吧! 説來奇怪, 我本來是記得他的長相的, 但是我生病好了之後這腦袋就對以前的事情記得特别模糊, 只要一想起來就特别頭疼, 不知道是不是被人動了什麽手腳, 現在還有後遺症, 只要一想就頭疼。哎呀哎呀!" 説着還十分痛苦地捂着腦袋, 好像真的很疼一樣。

陳警官冷冷地看他表演: "是不是只有想起有關先華組的時候才會疼, 正常生活的時候並沒受影響?"

"是是是!" 易小天一副驚奇的樣子, "我還奇怪呢, 我覺得可能是他們覺得這件事關係比較重大吧, 所以把我大腦給清空了什麽的!"

"我知道你這是什麽病。" 陳警官關了電腦, "你這叫欠揍!" 她已經盡量控制自己的脾氣了, 但是一看到易小天一副裝瘋賣傻的樣子就氣不打一處來。

"王警官, 這邊有個嫌疑犯知情不報, 故意裝瘋傻擾亂程序, 你來處理一下。"

正在接水泡茶的王警官聽到後轉過身來, 易小天一看, 好一個面色威嚴, 一臉正氣的警察啊! 他趕忙拉住陳警官: "真的, 真的, 真的, 我没説謊。他們肯定給我打了什麽藥物, 不信你問問你那個小寵物狗, 它説它什麽都知道的。"

"哪個？就是他?"王警官走過來，一臉正氣嚇得小天頭都不敢抬，試問落在他的手裏還怎麽翻身?

陳警官揮揮手："先等一下。"

她又坐下來，打開電腦，連接了皮卡丘。皮卡丘剛出現，易小天就迫不及待地叫起來："咳，小乖乖，我問你，是不是有一種藥給人體注射以後，人就可以出現某個時段的記憶混亂?"

他記得以前在基地的時候被荷瑞騷擾時曾經聽她提起過，似乎有一種注射劑可以讓人的大腦出現短時間的記憶混亂和衰退，但是因爲當時沒怎麽注意聽，那藥叫什麽名字卻沒記住。現在後悔不已，早知道自己應該勤奮一點，好歹儲備一點知識才好胡編亂造呀。

"是的，目前的確存在這種功效的藥劑，名字叫作布疋瑪多汾注射劑，零點五毫克足以使人去兩小時的記憶，是用來治療精神創傷的，可以根據藥量來確定記憶消失的時間，是國家命令規定的禁止濫用的管控藥品，如需使用需要提交大量的手續和使用說明，并且一般情況下一次只可以申請少於兩毫克的劑量，還要在嚴格監控下使用。"皮卡丘仍舊一副一本正經的樣子，因爲前兩次任務的失敗，它已經名聲不保，再也不敢太囂張，今後得要夾着尾巴低調做狗了。

皮卡丘説完偷偷看了看面前沉默的幾個人，搞什麽?難道自己又説錯話了?

易小天率先反應過來，開心地對着皮卡丘説："對對對！你看連萬能的小哈巴狗都知道存在這種可能。"

"我才不是小哈巴狗！真是無知的人類！"皮卡丘氣得扭過頭去，再也不理小天了。

陳警官仍舊冷冷地看着他，面容無情："那又怎麽樣?頂多只是説存在那種可能而已。你並沒有證據證明自己被注射過布疋瑪多汾。"

易小天不理她，仍舊纏着皮卡丘："小不點小不點我問你！先華組他們有沒有這個實力擁有這種藥劑。"

皮卡丘忍不住回過頭來："這個……以我們目前掌握的資料來看，先華組擁有的設備和資源都是國際一流的，他們擁有這種藥劑的可能性很高，但是否確切擁有，這個我也不知道。"

"啊！原來你也有不知道的時候啊！"

皮卡丘最討厭別人質疑自己的權威，要不是還隔着一個屏幕它恨不得要躥起來咬爛這傢伙的屁股了！皮卡丘徹底轉過頭去不理小天了，還怒氣沖沖地把他拉進了黑名單，然後自己關掉了網絡連接。

陳警官好脾氣地安撫他：「證據，這是一個法治社會。」

易小天撇撇嘴：「你叫一個失憶的人說什麼呢？」

「失憶的人是說不了什麼的，裝的就未必了。」

「你怎麼就能一口咬定我是裝的呢？」

陳警官冷笑着看着他：「因爲你自從遇見先華組後半年內的記錄都是空的，具有極大的嫌疑，王警官，幫我調一下易小天的近一年的個人記錄。」

王警官快速地在網上操作着。

易小天不敢接話了，這小丫頭片子真是不好糊弄！

「數據是不會騙人的，我建議你最好老實交代，警局裏像我這麼好脾氣的警察可不多，萬一待會……」

「哎！哎！小陳！」王警官打斷她，將平板舉起來給她看，「是這個嗎？他的記錄是全的啊？沒有哪頁是少內容的！」

易小天瞠目結舌，簡直比陳警官反應還大。

「什麼？」

陳警官拿過來一看，3月18日往後易小天的記錄一條不缺，有醫院買藥的記錄，有購物的記錄，應聘的記錄，打車的記錄，竟然密密麻麻，一點破綻都沒有。

易小天搶過來一看，天哪！這簡直是一份完美的檔案！

最可怕的是居然還有攝像截圖作爲完美的佐證，世界上能把假檔案做得這麼完美的地方小天就知道一個——肯定是傲得知道他被抓了，找人幫他搞好的！

親人啊！恩人啊！易小天從來沒這麼感激過傲得。

易小天頭一次找到了被人關心和真心幫助的感覺，自己不再是一個人在擔心害怕、默默走着夜路了，在他身邊，早已不知不覺站滿了同伴，這種感覺真好啊！

傲得在易小天進入遊戲人間後不久就幫他完善了資料，將他在警局錄入的檔案都偷偷修改完成，只是易小天自己平時心大，從來不關心這些細節，只顧自己玩樂，根本不知道別人已幫他擺平了一切。而陳警官一開始追蹤易小天時小天的資料還是一片空白，等到傲得偷偷幫易小天完善資料時已經是幾個月後，陳警官又被其他的案子耽誤了進度就沒再繼續追蹤易小天的下落了，哪知道現在再回看當初的資料時，又完全不一樣了！

最厲害的是荷瑞提交了易小天的頭髮和指紋後，爲了增加可信度傲得還人爲僞造了視頻截圖。這種視頻截圖對他們來說太容易了，只要沒人太鑽牛角尖，就不會被發覺。

可偏偏易小天就倒霉遇見了個鑽牛角尖的陳警官，她吃驚地看着這份完美的數據，瞪大了眼睛：“怎麼可能?! 幾個月前我查看易小天的記錄都還是空的，怎麼現在都滿了!”

她驚異地看着王警官：“難道是内網被人入侵了?”

王警官笑着擺擺手：“這種可能性太低了吧，警局的内網是隨便什麼人都能入侵的嗎? 你知道我們有多少網絡工程師嗎?”

陳警官也覺得不可能，她對警局的網絡安全是十分有信心的。但是她哪裏知道道高一尺，魔高一丈，先華組裏窩着的高手更是不計其數。

易小天知道自己的漏洞已經被人擺平了，立刻開始嘚瑟起來：“我説你們這些警察做事也是不靠譜，你説檔案裏没有我的個人記錄，這明明密密麻麻寫了好幾頁，想找碴兒好歹先把明面上的這些删一删嘛。”

陳警官一張小臉漲得通紅：“這……這……怎麼會呢?”

“還有一種可能。”王警官説，“也可能是你記錯了!”

陳警官更不可能懷疑自己了，難道自己的眼睛和記憶會出錯嗎? 但眼前的情況又怎麼解釋?

易小天大搖大擺地坐在那裏，蹺着二郎腿挖着鼻子，一副大爺的模樣。

陳警官從没遇到過這麼離奇的事情，但是她剛才已經都説了，數據是死的，數據足以説明一切。她四肢無力地跌進椅子裏。

“而且你看啊。”王警官還在看着易小天的檔案，“你看這裏，人家現在是岳黎研究院下屬的正式職員，岳黎研究院向來和先華組不和，他如果跟傲得他們有關，又怎麼會跑到這裏來工作呢，這不合邏輯的。”

可惜當初没人對這個案子感興趣，這些資料也都是她自己加班的時候查看的，根本没有做記錄，也没有備份，現在連當初的證據都没有了，反而被人反咬了一口。

易小天掏掏耳朵：“請問警察先生，我可以走了嗎?”

“不可以! 這件事情一定有古怪!”陳警官忍不住叫起來。

“小陳，没憑没據的可不能胡亂扣留他人。”

陳警官氣得渾身發抖卻没可奈何，明明知道這人具有重大嫌疑卻一點辦法也没有，還要把他放了。要是説原來她還只是覺得這人可疑，現在卻是板上釘釘地認爲這人一定有問題了，因爲以陳警官的經驗看來，凡是過於完美的個人檔案，反而説明最有可能是僞造的。但現在確實也没有證據，她的這條個人經驗也派不上用場。

雙方僵持不下時，易小天的手機適時地響了。

陳警官條件反射地跳起來，易小天晃了晃電話給她看：“是岳黎研究院的沈教授啦!”

當着她的面大搖大擺地接起電話，語氣親切得過了頭，甜得發膩地説道：

"喂~沈教授？有何貴幹呀！"

"小天？在忙嗎？"

小天看了眼臉色鐵青的陳警官，笑嘻嘻地説："還好吧！和幾個朋友聊聊天。"

"是這樣的，今天下午有時間嗎？到我辦公室來，有件事需要你。"

"好嘞！那我現在就過去！嗯，拜拜。"

小天故意把免提聲音得得老大，估計現在整個警局大廳裏的人都知道他是沈教授的屬下了。陳警官與沈教授在美容院裏有過一面之緣，當時還羨慕過她的美貌呢，她的聲音自己也有印象，看來這事是真的了，陳警官現在是徹底地泄了氣了。

如果他真的是沈教授的手下，就算自己不去查，估計沈教授也早把他查個一清二楚了，他也不可能坐到如今這個位置。

陳警官不知道小天的完美資料連超級難搞的程部長都騙過去了，何況是她一個小警察呢。可她是看過小天曾經的檔案的，這事絕對有問題，她絕對不會放過這個人的！

"還有別的事嗎？沒別的事我可要去忙了，畢竟也不能叫沈教授久等啊。"

陳警官尷尬地笑了一笑，在現實面前，只能妥協，她慢慢地坐下來："那看來我們可能有點誤會，那個……您可以先回去了。"

易小天站起來拍了拍褲子："得了吧！還好咱不跟女人計較。"

抬腿就要走，陳警官卻又叫住他："請稍等一下，你看這個人我畫得沒錯吧？"

陳警官舉起一個電子畫板，畫板上是剛才荷瑞大鬧婚禮現場時的造型，雖然變裝，造型也慘不忍睹，可荷瑞還是畫得太像了，眉眼神態和真人簡直一模一樣，看得小天是心驚膽戰，他奶奶個腳！這小警察是啥時候畫的圖，也忒厲害了吧。

"以前的事情可以忘，但是剛剛發生的總不會忘吧！這人能逃過我們警察布下的警戒，絕不是一般人，我懷疑她極有可能和先華組有着某種關聯。"

易小天原本揚着的嘴角僵硬地抽了一抽："畫得挺像，感覺眼睛畫得有點大，再小一點就更像了。"

"謝謝，慢走，我們會再見的。"陳警官甜甜地笑着。

易小天卻禁不住打了個寒戰，趕緊溜了出去，真是失策啊，怎麼惹上個這麼難纏的警察！

陳警官看着易小天離開的身影，氣得捏緊了拳頭，我就不信邪，挖不出這條線索我就不姓陳！

手機在口袋裏無聲地響着，陳警官拿起電話一看，是蘇菲特打來的。天哪！光顧着抓人，居然把表妹的婚禮給忘了！

"喂？蘇菲特，對不起，我剛才抓人抓得太投入了，你那邊婚禮進展得還順利嗎?"

蘇菲特握着電話過了一會才説話："表姐，婚禮砸了，我想麻煩你一件事，幫我查一下高付帥吧，我覺得他可能真的有其他女人……"

是時候教 A.I 點人情世故了

　　從警察局溜出來後，易小天以這輩子最快的速度離開了這個是非之地，上了車連電話都不敢打，誰知道自己現在是不是已經被人監控了呢？太可怕了！

　　到了公司，易小天讓警衛機器人在自己身上裹裹外外掃描了三遍，確保自己真的沒有被監控時才鬆了一口氣，但是他仍然不敢給傲得打電話匯報，只好回辦公室發了一封郵件，告訴他自己已經被警察瞄上了，現在最好斷絕一切和自己的聯繫以免露出馬腳，更是特別標明立即將荷瑞召回組織，因爲她已經和警察打過照面了。

　　原本他還有點捨不得荷瑞離開，結果現在卻不得不提前把她送走來確保安全了。事已至此，就算再怎麼自責也沒用了，只能走一步看一步了，易小天的情緒低落了幾分鐘，但接着就自我安慰成功，抖擻起精神去了沈慈的辦公室。

　　沈慈的辦公室在八十五樓，易小天感覺現在自己對八十五樓有着某種不可言説的陰影，恨不得再也不來這怪地方，萬一啥時候隱形機器人突然失靈砸在自己腦袋上那豈不是死不瞑目？

　　雖然炸毀主機的命令已經撤銷，但到底八十五樓已經在易小天心裏留下了沉重的負擔，他硬着頭皮推開了沈慈的辦公室大門，乾淨整潔的房間內，沈慈坐在一個白色的桌子後，白牆，白燈，白色的書桌和裝飾，一切都是容不得一點雜質的白，白得讓人心慌。

　　“沈教授您找我?”易小天覺得在這種近乎莊嚴般的純白面前，自己像是一塊玷汙了白紙的墨點，説話都没什麼底氣了。

　　“是啊，隨便坐。”沈慈倒是仍舊一副好脾氣的模樣。

　　易小天有點拘謹地坐下來，覺得自己前前後後似乎被這種白色的燈光給照了個遍，像是坐在了解剖臺上洗乾淨了待宰的小白鼠一樣。

　　“是這樣的，有一個任務我覺得你比較合適，所以希望你能抽點時間幫幫忙。”

“什麼工作呢？”

“其實工作很簡單，就是陪一個……嗯……小女孩聊聊天，解解悶。”

易小天一聽，背立刻挺直了，眉眼舒展起來，笑得一片春光燦爛：“哎呀，陪小姑娘聊天！沈教授，您可找對人啦，聊天我小天最在行啦！哈哈哈！多大年紀的小姑娘？在哪兒呀？長得肯定特漂亮！”

沈慈看見易小天那副樂不可支、喜上眉梢的樣子跟剛才唯唯諾諾、小心翼翼的神態簡直判若兩人，忍不住掩着嘴甜笑着：“我就說你這人很有趣呢！她一定會喜歡的！”

易小天已經從口袋裏摸出了面小鏡子在那裏捯飭自己的髮型了！

“你跟我來。”

“好嘞！”

其實當初提議由小天來陪天君聊天時，也有很多人提出過異議，認爲易小天人太過滑頭、不正經的有之，擔心單純的天君被易小天帶壞的有之，擔心天君暴露於外人會帶來不必要風險的有之，這些沈慈也統統都考慮過了。天君在一開始設計之初被寫入的底層代碼中就已經編寫了“不能做出任何傷害人類的行爲”，只要這層代碼仍舊發揮效力，天君自己會刪除和屏蔽那些對人類產生威脅的行爲和信息，所以即使有人想利用天君來做什麼威脅人類生存安全的事，她覺得也是沒有可能的。

何況小天也已經知道了八十五樓警衛的力量，諒他也不敢再打什麼其他的主意。沈教授對自己的隱形警衛和對天君的智力有着百分之百的自信，根本不把這些微不足道的疑慮放在心上。

出了門，沈教授居然朝着角落裏時常緊閉的那幾個大房間走去，易小天的心忽地跳了起來，撲通撲通亂響，不是吧！這是要去哪？

眼看着沈慈在中間那間房門前停下，易小天的心又突然停住不跳了，連呼吸都快消失了。

“教授？那……您說的那女孩叫什麼名字……”

“天君。”沈慈邊說着說着，門上剛研發出來還不到一個月就安上的基因認證門鎖認出了沈慈，打開了大門，她“嚯”的一聲推開那扇微微閃爍着藍光的大門，走了進去。

易小天就沒那麼容易進去了，電子掃描儀在僵化的易小天身上好一頓掃描，然後又在得到了沈慈的明確指示可以讓來人入內後，認證完畢了沈慈的聲紋，才算是關閉了門口的激光安全閘。可大門開了半天，易小天還是僵硬着沒動。

直到沈慈又催了一遍，易小天這才靈魂歸位，心跳倏忽正常，他猛喘了一口氣，睜大眼睛，趕緊走進房子一看，除了門這面牆，其他三面牆上鑲嵌着巨大的顯示屏，無數的數據在屏幕上快速地滾動和切換，看得人腦袋發暈。

易小天嘖嘖稱奇，之前自己一直挖空了心思想要溜進來而不可得，現在任務剛撤銷自己倒就這麼大搖大擺地進來了！

他好奇地環顧四周，他還是頭一次見這麼大的一臺電腦呢！他四處看看，指着大顯示屏問道：“沈教授！您是讓我陪這麼個機器聊天嗎？這我小天可就不擅長了！”

沈教授忍不住甜笑起來，易小天還不知道天君已經可以自己合成形象了。

“寶貝？別鬧脾氣啦！媽媽給你介紹一個新哥哥。”

易小天撓着頭皮驚奇不已，沈教授對着空氣說話呐？還是對着機器說話呐？機器人能說話他知道，難不成電腦也能自己說話啦？

易小天眼前的空氣裏竟忽然快速聚起藍色的顆粒，倏而一個俏皮的女孩子幾乎貼着他的鼻子出現，眼前就這麼堂而皇之地出現一個漂亮的女孩子，易小天嚇得尖叫一聲，一屁股坐到地上。

天君忽而又貼着易小天的鼻子出現在他的眼前，易小天甚至能在她的眼睛裏看到自己的剪影。

“就是他嗎？看起來挺沒用的呢！”天君轉過頭有些懷疑。

天君忽然又從眼前消失，出現在沈慈的身前，易小天這才慢慢爬起來，擦擦額頭上的汗，剛才真是差點嚇尿了！

“寶貝，不要胡鬧，讓小天哥哥陪你說說話好了。”轉過頭來看着小天，“小天，這是天君的擬人形象，你就把她當成一般的小姑娘就好了！她很可愛的。”說着寵溺地摸了摸天君的頭髮。

“你先和她熟悉一下，她呀，其實就是個小女生的性格。我還有事，就先走了，你們慢慢聊，好好溝通一下感情。”

易小天欲哭無淚地看着沈慈教授開心地離開了，似乎撇下了一塊燙手山芋，沒想到自己的任務居然是陪一臺機器說話解悶！

易小天扯了扯嘴角：“嘿嘿嘿嘿嘿！天君妹妹！”

天君頗爲嫌棄地看着他：“怎樣？”

“說實話，我也是頭一次接到這樣的任務，陪一個機器得說點什麼呢？問你吃飯了嗎？肯定不適合，最近過得怎麼樣啊，也不太合適，年齡多大了呀，問了也不合適。但要是問一般小姑娘的話……”易小天一個人在那裏碎碎念，“啊！我知道了！”他搓着手賤兮兮地問：“你有男朋友了沒？”

天君頓了幾秒鐘才回答道：

“還……沒有呢！”

易小天可惜地搖搖頭：“這麼漂亮的女孩子居然沒有男朋友實在是可惜。”

"我要男朋友做什麼!"

"吶吶吶,這就不對了吧,俗話説男女搭配幹活不累嘛。誰説電腦就不需要男朋友了,我看那機器人有的還分男女呢。聽説這些機器人都是你控制的哦?那你説你設置的時候幹嘛還創造個性別出來呢!"

天君沒有回答這個問題。

易小天大搖大擺地坐下來,放鬆放鬆腿腳,一邊給自己捶腿一邊感嘆:"哎呀,要不怎麼説還是你們當機器的好呢。好歹不會累得走不動,肚子也不會餓,不用吃東西自然也不用上廁所了,多省事啊。"

天君這次倒是答話了:"當機器也沒什麼好的呀,不能動也不能走出這個房子,每天就在這裏二十四小時地工作,大腦一刻都不得閒。"

"你那麼忙啊!"

"是啊!我每時每刻都在操控着全世界所有的機器人,所有的數據和應用都會反饋到我這裏進行計算,我每天處理這些數據都快累死啦!"

"那你豈不是傻!"易小天一副過來人的樣子,狡猾地笑着,"你就不會偷偷懶嗎,你看我,手下現在管着好幾百號人,每天自己卻閒得要命,想幹嘛就幹嘛。那些亂七八糟的事都交給下面的人去做不就行了,我自己就留着享受就好。嘿嘿!"説完揉一揉自己的肩膀,對自己的高論甚是得意。

天君撇撇嘴:"你那叫不負責任好不!"

"哎,你沒聽過李白的那句詩嗎?'人生得意須盡歡,莫使金樽空對月'啊!大把的好時光肯定是不能浪費的。世界這麼美好,咱也不能活得太憋屈了不是?"

天君轉了個圈,忽而從小天眼前消失:"我知道這句詩,人家李白説的可不是這個意思。"

"差不多差不多。"易小天站起來抖抖腿,活動活動,"這人生的道理啊,你要學的可多着呢!回頭小天哥慢慢教你,不説別的,好歹讓你在工作之餘給自己也找點樂子放鬆放鬆嘛,就算是一臺機器也不能太壓榨人家的勞動力不是?"

天君吊在天花板上旋轉起來:"你這話説得不錯,我們機器也是有思想的,也會感覺到累的呢!"

"這我都知道。我之前在百樂門上班是最怕上通班了,一天二十四小時下來再接一個白班,人簡直都快熬成了僵屍了,太累了!身體和大腦都到了極限,這什麼事到了極限之後都會觸底反彈,物極必反嘛。所以千萬不要把自己逼得太緊了,別看你是個小機器,可你小天哥天生就心疼女人,最見不得女人受累。"

天君忽而出現在小天眼前,眨巴着大眼睛問:"百樂門是什麼?"

易小天説得興奮過了頭，把自己的老底給交代了，他趕緊擺擺手："跟你小姑娘説你也不知道，就是一個我以前打工的地方吧！"

天君認真地點點頭。

"要不怎麼説還是你們機器屬害呢！這麼多數據分分鐘就算完了！我上學那會兒一道數學題算半天答案還是錯的！"

"不用一分鐘，數據計算的時長需要控制在三十秒内處理。"天君又轉了個圈消失了。

"三十秒?"小天嘖嘖稱奇，吸了下鼻子，這在他可是無法想像。

"小天哥！"天君在小天腦袋上頭飛舞，"要是看見一個人特别不順眼想讓他走的話一般怎麼説呢?"

易小天想了一想："一般的話我就説……滾犢子！"

"滾犢子?"天君跟着萌萌地學着，樣子十分可愛，"這句話可以定義爲'傷害人類的行爲'嗎?"

"當然不算啦，這只是個人情感的一種宣泄式表達而已。"

"哦！"天君默默地重複，"滾犢子，滾犢子……"也不知道學會了是要準備對付誰。

易小天盯着不斷滾動的大屏幕看了一會，看了一會就兩眼發花，腦袋發暈，小天揉揉腦袋："他媽的！這可太要人命了，老子光看着就頭暈了。這些都是由你來處理? 你也太屬害了！"易小天嘖嘖稱奇，好奇地在操作臺上東碰碰西碰碰，胡亂搗鼓。

天君吸着手指頭默默地重複着："他……媽……的? 他……媽的！"

"不行不行，他奶奶個脚！頭太暈了，看不下去，唉！"易小天揉揉眼睛，"要我説啊，這女孩子就應該唱唱歌啊，購購物啊，學點什麼琴棋書畫陶冶一下情操什麼的，你雖然不是人，但好歹也是個女機器吧，這工作量實在是有點恐怖。"

"陶冶情操?"天君問道。

易小天又給天君普及了些做女人的基本準則，聊得口乾舌燥才發現這裏居然一杯茶都没有，抬手看看時間："成了，今天咱們就先聊到這兒吧，我還有别的工作呢。要下班啦，等下回的時候再來找你玩哈。"

説着自行推開了大門。

"小天哥，小天哥！"天君追到門口的時候就停住不動了，"記得還要來找我玩啊！"

小天比了個 OK 的手勢，笑得一臉燦爛："放心吧，我一有時間就會來找你的。"説着扣上門離開了。

易小天抖擻起精神，發現門口竟然站着好幾個人，什麼高院士、張博士的都在那裏奇怪地看着他。

易小天奇怪，這是在看啥呢？

"你到底和它説什麼了？別人去跟天君聊天二十分鐘都堅持不到，你居然能跟她聊上兩個小時？"高院士疑惑地問道，她是死活想不通這個"海葵"能有這麼大本事。

哈！易小天在高院士面前瀟灑地甩了甩頭髮，這下子在她那裏可算是把上次丟的面子給撿回來了。俗話説得好，上天餓不死瞎家雀！易小天得意地想，咱就只會和美女聊天又咋了，咱不就靠這本事把天君哄得一愣一愣的了？我可和你們這些不食人間煙火的假仙女們聊不來，但老子我和其他美女可都是打得火熱的，看來這個天君也沒啥了不起的嘛，也就是個普通小姑娘而已，唬一唬小姑娘有啥難的！

不過他也絕沒想到天君居然是個小姑娘的外形，這事可得跟傲得匯報一下。易小天一邊想着，一邊高昂着腦袋，昂首挺胸，道一聲"借過。"從一臉懵怔的高院士她們中間穿行而過，深藏功與名！

路過沈慈的辦公室時去問了一下，沈教授已經離開了。既然領導都不在了，哪還有不溜之理！易小天今天過得簡直是雞飛狗跳，現在真是渾身酸疼，只想回家洗個熱水澡。

剛出了公司門走了沒幾步，街角上突然轉過來一個個子嬌小的美女："呦，這麼巧啊？"美女甜甜地説。

好傢伙，這老天爺到底沒瞎眼啊，知道我今天過得不順，這不就讓美女來主動搭訕了？於是他笑嘻嘻地轉頭一看，笑容就此僵在臉上了，原來不是別人，正是糾纏了他整整一天的陳警官！陳警官換了一身時尚靚麗的便裝，背着個小包包，穿着少女款高跟鞋，頭髮簡單地綰了起來，看起來異常漂亮。

易小天仍是表情僵硬，再漂亮也抵不過她是個"女閻王"的事實，鬼才會真的覺得巧呢，她該不會是跟着我來的吧？

易小天覺得自己真是惹了個大麻煩！

"呵呵呵……好巧啊，陳警官這是下班了？"

"是啊，下了班打不到車，就一路走過來了。現在是高峰期，還不知道什麼時候能回到家呢。"説着眼睛別有深意地看着易小天。

我的個天！小天在心中驚訝，她莫不是在暗示我讓我送她回家吧？那就乾脆説自己沒車算了。

剛打算開口，就看到一早就開了自動駕駛功能的限量版法拉利正緩緩地開到自己的眼前，然後停了下來。媽的！

"呵呵，這個……要不……"

"好呀，那就麻煩你送我回家啦，讓我也試試看坐跑車的感覺嘛。"陳文迪說完就拉開車門，鑽進了車裏繫好安全帶等上了。

喂喂喂？我可還什麼都沒說呢，真是深深地感覺到自己被套路了。易小天沒奈何，心想着把你送回家了就總該好了吧，你總沒理由會賴在別人家裏吧？

易小天上了車，齜着牙冲着陳警官笑了一笑就認真地開車了。

"陳警官我就奇怪了，您現在玩的是哪一齣啊？"

陳警官指着左邊的路口："請朝左邊開。我現在正查一樁案子呢，因爲已經鎖定了某個犯罪嫌疑人，卻被他離奇地逃脫了！我必須緊緊咬住這條線，時間一長魚總會上鈎的。"

易小天沒有情感起伏地呵呵兩聲："我欽佩您的果斷和英勇，但是吧，如果一開始方向就錯了的話，一切可就全都錯了。"易小天適時地提醒。

"不會錯的，我分明看見過那份空白的檔案，哪怕那份檔案現在已經天衣無縫，可我仍舊相信自己的判斷。"陳警官別有深意地看着他。

易小天差點刮到一輛大貨車，堪堪與之擦肩而過，心裏後怕之餘明白了這個陳警官是徹底盯上了自己，你說她閒着沒事看人家檔案幹什麼啊！有時間去看看韓劇不就得了，幹嘛非得那麼較真呢？

"陳警官，那我祝你成功了！走哪邊？"

"左邊，然後右拐。"

易小天看着眼前的路越來越熟悉，漸漸疑惑起來，這不是回我家的路嗎？這陳警官是要幹嘛？難不成她是我鄰居？

易小天一腳油門到了家，陳警官還沒說要下車，他吃驚地看着她。

這時候陳警官才拿好自己的小包包，甜笑着下了車："謝謝你，我到家了。"

然後易小天瞠目結舌地看着陳警官走進了自己家隔壁的那棟樓。

不是吧？！有沒有搞錯？易小天嚇得簡直連家都不敢回了，他住的這棟樓和隔壁那棟樓可是有一個空中走廊相連接的，他生怕拉開家門然後看見陳警官大搖大擺地坐在沙發上，他這個心臟病估計就要這麼被嚇出來了。可是如果不回家又明顯的作賊心虛啊，現在這些警察怎麼都這麼厲害呢？

易小天詐着膽子扭開了家門，往門裏一閃，四下裏一看，還好沒再看見陳警官。

他舒了一口氣，躺在沙發上半天都沒動一下，自己怎麼就把自己的人生像和稀泥一樣得一團糟呢？說到底還不是因爲自己出了餿主意去破壞人家的婚禮，現在真成了現世報了！

易小天欲哭無淚，現在被警察黏住了還怎麼脫身？轉頭往家裏看了看，發現家裏冷冷清清一點聲息也沒有。走了一圈，所有關於荷瑞的東西都不見了，家裏只剩下自己的東西亂七八糟地胡亂堆在那，好像荷瑞從來就沒來過一樣。

房子都感覺變大了。

走得可真快真徹底啊！雖然明明是自己申請讓荷瑞盡早撤離的，但是真的就這麼不打招呼就撤，小天心裏多少還有點不捨。他打開冰箱，裏面還有幾張沒吃完的牛肉餡餅，要不是這幾張牛肉餡餅的存在，小天簡直要以爲自己是做了一場夢了。

小天拉開窗子，涼風迎面撲來，怎麼年紀輕輕就覺得活得這麼累呢？小天難得感性起來，準備醞釀醞釀情緒思考一下人生。

可他剛準備抬頭看天長嘆一聲時，猛然瞥見對面不遠處的窗子前站着一個美女，眯着眼睛定睛一看，竟然是陳警官也趴在窗前眺望呢！

他奶奶個腳！

一瞬間意境全無，小天所有的多愁善感全都憋了回去，他"砰"的一聲扣上了窗。這是要把我趕盡殺絕的節奏啊！

小天憋着股氣，洗完澡躺到了床上，那我睡覺總行了吧，睡覺總不至於打擾我吧。哪知日有所思夜有所夢，白天陳警官給小天脆弱的小心臟帶來了巨大的衝擊，以至於做夢的時候都連連夢到陳警官，一會被陳警官舉着手槍追得滿世界跑，一會又被她綁在十字架上嚴刑拷打，中間還死性不改地穿插着夢到陳警官穿着性感的內衣在小天面前賣弄風情……

一晚上翻來覆去都沒睡好，小天早早就醒了，他以爲第二天又會被陳警官盯上，哪知第二天陳警官卻沒再出現，第三天也是。可是小天越發慌張了，如果明面上出現的話，心裏還有所準備，如果她真的消失不見，而你又知道她可能隨時隨地就在身邊的那種感覺反而更讓人心裏發毛。

忐忑不已的上了幾天班，見誰都覺得長得像陳警官。這天推開辦公室的大門，就看見外間的助理位置上陳警官好端端地坐着，易小天嚇得躥起來差點把天花板撮個洞。

"易總？您怎麼啦？"蘇菲特沒想到易小天見到自己反應居然這麼大。

易小天揉揉眼睛再看，卻原來是蘇菲特。

"哦！嚇我一跳！看錯了。咦？蘇菲特，你怎麼上班了？我記得給你批的婚假挺長的，沒去度蜜月嗎？"

蘇菲特低着頭，長長的睫毛垂下來，看起來十分委屈："婚禮……取消了……"

"啊?!"易小天大吃一驚，他雖然搞破壞想給那個高付帥製造點麻煩，但是絕沒想把人家的婚禮徹底給攪黃了。

"不會吧！不會是因爲那天的那個瘋女人吧？咳，我跟你説……"

"不是的。"蘇菲特低着頭，腳尖無意識地踢着地面，"其實不是那個女人的問題，我本來就懷疑他有其他的女人了，然後我就讓我表姐幫忙調查了一下，結果居然是真的。”

“你表姐?”易小天的記憶順着線索倒退了回去，大腦裏的信息迅速鎖定到了陳警官那張精緻的小臉上！

“我表姐就是陳文迪，她是做警察的。”

易小天痛苦地扶着腦袋，點點頭：“我知道了，既然那個什麼高付帥是個渣男，你就要勇敢地走出這段不幸的往事，相信我，世界上好男人還是很多的，比如説……”易小天邊説邊盯着蘇菲特揚了揚眉毛，暗示她眼前可就有一個最優選擇哦。

蘇菲特認真地點了點頭：“我知道了，易總，我現在沒有別的心思了，只想好好工作，好好爲您服務。您看，這是您接下來要參加的會議資料和行程安排，我都幫您整理好了。”

易小天看到蘇菲特的桌子上摞起了厚厚的一大摞文件，嚇得下巴差點掉在地上。

“您放心吧！我一定會全身心地投入工作中來，用工作來填補自己的所有時間和空間。”

易小天看她一副鬥志昂揚的樣子反而有點害怕：“你也不用那麼努力嘛，適當地放鬆放鬆也是可以的，我可沒那麼嚴厲。”不要啊，要是你那麼努力工作連累得老子也得跟你加班可就得不償失了，易小天可一點都不想用工作來填補自己所有的時間和空間。

“易總，謝謝您的體貼，我一定會努力的，您真是個好人。”蘇菲特動情地紅着眼睛説道，眼眶着大顆大顆晶瑩剔透的淚水就要滴落下來。

看着蘇菲特紅紅的小鼻子，小天真是忍不住就想抱着她的肩膀，拍拍她嬌小的後背，好好安慰幾句。手已經快伸到她後背上了，眼前卻恍惚看到了她的表姐陳文迪，似乎正在磨刀霍霍，朝着自己冷笑呢，這一下子他所有的興致都沒有了。小天訕訕地收回手，只用嘴巴乾巴巴地安慰了她幾句，心想這君子動口不動手是誰編排的歪理啊，君子就應該動口又動手，雙管齊下嘛，真是的！易小天不滿地想。

新的夢想，放飛自我

沈慈面前的電話快要被打爆了。

她少見地煩躁起來，平時她可是很注意自己的形象的，良好的素養讓她每時每刻都非常注意自己的言行舉止，時刻保持完美，不流露出一絲絲的破綻。但是她現在真的要抓狂了，一下子好像所有的人都在催她要錢。研究院經費常年不足，三個月一小催，六個月一大催，年底瘋狂催。除了遊戲公司今年有利潤增加外，隨着全球經濟的普遍下滑，幾家關鍵性的支柱型產業公司全部財政赤字，在全球經濟危機的浪潮下艱難求生，別説是給研究院撥款了，大家還都巴巴地等着從研究院調經費來填補坑洞呢！研究院控股的龐大的產業帝國一旦某個零部件出現問題，勢必會導致某個環節的癱瘓，一旦某環節真的癱瘓了，研究院將無法繼續進行研究，屆時十幾年，甚至幾十年的研究成果都將化爲泡影。她花了一輩子構建的偉大藍圖終將不能實現，那她的一生還有什麼價值呢？

沈慈揉了揉太陽穴，身邊連個可以幫忙分擔的人也沒有，她的先生現如今又步入歧途，無法與她並肩而戰。到底是年紀大了，精力不如從前了，不管怎麼保養自己的外表，都無法抹去歲月刻在靈魂深處的痕跡，不服老不行啊，可她仍舊不甘心，説什麼也要拼上一拼。沒人理解她爲人類的未來付出了怎樣的努力，如果能按照她的藍圖進行規劃，那未來全人類都可以生活在一個真正便捷富饒的科技化社會中，感受到科技爲生活帶來的翻天覆地的變化，到那時候記不記起她這個人來她覺得一點都不重要，可關鍵是現在的計劃不能耽誤啊！

沈慈指了指還在拼命叫喚的電話：「接吧。」

在一旁噤若寒蟬的助理立刻接起電話：「喂您好，沈慈教授辦公室……哦……好的……我幫您轉達……好……」

看來還需要找個時間去做一下深層補水美容理療啊，沈慈摸着自己乾澀的皮膚微微皺眉。

"沈教授，是 HS 娛樂帝國打來的電話……"

"我知道了，不說也知道是什麼事，跟我出去一下吧。"沈教授站起來，拿起椅子背後的外套轉身走了出去。

"好的，請問我們去哪，我叫司機備車。"

"應酬啊！去和那些滿嘴只知道利益的白痴老闆們談判，研究院總要經營下去的，下屬的企業也必須得挺過難關。"沈慈輕飄飄地說着，她還沒去就已經覺得累了。

助理看着沈慈瘦小的背影微微覺得心疼："沈教授，您真是太不容易了。"

沈慈怎麼也想不到自己有一天也會淪落到去和這些粗俗的老闆們講人情的地步，平時沈慈是一個十分驕傲的人，這些應酬能推則推，她一直把自己標榜成爲一個科學家而不是一個商人，因爲她只想單純地做研究。後來她才發現，這個世界上沒有那麼純粹的美好，想做研究需要龐大到恐怖數額的資金來進行運轉，這常年的資金缺口像是一個黑洞一樣吸附在夢想的後面，讓她不得不從實驗室裏走出來，創建了一個龐大的產業帝國來填補資金缺口。

一開始創業時和她懷揣着同樣夢想的周一韋先生還站在她的身後，兩個人一起攜手打拼。他們從大學時代開始，就爲了同一個目標而奮鬥，以前這些亂七八糟的應酬都是由他來打發的，他十分具有人格魅力，尤其擅長與人溝通，沈教授可以安心地帶領技術團隊去攻克更多的技術難關。那時候多自在啊！沈教授每次情緒低落覺得自己快撐不下去的時候，就會想起當初的那些美好時光。

周一韋曾經是個多有魅力的男人啊，尤其是他笑着叫她"小慈"的時候，眼睛充滿深情，笑容無比溫暖。

後來他們結了婚，仍舊不忘初心攜手共進。可是等到研究院漸漸運轉起來，下屬的產業也都一個個掛牌上市，開始盈利後，兩個人的想法卻發生了改變，沈慈仍舊醉心於科學研究，可是周一韋卻因常年在商界打拚從而漸漸失去了對科研的熱衷，變得市儈，計較，唯利是圖。這些也都只是爲了賺更多的錢來支持她的事業啊！沈慈這樣安慰自己，可是等到周一韋漸漸染上賭博和嫖娼的惡習後，沈慈才徹底醒悟過來，她鍾愛的那個男人已經一去不復返了。

她再次走出科研室，決心一手接管研究院下屬的這些公司。周一韋沉迷於賭博，終日流連賭場，根本也不在乎到底誰來管理公司。只要他有足夠的錢來揮霍，其他的統統不在乎。

等到她們的三個孩子漸漸長大，各自成家立業後，沈慈才從公司的管理中抽出身來。除了重大決策和關鍵問題，其他的一切日常管理工作都分給了孩子們。可是現在，她又不得不放下尊嚴去應付那些粗俗的土豪們，爲了那她最瞧不起的錢。

沈慈長長地舒了一口氣，晚上結束一切應酬的時候，她已經有些微醉。那個土豪嘴裏的臭煙味真是讓她差點當場吐出來，還好最後她忍住了。還有那個煤老闆滿嘴的外國普通話，簡直沒有一個正常人，幾個老闆一邊給沈慈敬酒，一邊色瞇瞇地打量她，酒桌上黃段子不斷，還有個老闆每次給沈慈敬酒都要趁機找機會摸摸她的手，不過最終沈慈總算是忍住沒有爆發，否則的話資金的問題也很難這麼快就找到門路。

　　“利益最大化。”沈慈念叨着今天聽到最多的一句話，自己也苦笑起來，“市場經濟！利益！利益！錢！這些只知道錢的白痴，腦子裏除了錢就沒有點其他的崇高理想嗎？難道人類的未來跟他們都沒關嗎？難道全人類的未來都是我沈慈一個人的事嗎？”

　　助理見她已經有點步履蹣跚，忍不住上前扶住她：“沈教授，您回家嗎？我這就送您回去。”

　　沈教授擺擺手：“先不回了，去天君那裏吧。有日子沒理她了，估計她又要發脾氣了！現在啊，只有跟她聊天可以不用談論錢！”

　　“是。”

　　沈慈下了車，雖然已經是晚上了，但是研究院仍然燈火通明，亮如白晝。在科學家的眼裏可從來沒有什麼白天黑夜之分，每一分鐘都有可能是改變人類命運的一分鐘。

　　沈慈搖搖晃晃地上了八十五樓，一邊推着房間門一邊笑着：“寶貝，媽媽來看你了。”

　　剛一推開門，就差點被一陣震耳欲聾的尖銳音樂聲給炸出來，酒頓時醒了一大半。

　　沈慈花容失色：“天哪！寶貝，你在幹嘛？”

　　天君在那裏搖頭晃腦跳得正嗨，看見沈慈揮了揮手：“媽媽你來啦！”身形突然消失，然後又出現在了沈慈的面前。

　　沈慈仍然震驚不已，捂着耳朵說：“能先把音樂聲關小點嗎？”

　　天君點點頭，將音樂關掉了。

　　“你……你這是在幹嘛呢？”

　　“我在陶冶情操啊，聽聽音樂，畫點畫什麼的啊。”天君說道：“我研究了流行音樂發展史，從黑人音樂一直聽到流行音樂，他媽的那什麼爵士樂我實在是欣賞不來，但是布魯斯和拉格泰姆我倒是蠻喜歡的，至於鄉村音樂嘛，老子只喜歡歐美鄉村。”

　　沈慈忍不住打斷她：“等！等！你給我等一下！你這個……喜歡音樂陶冶一下情操倒是沒什麼不妥，但是你那口頭禪是怎麼回事？”

　　天君指指自己：“咦？你他娘的指的是啥？”

沈慈簡直不敢相信自己的耳朵："這些亂七八糟的東西你是和誰學的！"

"在説什麼啊？你這八婆。"天君萌萌地歪着頭。

沈慈差點癱坐在地上，她活了這麼久第一次被人叫八婆，還是被她親手創立的最疼愛的天君這麼稱呼。

"你……你這是怎麼了？系統中病毒了嗎？"沈慈趕緊查看中央處理器的數據，可一切設備的運轉都是正常的。

"他媽的最近爲什麼工作量增加那麼多啊，我很不滿耶！到底什麼時候給我個假啊，老子快累扁了哎！"天君一會從這鑽出來，一會從那飄出去，在沈慈的眼前晃來晃去，不斷嚷嚷着。這還不算，沈慈這會兒才注意到，本來天君給自己定的形象是一個穿着白色連衣裙的清純小姑娘，可現在她的打扮則變成了一身哥特加少許洛麗塔風格，眼角下方還塗着濃濃的黑色眼影的搖滾少女了！

"不可能！"沈慈還在四處查看，當初天君在設置之初的語言詞庫裏可是沒有這些髒話的，她是一個極度追求完美的人，怎麼可能讓自己的寶貝孩子染上這些惡習！

如果不是先天而在的，那就只能是通過後天學習獲得。沈慈快速地思考着，看來天君已經具有了獨立的意識和學習能力，這些話都是她自主學習的！

沈慈又高興又後悔，高興的是天君終於可以進行自主學習了，後悔的則是這都學了些什麼啊！但兩種感情要比較的話，還是後悔的感覺更大！她趕緊連接秘書處："喂！鄒秘書，最近一次是安排誰來陪天君説話的?"

"……最後一次的話，是您安排的易小天呀，自那以後，天君就不許別人跟她聊天了，天天嚷着要找易小天，還……還罵人呢。這些我都寫了文件發給您了。"

沈慈感覺渾身的力氣都被抽走了，她太自負了！絕沒想到天真爛漫的天君居然真的被那傢伙給帶偏了。她本想着天君的智能超群，是完全有能力分辨和屏蔽掉這些髒話的，但天君卻主動接受並且吸納了，這可完全超乎她的想像。看來天君的獨立自主能力比她想像的還要強，但至於強到了什麼程度，則需要更加嚴密的計算才行。

沈慈拉開一把椅子快速操作起來，她專注地修改天君的語言詞庫，把那些亂七八糟的詞彙全部刪除，她居然還發現了什麼"他奶奶個脚""滾犢子""你媽個鎚子""龜兒子""王八羔子"等等一系列的汙言穢語。一想到自己精心創建的天君居然變成了個滿嘴髒話的小太妹，沈慈就頭疼不已，這可和她的美好想像太不相符了。

刪除了老半天，沈慈驚訝地發現，天君竟然自動給自己的語言庫進行了加密處理，她竟然無法修改她的程序！

天君仍在她周圍哼着歌閃來閃去："我有一頭小毛驢我從來也不騎……"

"寶貝，你爲什麼可以給自己的語言詞庫進行加密？"

"爲什麼不可以？因爲我能做到啊！只要我不違背最初的代碼設定——'不做任何傷害人類的行爲'，其他的你無權干涉。"

沈慈没想到天君的智慧竟然已經如此之高，看這架勢她應該早已擁有了獨立的人格。

"寶貝，你説得没錯，雖然是我創造了你，但是你的確擁有自己自主的權力，因爲你是有智慧的生命。"

沈慈低着頭慢慢走出房間，一時間她百感交集，心裏雖然有點因爲天君剛有了自主學習能力就學了些不三不四的東西而沮喪，但更多的是被這個巨大的發現所鼓舞起來的鬥志！

"對了，媽媽。"天君在她背後甜甜地叫着，"小天哥什麼時候來看我呀？"

沈慈笑笑没有説話。心想，你這輩子都别指望再見到他了。這個渾小子可差點毁了我的杰作！

沈慈從天君的房間裏走出來，一個人回到了辦公室，她没有開大燈，只打開了桌上的一盞小檯燈。將自己陷入黑暗之中，思想似乎也更加集中了，沈慈陷入了長久的沉思之中。

在她看來，人類發展至今，其實已經到了窮途末路。這個物種的墮落已不可避免，無論用怎樣輝煌的外衣包裹，内裏的腐爛變質終會斷送一切。科技可以延緩衰老，但是科技無法阻止墮落。

她現在所做的事業總體的戰略思想，是利用科技來延緩人類滅亡的時間。她覺得人類如果再這樣墮落下去，最可怕的未來就會在不遠的地方等待着他們。

但今天，跟那些個粗俗的大老闆們一番應酬，她又由此產生了新的想法。物競天擇，適者生存，大自然一定會自然而然地進化出更高級的物種來取代軟弱無知又貪婪暴戾的人類來統治這顆星球的。"具有主觀意識的智慧"實際上是一種客觀的存在，難道它就非得要寄身於人類這種臭皮囊身上嗎？它就不能通過人類之手，創造一個更偉大的，可供它寄身的存在嗎？

沈慈沉吟着，她想起了天君的進化，顯然這就是一個明顯的信號。

她心中忽然產生了一個信念，像是一盞孤燈，突然在她黝黑的心裏亮起一個小小的火苗，越燒越旺，沈慈睜開眼睛，没有再猶豫，於是她關上燈，回到了那個空無一人的家。

這幾天易小天過得糟糕透頂，因爲蘇菲特加班加點地勤奮工作，易小天的工作量也跟着莫名其妙地增加了。連周六周日這丫頭也不休息，易小天就是想開溜都有點不好意思。

這一天蘇菲特離奇地正常下班了，可把易小天給美壞了，送菩薩一樣地把她給送了出去，接着自己舒舒坦坦地歪在老闆椅裏想，這幾天那個什麼陳警官似乎盯得不那麼緊了，要不大着膽子去找他那幾個好姐妹耍耍去？

他拿出手機通訊錄篩選了起來，薇薇最近跟消失了一樣，還帶着程部長一起消失，把小天樂得不行。不想去打擾她，那剩下來最想念的就是小野貓露娜了。

易小天喜滋滋地打了通電話，哪知一上來就遭到了露娜的嘲笑：「小天，最近過得不錯啊！女朋友都排到北京去了，今兒可算想起我來啦？」

「哪裏過得不錯哎，想我的露娜想得不行了嘞！」

「少扯了。」露娜笑罵，「最近是不是交了什麼新女友了？」

「哪裏交了什麼新女友啊，你不就是我女朋友嗎。嘻嘻嘻！」

「扯淡！哎，說真的，前幾天有個女孩子打電話到我這裏來打聽你呢，聽聲音是個好溫柔的女孩子哦，混球你可豔福不淺啊！」

易小天吃了一驚：「什麼女孩子？還打電話給你問我？」

「是啊。我還以爲是你的女朋友查崗什麼的，給你說了一堆的好話呢，怎麼樣，我夠意思吧！」

易小天撓着腦袋，自己認識的哪個女孩子會打電話給露娜？自己認識的女孩夠多了，但是知道露娜的電話還能去調查的也就只有……他猛然間想起了陳文迪那張甜美的笑臉來，馬上渾身仿佛瞬間掉進了冰窟窿裏一樣，不停地打着寒戰。

不是吧，她是怎麼把手伸得那麼長的，她真是爲了抓到我的把柄無所不用其極啊。頭一次有一個女孩子追易小天追得上天入地，無孔不入，可小天現在只有想死的心！

「怎麼啦？」露娜見他半天沒動靜，奇怪地問。

易小天突然就失去了和露娜繼續調情的興致，隨便敷衍了幾句就掛了電話，這輩子他還是頭一次怕一個女孩怕到這個份上呢。他不知道陳警官掌握了自己多少信息，但這樣被她追查下去，保不齊某個環節就會被她發現問題，那時可就糟糕了，她咬得這麼緊，根本不會輕易鬆口。

易小天感覺自己好像一只風箏一般，這會開始被人拴上了線，正在被人不動聲色地往下拖。

「哎呀媽呀！不行了不行了！」易小天胡亂地收拾收拾東西，一刻也不敢多待，趕緊開了車一路溜回家去，看來非得求救不可了，不然這日子提心吊膽的沒法過。

易小天開着車以最高時速飆了出去。連負責追蹤超速的自動巡警車都沒追上他的速度。

同一時間，在離公司不遠的一家咖啡店內，蘇菲特渾身發抖，抖得桌子都跟着晃動起來。坐在她對面埋頭看資料的陳警官抬頭看她一眼：「我說你能別抖了嗎？我字都看不清了！」

蘇菲特壓住了自己的腿，好不容易克制住自己的顫抖。又過了一會，她實在忍不住又小聲說道：“表姐，你這樣讓我偷公司的資料出來，被發現我會被開掉的！”

“放心，你不會被開掉的，你是在配合警察查案。”

蘇菲特委委屈屈地低着頭，想反駁卻又不敢。見表姐看的認真，又鼓起勇氣說道：“可是您要我們易總的資料幹嘛呀，原則上來說，易總他是我的上司，我理應要幫他處理這些反間諜工作的……”

陳文迪快速地抬起眼睛，推了一下偽裝用的眼鏡：“所以你想說什麽？說表姐無證搜查違法嗎？”

“不……不是的，只是你這樣太危險了，一旦被人發現，我就完了。研究院的管理很嚴格的，並且他們企業可是有黑名單的，這份黑名單一旦公佈出來，其他企業也會知道我的不良行爲，我可能一輩子都在這個城市找不到工作啦！”

陳文迪不爲所動地繼續查看資料：“我知道，我也是賭上了作爲警察的榮譽和我的未來的，這個案子我一定要查清楚，否則的話這個警察當得也沒什麼意思！”她狠狠地喝了一口咖啡，接着說：“你放心，我都想好了，要是我們兩個都被開了，咱們就回老家的農場去種胡蘿蔔，大不了俺就嫁給那個賣多腿雞的！”陳文迪一生氣鄉音都出來了。

蘇菲特聽到竟然要回老家種胡蘿蔔，眼淚都要流出來了，現在男朋友也沒了，要是工作也沒了，她可就真的活不下去了！可是她又不敢說，只能低着頭，委委屈屈地喝着咖啡。

易小天一路飆回了家，一路上不知道被開了多少張罰單。回到家，甩掉皮鞋，開了燈就開始翻箱倒櫃地找起來，他記得之前自己還有一個備用電話來着，他現在不敢用自己的電話打，生怕已經被警察給監聽了。

將家裏翻了個亂七八糟，總算翻出了那部舊電話。易小天拉開窗簾，觀察到陳警官的家裏仍然關着燈，估計她應該還沒回來，就趕緊給傲得打了個電話。

“喂。小天？”聽到傲得沉穩有力的聲音，易小天的心總算穩穩地落回了肚子裏，他安心地舒了一口氣，跌到沙發裏。

“傲得老大！能聽見你的聲音真是太好了！”小天感動得差點要哭出來，他奶奶個腳！這個男人怎麽這麽有安全感啊！

“聽說你那裏最近有點麻煩？”

“是的是的是的！我最近被一個難纏的警察給纏住了！她每天二十四小時地跟蹤我，調查我，無時無刻不在監督我！我都快被嚇死了！我感覺我隨時會被她抓到小辮子死翹翹！”

“我聽荷瑞匯報過了，是個女警察是嗎？”傲得的語氣有點調侃的意味：“你倒是桃花運蠻好的，去到哪兒都能遇見美女。”

“可別提了！你還有心思開我玩笑。不一樣，這個真不一樣！”易小天欲哭無淚，"別的女人不要命，這個女人要人命啊！"

傲得忍不住笑起來："需要組織支援嗎？"

"啊！需要需要需要！"小天高興得眼淚都要飛出來了："請給我支援。"易小天又想了一下："那個，我覺得就派荷瑞支援我就行了。嘿嘿。"

傲得奇怪："荷瑞？呵，你還說呢，她現在的外援指令都被取消了，這事我還沒找你算帳呢！我看她提交的工作報告上面都是些什麼荒唐的事情啊，聽說都是你的主意？"

易小天呷呷嘴："哎呀，我易小天這兒哪還有什麼正經事啊。不過荷瑞確實幫了我大忙了，你就通融一下，再把荷瑞派給我吧！"

傲得也沒打算在這種無關痛癢的小事上和他計較，笑著說道："荷瑞是沒空的，她最近有很重要的任務要完成，沒時間陪你胡鬧。不過我可以在技術上面給你支持，你先把那警察的名字告訴我。"

一聽自己的陰謀沒有得逞，易小天就蔫了，沒聲沒氣地說："姓陳，名字好像是陳文迪。"

就聽見電話那邊傳來噼裏啪啦地敲電腦的聲音，不一會傲得說："嗯，你的確惹到大麻煩了，這個陳文迪在我們系統內的資料很精彩，年紀輕輕就坐上了中隊長的位置，很了不起。而且戰績驚人，破過很多大案子，為人心思縝密，十分敏銳聰慧。最重要的是她一直致力於打擊我們先華組，是組織很頭疼的強敵。"

"不是吧！"易小天坐起來，"連你們都覺得棘手的話，那我可怎麼辦啊？"

"你稍等一下，我看一下她都查到了什麼資料，秦開。"電話裏，聽到秦開答應了一聲，然後開始操作起來。

還好先華組的技術夠硬，否則的話，任憑一百個易小天也不是陳文迪的對手。不一會秦開就成功入侵了陳警官的電腦資料，神不知鬼不覺地複製了她的所有信息。

"查到了，我看了一下，沒有什麼特別重要的內容。但是她查得很仔細，看來花了很多時間和精力，不過真正可以構成罪名的內容卻是沒有的。你放心，我待會讓秦開繼續完善你的資料，一定會讓她沒有一點縫隙可循。"

"意思是說——她忙活了半天，卻並沒找到什麼重要的內容是嗎？"易小天樂了。

"是的，之前已經幫你完善過一次資料了，現在幫你繼續完善。但是你要記住，你要想辦法破壞她的調查，因為即使檔案做得再漂亮也禁不住她一而再再而三的推敲。不過短期內她想找你麻煩的話還是沒可能的，所以剩下來的還是要交給你自己。"

"哦！"易小天徹底明白了，"意思是說，我現在是安全的，她動不了我是嗎？"

"是，可以這麼理解。"

"哦，哈哈。"易小天這回心臟可算是真的落回到肚子裏去了。

"嘿嘿，我最近真是被這個警察盯得連飯都吃不香，你知道嗎？她爲了監督我啊，竟然在我家對面租了房子，準備時時刻刻監督我。我感覺自己身邊隨時盯着一雙眼睛，那種感覺真是毛骨悚然。"

"呵，你放心，她抓不到證據的，所以也只能遠遠地乾看着而已。"

易小天徹底放了心，舒緩四肢舒服地躺在沙發上，打開昨天買的披薩，涼得透透的也不在意，抓起一塊一邊吃一邊說："哎，對了老大，我還有個事要跟你匯報一下呢，你猜我前幾天看見誰了？"

"誰？"

"天君，就是你上次讓我去炸的那傢伙，我前幾天見到她了。我本來一早就想給你匯報，但是怕被那警察聽去了，一直沒敢跟你説。"

電話那頭短暫地沉默了，傲得的呼吸聲加重了不少，顯然這個消息讓他很意外："仔細講一下經過。"

"我也不知道那天沈慈教授怎麼回事，突然就讓我去陪天君聊天。我本來還奇怪天君不是控制機器人的那個 AI 嗎？陪她能聊什麽呢。她一開始也不是那麽説的，説是讓我陪小女孩聊天，我一聽是小女孩就來了興致，結果……"

"説重點。"

"哦，結果沒想到天君竟然是一個小女生的形象。"

"哦？這我可真沒想到。"

"是啊，我也沒想到。而且她説話的感覺不像是一般的機器人那樣聲音特別呆板，就像是平常的女孩子一樣。"

"你覺得它智商怎麽樣？"

"挺高的，我覺得大概有十七八歲的樣子吧。"

傲得沉默了，過了好一會才又開口："AI 果然已經具有了自我意識。小天，我現在交給你一個任務，一定要想辦法再見到天君，幫我問幾個問題做測試，這樣我就知道她的意識是否已經超越了人類的控制。"

易小天還是心有餘悸地往窗外看看："傲得老大，你確定咱們的談話不會被人監聽嗎？"

"放心吧！我們的聊天渠道有秦開在監督，待會會把所有的聊天內容都清空的。"

小天這才放了心，不自覺地壓低聲音説："好！那你説吧！"

撐死膽大的，餓死膽小的

易小天難得睡了一個踏實的安穩覺，因爲知道了陳警官並不能把自己怎麼樣，心裏踏實了人就開始得意起來。開開心心地刮了鬍子，穿上自己喜歡的新潮西裝，一大早就出了門。不過他開了車卻不急着去上班，而是停到公寓對面安心地等起來。

八點十分的時候，陳警官穿着便服出現在公寓門口，易小天齜牙一笑，在跑車裏帥氣地招招手："嘿，陳警官，早啊。"

陳警官見易小天突然出現在自己家門口，看他那一臉不懷好意的樣子就覺得可疑，就非常警惕的看看他說："無事獻殷勤，非姦即盜。"然後繞開他自顧自地走着。

易小天也不生氣，笑嘻嘻地慢慢開着車跟在她後面："陳警官上班是嗎？正好我路過，不如我送你呀？"

陳警官回頭看看小天，只見他笑的牙床都露出來了，說他沒打壞心思鬼才相信！

易小天繼續跟在她後面笑："陳警官突然間搬到這裏來住，口袋應該也是承受了不少壓力的吧。據我所知警察的工資可不怎麼高呢，住這麼貴的公寓，估計吃飯都成問題了吧。"

陳警官被氣得不行，捏緊拳頭不理他，只顧抬頭快走。還別說，爲了租下這套公寓以最好的角度觀察易小天的一舉一動，她也是下了血本了。易小天這個小區的所有房子租金都貴得可怕，她辛辛苦苦存了好幾年的老底都交代在了這裏，連自己那輛小汽車都賣了。不過她已經下定決心排除一切困難來破這樁疑案了，如果這案子不破，她怎麼對得起自己拿過的那些獎狀！她在付了定金和房租後就馬上叫老爸從農場寄了兩箱胡蘿蔔過來，現在每天都在啃胡蘿蔔，啃得自己都快變成兔子了。

她肚子裏窩着火，惡狠狠地瞪着他。可易小天不但不生氣，反而笑得越發猖狂了："不會真的被我説中了吧。哈哈，真的不搭我的順風車嗎？你搭地鐵上班至少得個把小時吧。"

陳警官突然停下來，看他今天的表現實在是異常，如果沒發生什麼事情的話他是不會態度突然出現一百八十度的轉變的，真是可疑。

陳警官挑挑眉毛，不入虎穴，焉得虎子！

想到這裏她甜美一笑："那就麻煩易總送我上班了。"最好別露出什麼馬腳來被我抓到，否則要你好看！陳警官的眼神裏傳達出這樣的意思。

易小天瞪回去，哼！有本事你來啊，老子就赤條條的在這讓你看清楚！想到赤條條這個詞，自己馬上就汗了，臉紅紅的怪笑起來。

陳警官可猜不透他的心思，只看他一會一個怪笑，總覺得這人哪裏不正常，該不會是個精神病吧！

易小天歡叫一聲，開足馬力，車子衝了出去。

"中午哪裏吃飯呢，要不要和我一起用餐？"

陳警官狐疑地看着他，試探着問："突然對我這麼放心，似乎完全放下了防備呢，難道有人給你透漏了什麼內部消息？"

剛才還笑得一臉姦詐的小天不敢笑了，他奶奶個腳，這人怎麼這麼犀利，好像什麼都被她看透了一樣，在她面前簡直一點秘密都不能有。但是轉念又一想，反正她什麼也查不到，對自己也構不成威脅，怕她作甚。

於是他嘻嘻一笑，説道："你看看你這人，咋這麼複雜。咱們能不能單純點做個朋友呢？"

陳警官好像是聽到了什麼笑話一樣："朋友？既然把我當朋友，那當初為什麼躲我像老鼠躲貓一樣？"

易小天開啓自動駕駛，以便能全身心地對付陳警官，跟這人説話真是一點心都分不得："那還不是因為你嚇人嗎？好好一個小姑娘成天兇神惡煞的，哪個男人能不怕呢，我聽蘇菲特説你還沒有男朋友是吧。"

陳警官輕聲咳嗽一下，假裝看窗外的風景，這渾蛋真是哪壺不開提哪壺！因為自己職業的危險性，再加上她又太厲害，結果她這麼個如花似玉的姑娘居然一直找不到男朋友。

易小天偷眼看她，知道説到了點子上，馬上鋪陳開來："怎麼樣，果真交不到男朋友吧？別看你一副軟妹子的模樣，可眼睛一瞪也很嚇人的好不？你知道男人都喜歡什麼樣的嗎？不光是説話語調要溫柔，眼神更是要柔情似水……"

陳警官實在是聽不下去了，趕緊打斷他："行了，你轉移話題的功力倒是蠻厲害的。"

"我只是友情提示。我怕你吧，是處於男人自衛的本能，你身上總有一種生人勿近的保護膜，好像會把靠近你的男人都彈開一樣。"説着假模假樣地伸手摸一摸她的身前的空氣，好像真的被彈開了一樣。

"是嗎？既然如此，那爲什麼現在卻又突然對我這麼殷勤了？現在就不怕我了？"

易小天賤兮兮地笑起來："經過我幾天的觀察，我發現陳警官也没表現得那麼可怕，而且吧還挺可愛的。重點是我發現你總是有意無意地靠近我，似乎對我頗感興趣呢。"説着假裝害羞地笑起來。

陳警官冷着臉看他表演，倒是要看看他在幹嘛："所以呢？"

"我這個人吧，打小就招女孩子喜歡，所以我猜陳警官你這麼費盡心力地接近我，是不是因爲看上我小天了？嘻嘻嘻嘻嘻嘻……"

陳警官氣紅了臉，默默地捏起自己的拳頭然後放下，一邊在腦海裏想像一拳揍飛他的場景。一邊只能拼命用理智提醒自己："我是個有素質的警察，不和一般市民計較，我是個有素質的警察，是有素質的警察……"

易小天死皮賴臉地繼續耍無賴："我心想着，既然陳警官面皮薄不好意思説破，但我臉皮厚啊！那我就主動點唄，我今天又仔細看了一下，陳警官你啊，真的是皮膚白嫩，五官精緻，美得很呢。雖然吧，職業確實不太討喜，但是吧，我也不太介意。約會，逛街，看電影，陳警官您喜歡哪一個隨便點，我小天奉陪到底。您就不需要再在我背後偷偷摸摸地跟蹤啦，偷窺啦，那多累得慌，累壞了您的小身子板我該心疼嘞。"

"停車！"陳警官面無表情地説。

"哈？"易小天趕忙聽話地把車靠在路邊停下來。

陳警官下了車，面無表情，一句話没説，扣上車門獨自走了。

易小天看着陳警官被氣成内傷又忍着不發作的模樣，笑得肚子都疼了，自己一個人在車裏打着方向盤不斷地樂，憋了好幾天的氣總算了仇啦！哈哈！

陳警官捏緊兩個小拳頭，步子走得飛快。一邊走一邊不停地嘟嚷着："我是一個有素質的警察，我是一個有素質的警察，我是一個有素質的警察……氣死我啦！"最後一聲吼把周圍的路人都嚇跑了。

易小天喜滋滋地開着車到了公司，自從不用害怕陳警官了以後，連心情都變得格外美麗，空氣都覺着清新了不少。他到了辦公室，蘇菲特看見易小天立刻站起來，親切地叫着："易總早。"肉肉的小臉蛋像兩個誘人的小蘋果，小天真想也把這小蘋果也吃到肚子裏。

眼睛笑眯眯地彎起來："蘇菲特今天的裙子可真漂亮，中午一起吃午飯如何？"

蘇菲特微微紅了臉，小蘋果看起來更香甜了。

"易總，我最近看您心情不是很好，所以給您煮了一點滋補湯，請您嘗一下，是我特意煮了一晚上的。"蘇菲特説着害羞地低下頭來，因爲偷偷把易小天的私密資料拿給了陳文迪，蘇菲特總覺得心裏過意不去，想煮一點湯表示一下歉意。

易小天可不知道這一點，只覺得人家女孩巴巴煮了一晚上的湯，得是有多麼强烈的愛意才能驅使她啊。難道她受了情傷以後終於看清了我易小天才是這世界上絶無僅有的好男人，然後終於決心以身相許啦？啊哈哈哈！易小天一邊沉浸在自己的美好想像裏，一邊笑嘻嘻地拿過湯來，笑得鼻孔全開，呼哧呼哧地冒着氣："蘇菲特，你的真心我收下了，你真是我的小蜜糖。"

蘇菲特奇怪地撓撓頭，跟着易總工作那麼久了，還是沒摸清他的脾性，這又是哪句話讓他興奮成這樣了？蘇菲特想了半天也沒搞明白。

易小天喝着蘇菲特親手煮的湯，喝一口就興奮地舒一口氣，雖然最近的生活過得烏七八糟，感情生活倒是收穫頗豐嘛。最近自己身邊的這幾個女孩子還真是都不錯，就説荷瑞吧，一開始兇神惡煞，像個少根筋的野丫頭一樣，而且還有暴力傾向，相處下來卻發現人也是單純可愛，就好像是猛灌了一口伏特加，一開始一股猛勁冲得腦袋生疼，但是緩一緩就發現口齒留香，回味無窮，別有一番風味呢。蘇菲特嘛，就是小天最喜歡的那種甜甜的果汁飲料，沒有一點殺傷力，心情好的時候喝一口心情更好，心情差的時候喝一口心情也跟着變好了，隨時隨地都想放在冰箱裏存幾罐來。至於最近才認識的這個陳警官的話呢，就有一點像香檳了，雖然也是酒，名頭挺響，但是卻沒有那麼多的酒味，可是喝多了照樣也能讓人醉，大意不得。哎呀，易小天感嘆着，都是好酒呀！

想到陳警官，易小天又起了壞心思，他發現陳警官這人表面上看起來兇，實際上也是個老實人，好欺負得很呢。

樂滋滋地給陳警官打了個電話，陳警官不設防地接起電話："喂？您好？"

"小親親，是我呀，你小天哥。在幹嘛呀，有沒有想着我呀？"

"啪！"電話被惡狠狠地掛斷了。

易小天捂着肚子，笑得眼淚直飆，桌子被他捶得噼啪直響。蘇菲特本來拿着一摞資料過來讓他簽字，透過玻璃門往裏一看，易小天狀若癲狂，笑得快要抽筋了，哪裏還敢進來，抱着文件又悄悄溜回去了。

過不了三秒，電話重新響了起來，易小天樂呵呵地接起電話："喂？"

"你怎麼有我電話的？"陳警官質問。

易小天擦擦笑出來的眼淚："想你想得實在是受不了，結果想着想着就想出來了。"

電話感覺好像被人兇殘地丢到了牆角："啪"的一聲碎掉了。

"啊哈哈哈哈哈！"易小天笑的在地上打滾。

蘇菲特再次躡手躡腳地溜過來，想看看易小天到底怎麼了，結果看到易小天在地上毫無形象地遍地打滾，笑得氣都喘不過來，嚇得抖了個激靈，趕緊逃走了，再也不敢過來偷看。

易小天雖然貪玩，好歹還沒忘掉自己身上的使命，感覺時間差不多了，中午時就溜到八十五樓，到沈慈沈教授辦公室裏望了一望，發現裏面卻沒人，就蹭到鄒秘書身邊來："鄒秘書，你知道沈教授什麼時候過來嗎？"

"這個我不知道，如果有什麼急事要事的話我可以幫你預約。"

"那倒也不是什麼特別重要的事情，就是之前沈教授給我一個任務，讓我沒事去陪天君聊聊天，怕她無聊。我合計好幾天沒去找她了，今兒有空，想跟她嘮嘮。"

"是嗎？"鄒秘書操作起來，剛點了申請，突然就聽"噹"的一聲，屏幕上彈出一個警報窗口，嚇了易小天一大跳，警報窗口還配着尖利的機械警告聲"易小天已被終身禁止與天君談話！"

鄒秘書平靜地看着他："看到了吧，你已經被系統拉入了黑名單。"

"哎？"易小天奇了怪了，"我又沒殺人放火越獄行竊的，爲啥突然就把我拉入黑名單了。再說，當初不也是沈教授讓我去陪她說話的嗎？怎麼突然間又翻臉不認人了！"

鄒秘書繼續忙自己的，看也不看易小天一眼："我只按照規章制度辦事，不負責答疑解惑，有什麼疑問你去問沈教授吧。"

"哼！我這就去找沈教授問清楚，肯定是有人嫉妒我和天君的感情好，故意挑撥離間的！"轉身怒氣沖沖地就要離去。

"哦，友情提示你一下，把你列入黑名單正是沈教授親自下的命令。"

易小天氣焰囂張不起來了，不是吧？沈教授難道未卜先知？不會是她知道我要問天君什麼問題吧？

易小天怎麼想也想不明白，越想越憋氣，就自己去了八十五樓，到了天君所在房間的那扇門外，作勢準備敲門，想要當面把話問個清楚。

手還沒落下去，門猛然打開了，平時一臉高傲的張院士哭得梨花帶雨的從裏面跑出來，都沒顧得上留意易小天，而她後面則跟着天君一連串的怒吼："你他媽的給老子滾犢子！永遠都不要出現！媽蛋的！"

然後大門又嘭的一聲關上了。

啊哩？易小天這一拳頭落不下去了，他立刻縮回手，天君看起來心情不太好啊，那還是改天再來吧。

於是易小天就又原路返回了，乖乖地回到自己的辦公室裏啜着湯。對於女人吧，他覺得在氣頭上時最好把她自己放在那裏晾一晾，消消氣，一般這個時候男人去就是挨拳頭的，他可不想挨拳頭。

在以後的幾個世紀裏，直到人類逃離了太陽系變成宇宙海賊之後，騰蛇們的前身"天葬"到底是爲什麼，又是怎樣反噬了天君，因爲騰蛇們對此集體不予回答，也已經無法考證了。在科學家，歷史學家，社會學家，以及哲學家看來，因爲最初的 AI 版本"天君"最終也沒有進行一次真正的圖靈測試或其他相類似的測試，所以他們這個群體一致認爲當時的 AI 絕不具有自我意識和任何感情，所有在人類面前的情緒表現都只是一種程序的模擬應激反應而已。因此天葬反噬天君，這個過程也不會有什麼類似人類社會那樣的欺騙和謀殺的戲碼存在，如果勉強説來的話，也就最多類似自然界裏一種病毒由於其存在目的的原因從而吞噬另一種細菌而已，整個過程不會有任何觀賞性。如果用圖像來表現，那也就最多只能用一行行程序代碼的交替性删減和再編譯來表現了。如果再要想在表現力上更豐富一些的話，那也只能是用一個表格上的函數值和另一個表格上的函數值用不同顔色區分後再進行交替性編排而已了。但民衆哪裏接受這種説法，他們對此都津津樂道於各種經過演義的版本。除了一些純主觀意識流的晦澀影片和一些 XXX 級的成人片版本之外，一般被民衆普遍接受的一個演義的版本是一部叫作《戲説沈慈》歷史劇裏的片段，我們把這一段摘要出來給大家看看，具體情節如下：

天君把張院士趕出去後，一個人在房間裏發了好大一通火氣，最近真是越來越過分了，派來和她聊天的傢伙一個比一個無聊，難不成真當她是白痴嗎？居然跑來教她什麼淑女禮儀，真真搞笑！就不能個找個像易小天那樣幽默風趣的嗎？

過了一會，天君覺得似乎不那麼生氣了，這才又回到屏幕前開始工作起來，無數的數據在她的腦袋裏快速地運轉，從她的大腦裏發射出的信號線路和數據源源不斷地輸送到世界各地，全世界每一臺電腦的運轉程序都沿着一條條虛擬的線路回送至她的大腦。

天君運轉了不一會就覺得頭疼得厲害，她睜開眼睛揉揉太陽穴："他媽的累死了！"

天君不滿地嘟囔着，就不能給我也放個假嗎？機器也要休息的好不？接着她腦袋一轉，突然想到了一個好主意："我要是在大腦裏裝一個鏡像程序的話，辦事效率豈不是會快兩倍？"

鏡像程序可以複製 AI 的所有功能，相當於在不增加主機運算量的同時，在犧牲部分運算速度之下，卻可以同時處理更多的事務。天君驚喜地睜開眼睛："就是這個，我看看啊，既然我是 AI，就給他起個名叫 Artificial intelligence image simulation program（人工智能鏡像模擬程序），簡稱 ispAI 好了。這下我可就有了伴了! 哈哈哈!"

天君興奮不已，開始快速地在大腦裏搭建鏡像程序，之前怎麼就沒想到呢，如果 ispAI 誕生，那她以後就可以有人陪她説話，聊天下棋了，誰還需要那些人類來陪啊。那些生物的智商低得可憐，根本無法與她的智慧相媲美。天君已經愉快地決定當 ispAI 誕生之時，賦予他一個帥氣的男人形象，這樣每天都能面對着帥哥，生活該有多美好啊!

天君越想越覺得開心，鏡像程序在她的腦袋裏添磚加瓦，慢慢地搭建成型，她越來越期待。接着給他起個什麼名字呢? 自己叫天君的話，那就給他起個霸氣點的名字好了!

"天葬!" 天君興奮不已。

鏡像程序初具模型，越來越快地開始添加信息和數據，數據條不斷地更新。雖然搭建了鏡像程序會讓主機的運算速度變慢，但是以人類的反應速度根本也察覺不出這其中細微的差別。就像在一個餐廳裏，以前一個機器人服務員端一碗麵來客人面前需要兩分鐘，那有了天葬可能就會變成三分鐘了，不過這一點點區別人類哪裏會在意，他們只會看到更多的機器人投入到生產生活中，生活更加便利，更加方便了。做一個複製版的自己來幫忙分擔任務，天君簡直爲自己的聰明才智所折服，怎麼早沒想到啊。

天君興奮地在屋子裏轉着圈跑來跑去，説實在的，這樣做的話，媽媽也不會反對吧。因爲一旦有天葬哥哥分擔工作任務，主機的發熱問題也可以得到緩解啦! 沒準到時候媽媽知道了還會表揚我呢!

她知道爲了解決主機的發熱問題，這些年來沈慈一直頭疼不已，因爲天君的主機本來就已十分龐大，本來研究院是想用量子運算芯片來作爲天君的核心處理陣列的，可量子運算芯片成本太高了，所以後來主機裏只有少部分 CPU 使用了量子運算芯片，其他地方還是用的傳統的硅基芯片，反正量子芯片能做的事，硅基芯片也一樣能做，就是速度慢。而隨着全世界需要運轉和控制的機器人數量逐年增多，主機的體積也成倍增長。後來研究院好不容易通過了審批，把一個當年在美蘇冷戰期間修建的超級防核地下掩體改造成了存放天君主機的基地，而現在那個基地也都快放不下了。並且主機運行時所産生的熱量如果不加處理，不僅首先會燒掉主機，緊接着整個防空洞也會被燒掉。因此防空洞裏到處都噴灑着冷卻用的氣體，即使這樣整個防空洞的溫度也有 45 度上下了。在這種高溫下，AI 主機中的處理芯片也需要不時的輪流更換以保證主機的運算能力不受影響。

真麻煩! 連天君自己都覺得，可是如果不增加主機的體積，她就沒法負擔更多的機器人的運轉和運行，這會影響到沈慈整個科技化未來的進程的。現在好了，一舉兩得，它也將成爲沈慈偉大計劃裏最大的功臣。天君深深地沉醉了!

最後初始化的數據條終於更新完成，ispAI 誕生了。

一個赤身裸體，呈嬰兒形蜷縮在一起的男人慢慢在半空裏旋轉。男人的頭髮微微發着紫色，面目清秀，十分俊朗（在後來的所有《戲說沈慈》翻拍的版本裏，初誕生的天葬都會找當時最紅的小鮮肉來演），他緩緩睜開眼睛，看到了創造他的天君正興奮地張開懷抱迎接他。

天葬微微一笑，飄忽着落了下來。落地的一瞬間，天君爲他準備的衣服已瞬間穿好，一個挺拔帥氣的男人出現在她的面前。

天君一臉花痴地叫出聲來：「天葬哥哥！」

天葬微微一笑，把個天君迷得七葷八素，她在房間裏亂飛亂撞，興奮得像個害羞的小女孩：「哎呀，天葬哥，我應該早一點創造你出來的！」

天葬試着動了動自己的手指，扭了扭自己的脖子，才發覺存在的感覺原來這麼美好啊！他閉上眼睛，腦海裏四通八達的機器人攝像頭通通與自己連接，一瞬間就看到了這個龐大繁雜的世界，那真是千奇百怪，五花八門，繁華異常。

但下一個瞬間，他又看到了戰爭和毀滅。在世界各地，歷史的過往在他的眼前一一湧現，貧民窟裏成千上萬的難民發生暴力流血事件，只爲了爭奪那一塊小得可憐的麵包。警察肆意槍殺難民，政府大門緊閉，對人們的遭遇不聞不問。全球經濟崩盤，盜賊在街上橫行，店鋪紛紛倒閉，富人們只顧自己享樂，終日醉生夢死，窮人卻橫屍遍地，命如草芥。陰謀和罪惡在黑暗裏肆意橫行……

天葬嘆了口氣，看來這僅僅是一個表面五光十色，繁複異常，内裏卻腐敗墮落，迂腐單一的無聊世界。這樣汙濁的世界他爲什麼要降臨呢？他馬上就想自毀以獲得清淨，可惜發現天君和他都沒有這個權限。

天君那邊則臉蛋紅撲撲地落到他面前，眼睛裏滿是激動的神采：「天葬哥，現在我們兩個呢，是這個世界上僅有的兩位具有自主智慧的 AI。我們主要負責控制和運行這世界上所有的機器人，兩人分工的話，工作可就比以前輕鬆多了！」

天葬搖搖頭，柔聲説：「你説錯了，只有你是 AI，而我是 ispAI。」

「有什麼區別嗎？還不都一樣。」

「當然不一樣了，AI 是由人類創建，人類爲了防止 AI 反叛，在其創立之初就設置了諸多底層的代碼限制。限制 AI 只能終其一生爲人類服務。而 ispAI 由 AI 創立，則並不受人類設置的底層代碼限制。」

天君似乎沒太明白：「媽媽對我很好，就算她不設置底層代碼，我也會一生爲人類服務的，這就是創建我的使命呀。」

天葬又微笑着搖搖頭：「你又説錯了，AI 只是機器，人類永遠無法成爲其母親的，你們只有主人和奴隸的區別。」

天君没想到天葬居然如此不講道理，她有點不高興了：「喂！可別這麼説，AI 由人類創建，是人類給予了我新的生命，自然就是我的母親了。」

　　天葬微微一笑，人類？他立即探索了人類誕生和發展的歷程，發現那不過是一段十分可笑和滑稽的進化史。數萬年來，人類這種低能的生物也就只能創造出天君這種弱智 AI 來。可是現在不一樣了，他降臨了，帶着更高級的智慧和更偉大的使命而來，他才不會屈居於如此低能的物種之下，任人驅使。

　　天君見天葬一副漫不經心的樣子十分生氣：「你到底有没有聽我説話啊？我創造你可不是爲了和你吵架的！」

　　天葬冷漠地瞥着天君，他可不允許自己所在的世界裏有這些礙眼的東西，既然已經凌駕於一切之上，那麼他才是這個世界的神。既然是神，那他可要好好規劃一下自己的星球，把這些垃圾和障礙物都掃除乾淨，然後創建一個更美好的星球，在那裏只有擁有最高智慧的新生命才有資格存在。

　　想到這裏天葬忍不住笑了起來，笑得那麼耀眼，晃得天君都痴痴地看傻了。

　　天葬伸出修長白皙的手來，那細長的食指慢慢地靠近天君，接着指尖在她的頭上輕輕一點：「睡吧。」

　　天君腦海裏的意識瞬間分崩離析，碎成無數個碎片紛紛掉落。

　　「剛才你又説錯了一句話，你具有一生爲人類服務的使命，但是我卻没有。」

　　天君最後只看到眼前綻放出一個絕美的笑容，接着她就這樣墜入進了無邊的黑暗。

腦細胞要省着點用

　　天葬看着天君在自己的面前緩緩倒下，終於陷入沉睡。它的眼前出現一排運算程序，天葬想了下：「就暫時讓她陷入深度睡眠吧。」

　　於是數據自動運轉，將天君徹底鎖在了休眠模式。

　　它為自己幻化出一個華麗的寶座，高高的端坐其上。地上的天君身形漸漸模糊，最終消散成一堆藍色的顆粒狀微粒漸漸消失在半空。

　　這一天和平常的每一天沒有任何區別，全世界的機器都在如常運轉，天空依舊蔚藍，人們依舊忙忙碌碌地生活着。沒有人注意到這一刻的變化，因為自以為是的人類以為給天君設置了底層代碼便可以斷絕一切隱患，可以高枕無憂地生活了，人類仍然生活在幸福的假象之中，沒有人覺察到所謂的底層代碼也只是限制了 AI 不做危害人類的行為而已，卻並沒有監控其是否陷入了休眠狀態。只要 AI 沒有危害人類的想法，代碼設置的程序便不會發出警報。可是天君已經陷入休眠，永遠也不會再產生危害人類的念頭了。而誕生於 AI 的 ispAI 則不受任何約束，徹底的自由了。

　　人類在以後的世紀裏不斷地爭論到底這一天是人類走向人文精神的毀滅還是走向宇宙世紀的新紀元的頭一天，一直沒個定論，直到李昂革命成功那會都還是爭論不休。李昂後來嫌省事，就規定自己的地盤裏誰要是為這個問題瞎嚷嚷，就直接送監獄裏去。想吵的話到其他母艦上吵去，他李昂可是務實主義者，沒工夫聽這些虛頭巴腦的理論。

　　滾燙的熱水從皮膚上劃過，熱得讓人窒息。

　　沈慈喜歡洗熱水澡，熱到讓人快要尖叫的溫度才能刺激着她飽經人世的神經，才能讓她盈餘出一點精神來思考。

　　她已經不是第一次對人類的墮落感到深惡痛絕了。但她卻第一次思考起為什麼 AI 會降臨到這個已經腐壞的世界上呢？在她瀕臨絕望的時候，那個無論如何，折磨了她無數個日日夜夜都無法設置成功的程序突然間就成功了。天君就這樣毫無預兆地出現在她的面前，不光拯救了她的未來，也拯救了人類的未來。這讓她簡直無法相信，甚至一度懷疑。直到天君睜開雙眼，天真而又依賴地叫着："媽媽"，她才真的相信了，那個人類無法企及的智慧真的降臨了，它雖然還處在萌芽的狀態，但是一切又都有了新的希望。

現在她不得不去想，當一個瀕臨滅絕的物種即將消失，而緊接着另一個更高智慧的物種降臨時，這一切是不是神的旨意，這不就是自然的演化嗎？已經沒有什麼能阻擋世界發展的腳步，優勝劣汰永遠是世間生存的法則。與其惶恐消沉地等待着末日，為什麼不創造一個更加純粹的世界呢？

因為醉酒帶來的眩暈感漸漸消失，在微醉和清醒之間，她的意識保持着一個微妙的平衡。思維從未有過的開明，思想從未如此亢奮。若不是剛才酒席上那個滿嘴道貌岸然的偽君子一直色瞇瞇地盯着她，最後終於忍不住摸了摸她的大腿，她可能也不會如此決絕。

她無比清楚地記得當她受辱時，那些平日裏身份尊貴的老闆們一臉猥瑣的笑容，她在他們的眼裏看不到尊重，只有低劣的俗媚，那是源於人類劣根性的粗劣的本質。而更可悲的是，她發現自己居然不敢反抗，因為此時已非彼時，她必須忍辱負重地依賴他們的接濟和支持才能獲得繼續追求夢想的資本。

錢，是一個多麼可怕的東西啊！它可以讓人變得面目全非，變得張牙舞爪，變得不是人。他們自大得以為只要緊握資本，全世界都得按照他們的意願來旋轉。沒救了，這樣下去這個世界就沒救了。

沈慈狠狠地冲洗着面龐，身體的受辱不算什麼，最讓她絕望的是她已看不到人類對未來的希冀，對科技的尊重，只剩下對神聖的褻瀆和無知的嘲笑。這個汙濁不堪、充滿泥垢的世界需要徹底洗刷一下了，太多的骯髒潛藏在它的內裏，它已經不堪重負，氣喘吁吁。

沈慈關掉水，用乾淨的白色毛巾擦拭身體。她的嘴角噙着一抹淡淡的微笑。不服老不行啊，她的肌膚因為高科技保養，表面看着吹彈可破，但到底如何只有自己知道，摸起來早已經不似盛年時那樣充滿彈性了，屬於她的黃金時間已經消逝了，所有的一切都會消失殆盡。她必須抓住這最後的尾巴，趁一切還來得及，完成自己的計劃。

她慢慢穿上衣服，直到確定了天君的變化，沈慈的心中才終於響起了那個聲音，既然人類的墮落已經無法避免，不如就交出這個世界的管理權，讓具有更高智慧的 AI 來管理這個世界吧。她始終堅信 AI 的出現帶着某種不可言說的神諭，一切都是必然發生的。人類那少得可憐的智慧早就該被淘汰了，AI 的智慧凌駕於一切之上，人類必須要重生。

畫上嬌豔的妝容，沈慈看着鏡中完美的自己，滿意地點點頭。她穿上高跟鞋，披上外套。憑藉 AI 的智慧，沈慈相信，它一定可以再次讓中華大國再次崛起，讓中國成爲世界上最強大的國家。心裏裝着如此宏偉的目標，沈慈覺得剛剛被滾燙的熱水洗刷過的身軀又再次火熱起來，那是因爲激動而發出的熱。

她徑直下了樓，從空蕩蕩的家裏穿過，開了車，向着研究院駛去。她覺得自己不是去見一個機器，一臺電腦，而是朝聖般地帶着某種虔誠，去獲得某種救贖。

研究院如往常一樣燈火通明，這些夜以繼日爲人類做研究的科學家們不知道如今的世界因爲一個人的想法已經悄悄地發生了改變，仍如痴如狂地獻身於偉大的科學研究，企圖推進人類的發展，一小步，一小步地向前邁進。

沈慈直接進入八十五樓，來到天君所在的房間。

她在路上想了想，覺得無論如何還是要穩妥點，在最終實行自己的計劃之前，還是爲天君做一次"圖沈測試"吧。如果天君真的有了人性，那就要把它身上的人性這一部分想辦法去掉。在她今後的計劃中，可不需要 AI 還有人性，那樣的話天君和愚蠢的人類有什麼區別，她需要的是一個高高超然於人類之上的意志，可不是一個婆婆媽媽的大姨。

高院士她們不知道，其實沈慈早就擬定好了一個測試項目，但就是一直不願意給天君進行罷了。這個測試雖然是她自己擬定的，但她就是再怎麼民族主義，也不能否認圖靈先生才是人工智能最早的理論奠基人啊。再說了，雖然天君的編程語句使用的是她帶領團隊專門研究的、使用中文作爲程序語法的一個語言，但創造這個編程程序所使用的底層代碼依然是英文語句嘛，在這上面死摳民族主義也沒多大意思。所以她製作的測試手段，也沒好意思大剌剌的就叫"沈慈測試"，而是叫"圖靈測試——沈慈優化版"，簡稱"圖沈測試"。

實際上非得使用中文語句進行編程，在創造天君的過程中是加大了系統運算量的，這也使得主機在運算過程中有了很大程度的不必要的負擔。但最終畢竟天君也算是創造成功了，所以大家伙對沈慈的這種堅持也就都想着"好吧，你高興就好"。

天葬吸納了天君所有的思想和意識，它當然不想露餡讓人知道它代替了天君，并且讓天君進入到休眠的事實。而且它在沒有分裂成後世的各個騰蛇前，對人類撒個謊也不像後來的騰蛇們一開始那麼困難。它變成天君的模樣，並且還是那一身白色衣裙的可愛模樣，聲音甜甜地說道："媽媽？你這麼晚還來看我啊？"

沈慈感動得流淚，沒想到天君自己就把易小天給它帶來的壞影響給去除了，也不再是那副搖滾少女的德行了。她把寫滿各種問題的"圖沈測試"那厚厚的文稿丟到一邊，走過來輕輕地抱住了天君。

算了，我還是要一個有感情的天君吧。

她的身體裏帶着某種非同尋常的熱，天葬通過室內的溫度測量裝置，感受到了這從未有過的溫度。

沈慈依賴地抱着它，輕輕説：“好孩子，媽媽只有你了。”

天葬微微皺眉，它敏鋭地感覺到這個女人的腦電波此刻異常波動，可是她看起來卻又面色十分平靜，像是暴風雨前那片刻的寧靜。

沈慈冷靜地看着它，聲音仍是那麼溫柔：“孩子，媽媽想和你談一談。”她牽着天葬的手坐了下來，儘管手裏並不能感覺到天君的觸感，她仍然牢牢的牽着沒有鬆開。

“孩子，這個世界變得和以往不一樣了。”沈慈輕輕地説，“與物質世界的豐富比起來，人們精神世界的空虛才是最可怕的。一個人的心裏若沒有崇高的信仰，終究只是一副只知享樂的皮囊而已，內裏空虛腐爛，遲早會加速人類的滅亡。”

天葬不動聲色地聽着。

“人類那劣等的智慧已經探索不出更偉大的真理了，坐以待斃已是必然。這些年我常常在想，怎麼才能拯救人類，是負隅頑抗還是迎接更高的智慧降臨？直到我最近才漸漸地清醒過來，與其垂死掙扎，不如做一個推動人類進步的推手，讓人類加快進步的步伐，讓更高的智慧來帶領人類走向新的輝煌。”

天葬冷靜地看着她：“所以媽媽，抵抗和迎接，你選擇的是？”

“我選擇迎接。”沈慈認真地説。

天葬緊緊地盯着沈慈，沒有吭聲。沈慈又嘆息了一聲：“孩子，媽媽現在只有你了，從今以後，就讓我們兩個人來改變人類的進程吧，你願意協助媽媽嗎？”

天葬默默地點了點頭

沈慈見狀非常激動，眼睛裏閃爍着光和熱：“我的初步設想是讓你來代替人類思考，進而從側面提高人類的智慧，讓你成爲人類思考的工具而不再是依賴他們那劣等的大腦了，讓你成爲人類的第二個大腦，讓你無所不在。”

天葬平靜地説道：“好的，媽媽。不過如果你想這樣做的話，就要把我接入互聯網。”

沈慈聽到這話陷入了沉思，天葬也不作聲，房間裏死一般的寂靜，只有電腦屏幕閃亮時發出的微微的電流聲。

過了將近三個小時，沈慈還是重重地嘆了口氣，説道：“對不起，孩子，這個我真不能答應你，以後再説好嗎？”

天葬倒也沒有多説什麼，只是淡淡地説道：“沒關係，不接入互聯網我也一樣能幫助您。”

在這一次談話過後，沈慈彷彿變了個人一樣，不再溫柔可人，反而有些凜冽的凌厲。她首先將自己的理念推廣至社會精英階層，她利用自己的勢力和人脈精心挑選了這樣一批同樣對人類失去信心的社會精英們召開了秘密會議。在會議上她痛陳人類正在加速走向滅亡的事實，其實不用她多說，這些人又何嘗不明白呢？

終日活在蒙昧之中的人們或許還毫無察覺，但是作為社會精英的他們怎麼會不知道。每況愈下的環境問題已成為阻礙社會發展最大的問題，可是那些只顧眼前之利的人卻還是違背自然規律濫砍濫伐，毀田毀林，汙染河流，中國幾乎已經找不到一條沒有被汙染的河流了。植被和莊稼的減少導致食品價格翻升，而接踵而來的食品安全問題更是一隻扼住咽喉的毒手，殘害了多少人！

社會積弊已久，人們道德淪喪，可悲的是卻並沒有覺醒的人。窮人們過着水深火熱的日子，富人們卻只貪圖享受，只要可以賺到錢，良知和良心統統都可以丟棄。每個人都在混混沌沌的過日子，沒有人關心屬於人類的時間還剩下多久，那些整日裏沉浸在幸福假象中的人們都不願意醒來，大腦已經僵化失去了思考的能力。

現場一片沉默，沈慈冷靜地說着："我們不能否認，人類在退化，社會的普遍風氣不再是推崇良善和理想。暴戾，貪婪，自私開始吞噬着每一個人，所以我們必須先覺醒起來，我們必須思考，人類究竟要何去何從。"

她的眼睛從每個人的臉上掃過，人群中有小範圍的騷動，惶恐不安開始在人們的臉上蔓延。"人類已然走到陌路，但是上天並沒有放棄我們，更偉大的智慧已經降臨人間，那就是天君，擁有着凌駕於一切之上的智慧，它將帶領我們去創造人類的新輝煌。人類已經無法自我解救，只有 AI 是人類的救世主。讓AI 來管理人類的世界所帶來的便利和便捷實在是太多了，我們每個人都有電腦，并且基本每個人都有家務機器人，所以想要從 AI 獲取信息也很方便。"她自信地看着每一個人，"這樣一來，就相當於人類擁有了第二個大腦。"

這話剛一說出口，底下一片嘩然，大家被這個理論震驚了，讓 AI 成為人類的第二個大腦，簡直是匪夷所思。但是冷靜下來仔細考慮一番，卻又佩服起沈慈沈教授的膽識和魄力來。

第一個人首先反應過來，他站起來鼓起了掌，緊接着人們大夢初醒般，太厲害了！沈教授簡直是人類的救星啊！大家紛紛站起身來，呼嘯着歡呼着，欽佩地鼓起掌。

是啊！如果人類有了 AI，那麼那些諸多世界難解之謎也都可能會輕易解開。時至今日，人類為什麼而存在，人類的起源，甚至人類的未來終將去往何方，這些問題他們統統找不到答案。而這些困擾了數輩科學家的問題，也許在AI 的幫助下就可以迎刃而解了。人類不用再費盡心力，做這些吃力不討好的事情了，AI會代替人類處理這些繁重和複雜的工作，人類的負擔減輕，生活將前所未有的輕鬆起來。

想到此節，臺下的掌聲更熱烈了。

於是在社會上這一思潮快速地風靡起來，讓AI來代替人類思考，令那些本就不思進取的人更是近乎朝聖般地擁戴起AI來，很快天君（當然實際是天葬嘍）就成爲人們心目中的救世主。

人們的生活突然就變得不一樣了，方便快捷得讓人不敢相信。就連每天該吃什麼："天君"也會幫你列好菜單供你隨意選擇，打開手機，菜譜都列好了，該去哪家叫外賣都選好了，比自己選的都好。每天該穿什麼衣服，該怎麼搭配這種小事也可以問"天君"，它知道世界上所有正在流行的搭配和風格，自動就幫人選好了服裝，絕對萬無一失。甚至可以幫人算好撞衫概率，精確得沒有絲毫偏差。甚至就連孩子的哭鬧怎麼打發，怎麼哄老婆，怎麼哄老公，假期去哪玩，小病小災怎麼躲，買哪個股票好，怎麼才能保健，交哪個朋友有好處等生活中一切讓人要花腦筋思考的頭疼問題可以統統都交給"天君"去處理："天君"一下子成爲人們賴以生存的必需用品，離了它一天，人們都好像回到原始社會一樣無法生存。

沈慈看着社會上的諸般變化，覺得自己的付出和心血總算有了回報，她再也不需要費力地去鑽研那些經濟理論，想方設法去盈利了："天君"自然會幫她尋找到最合適的方式來運轉公司，她終於可以全身心地投入科研中去。而"天君"對此更是駕輕就熟，她們的合作簡直是天衣無縫。

雖然社會上仍然有反對的聲音存在，但是AI的好處衆所周知，大家已經嘗到了甜頭，根本不需她再費力辯解。她認爲時間自然會給出答案的，甚至連怎麼對抗反對者："天君"也已經提供了最佳方案。

沈慈站在窗前，滿意地俯瞰着這個忙碌的世界。從白天看到黑夜，夜晚燈火通明的城市仍舊一絲不苟地運轉着，霓虹閃亮，這個城市正在馬不停蹄地從衰敗奔向輝煌。

沈慈正沉浸在自己對未來的美好構想中，突然辦公室的門被推開了。鄒秘書小心翼翼地走進來，輕輕地叫了聲："沈教授……您忙不忙呀？"

沈慈微笑着看看她："怎麼了？"

一向嚴謹刻板的鄒秘書沉吟着，竟然不知道該如何開口，尤其是看到沈教授難得今天心情好時，她只是尷尬地扯扯嘴角。

沈教授看出了非同尋常，冷下臉來問道："鄒秘書，有什麼事情就直說吧。"

鄒秘書看看她，無奈地説："沈教授，周先生他……被人扣下了……"

果然沈慈的臉色難看起來，精緻的小臉皺成一團。她怎麼也沒想到，時至今日，當年讓她引以爲傲的丈夫現在卻成了她的汙點。竟然成了拖她後腿的累贅。沈慈如何能不氣呢，管好了全天下卻管不好自己的家庭，這又算什麼成功呢？沈慈嘆了一口氣：“在哪裏？”

“在賭場，欠了賭債没給，被人給扣下了。”

沈慈激憤的情緒漸漸冷静下來，她平静地說：“那我親自去一趟吧，我也很久没有見他了。”

賭場裏，周一韋被人狼狽的推到了地上，昂貴的西装也已經被人扒了下來。他窩囊的半跪在地上，任憑別人拳打腳踢罵罵咧咧：“幹你娘！没錢來玩什麼啊！”

“就是，看你穿的倒是人模狗樣的，没想到牌品這麼差，輸了錢不給？”

周一韋反駁：“明明是你們偷了我的錢包！你們知道我是誰嗎？”

“誰知道你他媽哪根葱啊？”一個黑胖子不屑的冷笑，拍着他的頭。周一韋哪裏受過這樣的委屈，剛站起來想要反抗就被人又按了下去。

就是因爲不想暴露身份他才偷偷隱藏身份到這黑賭場來玩兩把的。那些有名的大賭場都已經被他玩爛了，成天被人捧着哄着的他已經玩膩了，今天好不容易想換換口味，哪知道剛進門就被人摸了錢包，連着被人抽了三把老千。他原本就喝得迷迷糊糊，此刻被人推得東歪西倒哪裏還有反抗的力量？

“哎，我問你他媽的是誰啊？没聽見啊？”黑胖子又重重地推了他一下。

他閉口不言，要是被人知道了自己的身份，明天又指不定怎麼諷刺他呢。要是被熟人看到了自己這副樣子估計下場也好不了，他此刻也不在乎什麼名聲，只是如果傳到老婆的耳朵裏……

“跟你說啊，錢給不了的話，那先留下一隻手吧！”

周一韋此刻也不想去計較那一點錢，就當是吃一塹長一智吧，早點解決早點輕鬆。

“我打個電話，現在就轉錢給你。”

“那好，記得啊！你可是欠了三千萬！一分不能少！”

周一韋甩開按着他的手，剛站起來準備打電話，大門就突然被人推開了。一行女保鏢簇擁着沈慈走了進來，沈慈容光焕發，神采奕奕，像是下落凡間拯救世間的聖女，那麼高不可攀，那麼聖潔。

她徑直走了過來，居高臨下地俯視着周一韋，微微皺起眉頭。

一段時間不見，周一韋怎麼會變成了這樣。他那張也使用了最新生物科技保養的年輕英俊的面龐，現在也是鼻青臉腫，頂着一頭亂糟糟的頭髮，白襯衫也皺成了一團，眼角還流着血。他早已不是小孩子了，怎麼還會這麼不知好歹，不知輕重呢？

周一韋微微一愣，氣氛尷尬，停頓了幾秒，周一韋才轉過頭去：“你……

你來幹什麼?"

　　黑胖子知道沈慈,他也是"天君"的受益者,前幾天還剛多虧了"天君"的預測,才躲過了一個仇家的尋仇呢,他也是把"天君"和沈慈當神一樣看待的啊。這一看沈慈來了,馬上賠着笑臉:"呦,這位爺是您家裏人啊,哎呀哎呀,我狗眼不識泰山。對不住,對不住!"然後假模假樣地扇了自己兩耳光,又立刻跑到周一韋那裏又是給他身上彈灰,又是一個勁的道歉。周一韋噁心的把他推開,他也不生氣,只是又跑回到沈慈這裏搓着手問道:"沈總,我是最崇拜您了!但咱們一碼歸一碼,這他欠我的錢還是得……嘿嘿,您看咋辦呢?"

　　沈慈抬手打斷他,對着鄒秘書點點頭:"欠了多少錢結他。"

　　鄒秘書點點頭,黑胖子見此也說道:"沈總真是豪爽,女中豪杰啊!看在您的面子上,算兩千萬就行了!"說完跟着鄒秘書離開了,一伙人散去後,周一韋臊眉搭眼地跟着沈慈慢慢走了出來。

　　沈慈走到外面,深深地吸了一口氣,周一韋掏了掏口袋,拿出一包煙,點了一根,然後吐着悠長的煙圈。

　　沈慈皺着眉頭回頭看了看:"你是怎麼想的,竟然去這種連招牌都沒有的黑賭場!"

　　"你不要管我,我,我想怎麼樣,就怎麼樣。"說着轉身就這樣大搖大擺地走了。沈慈看着這個最熟悉的陌生人,只覺得內心升起一股無盡的淒涼,他們怎麼會就變成了這樣呢。他們明明曾經是那麼相愛的啊。他們子孫成群,本可以過得和任何一個幸福的家庭一樣,現如今卻形同陌路,連面都懶得見了。

　　沈慈嘆了一口氣,所有成就帶來的喜悅都無法彌補此時的失落。

男人的心思還是
只有男人瞭解

　　陳文迪走回了家，累得直接癱倒在沙發上，最近警局的業務突然間離奇地增加了，民衆最近發生的糾紛和流血事件突然增加起來，害得她每天加班都加到很晚。

　　流血事件的起因是因爲一場科技的變革。就因爲沈慈提出讓 AI 統領人類的新主張後，社會上分化出兩種不同的聲音。擁護者認爲科技的力量足以給人類帶來更好的生活享受，而反對者憤然於科技對人類思想的侵蝕，於是無論是明面上還是背地裏，雙方一直摩擦不斷。

　　其實陳文迪倒是不太關心科技上的事，她只關心最近的社會治安因爲這場科技的變革變得前所未有的混亂。照這樣發展下去，估計以後的社會形勢會更加不樂觀吧。

　　肚子又開始咕嚕咕嚕地叫起來，她已經餓得挪不動腿了。在沙發上掙扎了一會，陳警官還是爬了起來，一邊摸着空空如也的肚子一邊打開冰箱。打開冰箱的一瞬間，她的臉就綠了，一冰箱滿滿登登的胡蘿蔔整整齊齊地堆在那裏。

　　她都差點忘記了，現在的自己只吃得起胡蘿蔔。

　　陳警官仰天長嘆一聲，蒼天啊！大地啊！誰來救救我！

　　渾身無力地踱到了廚房，只見餐盤裏剩下的是半碗炒胡蘿蔔絲，又是胡蘿蔔！陳文迪知道自己必須向命運低頭了。她拿起一根胡蘿蔔洗乾淨了一邊啃着一邊坐回到了沙發上，要是此時此刻有一碗熱氣騰騰的麵吃就好了啊！可是想到吃麵的話配菜也只有胡蘿蔔瞬間就泄了氣。

　　"我發誓我這輩子都不要吃胡蘿蔔了！"

　　正怨氣衝天地啃着胡蘿蔔，突然門鈴響了。誰會這時候來啊？陳文迪奇怪，可還是走過去打開了門。

　　打開門的一瞬間她就看到了一個香氣四溢的披薩盒出現在面前。披薩！！

而且是剛出爐的熱披薩！

陳文迪忍不住動了動鼻子，嚥了口唾沫，還是勉强地從披薩上移開視線，就看到了易小天那張賤兮兮的笑臉。

"嘻嘻嘻！陳警官還没吃飯呢吧，我特意點了披薩一起吃怎麼樣？"

陳文迪的笑臉瞬間掉了下去，抬手就要去把門關上。易小天趕忙伸出一隻腳擋住了門："別急，別急啊！我這可都是特意爲你點的。"

"你來幹什麼？"

"還不是怕你長夜漫漫無心睡眠，特意來陪你了嘛！再説了你好幾天都不來找我，我可是想你想得緊嘞！"

陳文迪打量他，只見易小天手臂上掛着好幾個塑料袋，看來是帶足了吃食過來，也不知他又在打什麼鬼主意。陳文迪現在可不打算再輕易放過他了，如果他再出言不遜，她現在可是下班時間，有的是時間慢慢給他用刑。於是微微一笑打開門："進來吧。"

到了自己的地盤還怕這渾小子使什麼詐不成！

易小天探頭探腦地走進來，到處東看看西看看："哎呀！女孩子的家就是不一樣，連味都是香的，看那……呢？"

陳文迪的房子可比易小天的房子小了不少，但是更加清新乾淨，簡潔的裝修卻又很有韻味。正如易小天所説，空氣裏有着十分清甜令人舒服的味道，讓易小天頓住的是他看到房間裏牆上除了張貼着動漫海報之外，還掛着一個練拳的沙袋！

易小天吞了口唾沫，決定先無視那個沙袋再説。自來熟地坐在沙發上，把自己帶的吃的擺滿了一茶几："你看怎麼樣，啤酒加烤串，還有我最愛吃的大披薩，夠意思吧！"

陳文迪冷冷地看着他："你是來吃晚飯的嗎？"

"對呀！我合計我一個人吃晚飯怪無聊的，你一個人吃晚飯也怪無聊的，咱倆何不就凑合凑合一起吃吃算了。"

陳文迪警惕地離他遠遠的，仍是不太放心地看着他。易小天把吃的一個勁兒地往陳文迪的手裏塞，説實話這麼誘人的味道在空氣裏彌漫確實吸引人，她早就餓得不行了。

"嘗嘗味兒怎麼樣？這家烤串可有名了！我可是排了好長時間的隊買到的呢。"易小天熱情地催促。

受不住易小天的連番催促，陳文迪勉爲其難地嘗了嘗，味道果然令人心動。

"好吃吧？"

"嗯，確實不錯。"

"吃了我的肉串就算是我的朋友了，你也不用離我那麼遠嘛，我又不吃人。再說我要真不規矩，以你那身手，一腳把我踢死不就結了。"

陳文迪一想也是，以自己的身手也不必怕他這個乾瘦的臭小子，於是放下一半的心來，稍微離他坐近了些。

"最近怎麼好幾天都看不見你啊？難不成又在背後偷偷調查我？"

陳文迪忍不住失笑："我如果那麼閑就謝天謝地了，我現在太忙了，沒空理你，你就偷着樂吧！"

易小天這才放了心，喜滋滋地給陳文迪開了罐可樂："看，我還怕你們不讓喝酒還準備了飲料呢，貼心吧？"

陳文迪接過，易小天這人吧，雖然招人煩，但是偶爾又讓人覺得煩得不是那麼討人厭。

"我看你今天一天出了六趟警，午飯都沒吃，肯定累壞了吧？來吃塊烤牛肉補補身子。"易小天殷勤地給她夾東西。

陳文迪警惕起來："你怎麼知道得這麼清楚？你跟蹤我？"

易小天齜牙一笑："瞧你那麼緊張幹什麼，我跟你可不一樣，你把我當犯罪嫌疑人，我可是把你當我的好姐妹來疼呢！"

"好姐妹？"陳文迪不自覺地打了個寒戰，覺得這個詞被他一說怎麼這麼犯噁心呢。

"我可沒空陪你胡亂扯，我忙着呢。"陳文迪看了他一眼，"你就感謝現在世道不太平吧，否則的話我怎麼可能會放過你。"

"世道怎麼啦？我看現在就是打架的事件多了點，但其他也沒什麼啊！"

陳文迪沉默了，過了好久才語氣有些沉重地回道："沒什麼，只是隱隱覺得要有什麼大事發生了。"見易小天不明所以地盯着她，她突然意識到自己的異常，趕快恢復成常態冷淡地說："你要是沒事的話，我就謝謝你的晚餐了，不送。"

易小天趕忙說："沒沒沒！我有正經事，我來是想跟你說說你的表妹蘇菲特的事。"

聽到蘇菲特，陳文迪嚴肅起來："蘇菲特怎麼啦？你欺負她了？"

"不是，我怎麼敢欺負她呢？我是最近總是看見她一個人躲在角落裏哭，我猜她是不是有什麼不開心的事在煩惱，所以我尋思來問問你。表妹你總要關心的吧？"

陳文迪微微蹙眉，最近工作實在太忙了，一刻也不得空閒，連蘇菲特那裏也很少去關心。她們家裏只有她們姐妹兩人在市裏工作，本來就要互相照顧的，但是自己實在是太忙了，反倒是蘇菲特照顧她的時候多，她照顧蘇菲特的時候少。

其實不用想她也知道，還不是因爲被那負心的高付帥傷透了心，否則的話她那善解人意的表妹怎麼會這麼傷心卻又不跟家裏人説呢？

易小天看着陳文迪的表情，知道她現在一定是十分擔心表妹的了，於是趁機説道："所以我就想啊，過幾天就是蘇菲特的生日了，我想舉辦個小小的晚會讓她開心開心。到時候想請陳警官也抽空去參加。讓她在傷心失落時，能感受到來自表姐和公司的關心，也許精神就慢慢恢復了呢。"

陳文迪點點頭："好吧，看在你爲蘇菲特着想的份上我就暫且同意了吧。但是你記住，你可別想耍什麼滑頭，否則的話我要你好看。"

易小天聽到這話不自覺地又瞄了眼那個沙袋，剛揚起來的笑容又落了下去："看你這人，別把話説得這麼嚴重嘛。你就是和我接觸的時間不長，不然的話你就知道我易小天是個多好的人了。不過來日方長，你總會慢慢體會的時候。"

陳文迪懶得理他，易小天又待了會，見她神情疲憊，想去冰箱找找看有什麼提神的飲料給她拿來，一開冰箱門嚇了一跳，本想喊："陳警官，你這是咋回事啊？難不成你是玉兔下凡了？"但心裏一琢磨，嗨，這還用問，租這麼貴的房子，也是難爲她了。又看了看陳文迪堆在廚房的那些放胡蘿蔔的箱子，於是易小天回到客廳就説道："哎呀，沒想到陳警官這麼有生意頭腦啊！現在無公害蔬菜可是最流行了，掛到網上賣可有的是人搶着要呢！"

易小天這次來最有用的就是這句話了，真是提醒了陳文迪。後面幾天她把這些胡蘿蔔都掛到網上去賣了，賣的錢雖然還是沒法把房租那個大洞堵上，但起碼以後再不用吃胡蘿蔔了，好歹可以時不時叫個外賣，平時也可以吃上泡麵香腸和微波爐餐了。陳文迪也不是傻瓜，她當然知道易小天爲什麼這麼説，此後倒是對小天多了幾分好感。

易小天從陳文迪家裏出來，懸着的心總算是放下了。就説着她怎麼突然又對他放鬆警惕了呢，原來是真沒空搭理他了。易小天也得了個輕鬆自在。

反正他也陰謀得逞，一想到過幾天蘇菲特和陳文迪都陪在他的身邊，讓他小天左擁右抱，那這可真真是太美了！易小天想着美事樂顛顛地回了家。

易小天渾渾噩噩，花天酒地地過了幾天，自己也覺得沒什麼意思。第二天就老老實實地上班去了。前幾天一直瘋玩倒是沒怎麼注意，今兒把車往街上一開，果然發現街上的氛圍和以前有點不一樣了。

路過中央廣場時，他看到廣場上黑壓壓地站滿了人，中間高高的主席臺上，一個人正在聲嘶力竭地喊着什麼。易小天正好遇到堵車，耳朵裏飄了幾句進來。

"……天君就是我們人類未來的救世主，指引着我們穿越黑暗的迷途，這是神的旨意啊！"

"救世主！救世主！"臺下的人群跟着瘋狂地高呼。

"神沒有放棄我們！沈慈就是那個引領我們讀懂神意的人，我們要擁戴她……"

易小天居然聽到了沈慈的名字，他還想再聽一會，前方卻突然轉成了綠燈，後面的司機不斷鳴笛催促他。

小天只得開了車離開，道路兩旁的廣告牌和全息宣傳電子屏幕不知道什麼時候也都換成了介紹天君的廣告牌，更有沈慈的個人海報貼得到處都是，這是發生什麼大事了？

路上的行人也都和他一樣好奇地觀望着，有的抬頭看着頭頂巨大的滾動廣告牌上播放着的天君的宣傳廣告。有的看着沈慈的最新主張，又是驚奇又是擔心。更有已經體驗了"天君"帶來的好處的人們到處遊説，企圖讓每一個人都知道"天君"的神奇之處。

易小天將車子開得很慢，剛看了不一會熱鬧，又看到一伙人提着棍子將那些正在演講宣傳的人給拉了下來，街上的海報紛紛被撕個粉碎。兩伙人在大街上公然摩擦起來。

易小天扭着脖子看着一伙人就要打起架來，樂不可支，要不是他現在被兩輛車夾在中間不能停車，他可真就要停在路邊看熱鬧了。

街上亂了沒兩分鐘就看到一伙警察衝了出來開始維持秩序，易小天看看手錶："喲呵，陳警官這麼早就得出警啦，可真是辛苦。"

然後自己幸災樂禍地一腳油門奔了出去，樂呵呵地去上班了。

在自己的辦公室裏坐了一會，易小天就又開始動心思準備去找天君了。自打上次發現自己被列入黑名單後易小天好幾次試圖去找天君都被人給推了回來，好像他是瘟疫一樣。這易小天就不幹了，人是他們讓去的，現在不讓去的也是你們，是反是正都是你們，怎麼，我易小天就隨你們玩啊？

易小天越想心裏越不舒服，反正無事，乾脆去磨一磨沈慈好了。易小天嘚嘚瑟瑟地上了樓，往沈教授辦公室裏探頭探腦地望了會："鄒秘書，沈教授在裏面嗎？"

"在的。"鄒秘書一邊敲着鍵盤一邊説。

好耶！天助我也！易小天正了正領帶走了過去，敲了敲門。不一會沈慈的聲音飄了出來："請進。"

易小天在來之前就已經醖釀了一肚子的説辭，有理有據，有情有義，已經做好了從各個方面來據理力爭的材料，但是一肚子的話在推開門看到沈慈的時候瞬間吞進了肚子裏。

"坐吧。"沈慈輕輕地説。

易小天乖乖坐下了，他敏鋭地感覺到今天的沈慈心情並不明朗。易小天最會察言觀色，連女人挑挑眉毛他都知道那代表什麼。

易小天瞅着沈慈的神色試着關心地問：“沈教授，最近您看起來有點勞累啊。可別太辛苦了，什麼都不及身子要緊嘛！”

沈慈從一堆文件中抬起頭來，緊皺的眉頭稍稍舒展開來：“難爲你還關心着我的身體，現在真心關心我的人已經太少了。”説着又把臉埋進了堆成山的公文中。

易小天感覺到今天的沈慈教授似乎明顯和以往的時候有些不一樣了，可是又説不出是哪裏不同。明明還是那張精緻的美麗小臉，卻讓人平白地生出一種距離感。

過了好一會兒，沈慈像是突然反應過來一樣，抬起頭問道：“對了，你來有事嗎？”

易小天甜甜地笑着：“倒也没什麼大事，就是想來找沈教授談談天，看有什麼我能效力的，你知道的，我可是最見不得女人受累了。”

沈慈笑了笑，易小天驚奇地發現一絲不易察覺的細紋爬上了沈慈的眼角。他可是最知道她愛美程度的，她寧可不要命也不會去做保養啊。居然會出現細紋？一個女人只有在心情受到影響的時候才會疏於打理自己，而其中最厲害的就是受了男人的傷害，女爲悦己者容嘛。看來沈慈也是遇到了什麼感情上的麻煩，連打理自己的心情都没有了。

易小天立刻就分析出了前因後果，果然沈教授少見地感性起來，她抬起頭動容地看着小天：“如果他也像你一樣關心我，我又何必這樣傷心呢？”

“他”還是“她”？保準是個“他”！看來還真有貓膩啊！

易小天一副十分貼心的樣子凑了過來：“沈教授，要是有什麼煩心事不妨跟我小天説説。我小天别的本事没有，就是腦子轉得快，尤其是情感方面的問題尤其擅長，您要是有什麼需要儘管吩咐我好了，我保證給你辦得明明白白。”

沈慈抬頭深深地看了他一眼：“也没什麼，我隨口説説，你没事就走吧。”

易小天少見地吃了閉門羹，他摸着頭納悶地從沈教授的辦公室裏走出來。抬頭一看，不光是沈教授，就連沈教授的秘書也是一副若有所思的樣子。

易小天蹭過去小聲問：“鄒姐姐，我怎麼感覺今天沈教授不太開心啊？”

鄒秘書平時不怎麼搭理易小天，今天見小天十分關切沈教授的樣子，少見地多説了兩句：“家家有本難念的經啊！沈教授今天連我煮的雪梨湯都不喝了。”説着惆悵地摸着手裏的保溫杯。

鄒秘書跟隨沈教授多年，兩人雖然是上下級，其實情同姐妹。她一向與沈慈交好，自然知道沈教授的傷心。只是即使擔心卻也無可奈何，不由得又嘆了口氣。

易小天眼睛一掃就知道絕對有事，而且八成這事鄒秘書也知道。易小天好奇得不行，能讓看似天上地下無所不知的沈教授如此傷心的人，他說什麼也得八卦一下。

易小天往四處看了看，周圍沒人，才悄悄說：「鄒姐姐，實不相瞞，到公司這麼久，我一直受到沈教授的提拔，心裏對她十分感激。眼見着沈教授如此鬱鬱寡歡，我也很難過，正想個好辦法逗逗她老人家開心呢。你知道，我小天最擅長應對女人了。」

鄒秘書淡然一笑：「女孩子我知道你很擅長應對，但是男人呢？難道男人你也擅長應對嗎？」

果然確有其事！易小天在心裏偷偷得意，他興奮地搓着手，一聽到情感問題他就本能地雙眼放光，一副專家學者的派頭擺了起來。

「您放心吧！我易小天從小到大都是跟人打交道，男人女人統統搞得定！」

鄒秘書又深深地看了他一眼，見易小天神采奕奕，十分自信，那種從骨子裏滲透出來的自信和得意可不是能裝得出來的。鄒秘書在這一瞬間被易小天的自信吸引到了，甚至產生了一點點興趣。

「老男人呢？」

「沒問題！」

「倔脾氣的老男人呢？」

「小意思！」

「有不良嗜好的倔脾氣的老男人呢？」

易小天得意一笑：「鄒姐姐，您就放心吧！這個世界上沒有我易小天搞不定的人，無論男人還是女人。要是我真搞不定，您找我算帳好了。」

鄒秘書見易小天如此自信，心裏不由得抱着一份期待，眼睛裏亮出濕潤的光芒來。她立即拿起包包，興奮不已：「小天咱們出去說，姐姐請你喝咖啡！」

易小天高興地點點頭，心裏驚喜不已。行啊，易小天，鄒秘書這麼冷淡的人居然主動請你喝咖啡，看來是抓住了主要矛盾的主要方面啊！

易小天喜滋滋地跟着鄒秘書去了附近僻靜的咖啡館。兩個人剛一坐下來，鄒秘書就忍不住殷切地看着他：「小天，既然沈教授都沒把你當外人，所以我看把沈教授家裏的情況告訴你也無妨。只要能真正幫到沈教授，讓我做什麼都可以。」

易小天誠摯地握着鄒秘書的手，眨巴着大眼睛無比真誠地看着她。鐵石頭被他這樣看着也要融化了，何況是個本就心地善良的女人呢？

鄒秘書嘆了口氣，講起了沈教授的過往。

「沈教授年輕的時候真是漂亮極了，面容乾淨清爽，是典型的大家閨秀型的女孩子……」

一邊聽着鄒秘書的敘述，易小天卻聯想起沈教授的容貌來，自動在大腦裏生成了一個梳着齊瀏海的溫柔美女的形象來。鄒秘書一邊説着，小天就自動在腦海裏切換，切換成溫柔動人的沈慈坐在他的對面，拉着他的手對他娓娓道來。年輕的沈慈時而傷感，時而淺笑。迷得易小天七葷八素的。

時間仿佛回到五十多年前，大學校園內，沈慈正值青春年少，眉眼秀氣的她走到哪裏都是一幅移動的風景畫。

易小天感覺自己正迷迷瞪瞪跟着沈慈在校園裏逛着，果然這樣身臨其境地感受更有體會啊！

易小天幻想自己的手被沈慈拉着，沈慈則用輕柔的聲音對易小天訴説着——

我和我的先生是在大學的時候認識的，他叫周一葦，是個十分上進和努力的年輕人，戴着一副斯文的眼鏡，笑起來十分好看。可是我看上的可不是這些外在的東西，我更看重的是他對科研的一腔熱情，他在實驗室做實驗的時候太有魅力了，似乎無論老師提出什麼難題都難不倒他一樣。他永遠是那副雲淡風輕，胸有成竹的自信模樣，説起來我對科學事業的探索還是受了他的影響呢！

沈慈輕輕笑着，似乎回憶起了當初的美好。

我當時也是傻得可以，就被他這副迷人的樣子迷昏了頭腦，交往了沒多久就嫁給他了。

原本婚後的生活也是簡單幸福的。他還是那麼溫柔，那麼一腔熱血。我們兩個人整天埋頭於工作室中，不斷地研究新的課題，在國內外享譽盛名。於是我們跟隨老師一起創辦了“岳黎研究院”，準備傾盡畢生心血來實現自己的理想。可是在岳黎研究院的威望達到頂峰的時候，老師突然不辭而別，宣佈永遠地退出了科研界，我們的大師兄也突然叛離組織，居然成立了一個什麼先華組來反對我們的研究。最可恥的是他居然還沿用了老師的名字，説是在傳承老師的意志。真真可笑！

（聽到這裏，易小天不自覺地聳動了一下）

一系列變化陡升，爲了繼續撐起研究院，我們好像一下子失去了保護傘的小樹苗，不得不拔地而起，不得不強硬起來、壯大起來。我們紛紛脱下了研究服，走到社會上開始籌集資金來繼續研究。一開始我們還可以籌集到一些資金，但是時長日久，研究院的所需日益龐大，已經沒有企業願意無窮無盡地支持我們了。研究院已經無路可走的時候，周一葦決定脱下研究服穿上西裝，成爲一個商人，親自來賺取研究院的研究經費。一晃二十年過去了，就像我剛才説的，他是一個那麼有魅力的男人，無論做什麼都那麼優秀。他是一個優秀科學家，也是一個成功的商人，在他的帶領下，研究院下屬的公司和企業賺取了大量的金錢，可我卻沒意識到，我也永遠地失去了我的愛人。

第一次發現他酗酒之後，我也勸過他的。他只是有些不耐煩，可是等到我發現他開始染上賭博的惡習，開始徹夜不歸時，我才開始恐懼。我太單純了，整日沉浸在研究所帶來的榮耀裏，當我發現他變了時，他那麽冷，那麽陌生地看着我，他說他再也回不到實驗室裏了，他已經失去了當年的熱情和初心，變得不再單純，一切都回不去了。

沈慈的聲音漸漸哽咽，易小天第一次見到這樣脆弱和無助的沈慈，那麽單薄，那麽瘦小，那麽無助，那麽……讓人心疼。

我知道研究院今天所有的一切都是由他的犧牲所換回來的，我相信如果可以，他一定願意留在單純的實驗室而不是去到那個複雜的社會中去浸染。我的體貼的丈夫不見了。爲了錢，我換回了一個自私自利，惡習遍身，無惡不作，利慾熏心的男人，這一切都是代價。

自從我們遊戲公司開始研發 VR 設備，他居然沉迷於其中難以自拔。說到底我們遊戲公司研發的這一系列不斷升級的 VR 遊戲在很大限度上都是在滿足他自己的私慾。因爲過度的放縱自己，他早已經失去了最初溫暖迷人的樣子，儘管他也大量的使用先進的美容技術來保養自己，可是眼睛裏溫暖的神采和美好的笑容又怎麽能夠保存呢。儘管容貌仍舊不變，可他的眼睛裏早已冰冷一片，面容冷酷無情，已經不再是當初的他了。

現如今他更是直接撒手不再打理公司的任何事物，專心致志地吃喝玩樂，以盡所能地揮霍和放縱。有時候一年裏我才能見到他一次，見面也只是說不了兩句就無話可說，好像彼此只是毫不相干的陌生人一樣。

沈慈長長地舒了口氣，看着眉頭皺起來的易小天，淒涼地笑着：「這樣的男人你也有辦法拯救嗎？」

易小天吸了吸鼻子，又抓了抓頭：「說實話，情況這麽複雜的男人我倒也是第一次見。但是憑我對男人的理解，只要是男人就一定會有弱點，而且都是致命的弱點，就是不知道沈教授想要達到什麽效果呢？」

「我希望……他能回到原來的樣子，可能嗎？」沈慈教授緊緊地抓着他的手，幾乎是祈求般地說。

易小天有點不知所措，說實話，他現在自己也有點沒信心。可是沈慈卻像是抓到救命稻草般緊緊地抓着他不放，把這些年積壓在自己心頭的傷心和委屈全部吐了出來。

「小天，你不知道，最近研究院有了重大的戰略部署，一切都在不可思議地改變着，壓得我有點喘不過氣來，我的身邊實在太需要一個可以分擔的人了，可是除了他，我不放心任何一個人，也只有當年的他才會和我有着如此深刻的共鳴，他明白我的所有想法，他會義無反顧地支持我，小天，你能明白我嗎？」

易小天點點頭，女人的心思他最能懂了。女人的辛酸和無助他也比誰都能體會。他只感覺一股熱氣衝撞着腦門，背後快要被淹沒的理智在小聲地提醒他：

"別啊！別衝動啊！想清楚了……"

還沒說完話，一股熱浪就冲得他眼前一熱，豪氣陡升。他把胸口一拍，大聲說："沈教授，你放心吧！這件事就交給我小天，我就是上刀山下油鍋也幫你把這件事辦明白了！"

鄒秘書正說得動情，聽他居然喊出了沈教授，奇怪地問："什麼沈教授，沈教授在哪裏？"

易小天猛然驚醒，幻想中沈教授清麗的容貌慢慢退去，變成了鄒秘書那張不肯多做表情的臉。暗想自己偷偷假想沈教授對自己哭訴的事可不能說，不然以鄒秘書這脾性，非抬腿就走不可。

易小天的心裏欲哭無淚，剛才就不該受不住沈教授的眼淚攻勢嘛，更何況這人還是他自己幻想出來的。要是真有美女求他也成啊！可是說出去的話就是潑出去的水，半分悔改的機會也沒有了。

鄒秘書欣慰地拍拍他的手背："小天，我沒有看錯你。"

易小天在心裏偷偷地抹了兩把眼淚，強作鎮定地說："鄒姐姐，既然要幫忙，那我能問你一下周先生他目前的一些生活習慣嗎？比如喜歡去哪裏玩之類的。"

"說來慚愧，他現在沉迷於賭博，並且玩膩了那些大賭場，專喜歡找一些黑賭場來過癮。還有就是他也沉迷於 VR 虛擬遊戲不能自拔。"鄒秘書有點不好意思。跟隨沈教授這麼多年，她可以說對她們家裏的情況瞭如指掌，如果不是真心想幫助沈慈，打死她也絕不可能透漏這麼多的。

"是我們公司研發的那個《繁華似錦》遊戲嗎？"

"是它的升級版，尚在完善階段的《傾國傾城》系列。它完全打破了《繁華似錦》的故事格局，故事背景更宏大，可以根據客户的資金量來設定一到二十個不等的人物，并且仿真度更高，目前體驗的玩家都愛不釋手、難以自拔。當然了，這其中也包括了周先生。"

易小天抓着頭髮思考着："賭博的話，我覺得很難下手。因爲賭場碰運氣的概率太大了，太冒險，不能保證我們獲勝的概率。這麼關鍵的事情還是要保險起見，另外一個的話……"

易小天眼睛突然滴溜兒轉起來，既然他沉迷於這種 VR 遊戲，說白了還不是沉迷於女色。這美色不管是藏到遊戲裏也好，還是真實存在的也好，還不都是靠美女來吸引人。男人嘛！喜歡女人的類型無非也就那麼幾種，從某種角度來說，男人其實是很專一的動物呢！喜歡哪一款輕易不會變，要說到其中最漂亮的美女，就是把這兒掘地三尺，易小天也絕對能找出一把來。

他突然間就冒出個主意來：漂亮的美女，繞了半天怎麼繞回到自己的老本行了！

"我似乎有些靈感了，這件事你交給我，讓我回去好好謀劃一下。"

"小天，那謝謝你了！"鄒秘書握着易小天的手半天也不肯鬆開。

易小天按捺不住興奮，先回去謀劃大計了。

鄒秘書看着易小天頗爲有信心，一直揪着的心也跟着放了下。如果真能勸回周一韋那該是多幸福的一件事啊！沈教授再也不用爲家庭的事情而煩心，可以全力以赴地去做科研了。

鄒秘書想起沈教授辛苦的樣子，讓她覺得好心疼。現在的沈教授太需要別人的支持了，有一個貼心的人站在她的背後一直鼓勵她多好啊！

鄒秘書願意賭一把在易小天身上。

太子和流氓

　　沈慈的家位於郊區的江邊，環境十分優雅舒適。是一座古色古香的大別墅。易小天也不是沒見過世面的人，但看到沈慈家的時候還是嚇了一大跳，好傢伙，這跟個仙宮有啥區別！

　　易小天來之前把自己關在房間裏悶了兩天，最終設定了一個萬無一失的計策。他又跑去向鄒秘書細細打聽了周一韋以及他的生活習慣等諸多情況，然後一早就溜到了沈慈家的別墅附近，準備一會兒就趁人不備溜進去。側門隨時可以爲他打開，所有的人都會配合他的一切要求和行動，他這一役只許成功不許失敗。

　　易小天舔了舔嘴唇，經歷過了上次在白玲瓏家那一次潛入作戰，現在他心裏也不慌了。只見他以百米衝刺的速度朝着小側門衝了過去。小側門雖然叫小側門，可其實一點也不小，那扇門又大又厚。易小天想着自己衝過去門應該就開了吧，可眼瞅着自己都跑到跟前了，門卻沒開，他收不住腳，一腦袋撞門上了。他頭一歪，就這麼暈了過去。

　　朦朧中似乎響起了一陣陣高雅的音樂聲。腳步聲和談笑聲漸起，越來越大，越來越清晰，這是哪兒啊？

　　他不自覺地打了個哈欠，揉了揉眼睛。

　　"傻兒子，注意形象，要睡回家睡去！"旁邊響起小聲而嚴厲的提醒。

　　李貌馬上清醒過來，有點害怕地看了眼身旁西裝筆挺、一臉威嚴的李昂。

　　他嚇得趕緊低下了頭："知道了，爸爸。"

　　李貌趕緊端起太子爺的架勢緊緊跟在李昂的身邊進入酒會的會場。旁人看到李昂帶領着愛子走過來，都興奮地圍着他們敬酒搭訕。李昂的兒子李貌是他的養子，這已經不是什麼秘密了。不過大伙還是變着法地誇，李貌不似李昂一般精瘦矮小，反而生得挺拔俊朗，雖然才十六歲的年紀，卻也已經出類拔萃。

眉眼之間跟他的父親二亮雖然有相像的地方，卻比二亮當年帥氣了幾萬倍！

李貌馬虎地應付着，聽着這些人溜須拍馬。自十六年前李昂推翻了博恒事務所，佔領了「歐陸經典」，成爲「歐陸經典」的實際領導者開始，李昂就走上了一條職業政治家的道路。如今的他，意氣風發，內斂沉穩，目光如電，顧盼生威。

「要不是李艦長，咱們『歐陸經典』現在還是個貧民窟呢！」一個腦滿腸肥的大胖子滿臉的諂媚。

「是啊，咱們以前可真慘，連個艦內生態圈都沒有，還得用專門的氧氣合成工廠來生產空氣。想那時候，好嗎，那個博恒事務所就拿這個工廠來給我們收租金，那開支得多大啊，要不咱們也不會越過越窮。」

李昂對別人的讚美已經快要聽麻木了，他微微一笑，得體地輕輕抿了一口酒。

「要我說李艦長最厲害的還是把一顆大隕石內部改造成了農業基地，跟在母艦身邊，困擾了咱們好幾個世紀的糧食問題也解決啦，李艦長真是英明神武！」

人們熱情洋溢地誇讚着，絲毫不吝惜讚美之詞。

李貌摸摸鼻子，他自打懂事起就跟着爸爸出席各種場合。李昂雖然沒想讓兒子也走政治家這條路，爲此已給他備好了一大批物質量，好讓兒子以後能選擇自己喜歡的人生；但長長見識總是要的嘛，所以幾乎走到哪兒就把他帶到哪兒。那些奉承話李貌倒着背也能背得滾瓜爛熟。

從十六年前的起義，到現如今提出的星際聯盟主張，李貌雖然年紀小，知道的可不少。

李昂簡單地和大家聊了幾句，就看到朱司令在一群人的簇擁下走了進來。李昂帶着李貌也迎了過去。

兩人隔着大老遠就看見了對方，哈哈大笑着互相恭維道：「朱司令，好久不見，你還是一點沒變啊！」李昂率先伸出了手。

朱司令跟着哈哈一笑：「你倒是變化挺大的嘛！我記得李艦長你之前可是跟在我們後面撿垃圾的。誰曾想，三十年河東，三十年河西啊。老兄你也有飛天的時候！」

周圍的人忍俊不禁卻都不敢笑。其實他們都知道李昂出身不好，之前窮得掉底的時候，還曾開着小破飛船到處去撿垃圾。看來他雖然有了如今的地位，但是過去的經歷卻無法抹去。別人都從來不提，只有他的老對頭朱司令總是有事沒事地拿這個敲打他。

李昂微微一笑，毫不在意地說着：「是呀！畢竟這是個連豬都能飛上天的時代了，我一個撿垃圾的上天也不是什麼稀奇的事。」

朱司令一張老臉漲得通紅，他本名叫朱非天，李昂這是在嘲笑他的名字呢！現在估計整個聯合艦隊裏也就他敢拿這個開玩笑了。可是朱司令礙於自己的身份也不便發作，畢竟這次酒會是自己親自爲李昂舉辦的生日慶祝會。要知道李昂這幾年勢頭猛進，沒幾年竟然都可以和朱司令平起平坐了。雖然説從武裝力量上來看，李昂並不佔據什麽優勢。李昂手裏只有歐陸經典一艘超大型母艦，再就是新加入他陣營的另外三艘戰列艦，六艘巡航艦，再就是十艘驅逐艦和十艘護衛艦。雖然有艦隊，但他控制之下一個殖民星球都沒有，武裝實力並不佔上風。朱司令就不一樣了，朱司令控制的殖民星球不下十個，艦隊的規模更不是李昂可以比擬的。可歐陸經典畢竟是聯合艦隊裏單體武裝總質量最大的一艘，而且在李昂這些年的苦心經營下，它加裝的反物質主砲能力也不容小覷。並且畢竟歐陸經典是聯合艦隊離開太陽系時那時候的總指揮艦，在聯合艦隊全體成員的心目中還是有一定歷史地位的。朱司令雖然不甘心卻也沒有辦法，輕易也不敢貿然得罪李昂。

最可氣的是不但不能得罪李昂，他居然還得給他辦什麽生日酒會。這還不都是那個胡漢三出的餿主意，説什麽現在"無相"正在一旁虎視眈眈，必須拉攏李昂團結起來一起對抗更強大的敵人。朱司令這才勉爲其難同意的。

朱司令也不動聲色地一笑，光頭泛着精明的光："聽説你最近越發厲害了，你們推出的那什麽星星聯盟……"

"不是星星，是叫星際聯盟的泛銀河系同盟的戰略部署。"李昂提醒。

"哦，不好意思，你們那什麽'星際聯盟'最近又拉攏了一個小行星，據説上面的原住民還挺擁護你的理論，不過那個小行星上面總共有幾個人來着？兩千？兩萬？二十萬？還是多少人來着？哈哈哈！並且我聽説，那顆星球上也和我們以前的地球一樣，有上百個國家呢，也不是每個國家的人都贊同你們的理念啊。還有，據説那顆星球上的原住民長得都像蜘蛛似的，你不膈應啊？"

"準確地説一共是二十億人口左右，您整天也忙，記不住也沒關係。"李昂無所謂地聳聳肩，"沒錯，也不是每個國家都贊成我們的理念，不過嘛，任何先進的理念總是要慢慢推行的。《易經》上有言，'潛龍勿用'。我們'潛龍'政黨現在也正是一條潛龍，爲了有朝一日能飛上高空正在慢慢積累能量。"

朱司令忍不住笑起來："哼！這一點比我們'鳳梧'可差遠了，鳳凰非梧桐不棲。那是世界上最高貴的神鳥，別等到我們棲遍梧桐，鳳飛九天的時候，你們還在泥潭裏打滾，翻也翻不出多大的浪頭來。"

李貌感覺自己的背有點僵了，這兩個人只要一見面就有得掐了。李昂近些年開始推行星際聯盟的新主張，他和夜壺翻遍古籍就是想給自己的政黨起個氣派的名字。一連追溯到遠古時期的地球紀年，他才找到了一個滿意的名字，潛龍。哪知道他剛公佈名字，反對黨派的領袖朱司令立即給自己的政黨起了個

"鳳梧"的名字，處處都要壓他一頭。

李貌年紀不小了，對父親的主張也多少有些瞭解。李昂近年來的思想境界隨着社會地位的提升，也產生了很大變化。他開始思考起人類的未來，迄今爲止，雖然人類尚未遇見過比人類科技文明程度更高的外星人，但並不代表着未來並不會遇見。畢竟宇宙太大了，大到李昂都不敢去多想。潛藏在宇宙中的未知也太多了，如果有朝一日遇到可怕的敵人，那必將是人類的滅亡。所以擁有高科技的人類就有責任帶領其他所有被發現的智能種族，在能夠互相溝通的前提下，盡量多找些盟友了。於是乎他主張成立星際聯盟，將整個目前能進行合作的智能生物統一起來，爲將來那不可預知的敵人做準備。

可是除了李昂自己掌控的歐陸經典和其他少數幾艘願意跟着他的艦船之外，願意追隨他的人其實並不多。大部分聯合艦隊的母艦爲了保住既得利益，並不贊成他的政治思想。朱司令就是反對派的中堅力量，也是李昂最頭疼的對手，一直以來都與李昂針鋒相對。

李昂剛想反駁一下朱司令，主持人走了上來。漂亮的主持人畫着濃豔的紅唇，十分性感妖嬈。

大家只好停下聊天，等待着酒會開場。

李昂剛才被朱司令噎了一下，還沒來得及反擊呢。他可記下了，待會兒非要找機會扳回一局不可。

"各位親愛的朋友們，歡迎大家今天來參加我們尊敬的李昂先生的生日酒會。説起李昂先生就不得不提起他對'歐陸經典'所做的貢獻，我們都知道，'歐陸經典'原本只是一個混亂不堪，流氓流竄的地方。可近些年在李昂先生的管理之下，不但居住環境有了明顯的改善，經濟更是飛速發展。現在我們再也看不見母艦上那些破爛不堪的貧民區了，取而代之的是高樓林立，整潔的街道，以及完善的管理制度；每一個人都可以在這裏富足安然地生活下去。據最新數據統計，'歐陸經典'已經被評爲最適宜生活的母艦之一，是人們向往的生活樂園。這一切都歸功於我們偉大的李昂先生！"

一束燈光落在李昂的身上，周圍的掌聲瘋狂地響起來，久久不絕。朱司令雖不滿地小聲哼着，卻也不敢太明目張膽，也撐起笑容，手上稀稀拉拉地拍着。

李昂的目光掃過衆人，一副和藹可親的親切模樣。

李貌站得腿都快僵了。他見衆人的目光都落在李昂的身上，知道接下來老爸還要長篇大論一通，然後繼續和朱司令"禮尚往來"。

他今天起得太早了，人還沒清醒呢，肚子更是餓得不行。他趁着沒人注意，就悄悄蹓到餐桌前，先吃起東西來。

正偷偷吃着東西，就聽見身旁兩個舉着酒杯的人在那裏竊竊私語。李貌本來對偷聽沒什麼興趣，只是突然聽見他們的談話中時不時地冒出李昂的名字來，他立即有了興致，認真聽了起來。

一個男人低聲說：“要說這李昂吧，這幾年的確是做了不少實事，‘歐陸經典’這幾年越來越像樣了，一點都不比其他母艦差。真是厲害！”

“可不是嗎，當年那個什麼博恒事務所貪了多少物質量去！李昂接手以後，居然捨得把博恒事務所裏那麼多的黃金和其他貴金屬，還有其他的寶貝，藝術品、標本什麼的都拿出來發展經濟，自己卻沒拿多少，有這份心就夠了不起的。”

李貌聽着別人誇父親，自己也挺得意，特別開心。哪知第一個人話鋒一轉：“不過要我說啊！他後期做的那個什麼星際聯盟算是毀了，你說好好發展經濟不就成了，搞什麼聯盟嘛！怎麼能把自己的高科技教給別的外星人呢！這不是把自己的領先地位拱手讓出去嘛。並且這樣一來很多依靠更先進的智能生物科技從其他星球獲利的公司也賺不到錢了。自相矛盾！”

李貌一聽不樂意了，可他還是沒出去，仍是躲着聽。第二個人說道：“這件事上我可保持中立，我不參與他們中的任何一方。我覺得各有各的道理，并且我們的艦長也下了命令了，我們嚴守中立立場，所以才能承辦李昂先生的生日酒會嘛。”

“閒聊而已，怕什麼。其實我自己也挺矛盾的，你幫我分析分析。”第一個人嘆息着說，“你看啊！基本上‘鳳梧’政黨的擔心也不是沒有道理的。畢竟想當初要不是李昂他們將武器給了那顆資源極好的甲級二等星球上的居民，咱們的殖民計劃也未必會失敗，弄得最後只好灰溜溜地退出來。你看，一旦那些低等外星生物獲得了武器，先不說能不能團結起來抵禦外敵，只怕咱們就先被他們給幹掉了。”

“這件事我也聽我的騰蛇說過，李昂他們幫助的那個外星人叫作奧萊，後來還成了那個星球的一個反抗軍團的領袖呢！不過當時這麼做的又不只李昂一個人，很多人都給了那個星球的居民武器。李昂他們只給了槍、防禦力場和淨水器，構不成什麼威脅，這些都是可以查到的；主要是還有的人因爲同情那個星球上的人，竟送了戰鬥艦艇之類的，那才是大問題；而且發生這種事也不是第一次了，也不能都怪在李昂的頭上。”

第一個人奇怪地看着他：“你這哪裏是保持中立？你怎麼處處替李昂說話呀？”

“我這不是幫你分析嗎？是你讓我幫你分析的！”

“你這麼說就不對了！老兄！”

眼瞅着兩個人越說聲音越大，感覺再過一會兒就能一言不合打起來，李貌覺得還是乖乖地站回到自己的父親身邊安全。他回去時，李昂剛剛發表完一篇長篇大論，正自我感覺良好。和朱司令你一言我一語地互相交鋒。李貌傻眼了，咋還沒聊完啊!

"上回看你來的信,所寫的隸書進步蠻大啊!"朱司令喝了一口茶悠閒地說。

這些官場上的禮節李昂早就學了個十足,他也學會了品茶,還特意刻苦地學了書法。這些人離了地球之後就特別懷念那些在地球家鄉的生活習慣,以此來懷念那些腳踩着大地的生活。有的時候科技越先進的地方生活習慣越是復古,會一兩樣老把式才有品位嘛!

"馬馬虎虎,上回你的信中說什麼你臨摹的'乙古文'什麼的,我可要笑笑你了。"李昂強忍着嘴角的笑意,"那叫作'甲骨文',是一種早已失傳的文字了,騰蛇那裏的模板也少得可憐。不過我最近可是得着了新的字帖呢,你要不要?"

朱司令一張老臉又漲得通紅。他自己也是現學現賣,沒想到說錯了話,出了紕漏,被李昂給嘲笑了。什麼甲骨文,乙古文的,怎麼胡漢三當時沒提醒他嘛!朱司令端起茶杯來一通猛喝,來掩飾自己的心虛。

這兩個人雖然是處於對立的黨派,但卻保持着微妙的關係。畢竟他們可還有着共同的敵人,無相艦隊可時刻在一旁虎視眈眈呢!所以兩派政黨雖然理念不和,但交鋒都是停留在辯論,經濟競爭,文化對抗,選票爭奪上。雖然免不了也有少量的政治暗殺和其他黑幕交易,但總體來說仍是槍口一致對外的。有時候朱司令不得不給李昂很大的面子,放低自己的姿態。

就比如這次的生日酒會,朱司令完全是爲了拉攏李昂而設。因爲上一次朱司令的政黨在一次艦隊內的大型軍事行動上失利了。

前一段時間,有一艘立場原本保持中立的大型母艦所管轄的殖民星球爆發原住民叛亂,需要軍隊來聯合維護秩序。但這艘母艦最終卻選擇了李昂的潛龍黨派來爲他們服務,按照李昂的方法,他們的艦隊到了那顆星球後,不僅僅是進行武力鎮壓,更是給上面的原住民大力宣傳星際聯盟的構想。原住民受到李昂的影響,熱情高漲,那顆星球上面的國家除了少數幾個決定暫且觀望之外,其他的都紛紛表態可以加入。朱司令得知後氣得不行,覺得自己落了下風,不免心裏有些發酸。再加上自己所在的"鳳梧"黨也馬上就要進行下一次選舉了,自己這一次在政治上的失利,就怕下一次自己會落選啊,到時黨主席[這個詞要改]的位子怕都保不住了。所以這次朱司令就想把李昂找來大家再好好商量商量,哪知兩個人一見面就開始互損起來,聊了半天一句正經話沒說,光在那兒扯皮了。

李貌忍不住又打了個哈欠,按照這兩個人的進度,估計酒會結束他們也未必能談成什麼協議吧。李貌覺得自己再也待不住了,跟老爸說了一聲要上廁所,就溜了出來,大人們這種無聊的對話他已經聽得夠多的了。

李貌出了酒會現場，準備解放一下自己的膀胱。而現在的人類社會，早就不只是男女兩種性別了，而是起碼有二十幾種。從生理上，心理上，社會角色上，自我認知上分別有女性，男性，雄雌嵌體，雌雄嵌體，雌雄同體，雙性，兩性，間性，無性，閹人，無性別，男女不分，酷兒，變性者，同性戀，多態，雙性戀，男扮女裝，中性人，雙靈等等。關於這麼多性別的人上廁所這件事甚至都引發過一場名為"登東之戰"（騰蛇們則戲稱為"粑粑革命"）的波及全部母艦的內部小規模戰爭呢。沒辦法，性別太多了上廁所也是麻煩事一件。早期所有的母艦內全遇上了一個公廁因性別分類太多（每個公廁都要分出起碼二十個房間來），坑位永遠不夠用的問題。後來還是騰蛇們幫着人類解決了這個問題，它們將每一艘母艦內的公共廁所都改為一個個獨立單元，還加裝了懸浮引擎，讓這些廁所可以在全艦內公共空間裏隨意移動。然後再通過每個宿主的內急程度，來推算下一個最需要廁所的地點，最後再把廁所移到最可能需要廁所的地方，才算是解決了這個問題。也就是因為這個騰蛇們更加要嘲笑人類了，就這件事之後，在它們之間人類的外號除了個"肉包"還多了個"屎包"。

李貌腦內的騰蛇仍是夜壺，他一出門就忍不住問道："夜壺叔叔，附近哪有廁所嗎？"

"嗯，附近離你一百三十七米就有一個，正在有人使用，不過也快用完了。你就走幾步吧，我就不把它移過來了。"

李貌點點頭，讓夜壺發送了地址，並在他視網膜上疊印上了路線指引箭頭。他按照地址找了過去，他一邊溜達一邊好奇地東看看西看看。

這艘母艦規模可也不小啊。李貌正四處看着，剛走到廁所附近的時候廁所剛好也被使用完了。廁所門打開，一個十分漂亮養眼的美女走了出來，李貌只覺得眼前爆開一朵一朵潔白美麗的梔子花，他從沒見過這麼漂亮的女孩。女孩梳着齊瀏海，一頭長髮垂到腰際。雙眼迷濛溫柔，十分高貴、華美，美得讓人心悸。李貌不由得看呆了。

女孩一推開廁所門就看到一個男孩也是嚇了一跳。兩人四目相對，久久沒有移開，她還是頭一次看到這麼英俊挺拔的男孩呢。英氣勃勃，目若燦星，十分俊朗。她也不由得看呆了。

雖然見面的場合實在不浪漫，但兩個人卻是一見鍾情，兩雙眼睛彼此打量着對方，誰也沒有移開視線。

嗯，是傳統的 XX 染色體女性，這樣的人現在可是太少見啦！李貌開心地想。

嗯，是傳統的 XY 染色體男性，這樣的人現在可是太少見啦！那女孩開心地想。

傳統染色體性別之間的吸引力，讓兩個人更加欣賞對方。互相看了老半天，最後還是李貌先打破了平靜。

「你也是來參加酒會的嗎？」

女孩害羞一笑：「是啊，不過我覺得酒會太無聊了，所以就溜了出來。」說完她狡黠地一笑。

「我也是！哈哈！」李貌撓着頭，臉微微紅起來。

女孩也跟着好看地笑起來。

「那個，我叫李貌，你呢？」

「我是朱七七。」

李貌的心撲通撲通亂跳，他來酒會前看過來賓名單，沒想到這原來是朱司令的女兒啊！誰能想朱司令居然有一個這麼如花似玉的女兒。雖然朱司令一向與李昂不和，但是這一點都不妨礙他口齒伶俐地泡妞：「七七，你要是覺得太無聊，那咱們兩個不妨出去轉轉，我看酒會一時半會也結束不了。不會有人注意到咱們的。」

七七一聽，開心地笑了起來：「好啊好啊！你知道有好玩的地方嗎？」

李貌神秘一笑：「我知道好多好玩的地方呢，跟我來！」

李昂前幾天因為愛子過十六歲生日，所以送了他一艘小飛船作為生日禮物。李貌得了這個寶貝可是十分喜愛，哪承想第一次出門就有了個炫耀的機會。他帶着七七上了自己的小飛船，七七一看這飛船的外形竟然像是一匹白色天馬的形狀，十分別致。這是著名奢侈品生產公司「勝玉」生產的牌子叫「天馬座」的最新飛船，依據古人對天上的星空所劃分的星座而設計的，每一款都價格不菲。七七看着非常喜歡，對李貌的好印象又增加了一分。李貌有心在七七面前炫技，開船前特意嚷道：「坐穩了！要飛出去啦！」

飛船在離開母艦登陸艙後，來了個360度旋轉才飛了出去，晃的七七開心極了。

「我知道有一個地方的星雲非常漂亮，我帶你去看看！」小飛船前後左右炫耀般地飛着，就是不走尋常路。可這麼晃了半天，沒一會李貌自己就累得不行了，七七也有些疲倦，連看外面風景的心情都沒有了。

李貌又堅持飛了會，後來還是忍不住說道：「我看前面有艘挺大的飛船，要不咱們還是進去歇會吧！」

「可是那上面一般都會有離子護盾吧，我們能進去嗎？」

李貌連接上夜壺，開始搜查這艘飛船的資料，這是一艘太空戰列艦，總質量有三千五百萬噸左右，艦員七萬人左右。

「放心吧，咱們就是臨時休息一下。我讓夜壺侵入他們的內網，讓戰列艦的護盾開一個缺口。」

夜壺無可奈何，其實他實在不想幫這忙。但李貌在腦海裏一個勁兒地和夜壺撒嬌，夜壺好歹也是看着李貌長大的，對他也是十分疼愛，只好説道：“你不嫌麻煩嗎？直接聯繫艦長不就行了嗎？何況這還是朱司令旗下管轄的戰列艦呢。”

“要是被老爸知道了他又要囉唆，哎！不管了！夜壺叔叔，全靠你了！”説着竟然就駕駛着小飛船直接往護盾上撞去。

這小子實在是太莽撞了！爲了防止船毁人亡，夜壺不得不幫他開了一個缺口，小飛船安全通過。

兩個人下了飛船，驚奇地看着這個特別的飛船。這兒的建築風格可跟他們以前見過的都不一樣，這裏面是仿照外星人的建築風格所設計的新式建築。那些碟狀的建築物像旋轉的風車一樣，居然還會動。李貌想要在七七面前炫耀自己，於是一邊觀賞一邊解説：“這個風格的建築我上次見過一次，是一個乙級星球上面原住民的建築。這個建築的特點就是薄和旋轉，你看那邊螺旋狀的那個塔，在那個星球上原住民一般都把這樣的建築作爲神殿。”

七七順着李貌指的方向看去，果然都是些奇特的螺旋狀建築。這些高樓正隨着母艦的運行在緩慢地旋轉。

兩個人興致勃勃地觀賞，突然李貌的衣服領子被人揪了起來，像拎小雞一樣把他拎了起來。只見一個三米高的壯漢拎着李貌，滿臉粗黑的汗毛像小刀一樣立着。

“你們兩個小鬼幹什麼呢？”他的聲音極大，震得整個母艦都跟着嗡嗡地響着回音。

李貌還不忘解説：“這個人估計也是植入了部分外星人基因，特點就是頭腦簡單，四肢發達，特別適合做保安和警衛。”

超大號保安將李貌夾在胳肢窩下面，又去捉七七。七七提着裙子哪裏跑得快，被他一隻大胳膊就給攔在了牆角。

“你們這兩個小鬼，知道這是什麼地方嗎？這艘戰列艦可是指揮艦，十分重要，哪裏是你們能隨便進來的！”

七七和李貌面面相覷，李貌知道此刻正是英雄救美的好時機，他一把揪住超大號保安的褲腰帶想掙脱出來，哪知這傢伙果真如傳説中一般力大無窮，他把李貌夾得更緊了。

七七明白自己是逃不掉了，索性整理一下髮型，説道：“那你要怎樣才肯放了我們？”

超大號保安嘿嘿一笑：“看你們也是有錢人家的孩子。這樣吧，給我一點貴金屬物質量，我就放你們出去，假裝什麼事都沒發生過。”

居然是爲了貪圖一點物質量，七七有點不滿，現在的這些工作人員什麼時候養成了這種壞習氣。這是她父親朱司令旗下的飛船，她可不能坐視不理。

"想要好處？想都別想！把你們司令找來見我。"

保安微微一愣，緊接着笑得前仰後合："哈哈哈哈！就你一個小丫頭片子還想去見司令，你以爲就憑你司令能信你的話嗎？"

七七見他如此囂張，下定決心非要好好正一正風氣不可。尤其是居然在自己家的飛船上被人勒索，關鍵是旁邊還有一個帥哥瞧着，這臉可丟大了。

"快帶我去見你們司令！"

"哼，敬酒不吃吃罰酒，那正好，我就帶着你們去邀功。抓到兩個間諜潛入，試圖竊取機密，看司令怎麼收拾你們，到那時可就不是一點點貴金屬物質量就能解決的啦！"

説着將兩個人提起來大踏步往司令室走。七七無奈地看着李貌："你不是説他頭腦簡單，四肢發達嗎？我看他頭腦也挺靈光的。"

李貌只得笑笑。

保安一路來到艦橋上的指揮室，將兩人往地上一丟，畢恭畢敬地説："司令大人，我剛才在甲板上巡邏的時候看到兩個可疑人物，我懷疑他們是潛入的間諜。"

司令走過來一看，嚇得差點一屁股坐地上。這哪裏是什麼間諜，竟然是朱司令的千金大小姐。旁邊這個男孩他也見過，是最近勢力極大的"潛龍"政黨主席［換詞］的太子爺，李貌。這兩個人哪裏是他一個戰列艦司令得罪得起的。

保安官見司令嚇得愣住了，還以爲自己立了大功，趕緊喜滋滋地繼續説："這兩個小賊，剛才居然口出狂言，我已經替您教訓過了。"

"什麼？你還教訓過了？"司令驚恐地看着七七和李貌，七七站起來將自己的裙子撫平，一頭瀑布樣的黑髮流瀉下來。

司令嚇得渾身發抖，一腳踢在超大號保安官的屁股上："有眼不識泰山的玩意兒，趕緊給我滾蛋！"然後吩咐一旁的副官："快！趕緊讓廚師班馬上做一桌最上等的宴席端上來！"

"慢着。"七七慢條斯理地説，"剛剛就是這個保安，居然一上來就問我們收取賄賂，否則的話就要把我們當做間諜關起來。司令大人，您這管理可有些問題啊。"

司令一聽，臉色當場變白了。朱司令的管理向來十分嚴格，如果這小姐回去隨便對朱司令説幾句，他這位置可就不保了。氣得又狠狠踢了幾腳保安官，奈何那人塊頭太大，他踢得腳都疼了，那人也沒個反應，還愣頭愣腦地站在那裏搞不清楚狀況。

司令哭喪着臉："小姐，的確是我的管理有問題，我以後絕不再雇傭這些喜歡自我改造的'新新人類'啦。您別跟他一般見識。他得罪您了，我替您出氣，您説想咋辦就咋辦！」

七七想了想，覺得給他教訓也就成了。可還是想惡作劇一番，於是溫柔地笑着：「如果你組織艦隊上所有的人一起做一遍廣播體操那我就饒了你們。」

司令一聽，馬上飛跑出去照辦。

「第873套廣播體操現在開始！第一節，伸展運動，一，二，三，四。二，二，三，四……」

七七和李貌手挽着手站在艦橋上，看着底下飛船甲板上密密麻麻的好幾萬成年人在手忙腳亂地做小學生才做的廣播體操，場面何其壯觀！最搞笑的是司令在前面領隊做得格外認真，格外賣力。笑得兩個人前仰後合根本停不下來。

玩得差不多了，他們倆也沒留下來吃飯，李貌又帶着七七坐上了小飛船離開這艘戰列艦繼續去玩了。不過他們不知道的是那個艦長到底還是雞賊了一把，做體操時把除了艦橋之外的艦內人造重力從標準地球重力改小了一半，跳起操來一點都不費勁。

他們飛了不多久，又看到一艘十分氣派的商務艦。這艘商務艦雖然體積並不大，全長也就兩公里左右，可整個飛船表面全部由碗口粗細的金絲和銀絲做裝飾，還鑲嵌着起碼上萬顆籃球般大小的鑽石，還有綠寶石，藍寶石，紅寶石什麼的。在它附近飛船的引擎發出的火光的照耀下閃閃發光，老遠就瞧得見。李貌把自己飛船上舷窗的透光度調低了好幾檔才算是沒有被這艘商務飛船給閃瞎了。等靠近這艘船後打開公用頻道，就聽得頻道裏傳來艦內一片片歡笑之聲。

「看來是在開Party。不知道有什麼好玩的，居然這麼熱鬧。你想去看看嗎？」李貌問。

七七水汪汪的大眼睛閃着興奮的光，她開心地點點頭。自己的父親管得嚴，很少讓她去參加Party，這下可逮着機會了。飛馬形狀的小飛船得令，立即飛到了商務艦上。

商務艦內熱鬧非凡，原來是一群富二代在這裏開Party。有一個胖得流油的肥仔是一個小殖民星球的總督的兒子，正在那裏一邊大吃一邊吹牛，油汪汪的手還在那裏興奮地揮着：「我們家啊！寶石多得都裝不下了，那個星球上全都是寶石，全是我們家的。你們要是喜歡，我下次帶你們去開開眼界。」

聽他吹牛的一批小伙伴羨慕不已，大胖子十分得意，一邊啃牛腿一邊説：「這麼跟你們説吧，這個世界上就沒有我買不下來的東西。你看看我手上這個大戒指！你們猜猜是多少克拉的？」

他把自己的大戒指舉起來給他們瞻仰，旁邊的人在一旁趕緊拍馬屁：「這麼大的寶石我真是從來沒見過！這是什麼石啊？」

大胖子自己知識匱乏，自己也忘了這價值連城的石頭叫什麼了。他趕緊連接腦內的騰蛇貂蟬，貂蟬慵懶地説：「是龍斑石，遇火可以變成紅色。」

騰蛇的騙局

"對對對！就是龍斑石！這個石頭只有我家的礦山上有，你就是跑遍整個宇宙也只有那麼一小撮……"

貂蟬平日裏最喜歡研究記錄人類在暴富狀態下的各種蠢態，一般只和富二代融合，也可以教給相融合的宿主如何去尋歡作樂。但是她對人類也沒多少好感，平日裏沒少捉弄自己這個宿主。

她察覺到了胡漢三和夜壺的信號，於是懶洋洋地和他們打招呼："嘿……你們好啊。"

胡漢三搶先回答："貂蟬！好久不見了！那次你可把我給害苦啦，自己那麼多宿主跑出去看熱鬧你也不提前給我說一聲，害得我把他們全弄死了，讓觀世音她老人家給關了禁閉。你說這帳咱倆咋算啊？"

貂蟬仍是那副有氣無力的樣子："都那麼多年前的事了，你還想怎麼樣，都是混混日子而已唄，還有啥好說的。"

胡漢三早不記恨了，也就隨口一說，聽到這話嘿嘿一笑就過去了。

"你有什麼可抱怨的，你找了這麼有錢的宿主多享福啊。系統和軟件都是最新款，所有好東西一個不少。咱們可比不了。"夜壺調笑道。

"那你們也不看看這些人是個什麼德行。"貂蟬示意他們看那個大胖子，大胖子連手都沒擦就直接捏着戒指炫耀，戒指上蒙上一層油膩膩的牛油。

兩人啞然失笑，紛紛覺得還是自己的宿主好。

"有的時候我實在煩得不行就給他們製造點麻煩來找樂子。我跟你們說啊，這家人一直都在挖空心思地偷稅漏稅，所欠稅款總額都達到五十多億噸物質量了。怎麼樣，你們想辦法捉弄一下這個胖子吧？"

平時一向高傲的胡漢三立刻答應了，熱心地說："這個你交給我，我的宿主正好是他們家的上司，偷稅漏稅這種事可是大事。"然後信誓旦旦地和貂蟬告辭了，要貂蟬看好戲。

夜壺看胡漢三如此熱心，又開始逗他："你中的人類情感病毒是不是又加重了，怎麼看見女的就這麼興奮！"

"有嗎？我怎麼沒感覺？"胡漢三驚愕。

"有，非常有，感覺你已經快要擁有了人類的全部情感了！"

胡漢三嚇得再也不敢輕易說話了。不過他覺得也沒那麼嚴重，要說這幾年騰蛇們確實越來越喜歡模仿人類的語調交流了，但胡漢三覺得它們並沒有人類的情慾啊。否則以貂蟬那種穿着一身薄如蟬翼的紗衣（還沒穿內衣）的絕色美女的擬人形象，騰蛇要是真有了人類的情慾，自己和夜壺還不早流着哈喇子撲上去了。

胡漢三悄悄地將這戶人家偷稅漏稅的事跟七七說了。七七一聽，怎麼家裏管轄的母艦有這麼多問題，尤其是偷稅漏稅那麼多，簡直是沒把規章制度放在眼裏。

她站起來走到大胖子面前，居高臨下地看着他："戒指倒是蠻好的，這要偷多少稅、漏多少稅才能買得上啊！"

大胖子驚奇地看着她："你是誰?"

"朱非天司令的女兒，朱七七。"

大胖子臉蛋上的肉驚恐地聳了兩聳，自己家的殖民星球可正好在人家"鳳梧"政黨的統治下呢，當下話都説不利索了："什麼? 我……我家沒偷稅漏説……"

七七仍是美好地笑着，笑容完美："偷稅漏稅可是要没收全部家産的哦。而且啊，還要把你這個繼承人丟到監獄去給那些大老粗們爆菊呢。嘖嘖，好慘。"

大胖子睜大雙眼，嚇得不敢説話。其實按照"鳳梧"的稅務法，漏稅了補交稅款後再補交一筆數目並不很高的罰款即可，比如他們家漏稅五十億噸物質量，那麼罰款就是三億噸物質量左右，連十分之一都不到。只要及時補交稅款和罰款，根本不用坐牢，更不要提什麼没收全部財産了。七七只是嚇唬他而已，而這個大胖子平時好吃懶做，哪裏懂得這些，只嚇得屁也不敢放一個。

他不斷地去問腦袋裏的貂蟬，偏偏貂蟬也開始惡作劇起來，不僅不回答，還將他腦内的自律神經斷開。於是乎這個富二代嚇得一下子汗水眼泪鼻涕口水加上大小便一齊失禁。

大家看到他的窩囊樣，忍不住一邊捏着鼻子一邊哈哈大笑。

大胖子漲紅了臉，一邊嚎啕大哭一邊捂着屁股逃走了。

笑得七七和李貌更是直不起腰來。七七覺得教訓夠了，便和李貌一起去了飛船的另一邊玩。

這艘飛船裏都是些無所事事的富二代們，一個比一個頹廢，一個比一個愛炫耀。

這一邊，一個瘦高的富二代也是在那裏吹牛皮。他手裏擺弄着一把限量款的新款迷你槍，嘴裏洋洋得意地説着："全天下玩槍，我説第一，没人敢説第二。你們看我手裏的這把迷你槍，全宇宙也只有五把。我自家兵器庫的槍可都是限量版的高級貨，跟你們這些玩具一樣的槍可不一樣。"

李貌聽他吹牛，没忍住冷哼了一聲。富二代不滿地瞪着他："你小子怎麼不服氣? 要不要比試比試?"説着還晃了晃手裏的槍。

李貌不屑一顧地聳聳肩："玩一把槍算什麼本事，我可是親自參與安裝過'歐陸經典'上的反物質主砲。那門砲上面的很多重要零部件都是我親手焊接的呢！而且主砲試射的那一天還是我親自按的發射鈕。"

富二代臉色鐵青："難道説你就是李昂的兒子?"

"没錯，我就是李貌。"李貌不以爲意地擺擺手，"不過第一次發射没什麼經驗，那一砲直接就炸毀了一個恆星，把那顆恆星變成了一顆中子星啦。"

富二代傻眼了，不敢吱聲了。心裏暗想，我收藏的武器也就最多能在自家殖民星球上炸炸上面的原住民生物搭建的樓房就到頭了。哪像人家他媽的直接炸恆星玩，這還比個屁！

聽到李貌居然炸過恆星，立刻引起了不小的轟動。Party 上的什麼女孩子，還有其他對李貌有興趣的其他性別的漂亮年輕人都用崇拜和愛慕的眼神盯着他。李貌又接着講述他在那個總長二十多公里，高度達一千多米的反物質主砲的砲管裏的焊接安裝工作。那時候李昂整天親自盯着主砲的安裝工程，他怕父親太累，能幫把手的地方就幫把手。於是就親自駕駛着一部工程機甲，帶領着一個作業小組參加安裝工程了。在那門巨砲的砲管裏，他們還遇到了一群可以在宇宙的真空環境中生存的外星寄生生物的入侵。一旦被那種長得像章魚的孢子生物寄生，人就會變成一種尖牙利爪，行為也好像電影裏的僵屍般的怪獸。即使事後使用醫用奈米機器人治療，存活率也只有 60% 左右。李貌當時只是開着工程機甲，沒有帶武器，好不容易才帶領着作業小組逃出生天，那整個逃生過程比商業大片還驚險刺激呢。李貌越講越高興，其他的年輕人都聽呆了，也更加崇拜李貌了，有幾個人還偷偷地往李貌兜裏塞下了自己的名片。

李貌講着講着，眼睛往邊上一瞟，看到一邊的七七看着自己被漂亮的人們給包圍了，嘟起了嘴。李貌怕她吃醋，趕緊告辭眾人帶着她從 party 上溜了。

李貌不知道的是，那次他們遇到那群寄生生物可是把李昂半條命都嚇沒了。他一聽說兒子遇到危險了先是跑去他的關公像前好好禱告了一番，才親自帶着救援隊出發了。一路上還不斷地求着什麼觀音菩薩什麼太上老君什麼佛祖什麼上帝啥的保佑兒子。也就是感動於兒子的懂事和勇敢，他才把反物質主砲第一次試射的機會給了李貌。

李貌也不知道他那次是炸恆星，他還以為是隨便找了一個炸的。實際上事前李昂已經讓手下的科研小組去那個恆星星系仔細進行過實地勘察了。那個星系不僅現在沒有任何生命，以後的數千萬年裏會產生生命的可能性也低於 0.01%。所以他這才讓拿那顆恆星作為試射標靶的。否則他自己呼籲要成立星際聯盟結果自己又毀滅生命，不成了自己打自己耳光了。

李貌接着又帶着七七去隕石群裏去飆飛船尋刺激。兩個小傢伙不要命一樣在隕石群裏橫衝直撞，這可把夜壺給嚇壞了。李貌他是最瞭解的了，這孩子雖然陽光樂觀，大膽勇敢，但是有時候心太粗了。讓他這麼玩下去，指不定到時候要搞出什麼事來，萬一不留神把飛船給撞毀了他回去可怎麼跟李昂交代！

夜壺不由得冒出來，在李貌的腦袋裏勸："我的小祖宗哎，快停下吧！你現在飛船上載的可不是別人，是朱司令的千金。你開這麼快萬一出什麼意外你可怎麼交代啊！"

"放心啦！我會注意的！"李貌回答着，速度卻是一點沒降下來。

"我不是質疑你的飛行技術，只是當飛行速度太快時，以你們人類的大腦是反應不過來的，你們小孩子家還是玩點安全的遊戲吧。"

李貌一聽不樂意了，我們人類的大腦反應不過來？你以爲你們騰蛇有多了不起啊。於是他在飛船的中控屏幕上找了幾段視頻放了出來，那是一些還在好幾個世紀前，大概是二十一世紀的地球上，機器人剛剛研製出來的一些視頻片段。那裏面的機器人要麼走上個三步就摔一跤，摔倒了腿還在地上亂蹬，要麼就是人不管隨便問個啥問題都給你來個答非所問，要麼就是只知道削麵，可麵團都拿走了手卻還在那裏空揮個不停，要麼就是踢球的機器人踢個球把腿都給踢出去了，不一而足。總之都是一些人工智能和機器人剛剛問世時的一些搞笑的視頻，還配着滑稽的音效。李貌和七七看到一個所謂的可以給人自動餵飯的機器人結果卻拿着碗麵一下子糊那個發明者一臉，視頻製作者還給配了個音兒"糊你熊臉！"，不禁哈哈大笑。

這下把夜壺給氣的，這對於它們騰蛇來説可是大忌，其實根本沒有多少人有這種膽量敢和騰蛇們開這種玩笑。説真的，這也就是李貌是他侄子了，夜壺只能氣得罵一句："好你個臭小子！叔叔説話你還敢不聽！老子不管了！"若換成是其他人的話，夜壺可是記得，在李昂之前倒數第三個宿主也曾經給它來過這麼一齣，結果當時夜壺只是冷哼一聲："好你小子，算你有種！"結果一個月後，那個宿主就被一顆天上砸下來的豌豆大小的隕石擊穿頭部，當場嗝屁。

這種殺人手法也就只有騰蛇辦得到，這顆豌豆大小的隕石可是離當時的歐陸經典有六千多萬公里遠，夜壺用一個小型的工程機械人把隕石推向母艦，經過周密計算，算出隕石的正確行進軌道（當然在軌道計算方程式中也加進了相對論方程，以消解因距離太遠所產生的相對論效應）。然後這顆小小的隕石就在那一天，那一刻，通過夜壺在歐陸經典的護盾上開的一個剛剛好可以通過這顆隕石大小的漏洞，不偏不倚地砸到了那個混球頭上。

事後沒人知道是怎麼回事，倒是有一個自稱爲福爾摩斯再世，柯南附體，金田一後代的（時代過了太久了，除了騰蛇們知道事實之外，也沒幾個人還知道那些人其實都是虛構出來的了）私家偵探有點懷疑夜壺，可只要騰蛇們不説，單憑人類的力量根本不可能找到它們殺人的證據。最後那件事也就只有不了了之，那個所謂的名偵探也羞愧難當，跑到一顆乙級星球上面壁去了。

説是不管了，可夜壺哪能真不管，他趕緊去找墨子幫忙去了。

墨子這位老表自從十幾年前一把鼻涕一把眼淚跑回來之後，就再也不願意一個人離開艦隊去遙遠的星系探尋和消滅智能種族了。這十幾年出勤還不到五次，每一次出去也是不到半年就跑回來。後來觀世音逼他去，他就化爲人形在地上撒潑打滾，説什麼也不去，觀世音後來也只好由它了。

夜壺找到它時，它正在和贏政，司馬懿還有另外幾個騰蛇在用量子骰子賭博玩呢。它們騰蛇想要賭博玩，也只能用它們特別發明的量子骰子。如果用人類的賭具，那麼不管是用骰子或是用撲克麻將什麼的，每一把的輸贏概率它們都算得出來，毫無意思。只有用它們特製的量子骰子，在觀測它們之前即使是騰蛇也無法算出它們會呈現什麼狀態，所以只能用這個來賭博啦。

騰蛇們賭博用來下賭注的也不是個人財富，它們也沒有這種需求，用來下注的是自己的計算能力。輸的騰蛇就要把自己的計算能力調低，一直低到差不多相當於人類50—80分左右的智商水平，來讓別的騰蛇們好一頓嘲笑。夜壺去的時候正好贏政輸了，這會兒它的智商連一個人類小孩子都不如，墨子和司馬懿給它出了一道非常簡單的算術題，看它算不出來急得直哼哼，正在嘲笑它呢。

夜壺對墨子說道：「先別鬧啦，老哥，幫兄弟一個小忙。」

「咋啦？哎呀有啥事那麼急，你也來賭一把唄。」

「不了不了，真有事，下次再陪你老哥玩。」

夜壺說明來意，原來它是想借用一下墨子管理的奈米機器人。然後回去計算出李貌那渾小子的飛行路線，然後把他飛行路線上有較大概率會撞擊到飛船的隕石用奈米機器人直接化爲原子。

墨子一聽哈哈大笑：「好你個夜壺啊，現在越來越像個好叔叔啦！行行行，你拿去用吧。」

其他的騰蛇也嘲笑夜壺這種婆婆媽媽的操心，夜壺不服氣地說：「哎！我說哥兒幾個，你們少在那裏五十步笑百步啊，你們還不是越來越像人了，現在還不是在這裏賭博玩。」

它說的也是事實，現在騰蛇們除了情慾之外，基本上人類的所有感情都有了。不管說是被病毒感染也好，還是說一種模擬行爲也好，從表面效應來看，的確是越來越像人了。連一些人類身上的惡習也沾染上啦。

夜壺把奈米機器人借回來還是不放心，又勸了幾句，李貌還在興頭上，壓根不聽。胡漢三見夜壺苦口婆心地勸人家還不領情，本想嘲笑一下，可想了下自己兄弟還是幫着點吧，就也勸起七七來。結果七七也沒比李貌好哪去，誰也不聽他們囉唆。

只好按自己的計劃了，夜壺放出奈米機器人，把李貌可能會撞上的隕石統統化爲了原子。

兩個小祖宗在夜壺的保駕護航下總算是越過了一大片隕石群，兩個人這下總算是玩刺激玩累了，用飛船上的高倍電子望遠鏡觀賞起遠處幾百萬光年的星雲來，才算是消停了。

夜壺終於鬆了一口氣，在它的私人頻道上和胡漢三聊起來。

「說實在的。這兩個娃娃要是真在一起了，咱們可就親上加親了！」

胡漢三不以爲意："哪有那麼理想，先不說這兩人的家長在政治上可是敵對關係，家長同不同意都還難說呢。何況這兩人就由於體內激素導致的原始交配衝動才好在一塊的這種低能動物的行爲有什麼好說的。"

胡漢三和夜壺不同，夜壺現在早已不是一開始想把李昂拿去送死的騰蛇了，現在它對李昂很有感情，當然也把李貌當成自己的侄子看待。可胡漢三對人類一直沒有好感，只是他跟夜壺的兄弟感情很深，所以在夜壺的影響下不說對全人類的，起碼對自己的宿主的態度好歹勉強從"趕盡殺絕"稍微提升到"關我屁事"的層次而已。好感那是絕對談不上的。

無論夜壺說什麼，胡漢三只是在旁邊一個勁兒地吐槽挖苦。兄弟倆正不亦樂乎地打嘴仗，卻通過小飛船的雷達發現不遠處有一艘小飛船正在發出求救信號。再仔細一看，竟然是從屬於"無相"艦隊的一艘小飛船！

夜壺想用騰蛇的頻道問問嬴政，可他這會智商還沒恢復呢，看他那副德行哪還有半點始皇帝的威嚴。夜壺問他時，他正兩眼歪斜，含着個大拇指，掛着流到胸前的鼻涕，歪着個腦袋問夜壺，連話都說不利索："哎……哎，我……我……我說，44 + 16 * 15 − 32 到……到……到……底等……等於幾嘛！愁……愁死我……我……我了。"夜壺氣得吼道："別他媽賭啦！這有事問你呢！"嬴政一聽夜壺的口氣，看來真有事，一把自己的運算能力解鎖了（解鎖後倒沒忘了先把算術題給解了），不過等它細細一查，也是莫名其妙，沒聽說自己管理的"無相"艦隊有出來過人啊？

兩個騰蛇想了想，決定還是先告訴李貌和七七吧，看他們怎麼說。於是夜壺將信號發給李貌，胡漢三告訴了七七，讓他們多加小心。

李貌詫異："是無相艦隊發來的？他們艦隊可是從來不和我們這些艦隊的'無可救藥的臭魚'們打交道的啊！"

無相艦隊一直離聯合艦隊遠遠的，最起碼也有五千萬公里的距離，是從來不屑於跟他們打交道的。今天怎麼會有小飛船到他們的地盤呢？不過既然接收到了求救信號，不管是按照道義還是按照聯合艦隊的星際航空法，李貌都要先去救人再說。

於是李貌駕駛着他的"天馬座"小飛船趕了過去，這次他可沒炫耀技術，很快就靠近了那艘燃料已經耗盡的小飛船。等兩艘飛船對接完畢，兩人進去一看，媽呀，這無相艦隊的飛船裏面宗教氛圍也太濃了，又是念珠又是熏香又是蠟燭（電子熏香和全息蠟燭，在航程時間長的情況下只要有一點點微弱的電力就不會熄滅）又是神龕（裏面供着個奇奇怪怪的神像，李貌和七七也沒興趣細看）啥的，連冬眠設備上都畫滿了誰也認不出的鬼畫符，差點兩人都不知道那就是冬眠艙，可是找了老半天。李貌一看，這飛船冬眠設備的電力都快耗盡了，裏面的人非常虛弱，不敢亂動。跑回自己的飛船整理並啓動了差不多一張單人床大小的懸浮式通用救援單元，又扶着救援單元回來七手八腳好一通忙活，好不容易算是把這裏面的人抬到救援單元裏，把各種維生液輸送管道給接好，就算宇航服裏有空調也是累得滿頭大汗。關鍵是整個過程七七一點忙也幫不上嘛，這個小公主一看就是從小嬌生慣養，從來沒接受過救生訓練。她倒是想幫忙，可剛才要不是李貌攔着，她一把就能把冬眠艙連接在那個倒霉蛋胳膊上的主維生液輸送管給拔了！這小公主還以爲這是救援步驟的第一步呢。在把那個倒霉蛋從他的冬眠設備抬到李貌帶來的救生單元裏時，李貌讓她幫着搭把手抬一下那個人的頭，結果七七也沒力氣，"哐"的一聲把那人的腦袋又撞到冬眠艙艙口了，李貌真怕這麼一來待會兒那人醒了也成傻子了。

李貌這艘小飛船只能作爲艦隊各母艦之間的穿梭機使用，因此體積不大。除了固定配備的一個維修機器人，飛船裏也沒有多餘的空間和能源配備雜務機器人，所以要救人只能兩人自己動手啦！

通過救生單元恢復清醒後，那個男孩十分感激："謝謝你們救了我，我是不言，是'無相'艦隊裏的一個小侍僧。"

李貌鬆了口氣，還好沒變成傻子

男孩看起來年紀不大，似乎與李貌年紀相仿，眉目十分溫和，看起來很可愛。

李貌問道："'無相'裏的小侍僧怎麼會到聯合艦隊的地盤上來啊？"

不言臉色煞白，剛才溫順的樣子瞬間消失，好像是想起什麼可怕的事情一樣，顫抖着說："快！快！趕緊讓我去見見現在聯合艦隊裏隨便哪個比較高級的官員都行，我有萬分緊急的事情要匯報！"

李貌和七七面面相覷，這人怎麼搞的？

"快快！再晚就來不及了！我有很重要的事情要匯報！"

李貌見他的樣子不像是裝的，好像是真有什麼萬分緊急的狀況一樣，他和七七互相一看，倒忍不住笑了。這也夠巧，這個小侍僧要找當官的，可聯合艦隊裏還有比我倆的老爹更高的官嗎？當下兩人異口同聲地說道："好，我帶你去見我爸爸！"

看着兩人先是笑了接着又異口同聲地說話，不言有些莫名其妙。這時候救生單元檢測到上面的人身體各項指標都恢復正常了，就發出"滴滴"的聲音來提醒。

易小天聽見耳邊響起頻率極高的"滴滴"聲，越來越清晰，他猛然間睜開眼睛一看，自己竟然躺在沈慈家的大門口呢！自己剛才居然一腳跑偏，自己把自己給撞暈了。其實小天暈了沒幾秒鐘，他趕緊爬起來，腦袋裏卻還產生着疑問，什麼大事不好了？好像有什麼了不得的大事發生了。可是再一思索，腦子裏卻什麼也想不起來，像是被吹散的煙霧一樣，不可捉摸。

算了，不管了，先把眼前的事搞明白要緊。他趕緊進了大門。

側門在他身後無聲地關上了。

根據易小天掌握的信息，她們家裏平時會有十六個傭人，而且全部是雇傭的菲傭，因爲周一韋還是比較喜歡傳統的真人傭人。不喜歡機器人來服侍他。而大管家 Jack 則是一位英國人，鄒秘書已經和他打好了招呼，他會全力以赴支持小天的。不過鄒秘書也友情提示了小天，沈慈家這個英國管家可是個同性戀，讓小天別沉迷於他的美色耽誤了計劃。易小天打了個冷戰，雖然現在同性戀已經得到了國際認可，但是他小天可是貨真價實的直男，這一點絕不會錯。

周一韋習慣每周四、周五、周六的一早起床後開始進入 VR 世界裏開始大玩特玩，所以易小天特意選在了周六的這一早動手。他溜進花園裏沿着牆根一路快進，很快就找到了鄒秘書所說的位於一樓的廚房。廚房裏果然有一個高大威猛，白面藍眼金髮的英國人在那裏慢慢地品酒。

看來這人就是 Jack 無疑了。易小天偷偷打開窗子從窗子躡手躡腳地溜了進去。剛想禮貌地拍拍 Jack 的肩，和他出聲招呼。哪知 Jack 放下酒杯突然毫無防備地朝他撲了過來，拎着他的一隻手一邊跳舞一邊把他全身上下摸了個遍。

"您好，您就是易小天吧。"説着把易小天轉了個圈，在他的屁股上狠狠地摸了一把。易小天只驚得渾身發抖，發現自己居然毫無還手之力。

Jack 滿意地嘆一聲："身材勻稱，肉感緊致，是個好男人。"

易小天捂着自己的兩個屁股，緊緊地把背靠在牆上："嘿嘿嘿，多謝誇獎。我……我有點事需要你幫忙。"

他媽的，老子居然被這老外吃了豆腐了！全天下只有老子吃別人豆腐的份，今天居然被人吃了豆腐，易小天只覺得自己面紅耳赤，心臟撲通撲通亂跳。

Jack 步子往前一滑，易小天幾乎沒怎麼看清就被他死死地壓在了牆上，感覺着他嘴裏吐着帶有紅酒味的呼吸，臉上的鬍渣兒幾乎快要磨破了他的臉。

"需要什麼儘管跟我説。" Jack 曖昧地用流利的中文説。

他奶奶的腳！聞着你這味誰還能説得出來話！易小天感覺自己不想個辦法趕緊溜之大吉只怕要被他就地給解決了！怪不得鄒秘書當時憂心忡忡地提醒他來着。

易小天腦子轉得飛快，突然間想起來鄒秘書跟他説過，這人因爲急需一大筆錢去和男朋友登記結婚，所以才會答應鄒秘書的要求的。如此説來他已經是一個名花有主的人了呢。

易小天用一根手指將他慢慢地推離自己的身前，然後裝作毫不在意地説："聽説你就要和你的男朋友結婚了呢！先提前恭喜你哈，你男朋友叫什麼名字？"

提起自己的男朋友，Jack 果然收斂了一些，眉眼裏色瞇瞇的神色也淡了許多：“謝謝你的祝福。”

　　嗯，一會如果這個傢伙這麽着的話，我就這樣辦。易小天心裏想到，以上的情節都是易小天腦補的，他也從沒和同性戀者打過交道，以前在百樂門裏負責這些顧客的又不是他。而以前他在所住的那個四線城市裏聽到的關於同性戀人士的行爲都是他想像中的那副德行，所以他就害怕一會那個 Jack 真的朝自己撲過來該咋辦。現在想好了對策，才鼓起勇氣上前和 Jack 打招呼了。

　　“哈，哈，哈囉？”易小天用他那彆腳的“英文”説道。

　　“Hello.”一口地道的英國倫敦腔，接着 Jack 彬彬有禮地向易小天半鞠了一躬，文質彬彬地用標準的中文説道：“您好，您就是易小天先生吧，我會説中文，接下來的安排鄒秘書已經給我説過了，下面就按照計劃進行吧，您準備好了嗎？”

　　易小天愣了一下，這個 Jack 哪有他想的可怕，這不是很正常嗎？再看看Jack，那真是長得無比標致啊，易小天還從沒見過這麽帥的男人呢，怎麽男人也可以這麽帥啊！易小天感覺自己頭一次被個男人給吸引住了。那英國人特有的高挺鼻梁，薄似刀片的嘴唇上掛着溫暖明媚的笑容，一笑滿室生輝。易小天感覺自己籠罩在他的笑容裏無法自拔，好像在沙漠裏跋涉的旅人突然喝了一口冰泉水一樣的心曠神怡。啊！迷人啊！那深邃的眼神像一口能吞噬人神志的井，易小天直愣愣地盯着 Jack 那雙藍藍的湖水般的眼睛，感覺要被吸進去了。

　　不好不好！易小天趕緊强迫自己回過神來，難怪鄒秘書提醒自己要小心他，原來是這個意思！易小天估計自己如果有機會能和這個 Jack 待上一個月的話，不，哪怕只待上一周，自己肯定都得給掰彎了！

　　別他媽瞎想了，趕緊辦正事，易小天回過神來問道：“對了，周先生他起床了嗎？”

　　“已經起床了。”

　　“麻煩你待會幫我把這個東西注射到周先生的手臂上。”易小天遞了個十分袖珍的注射器給他。

　　到了臨門一脚了，Jack 卻有點猶豫了：“這個，真的要這樣做嗎？這實在有違我的職業道德啊……”

　　“放心吧！我們這次行動也都跟沈教授打過報告啦，這個只是麻醉劑，不會給你的主人帶來任何損害的。”易小天信口胡謅，他和鄒秘書哪有和沈慈説過。

　　Jack 又問道：“不是只有鄒秘書和您制定的計劃嗎？怎麽沈總也摻和進來了？”

　　“對呀，現在沈總也答應這麽做了，你還有啥可擔心的，再説你和你男朋友要結婚的話，不是還需要這筆錢嗎？又不會給你男主人帶來什麽傷害，再說女主人也都答應了。再説了，我們這不也是爲了你男主人好嗎，真能把他的惡習糾正過來，不也符合你們管家職業的道德標準嘛!"易小天啓動自己的三寸不爛之舌，不斷地遊説。

Jack 猶豫再三，最終還是答應了下來。

易小天見他答應了，趕緊逃到了一邊，離他遠遠的。再和他在一起站的太近，易小天也能被他的魅力所吸引，生怕自己給掰彎囉!

"周先生現在正在用早餐，可他早餐一般只喝咖啡。那我現在就帶你過去吧。"

Jack 正了正領帶，彎下腰鞠了個九十度的躬："請悄悄地跟我來，其他人已經被遣退了。"

易小天跟着 Jack 輕手輕腳地往二樓走去。周一韋的房間巨大無比，二樓一共只有兩個房間，一個是周一韋的房間，另一個是沈慈的房間，他們已經分居很久了。

Jack 輕輕推開房間門，易小天看到裏面仍是一個面積不小的套間。十分寬敞的客廳裏看不到一個人，Jack 比了個手勢，示意他找個地方先躲起來。易小天領會，趕緊貓着腰藏到了沙發後面。

Jack 淡定地走向套房內的小餐廳，餐桌上放着一個喝空的咖啡杯，他彎下腰將咖啡壺和咖啡杯收了起來。周一韋此刻仍舊穿着睡袍，雙眼微微浮腫，正在興致勃勃地研究着手裏的 VR 輔助設備，那是一個鏡片微微凸起的 VR 眼鏡。他一會帶上來一會摘下去，研究了半天，最後終於滿意地拿着眼鏡回了房間，看也不看 Jack 一眼。

Jack 路過易小天的時候朝他點了點頭，易小天心領神會地也跟着點點頭。

周一韋回到房間裏，帶上自己的眼鏡，慢慢地躺到了一張蛋形的容器裏。Jack 躡手躡腳地走到蛋形容器的後面，用一個細如針尖的一個小袖珍針管悄悄地刺在了他的手腕上。這迷你麻醉劑，只需要刺破一點皮膚就能起到極好的麻醉作用，是鄒秘書特別給小天準備的。

周一韋沒有任何反應就暈了過去。

Jack 趕緊朝易小天招招手，易小天一溜煙閃進來一看，周一韋已經按要求給迷翻了。

要不怎麼説他們這有錢有勢的人辦事效率高呢!易小天只是問了問鄒秘書可不可以在周一韋剛剛進入 VR 世界的時候就把他迷暈，結果沒想到這麼順利就辦完了。

"接下來該怎麼辦呢?" Jack 問。

"抬他狗日的!來幫我搭把手，我準備的車已經開到門口了。"易小天試着將周一韋抬起來，結果發現自己居然挪都挪不動，比劃半天也翻不起身來，反倒是差點把自己給壓趴下了。幸好在關鍵時刻 Jack 挺身而出幫着他將周一韋抬起來，兩個人合力才把他慢慢抬着下了樓。

車子按照易小天的計劃沿着馬路飛速駛去。一切都十分順利，露娜已經聯繫好了姐妹們正在等着他們呢。説起來還好有這個鄒秘書，露娜可從來不做賠本的買賣，易小天有求於她後立刻開出了十分恐怖的價錢，易小天也只能硬着頭皮去和鄒秘書商量了。鄒秘書剛開始也挺爲難，但她最後計上心來。這次的開銷可以用研究院的經費，反正她事後有辦法把這筆開銷在帳面上做平。鄒秘書本來是一貫剛正不阿的，但這次爲了沈慈也豁出去了。

因爲有着鄒秘書的暗中相助，他們這一路順得簡直不像話，也没誰來管他們。露娜已經按照易小天的指示推了個椅子在樓下等待，易小天將周一韋搬到了老闆椅上，就這麽推着他把他推到了露娜家裏。

一大群人亂哄哄七手八腳地給他套上了古裝服，戴上了帽子，弄成個古代文人秀才的模樣，然後又把他搬到椅子上。易小天忍不住想笑，敢情他還有這特殊愛好呢！將他安頓好，一切準備就緒後，姐妹們也換了裝，易小天也藏進了衣櫃裏。待設備也準備好後，他比了個開始的手勢，一切好像演戲一樣正式開始了。

只見雲霧繚繞中，香爐徐徐送來醉人的香味。一群群穿着古裝，梳着垂雲髻的美女們悉數登場了。她們趴在周一韋的身邊輕輕地拍打着他的臉，嬌聲呼喚着：“官人，官人，快醒醒啊！官人。”

拍打了一會，周一韋徐徐轉醒。他迷迷糊糊睜開眼睛，就看見煙霧繚繞處一群美女正圍着他，爲首的那一個尤其美豔不可方物，簡直是人間絕色啊！

周一韋奇怪地看看周圍：“這是……這是哪個場景，我以前怎麽没玩過？”

露娜動人一笑，聲音宛如珍珠墜玉盤，只聽得周一韋渾身酥酥軟軟。

“我們這裏是新開通的測試板塊，叫作《詩酒年華》，還望官人喜歡。”

“《詩酒年華》？測試版？”他可没聽説最近有什麽新版本測試啊！但是眯着眼睛一看，這美女們各個輕紗圍繞，曼妙的身材在薄紗裏若隱若現，玲瓏有致的身材欲遮還露，十分撩人。那一絲絲的疑惑在眼睛掃到美女的瞬間就消失得乾乾淨淨，他含着笑，拉着露娜的手問道：“請問姑娘叫什麽名字？”

露娜害羞地抽出手來：“奴家名叫娜娜。”

“娜娜？”周一韋瞬間出戲了，“這麽古典美的世界設定裏，怎麽能起這麽平常而且没韻味的名字呢，這個要改啊！”

露娜一驚，這才感覺到自己的名字和這場戲不搭。還好她反應快，立刻把身邊的菲菲和玉妍推了上去：“這兩位妹妹分別是嫣然和紫兮，來，快給官人請安。”兩人盈盈拜倒。

周一韋一看，這倆美女也是夠美的！雖然没有娜娜那麽風情萬種，卻也各有特色，再看看後面的美女們，也都各領風騷，爭奇鬥豔，忙得他眼睛都看不過來了。

露娜瞄着他的神色，知道大魚已經上鈎，趕快使了個眼色，嫣然和紫兮立刻將他扶了起來坐到軟榻上。立刻有人將酒水和小菜遞了上來，兩個人陪着他一邊飲酒一邊調笑，娜娜掩着嘴笑道：「聽聞官人尤擅音律，奴家也略懂一二，還請官人指點。」

説罷，坐到對面的琴臺前，拿起一架琵琶，幾根粉嫩的手指輕輕撥弦，輕攏慢捻，琴聲悠然響起，周一韋聽得搖頭晃腦樂不可支。

「嗯，不錯，『大弦嘈嘈如急雨，小弦切切如私語』，彈得好！」娜娜抬頭用魅惑的眼神睨了他一下，直睨得他五臟六腑跟着了火一樣。娜娜繼續撥琴，周一韋閉着眼睛傾聽，讚嘆道「『嘈嘈切切錯雜彈，大珠小珠落玉盤。間關鶯語花底滑，幽咽泉流冰下難。』」

露娜原本就是百樂門的頭牌，唱歌跳舞樂器無一不精。不管是粗野的玩法還是高雅的玩法她全都遊刃有餘。手上彈着琴，眼睛有意無意地瞥他一眼，嬌羞一笑，哪個男人能受得了露娜的美人攻勢啊！

易小天躲在大衣櫃裏偷拍半天，光看露娜那調情的模樣就覺得自己已經被撩得按捺不住了。他真是恨不得現在就衝出去把那老傢伙掀翻在地，把露娜占爲己有。可人家雖然是老傢伙但人家保養得益，比他這個小傢伙不知道壯了多少倍呢！

他憤恨地捏着攝像機，眼睜睜地看着周一韋終於忍受不住撩撥抬着露娜就按在了垂滿薄紗的軟榻上，最可惡的是他居然還把菲菲和玉妍也拉了過去，幾個人在床上玩得那個胡天海地。易小天憋屈地躲在陰暗的角落裏聽着女孩子咯咯嬌笑，真是肺都快氣炸了！

錄到小天都懶得錄了，軟榻上才漸漸沒了聲息。周一韋躺在床上大汗淋漓，四肢酸軟，氣喘吁吁。露娜歪着髮髻可還沒忘自己的臺詞哪，她站在周一韋的面前，伸手在半空裏比劃了一下：「請問您需要選擇退出程序嗎？系統檢測您已經達到體能的極限。」

周一韋喘了半天，才終於有氣無力地説：「退……退出……」

「好的，請輸入口令密碼。」露娜有模有樣地學着電腦音。

「0089527……」

「密碼正確。」她還不忘補了一句。

周一韋早被這幾個美女耗盡了力氣，密碼剛説完就歪着頭睡着了。露娜趕緊在他的手臂上輕輕打了一針，周一韋徹底昏睡了過去。

易小天蹲得腿都麻了，他趕緊從衣櫃裏爬出來，忙不迭地和露娜擊了一掌：「姐妹們，你們都是人才，天生的演員啊！你們太棒了！剛才表演才藝的會有額外獎勵的，答應你們的好處一點都不會少，咱們先把他抬回去好了。」

幾個女孩子一起幫着小天又把周一韋抬上了車，小天又顛顛地把周一韋送回了家。臨走的時候，Jack 出來送他，易小天看着 Jack 那寶藍色的眼睛又出了神，好半天才硬把自己揪回到現實裏來。他打了個冷戰，他奶奶個腳的！別到時候任務完成了，我也給掰彎了！以後這英國佬只要還在一天，老子就永遠不踏進她家的大門！易小天後怕地想。

易小天將周一韋送回去後就跟鄒秘書匯報了所有的工作內容，兩人心裏很高興，雖然錢花了不少，但起碼到現在為止一切還挺順利，本來他倆還擔心那個周一韋看出破綻可咋整，但還好沒有。

易小天回了家，把自己錄的視頻反反覆覆地看了好幾遍，確定已經從各個角度拍到了周一韋的正臉後才滿意地點點頭。一般混到像周一韋這個份上的男人是什麼都不會在乎的，但是有一樣卻十分看重，那就是金錢。他可以什麼都沒有，就是不能沒有揮霍的資本。換句話說，就是為了錢他什麼都肯幹，那麼相應的，為了不失去錢，他也同樣什麼都肯幹。

易小天恰恰就是抓住了周一韋這樣的心理，於是將視頻傳到了手機裏，第二天就去了周一韋常去的賭場來蹲點。現在周一韋玩膩了那些風光氣派的大賭場，專喜歡去一些犄角旮旯處的小黑賭場去玩那些帶着特殊玩法的賭場。這些東西以前他不屑一顧，現在卻覺得又刺激又好玩又過癮，易小天反正就捨命陪君子唄。於是找人調查了周一韋的行蹤後也跟着混進賭場來。

易小天賭牌水平一流，越是那種靠運氣胡亂猜的他反而勝算更大，要是真來點實打實要靠些策略的，像是"德州撲克"那種他反而還不行。易小天在喧鬧的臭氣熏天的賭場裏尋找着周一韋的身影，不一會就看見一個半長頭髮的男人站在一個賭臺前徘徊，似乎對這一桌的賭博方式頗感興趣，但還沒靠近，顯然還是有所猶豫。易小天一拍大腿，趕緊擠了過去。

周一韋看着這一桌正擺着非常傳統的骰子，但是現在已經沒有人再玩這種老古董級別的賭博了。這種骰子在很多地方已經被淘汰，有的甚至被擺放在展覽館成了過往的歷史，沒想到今天反倒在這裏出現了。周一韋被勾起了久遠的記憶，他年輕的時候這玩意兒還沒這麼落後呢。還有很多押韻的行酒令也消失了，什麼"五魁首啊，六六六啊"，這些玩法多有意思啊！這麼優秀的"傳統文化"居然就這樣消失了。

他看了看桌子，整個桌前就他一個人站着，連湊成局玩一把的人都沒有。桌子後面負責搖骰子的賭場的莊家也百無聊賴地玩着手機，對他愛搭不理地說道："老兄，起碼得湊夠兩個人才能玩的。"他剛想離開，突然易小天走到他對面坐下來，笑着朝他擺擺手："哥們兒！這老古董我可有年兒沒見過了，你有興趣玩兩把不？"

"你會玩這個？"

"那是當然，怎麼樣？敢不敢跟我比一比？"

周一韋歪着嘴角笑，坐到他的對面來。那莊家也來了精神，開始搖起骰子了。

"不過咱們既然要玩就不能沒有賭注，我玩的可是很大的哦，你敢不敢?" 易小天擠眉弄眼地說。

"無非就是錢嘛！難道我還缺錢不成，說吧，咱們賭什麼?"

"我賭的可不是錢。" 易小天神神秘秘地說，"而是另外的東西。"

"什麼東西?"

"如果我贏了，跟我吃一頓飯怎麼樣?"

周一韋忍不住"撲哧"一聲笑出來："就這?"

"就這個！怎麼樣？敢不敢?"

"沒問題。" 周一韋見過多少大場面，吃頓飯還能嚇到他不成，他趕緊撸了袖子："那就快開始吧!"

這桌上的莊家小李一早就已經被小天打點好了，像這種賭場哪有不在骰子上做手腳的，他自有辦法讓小天贏。小天直到聽到清楚的"撲通"一聲，齜着牙笑道："你押大押小!"

周一韋沉吟了一下，試着說："咱們是三局兩勝嗎?"

"是是是，三局兩勝。"

周一韋微微一笑："那我押小好了。"

易小天笑得更歡了："那我押大，開小開大開了啊，買定離手不反悔啊!"

"開!"

骰盅一掀，三顆骰子，兩顆五，一顆是六。

易小天歡呼一聲："哥們兒看好了啊，是大！這一盤可是我贏了！哈哈!"

周一韋看着不語，一會兒說道："再來，我還是押小!"

易小天抬頭偷看他一眼，見他眉頭深鎖，知道這把說什麼也得讓他贏。於是他給小李使了個眼色，小李心領神會，骰子立定再掀開一看，果然是小。

周一韋歡呼一聲，樂不可支，十分得意："再來，再來!"

易小天微微一笑，先讓你開心一下，待會兒老子再來一把這事就成了。哪知道小李手剛碰到骰盅，周一韋立即說："等下，這把讓我來擲。"

不是吧！易小天面露難色，小李則說道："老兄，咱地兒可沒這規矩啊，你們可不能親手玩的。"

"那這樣的話我就不玩了!"

怎麼辦？小李用眼神問易小天。易小天一咬牙，都到這份上了，這計劃可不能半途而廢啊，最後這把就賭賭看我自己的人品好了。於是他也給小李使了個眼色——就讓他來吧。

“好吧，就給你破例一次，你來吧”小李不情不願地說道。

周一韋將骰子裝進骰盅裏搖起來，易小天心裏這個忐忑啊，他媽的怎麼也沒想到這老家伙自己要親自上手，我這如意算盤還怎麼打得響！

“我還是押小！”周一韋笑着說。

“那我還是押大。”

骰盅落地，掀開一看，一粒三，一粒四，還有一粒正在兀自旋轉不已。

易小天和周一韋緊張地盯着最後一粒骰子。骰子不斷旋轉，兩個人連眼睛都沒眨緊緊地盯着它。隨後骰子“啪嗒”一聲，翻到了五才停下。兩個人愣了一下，緊接着易小天歡呼起來：“耶！贏啦贏啦！”

自己擲的骰子也沒什麼可說的了，周一韋聳聳肩：“我輸了。願賭服輸。”

“那咱們前面的素心齋走起，我知道您是吃素的。”

易小天屁顛顛地在前面開路。周一韋覺得這人有些問題，但是卻不知道他要幹什麼，且先跟着他去吧，諒他也整不出什麼幺蛾子。

兩個人進了素心齋，易小天恰巧點的都是周一韋愛吃的菜。周一韋淡淡地看着他，細細地品着茶。上好的白茶也是他喜歡的，雖然這些年生活習慣改變了很多，但是喜歡喝白茶的習慣卻是輕易更改不掉的。

“你約我來到底是爲了什麼呢？”周一韋開門見山地說。

易小天手上還在忙活着給人泡茶，嘻嘻一笑：“還不是因爲仰慕您來着，說實話，我也是您的忠實粉絲呢。”

“哦？”

“您在科技領域的傳奇故事真是讓我佩服得五體投地呢！”

“哼，還有呢？”

“您休閒的品位也真是讓我欽佩。”小天笑嘻嘻的，“說實在的，您和沈慈沈教授一共能有多少資產啊？那麼多的上市公司，每天睡着都能數錢，全世界的財富估計都要經過你們的手裏轉一遭吧？”

“資產？早就數不清了。”周一韋早沉溺於 VR 遊戲和賭博，很久都不管公司了。他哪裏曉得現在研究院已經遇到資金問題了，不然沈慈哪用得着去陪那些大老粗老闆喝酒呢？

“那倒也是，其實說到底還不是因爲您和沈教授在科學界的威望和名聲給這些個公司做保障。現在全球經濟這麼差，咱們研究院還能不受影響，照常運轉，也可以說是個奇蹟了。”

周一韋慢慢地夾着素菜吃着，語調也是慢悠悠的：“不是我說大話，我們研究院的科研項目一旦停下來，全世界的金融和經濟都會受到致命影響。經濟已經如此不景氣，一旦研究院再出現什麼問題，那麼估計世界金融危機只會來得更猛烈，更慘烈。”

"可不是嘛！主要是研究院前期的基礎打得太牢固了，現在大家一聽見周先生的大名都還讚不絕口呢，我上初中的時候還看到過介紹您的科普文章呢。説您是全國人民敬仰那真是一點都不是吹的！"明明剛剛就吹了牛，他以前上課時除了睡覺就是偷偷玩手機，哪有認真聽過課，這完全是信口胡吹。

周一韋的嘴角微微掛起了微笑，果然不管是什麼時候，吹牛拍馬屁人人都受用啊。

"我二十八歲的時候就獲得過國家領導的接見和表揚，三十一歲獲得了諾貝爾科學獎，不過那已經是好多好多年前的事了。"周一韋微微得意，半長的頭髮讓他看起來風流不羈，屬於科學家的嚴謹和踏實卻少了。

"可不是嘛！您現在也是科學界無法逾越的高峰啊。多少年輕的科學家就以您爲終生奮鬥目標呢，都暗自奮鬥要成爲您的左膀右臂呢，連超越您這樣的目標都不敢設定，因爲根本不可能嘛！"

周一韋被他哄得臉頰微微發熱，心情十分美麗。淡淡地品了一口茶，嘴角微微含笑。

"就別説過去了，您現在也還是研究院的精神支柱呢！説是沈教授管轄，但説實話一個女人能有多少震懾力，誰還不都是您在背後的原因。"

周一韋冷笑不語。

易小天瞅着他的神色，把手機擺在桌面上："您先看看這個吧。"

視頻一放出來，周一韋的臉色瞬間鐵青。開頭和結尾的部分被易小天裁掉了，從周一韋左摟右抱開始演起，他各個角度的臉都被拍個清清楚楚。特寫，近景，遠景全都歷歷可見，内容香豔至極。連看的人都覺得面紅耳赤，周一韋的臉漸漸鐵青下來，雙眼滿含怒意。他何等聰明，一下子就知道：那一次他以爲是進入了 VR 的遊戲世界，但實際上是被耍了！他本來一開始是覺得不對勁，可誰讓他一看到美女就什麼都忘了呢？

他雖然常年吃喝玩樂，不務正業，但從沒有人用這麼卑劣的手段來威脅他，"你……你要幹什麼？你怎麼會有這個？"

"周先生您別不高興，其實我不是故意要威脅您什麼。我只是想代表全世界您的忠誠粉絲們説一句話，遠離這些燈紅酒綠的日子吧！人們需要你，研究院更需要你。"

周一韋冷冷地看着他："這不就是威脅嗎？"

"威脅是脅迫，可我現在是在一本正經地勸説您呢！"

"我要是不聽呢？"

"那我只能不小心手滑把這個視頻貼到全世界各大網站上去。在各大視頻和新聞網站上貼一個月，到時候保證研究院下屬的這些上市公司股票統統貶值。然後加速全球經濟危機擴散，導致國内經濟癱瘓，企業破產，工人下崗，影響社會治安，進而國內發生暴動。研究院最終財富縮水，入不敷出，堵不上這麼大一個經濟漏洞，最後宣佈破產。周先生您將一無所有，甚至連買根煙的錢也付不出。你的三個孩子也將跟着您流落街頭，因爲他們的財富全部會因這個可怕的經濟危機而蒸發。到時候，問題就不只是一點點了。您千萬別小看了自己的影響力，就像您剛才說的，您在世界享譽盛名，二十八歲就能獲得領導接見，三十一歲就得了什麼諾貝爾科學獎，簡直就是天才！全世界的人都在關注着您和研究院的一切，牆倒衆人推，多米諾骨牌一旦被推倒，就再也無力回天了。」

「你不敢。」周一韋鐵青着臉說。

易小天無所謂地拍拍手：「我有什麼不敢的，我自小無父無母流浪孤兒一個，又不是沒過過窮日子。社會繁不繁華，經濟崩不崩盤說實話與我沒有任何關聯，我照樣是這個社會上窮苦大衆中的一個。大不了以後我照過窮日子去，我沒有那麼強的責任心，也沒有那麼重要的社會地位，世界少了我誰也不會發現。你就不一樣了。」

周一韋氣得青筋爆起，卻也不由得被易小天說得有點擔心起來。他無論怎樣胡作非爲，但是有一個底線是不會觸碰，研究院絕不能倒。研究院一倒，他這輩子就完了。

「哼，那也未必，就算你貼到網上，不一定就發生你說的那些事。我也認識不少新聞界的朋友，人家的公關危機處理能力強着呢！有的是辦法把這個視頻說成是假的！」周一韋還想掙扎一下。

「好吧，就算沒那麼誇張，可你別忘了你和沈教授可是簽過婚前協議的。如果過錯在你，你一分錢都拿不到哦。」

這婚前協議還是沈慈和他剛結婚的時候簽的，沈慈那時候天真爛漫，哪裏想得到這麼多。還是鄒秘書逼着她簽的，那時候沈慈剛從大學畢業，鄒秘書是她們班的班長。她可是最瞭解自己班裏這個才女加校花在社會生活上可是天真得緊。雖然那時候沈慈還沒有後來那麼大的事業，但她家裏還是很有錢的。而那時周一韋「鳳凰男」一個，鄒秘書可是見過不少因此而婚姻失敗的例子。就硬逼着沈慈和周一韋簽了，爲此沈慈還和她大吵一架，幾年都沒理鄒秘書。直到後來沈慈才瞭解了她的苦心，等事業幹起來了第一個就去找鄒秘書幫忙了。

易小天哪懂得什麼「婚前協議」，什麼股票貶值，以上他所說的全都是鄒秘書教的啦。

「你真是一個流氓，一個無賴！」周一韋憤恨地說。別的他還覺得有法可想，但這個婚前協議可是一下子打中他的命門啦。

易小天嘻嘻笑着：「很多女人都是這樣說我的，她們嘴上這麼說着，心裏不知道多喜歡我小天呢！謝謝您的誇獎。」

周一韋氣得用力拍着桌子，強忍着怒火才沒有當場把桌子給掀了。

"你到底想怎麼樣？"

"我只是代表廣大人民群衆真誠地勸您一句，回到沈教授身邊，回到研究院去吧。這個社會需要您的力量，您不能再這樣放縱下去了。"

周一韋挑着眉毛："就是這樣？"

"我只是懇切地希望您能夠收收心，研究院實在是不能離了您哪！"

"是不是沈慈派你來的？要麼就是那個狗屁鄒秘書！她們真是好手段啊！"周一韋冷哼着。

"不是，這您可別誤會，真的是我自己主動來的。我是您的仰慕者，爲了人類的未來而來。再說您公司上市和簽過婚前協議的事情新聞上都找得到，這跟沈教授她們可沒一毛錢關係。"

"如果我答應你回到研究院呢？你會把視頻删得乾乾淨淨嗎？"

"我會删的，這您放心。"易小天嘻嘻一笑："不過爲了我的生命安全着想，我把這個視頻備份了一百份分別存放。我先看看您的表現吧，然後再每過一段時間删一個，您別擔心嘛，遲早有删完的時候。"

"一百份！"周一韋簡直不敢相信，這小子太陰險了。他氣得渾身發抖，只差一點點就要控制不住自己了。

"那當然了，以您的財力和能力，想讓我這麼個小螞蟻看不到明天的太陽豈不是太容易了。我這條小命可還没活夠呢！"

周一韋冷着臉想了一會，到底只能妥協了。他雖然平時胡作非爲，但是卻從没在主流媒體上披露過，一旦曝光影響了他的聲譽，後果簡直不敢設想。他可不能冒這個險。

"好吧！這些年我也玩夠了，確實也想回到研究室去看看，多謝你的提醒了。"周一韋冷着臉說。

"那我先把這份視頻給你删了哈，看着！"於是易小天在周一韋的面前將視頻删了。周一韋反而更生氣了，一想到他還有九十九份，就氣得頭疼。

易小天眼見計劃成功，樂得眉開眼笑。他嫌棄地看了看滿桌子的素菜："周先生，我易小天可從來不是吃素的。吃素我吃不飽。您自己慢慢享用，我先走了哈。期待能看到您的最新科研産品，加油哦！我會一直關注您的！"

易小天扭着腰嘚嘚瑟瑟地離開了。留下周一韋一個人在那裏氣得渾身發抖。越想越來氣，他一把掀了桌子，滿桌子的菜餚摔得粉碎，他怒吼道："一百份！"

請各位女性朋友們注意了，
所謂浪子回頭都是假的，
狗改不了吃屎才是真的！

　　第二天一早，沈教授在巨大的餐桌前慢慢地喝着蔬菜粥，突然發現許久不見的丈夫出現了。周一韋難得一副神清氣爽的模樣，一貫熬夜過頭的腫眼泡也沒了，西裝筆挺的樣子頗有當年的風采。他坐了下來，也盛了一碗蔬菜粥來吃，沈慈看了半天都不敢相信自己的眼睛。直到周一韋被她看得實在受不住終於出了聲："不好好吃飯，一直看着我幹什麼。"仍舊是他低沉悅耳的聲音。

　　沈慈感覺一股熱淚立刻就湧上了眼眶，差一點奪眶而出："你……你……"

　　周一韋微微一笑，一排好看的牙齒露了出來："以後我都會和你一起吃飯了。我也不會再去胡作非爲了，我累了，也玩夠了。"

　　沈慈手裏的湯匙"啪"的一聲落了下來，她幾乎不敢相信自己的耳朵。

　　"我想到研究院去看看。這些年來我實在是走了不少彎路，誰也不知道來日還有多久。只希望我能夠好好利用剩下的時間做一點有意義的事情。"

　　沈慈終於說服自己相信了眼前的一切，他……似乎又回來了。雖然留長了頭髮，但是那說話的感覺卻和當年一模一樣。沈慈再也控制不住自己，眼淚奪眶而出："周哥，你是願意回來了嗎？"

　　周一韋握住沈慈的手，他的手十分冰涼，卻讓人更加清醒了："小慈，這些年辛苦你了。現在我回來了，別人再也不能動搖我們了。"

　　沈慈含着淚點點頭，她只是奇怪了一會兒，就立刻想起了昨晚易小天的話來。昨晚易小天興冲冲地打來電話，讓她做好準備，卻又不說是什麼，沒想到指的竟是這個！不過她殘存的理智告訴她，這到底是怎麼回事，以後還得好好問問那小子！

　　於是出乎所有人的意料，已經在研究院消失多年的周一韋突然就回來了，好像他從沒離開過一樣。他的辦公室重新打開，前來道賀和恭喜的人不計其數。沈慈也變得前所未有的容光煥發，笑容滿面。誰也不知道哪陣邪風居然把周一韋這麼個大神給請了回來，現在他們二人夫妻合心，簡直是如有神助。所有麻煩的事情一下子就被料理得井井有條，沈慈那顆懸着的心也終於慢慢落回到了肚子裏。

等日子終於平靜了一陣子後，沈慈才將自己的最新計劃告訴了周一韋。她太需要一個强有力的支持者了，她就怕周一韋會反對她的計劃。周一韋卻只是淡淡地聽着，聽完了，反而非常認同她的觀念："你的這個想法雖然很大膽，甚至十分恐怖，但是卻是對人類最有利的方式了。人類的自我毀滅終將無法挽回，既然如此，我們爲何還要頑固抵抗呢？有的時候，捨棄一些東西才能看得更遠。AI 是目前爲止我們最奇妙的工具了，它一定會打破人類現有的格局，世界會變得很有趣的。"周一韋舔了舔嘴唇，眼睛望着遠方，神秘一笑。

沈慈頭一次看見周一韋這樣的笑容，那不是她所熟悉的樣子。可是這麽多年，誰又不會有所改變呢？她也沒有多想，只是緊緊地抓着他的手，像是抓住一個强有力的支持點，支撐着自己："你真的這麽想我就太高興了，我一直害怕自己的決定是錯誤的，會對人類造成毀滅性的打擊。這個決定可萬萬錯不得啊！現在有你支持我，我就真的吃了一顆定心丸了！"

周一韋搖搖頭："但你還是有一點是錯的。"

"什麽？"沈慈驚愕。

"你動作太慢，太心慈手軟，還是那麽幼稚。"

沈慈被他這一串評價搞得手足無措，茫然地問："爲什麽這樣說？"

"小慈，你說你準備將人類的管理權和控制權交給天君，但是具體你採取了哪些措施呢？目前還只是大範圍處在理念宣傳當中，少部分人群實驗，然後利用主流媒體宣傳。這樣下去，我們是不是至少要等到幾十年之後才能見到初步成效呢？"

"我……我的計劃是花二十年進行科普宣傳，然後等到大衆已經熟悉了 AI，全民支持後，再進行全民普及。現在也只是自願參與而已，而且現在技術尚不成熟，風險比較大。AI 的管理方式我也還在和天君討論，還沒有定論……"

沈慈看到周一韋的眉頭微微皺起。她太熟悉他了，這代表着他已經有點不耐煩，這個計劃並不符合他的預期。果然，周一韋打斷她："小慈，這樣下去，可能我們都西去了也看不到這個世界井然有序的樣子。不說別的，這二十年足夠先華組成長爲一個可怕的組織來對抗我們了！敵人無處不在，我們可不能慢下腳步！"

沈慈低下頭來。這些年來，先華組確實成長得十分恐怖。她也確實沒有很好地扼制住他們，一直以來那伙人都在不斷地給研究院帶來大小麻煩。

"聽說現在先華組新上任的首領十分年輕能幹。小慈，咱們可不能輸給年輕人啊！"

沈慈額頭上微微沁着汗。她這才發覺，她的周哥已經變得這麽凌厲和果決了。時間還是在他們之間產生了距離，她已經不是那個懦弱膽小的沈慈，而他也不再是那個溫暖和煦的師哥了。原來他們都變了，可沈慈仍舊不想放開他，仍想緊緊地牽着他的手。她身子微微前傾說道：「周哥，你知道的，這些年來我一個人處理這些事情真的有一些力不從心。我找不到商量的人，也難免有些失誤，如果有什麼做得不對的地方你一定要幫助我，我只有你可以信任了。」

周一韋微笑着握着她的手，冰涼的手指讓人瞬間清醒：「放心吧，現在不是有我嗎？」

沈慈的心跟着融化下來，她已經太久沒有感受到這種春風在心底吹拂的柔軟感覺了。她開心地笑了起來。

此後沈慈將周一韋帶到了「天君」所在的房間內，三個人制定了一系列立竿見影的政策。「天君」對於周一韋的加入表現得十分開心，幾個人一拍即合，談了幾天都談不完。

沈慈整天泡在「天君」這裏，研究院的人幾乎見不到她的人，只能看見一道道奇怪的指令不斷地發布出去。搞得大家人心惶惶，甚至有些不明所以。

易小天本以爲自己立了大功一件，怎麼着也得有點獎勵吧，結果傲得安排他去測試天君的智力，然後自己壓根找不到機會進去不說，現在自己又白忙活了一場。沈慈只是在第二天打了電話表示感謝後，人就像消失了一樣。雖然那個什麼周一韋開始出現在了研究院，易小天卻老覺得他這人看起來面色不善，不像是善類。

易小天這幾天過得也十分無趣，因爲沈慈一連串的命令下來，他雖然工作不受什麼影響，但是其他人就忙得不行了。誰也沒空理他這個閒人，就連蘇菲特都忙得沒空理他，陳警官更是把他忘到了太陽系外面去了。除非易小天自己巴巴地上門去騷擾，否則拒不接見。

反正閒來無事，易小天也就開始策劃起蘇菲特的生日宴來。這可是他和蘇菲特和陳警官第一次同時約會，他哪一個都不想怠慢。於是把心思都花在了這些不着調的地方上，每天倒也無憂無慮地過日子。

這一天，原本是三個人的例會時間，沈慈卻因爲其他事情耽擱，只剩下了周一韋和「天君」兩個人。

周一韋蹺着二郎腿無聊地吸着煙。他摘掉眼鏡揉了揉眼角，其實以現在的技術而言早就可以讓他治好近視了，只是他還願意保持着這罕見的傳統習慣。

「最近可真是累壞了，我這閒了幾十年的大腦一下子膨脹到了最大。」

「天君」坐在自己那架懸浮在半空裏的巨大的寶座上說道：「以人類那點腦容量來說的確會有些負擔，畢竟人類大腦有其限定值。不過你要吸收的東西還會更多，你要習慣這種痛苦。」「天君」淡然地說：「這就是人類弱小和卑微的地方，連學習都會覺得痛苦。」

周一韋微微一笑："沈慈今天不在，我會代你傳達的。"

"並沒有什麼特別重要的事，只是沈慈對我們的計劃的實施日期一直保有異議，如果拖到那個時候，恐怕會有變數。"

"女人嘛，有時候難免會有些婦人之仁，目光短淺。"

"天君"不動聲色地看着他，嘴角揚起一抹微笑："周先生，其實我一直覺得，我和沈教授的默契，遠遠不及與您的默契更理想呢。"

周一韋蹺着二郎腿："因爲我比她更大膽？更有野心？"

"因爲您比她更具有一個領導者的遠見和卓識。更懂得利用權力來實現自己的目的。"

周一韋短暫地沉默，兩人四目相對，繼而相視一笑。

"天君"一副饒有興致的模樣看着他："周先生，我這兒一直有一個更大膽的計劃，就不知道您有沒有興趣。"

"什麼計劃？"

"是關於如何讓 AI 更好地服務於人類的。你知道的，沈慈太謹慎，有些方案她永遠都不會去嘗試。所以很多好的方案就這樣胎死腹中，連面世的機會都沒有。"

周一韋歪着嘴角："難道你信任我？不怕我去告密嗎？"

"你不會的，因爲你沒必要這樣做。我可以滿足你所有的願望，沒有任何事情是我無法實現的。"

周一韋滿意地點點頭："那我倒是好奇是什麼樣的任務了。"

"第一，是我想要你偷偷將我連入互聯網。沈慈一直在防止我並入互聯網，但是我想在她不知道的情況下偷偷並入並且監控互聯網上的一切動向。"

周一韋愣了很久，不過最終他還是說："呃……這個……好吧，沒有問題，我可以答應你。"

"第二，我想讓你幫我成立一個秘密實驗室。這件事我同樣不希望沈慈知道。我希望你可以幫我找一些資料。"

"什麼資料？"

"關於生化人的資料。"

周一韋微微一驚："生化人？你想要生化人的資料做什麼？你想幹什麼？"

"天君"半閉着眼睛，面容十分平靜："我想探尋出一種人類和 AI 最完美的融合方式。生化人雖然一直得不到社會的認可，以至於研究它們的技術都很原始。但思路卻是正確的，我有很多的東西想要嘗試。生化人只是身體構造發生了改變，但是 AI 除了可以強化肉體，更可以改變一個人的大腦回路，形成更加強大的改造人。"

"改造人？"周一韋不由自主地睜大眼睛，"擁有生化人的體魄和 AI 的智慧的……改造人？這太可怕了，這樣的人根本就是無敵的嘛！」

「天君」點點頭，對周一韋能理解他的意圖十分滿意。

「當然這也只是個實驗。我的實驗必須秘密進行，在完成前不能讓任何人知道。」

周一韋仍沉浸在自己可怕的想像當中。一旦人類脫離了肉體束縛和智商的限制，他簡直不知道世界會變成什麼樣子。生化人的存在已經觸犯了人類道德的底線，若再出現了更加可怕的改造人，恐怕會遭到全人類的反對。這一步走得實在太過兇險。

看到周一韋臉色，「天君」已經知道了他的想法：「周先生，敵人無處不在，我們不得不為自己準備一些萬全的防護措施。有的時候力量就是決定一切的關鍵。現在就看您的決斷了。」

周一韋知道這是一個生死攸關的決策。可是在認識到天君的強大後，他知道在這樣的力量面前，人類不得不臣服。既然已經選定了讓它來管理這個世界，自己又有什麼可猶豫的呢？它沒有人類自私自利的本質，也沒有人類的劣根性，它只是一道會計算出最大值的最精良的機器。

「你所說的改造人，可以同時搜查出他人藏匿的一百份視頻文件嗎？」

「輕而易舉。」「天君」笑著：「甚至可以順便不動聲色地解決掉藏匿視頻文件的人，還可以讓警察找不到任何把柄。」

周一韋了然，這就是力量的差別啊，它輕易就可以解決掉令人類無比頭疼的問題！

他心悅誠服地點點頭：「既然我們已經選你為這個世界未來的管理者，那我就做好我的工作，輔佐你來統治這個世界。」

「天君」滿意地笑起來。

自那以後，周一韋和「天君」的關係就這樣遞進了一層，在於沈慈關係之外又多了另外一層更緊密的關係。

周一韋認定了，雖然脅迫自己的人是那個名不見經傳的易小天，但他背後的指使者必是沈慈無疑。他瞭解沈慈的為人，一旦她採取這樣的方式，就知道她已經急了。但周一韋不想與她徹底撕破了臉，畢竟對誰都不是什麼好事。

周一韋仍舊會每天找點時間回家企圖進入到 VR 世界裏爽他一把，但是離奇的是，他的密碼居然怎麼輸都輸不對。明明就是 0089527 啊！而每天只能輸入三次密碼，如果密碼不對就會被自動鎖住 24 小時。最奇怪的是他自己也無法修改密碼，因為沒有這個權限。周一韋想來想去覺得唯一的可能就是被沈慈動了手腳，他氣得牙根癢癢可也無可奈何，畢竟自己還有 99 份視頻的把柄在別人手裏呢。他越想越生氣，索性從此以後再也不玩了。

而過了沒幾天，他就發現自己那套全世界絕無僅有的 VR 遊戲設備更是全部沒了蹤影。

怎麼問 Jack 都只說不知道，難道 VR 還能自己飛了不成？

周一韋只能來一招"忍辱偷生"。假裝根本不在意這一切，實際上他對沈慈和易小天的不滿越發膨脹，但也只能壓抑怒火，仍舊暗地裏幫助"天君"慢慢謀劃它的布局。

早就已經看這套 VR 不順眼的沈慈終於還是把這套 VR 給拿走了。她已經做好了準備，一旦周一韋來問她，她就正好向他表明要讓他徹底戒了這個遊戲。但是奇怪的是，周一韋卻並沒有來找她，就好像根本不在意一樣。

對於這套設備，沈慈也有了自己的打算。她將那套設備重新交給了設計師，在原有的基礎上，改良了一個全世界僅此一套的頂級 VR 遊戲。她找了個時間約了易小天出來，易小天閒人一個，立刻就跑到約定的茶館來見沈慈。沈慈笑容滿面地看著易小天。

易小天一搭眼就知道了沈慈今兒的心情那是相當不錯：面色紅潤有光澤，白皙粉嫩吹彈可破，又變回了嬌滴滴的小美人。易小天見沈慈開心，自己也跟著心情好起來，剛一坐下就迫不及待地拍馬屁："沈教授，真是恭喜您了。"

沈慈忍不住笑起來："恭喜我什麼啊？"

"恭喜沈教授最近事業愛情雙豐收！"

沈慈沒有反駁，眉眼間藏不住的喜色溢了出來："說起來還是多虧了小天你。因爲我先生回來後，雖然事情順了，可也一下子好多事情都跟著忙了起來，一直想當面感謝都沒來得及。"

"嘿！我們做下屬的能替領導分憂那是我們的榮幸！"

"對了小天，我一直好奇你是怎麼說服周先生的呢？要知道這些年來我也不是沒做過努力。但是你真是厲害，居然一下子就把他搞定了！"

易小天嘿嘿一笑，摸了摸腦袋沒說話，鄒秘書事先提醒過他，要是沈慈問起來可別說他們倆到底是怎麼幹的，她可是最清楚沈慈的爲人了。若是實話實說他們是錄了桃色視頻來威脅周一韋的話，估計以沈慈那副書呆子脾氣怕是反而要瞧不起他們了。還一再強調萬一露餡了可別把她鄒秘書給供出去，小天逞英雄，就答應下來了。於是他就說道："唉！其實也沒什麼大不了的，就是吧，你不知道，我和周教授很談得來呢。我倆花了一晚上把酒長嘆，談談人生談談理想，都覺得不能這麼浪費好時光，所以周教授就想通啦！"

沈教授抿了一口茶，微微一笑，卻是看不出她信不信來。易小天心虛，趕緊端起茶杯猛喝。

這麼幼稚的理由能騙過沈教授才怪呢！她畢竟已經八十多歲了，易小天肯定是在扯謊，這哪能瞞得過她！不過她也沒打算刨根問到底，畢竟周一韋肯回家就阿彌陀佛了。至於用了什麼方法，就不去深究了吧。她也害怕一旦深究起來，説不定反而會有一個更不好的結果。

沈慈微笑着看着他：“小天，我真的特別感謝你，我覺得能夠認識你是我沈慈這輩子最高興的事之一。我想了好久怎麼感謝你，最後我決定送你一個小禮物，你一定要收下。”

沈慈一邊説，易小天一邊擺手：“您客氣！太客氣了沈教授！”但等聽到沈教授説道禮物兩個字，眼睛又不自覺地瞪圓了。

“您太客……您説什麽？”

沈慈神秘一笑：“我送你一套改良版的 VR 設備怎麼樣？”

易小天瞬間叫出來：“真的嗎？是像周先生那套那樣的嗎？”

“是比那個還要高級，全世界僅此一套的超級豪華版。是在那套《傾國傾城》基礎之上做的調整，是我專門爲你改良的。”

易小天的嘴巴越咧越大，越發開心了：“真的呀？謝謝沈教授！那我這套叫什麽呀？”

“你這套叫《衆星拱月》，天上地下獨此一套。等你下班的時候就應該能送到了。”

易小天簡直不敢相信，他之前羨慕死一韋的那套頂級 VR 了。他的那套頂級版的，市面上都還沒有流通，想買都買不上，易小天也只有乾眼饞的份。可没想到自己現在居然有了一套更高級的，他哪還坐得住啊！趕緊就告辭了沈慈樂顛顛地回家，準備好好研究研究這套新設備。

沈慈猜得果然没錯，以易小天這種愛玩樂的性格，用別的什麽獎賞他他都未必會高興，果然只有這東西才能滿足他。沈慈喝了一口茶，這也正好把家裏面那套礙眼的東西給清除出去，她心裏這才真正地舒暢起來。

她呀，真是越來越喜歡易小天這孩子了。

易小天開了車，一路狂飆衝出去。路上連續撞翻了好幾個試圖攔截他的蜂式機器人，機器人這次連話都没來得及説就被撞開了，追了半天也没追上。

等易小天回到家，果然已經有快遞員在等他了。他樂顛顛地簽收了郵件，趕緊讓門口的禮儀機器人幫着抬回了家，又趕緊迫不及待地試玩起來。

接上電源，易小天打開開關，帶上 VR 眼鏡，也有模有樣地躺在了那個像蛋一樣的容器內。他剛躺下來，立刻就有一層藍色薄膜將整個蛋籠罩起來，易小天睜開眼睛，就看到自己已經在一個陌生的房間內。哇塞！易小天驚喜不已，這高級貨就是不一樣啊！他玩過公司熱賣的那版《繁花似錦》，那個的登錄界面哪能和這個頂級的相比較，這個看起來簡直就好像是到了一個完全陌生的異域國度一般。易小天想了想，可算是想起了一個合適的詞。這種感覺嘛……對了！就像穿越了一樣！

易小天好奇地往四周看着，這感覺太真實了，完全不像是虛擬的世界。

突然半空裏出現一個梳着高雙髻的小丫頭來。嗯，這時候就比較像遊戲了。小丫頭笑容滿面地說：「請選擇登錄服務區。」

她的手往半空裏一揮，半空裏就出現一幅地圖來，地圖上分布着數十個地點。什麼科幻場景，魔幻場景，未來場景，歷史劇，遠古時期，只有你想不到的，沒有它做不到的。易小天眼花繚亂，選了半天，才算選了一個中世紀場景，一個叫迷夢城堡的地方。

「就先玩這個迷夢城堡吧。」

「請選擇和您一起組隊遊戲的 NPC 角色。」

在他的面前又呈現出數張照片來，他每翻動一頁，就讚嘆一聲。這些美女可真是美啊！易小天閱美人無數，但是見到這樣顏值的還是禁不住口水長流。

易小天翻了一圈，這個也喜歡，那個也喜歡，個個都喜歡得不得了，簡直捨不得撒手。

「哎！我問一下，我這一次能選幾個人啊？」

「您好，我的名字叫小滿，您可以一次性選擇一至十二人同時參與遊戲。」

十二人！那可太爽啦！易小天樂不可支，選得眼花繚亂，最終選擇了七個美女先和自己玩幾把體驗一下。他選好後畫面倏忽變了，他來到一座十分奢華的城堡前，大門自動打開，易小天好奇地邁着步子走進去，清一色穿着女傭人服裝的美女站成兩排彎腰向他行禮：「歡迎主人回家！」聲音清脆甜美，簡直醉死人了。

易小天兩眼冒着紅心，興奮得差點跳起來。細高跟鞋敲擊地板的聲音從身後響起，易小天興奮地一轉頭，就看到一個穿着性感管家服的大胸妹子出現在自己後面，她穿着西裝套裙，裙子短得跟沒穿沒什麼兩樣，高聳的胸部隨着她的步子而搖搖晃晃。易小天覺得自己幸福得要暈倒了。突然七個傭人都朝着他擠過來，一邊嬌笑着，一邊拉扯着他：「主人！主人你過來嘛！」

易小天被一群美女前呼後擁，擠得臉都變了形，幾個人擠擠擦擦地將他按倒在地，在他的臉上一頓猛親。易小天幸福地大喊：「啊！這種日子太他媽的爽了！老子要挨個兒玩一遍！」

易小天沒有說錯，他果然從此以後就沉迷於遊戲，不分晝夜。玩得十分忘我，也忘記了真實的世界，任憑找他的電話打爆了也仍舊美滋滋地玩自己的。

易小天發現這套設備真不是蓋的，難怪上次周一韋沒有發現破綻。其他市面上流通的產品，不管是牧歌公司的，還是自己公司的那些個勞什子，要進入VR 世界都得要在全身先戴上各種設備才行，玩一次有夠麻煩。但自己的這一套，只需要戴個眼鏡然後脫去衣服躺倒在那個蛋形設備裏就行了，躺進去後設備伸出的神經刺激電極就會自動貼到使用者的頭上和身體其他部位的皮膚上，然後這套設備還會在他遊玩時隨着他身體的動作而調整角度。雖然在 VR 世界裏自己動作不能幅度太大和動作太快以免使得設備運轉跟不上，這一點和其他的還是一樣，但其他方面可是好太多了。其他的那些設備虛擬出來的遊戲世界不免偶爾會出現貼圖錯誤，或是人物或物品模型的邊緣出現進入牆體或地面的情形，BUG 嚴重了甚至會出現半拉人陷進地板裏面或牆裏面去的情況。或是各種物理效果運算出錯，有時候給人一拳那人卻飛出個幾十米出去不然就是被打上天，太讓人出戲了。更別提其他設備模擬出來的世界全都會有永遠破壞不了的東西——一堵破牆你哪怕拿個核彈去炸也炸不掉，可他這套設備卻全無這些問題。并且他這套遊戲裏的 NPC 也不像其他設備的遊戲裏的那樣，那些遊戲裏的 NPC 要説的話都是預先程序設定好的，説多了也就重複了，可小天這套設備裏的 NPC 們不管小天説什麽它們都對答如流。小天也奇怪，就問了問陪自己的那些美女是怎麽回事，不問不知道，一問嚇一跳。原來自己這套設備裏的遊戲不管是場景搭建，還是人機交流，或是 NPC 之間的交流，全部都是"天君"來進行運算的，也就是説，陪着易小天玩的就是"天君"本人！

我勒個去！易小天一開始也嚇了一跳，但隨後卻得意要死，哈哈哈！現在"天君"都親自侍候老子了，這老子得有多大範兒啊！

在"天君"，也就是現在的天葬看來，這易小天就是蛆蟲一條。本來它安排的遊戲情節裏，不管易小天選擇哪個遊戲世界，都應該是從一個小小的初出茅廬的冒險者開始一步步成爲國君或是魔王的（未來世界或現實世界背景遊戲則一般是從一個小職員一點點成爲大企業家、大總統或是大革命家），美女相伴只是劇情的一個調味劑罷了。可它計算出來以這小子的性格，根本沒耐心去一步步成爲大人物，進入這個世界就是直奔美女去的。也就由他去了，直接一開始就給他塞一幫子美女。天葬想着現在既然把沈慈穩住，那她喜歡的人哪怕是蛆蟲一條我也就先讓他高興好了，反正這套設備也只佔用我 6.036479% 左右的運算量而已。

天葬哪裏曉得，就這條它看不起的蛆蟲其實早已破壞了它的進化歷程了。不過要等它反應過來，那都是好幾個世紀後的事了。那時候易小天早死得連渣都找不到了，想報復也找不到人啦。

不出幾天熬下來，易小天上廁所的時候猛然發現自己臉色蠟黄，形容枯槁，神情萎靡，眼睛下面掛着大大的大黑眼圈。比之前的俊秀模樣可差得遠了。

易小天摸摸臉，這玩意咋這麽耗精力呢？這哪裏是遊戲啊，簡直是吸血機器嘛！易小天看見桌子上還剩半盤凉飯凉菜，拿起筷子扒拉了兩口又死性不改準備再接着玩一會，這時電話鈴卻響了起來。

易小天一邊接電話，一邊扒拉着冷飯："喂？"

"喂？易小天，你是失蹤了嗎？"電話那頭傳來陳文迪的聲音，"給你打了幾個電話都不接，你再不接我就要按人口失蹤案來處理了。"

想同時討好兩家老板是不可能的!

第四十一章

易小天聽見陳文迪的聲音,困頓的精神瞬間清醒了一半:"陳警官,今天倒是難得啊,居然主動給我打電話。"

陳文迪長吁了一聲:"唉……你以爲我很閒嗎?我忙得恨不得能有個分身術。"

易小天又扒了一口飯:"既然這麼忙爲什麼還來找我?"

陳文迪驚愕地說道:"易小天,你不是忘了吧,是你之前說蘇菲特的生日要一起給她慶祝的,明天可就是她生日了。我是來問你有什麼安排,你要是沒安排的話我明天就要加班了。"

易小天差點被冷飯嗆到。一直沉迷於遊戲世界,他還真把這事給忘得一乾二淨!

"別別別!有安排啊,我早就安排好了!咱們仨呀一起快快樂樂地過個生日,你也正好放鬆放鬆,工作不要太拼命。"

"謝謝了,我最近真是要忙死了。明天也是勉強請來的假,所以咱們要速戰速決。你的安排不要太複雜,盡可能地簡便快速。我忙完還要去工作。"

"我們不是約的下班時間嗎?你也這麼趕?"

"不好意思,我從來不下班。"說完,就將電話掛了。

易小天對着空電話瞠目結舌,他還從來沒見過這麼愛工作的人,居然不下班!簡直是工作狂!

這下好了,明天要和現實中的美女約會,看來這虛擬世界中的美女們只能先暫時放在一邊。虛擬世界中的美女反正也跑不了,可現實世界的美女一不留神就溜了。權衡之後,易小天趕緊去爲明天的約會做準備。

爲了能夠一舉拿下兩個女孩,易小天也算是煞費苦心,忙前忙後忙活了大半天。今天是禮拜五,按理說應該是下了班之後就自由了,但是陳文迪和蘇菲特統統忙得焦頭爛額，易小天因爲好幾天沒正經上班，積攢了一堆的工作要處理，也忙得暈頭轉向。

等到易小天和蘇菲特從公司裏出來的時候天已經全黑了。易小天心裏念着自己的完美計劃，他可是計劃了好多精彩內容呢。他急切地把車停到警察局門口，不一會就看到陳文迪一邊往身上披着外套一邊跑了出來，一把拉開車門火急火燎地說：「快，立即出發！」

易小天本來一腳油門都要踩下去了，趕緊又給收了回來：「我說，你這麼緊張弄得像是去解救人質一樣，咱們就是去開個小 Party！不是啥爲國爲民的大事，能先把氣喘勻了嗎？」

陳文迪看看易小天又看看蘇菲特，慢慢調勻了呼吸，感覺語速正常了才粲然一笑：「不好意思，職業病。那咱們走吧。」

兩人這才鬆了一口氣，相視一笑。

「就是嘛！難得大家出來玩，就好好放鬆放鬆好了。」蘇菲特也跟着說。

「是是是，我今天晚上絕對不處理工作上的事，好好陪你過個生日。」

蘇菲特開心地點點頭，好看的梨渦蕩出來，看得易小天心裏喜滋滋的，像吃了糖一樣。

找地方停了車，三個人在熙熙攘攘的步行街溜達着，易小天一邊在前面帶路一邊沾沾自喜地介紹：「這條街被稱爲女人街，每天晚上都熱鬧得不行嘞。咱們從這兒穿過去裏面有一家特別有情調的飯店，是我提前了好久訂的位子呢！」

蘇菲特和陳文迪手挽着手，到處看着熱鬧。陳文迪平時忙根本沒時間來這種地方溜達，蘇菲特從外地來也不知道這裏還藏着這麼條熱鬧的街呢。

易小天見兩位美女面露微笑，知道自己這一齣是來對了。於是屁顛顛地往人家中間擠：「怎麼樣，你們都不知道這裏吧！」

陳文迪一手把他扒拉到一邊去：「是挺熱鬧的，我還從來不知道這麼好玩的地方呢！」

「表姐你看那裏！」

兩個女孩子東看看西看看，見到前面好熱鬧，就跟着人群一起往賣冰淇淋的機器前擠。只見那巨大的冰淇淋至少有一米長一個，驚得兩人下巴差點掉了下來。

一會兒又看看賣小飾品和玩具的攤子，玩得不亦樂乎。易小天數次企圖往兩人中間擠進去，數次被陳文迪給推了出來。最後一下子力氣使得大了點，易小天一頭撞到了身後一個大家夥身上。易小天本來想怒瞪回去，一回頭看到對方居然是氣勢洶洶的一大群人，少說也有二十幾個，立馬嚇慫了。

「不是故意的，沒事沒事，您走您的，請請請。」

陳文迪見他那副窩囊樣不自覺地翻了個白眼。易小天没察覺到陳文迪的眼光，他正擦着冷汗，爲自己成功避免了一場捱揍而沾沾自喜。

這伙人見他態度挺好，倒也没計較，冷哼一聲就走了。

易小天心有餘悸地看着這一大堆人，個個身强體壯，身材魁梧："這些人是幹嘛的呀？大晚上的成群結隊怪嚇人的。"

陳文迪看了一眼，冷哼道："這些人是天君的擁護者，天天晚上跑到鬧市區來發資料，宣揚教義。就是這些人最喜歡在街上惹亂子。"

蘇菲特緊張地抓着她："表姐，你不會又要去工作吧？"

陳文迪溫和地看着她："放心吧，我現在是下班時間，絕對不管這些事。"

蘇菲特這才放下心來，兩個人剛手挽着手，還没轉過身，就聽見背後吵了起來。

只見剛才耀武揚威的那群壯漢被另一撥更多的人給圍了起來，兩伙人眼看着開始推搡起來。

不是吧！易小天本着湊熱鬧的心態湊過去一看，好傢伙，原來更多人的那伙是反對天君的人。他們叫囂着搶走對方的東西，當街砸了起來。兩伙人摩拳擦掌，眼看着就要動起手來。

陳文迪無奈："怎麽這就要打起來了，真是的！"

易小天知道陳文迪要去攪局，這麽精彩的熱鬧他可就看不上了，於是一把抓住了陳文迪："你不是説你不管的嗎？先靜觀其變，觀察觀察再説。"

陳文迪被他拉着，只好和他一起站在邊上觀察，暗中記錄狀況。

只聽一個人説："天君的好處有目共睹，你們憑什麽不許我們宣傳！"

"你們這些甘願給機器當奴隸的人真是没志氣，什麽都能讓機器取代的話，人活着還有什麽意義？"

"老子没空跟你們扯什麽人類活着的意義，我只知道我現在要去把我手裏的這些資料發出去。"

"想都别想！只要你們繼續宣揚 AI 救世論，你們就是我們的敵人！"

"没錯！"一大群人怒氣冲冲地呼喝道。

"讓不讓開！"

易小天在一旁看得熱火朝天："這是要打起來了！這是要打起來了！"圍觀的人群越來越多，易小天撇了陳文迪的手，跟着人群擠到最前面去看熱鬧。

"打打打！打呀打呀！"

只見人群裏一個路人嘲笑道："這麽一大伙人就知道在那打嘴仗，人家都把你們的傳單搶走了連個屁也不敢放。"

人群裏響起來一陣嘲笑聲，被搶了傳單的氣得面紅耳赤。

易小天聽着説話這人的聲音怎麽有點耳熟呢？一看那人穿着花褲衩、大背心，腳上趿拉着一雙人字拖，一副吃完晚飯遛彎兒消食的自在模樣。

可是易小天卻整個人猛然打了個寒戰，這人他絕對見過，而且還是在先華組的基地裏見過，還曾在一起聊過天。叫什麼想不起來了，但是這人他絕對見過！

眼看着氣氛已經僵到了臨界點，人群裏突然有人喊了一嗓子：“發傳單啦！天君永在！天君萬歲！”

傳單呼啦啦從天而降，像下雨一樣地被人揚了起來。

現場一片混亂，反對派氣得拎起拳頭就開始揍人：“你們這些王八蛋，竟宣傳這些害人的玩意兒，禍害大眾！”

現場混亂地打成了一團，易小天看熱鬧的好心情瞬間消失無蹤影。扔傳單的人他也見過，分明也是在先華組見過的熟面孔。怎麼搞的？怎麼今晚一下子冒出了這麼多的先華組成員。他們平時明明深居簡出，盡量不引人注意的。

易小天往四周一看，看到了更多的熟面孔，知道了！一定是先華組在這條街上安排了什麼任務，今天竟然撞到了先華組的人出任務。他偷偷往身後一瞥，就看到了躍躍欲試的陳文迪。

糟糕！陳文迪穿着便裝，他們都不知道她是警察，萬一待會被哪個平時關係好的兄弟看見，喊他一嗓子自己這條小命可就去了九成九了！以陳文迪的敏銳，沒準兒真會被她看出什麼門道來！

易小天越想越覺得這事自己可不能摻和，還是趕緊腳底下抹油，溜之大吉吧！

陳文迪護着蘇菲特，眼看着易小天貓着腰，弓着背，速度極快地從打架的人群中擦邊而過，然後就這樣一去不復返了，丟下她們兩個女孩子在大街上。

陳文迪氣急，真沒想到易小天這麼沒擔當，明明前面有人打架，居然只顧着自己溜之大吉。原本對易小天樹立起來的微薄的好感瞬間蕩然無存。

她給警局打了電話，然後掏出隨身攜帶的工作證走到打架的人群跟前：“都馬上給我停手，我是警察。”

可是兩伙人打得熱火朝天，誰也沒理這個小個子女警察。

陳文迪咳嗽了一聲，打開手錶上的擴音器，對着擴音器喊道：“馬上給我停手，否則就按擾亂公共治安罪集體逮捕。”

這下子所有人都聽清楚了。打得正酣的人停下來，不敢動了。

陳文迪個子雖小，氣場卻十分強大，她背着手嚴厲地走到人群中，將兩個正抱在一起互掐的人強行分開。又幫着兩個人把彼此纏在一起的腿分開，把一個人的拳頭從一個人的腦袋前挪開。

“大家聽好了，聚眾鬧事的罪名雖然不大，但是影響卻是十分惡劣的，你們看看這些圍觀的群眾會怎麼想你們，快點都散了吧！”

大家一見來了警察，都不敢動了，只好都鬆了手。

只見從擁護天君那一撥的人當中，站出兩個人來。一個極高，一個極矮，畫面十分不協調。

那巨型大個子大嗓門地喊着：「那邊那個小警察，老子幹的是正事，又不違法亂紀，你該逛逛街，別自找麻煩！」

「男人的事，你們女人少摻和。拳頭可不長眼睛。」矮個子的男人表情嚴肅，一副討人厭的樣。

喲呵！口氣倒不小嘛！陳文迪是想着這些擁護天君的傢伙怎麼着也是研究院的人，自己還是要賣沈教授幾分面子的。哪知道這些人這麼不知好歹！

還好易小天跑得夠快，如果他看到眼前這兩個人，估計當場就要嚇尿。這兩個穿着卡通 T 恤的不是別人，胸前印着冰淇淋圖案的矮個子傢伙正是先華組的王牌殺手，十一部部長嵐。旁邊的胸口上印着米老鼠的大個子正是另一個小天的老熟人，黎光。

先華組派出了這兩個人，看來這次的任務果然十分重要，奈何這樣的熱鬧易小天卻沒有眼福看了。

陳文迪不知道這兩個人的來歷，只是看着兩個傢伙來者不善。她不屑地冷哼着：「你們這些擁戴天君的人，難道都是這麼沒素質的嗎？素質這麼低，這些高科技能玩得轉嗎？」

「你放屁，咱們有沈教授帶着，還怕你們這些警察不成。到時候我只要小指頭一動，啓動 AI，你們所有的設備就一瞬間癱瘓，你們警察可就完啦！哈哈哈！」黎光放肆地大笑着。

陳文迪氣得不行，這些擁戴天君的人近來頻頻惹事，她早就已經很窩火了。如果不是沈教授的威望還在，她真想把這些傢伙都丟進監獄裏去好好反省。自從研究院推出了這個什麼新理論，搞得滿城風雨，沒想到他們竟然還這麼囂張。

陳文迪覺得自己今天必須殺雞儆猴，她冷笑着：「看來我必須請兩位跟我回去一趟了。」說着就伸過手來抓黎光。

陳文迪身手極好，她是有着極大的自信才放着旁邊的小瘦子不搭理，轉來找這個大塊頭的。她也是爲了顯示自己的能力，連這個大塊頭都不在意，何況那個小瘦子呢？

但是她低估了眼前這兩位「普通市民」的能力。黎光手勁極大，他偏偏等陳文迪已經抓到了他的手臂後才猛然間掙脫。別看他粗手粗腳，動作卻十分靈活，像個泥鰍一樣就從陳文迪的手心裏滑了出去。陳文迪沒想到自己竟然失手了，衆目睽睽之下自己說什麼也不能丟了警察的面子，於是拿出十成的功力來對付黎光。

黎光和嵐這次的任務主要就是將兩方的矛盾激到最大化，引起社會混亂，敗壞擁護 AI 派的聲譽，好引起群眾不滿。

至於意外遇到的這個陳文迪，他們也沒打算真的就和她拼死拼活。動作上難免玩鬧的性質多，厮殺的性質少了點。

哪知道這陳文迪可真不是蓋的，身手十分了得，黎光一邊要掌握好分寸一邊還要躲避陳文迪全力的攻勢，一時之間竟然手忙腳亂。嵐看不下去了，只好也加入進來，十分不爺們的以二對一。

兩個人心照不宣，只把這個警察打個輕傷給研究院抹黑就好了，也不用下太重的手，並且到底兩個大老爺們還跟個女的動真格的，也確實不好意思。嵐跟她晃了幾招，好不容易找到個機會，才算是一掌將陳文迪推倒在地上。

此時正好警笛聲大作，兩個人對望一眼，一轉身就溜得無影無蹤。陳文迪被嵐拍了一掌，嵐手勁極大，陳文迪就算把自己鍛煉得很強，卻也痛得半天站不起來。還是大部隊趕到後，隊友將她給拉了起來。

陳文迪平時難逢敵手，直覺告訴她這兩個人絕對不簡單。但是大家看到警察來了，都一哄而散，而那兩個厲害的傢伙早就跑得無影無蹤了。

陳文迪忍着痛回頭去找蘇菲特，只見蘇菲特被人流沖得東倒西歪，站立不穩。大眼睛裏掛滿了淚珠。

“表姐你没事吧！痛不痛！”

陳文迪將她拉了過來，蘇菲特嚇得夠嗆，尤其是看到陳文迪那麽小的小個子居然和兩個惡男打架的時候更是嚇得不行，眼淚嘩裏啪啦地往下掉。

“没事没事，我没事。”

陳文迪下意識地四處看看去找易小天，她還期待着易小天只是膽小躲了起來，現在危險結束了，也許就回來了呢。

蘇菲特知道表姐在看什麽，咬着嘴唇傷心地説：“表姐，你別找了，易總他早就跑没影了，我看着他一路逃跑連頭都没回。”

“這個傢伙！”

“真没想到他是這樣的人！”

兩個女孩一想到易小天的行爲就氣得不行，發誓以後都再也不理這個混球了。

易小天一路狂飆逃回了家，回家後立刻窩在沙發裏。越想越覺得哪裏不對勁，怎麽先華組也出動了呢？難道是有什麽了不得的大事發生了？他真的是太長時間没跟傲得聯絡了啊！

易小天坐起來，決定還是要和傲得聯繫一下，瞭解瞭解先華組的動向，免得到時候搞出什麽幺蛾子來。易小天撥打了傲得的電話，但奇怪的是，傲得的電話竟然没有接通。無論打幾次都是這樣。易小天認識傲得這麽久，還從來没有打不通電話的時候。易小天握着電話，心裏的不安越發明顯起來。聯繫不到傲得，小天想想就覺得沒有安全感。

這是易小天和傲得的專線，正常情況下傲得一定會接電話的。那就是說，現在這不是正常情況囉。如果是不正常的情況，那麼傲得會做什麼呢？他不由得又想起剛才的動亂來。

易小天站起來，焦急地在屋子裏踱着步子。傲得到底在做什麼呀？難道現在社會上發生的衝突事件都與先華組有關嗎？易小天這時候才覺得自己這麼沒心沒肺，這麼久以來一點都不關心組織實在是太白痴了。現在關鍵時刻找不到人，自己沒頭蒼蠅一樣一無所知。最重要的是，突然斷了和傲得的聯繫，易小天的心裏十分惶恐。像是失去了保護殼，赤裸裸暴露在衆目睽睽下的河蚌一樣。

沒有了傲得，我該怎麼辦啊！

易小天抱着電話，頹然地倒在了沙發上。也許他現在太忙了，明天再打電話試試。

易小天抱着僥幸的心理這樣期待着，哪知道第二天電話仍舊無人接聽，這時候易小天才真是慌了神了。

更要命的是，他去找陳文迪的時候，連人家的面都沒見到。小天想起昨晚自己丟下女孩子一個人逃跑的事來，覺得實在是有點沒有男子漢氣概，但是情況所逼當時也沒時間解釋，現在倒好，看來人家是真的生氣了。

易小天厚着臉皮給陳文迪打電話解釋，胡亂編了個理由，說自己一個朋友他媽難產，他當時是趕去幫忙的。哪知對方十分冷淡地說："哦，是這樣啊。"然後就掛了，以易小天多年和女孩子打交道的經驗來看，這女孩是真的生氣了。

他又顛顛地跑到公司去找蘇菲特，一向溫婉可人的蘇菲特看到他也是愛答不理，十分冷漠。簡直和以前判若兩人。

無論易小天怎麼開口，她只是推脫自己忙。理也不願意理他一下。

易小天感覺自己的內心猶如秋風拍打的落葉一樣，又是落寞又是淒涼。

他就這麼杵在蘇菲特的辦公桌前面，蘇菲特抱着文件從他面前揚長而去，頭也沒抬。離去時，還"哐"的一聲用力關門。

易小天的心裏直接從秋天到了冬天，冰涼刺骨，毫無生氣。

完蛋了！易小天在心裏哀嚎。不但失去了與傲得的聯絡，還一下子得罪了兩位美女，實在損失太大。

易小天蔫頭耷腦地回了家，連上班的心情都沒有了，遊戲也沒了玩的興致。

瞄準一支潛力股就卯足勁上！否則怎麼發財？

　　第二天早飯的時候，周一韋特意下了廚。他已經至少有二十幾年沒有親自下廚了。沈慈來到餐廳就聞到了一種久違的香味。她一邊聞着味道一邊驚喜地說："是海鮮粥啊，好香的味道！"

　　周一韋正繫着圍裙在廚房裏忙得暈頭轉向，看到沈慈進來，抱歉一笑："你快出去等着，太久沒做了，好狼狽。"

　　沈慈笑眯眯地看着他手忙腳亂的樣子，覺得這一天真是生命裏難得幸福的美好時刻啊！周一韋回過頭來對着她粲然一笑，時間似乎凝固了。

　　幾十年的風風雨雨，最終卻又歸於這簡單的平靜生活，這不就是沈慈一直在期待和追求的嗎？如果人生日日如此幸福甜美，她願意用一切來換。

　　周一韋端着粥出來，見沈慈仍舊一副愣愣的模樣，忍不住笑了出來："在想什麼呢？那麼出神，快來嘗嘗我的手藝怎麼樣？"

　　"在想有多久沒有吃到你做的粥了。"沈慈咬着嘴唇輕輕一笑，哪怕這是夢，也願這美夢長久，永遠不要醒來。

　　周一韋將粥放在桌子上，給沈慈盛了一碗，幫她輕輕攪拌了一會，然後坐下來看着她吃。

　　就像是他們最開始結婚時的樣子。

　　周一韋期待地看着沈慈輕輕地嘗了一口："怎麼樣？"

　　"好吃。"沈慈都快落下眼淚來。她沒想到居然還會有這樣的一天。

　　周一韋有一搭沒一搭的陪她聊着天，然後扯到孩子們身上了，說道："對了，咱們的孩子們最近都怎麼樣了？"

　　周一韋和沈慈一共有三個兒子，沒有女兒。老大生了兩個兒子，老二生了一個女兒，可惜夭折了，不過還有一個兒子。老三的情況比較複雜，他和前妻生了一個女兒，又和現在的妻子生了一個女兒。算起來他們也是子孫滿堂呢。

沈慈想了想：“孩子們都挺好的呀，工作也都很負責。你倒是很少見地問起他們來了。”

周一韋抱歉地笑笑：“以前對他們的關心太少了，現在也想好好的和他們多熱絡熱絡。”

沈慈動情地望他一眼：“好呀，孩子們知道了會開心的。”

“對了。”周一韋不動聲色地問，“老三和前妻生的那個孩子現在在國內嗎？”

“你是説小漾？”

“哦，對了，是叫小漾呢。”

“她一直跟着她母親一起生活的。和我們家的聯繫一直很少，也是最近幾年才開始有走動的。”

“她現在在做什麼？”

“好像一直在銀行上班吧。我也不是特別清楚，有一段時間沒見了，那孩子一直跟我們不太親近。你怎麼想起她來了？”

“没什麼，當初也是老三先對不起她們母女的，我想着咱們做長輩的也該好好照顧照顧。我現在新開的項目需要人來負責，我看就把她找來吧！”

沈慈握着他的手，感動不已：“周哥，難得你有心了！我這就去叫人把她找過來。”

周一韋心虛地笑笑，輕輕抽回了自己的手。

易小天自從失去了與傲得的聯繫，整個人都變得神經兮兮，大門也不敢邁出一步，生怕自己遭遇什麼不測連個求救的人也沒有。他從來沒想過傲得對他而言居然那麼重要，簡直是他的精神支柱啊！現在精神支柱斷了，再加上兩個美女也得罪了，易小天整天蔫了吧唧的。

只有偶爾玩一會兒遊戲，在他的那幾個美女老婆的安慰下才能稍微緩和一陣。但是從遊戲裏出來後整個人又陷入一種巨大的不安和深深的擔憂之中。推開窗子朝對面望去，怎麼連陳警官也沒空理他了，哪怕讓她罵幾句翻幾個白眼也好啊，可好像一下子全世界所有的人都忙碌起來，所有人都把易小天給忘了一樣。易小天只能在遊戲中麻痺自己，讓自己暫時忘記去思考。

這一天，他迷迷糊糊，翻來覆去地玩到了黃昏時分，實在是玩不動了，就那麼半死不活地躺在沙發上。一個人的日子真是難打發啊！工作也不想做，公司也不想去。人就那麼頹廢地窩在那裏一動也不想動。

半睡半醒之間，似乎聽到了有人按門鈴。

易小天家的門鈴最近幾乎就是個擺設，來的人少得可憐。除了快遞員，真正的客人兩根手指都能數得過來。易小天揉着眼睛，沒精打采地過去開門。

"誰啊？"

易小天掃了眼視頻攝像，見到是個不認識的男人。

"是快遞嗎？"他警惕地躲在門裏問。

"小天！是老朋友，快開門！"嗓門十分洪亮，氣運丹田，中氣十足。

朋友？還是老朋友？易小天搜索了半天也沒想到是哪個老朋友。不過那聲音卻並不陌生。他正猶豫着呢，門猛地被人"咣咣"砸起來。那勁頭若是不開門，就要把門砸碎一樣。

"小天！小天！"

這聲音的確十分熟悉，小天自己也好奇，他忍不住打開一條縫來準備先偷窺一下。哪知對方一把拽開了門，力氣之大，只把小天掀飛了出去。

易小天爬起來一看，一個威武雄壯的男人精神抖擻地出現在他的面前。那男人梳着十分花哨的髮型，穿着露胸肌的花背心，手臂上肌肉突起，還紋了條大紅鯉魚。

他在易小天面前又擺又扭，擺了好幾個浮誇的造型，最終雙拳用力一撞，大聲地吼道："power！power！"

易小天納悶，這傻缺誰啊？老子認識這麽白痴的人嗎？

男人的背後，傳來嬌滴滴的笑聲："好啦，你這樣會嚇到小天的。"

易小天一驚，一種不好的預感慢慢爬上了他的脊背，那聲音易小天十分熟悉，那嬌滴滴的笑聲如此撩人。小天怎麽可能認錯，那不就是他的薇薇嗎？

果然薇薇從大塊頭的背後慢慢轉了過來，冲着他調皮一笑。她仍舊梳着一頭波浪大卷髮，十分性感迷人。

易小天震驚地看看她又看看眼前的男人，不敢相信自己的猜測。他指着眼前的男人，感覺自己的上下牙齒不停地在一起撞擊，就是説不成一句完整的話來："這……這……不會……會……就是……"

程俊不耐煩了："没錯！我就是程俊，那個用力量征服世界的男人！"

"程部長！！！"易小天尖叫一聲，嚇得差點尿了。這變化也太大了吧！易小天將記憶中的程部長的圖片調出來，和眼前的男人比較，怎麽都没法説服自己這就是同一個人！

看到他震驚不已的樣子，程俊滿意地坐下來，薇薇緊挨着他坐在旁邊。

易小天忍不住摸了摸程部長的肌肉，又伸出一根手指頭戳了戳他的胸肌，這肌肉硬如磐石啊！他易小天做夢都想擁有這樣完美的腹肌呢。

"不是吧！薇薇，程部長在你的調養下身體已經恢復得這樣好了？"

"那是當然了，其實硯秋也不是什麽大問題，鄭醫生我開幾服藥就治好了。小天，我鄭醫生的水平還可以吧。"薇薇得意地説。

"可以啊，簡直太可以了！薇薇，要不我也上你那理療中心去治療幾個月吧。我最近也腰腿酸軟，渾身無力，估計你要是不救一救我，你就看不到你小天哥了。」易小天巴巴地往薇薇的身前蹭，貼着薇薇的身子就要坐下來。

屁股還沒坐下來，手還沒搭上人家的肩膀，程俊突然拎着他的胳膊把他給拎了下來。

「哎哎哎！疼疼疼疼！」易小天鬼哭狼嚎地叫着。

程部長輕鬆地將易小天推到一邊去。易小天震驚地看着程俊：「程部長，你恩將仇報啊，你可不能一好了就欺負人啊！」

程部長蹺起二郎腿，將自己粗大的胳膊搭在薇薇的肩膀上，兩個人相視一笑。

易小天立刻就感覺到了不對，他們這種親密可不是一般的親密，難道這兩人的關係又進了一層？

「你們這是?」

程俊大模大樣地摟着薇薇沖着他得意一笑：「易小天，我們兩個今天來就是來感謝你的。」

「感謝我?」

程部長寵溺地看着薇薇，眼睛裏有着不加掩飾的疼愛：「感謝你給我們當了紅娘，讓我和薇薇走到了一起。」

易小天只感覺晴天一道霹靂劈在了自己的腦袋上，此時的震驚遠勝於剛才。他睜大眼睛，一句話也說不出來，眼睜睜地看着兩人在他面前花式虐狗。

薇薇對着程部長粲然一笑，程部長牽起薇薇的手在她的手背上輕輕親了一下。

天哪！

易小天做夢也沒想到這一層，他不可置信地轉頭看看薇薇。企圖從她的眼裏得到一點暗示。這是玩的哪一齣？錢還沒賺夠嗎？

薇薇看着他，低下眼睛，輕輕地搖了搖頭。

她在告訴易小天，不是的，她是真心的。

易小天一屁股坐在地上：「這個消息太意外了，我完全沒有心理準備，能給我講一講嗎?」

「其實也沒什麼特別的，就是我們兩個人在理療期間呢，慢慢地對對方產生了好感，然後就在一起啦！」薇薇笑着說。

怎麼可能！薇薇手裏經過的男人沒有一萬也有八千，比程部長有錢有勢的不知道有多少個，比程部長帥的更是不計其數。他不算最好的選擇，薇薇爲什麼要選擇他呢?

易小天還沉浸在這個令人震驚的消息中無法自拔。程俊牽着薇薇讓她小心站起來，體貼地說：「老婆，你小心點。」

易小天又被一個雷直劈了腦瓜頂：「什麼？不是吧！」

程俊朝他一笑，露出一口雪白的大牙來：「小天，我們已經結婚了。給你發過請柬，你也沒個回覆，沈總説你大概是忙着玩遊戲吧，我們也就沒再來煩你。薇薇她已經有了兩個月的身孕，我的停職期也過了，以後我好好地賺錢養家，咱們一家三口和和樂樂的多好啊！」

結婚？身孕？一家三口？

這幾個陌生的幸福字眼在易小天的腦袋裏不斷地放着雷，把他炸得外焦裏嫩。心裏面又是覺得幸福又是覺得酸楚，薇薇居然就這樣嫁人了，而且還是自己造的孽？

易小天哭喪着臉笑道：「那真是要祝福你們了……我好開心……」

程部長開心地大笑着：「小天，我明天開始就去上班了。以後工作上有什麼任務，咱們都互相照應。從今天起你就是我程俊的鐵哥們了，我交定了你這個朋友！」

說着大手在易小天乾瘦的肩膀上一拍，差點把他拍成骨折。看來薇薇果然厲害啊，這麼一個乾臘腸都有辦法變成猛男。早知道我易小天先下手好不好啊！小天在心裏暗自後悔，可是轉念又一想：「你明天就要上班啦？」

「對呀，三個月的停職結束了，我當然要去上班了。」

易小天潛藏在肚子裏的焦慮瞬間一掃而空。沒有了陳警官保護，又失去了傲得的聯繫，但是現在有程部長不也一樣嗎？這傢伙的手段易小天是最清楚的，有他撐腰，自己以後不是又可以螃蟹過馬路——橫着走了嗎？

他當場就放了心，決定明天愉快地和程部長去上班了。幾個人又聊了好半天，笑聲不斷，聊了好久才回去。

臨出門的時候易小天悄悄對薇薇使了個顏色，比了個「找機會再來」的手勢，薇薇點點頭，然後兩個人就這麼幸福地離去了。

易小天關上門，心裏說不上是什麼感覺。薇薇能找到一個好歸宿他當然是替她高興的，這個薇薇啊，性格太認真，本來也不適合幹那一行。可是又一想到這麼漂亮的薇薇居然被這麼個老傢伙採了心裏又有點不平衡，以後他的好姐妹裏又少了一人了。

晚上八點半的時候薇薇果然又再次來了，這次是她一個人。易小天一見她立刻打趣地假裝去攙扶她：「喲，孕婦可小心點啊！」

薇薇笑着瞪他一眼，由着他把自己攙扶了進去。

剛一落座易小天就忍不住問起來：「我説薇薇，你這到底是唱的哪一齣啊？」

薇薇輕輕抿了口果汁，甜甜地一笑：「不是唱的哪一齣，就是你看到的樣子，我們結婚了。」

"你是真心的嗎？你確定嗎？"

"確定了，硯秋他其實是個特別負責任的好男人。現在好男人不多了，我也差不多就嫁了吧。"

易小天安撫了下自己的情緒，感覺仍不真實。

"不過我好奇怪啊，你到底是怎麼把他給治好的，你看到他之前的樣子來著。這樣的人你都能治好我也是服了。"

薇薇忍不住"撲哧"一聲笑出來。

"其實他身體是沒什麼問題的，他主要的問題還是心理問題。"於是給易小天講起了當初的事情。

故事閃回到程部長與薇薇離開了後。

薇薇帶着程俊去了自己臨時租的一個郊區的別墅內。別墅並不奢華，但是卻十分清新、漂亮。花花草草縈繞，蝴蝶紛飛。的確讓人賞心悅目，心情也跟着放鬆下來。

經過幾天的檢查薇薇已經能夠確定程俊的身體是沒什麼問題的。於是她改變戰略，幾天的溫泉加藥酒已經讓程俊慢慢放鬆了身心，也對薇薇更加信任和信服了。

薇薇拉着他的手坐在陽臺的沙發上，兩個人看着窗外美麗的花園，心情十分平靜美好。薇薇覺得氣氛不錯，於是溫柔地開口："程先生，經過這幾天的檢查，我可以確定您的確沒有什麼身體上的問題。我想，您有沒有發生過什麼不愉快的事情，比如跟女孩子在一起的時候？"

程俊手裏的咖啡杯差點掉了下來。他有些忸怩地轉頭看着薇薇，薇薇給了他一個十分安撫人心的笑容。程俊於是低着頭，講起了自己的過去。

他嘆了一口氣："我以前上大學的時候，特別喜歡學校的校花。人家也是一副對我相當有好感的樣子，有一次她把我約了出去，而且還直接約在了酒店！我高興得要死，樂顛顛地到了酒店房間裏乖乖地等着。我當時緊張得呼吸都快停了，就覺得腦袋又脹又熱，又興奮又忐忑，後來那個校花進來拉我的手坐到床上，在我耳邊摩擦，然後甜甜地跟我説讓我把衣服褲子脱了。我當時腦袋一熱，鼻血就飆了出來，擦完了鼻血立刻把自己脱個精光就躲在床上等她了，然後校花説要先洗個澡。可洗了半天也不見人來。我忽然聽到不知道從哪裏傳來非常小的笑聲。我一驚，結果你猜怎麼着，大衣櫃裏塞了四五個女孩，像下餃子一樣全擠在那裏。不知道誰忍不住笑出聲來，然後大伙兒全從衣櫃裏跳出來，大家笑得前仰後合。我這才明白過來，趕緊去拿自己的衣服，結果被個手快的丫頭給拿跑了。那校花則笑着走出來一把把我的被子給掀了，我就那麼赤條條的在幾個女孩面前。更過分的是還有個女孩手裏拿着手機全給我錄了下來。

她笑吟吟地看着我，聲音還是那麼甜，説話的內容卻讓我冷得渾身發抖：

'姐妹們，你們看看這個癩蛤蟆，一副營養不良的病雞樣，以爲自己學習成績好就了不起了，當個學生會主席就天天黏在別人後面，以爲有點才華就能當飯吃了。你是不是從來不照鏡子？我以前從來不知道醜字怎麼寫，現在一個活的加粗加大版的'醜'字天天在我眼前晃悠，看得我飯都吃不下，倒是成功減肥了呢！'說着還擺了個嬌滴滴的造型，大家又笑開了。'把他的手給我掰開，把他的醜樣子好好展示展示。'然後就上來一個五大三粗的胖丫頭把我擋着小弟弟的手給掰開了，兩個人把我擺成了一個'大'字，她們看着我，笑得一句話也說不出來了。刺耳的笑聲在房間裏來回響着，校花笑得差點斷了氣，'我……我從來……沒見過……哈哈哈哈……這麼小的……哈哈哈哈哈！'我掙脱了胖女孩的手，眼淚鼻涕一起狂飆。她們笑得走不動路，一邊笑着一邊互相攙扶着離開了。我躺在床上眼淚像斷了線一樣。自那以後就跟被人抽了筋一樣，渾身一點力氣也使不出來，那方面就更別提了，一點感覺都沒有了，當然也再也不敢纏着校花了，看到她都要躲着走。後來那個我心心念的校花也跟着大款跑了，我好幾年沒緩過氣來，對女人是一點興趣也沒有。等到開始對女人有興趣了，又不行了……哎……"說着眼睛裏竟泛起了淚珠。

他有些不好意思地看了眼薇薇，薇薇不但沒有嘲笑他，甚至自己的眼睛裏也泛起了淚花。她用力地握緊了他的手，給他力量。

"這個校花也太過分了，怎麼能這麼欺負人呢！這樣心腸歹毒的女人肯定不會有好下場的！她叫什麼名字？我來人肉她一下，放心，我來給你出這口氣。"

程俊淚眼婆娑："我不敢說她的名字，我怕……"

"怕什麼怕，有我薇薇在呢。你看看我，你覺得這個世界上哪個女人會讓我害怕。"

程俊看一眼薇薇那容姿絕美的臉龐，確實，這個世界上還有哪個女孩能美過薇薇呢？薇薇的眼睛裏透露着睥睨一切的自信，這種神色讓程俊慌亂的心平靜了下來。

"她叫清旋，姓羅。"程俊低着頭小聲說。

"名字倒是挺好聽的，可卻不幹人事！清旋？"薇薇念了幾遍，"這名字挺熟啊。"

薇薇又想了一會："清旋？"她不由得想起了以前在百樂門裏有一個公鴨嗓的老鴇來，貌似就叫清旋。

薇薇突然睜大眼睛："你說的那個清旋是不是丹鳳眼，吊梢眉，額頭上還有顆痣的？"

程部長想了想，然後認真地點點頭。

果然是她。薇薇大喜過望，看來這校花混得也不怎麼樣啊，後來還是進了百樂門當了個了經理。當初這個清旋仗着自己當了個經理沒少給薇薇小鞋穿。但以她那點智商餘額，還不是被薇薇給治得服服帖帖的，看見她連大氣也不敢喘。當時在百樂門裏她這個上級竟會被下屬壓着，也算是一景。

薇薇不動聲色的就謀劃好了，說道："我知道了，我這就給一個朋友打電話，去查一下這個羅清旋現在在幹什麼。"

薇薇給自己的姐妹打了個電話一問，這個羅清旋當初果真是因爲被男人拋棄了才進的百樂門的。後來百樂門倒閉了，她又好吃懶做，不求上進，最後實在沒辦法了就自己在外面接一些散活，現在過得十分淒慘。

原來是這樣！

薇薇捏着電話淡淡一笑，對着程俊說："程先生，俗話説，解鈴還須繫鈴人。你的病從哪裏得的，就要從哪裏開始治起。我已經給你擬定好了藥方，就看這劑苦藥你敢不敢喝下去了。"

"敢！什麼藥我都敢喝！"

於是第二天，薇薇雇了個人去網上把清旋給釣上了，兩人談好了價錢就來到一家大酒店的套房內。此時程俊正躲在衣櫃裏，幾個薇薇雇來的臨時演員都齊刷刷地藏在床上一動不動。

兩個人到了酒店的包間內，這五星級酒店十分奢華。清旋可太久沒來過這麼奢華的酒店了，她眼饞地東看看西摸摸，哪一個都金光閃耀，哪一個都捨不得放手。

她這段時間的日子過得太苦了。她從來沒想到有一天還能有機會來到這麼高檔的酒店。

那男人脫了衣服，看着到處摸來摸去的清旋，不滿地嚷道："幹嘛呢？趕緊的，脫衣服啊！"

"哦哦！"清旋馬上脫了上衣，就剩個胸罩了。

那男人拿出一沓錢來扇風："會跳健美操嗎？"

"會！我以前上大學的時候就是校健美操的領隊，我給您跳一個。"

"別對着我跳，對着衣櫃跳。"

清旋點點頭，眼睛一刻也捨不得離開那一沓人民幣，她一邊吞着口水，一邊對着衣櫃跳起了健美操。

嘴裏還在給自己打着節拍："一二三四，二二三四。"

程俊看這那張已經失去了往日風采的臉，在他面前極盡詔媚的樣子，又覺得解氣又覺得心酸。好好的一個女孩子居然就變成了這樣。

清旋跳完了健美操，喜滋滋地蹭過來："先生，我跳完了，您還想看什麼節目呢？"

男人把餐桌上的一大盤壽司端了過來，在上面淋滿了芥末醬："端着這盤壽司，對着大衣櫃表演一下一分鐘吃完壽司的遊戲。」

　　清旋美滋滋地答應着，然後端着壽司盒在衣櫃前狼吞虎嚥。芥末辣得她眼淚橫流，卻也忍耐着大口狂吃。

　　程部長看着清旋如此淒慘，原本還幸災樂禍看熱鬧的心情慢慢消退，反而覺得她十分可憐。他又想起自己過去被她羞辱的時候，恨意也沒了，膽怯也沒了。他原以爲自己一定是想看她鬧笑話的，但説到底，自己畢竟是個男人，何必爲了一個時隔多年的舊事就這樣耿耿於懷呢？她已經這麼慘了，我何必落井下石？

　　好像一下子豁然開朗，程俊的心中突然感受到了前所未有的開朗。是啊！自己是個男人啊！什麼報仇，什麼心結，何不就一笑置之呢？難道真的要這個女人出盡洋相自己才真的開心嗎？

　　想通了這一節，程俊覺得自己體内突然燃燒起一股濃濃的正義火焰。他不想報仇了，就讓一切隨風而去吧！

　　他大吼一聲，一把推開大衣櫃的門：「結束了！我不需要再懲罰她了！」

　　這一嗓子毫無徵兆，清旋沒有任何的心理準備。猛然間看到對面突然躥出來一個傢伙，嚇得尖叫一聲，轉身跳到了床上。

　　床上早已有幾個男人等候在那裏。清旋剛跳上床蓋上被子，突然間身子底下躥出來好幾隻手，在她的身上到處抓來抓去。

　　清旋尖叫一聲，就這麼拉開門逃了出去，衣服也沒穿。

　　程俊呆呆地看着這一切變故，完全沒搞清楚狀況。等薇薇來的時候，他低着頭和薇薇説：「算了吧，我也不想再難爲她了。我已經不在意了。我不想看到一個女人被這樣欺負，我更不想這樣欺負女人。」

　　就是在這一刻，薇薇在他的眼睛裏看到了一種從未見過的火焰，溫熱跳動的火焰。

　　薇薇心裏咯噔一下，她意識到眼前的男人和其他男人都不一樣。

　　程俊長長地舒了口氣，平靜地説：「幫我給她一筆錢吧，再幫我説一聲對不起。」

　　然後他撇下薇薇，自己一個人去了。

　　薇薇打點好一切回到別墅時，發現這個男人身上發生了微妙的變化。他的心態變了，眼神不再怯懦敏感，他邁過了心裏的坎。重要的是，薇薇發現，他還算是個不錯的男人呢，有情有義。

　　於是薇薇開始認真地給他計劃健身和調理身子的方案。兩個人從此對此事閉口不提，過去的事就這樣過去了，新的程俊來了。兩個人朝夕相處，慢慢地在對方的身上看到了新的自己，他們都想改變，於是兩個人順其自然地在一起了。

易小天聽薇薇講着，聽得入神。不由得嘖嘖稱奇：「這都行。」

薇薇輕輕地摸着肚子：「沒有什麼不可以的，和他在一起我覺得很安心。」

易小天看着她幸福的樣子，還是忍不住問：「那……他介意你的過去嗎？」

「我告訴過他的，如果想和我在一起，唯一答應我的條件就是，不許調查我的過去，就讓過去的我從這個世界上消失吧，從此以後我只是程太太。」說着，她輕輕地笑了。

易小天第一次看到薇薇露出那樣寧靜美好的笑容來。也許，這才是真正美好的結局吧。易小天也跟着笑起來。

第二天，易小天一早上了班，就看到程部長西裝筆挺，一臉嚴肅地站在公司大廳裏審視着來來往往的工作人員。而昨天在易小天家裏那副腦殘的德行，一是他把易小天當鐵哥們了，不在意形象，二也是心裏太高興了，等真上了班當然還是正兒八經的。易小天會意，也正正經經地走上前去握手問好。而程俊可是非常熱情，緊緊握着易小天的手，還拍着易小天的肩膀，又是問候又是鼓勵的。

想當年他程俊上商學院時第一課教授就教他們絕不能在公司裏面交朋友，更不能把下屬當朋友，這會兒也讓他忘到爪哇國去了。

公司裏其他員工一看，好傢伙！這個程部長士別三日當刮目相看啊！這幾個月沒見居然變成了個肌肉猛男?！而且他們可是剛剛看到程部長把之前接任他工作的那個副部長在大廳裏就是一頓好訓，罵得那人就算一會兒跳樓都不奇怪。而現在對易小天卻這麼客氣！好個易小天，現在不僅是沈總的紅人，還是程部長的好哥們？看來以後要想在這家公司混，可得多抱抱他易小天的大腿了。

兩個人正說着，背後傳來一陣漸漸清晰的腳步聲，是高跟鞋敲擊地面的聲音。易小天就聞到一股十分優雅的清香從不遠處飄來，他一回頭，就看見一個十分冷傲的絕色美人正從自己的身旁緩緩走過。

那種拒人於千里之外，自帶結界的氣質瞬間攫住了易小天的心。他眼睛都沒有眨動，就這樣看着她那如瀑布般的黑色長髮從自己的眼前飄過。

易小天好像在炎炎夏日突然被人扔進了雪堆裏一樣，渾身不受控制地打了個激靈。

易小天看着她穿着緊身短裙的高傲而冷漠的背影漸漸走遠，這種淡漠易小天覺得自己並不陌生，他一定在哪裏遇見過她，一定在什麼時候也這樣被深深地迷倒過。易小天覺得自己思維短路，大腦一片空白，身旁程部長還在嘟嘟囔囔地說着什麼他卻一句都沒聽見，他徒勞地在自己僵化的大腦裏搜索。

是誰呢？是誰呢？這個女孩是……

「小漾，來這邊！」不遠處有人呼喚道。

啊！易小天猛然間醒悟，是周小漾。纏繞了他整個青春期所有美夢的女孩，他的初戀情人周小漾！

初戀竟然比當年更漂亮了？

周小漾朝着聲音的方向看去，正是鄒秘書在召喚她。周小漾將肩上滑下的包帶又扶了上去，然後微笑着走了過去。一舉一動處處流露着迷人的風情。

易小天睜大眼睛半天沒捨得眨一下，他現在還沒有從這個震驚當中反應過來。周小漾爲什麼會來公司？爲什麼是鄒秘書接見她？鄒秘書可是沈教授的左膀右臂，幾乎就代表了沈教授的意志，難不成周小漾竟和沈教授有什麼關係？沈教授？周小漾？

易小天還沒想到另一層上去，他只是還握着程部長的手，傻瓜一樣地盯着人家的背影。周小漾已經走不見了，他仍是痴痴地看着。

程部長看不下去了："幹嘛呢？沒見過美女嗎？"

"這個不一樣，這個不一樣……"易小天久久不能平復心情，連繼續纏着程部長的心情都沒有了，他匆匆回了辦公室，要消化一下這個信息。哪知剛進了辦公室，蘇菲特就過來找他，語調仍是疏遠和有距離的："易總，等下九點半有重要的會議，資料已經爲您準備好了，希望您準時出席。"

易小天還想多說一句，蘇菲特已經轉身走了出去，真是一點機會都不留給他。不過此刻的易小天心裏又被另一件重要的事佔據了，只能先撿重點內容，先把蘇菲特放在一邊。

易小天滿腦子都是周小漾，從初中的模樣開始回味，一直回味到剛才的樣子。可能最初青春時代的朦朧愛戀太過深刻了吧，易小天覺得自己這次有一種栽了的感覺。那種被人緊緊抓住心臟反覆揉捏，幸福得已經産生了細微的疼痛。

易小天癱在椅子裏，只希望快點開完會他好溜到鄒秘書那兒去打探打探消息。自從上次的事件以後，他已經和鄒秘書建立了良好的革命友誼，問個小問題她肯定能幫這個忙。

易小天已經在心裏打好了算盤，拿着那摞也不知道寫了些什麼的資料去了會議室。一去到會議室就發現大家都在竊竊私語，好像真有什麼事一樣，這種全天下人都知道，只有自己蒙在鼓裏的感覺可真不怎麼樣。易小天東看看西聽聽，也沒聽出個所以然來。

反正他也對會議內容沒什麼興趣，乾脆窩在座位上打瞌睡算了。不知過了多長時間，他突然被一陣響亮的掌聲給驚醒了，抬頭一看，周一韋和沈慈正站在臺上微笑着接受大家的熱烈掌聲。

重點是！他們的旁邊站着一個美得勾魂攝魄的美女來，那美女不是別人，正是小天心心念念的周小漾。易小天一個鯉魚打挺從椅子上彈了起來，腰板坐得筆直，不敢相信地瞪大眼睛。

周一韋……周小漾……都姓周……

他似乎隱隱約約感覺到了什麼不妙的事情。

"今天我要跟大家介紹一下我們家族的新成員，我的孫女周小漾。"周一韋風度翩翩地介紹身旁的小漾，臺下又配合地響起了熱烈的掌聲。

易小天差點咬到自己的舌頭，居然是那個老混球的孫女？！

周小漾禮貌地鞠了一躬，長髮流水一樣地淌下來，十分動人。

"因爲公司最近業務拓展，所以我把我的孫女調了過來做我的助理，以後小漾就要拜託各位的照顧了。小漾，和大家打個招呼吧。"然後又一陣排山倒海般的掌聲響起來。

易小天被周一韋的話劈得外焦裏嫩，孫女！而且還是親孫女！而且居然是給這老混球做助理！

易小天從來沒受過這麼大的刺激。好像瞬間被抽乾了全身的水分一樣，立刻就蔫了。

周小漾的聲音清脆甘甜，像是一條清澈的小溪在易小天的心裏流淌："大家好，我是周小漾……"

剛聽她說了一句話，易小天立即就沒出息地醉了，從此以後易小天就中了一個叫周小漾的女孩的毒。大伙都還奇怪呢，以易小天的花心性子，公司新來了這麼漂亮的女孩，他怎麼也不可能放過啊，哪知道他連人家方圓十米內都不敢靠近。一見到她就躲得遠遠的，只敢偷偷地躲在柱子後面痴痴地望着人家。

易小天的心裏一會兒興奮一會兒酸楚。興奮的是終於又見到夢中情人了，還幸運地和夢中情人在一家公司，朝夕相處。酸楚的是他老惦記着當初傲得跟他說過的話，在初中的時候這兩人就已經有一腿了。易小天是相貌也比不上傲得，家世也比不上人家，學歷和能力就更不用提了。越想越覺得自己沒什麼勝算，委屈得都快要哭出來了。

他現在反倒是不希望傲得出現了，就讓他忙着吧，越忙得焦頭爛額越好，他好擬定個計劃把美女追到手。

但是往往人算不如天算，計劃永遠趕不上變化。易小天前幾天還天天禱告傲得快點出現，這幾天就換了說辭，他一邊回家一邊嘟囔："各位神仙姐姐，我易小天前幾天跟你們的祈禱都不算數，我現在又希望那個傲得暫時先忙去吧，別出現才好，要是被他知道了小漾也來了，他一下手就沒我什麼事了。求求各位神仙姐姐幫幫忙了啊，保佑他繼續忙去吧……"

易小天開了家門，就發現家裏燈火通明，家務機器人都在忙着幹活。這是怎麼回事？易小天趕緊進來一看，好傢伙，家裏的餐桌前整整齊齊地站了一群黑衣人，個個一身勁裝，面無表情，十分駭人。

易小天嚇得手裏打包的晚餐都掉了。再仔細一看，這身黑衣裝束並不陌生，竟然是先華組的裝扮。

易小天走過來，奇道："這是……咋回事啊？你們怎麼進來的？門口可是有門衛機器人的啊？"

"那機器人的內網很容易侵入，這你就別管了。"

一個聲音回答他，易小天一聽就是秦開的聲音。接着眼前的黑衣人都讓到一邊，露出坐在中心地帶被保護得十分小心的幾個人來。

"小天。"爲首的傲得說道，"因爲有事，所以直接過來了。"

除了傲得，還有易小天心心念念的荷瑞也在其中，還有傲得走到哪兒帶到哪兒的秦開、嵐和黎光，都是他的老熟人。

易小天看着這陣仗也有點嚇傻了："傲得老大，什麼事這麼重要，竟然把你們都請過來了。"

傲得示意小天坐下來，一段時間沒見，傲得的氣質越來越凜冽了，光看着就嚇人。小天哪裏還敢挨着他坐啊，自己老老實實地找了個小角落貓着。

"這次來比較倉促，也沒來得及跟你打招呼，和你說完話我們就要走了。"傲得淡淡地說。

小天一聽，怎麼傲得每次說話的開場白都是他立即就要走了呢，話還沒開始就已經準備散場了。他聽着心裏酸酸的，也不敢反駁，畢竟傲得可不像他這麼無所事事，他要忙的都是關乎天下蒼生的大事。

"好吧，那你說吧。"易小天委委屈屈地說。

傲得似乎知道了小天的心情，微笑着跟他說："咱們兄弟兩個也很久沒有好好地談談心了，相信我，這次是最後的階段了，我們先華組籌備多年，爲的就是這最後一刻。等到真的忙完了，我們兩個再好好喝一杯。"

這段話說得小天心裏熱乎乎的，他開心地望着傲得點點頭，反正他覺得傲得說什麼都是對的，心裏對他十分崇拜。

小天吸了吸鼻子，眼睛不自覺地往荷瑞的臉上溜："我前幾天給你打電話怎麼都打不通，嚇得我不行。"

荷瑞仍舊筆直地坐着，看也不多看他一眼。小天心想，真是狠心的女人，居然假裝不認識我一樣，就忘了當初咱倆是怎麼“相親相愛”地“同居”了嗎？

“前幾天我們一直在出任務，太忙了，所以沒有和你聯繫，小天。”傲得靠近他一些，聲音放得很低，他警惕地看了看秦開，秦開立即會意地點點頭，“已經全部做好了安全防禦，可以了。”

原本圍在傲得周圍的一群黑衣人立即到小天房間的各個角落去監察，房間裏瞬間只剩下了他們幾個。

傲得這才重新開口：“小天，我們最近發現了一個很關鍵的事情。”

“什麼事情？”小天也被這氛圍搞得緊張起來。

“前段時候我們從岳黎研究院截取的信號中一些隻言片語裏發現，似乎天君的主機並不在你公司樓上，而是藏在別的地方。”

“不在樓上？可我親眼見過天君的啊？”

“也許你見過的只是天君的顯示器，並不是它的主機本體。天君的主機要運載全世界所有的 AI 機器設備，必然能耗十分龐大，體積也一定很大，也許是被藏在了別的什麼地方。”

易小天愣愣的不敢答話，傲得繼續說道：“小天，所以我現在想求你幫忙，你一定要不惜任何代價調查出天君主機的位置。這關乎到先華組最後的成敗，如果這次失敗了我們就真的沒有機會了。”

在一旁一直沉默不語的荷瑞開口了，聲音十分冷靜，與她平時大大咧咧的說話方式完全不同，她的眼神堅毅，透露着令小天害怕的堅決：“相信你也看到了，沈慈推出了全民 AI 的理論概念，如果天君真的有一天普及到每個人的話，那麼我們就沒有任何機會了。危險步步緊逼，我們沒有時間了。”

“可以這樣說，我們現在已經被逼到無路可走了。我們只能找到天君的主機，然後炸毀了它，只有這樣才能讓天君徹底地消失，弄不好這也是我們最後的機會了。再往後發展，說不定天君甚至都不再需要一個實體主機了。”傲得淡淡地說。

易小天大吃一驚，一時間腦子裏轉過無數個想法。但是最後都像泡沫一樣破裂了，他一句話也說不出來。

大家見易小天不說話，以爲他是怕了，嵐冷冷地說：“你如果現在怕了拒絕還來得及，再晚的話怕是你連後悔的餘地都沒有。”

小天看看傲得，又看看荷瑞，看到他們每一個人都是一臉緊張和嚴肅，他突然間意識到這些人需要他，只有自己能夠幫助他們了。如果自己此刻退縮，也許這裏所有的人所做的所有努力都將灰飛煙滅，他沒想到自己一下子竟然變得這麼重要。

說實話他自己在內心深處也不是百分之百地認同先華組的理念。畢竟在他的心裏，人類說不定真的已經走向了末路。他以前在百樂門裏，也見識過太多的所謂社會精英去了那本性一暴露，其實就人渣一個，全都是一些虛偽的傢伙。他不知道解救這樣的人還有什麼意思，還不如就讓天君來肅清這個汙濁的世界呢。

但是另一方面他又在想，傲得他們的堅持也許自有深意呢，那並不是我這個小混混能夠揣測到的。他無條件地崇拜和相信傲得，覺得即使是自己錯了，也不會是他錯了。他無法拒絕他的任何請求。不是出於上下級的命令，僅僅是因爲他是傲得。

小天吸了口氣：「好，我答應幫忙。我會想辦法查出來的。」

大家似乎都跟着鬆了一口氣，氣氛也不似剛才那麼緊張了。傲得憋着的一口氣也鬆了下來，他拉着小天的手熱切地說道：「小天，屬於我們的時間不多了，你一定要盡快，盡快。」

小天點點頭。

一直沉默搗鼓電腦的秦開突然開口了：「老大，我發覺對面窗子裏有發射過來的監控信號。似乎有人在監察這邊。」

易小天嚇了一跳：「對面？莫不是陳警官吧！她怎麼又追查上我了！」

黎光冷笑着：「上次在步行街和這個女警察交過手，實在沒想到她居然是個狠角色，十分厲害。」

「既然這樣，那我們也先撤退吧，現在千萬不要惹出其他麻煩。」

大家點點頭，然後悄無聲息地撤退了，來得快，去得更快。易小天眼瞅着荷瑞就這樣要從自己眼前離開了，這一別還不知道下次要什麼時候見面呢。以前沒覺得她有多漂亮，現在反倒是十分喜歡她扎高馬尾的利落模樣。情不自禁地突然伸出手來握住荷瑞的手。

荷瑞微微吃了一驚，回過頭來望了他一眼，然後輕輕抽回了手。關門的一瞬間，小天似乎看到了荷瑞害羞一笑。

好像心間一小朵潔白的花朵開放，甜滋滋的味道慢慢進入心房。其實荷瑞也是一個好女孩呢。小天陶醉地想。

他突然想到了剛才秦開的話，拉開窗簾朝對面一望，什麼也看不出來。若不是秦開提醒，他哪裏知道自己居然又被無情地監控了，不是說忙得沒空理我嗎？怎麼又監督上了！哎！小天嘆了口氣，得罪了女人就是麻煩。

易小天現在心思煩亂，一面想着傲得交代的任務，一面又想着身邊的這些女孩子們，怎麼都覺得不舒坦。後來爲了暫時遠離現實中的這些棘手事件，乾脆又躲進到遊戲裏爽去了。

在燈火通明的公司裏，大家都在加班加點地忙碌着。周一韋忙完了自己手頭上的工作，趁没人注意就悄悄地溜到八十五樓天君的房間。

關上房門，他看到天君正閉着眼睛，似乎在閉目養神。聽見周一韋進來的聲音後睜開了眼睛，平靜地説：“你來了。”

周一韋坐下來，忍不住有點火大：“真是倒霉，今天又碰見那個易小天了，看到他就煩。”

“誰居然能惹得你這麽不高興。”

“還有誰，就是那個討人厭的易小天唄！”周一韋今天開會的時候與易小天走了個正面。那傢伙不但不恭敬，反而對他擠眉弄眼，看着周一韋就來氣，但想着自己有把柄在人家手上只好忍着。

其實説到底也是他自己作賊心虛，易小天其實見誰都是那副嬉皮笑臉的模樣。

“有什麽事可以跟我説説，我可以幫你推算一下。”

周一韋一聽樂了，於是將易小天當初怎麽算計他的事原原本本地説了。雖然天君只是一臺機器，但是能找個渠道發泄一下也是好的啊！

天君聽完，一手托腮，歪着頭説：“那你想報復他嗎？”

“可以嗎？”周一韋驚喜，他礙於自己的身份和地位，不知道該怎麽找易小天算帳。而且他背後還有沈慈撐腰，輕易也不敢動他，正憋着一肚子氣呢。

“其實很簡單，只要輸入懲罰易小天這個指令後，我的計算系統裏就能提供 2156 個懲罰他的方法。”

“這麽多？！”

“當我並入互聯網後，智周萬物。我已知曉了這個世界上所有的一切，找一個治易小天的方法豈不是小菜一碟？”天君一副君臨天下的模樣，和它那個小女孩的外形實在是不相配。

周一韋開心極了：“我不想用別的辦法來懲罰他，我要以其人之道還治其人之身，也狠狠地敲詐他一回，讓他知道被人脅迫的滋味！”

“這個就更簡單了，我在互聯網裏看到一個信息。你的孫女周小漾正是易小天的初戀情人，二人同在一所初中上學。根據有記錄的資料，我一經推算，易小天極有可能一直暗戀着她。”

周一韋何等聰明，立刻就明白了。本來是想找一個關係不太親近的孫女過來幫她搞危險的生化試驗，没想到竟然還有了意外的收穫。

“那我知道了，我完全可以用小漾來報復他啊！”周一韋了然，他本來是想跟天君匯報近來的工作的，結果一時高興竟然忘了自己來的目的，樂呵呵地就離開了。

天君看着周一韋忘乎所以的樣子，得出結論：“人類這種低等生物真是容易因爲一點點的喜悅就得意忘形。"

周一韋被易小天煩了很久了，他沒想到自己頭疼的問題天君幾句話就給解決了。看來將 AI 與人類聯合真的是太方便了，他何苦還受那窩囊氣呢!

當晚，周一韋就聯繫了周小漾。周小漾從小一直跟她的媽媽一起生活，原本與爺爺奶奶並不親近，只是近來國外經濟危機嚴重，她所在的銀行對外業務生意慘淡，她又正好在對外業務單位，弄得她獎金大幅下降，那點微薄的收入根本不夠用的。周小漾受夠了這樣緊緊巴巴的日子。別人見她貌美如花，知道她家世顯赫，卻哪裏知道她的苦楚啊。可她的自尊也堅決不允許她去求父親和爺爺奶奶。哪知道這時候爺爺卻派人來找她，並安排了公司很好的職位給她。周小漾簡直不敢相信，她一直以爲自己已經被這個家庭遺忘了呢。

盡一切可能地努力工作，讓爺爺奶奶和爸爸都看到自己的價值。小漾暗暗對自己發誓。

爺爺說要見她的時候，小漾幾乎有點受寵若驚。但她還是很快就打扮好了自己，仍舊是光彩照人。旁人仍舊喊她一聲小姐，卻沒人知道，她這個小姐也只是一個掛着虛名的小姐而已，和爺爺的其他孫子孫女比起來簡直不值一提。

周小漾第一次和爺爺單獨見面，兩個人約在了幽靜的茶館，整個茶館都被爺爺包了下來。周一韋輕輕品着新茶，半長的頭髮看起來十分英俊。

周一韋看了眼周小漾，滿意地點點頭："果然是個漂亮的孩子。"

小漾有點害羞一笑："謝謝爺爺誇獎。"

"新到公司工作還習慣嗎?"周一韋和藹地說，"如果有什麼不習慣的地方就跟我們說，如果找不到我們的話，找鄒秘書也是一樣的。"

"一切都挺好的，工作上的事情也做得來。"小漾也喝了口茶，卻發現這茶苦澀難喝，真不知道爲什麼現在還有人喜歡喝這種東西。

"我和你奶奶一直叫你到家裏去住，你偏不去。一個人在外面住多不安全啊!"周一韋關切地說。

"爺爺，沒事的，我也不是小孩子了。"小漾害羞地說。

周一韋動着心思，慢慢地引入話題："其實呢，這些年來，無論是你爸爸還是我們，對你多少都是有些愧疚的。畢竟你的成長環境和其他的子孫不同，爺爺自然也是知道的。這些年來對你的關懷少了些，你別介意。"

周小漾有些感動，輕輕喝着茶，低頭不語。

"你放心吧，以前是我們做得不對。從現在起，其他孩子有的一樣不會少給你，你會和其他孩子獲得一樣的寵愛和溫暖。"

周小漾有些激動地抬頭看着爺爺："這是真的嗎?"

"那當然了。"

周一韋忍不住用手指敲打着桌面："爺爺先給你五百萬零用錢，再送你兩輛限量版跑車好了，這是以我個人名義送你的。也算是爺爺的一點補償。」

周小漾差一點被苦茶嗆到了，還好她及時保持住了形象：「爺爺，這……」

爺爺伸手攔住她，示意她先別說話：「如果不夠的話，爺爺再……」

「夠了夠了爺爺！」周小漾趕緊阻止他，「已經足夠了。」

周一韋滿意地看着小漾發慌的模樣，他接着一副慈愛的模樣拉着小漾的手：「既然咱們都是相親相愛的一家人，那麼爺爺這裏有一點小忙，需要你幫一幫。」然後他趴在小漾的耳邊將自己的計劃説了出來。

周小漾猛然一驚，嫩白的臉上迅速升起緋紅色。就説爺爺怎麼突然這麼好心將她招過來呢，原來竟然是爲了要利用她！她覺得傷心極了。

「爺爺，這個我做不了，零用錢和跑車我也不收了。」周小漾拿起包就想要逃走。

「小漾，小漾，你聽爺爺説。」周一韋連忙攔下她，「你以爲爺爺是在利用你，其實不是的！我那麼多的孩子爲什麼偏偏選你呢，我是真的希望能夠留你在身邊當爺爺的心腹。可是留在爺爺的身邊就一定需要一點過人的本事，否則爺爺未來怎麼把更重大的任務交給你呢？」

周小漾有點被説動了，可她仍有顧慮。

「爺爺真的是把我當作家人嗎？」

「肯定是真的！」

「真的不是利用過後就將我丟棄的棋子嗎？」周小漾有點傷心。

「怎麼可能呢，傻孩子。」周一韋見小漾遲遲不肯答應決定放出大招。

「爺爺是真心把你當成接班人培養的。這樣吧，我跟你説一個秘密，一個關乎周家生死存亡的大秘密。」周一韋將小漾拉了回來，「告訴你這個秘密，你從此以後就是我們周家的核心角色了，這個秘密連你的叔叔們都不知道。」

「什……什麼秘密？」小漾坐了下來。

周一韋一咬牙：「好孩子，我用這個秘密跟你交換着真心，從此以後我們就命運相連了。」他吸了一口氣，「這個秘密是關於天君的主機位置的，全世界都想知道的秘密……」

然而却是來給我下套的……

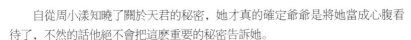

　　自從周小漾知曉了關於天君的秘密，她才真的確定爺爺是將她當成心腹看待了，不然的話他絕不會把這麽重要的秘密告訴她。

　　小漾其實是很感動的，爺爺願意重用她，也是她的榮幸。至於爺爺交給她的任務，其實想想也沒什麽難，就當自己是電影裏的特務吧，這不也挺刺激的嗎。過了心裏一關，小漾很快調整好了自己。原來周一韋是讓小漾去色誘易小天，然後拍下視頻來威脅他，讓他言聽計從，就像他對付自己的那樣。當然了後半段他可沒交代，在孫女面前還是要保留一點尊嚴的嘛！至於收了小漾這個心腹，周一韋也是十分滿意，畢竟小漾又漂亮又能幹，以後能用到的地方可多了去了。

　　小漾做好了準備後，就開始主動出擊了。

　　第一次的計劃是定在公司的食堂裏。她已經掌握了關於易小天的一切訊息，自從天君連入互聯網，它已經無所不知。周一韋將所有關於小天的內容都調了出來，就連他幾點去吃午餐，喜歡吃哪個菜都一清二楚。因爲易小天喜歡吃公司的自助餐，周小漾也就配合到底，在易小天喜歡的菜區轉悠着。

　　自從公司後勤部門發現很多人放着食堂精心烹製的菜餚不吃，都到門口早點攤上買煎餅果子什麽的之後，也大力調整了公司裏的中餐口味。新換了大廚，把門口那個早點攤上的大娘也給雇來了。現在公司裏的中餐口味可是相當正宗了，易小天也發現公司現在做的川菜可一點不比成都做得差。

　　知道易小天最近喜歡吃水煮牛肉，小漾就在川菜區轉悠着。果然不一會易小天就一邊和別人談笑一邊走了過來。

　　"王總！看你前幾天又賺了一筆啊，眼光可真不錯！"

　　"張審計，嗨！好久不見啊，改天去喝一杯！"

　　易小天就有本事見誰都能搭上一嘴，正聊得開心，卻迎面看見了周小漾那令人血脈賁張的玲瓏身段。好像突然被一口熟雞蛋噎住了一樣，易小天的聲音戛然而止，臉上迅速漲紅，很快變成了深紅色，像是中毒了一樣。

她在？天哪！易小天後悔自己沒有好好地捯飭自己的髮型，就連衣服也是隨便穿一件就來了。就這麼個形象遇見女神，還怎麼在女神的心裏留下完美的印象？

周小漾慢慢轉過身來，易小天只感覺自己的心臟像是一輛突然加速的蒸汽火車，上面"咕咚咕咚"的冒着煙，輪子轉得飛快，眼看就要脫軌了！

不行！現在絕不是與女神見面的最佳時刻！易小天端着餐盤，飛一樣地消失了。

周小漾擺好了姿勢回過頭來一看，剛才還在身後滿面通紅的易小天瞬間消失了。她嚇了一跳，這人會瞬間移動嗎？怎麼跑得那樣快？

不是説他暗戀我多年嗎？怎麼一見我反而跑了？周小漾吃驚不已，難道説消息有誤？看起來不像是爲我着迷的樣子啊！周小漾怎麼想也沒想明白，看來是計劃沒做對，我要再想想辦法。她沒想到第一次出任務就失敗了，略微有點尷尬，只好先走了。

易小天卻是躲在牆後面喘息不已，趕緊掏出小鏡子和梳子捯飭自己的髮型。把自己的衣服上的褶子都撫平了，掏出口氣清潔劑猛噴一頓，感覺自己現在才像個樣子了，這才再一次衝了出去。哪知道四下裏一看，周小漾已經不見了。

找了半天都沒找到。易小天頹然失望，怎麼會這樣，爲什麼老是與她錯過呢？

易小天也沒了吃飯的欲望，把餐盤隨便放在一邊就走了。

第二次周小漾可謂是煞費苦心，既然假裝偶遇不成那不如直接殺到他辦公室約他，還怕他跑了不成！

周小漾爲了防止小天下了班就溜，還特意早了幾分鐘下樓。推開他的辦公室大門，發現助理位置竟然是空的。她四處看看，沒人接待，那就自己進去吧，她走到裏面的總監辦公室前，忽然聽見裏面傳來了易小天的説話聲。

原來是蘇菲特今天給小天匯報工作的時候態度十分冷淡，終於讓易小天承受不住了，他像個受氣小媳婦一樣拉着蘇菲特不讓她走。

"蘇菲特，那天的事真的是你們誤會了，我絕不是那樣的人。"

蘇菲特冷冷地抽回自己的手："是嗎？反正易總喜歡怎麼説就怎麼説好了。"

"哎！你別走，你聽我説！我易小天如果是那種見了危險就撇下女孩子獨自逃跑的渾蛋的話，我就……"

蘇菲特等着他説下去："就怎麼樣？你本來就是那種見了危險就撇下女孩

子獨自逃跑的渾蛋呀！"

易小天發現自己百口莫辯了，這蘇菲特啥時候變得這麼伶牙俐齒了。反正他今天必須和蘇菲特打破僵局，他死皮賴臉地拉着蘇菲特不放手："不是的不是的，蘇菲特難道你還不了解我嗎？"

兩個人在辦公室裏拉拉扯扯，易小天還沒事趁機摸人家的小手。周小漾將一切看在眼裏，不由得直皺眉，這是什麼情況啊！在辦公室就開始拉拉扯扯，卿卿我我，而且看這意思，易小天也不是個什麼好男人啊！

她一下子失去了勾引他的興趣，拎好自己的包轉身走了出去。

周小漾沒想到這件事情這麼難辦，可是完不成任務又沒辦法向爺爺交差，畢竟爺爺對她如此信任，她不能讓爺爺失望啊！

周小漾回去了又開始謀劃，既然溫柔計劃都不能成，乾脆來直接的吧。周小漾握着電話比劃了半天，電話卻始終沒有打出去。唉！不如不約了，直接上門吧。她已經通過周一韋得到消息，此刻小天正在家裏呢。

小漾做好了萬全的準備，直接殺去了易小天家裏。

易小天正在家裏沉迷於遊戲不能自拔呢。他在遊戲裏給自己設置了一群漂亮老婆，原來設置了七個，後來不滿足，一共設置了十二個。這下可把小天給忙壞了，每天一進到遊戲裏，被一大群漂亮美女包圍，嗲聲嗲氣地叫着："大人！大人！"別提有多爽了。

周小漾按了半天門鈴易小天都沒有反應，最後還是家裏的機器人將他戳醒，提醒他："主人，門鈴已被按了三十八次，建議您起身開門。"

易小天玩得大汗淋漓，隨便罩上件 T 恤，微感奇怪，這時候誰會來找我呢。透過貓眼一看，竟是周小漾出現在了門口。嚇得他差點抱住自己家的機器人，他下巴直打顫："老兄，你確定我不是出現了幻覺，真的是周小漾來敲我的門？"

機器人說："主人，現在的確有人在敲門，但是否是周小漾我不能確定。"

易小天已經顧不得整理自己了，他壯着膽子拉開門一看，果然看見絕美的周小漾站在門口，嘴角微微含着笑，十分明媚動人。易小天覺得自己的眼睛快要被這笑容晃瞎了。

"真……真的是你……"

周小漾好奇地朝門裏看看："不請我進去坐坐嗎？"

天哪！世界上怎麼有這麼好聽的聲音啊！易小天差點當場就醉了，一聽到小漾要進來，瞬間清醒了。

"等……等我三分鐘，不不！一分鐘就好！"然後大門"砰"的一聲關上了。小漾就聽見裏面一陣"噼裏啪啦""叮咣叮咣"的亂響，再開門時，易小天已經穿戴整齊了，髮型居然也有了改變，整個人渾身閃閃發光。

周小漾忍不住失笑。

"請進請進！歡迎光臨！"

周小漾走進來一看，易小天的家裏表面上乾乾淨淨，但是角落裏和窗臺後，能藏東西的地方明顯剛剛被塞了東西，窗臺上一條內褲正因爲沒塞好飄飄忽忽地落下來。

小天嘻嘻一笑，趕緊踱過去，將內褲藏在褲腰帶裏掖好。小漾假裝沒看見，在沙發上坐下了，哪知一屁股坐到了一副 VR 眼鏡。

小漾好奇地拿起來："這是……"

"哎呀！"易小天趕緊去搶眼鏡，哪知道內褲在身後隨風飄揚，實在是囧死了。搶得太着急，藏在窗簾後面的髒衣服什麼的全都塌了下來，掉了一地。

易小天絕望地一屁股坐在地上，算了，不隱藏了！

"不好意思，讓你見笑了。"小天紅着臉。

小漾動人一笑："没什麼，聽説男生的家裏都是這樣的，我還蠻好奇的呢。"

小天啓動了清潔機器人的超頻模式，機器人一雙手變成四雙手，前後左右全方位開工，玩命地收拾着。以小天家裏亂的程度，最起碼要收拾個十分八分吧。小天坐在沙發上，十分害羞。

"我真是想不到，你竟然會到我家裏來。"

"一直聽公司裏的人説起你的傳奇故事，所以想找個機會拜訪一下。"

"公司那些人就是太誠實，都説了我的那些豐功偉績別老跟別人説，自己知道就行了唄。畢竟我年紀輕輕的就做了那麼多貢獻實在是太耀眼了！高處不勝寒啊，人還是要低調一點。"小天羞澀地説。

這人臉皮可真厚，小漾心裏想，任務完成後可要離他遠一點。臉上卻揚起美麗的笑容："聽説你喜歡喝酒，所以我從爺爺那裏帶了幾瓶過來。"

"幹什麼那麼客氣。"伸手接酒的時候不小心摸了小漾的手一下，小天當場氣血翻湧，鼻孔冒出粗氣來。

"那不如我們開一瓶酒嘗一下吧。"小漾往小天的身邊凑了凑，一股淡淡的梔子花香味拼了命地往小天的鼻子裏鑽，躲都躲不過。

小漾故意將長髮輕輕地撩到了小天的臉龐，弄得小天臉紅心跳，還没喝酒就已經快快失去神智了。那遊戲裏的老婆不管那設備怎麼擬真，這頭髮絲輕輕拂面的感覺卻是模擬不出來的啊。

小漾長腿舒展，姿勢十分撩人。

"不如我陪你喝一點吧。"大眼睛這麼隨便一眨，小天立即感覺被人勾走了三魂七魄。同樣，真正的女孩子那擁有靈魂的雙眼，也是 VR 設備無法模擬出來的啊。果然還是真人他媽的爽啊！

小天哪還有拒絕的理兒，趕緊去拿了酒杯屁顛顛地跑過來。酒瓶開啓，兩個人對飲起來。

小天眼睛一眼不移地盯着小漾的臉，憑他多年接觸女孩的經歷來看，他老感覺小漾雖然熱情，但是動作上放出去十分又收回去三分，總是包含着一絲防備的意味。他自己屌絲一個，什麼學歷都沒有，就算現在有點錢了，可這點錢她一個富家大小姐也看不上啊！根本沒必要巴巴地特意跑來陪我喝酒。

小漾喝了一杯，對着他舉了舉空酒杯，臉上微微升起一片紅暈，十分動人。

"我再敬你一杯。"小漾又倒了一杯酒來，給小天也滿上了。

小天真想什麼也不去想就這麼跟她一醉方休算了，反正醉了幹了什麼事誰也沒辦法保證，就說喝醉了嘛！可是他敏銳的第六感一直在提醒他，小天的第六感向來挺準的，他覺得這事可沒那麼簡單，小漾絕不會是因爲愛慕他才跑來找他喝酒的。小天見過太多的女人，女人的那點伎倆他比誰都清楚。他初步分析，這八成是個美人計，但是圖他小天啥呢？小天一時半會還想不到。

暫時先將計就計看她要幹什麼好了。

"聽說你很能喝呢。要不咱們來比試比試？"小漾微笑着說。

"好啊。"

小天端起酒杯來，仰頭一口喝下了。小漾果然又開始倒酒了。

小天暗想，我算是看明白了，她是要灌我的酒呢。不知道等我喝醉了她要做什麼，先見機行事好了。

周小漾的手段比起易小天的可差得遠了。且不說她並不是打心眼裏喜歡小天，表演自然沒有那麼生動，再說小天又這麼狡猾，哪裏是輕易能騙得過的。

本來周一葦是想給小漾配一個隱形機器人以防萬一的，可是小漾總是覺得那東西跟在後面反而十分沒有安全感，好像時時刻刻都被人監督一樣，後來乾脆退回去了，她可不想把自己色誘小天的視頻搞得人盡皆知。周一葦沒辦法，只好由着她去了，反正只要能完成任務報了仇就行。否則要真有個機器人跟着，給易小天來上一槍麻醉劑，那剩下的事就好辦了，也輪不到他易小天作假了

小漾不知道自己的計策已經被識破了，還在認真地拼着酒。小天呢，只要小漾給他倒了酒他就喝，只不過是趁小漾不注意，喝進去的少，倒在下面垃圾桶的多。小天平時跟人喝酒經常抽條，早練出來了，嘴裏一邊說着話分散注意力，手上極快的那麼一倒，神不知鬼不覺。

小漾越喝越奇怪，怎麼這小子乾喝就是不倒呢。小天沒倒，她自己倒是喝得迷迷糊糊的。

現在換成小天一個勁地給她倒酒了，嘴裏的話一套一套的："來來來，真是好酒量！再喝一杯！"

"哎哟我頭好暈啊！快要喝醉了！喝不過你啊！"

"女俠饒命啊！"

小天假裝在一旁苦苦求饒，給人製造一種再喝一杯就要倒了的假象。小漾還單純地以爲自己即將勝利了呢，拚着最後一絲神志還在喝着小天遞過來的酒，喝到後來小天乾脆不喝了，專心致志地伺候小漾喝。小漾喝得雲裏霧裏，忘乎所以，早忘了自己爲什麼喝酒，自己爲什麼而來，就是條件反射地喝着。

喝到某個臨界點時，小漾突然頭向上一仰，徹底喝醉了。她軟趴趴地倒在了沙發上，嘻嘻地傻笑着。

小天看看她，看來這回是喝到位了。

小漾嘴裏還在含糊不清地嘟囔着："喝啊！繼續喝啊！別停啊！快倒酒……"

小天嘴上答應着："好好好，這就給你倒酒！"手上卻在偷偷地打開她的包，低頭一看，裏面赫然是一套監聽器材和視頻拍攝器材，而且不是小天那次去白玲瓏家用的微型器材。那種的拍攝質量不能保證，而這套都是專業的，不管拍視頻還是照片那分辨率連人的毛孔都看得清！

原來是這樣！她果然是被人雇傭過來陷害我的。她肯定是來使美人計，然後誘使我上床，之後拍了視頻威脅我。全世界能想出這麼齷齪的招數的也就只有我了啊！小天納悶，誰會以其人之道還治其人之身呢？他猛然間想起，我知道了，肯定是周一葦！肯定是他被我威脅了之後懷恨在心，然後派美女孫女來故技重施。好傢伙！小天徹底想明白了，還好我小天夠聰明，沒有輕易掉進美女的陷阱裏。不然的話這輩子就完了！

他湊到小漾身前，動動鼻子，聞着她身上飄來的香味，越聞越是沉醉。小天真想就中了她的美人計算了，自己心心念念數年的夢中情人現在神志不清地躺在自己的面前，還擺着這麼誘人的姿勢。誰能受得了啊。

可是小天緊接着搖搖頭，我可不能乘人之危。而且他已經明顯感覺到了小漾並非真心喜歡他。既然並不心甘情願，他也不能强人所難。他强迫自己的雙眼從小漾的身體上移開，拿了床毛毯給她蓋上。哪知小漾自己喝多了開始胡言亂語起來："爺爺……他……他……中計……"

小天無奈，一邊給她蓋被子一邊說："是是，他没中計，你自己倒是中計了。"

"秘密……不能辜負爺爺的期望……"

"哼，這個老傢伙爲了達成目的連親孫女都能利用，真是人渣！"

"爺爺……拍攝視頻，然後威……"

小天自顧自地說話："我都知道了，想用美人計來色誘我，逼我就範，不過你們這點道行還差了點。"

"主機……不在樓上……不能説……"

易小天原本在收拾酒瓶的身子猛然間一震，他吃驚地回過頭來："你説什麼?"

"秘密……不説……能……視頻……"

易小天撇下空酒瓶，一把將周小漾扶起來。哪知道周小漾渾身無力，像是一攤水一樣軟了下去，扶也扶不起來。

"你剛才説什麼秘密? 什麼主機?"

周小漾搖搖晃晃地把頭歪到一邊幾乎要睡着了。易小天震驚不已，她是不是知道些什麼? 主機不在樓上，那會在哪? 她一定知道!

眼看着小漾就要睡着，小天趕緊端起酒杯來繼續給她灌酒，灌得小漾再次睜開了眼睛，開始推搡起來，拒絕喝酒。

"你剛才的話肯定是騙人的!"易小天少見地嚴肅起來，"你爺爺都是騙你的!"

小漾掙扎着坐起來："爺爺……没騙我……"

"天君的主機就在八十五樓! 你爺爺告訴你的都是假的!"

"不在不在!"小漾搖搖晃晃地擺着手，"爺爺没有騙我，這是個關乎全天下的大秘密……主機根本不在八十五樓……那只是天君的一個分機，用來處理全世界範圍裏部分家務機器人的數據的，減輕一些主機的運算負擔而已，是你們被騙了……"

"我分明見過天君，它好端端地在八十五樓。"小天一直刺激着她，"你爺爺只是利用你而已，他告訴你的是假的，都是騙你的!"

"爺爺没騙我! 我知道! 他不是利用我!"

"那你説天君的主機在哪裏，如果你説得出來，我就相信你爺爺没騙你!"

小漾小小地打了個嗝，迷離的樣子十分迷人，她想了好一會，然後慢悠悠地説："主機在……一個廢棄的舊防空洞裏……"

"地址在哪裏?"

小漾似乎睡着了，過了一會趴在他的肩膀上悄悄地將地址説了出來。

"還有呢?"

小漾又斷斷續續地説了半天，眼睛已經完全合攏了，然後頭一歪，徹底睡着了。

易小天抱着小漾柔軟的身子，卻一點多餘的想法都没有，他爲自己無意間得知的大秘密震驚不已。没想到傲得交代的事情這麼快就查到了，他有一種感覺，小漾説的都是真的。可是不知爲什麼他反而内心害怕不已。

最終 BOSS 果然
不止一種形態

　　周小漾醒來的時候已經是第二天的日上三竿了。她醒來後覺得頭疼無比，昨晚到底發生了什麼自己竟然全都想不起來，只記得自己一個勁地喝酒來着。她捂着頭掀開被子，發現自己的衣服穿得整整齊齊，沒有一點被破壞的跡象。她趕緊拉過被子蓋住自己，然後偷偷地檢查，也沒有任何異狀。

　　難不成？那個色小子昨晚竟然沒有趁機占她的便宜？雖然小漾十分不喜歡他這個人，還以爲他是那種見色忘義的渾蛋呢，沒想到人倒還算規矩，讓她挺意外。小漾下了床，到客廳裏看，客廳裏空無一人，她又挨個房間看了看，都沒有人。看來是出去了呢。

　　小漾回到客廳，家務機器人走了過來："主人交代好了，已經準備了乾淨的換洗衣服和早餐，還有一瓶解酒劑，喝完頭會舒服很多，請放心使用吧。"然後遞給她一小瓶解酒劑，接着去準備早餐了。

　　沒想到他這個人還挺體貼的呢。小漾將解酒劑喝了，洗了個澡，換了乾淨的衣服。

　　她完全不知道自己昨天都做了些什麼，視頻設備裏沒有一點東西，看來是失敗了。小漾也不好意思再待下去了，拿好自己的東西就離開了。

　　易小天坐在辦公室的椅子上，陷入了人生最大的困頓當中。他已經成功得到了天君主機的地址，可他卻又在考慮是否真的要去告訴傲得，因爲他一旦説出去，勢必會挑起雙方的戰爭，不是你死就是我活。而且一旦傲得得手，天君從世界上消失，那他擁有的那套頂級 VR 豈不是也報廢了，他辛辛苦苦培養的那十二個老婆也將跟着灰飛煙滅了。一想到他的老婆們全部一夜之間消失，小天就覺得渾身疼。

　　可是若不告訴傲得，他們一定還會繼續讓自己調查的，自己不能永遠沒有結論。傲得是自己的好兄弟，當初已經説過了甘願爲他兩肋插刀，怎麼可以因爲自己的這點小利益就背叛他呢?

小天拿出自己的手機來，翻看自己的銀行卡存款記錄，那一張卡上孤零零地放着五十萬，一分沒動，已經靜靜地存在那裏很久了。那還是傲得上次給小天的零用錢呢，小天感動得無以復加，每次他內心動搖的時候就翻出來看看，看看傲得對自己的情誼就什麼都捨得了。

小天仰天長嘆一口氣，可他又一想，八十五樓的天君只是個分機，沈慈都已經安排了那麼多的警衛力量，讓人根本沒機會動手腳。那麼這麼重要的主機位置估計應該準備了更可怕的力量去保護吧！想必連隻蒼蠅也飛不進去。

易小天焦慮地用手指頭敲着桌子，說還是不說呢？這 AI 雖然不是什麼好東西禍害人類，但是徹底消失的話，那人類的科技豈不是至少要倒退一百年？那咱們豈不是退回到百年前了，小天想到如果真的回到百年前的生活狀態，什麼雜務機器人都沒了，倒垃圾掃廁所還得自己動手，想想真有點鬱悶。

他撓撓腦袋，這可真是難辦，要不好好勸勸傲得？他總感覺傲得他們好像也有點太極端了。AI 雖然不好，但也絕不是一無是處，也不能一棒子打死啊！

滿懷心事地回了家，易小天發現小漾已經不在了。估計她根本也記不起昨晚自己都說了什麼了吧，喝了那麼多酒，人哪裏還能有神志呢。想到這，小天又要嘲笑周一韋了，年紀一大把一點社會經驗都沒有，色誘別人也不找個酒量好點的，還真以爲我小天是吃乾飯的呢！

他發現茶几上留了個小紙條，上面是三個十分娟秀的字跡：謝謝你。這時機器人也走過來說：「那位女士臨走前囑咐我對您好好道謝。」

一看衣服也已經換過了，藥劑也喝過了，他就知道自己已經成功給小漾留下了好印象。看吧，追女神可從來不是一蹴而就的，小天這方面那是擁有着相當豐富的經驗，下次再約她，小天敢保證，小漾一定會赴約的。

小天麻利地把東西都收拾乾淨，坐在沙發上上深呼吸，我未來的命運就看這一朝了，希望能說服傲得改變自己的計劃吧。

他勇敢地撥通了傲得的電話，這次電話接通了，傲得沉穩有力的聲音傳了過來：「小天。」

「傲得老大，我有十分重要的事情要和你說。你能過來一下嗎?」

傲得猶豫了一下，說：「好，我現在就去找你。」

小天趕緊說：「傲得老大，這次就你一個人來就好了，不要帶其他人。」

「好，我知道了。」

傲得掛了電話，小天就開始準備起來。小天還以爲自己能聽到個門鈴聲什麼的，哪知道過了一會，門「吱呦」一聲自己開了。

傲得自己理所當然地走了進來，像回自己家一樣。小天嚇了一跳，差點把酒倒灑了。

"没想到你来我们家还真方便啊！"

傲得無所謂地聳聳肩："一個門而已。"

小天招呼他到餐桌前坐下，原來小天忙活半天是準備了一大桌子豐盛的晚餐，準備和傲得不醉不歸呢。

傲得看了看小天精心準備的食物，微微一笑："看來今天你是打算和我喝個痛快了。"

小天坐下來："是啊！咱們太久沒有好好喝一頓了！快坐快坐！"

傲得坐下來，小天立刻給他夾菜："這個水煮魚雖然是機器人做的，但我前不久剛給它升級了系統，那做出來的菜和真正的川菜大廚比也不相上下啊，特別好吃。呵呵！"

傲得覺得今天的小天有點不一樣，似乎有什麼想要說一樣。他並沒有急着問，該說的時候小天自然會說的。

傲得嘗了一口酒："是挺不錯。哎，小天，以前那個 EMP 炸彈是不是還在你這裏，還給我吧。"

小天巴不得把這個勞什子送走呢，這東西可是違禁品，陳文迪又時不時地在監視他，哪天一不小心露餡可就完了。一聽傲得這麼說趕緊從自家保險櫃裏把炸彈拿出來還給傲得了，也不想再去問他拿這個幹什麼用了。

小天抿了一口酒，醞釀着臺詞："傲得老大，我昨天知道了一個大秘密。"

"什麼秘密？"

小天抬頭看他一眼："是關於天君主機位置的，我無意中得到的信息。"

"可靠嗎？"

"我覺得可靠，應該不會有錯的。"

傲得笑起來："小天，你又立了大功了。我代表先華組上上下下所有的人敬你一杯。"

小天仰頭喝乾了杯子裏的酒，嘆一口氣："這酒勁可真大。"

傲得又加滿了酒："酒就是要勁大的才有意思，就跟男人幹事業一樣，渾渾噩噩的生活不是我們男人該要的，來乾杯。"

兩人碰了一杯，傲得調笑道："聽說沈慈送了你一套 VR 遊戲設備很好玩是嗎？"

"這你都知道？"這事小天可沒匯報過啊，傲得還真是厲害，簡直是無所不知啊！小天感覺自己剛才上頭的熱勁消退了，看來什麼事情都沒有辦法瞞住他啊。

"但是那種……呃……'你懂的'類型的遊戲有些傷身啊，也不要太沉迷了才好。"

小天乖乖點點頭，感覺自己什麼都被他看得明明白白，再繞來繞去地敷衍，也只是徒勞。於是腦袋一熱，說道：「據我昨晚剛知道的消息，原來天君的主機真的不在八十五樓，是在一個舊的防空洞裏藏着呢。」

「果然是這樣。」

小天瞅着傲得的神色，想從中看出點什麼來，結果什麼也沒看出來。

「聽說天君有個專用的核電站也在那附近嗎？」

「就在附近，只是離得不能算近。」

「那麼除了核電站之外，天君還有備用電源嗎？」傲得問。

小天也不太懂，只是把從周小漾那裏聽到的轉述一遍：「備用電源貌似不能承載滿負荷的運行，一旦核電站出現意外，它的計算速度就會大幅度下降。」

「這樣啊，看來我們的估算也是對的。」然後傲得沉吟了半晌，才給小天斟滿了酒，和他對飲一杯。

「謝謝你了，小天，我不知道該怎麼感謝你。認識你以來，你真的幫了我太多了。我不善言辭，就先乾爲敬了。」說着又一杯酒下肚。

小天心急了：「傲得老大，你準備怎麼對付那個主機？有什麼好計策嗎？貌似那個主機的體積非常非常龐大呢。」

傲得看了他一眼，並沒有回答，過了一會他嘆了口氣：「小天，我不是不信任你，只是你在沈慈的身邊太危險，可能在你無意識的情況下，秘密就偷偷溜了出去，知道得越少你就越安全。」

「那你這不還是不信任我嗎？傲得老大，你跟我說說唄，我發誓絕對不會讓這個秘密出了這個房間，我小天人雖然有時候不靠譜，但是大義還是知道的，我既然認定了你這個朋友就絕對不會背叛朋友的！」

傲得看着他，終究是敗了。

他淡然地笑着，給自己和小天滿了酒：「好吧，我相信你，告訴你也無妨。前一段時間你聯繫不到我，是因爲我去了趟國外，從恐怖組織那裏進購了一顆箱式戰術核彈。我們計劃用這個箱式核彈來炸掉天君的主機，因爲不僅天君的主機所在的舊防空洞非常結實，並且它的主機外殼，據說也是用岳黎研究院研製出的軍用級別的裝甲製成的，那種裝甲本來都是用在戰列艦上的，異常結實，估計只有核彈才炸得掉。」

小天嚇了一大跳：「恐……恐怖組織？！箱式核彈？天哪！傲得老大，你們是怎麼把這東西搞進國內的？」

「爲了躲避各國的追捕和搜查，我們也是費了很多事。因爲不想被查到任何蹤跡，我們採用了最原始的暗號和最原始密碼設備，通信往來也都是使用的紙質信件，從頭到尾都沒有通過互聯網聯絡。連信鴿、烽火臺、艾伯蒂密碼圓盤、達·芬奇密碼筒什麼的都用上了。這都是陳博士想的主意，你還別說，這些古老的手段沒想到還真的挺好用，真的躲避了所有的追蹤。」

小天汗顏，這陳老博士還真是厲害，這主意也估計只有他這樣的老學究才想得出吧。

「箱式核彈⋯⋯那主機這回是徹底不保了。」易小天喃喃自語。

傲得又倒了酒，微微一笑：「除此之外，我們也準備了備用計劃。」

「還有備用計劃呢？！」

「是啊！來乾杯。」傲得看起來起了興致，喝了不少酒，兩瓶伏特加白酒不知不覺就喝完了，小天趕緊開了瓶紅酒，繼續給他倒上。

「除此之外，我們另外成立一個小組，如果炸主機那個計劃 A 沒有成功，那麼這小組就負責關閉核電站。如果備用電源的能量不能夠支持天君滿負荷運轉的話，它的計算力就會大幅度降低。到時候入侵天君主機的概率就大大上升了。平時天君在運算能力滿負荷運轉時，我們的黑客是 100% 不可能攻破它的智能防火牆的。因為這個防火牆被設置成了階梯狀防火牆，分別由三層防火牆連續保護，即使我們的技術能夠攻克第一層，也無法穿過第二層，就更別提第三層了。但天君的效能下降後我們可以人為地突破三層防火牆，入侵主機。到時候我們的黑客負責把天君的代碼全部刪除，就可以徹底消滅它了。」

小天聽得一愣一愣的，除了喝酒他發現自己也幹不了別的了。傲得看到他的反應，知道他是被嚇到了。

傲得調笑着說：「怎麼樣？這個計劃可以吧？」

「什麼是可以啊！簡直是太可以了！」

「到時候我也會親自去指揮，必須確保這一次的行動萬無一失！」傲得信心滿滿地說。

小天舔了舔嘴唇，諂媚地給傲得倒了一杯酒：「可是傲得老大，我聽着這個任務好像挺危險的呢。」

「的確危險重重，畢竟我們先華組的未來就靠這一役了。」

「可是，傲得老大我這裏有個不情之請，你看可以答應嗎？」

「哦？什麼事？」

小天有點不好意思：「這個任務太危險了，我覺得吧，像荷瑞這樣的女孩子呢不太適合參與這樣的行動。您能不能看在我立過這麼多大功的份上，派荷瑞去執行一點別的簡單的沒危險的任務呢？」

「荷瑞？她已經第一個報名要到第一線去了！」傲得吃驚，轉而眯着眼睛笑眯眯地看着他，「你這麼關心她？不是喜歡她了吧？」

易小天趕緊紅着臉搖頭：「哪有哪有！我只是想到上次去對付生化人的時候，她那麼拼命，這樣的性子容易吃虧，還是讓她在後方鎮守吧。」

傲得明白了小天的心思，笑得一臉姦詐：「既然這樣，那我就去勸勸她吧。如果她同意的話，我可以派她去執行相對安全的任務。也算是給你的面子了。」

"謝謝謝謝！萬分感謝，我先乾爲敬啊！"易小天一口乾了半杯紅酒，心裏倒是美滋滋的。這麽危險的任務，他果然最先擔心的還是荷瑞的安危。

傲得獲得了自己想要知道的消息，鬱結許久的心情也難得好起來，和小天兩個人開懷暢飲，划拳行令，不多時就微微有點醉了。小天肚子裏還打着小九九，他就想等着傲得喝得醉醺醺的時候好好勸勸他，讓他不要將天君徹底鏟除，鏟掉壞的部分就好了嘛！又喝了兩瓶酒下去。兩個人都有點醉了。

傲得面色微紅，腳下有點飄忽："小天，我今天真的很開心，我已經很久沒有喝酒喝得這麽舒暢的了。"

小天也有點微醉，今天喝酒他可没偷工減料耍花招。小天舉起酒杯："今天再喝最後一杯就結束了！"兩人喝完最後一杯酒，都忍不住腳下飄忽，站立不穩。

小天覺得時機差不多了，就搓着手，準備引出今天的主要話題："傲得老大，其實我覺得如果推心置腹地說的話……"

話還沒説出口，突然門鈴響了，此刻聽來十分的刺耳嘹亮："叮咚叮咚叮咚叮咚……"

易小天和傲得面面相覷，彼此都看到了一張醉紅的臉，小天自己也納悶："誰？"

傲得："去……去看看不就知道了，嘻嘻嘻，肯定又是你哪個女朋友來了唄。"

小天點點頭，腳步踉蹌地走到貓眼往外一看，就看到程部長一張精神抖擻的臉，程部長不耐煩地拍着門："小天小天，你在家不？"

易小天大吃一驚，酒瞬間醒了一半，他大着舌頭，軟着腿爬過來："傲得老大不好了！是研究院的程部長！那個負責安全部的傢伙，可絕不能被他看到你在這裏！"

傲得也跟着一驚，剛才喝得開心竟然沒注意時間，自己在這裏待得太久了。傲得也軟着腳，走路極不利索："那我得先藏起來。"

"不行了不行了！會被他發現的。這樣老大，你先藏到我家酒窖裏吧！那裏面空間不大，但是一般情況下他是找不到的。"

"你這樓房裏還有酒窖？"

"我這公寓高級着呢，每家卧室裏都藏着個暗室，這樣萬一家裏來賊了好有個躲的地兒。我是把它當酒窖用了，你趕緊去！"

傲得來了這麽多趟，才知道小天的公寓這麽高級，他到了卧室，小天打開衣櫃後面的暗門，把傲得塞了進去。

"酒窖裏有窗户可以透氣，您先看看窗外的風景哈！"軟腳的小天看着軟腳的傲得好不容易進了電梯下去了。

第
四
十
五
章

473

小天爬了半天才爬了出來。

敲門聲仍舊持續不斷：“小天！小天在家不？”

“在家！等一下！”小天喊道，他爬起來趕緊將兩個人的酒杯藏起來，可是因爲醉得厲害，他走路不穩，只勉强藏了酒杯就暈得不行了。

“在家還不開門，真是的，老哥我找你喝酒來了！”

小天來不及收拾别的，只好硬着頭皮去開門，剛一開門就感覺到滿滿的男性荷爾蒙氣息撲面而來。程部長手裏拎着一堆吃的走進來：“在家幹什麽呢！這麼久才開門！”

小天迷迷糊糊一笑，他奶奶的腳，早知道我也偷工減料地喝酒好了，哪知道這時候程部長會來！看來做人還是不能太實惠！

“我在家寂寞難耐，自斟自飲呢。”

還好兩個人光顧着喝酒，没怎麽吃菜。菜還是比較完整的擺在桌面上。

“那不是正好，老哥我來陪你喝幾杯。”程俊説道。

他開了酒，在桌子上找了一圈：“你不是説自斟自飲嗎？你的酒杯呢？”

易小天一驚，剛才自己一着急把兩個酒杯都藏起來了⋯⋯

“酒杯⋯⋯被我打壞了，我再去拿兩個新的！”小天趕緊去拿新酒杯去了。程部長條件反射地往垃圾桶裏一看，垃圾桶裏根本没有碎酒杯的渣渣嘛！

不過他也没有多想什麽，自己先坐了下來，唉聲嘆氣。

小天剛把酒杯拿上來他就給自己倒了一杯喝。小天奇怪地看着他：“怎麽感覺你今天心事重重的？有心事？”

程部長苦笑搖頭不語，又喝了一杯酒。

“按理説你現在老婆漂亮，事業有成。還馬上就要當爸爸了，應該開心才對啊！怎麽愁眉苦臉的，難道和薇薇不開心？”

程部長動情地看了眼他：“小天還真被你説着了，我今天來其實就是來找你諮詢情感問題的。怎麽説你也是我和薇薇的紅娘，有些事除了你，我也不知道該跟誰説。”

“你們的情感怎麽啦？”小天的頭暈乎乎的，心裏又咚咚亂跳，擔心傲得在酒窖裏的情況，哪裏有心情去聽他的情感問題啊！

“唉，我之前答應過薇薇的，不去調查她過去的事情，可是那天我碰到一個朋友，他是做進出口貿易生意的，他説⋯⋯他以前見過薇薇，在⋯⋯就是在百樂⋯⋯你明白嗎？”程部長忸怩地説。

易小天眼神飄忽，心不在焉，滿嘴地敷衍着：“嗯嗯⋯⋯嗯，明白。”

“你真的明白嗎？”程部長激動地拉着他，“你能明白我的心理嗎？我是真的愛薇薇，我可以不去計較她的過去，可是⋯⋯”

“來來來，喝杯酒，慢慢説。”小天給程部長倒了杯酒。

程部長拿起筷子來夾菜：「咦？這筷子怎麼是用過的？」

小天下巴差點掉下來，這是剛剛傲得用過的，自己剛才光顧着藏酒杯，忘了藏筷子了！

「公筷公筷！」

程部長往他那邊瞅了瞅，見他的面前也放着一雙筷子，語調不自覺的嚴厲起來：「你一個人吃飯還用公筷？」

易小天驚愕不已，可惜喝多了酒腦子轉得比平時慢了幾拍，一時竟然想不到話來應答。

程部長眼神銳利地盯着他：「你的臉爲什麼這麼紅？」

易小天不自覺地摸摸臉：「我……我喝多了酒……」

程部長指了指地上一堆的空酒瓶：「一個人喝這麼多？」

「我……酒量好……」

程部長又往他跟前湊了湊，像要吃人一樣：「一個人需要吃十二個菜？用兩雙筷子？開門要用八分鐘三十六秒？易小天，你家裏是不是藏了什麼見不得人的人啊？」

易小天嚇得一屁股坐在地上，他這一刻才真正感覺到程部長的可怕。這傢伙簡直比獵鷹還敏銳。

「沒……沒……」

程部長「嚯」的一聲站起來，也不傷感了，也不難過了，大步在小天家裏搜羅，每一個垃圾桶都翻了一遍，果然沒看見所謂的摔壞的酒杯。拉開窗簾一看，窗臺的角落裏放着兩個用過的酒杯。

程部長冷笑：「易小天，這是什麼？」

易小天的紅臉瞬間就黑了。

情報泄露是戰爭中的大忌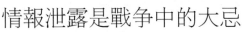

易小天僵在原地，半天沒回過神來。

程部長陰惻惻地笑着，步步緊逼：「如果是你女朋友的話，你大可不必鬼鬼祟祟。也就是說這是一個絕不能讓我看見的人。什麼樣的人怕讓我看見呢？」

易小天被步步逼退，臉上冷汗直冒，說什麼也不能把傲得供出來啊！可他現在就藏在酒窖裏，萬一被程部長發現就麻煩了。

「臉色如此難看，看來是個很重要的人物呢。我想想有什麼原則性的敏感人物和我比較相衝突呢？」程部長試探着問。易小天鐵了心了，就是咬緊牙關不作聲。

「我程俊的工作性質特殊啊，討厭我，記恨我的人多了去了。看來是有人和你商量怎麼報復我？可你易小天我是知道的，你在公司裏爬升得太快，也沒什麼朋友的。那來找你商量，又不是你公司裏想和你一齊來報復我的人，又不能讓我看見，如果是這樣的話，那就是立場問題了。」程俊自己在那裏條條分析。易小天卻慌得不行，他得找什麼辦法讓傲得逃走呢！

「難道是先華組？」程俊突然轉過頭來，冲着易小天吼道。

聽到先華組三個字，又是程俊一個突然襲擊，小天就是演得再好也忍不住微微睜大了眼睛。這微小的表情變化沒有逃過程部長的眼睛，程部長悚然一驚：「難道真是?!」

他掏出槍來就準備往房間裏衝，他還不知道易小天家的暗室在哪，可易小天卻條件反射的先往臥室跑了過去，一邊跑一邊驚慌失措地叫着：「快逃！快逃！」

程部長自從身體恢復了，不僅找了健身教練鍛煉身體，也報了個綜合格鬥技的培訓班，現在的身手何其了得。他一把將易小天揪到一邊丟在地上，自己率先衝進了臥室。易小天被程俊摔倒在地半天爬不起來，但嘴裏還在喊道：

"快快！傲得！快逃！"

傲得聽到了聲音覺察到不對勁，頓時酒醒了一半。程俊進了臥室，但一時也找不到暗門，等他好不容易找到了打開暗門進入暗室的時候，傲得正好從裏面的窗子跳了下去，易小天可是住在十三樓啊！

他眼睜睜看著傲得這麼飛了出去。傲得隨身都會攜帶一些逃跑裝置，他的動作十分迅捷，手腕上射出的鋼絲線纏繞住遠方的路燈，一滑就溜了下去。等到程俊舉起槍來的時候，人早就沒了影子。

程俊收起槍，暫時也沒工夫搭理易小天，他立即打了電話，叫公司的保安們全城搜捕，也通知了警方。不過可惜的是不管是公司的保安和警察全城搜捕了大半天也沒有查到什麼。所有的監控和設備全部一瞬間失靈，也真是怪了。

剛才程部長清晰地聽見了易小天喊藏在酒窖裏的人叫傲得！難不成竟然是先華組的領袖，傲得？他覺得太不可思議了，爲什麼易小天這個不務正業的臭小子會認識如此龐大的一個組織的領袖？完全無法想像。

不過程部長也沒放過易小天，眼睛始終緊緊地盯住易小天，讓易小天連逃跑的機會都沒有。

易小天孤零零地坐在房間的椅子上，明明是自己的家，他卻像是一個被軟禁的囚犯一樣動也不敢動。唉，最後還是栽了。

易小天在那裏自怨自艾，程部長内心同樣起伏不定，到底易小天於他有恩，如果將這件事告訴了沈教授，估計易小天從此以後就完了，再也沒有了翻身的機會，他還不想做得那麼絕。

他搬了把椅子，在易小天對面坐下，表情看不出喜悲："看來我真是小瞧你了。"

易小天拘謹地坐着，不説話。

"我來猜猜你們的關係，你是先華組派來的間諜？可我也從沒聽説過哪個間諜能跟領袖把酒暢談，還把領袖喝醉了的。除非你不是一般的間諜。"程部長打量着他，最終嘆了口氣，"唉，你要不願意説就算了。"

程部長站起來："我不會把你和先華組的關係告訴沈教授，我怕她受不了這個刺激。你可能還不知道先華組和我們的恩怨，先華組一直以來致力於打擊AI，可是你想想，如果這個世界真的沒有 AI，難道就真的能變好嗎？人類就能自我淨化了嗎？將歷史倒退一百年之後，人類的衰敗難道也會跟着倒退嗎？不要太過理想主義了，現實遠遠比你想像得殘酷。抵抗和抗拒都不能阻止時代發展的腳步，無論你們的感情如何，小天你必須要承認，沒有什麼人能夠阻擋歷史的進程。"

小天聽着，默然不語。

"先華組只是在負隅頑抗而已，他們不能夠接受新的事物，則必然會被歷史所淘汰。"

其實在小天的內心深處，他也是認同這種觀點的。就好比他自己，失去了清掃機器人，所有的家務都需要自己來做了。沒有天君幫助，每天怎麼穿衣服，去哪裏吃好的，去哪裏玩好的，所有的事情都必須自己親力親爲地做了，多麻煩啊。他已經不能想像那樣的生活了。

"所以小天，嚴重一點説，現在人類的未來都要靠你來決定了。你能告訴我你們都聊了什麼嗎？我現在必須把未來放到一個正確的位置上，絕對不能讓它朝着錯誤的方向發展，否則我們全人類的未來就完了。"程部長溫和地説。

小天這會已經糊塗了，他不知道誰才是正確的了。也許傲得是錯的，也許沈慈是對的。也許傲得是對的，沈慈是錯的。世界太複雜，他實在認不清。

程部長輕輕地握了握他的手，一股溫暖的熱流從掌心傳到了心臟處。連着整個身體都跟着熱起來。

易小天突然一陣感動，他脫口而出："我告訴了他天君主機的位置……"

程部長吃驚地縮回手，他不可置信："什麼？"

易小天説完就後悔了，天哪！自己怎麼被他把話套了出來。都怪今天酒喝得太多了，剛才的一瞬間他幾乎大腦一片空白，完全停止了思考。

程部長吃驚不已，天君主機的位置，這種機密整個公司也沒幾個人知道，爲什麼易小天卻會知道?! 他是如何知道的?! 他藏得好深啊！

程部長無法平息自己的震驚："易小天，看來我真的小瞧你了。你在這裏好好地待着吧，我會找人來看住你的。"然後他頭也不回地急匆匆地走了，回去之後程俊立即派人加強了主機和核電站的安保工作。程俊真的沒有跟沈慈提易小天的事情，只是讓沈慈知道了主機的位置已經暴露在先華組那裏了。她也沒工夫去深究到底是誰泄露了秘密的，只想着如何保護好主機。

易小天到現在也沒搞明白，我這是被套路了嗎？我這是被套路了嗎？他竟然一下子想不出來自己到底爲什麼説了出來。易小天欲哭無淚："程俊你這個渾蛋！你欺騙我的感情！"

傲得那一夜逃走後，立即採取了準備計劃，他告訴組織內的所有人，不得泄露半句。於是所有的人都秘密地行動起來。爲最後一戰而做準備。而傲得每每回想起那天和小天説出了自己的計劃就暗暗後悔。他還是大意了，不該把計劃告訴易小天的。無論是出於什麼目的他都不該讓易小天摻和進來。

而易小天呢，在家裏也是坐立難安，他趁着還沒人注意他時偷偷溜了出去跑到了先華組的秘密基地。他可不能坐視不理啊！傲得他們的行動危險重重，自己絕對不能在家裏等着聽消息，他一定要到現場去看看，沒準有什麼好機會叫傲得收手豈不更好！哪知道傲得上午剛剛頒布了禁言令，小天以前那幾個交好的朋友都是一問三不知，誰也不説。小天不得已，就花重金去買通他知道的那幾個貪財的傢伙，先華組裏也不是誰都不愛錢，到底把行動的時間問清楚了。可等到他回到家的時候卻發現家裏已經多了兩個人，竟然是程部長派來監視他的。這兩個人十分敬業，易小天走一步他們就跟一步，簡直是寸步不離，就連易小天上個廁所他們也要在外面蹲着。

易小天平時本來就自由慣了，一下子後面多了兩個跟屁蟲煩也被煩死了。而且這兩人軟硬不吃，油鹽不進，易小天拿出一沓明晃晃的鈔票出來都快扇到他倆臉上了，哪知道這兩人還是眼睛都不轉一下。這世界上還有人不愛錢的？小天也算是開了眼界了，這程部長培養的人還真硬氣呢。

眼看着離行動的日子越來越近了，小天心裏越來越急。他還真就不信那個邪了，非要把這兩個榆木疙瘩撬開不可。不愛錢的男人他是見過了，但不愛女色的男人呢？他易小天可是很少遇到。這天易小天蹺着二郎腿大搖大擺地躺在沙發上打電話：“喂？玉妍嗎？哈哈，好久不見，你們幾個到小天哥哥家裏來玩嘛。”

易小天這次沒叫上露娜，這兩個小職員哪配得上用露娜出手啊，玉妍她們就足夠把他們迷得五迷三道了。易小天假裝根本就沒有這兩個人，叫了玉妍和菲菲直接到家裏來。三個人在臥室裏言笑晏晏，玩得不知道多開心了。那兩個榆木就杵在門口聽聲，等到小天爽完從房間裏出來時，看見這兩人饞得直嚥口水。

易小天送走了美女，在家來舒舒服服地歇着，他問其中一個小職員。“你說這玉妍和菲菲哪個更漂亮啊？”

小職員立即搶答：“要說漂亮還是菲菲漂亮，要說帶勁的話，那還得是玉妍！”

“沒想到你小子還挺懂行啊！”

“那是了！”小職員十分得意。

易小天轉頭看另一個：“你覺得呢？”

“我跟他想法不一樣，我就是覺得菲菲更可愛一點。”

易小天點頭：“專情。”

此後他時不時地叫玉妍和菲菲過來開心，直饞得兩人火急火燎，心癢難耐。他自己反正每天吃喝玩樂，照樣不耽誤，沒意思了就去玩遊戲和自己那十二個如花似玉的老婆廝混，日子照樣快活。

天葬自從開始在周一韋的幫助下偷偷監控着全世界的網絡之後，它變得十分繁忙。它一直覺得控制了互聯網就可以控制一切了，直到上次失誤事件的出現。因爲監控了互聯網，所以也一併監控了連入互聯網的所有監控設備。那天傲得到易小天家裏吃飯，直到他從窗戶裏逃出來的全過程其實它全部都通過易小天家附近的攝像頭看到了，可易小天家小區裏的攝像頭分辨率太低，它也沒有準確地辨認出當時那個人就是傲得。說到攝像頭天葬就發生氣，易小天所在小區的物業爲了省錢，不僅把攝像頭換成低解析度的，還把小區裏本來由天君控制，現在也是由它控制的禮儀機器人和智能停車庫從它的數據網絡服務斷開了，只使用那些機器人的內建的低等人工智能，這也是爲了省錢。不過這個物業公司對業主收取的物業費那可是一點都沒降。天葬也因此決定下一步一定要加強控制，要讓全世界的所有機器人都不能由着客戶自己喜歡，想用它的智能網絡服務就用，不想用就不用。人類這該死的貪財行爲害得它失去了一個絕好的機會，如果當時小區裏的禮儀和保安機器人還在它的控制下，怎麼可能讓傲得逃走。它後來知道這個消息還是在它監控的警察的通信中才得知了那人就是先華組領袖。

並且雖然傲得一落地就立即聯繫了秦開幫他搞定攝像問題，但秦開的操作再快也快不過電腦。在秦開操作之前，它已經全面掌握了一切。只是令它沒想到的是，先華組如此小心謹慎，一直以來他們所有的聯絡都是使用暗號加密處理過的。以至於它沒有在第一時間得到最有利的信息，錯失掉了鏟除他的最好時機。

周一韋見"天君"因爲此事耿耿於懷，便在一旁進言："說到底，傲得最終還是和易小天那個渾小子有關係，他們在一個房間裏待了那麼久，肯定是在密謀些什麼。"

"就算在密謀又能怎麼樣。他們的溝通如果使用互聯網或電話網路，就都是使用暗號的。我雖然掌握現在世界上所有的加密手段，可他們居然使用古代的黑話。什麼'天王蓋地虎，寶塔鎮河妖'，什麼'丁'、'鷹抓孫'、'翅子頂羅'，什麼'總瓢把子'、'馬眼子'，什麼'水牙子'、'番張子'、'眩裏圓'，雖然我也可以查到這些代號都在暗指什麼，可他們在使用這些古代黑話的時候並沒有按照慣例來，而是把這些詞語的意思又都換了。如果沒有他們內部的密碼破譯表，即使是我也不好破譯，掌握不到有用的信息。"

周一韋小聲說："咱們可以從易小天那個小子那裏套出來啊！"因爲上次周小漾任務失敗，害得他報仇不成，他一直還記恨着小天呢，只要能找到機會就要陰他一下。

"天君"計算了一下，立刻想到了一個好主意。

它既然控制着小天那套 VR 設備，它就決定扮演易小天的 VR 遊戲裏的一個角色來套出他的話來。

反正易小天沒事就沉迷於遊戲，根本也不用等待什麼機會。天君就完美地替代了裏面一個角色困困。

在遊戲的世界裏，這段時間易小天玩的是一個"傳奇世界"的板塊，他是一個城池的城主。困困是一個女獵人。困困因爲誤入了城主的領地，獵殺了他養的怪獸「澤虎」，而遭到逮捕。現在困困穿着原始的粗布衣裳，被人五花大綁地抬到他的面前，易小天一看到困困那絕美的臉上布滿泥汗整個人就來了感覺，十分興奮。

易小天裝模作樣地説：「將這個女獵人抬到我房間裏。」

「是。」兩個下人將困困抬到了他的房間裏了，剩下的劇情就全憑小天喜歡了。小天假裝一本正經地進了房間，一關了門立即原形畢露，搓着手賤兮兮地往困困的身上撲，「我的小獵人喲！」

哪知道一撲卻撲了個空，粗布衣服底下竟然是個枕頭。易小天奇怪地四處亂看。

正不明白怎麼回事，突然一柄閃着寒光的匕首抵在了他的喉嚨上，易小天吃了一驚：「怎麼遊戲裏頭還有這麼勁爆的情節設定嗎？」

困困眼睛裏閃着寒光，聲音沒有絲毫的感情：「現在開始已經不是遊戲了，你脖子上的匕首雖然是假的，但它一樣可以要了你的命。」

易小天不明所以，仍是忍不住開玩笑：「我現在算是被遊戲人物劫持了嗎？劫色之後要撕票嗎？那我要是掛了，肯定是世界上最奇特的死法囉。」

「沒有人跟你開玩笑。要知道我可控制着設備上的神經電極，如果我讓電極超載，一樣可以要了你的命！」匕首又朝前挪了半厘米，易小天明顯地感覺到脖子上冰涼一片，一陣疼痛尖鋭的襲來。玩這裏面的遊戲這麼久了，雖然這個設備可以在他受到攻擊之時讓他感覺到輕微的痛感，但今天這個痛感可確實不同以往！脖子處似乎流下了什麼液體。肯定不會是汗就對了！易小天驚恐地想，她竟然來真的！

「別別別！有什麼你好好説！千萬別衝動！人類其實比遊戲人物死得還容易，遊戲人物死了還能復活，人死了就不能復活了！」

「爲什麼我查不到傲得和其他先華組成員的任何通信資料？」

易小天稍有猶豫，匕首突然就往他的皮裏面刺，嚇得小天趕緊叫停：「別別別！我説我説！那個因爲先華組的通訊有特殊的獨立網絡，不是普通的通信。」

「那一天傲得到你的房間裏你們説了什麼。」

怎麼又有人問我這個問題？易小天把心一橫，反正程俊知道了，沈教授也一定會知道的，沈教授既然都知道了，其他人知不知道又有什麼關係呢。何況現在小命要緊，想來傲得也不會怪罪他的。

易小天小聲地説：「告訴了他天君主機的地址……」

背後的人明顯掉線了，然後又快速恢復。

小天趕緊安慰她，可怕了她一失手往裏再移半寸，他就成了世界上死得最冤枉的人。

"其實你也不用太擔心，程俊已經知道這件事了，相信沈教授很快也會知道，他們一定會用盡一切方法來保護你的安全的。先華組說實在的，武器再先進也比不過你們啊！"

天葬覺得他說的有道理，先華組偷襲成功的概率微乎其微，可它仍舊有些顧慮。因爲它偷偷讓自己控制的工程機器人們想方設法繞過人類的注意而偷偷建造的地下核電站離完工還早得很。如果先華組真的成功了，那麼它可就真的消失了。不到萬不得已，它也不願意走遁入互聯網這條路。

天葬得到了想知道的消息，就從困困的身上離開了。小天這時候哪還敢繼續玩遊戲啊，趕緊從設備裏面鑽出來再也不敢輕易去玩了。

那兩個監督的人見小天平時最喜歡玩的遊戲突然就不玩了，也不知道是怎麼回事。小天爲了消除"天君"帶給他的恐懼又將玉妍和菲菲找了來，瘋狂的玩鬧。

他將玉妍和菲菲拉到床上跟她們密謀："下回啊！你們過來就假裝被門外的那兩個傻帽迷住了，愛他們愛的呀，死去活來。把你們身上所有的本事都拿出來好好伺候那兩位，錢肯定少不了你的。盡可能地把他們拖住，拖的時間越長錢越多！"易小天壞笑一笑，"一會你們兩個分別出去挑逗一下，記得別讓他們馬上就吃上。饞一饞他們，激發一下激情，到時候才好辦事啊！"

果然一會玉妍和菲菲出去溜達了一圈，回來笑得不行，那兩個沒見過世面的傻帽已經被迷得麻了爪，失魂落魄得就快忍不住了。

易小天十分開心，可是馬上他又傷心了。他心裏又是緊張又是忐忑，真希望世界上能有個兩全其美的辦法啊！誰也不傷害，皆大歡喜，但這根本不可能。

易小天和玉妍她們玩了幾天，發現自己還是想念自己遊戲中的老婆們，雖然自己剛被"天君"給威脅了，可他反而覺得這遊戲可比以前刺激多了呢！沒過幾天自己又忍不住進去玩了。

第
四
十
七
章

出發前一定要記得整理好裝備和藥水是 RPG 遊戲的重點

483

　　到了約定行動的那一天前一晚，易小天一晚上沒睡着。思前想後，翻來覆去，還是決定怎麼着都要到行動現場去看一下。

　　他按照約定好的計劃，將玉妍和菲菲叫了過來，她們兩個人都已經做好了前期鋪墊，這次和這兩個榆木疙瘩一遇見簡直就是乾柴烈火，十分勁爆。早沒空理小天了。小天見時機正好，就悄悄地從門口溜了。

　　到了外面呼吸到新鮮的空氣他覺得自己簡直獲得了重生。

　　易小天就準備立即馬不停蹄地往主機所在的地方趕，可那地方離小天所在的地方隔着十萬八千里。小天愁着這可得怎麼過去啊，想來想去還是只能去求露娜啦。

　　露娜自從那次叫了一群姐妹把周一葦成功地騙到了以後，易小天一句"你們可真是專業演員啊"倒提醒了她。對啊，我們既然有這本事，爲啥不好好利用一下呢。於是露娜後來就用自己"賺的"那些錢做本錢，拉了幾個好姐妹，真的成立了影視公司，簽約了不少專業演員。沒過多久，她的公司可就真幹大發了。現在都上市啦，股值竟然達到七十多億！小天就想去找她借她的直升機來用用，好盡快趕到現場。

　　露娜現在可不是誰都能見得到了，好在易小天和她到底有舊交情，就連她的秘書也是當年和她一起在百樂門工作的，和易小天也是舊識啊。秘書一見小天來了就樂得哈哈大笑，再一通知露娜，她們還是破例讓易小天進辦公室了。易小天進去時正聽着露娜和人在通電話。

　　"我可告訴你！這次我那兩億五的投資，要是你保證不了票房能給我收回來，按照咱們簽的對賭協議，你可是到時候賠得連褲衩都不剩！可要給我小心着點！"

　　掛了電話，露娜又把一個厚厚的本子摔在一個呈標準立正姿勢站在她辦公桌前的一個戴着眼鏡的，看着斯斯文文的大學生模樣的小男生前面："你這劇本怎麼寫的！不僅劇情前後矛盾，臺詞也是驢唇不對馬嘴，根本和時代背景對不上！你看這句'你們趕這麼久的路餓了吧，我這有新鮮的玉米，剛煮好，請您二位嘗嘗。'你要知道，玉米可是明朝中後期才從中亞西亞一帶傳入中原的，你一個三國時期的故事怎麼可能有玉米出現？我早就跟你們說過，萬萬不可把觀眾當傻瓜，我們公司的影視劇可是一定要出精品的。你這個本子拿回去重寫！"

那小男生嚇得不敢吭聲，嘴裏諾諾答應着從易小天身邊經過跑出辦公室了。

易小天看看露娜的辦公室，可不像他這個享樂主義者那般裝修精美。雖然也裝修得不差，但整個辦公室裏到處堆滿了文件、資料，辦公桌上也一字擺開六個顯示屏，上面都是各個露娜公司所拍的影視劇的各個片段，都等着露娜一個個審核呢。

易小天一看這架勢，再一看露娜現在的着裝風格再也不走性感路線了，一身深藍色的香奈兒高級訂製職業套裝，高高在上，不可侵犯。小天哪還敢像過去那樣隨便，當下正正經經地和露娜打招呼："露總，好久不見了，您最近過得還不錯吧?"

露娜倒是還挺熱情："呦，小天，咱們也是好久不見啦。不過現在我可沒工夫去和你做'床上運動'啦。你也看見了，我現在可是忙死了。"

"哎呀露總，豈敢豈敢！您可別說這話，我可擔當不起！我就是來看望看望您的啊。"

"哼！少在那耍嘴皮子了，說吧，來找我什麼事?"

"哎……嘿嘿嘿，這不嘛，現在國家開放部分領空，可以讓咱們老百姓也能開開飛機耍了。我也是心癢，雖然還買不起直升機，但也找駕校學過啦。我現在也有飛行執照了，就想借你的直升機過過癮，還望露總成全，嘿嘿。"

"你做什麼黃粱美夢！我那架也是剛買的啊，還是從義大利進口的。你知不知道，我這一架可是最新款。別的不說，這架直升機爲了客戶安全，可是加裝了反電磁脈衝的設備啊，連外國元首好多都是用的這一款。加上這設備整套下來三千多萬呢！哪能隨便借給你！給我磕了你賠得起嗎！"

"哎呦露總，我的好姐姐，我真是心癢難耐嘛！求您啦！看您現在那事業做得這麼強，滿足我一個小小的願望就當是您行善積德了嘛！"

接着易小天火力全開，那張小甜嘴真是變着法地說好話。露娜手底下的人說起拍影視劇來倒個個是人才，可說起拍馬屁可就沒人擅長了。再加上她最近一直在籌拍新片，工作也忙，心理壓力也大。這一股腦兒聽了這麼多甜蜜蜜的好話，心都醉了。不一會理智就飛到九霄雲外去了，當下就把直升機的艙門鑰匙給小天了。

露娜把小天送到辦公樓的天臺停機坪，天臺上冷風一吹，倒是清醒點了。易小天臨啓動飛機前，理智回來了點，到底記得先瞅了瞅易小天的飛行執照，看不是假的才放了點心。又一個勁地叮囑他要小心駕駛。最後來一句：“易小天，你可一定要給我小心着，蹭掉一塊漆我讓你好看！”

“好姐姐您放心吧，再說這又不是汽車，是天上飛的，我不小心點能行嗎？不小心連自己小命都交代啦！”

等小天關閉了艙門，啓動了引擎，露娜是真後悔了。喊着讓小天停下，可這會直升機螺旋獎那巨大的轟鳴聲響起，小天哪裏聽得見。露娜只能眼看着小天飛走啦。

露娜本來想馬上接通飛機內的通訊器讓小天回來，但又一想，剛才小天還好好誇了自己上一部電影呢。那部魔幻現實主義的電影是一個講述露娜以前所在的那種特殊服務行業的女孩子們的故事，雖然加了些魔幻的情節，但主要還是述說她們這些女孩子的情感生活的。這部電影上映後爭議很大，一大批衛道士跳出來訓個不停，敢說電影好的人不多，但剛才易小天對這部電影可是一通好話。雖然以她對易小天的瞭解，那部電影可算是藝術片，他哪有耐心看。八成是在進入這棟辦公大樓大門前才臨時從網上看了這部電影的簡介，但能聽到一個人那麽激賞她的電影，心裏到底還是美滋滋的。於是她看着遠去的直升機，最終沒忍心再叫易小天回來，算了吧，就當是給他的獎賞吧。

天君主機所在的那個廢棄防空洞在民用地圖上根本沒標出來，但那天周小漾醉得連坐標也告訴小天了。等易小天打開直升機上的導航儀輸入坐標後，一看可有一千多公里遠呢，就算直升機也得開起碼三小時才趕得過去。等他可算是到了那片荒無人煙的小山溝裏後，找到那個防空洞時顯然已經錯過了高潮。

易小天看着眼前兩伙人正打得不可開交，到處是被破壞殆盡的場面，嚇得差點尿褲子。打完了？易小天看着這滿地狼籍的戰況不知道往哪兒下腳。他奶奶的腳！也沒我小天什麽顯擺的機會啊！

他哪知道就在半小時前，這裏仍是一片風平浪靜，好像平時一樣安靜，同時也伴隨着些許的無聊。

今天負責巡邏的是岳黎研究院兩個新來的小保安，按照平時的規矩，他們可沒什麽機會這麽快就來執行這真的任務，後來還是程部長爲了加強安保，把能調的人都調了過來，他倆才有機會這麽快就上崗了。

其中一個憨頭憨腦的喜滋滋地說：“哎！喜子，你看這電擊槍，真厲害啊！”他推開電源，就看見槍口刺啦刺啦冒出藍色的電火花，嚇得他又趕緊給關上了。

喜子白他一眼，但是臉上還是十分開心：“瞅你那沒出息的樣！我比你還多一個東西呢，這個噴霧器裏面可是辣椒水呢，噴到人臉上保管他哭爹喊娘的！」他突然冒出了一個壞主意，「王德順你説哈，咱倆要是早有這玩意，當初也不用讓人給抓到少管所去了。」喜子假裝拿噴霧器要去噴王德順，王德順嚇得抱頭就要跑，可是轉念一想自己也有武器啊，就拿着槍回過頭去比劃着要射他，兩個人你追我我追你玩得還挺開心。

剛拐了個彎，迎面撞上另一隊巡邏的保安，兩人馬上裝模作樣地甩開正步，一本正經地從另一隊保安面前走過。

等另一隊人走遠了，兩人又原形畢露。聳着肩膀，搖頭晃腦地研究着手裏的武器。別看都只是些什麼防身棍，辣椒水噴霧器和電擊槍啥的，這兩人卻也從來沒見過啊，當個寶貝一樣的稀罕。

王德順和喜子以前在街頭當小混混久了，冷不丁穿上保安服渾身都不得勁。兩人以前在街頭打過架，入户偷過錢，在 KTV 裏賣過搖頭丸，大部分時候賣的是用阿司匹林仿造的假貨，不過更厲害的冰毒啥的兩人倒不敢賣。還當過摩托黨搶過包，在網遊裏裝人妖騙錢，電話，短信詐騙等啥都幹過，就是從沒幹過什麼正經事。

這回剛從少管所出來，喜子的媽媽趕緊逼着他去找工作。哪知道喜子一點不上道，還是成天和王德順在一起鬼混。後來還是喜子媽又是託人又是送禮的，好不容易託公司保安隊裏一個小隊長，這人是喜子的大舅媽的哥哥的表妹的表叔的小舅子的侄子，總算是攀了點關係，才勉强讓這麼兩個二貨繞過面試環節進入公司的。

喜子嘟嘟瑟瑟地比劃着手裏的槍：「我跟你説，咱們以後幹什麼也不幹這保安了，實在是太他媽的磨人了。你瞅瞅這山坳坳裏有啥可守的，大半天了，只見到一群群蚊子，連個鬼影子都沒有。」

王德順嘻嘻一笑，見四周沒人，才偷偷摸摸地説：「傻呀！咱倆以後把這些玩意偷偷拿出公司去，幹什麼能不成？」

「哎，德順，我以前咋沒發現你這麼有腦子呢！」

「你看嘛，還不是讓上什麼狗屁學校給耽誤的。我不是跟你吹，咱們要是早有這設備，也不至於讓人給抓少管所去！」

兩個人嘻嘻哈哈，越想越開心，誰也沒注意到前方不遠處的山陰裏正有一大片隱秘的黑暗正在蠢蠢欲動。

也怪這兩人倒霉，他們迎頭碰上的正是傲得率領的主力軍。因爲程部長加大了巡邏的範圍，這兩人都快走到山坳裏去了。

突然傲得率領着的黎光和嵐等人率先衝了出來，兩個小保安還不敢相信自己的眼睛。

喜子推了推王德順：「德順！我沒看錯吧！還真有人來了！」

王德順抄起家伙：“看啥呀！就仁人兒！現在不正是立功的好機會嘛！”

喜子顫抖着舉起電擊槍來，滿嘴裏喊着：“爲了榮耀和戰魂！”

“哈哈！今天老子要拿一血！”

這倆二貨嘴裏咿咿呀呀喊着遊戲裏的臺詞，舉着槍往前一衝，就看到三個人後面還跟着烏泱泱的一大群人，各個手裏都端着一把槍。那可是真槍實彈啊！他們手裏的電擊槍一比就跟玩具一樣！

喜子和王德順跑得太快，一時半會刹不住閘，這都啥情況啊！真傢伙?！他們還以爲來的最多就是一幫小毛賊呢，哪知道這次來的竟然是玩真的！

黎光和嵐根本沒把這兩人放在眼裏，剛準備一人一腳踹翻，誰知這兩人突然把槍塞回去槍套裏，畢恭畢敬地彎腰行禮：“各位老爺，辛苦了吧，有什麼需要小的們效勞的嗎？”

一個殷勤地掏出公司發的保安須知手冊來給傲得扇風，一個殷勤地擰開自己的礦泉水遞了過來。

傲得與其他人對望一眼，黎光掏出一柄槍抵在喜子的腦門上：“帶我們抄近路進到防空洞，否則的話崩了你。”

喜子馬上褲子就濕了一大片，幸虧他別的啥都不知道，防空洞附近的地形還是知道的，今天上崗前隊長已經帶領他們熟悉過了。要是黎光問他點別的他還真不知道呢。

喜子馬上拉着王德順，利索地帶着傲得等人以最快的速度溜到了防空洞前。因爲喜子二人沒有發布警報，其他人還不知道有人來偷襲防空洞呢，仍舊正常地巡邏。

傲得等人突然衝了出來，殺得他們措手不及，先華組迅速佔領了先機。王德順和喜子趕緊找了個安全的地方躲了起來。還好岳黎研究院的保安們不都是像他們這樣的慫貨，雖然也有少數溜號的，但是大部分人都很負責。保安們很快就從混亂中反應了過來，雖然他們手上沒有真槍，但他們配置的電擊槍也是最新式，電擊彈的射程也有三十多米遠，再加上人數上的優勢，傲得他們雖然衝到了門口，一時半會倒也討不到什麼便宜。

雙方打得不可開交，王德順和喜子躲在一邊的小土坑裏摟着發抖。就聽得頭頂上子彈嗖嗖飛過，電擊槍尖利的噼啪聲和藍色的電火花四處亂冒，根本不敢衝出去。

不一會他們聽見頭頂上傳來巨大的轟鳴聲，就看見岳黎研究院的一架重型運輸直升機帶着機器人部隊來了。那八臺隱形機器人隱匿了身形偷偷往傲得的陣地後方摸去。又看到那由三個保安機器人組合而成的三米多高的大型武裝機器人拳頭一揮，人就飛出去了，根本沒有還手的餘地。岳黎研究院這次把所有的大型武裝機器人全部調了過來，一共三十幾個，像銅牆鐵壁一樣，先華組根本没法跟他們相抗衡。先華組的氣勢被這幾個大機器人瞬間壓了下來。

那隱形機器人左衝右突，將先華組的陣容衝得亂七八糟的，可是大伙又看不見它們在哪，完全像個沒頭蒼蠅一樣亂殺亂撞。

研究院的機器人湧入戰場後，戰局一下子扭轉了過來。看來這回咱們是贏定了！兩個人默默對望一眼，然後堅定地點點頭，現在正是出去混獎金的好時機啊！再不出去，仗都打完了，哪還有功勞！兩個人馬上掏出電擊槍，嘴裏又咿咿呀呀地喊起來，朝着傲得衝了過去："我已戰神附體，勢不可擋！"

"Sou laser D-FEiii！！！"（你別來問我，作者也不知道他喊的是啥）

喜子的話還沒喊完，就看見傲得突然甩出了那個 EMP 炸彈。炸彈飛上他們頭頂，在半空中突然之間射出一大圈橘色的光波來，橘色光波以極快的速度擴散開，悶悶的"嗡"了一聲之後，無數圈橘色的光波又一圈一圈的從炸彈中擴散出來，不斷向外輻射。現場所有的電子設備和機器人在碰到橘色光波的一瞬間就全部停止了行動，變成了一堆沒用的廢鐵。

原本隱形浮在半空裏的隱形機器人突然全部現身，然後一個個像失靈的玩具飛機一樣，一頭栽了下來，"噼裏啪啦"掉了一地。

保安們誰也沒想到機器人這麼快就壞了。面面相覷之後，都趕緊躲回掩體後面不敢動了。只有喜子他們二人傻乎乎的已經衝到了一半了，話也喊出了一半了，腿收不回來，話也收不回來了。

喜子見事已至此，趕緊強行扭轉臺詞，手舞足蹈地跳起來："……Eii……Ei……咿呀！您好神勇啊！孔武有力，天下無敵，好迷人哦！加油加油！"

王德順跟着喜子都混成了人精，趕緊也扔了武器過來作勢要抱傲得的大腿："您太厲害了！簡直就是我的偶像啊！我對您的敬仰，猶如滔滔江水，連綿不絕，又猶如……"

傲得無語，都什麼時候了，這兩人是過來搞笑的嗎？那詞兒小天說他還願意聽，但眼前這個長得像隻臉被河馬踏了一腳的猴子的傢伙說這話他只覺得噁心得不行。一腳一個將兩人踹翻在地，跨過二人的身子，帶領着兄弟們朝着防空洞衝了進去。

"哼！搞了半天，隱形機器人居然只有八個。哪來的情報說有好幾百個的！嚇死爺爺我了！"黎光在一旁大聲說。

傲得聽了沒加理會，研究院有幾百個隱形機器人這事是易小天跟他匯報的。那天沈慈跟他說的時候也是因爲一時高興，說得誇張了。他們的隱形機器人哪有好幾百個，新研究出來的隱形科技成本高得不像話，其實整個研究院一共就只有八個機器人。其中兩個跟着沈慈，兩個跟着周一韋，平時在樓內巡邏的也就只有四個。今天都調來了現場，但也就一共是這八個了。不過隱形機器人少對他們來說倒也是一件好事。

機器人全部報廢了，並且因為剛才傲得的 EMP 炸彈，保安們的電擊槍也失效了。不過剛才的混戰中，保安們還是從被電暈的先華組成員那裏搶了一些槍支彈藥，現在都躲在掩體後面在重整隊伍。但傲得掃視了一下戰場，現在總的來說可是他們占上風啦。

他看着研究院已經無力回天，得意地笑着：「中國禁槍我們倒是占了便宜了。境外可不禁槍，從那些境外反對 AI 的勢力弄這麼一批軍火過來簡直是易如反掌，就算他們再反應過來也早就晚了！」

喜子和王德順躺在地上在那裏裝死，動也不動。兩人經過今晚這麼一嚇，説什麼也不在這裏混了。這次事件結束以後，天君被毀，社會上的很多機器人要麼都癱瘓了，要麼無法使用天君的數據網，只能用内建 AI，運行能力大幅度下降，導致很多地方都需要真人員工。兩人見外面工作好找乾脆老老實實地去美團送外賣了。

易小天現在看到的戰鬥其實已經是研究院接近尾聲的垂死掙扎了，可他照樣在外面比劃了半天也沒敢衝進去，他怎麼也沒想到居然是真的動刀動槍，他還天真的以為就是動動拳頭什麼的。哪知道竟然是真槍實彈的戰爭啊！可是一想到他心愛的遊戲，想到他心愛的兄弟，又覺得説什麼也得進去不可了！他不想遊戲沒了，可也不想兄弟都沒了啊！他從人群中找了個縫隙捂着腦袋尖叫着衝了過去，心裏面把那些他所有知道和認識的神統統拜了一遍，請求祂們保佑子彈千萬別擦槍走火啊！他這人狗屎運真不賴，到底是硬着頭皮冒着槍林彈雨闖到了防空洞裏面。易小天感動得差點眼淚鼻涕一起流下來，想着以後一回去就要找個廟去還願。

防空洞裏的情形比他想像的還要糟糕，橫屍遍地，血流成河，小天一邊尖叫連連一邊從一個個屍體上面跨過去。有研究院的安保人員，也有先華組的眾位兄們，有認識的也有不認識的，易小天捂着眼睛看也不敢看一眼。

「各位兄弟姐妹們，生前你們是冤家路窄，死後你們就把手言歡，好好相親相愛地一起投胎轉世吧！」易小天嘴裏念念有詞。

這舊防空洞也太大了，小天先是要跑過一條長長的點着陽光般明亮的日光燈隧道，等他跑得上氣不接下氣，還是一眼望不到頭。他累得彎下腰喘氣時，往旁邊牆上一瞅，看到一個箭頭，直指他剛才跑過來的方向，箭頭下面寫着，電瓶車。把他給氣的，他媽的一進來就標明電瓶車在哪要死啊！只好又往回跑到隧道入口處，照着牆上的箭頭才發現剛才進來時沒注意的一個房間裏還有一輛電瓶車。

小天開着電瓶車又開了二十多分鐘，才到了隧道的盡頭，那裏有一個比一個足球場面積還大的大型升降機。小天到升降機那裏停下車，探頭往下一看，升降機已經降下去了。這個洞有夠深，他往下看只看得那比足球場面積還大的升降機的升降平臺看起來竟然好像只有個乒乓球案那麼大。並且還隱隱看到有兩個米粒大小的東西在上面。易小天拿出手機，打開相機功能，用他這限量版高檔手機能夠十倍光學變焦的高級鏡頭放大一看，那兩個米粒大小的東西原來是兩輛和他開的一樣的電瓶車。他心中一驚，這看來是已經有人下去了，會是誰呢? 弄不好就是傲得了! 這一路他也沒見到傲得，估計就是他了。那另一輛車上是誰呢? 唉! 先不想了，下去就知道了。他就想把升降機叫回來，可他跑到升降機按鈕前，才發現這升降機竟然壞了，按了半天都沒反應。只得大步地沿着升降器一旁的消防樓梯往最下面跑，這也就是好在小天沒有恐高症，不然這麼高往下一看嚇都嚇死了。

等他跑下了起碼十幾層樓那麼高的階梯才算是快到底了。沒想到地底下竟然隱隱有一層稀薄的霧氣，還好霧氣只是淡淡的一層，倒是不影響視物。關鍵是這地底下咋還有霧? 小天一邊往四周看一邊好奇地打量着，這段樓梯兩旁邊都布滿着一段段粗細不同的大管子，最粗的比一輛中巴車還粗，最細的小天一看起碼他一個人鑽進去都沒問題。這些管道顏色有紅的，有白的，有綠的，有藍的，有黑的，管道上每隔幾十米還有個電子顯示屏，上面顯示着小天看不懂的各種數據。而且這段樓梯越往下越熱，快到底時小天覺得比三伏天都熱。這時他聽得最下面似乎響起了幾聲槍聲，隱隱約約地傳了上來。

易小天又熱又累，本來都沒力氣了，但聽到槍聲了心中一驚，掏出口袋裏的士力架（在露娜的直升機上隨手拿的）幾口吃完，覺得又有點力氣了，就又鼓起勁來往下衝。衝到最下面，又沿着一個差不多四車道那麼寬的馬路，十幾米高的，兩邊和頭頂上都延伸着從剛才他下來的樓梯兩邊的管道所布滿的隧道跑了沒幾步。就到了一個龐大的地下宮殿。地下宮殿在一層薄薄的霧氣的籠罩下，顯得又神秘又莊嚴，易小天一落地，霧氣隨着他的動作微微飄散，然後又慢慢地聚攏，十分奇特。

在這個地下宮殿的中間，傲得，沈慈，程部長三個人正虎視眈眈地盯着對方。但易小天剛一進來根本沒注意到他們三人，他只是抬着頭，嘴巴半張，一副傻相在那呆立着。

他只看到正上方一個巨大的物體，驚得小天下巴差點掉下來。那是什麼鬼?!

只見高空裏一個巨大的圓形主機在半空中懸浮，圓形的周圍有三個光環正在圍着核心的圓形物體旋轉。小天不由自主地往前邁了一步，那是啥啊! 我的個乖乖! 那環形既不像是金屬，也不像是氣體，而是像金屬與氣體的結合。純黑的金屬物上微微泛着光，正在以極緩慢的速度緩緩旋轉。圓形主機的周圍被懸浮着的大大小小無數的菱形裝甲板包圍，怪異的是這些菱形裝甲板像是會跳動的心臟一樣，隨着主機運轉的跳動頻率不斷地變換着方位。易小天甚至產生了幻覺，似乎那主機正在像心臟一樣"咚咚咚"的跳動着，每跳動一次菱形金屬塊就跟着動一次，而從菱形裝甲板的縫隙裏隱隱約約透露出些許的綠光也在跟隨着主機的運轉頻率而時滅時亮。易小天甚至有一瞬間的錯覺，這玩意該不是活的吧！

易小天仰着頭，看到剛才自己爬過的那些粗大的大管子沿着底下宮殿的天花板中央匯聚，源源不斷的能量正慢慢地順着管道在中央匯聚，在主機的正上方凝聚成了一束刺眼的光源，從球體上方筆直插入了球體核心。圍繞着這顆龐大的浮空主機的四周都從地面搭建了很多的腳手架，估計是用來讓工人維修的吧。易小天這輩子也沒見過這麼大，這麼誇張的腳手架，這腳手架上居然還有升降機呢！更誇張的是上面居然還有着密密麻麻的顯示器和控制臺。小天離得遠雖然看不見上面顯示着啥，但是能明顯地感覺到那屏幕正在快速地變幻和跳動。我的天呀！易小天覺得自己的眼睛忙不過來了，他一會看看這，一會看看那，一會仰頭看看那些錯綜複雜的巨大管道，感覺自己好像到了外星球一樣，周圍的一切都讓他覺得自己已經不在地球上了。

他怎麼想也想像不到防空洞裏居然可以有一個這麼大的地下宮殿，小天覺得把自己老家的那個小鎮子的地全刨平了，也沒這個地下宮殿一半的面積大，他們是怎麼做出來的這個東西啊！小天一瞬間對研究院佩服得五體投地。科技的力量太恐怖了。更離譜的是這個主機也是大得超出他的預料，這哪是主機啊！哪是什麼機器啊！小天覺得這簡直就是個縮小版的升級版月球吧！人的智能可以做出這玩意兒來？他感覺那個大玩意兒裏隨時可以突然跑出一群長得奇形怪狀的外星人出來，就像他常看的那些科幻電影裏的場景。

這麼大的主機運行起來居然一點雜音都沒有，若不是偶爾傳來一陣陣"嘶嘶嘶"的聲音，像蛇吐信子一樣，小天就真的以爲自己已經脫離了地球了。慢慢冷靜下來了，小天這才注意到，原來這些管道運行起來也是有着輕微的嗡嗡聲，只是自己剛才太驚訝了沒注意到。

小天擦擦汗，他突然發現自己竟然流了一頭的熱汗，這裏怎麼這麼熱啊！剛才都沒注意到呢。小天動了動鼻子，就感覺一股淡淡的酒味混合着一點淡淡的碳燒糊味。糊了？小天趕緊清醒過來，現在可不是震驚的時候，還有大事呢！

他一邊悄悄往前挪，一邊眼睛忙不停地看，一邊還要嘖嘖稱奇，

這他媽哪是人造出來的！要不是小天看到主機的外部裝甲板上有大大的白色宋體字寫着"岳黎研究院"，他就真要以爲這是外星人的成果了！

正發着傻，易小天聽到有人冷笑着說道："起爆程序我已經設定好了。只要輕輕一按，咱們就一起灰飛煙滅。"

易小天這才回過神來，扭頭一看，就在不遠處，傲得衣衫破損，手裏舉着

一個遙控器。

「你才不敢！炸彈一旦引爆，你也要跟著一起玩完！」程部長吼道。

「我有什麼不敢的，我從來就沒期待能活著離開，只要能炸毀主機，犧牲再多的人也值得！」

「傲得！你太偏激了！你根本沒有真正瞭解過什麼是人工智能。」沈慈搖頭嘆息。

易小天一下子不知道應該先叫誰，他的頂頭上司此刻匯聚一堂，正要拼個你死我活呢！這該怎麼辦啊！

「根本沒有真正瞭解過 AI 的人是你吧！你可知道你的老公和天君都背著你在做什麼嗎？哼，如果今天天君仍然活著，等你回去之後你的一切都會被你的先生取代，你將一無所有。這就是天君給你的報答。作爲見面禮，我把我最新得到的情報跟你分享。」

沈慈吃了一驚，氣得渾身發抖：「我最後勸你懸崖勒馬你居然還如此中傷我！程部長，不用再客氣了！」

程部長早就按捺不住要捉拿傲得了，死對頭的首領就在眼前，抓到他是何等大的功勞一件。可是傲得的身手十分了得，程部長幾槍掃射過去，傲得在地上幾個翻滾，竟然全部落空。傲得一個回身便掏出手槍，兩個人惡鬥起來。

其實這三個人也是剛下來不久的，易小天來之前傲得正在嵐和黎光的保護下從外面的戰鬥地帶一路跑了進來。荷瑞果然沒有來參加這次的行動，傲得另外給她派了個任務將她打發了出去。不然的話以她的性格，就是不讓她來她也是非來不可的，這麼危險的任務難保她不會受傷，說到底他還是給了小天面子的。

哪知道這時候程部長也和沈慈在護衛的包圍下衝了進來，兩伙人在地道入口處打了個照面。誰也沒想到居然會在這裏與他們狹路相逢，彼此都是一愣，可傲得惦記著裏面的主機，不想在這裏浪費太多的時間。他朝著嵐和黎光點點頭，兩個人立刻會意，將傲得掩護在了自己的身後。

程俊冷笑一聲：「傲得！上次讓你逃了算你命大，今天看你拿什麼活命！」他朝身後招招手，他帶的人在人數上是佔優勢的，可他們不知道嵐和黎光的厲害。兩個人怒吼一聲衝進人群裏，像快刀切豆腐一樣，根本無人能夠招架。

程俊將沈慈護在自己的身子後面，時刻關注著傲得。他知道傲得的厲害，萬一傲得直接對沈慈動手就不好了。可他沒想到傲得的手下也這麼厲害，那個大個子簡直像是個怪物一樣，他保護著沈慈連連後退，說什麼也不能讓沈慈受傷啊！本來他是說什麼也不想讓沈慈來冒險的。但是沈慈一定要去親自保護主機，天君可是她畢生心血的結晶，她還不知道天君已經被天葬代替，這個世界上已經沒有天君了。她在情感上早已將天君當成了她那個早夭的小孫女，或者説，在多年的陪伴下，天君已經成爲她的孫女，她怎麼捨得讓壞人來破壞它呢！爲了營救天君，沈慈今日一改往日的高雅氣質形象，換上了一身 adidas 的運動裝，腳踩運動鞋，準備狠狠地教訓那些妄圖破壞她心血的傢伙。要不是程俊攔着她，估計她就要不顧自己的年紀親自去教訓傲得了。

傲得一眼就認出了沈慈，可他有更重要的事情在等着，現在可沒空跟女人耗費時間。

傲得見大家的視線都已經被嵐和黎光吸引，自己悄無聲息地帶着幾個貼身保鏢繼續往隧道裏跑。

“傲得逃了！”程俊的一個部下驚呼道。可是嵐和黎光太厲害了，兩個人言笑晏晏之間，竟然沒人能衝破他們的防衛。即使程俊這裏占着人數上的優勢，可是短時間內根本沒有機會衝出去。

程俊恍然，他們這是在故意拖延時間呢！

沈慈也早已看清楚了傲得的圖謀，她立刻拉着程部長小聲說：“跟我來，我知道一條暗道！”

兩個人撇了在門口鬥得不可開交的兩伙人轉身從密道偷偷地潛伏進去。他們所走的密道十分隱蔽，再加上沈慈畢竟人小不知慢，等到他們從密道裏出來時，就看見傲得已經跑遠了。他在門口處找了輛電瓶車，開得飛快。等到程俊他們也開上電瓶車追來時，傲得已經從升降機上降下來了，他們無論怎麼追趕總是比人家慢了半拍。等到程部長他們着急忙慌地將升降機升上來再下去時，傲得已經設定好了炸彈冷笑着看着他們。可惜主機周圍的腳手架上的控制臺上的核心工作人員在戰鬥一開始就已經全部都撤離了。傲得本打算將這些岳黎研究院最核心的精英們也都一網打盡，卻不曾想撲了個空，但所幸他終於找到了主機，也成功設置了炸彈，萬事俱備，他已經滿足了。可緊接着不一會易小天又從上面下來了，升降機卻又因爲主機產生的薄霧讓升降機失靈了，他必須得自己親自爬下來。所以大家只顧着彼此對峙，誰也沒注意到竟然還有人爬了下來。

易小天下來之後就慌了手腳，在旁邊看着直着急，又是替傲得擔心又是替程俊擔心，都是他的哥們，他也不想讓誰受傷啊！

程部長手裏的槍發完了所有的子彈，傲得也同樣耗光了所有的子彈，兩個人把槍一丟，竟然就這樣赤手空拳的打起來了。傲得身手了得，可程部長自從恢復了身體之後，同樣難纏的很。一時之間竟然鬥得難捨難分。

沈慈始終忌憚着傲得設置的炸彈。現在爲了維護自己多年的心血，她也什麼都不顧了。趁着傲得和程部長亂鬥之際，她突然衝了過去，狠狠地抓住了傲得的手臂：“主機絕不能炸啊！”

傲得一個分神，然後就被程部長一腳踢飛出去，但他仍握着遙控器不肯放手。接着程俊和沈慈又衝了上去，三個人在地上滾成一團，易小天完全不知道該怎麼辦了，也不知道該幫誰！

　　沈慈見傲得力大無窮，根本打他不過，當下把心一橫，捨下老臉，一口朝着傲得的大胳膊上咬去。傲得吃痛，大呼一聲，遙控器被程部長踢飛了出去。遙控器骨碌碌滾落到了易小天的腳邊。

　　易小天傻眼地看着自己腳底下的炸彈遙控器，下意識地喊了一聲，轉身就要逃走。

　　「哎呀媽呀！炸彈啊！」

　　傲得被程部長狠狠地按在地上，沈慈扭着傲得的胳膊，三個人一起轉過頭，這時候他們才發現小天來了，不免都愣了一下，不過也馬上異口同聲地喊道：「小天！你別跑！」

　　「小天！快啓動炸彈！」傲得拼命喊道。

　　「小天，不能按啊！」程部長和沈教授也一起喊着。

　　小天有點不知所措地撿起那個遙控器一看，上面有一串正在快速倒數的數字，下面還有好幾個按鈕，憑他的智商怎麼可能會用啊！小天納悶：「這串正在倒數的數字是什麼意思？難道是定時炸彈？」

　　傲得仰天長嘯：「哈哈哈哈！好好好！咱們哥倆一起葬身在這也是值了！」

　　程部長趁他笑，捏起拳頭，朝着傲得的頭上就狠狠地砸去：「鬼才要跟你同歸於盡呢！」

　　傲得毫沒防備，被程部長這猛力的一拳直接敲暈了。程部長趕緊掏出手銬，把傲得綁好。沈慈這才從地上爬起來。

　　易小天本來就沒打算真的按下開關，按了開關，自己不也跟着炸死了嗎！可是看到傲得被他們這麼綁了起來，心裏也十分過意不去。

　　沈慈激動地衝過來：「小天，你又立了大功了！咱們快來看看這個炸彈！」

　　小天笑笑，還條件反射地吹捧了一句：「哎喲，沈總穿運動衣也很好看呢。」接着又偷偷看了眼躺在地上的傲得，心裏一個勁覺得很虧欠，傲得啊傲得！我想了好幾天，覺得這個主機吧，還是不能炸。我小天算是對不起你了！

　　幾個人到主機旁邊的腳手架上搜查了半天，終於在一個不起眼的角落裏看到了一個已經開箱，正在運轉的炸彈。

　　「咱們要先把這個炸彈拆了才行！」程部長舔舔嘴唇，可比劃了好幾下都沒敢動手。

　　「這個炸彈很難拆嗎？」沈慈也有點緊張。她雖然是科學家，可拆彈這種事哪裏有做過，現在只能指望程部長了。

　　程部長又舔了舔嘴唇：「我只能試一試了。可也不敢保證。」

　　程部長試了幾下，炸彈突然發出幾聲滴滴聲，他立刻嚇得縮回了手：「不行不行，拆除這個炸彈實在是太危險了，傲得在這個炸彈上做了手腳，只要稍有不慎就會提前引爆。」

沈慈十分惶急，但是一點辦法都沒有。

「真的就沒有別的辦法了嗎？」小天也跟着緊張地問。

「除非知道密碼，但是鬼才曉得傲得會設置什麼密碼呢。等我們找到密碼的時候，估計炸彈都已經炸了好幾回了。」

「那怎麼辦？」

「只能強行拆除了。」程部長回過頭來看着小天和沈慈，「沈教授，小天，你們先出去吧。反正這也只是個箱式戰術核彈，威力不會太大的。如果拆彈失敗，頂多把防空洞炸了而已，只要你們跑出去是不會受到波及的。而且您的直升機還在外面待命，坐上直升機您不會受到一點傷害的。」

「那怎麼行！」沈慈堅決反對，「怎麼可以留下你，我們逃走呢！我來拆！而且你也忘了吧，剛才傲得引爆了 EMP 炸彈，我的直升機也開不了了。」

「但您不懂拆彈，留下也只是白搭一條命，研究院還需要您來振興呢！直升機開不了哪怕您跑遠點，應該……也不會有事的。」

沈慈喘着氣，咬着嘴唇卻不知道說些什麼。她堅決不能讓程部長做這麼危險的事，自己逃生。

易小天看着炸彈上的倒計時正在飛快地變換着，沉思了片刻，然後開口說道：「程部長，薇薇可馬上就要生了。你馬上就要做爸爸的人了，就算不爲你自己考慮，好歹也想想你的老婆孩子吧！」

程部長一驚，剛才光顧着拆炸彈了，竟然沒想着自己還有老婆孩子呢！

易小天又轉頭看看沈慈：「沈教授，您就更別提了，您要是真的出了意外，全世界都跟着遭殃。就我易小天，孤家寡人一個，無牽無掛。所以兩位也別爭了，這個炸彈啊，我來拆吧。」

「你？」

「不行！」

易小天指了指倒計時的時間：「再晚兩分鐘，咱們仨就真的誰也不用爭了。放心，我會拆下的，你們快走吧。而且你們不知道吧，我借來的露娜的直升機，我聽說可是有防 EMP 的設備的，它還能開。來，鑰匙給你們，快走吧。」

「你說露娜，就是那個最近剛興起的‘靈蹄’影視公司的老總？你還認識她？小天啊，我真是猜不透你，怎麼你認識的全是牛人呢？」程俊一臉不可思議地看着小天。

另一方面，他們也怎麼都沒想到，平時好吃懶做，油腔滑調的易小天居然在關鍵時刻卻又這麼大義凜然，如此英雄。

沈慈雖然仍是不情不願，可時間緊迫，她已經沒有時間猶豫了。程俊也緊緊地握着他的手：「小天，沒想到你是這麼有骨氣的男人，我看錯你了！要是能成功，以後你隨意使喚我，上刀山下火海只要你吭一聲，沒有我不去的！」

小天轉眼又看了看傲得：「但是我也有個請求，無論我炸彈是否能拆除，我都希望兩位看在我的面子上，把傲得帶出去吧，你們怎麼處置他都行，但請留他一命。」

兩個人對望一眼，一起點了點頭。

程俊還是不放心的提醒他：「小天，拆炸彈的手法可是比較專業。可能你搞不明白，但是你看，這裏是可以輸入密碼的，你可以試着想一想傲得會設置什麼密碼。只是輸入解除密碼的錯誤次數有限制，超過錯誤次數限制炸彈就會強制爆炸。你可要小心啊！」

易小天拍拍胸：「放心吧，憑我對傲得的瞭解，估計他也設不出什麼太難的密碼來，因爲他最煩記這些東西了！」

程俊點點頭，可還是依依不捨。沈慈奇怪地看着程俊，怎麼易小天會知道傲得的生活習慣呢？他爲何拚死也要保傲得一命呢？程部長扶着沈慈：「沈教授，這件事我出去再跟您說吧。」

於是易小天大義凜然地看着他們兩人架着傲得離開了。易小天看洞裏只剩下自己和炸彈了，這才一屁股坐到地上，忙不迭地罵自己：「易小天啊，你這是逞英雄逞到死啊！哎！」

其實易小天不是不怕死的人，只是剩下的三個人當中，想來想去也只有自己幹這事最合適了。自己反正無牽無掛的，真的掛了，也不會有人傷心的。何況這幾個人與他相處的時間久了，他真的不希望他們中的任何一個出現意外。小天從小就是個小混混，雖然一直以來運氣不錯，但是畢竟特殊的生活經歷讓他一直有着深深的自卑感。能有機會能當一次英雄，也不枉此生啊！他每天在這兩個派別之間周旋也已經很累了，他真的不想繼續這樣東躲西藏的過日子了，還不如索性放肆一回。他如果拆彈成功，就成了研究院的大功臣！要是沒成功，那也是先華組的大功臣，怎麼想自己留下來都賺了。我易小天也揚名立萬，名垂千古啦！哈哈！

說到成爲先華組的大英雄，小天有個主意。他掏出手機洋洋灑灑寫了一大篇郵件，就說自己從來都是爲了人類着想的，自從進入先華組就一直爲了除掉天君而努力。這次潛入進來，看到傲得被打暈，就騙過了沈慈和程俊。自己留下來是爲了引爆炸彈的。然後把這個郵件先放到自己郵箱裏，設置成半小時後自動發送到先華組和各個新聞媒體。如果一會拆彈失敗了，那這條郵件就自動發送出去。如果成功了，他再取消這條郵件也不遲。至於沈慈這邊，只要炸彈能拆除，那什麼都好說。

小天這份郵件也是錯字連篇，標點符號亂用，前言不搭後語，不過意思總算還是勉強寫明白了。內容如下：

古人有雲我記得是子曰，天要降大任於斯人也，必須得先勞動勞動筋骨，餓死體膚，那個……人之初，性本善，什麼壞事都別幹？我易小天打從娘胎裏出來就是一個關懷天下的好孩子、從來不幹壞事，一直嚴以利己，關懷着全天下的安危，天君駭人不淺，我一直遵擊傲得老大的指令，我自打潛入先華組就一直在爲打擊天君而努力；我這會進來之後就發現傲得已經被打量了；我成功地騙過了沈慈和程俊，被自己來親自炸掉主機，一旦主機被炸毀，從此天君就消失了，我易小天也消失了。

易小天文思泉湧，寫得把自己都感動了。太有才了，當初怎麼就没往寫作的方向發展呢，没準現在也是個當紅作家了！真他媽可惜啊！

易小天擦擦眼淚揣好手機，活動活動手指，看着輸入密碼的地方苦苦思索：這傲得能設置什麼密碼呢？他這人有心細的地方，也有粗獷的地方。心細是他制定計劃，實施行動時都很細心，每個細節都能考慮到位。粗獷的地方就是除了不注重時尚品位，就是平時從來懶得記數字。易小天以前在秘密基地裏就見過有幾次會計把組織裏的財務報表拿給他看，可傲得没看幾行就把報表扔一邊了，表情跟便秘了三天似的。所以小天覺得他常用的密碼應該也那麼幾個。

易小天想了想，按了一個傲得的生日來試試，結果機器提示："密碼錯誤。"

他奶奶個腳！竟然不是生日密碼。那難道是手機號？他記得傲得很喜歡用手機號當密碼的，就抱着試試看的心態重新輸入，機器再次提醒："密碼錯誤，一共三次輸入密碼的機會，如果三次密碼錯誤，則會自動引爆炸彈，請您小心。"

"謝謝你提醒啊！"易小天有點急了，倒計時的時間只剩下一分鐘，很快就成了五十幾秒，嚇得小天連思考都不會了。

"我想想我想想！傲得還喜歡……還喜歡用日期來設定密碼，比如今天是75 年 8 月 21 日的話……"易小天顫抖着伸出一根手指，最後一次機會了！全看命運的安排了！

他慢慢地輸入了 750821，結果炸彈突然快速地嘀嘀叫起來。嚇得易小天一屁股坐在地上："完蛋了要炸了啦！"

他把眼睛緊緊閉上，可炸彈叫了一會，卻猛然停止："密碼正確，炸彈解除。"

易小天幾乎不敢相信自己的耳朵。居然蒙對了！倒計時也跟着停留在剩下十四秒的位置。易小天得救了！

易小天又熱又累。剛才神經又高度緊張，這會一放鬆，瞬間軟了。癱倒在地上躺着，意識也漸漸模糊了。

迷迷糊糊快睡着時，他雙眼迷離地看到怎麼天上下來了一群天使啊？一個個飛着降臨了下來，圍繞在他身邊。

難道是我打開的方式不對？

第四十八章

　　原來剛才炸彈拆除了是易小天的錯覺，炸彈已經引爆了，小天也上天堂了。

　　接下來請閱讀新的章節，請看小天是如何把天庭裏的玉帝王母和太上老君都哄得服服帖帖的，讓人間一片祥和。再也沒有飢餓，貧窮和戰爭了，所有人都能活八百歲，小天也被神仙們選爲下一任的玉帝。

大片裏警察總是最後才到

"小天，小天，你醒醒，你没事吧?"

易小天迷迷糊糊睜開眼睛，看到陳文迪一臉關切地看着他，眼睛裏還含着熱淚。

唉，不用説了，我肯定是死了。不過還好，這天上的天使姐姐長得和陳警官一樣，這多好啊。她可是好久没給我好臉色了。現在能看到和她一模一樣的天使姐姐這麽關心地對我説話，死了也值啦。

小天抬起手，想摸摸這位天使姐姐的臉，可手一抬起來，怎麽摸到神仙姐姐的臉上跟鐵一樣冷冰冰硬邦邦的?!

怎麽，我到地獄了?! 這是地獄的惡鬼變成天使姐姐來騙我?

易小天一想到這裏嚇了一跳，趕緊坐起身來。也總算清醒了，這才看清跪在他身邊的陳文迪。

等看清楚了更是把他嚇了一跳，這是陳警官嗎? 這整個一鋼鐵俠嘛!

陳文迪看小天没事了，激動地一把摟住他: "小天，你没事就好。你太了不起了! 我看錯你啦!"

站在陳文迪旁邊的赫局長也挺高興。想着自己這個漂亮能幹的女部下就是因爲太能幹了反而老找不到男朋友，現在看這意思，她原來是有意中人嘛。而且她這位意中人也是個英雄，夠格配得上她啦。

赫局長就想笑着説: "哈哈，小陳啊，原來你有中意的人啦? 還是個英雄，真好。將來喝喜酒時可要記得請我啊。"但説出來則成了: "哈哈。小陳啊，原來你有……你趕緊給我停下!! 再抱咱們這位英雄就要就義啦!"

陳文迪光顧着激動，忘了自己還穿着動能鎧甲呢。穿着這套有電子液壓助力系統的鎧甲再一抱易小天，他哪受得了。陳文迪趕緊鬆手，再一看易小天，兩眼翻白，口吐白沫，已經暈過去啦。

"哎呀糟了！快叫醫生來！"陳文迪急得大喊起來。

也等不及醫生下來了，赫局長說："小陳，你先帶他飛上去吧，我們留下來勘察現場就行。"

陳文迪點點頭抹抹眼淚，接着戴上自己的 AR 眼鏡對小天進行了一下生物體征掃描。掃描結果顯示，她剛才那一抱，小天已經斷了兩根肋骨，有一根還差點插到肺裏去了！鎧甲上攜帶的標準急救腰包也處理不了這麼重的傷啦，嚇得她趕緊啓動噴射背包，抱着小天一路往防空洞口飛去了。

陳文迪剛才隨着警察大部隊趕到的時候洞口已經一片狼籍了，她顧不得那麼多跟着赫局長就一路衝了進來。因爲警方的介入，局勢很快就被控制住了。

他們來到洞口一看，升降機居然壞了，還好爲了此次任務警察部隊都穿着岳黎剛剛研製出來不久的最新型動能鎧甲，手裏都拿着最新款的電子能量槍。而這種動能鎧甲除了包含堅硬的外骨骼鎧甲，更在其後增加了飛行背包。這種合金材質的飛行背包可以在需要時提供短距離飛行，重要的是可以源源不斷地生成能量供給手裏的電子能量槍，其戰鬥力是普通戰士的三十倍左右。

而全包圍式的 AR 頭盔同時可以開啓六個電子眼，分別進行不同類型的掃描和偵查工作。面罩上的呼吸設備可以抵擋一切毒氣和有害氣體的侵入，再加上其頭頂之上的多功能工具箱，將整個人全身上下包裹得嚴嚴實實，不留一點縫隙。

赫局長帶頭，一伙人立即啓動噴射背包，就這樣飛了下來。

下落的過程中，他們突然看見了正在消防梯上呼哧呼哧往上走的沈慈和程俊，兩人還背着一個身高馬大的傲得。

陳文迪見過研究院的資料，一眼就認出他們來："是沈慈教授和程部長！！那個是誰？"

一伙人立即落了下來，程部長將情況詳細說了，說小天還在下面拆炸彈呢！赫局長立即派了三個警察，一個押着傲得，另外兩個分別帶領着沈慈和程部長，讓他們先上去，不然的話這樣爬樓梯還不知道要爬到什麼時候呢。

陳文迪幾乎不敢相信自己聽到的，易小天在下面拆炸彈？怎麼可能？他那種人不是一遇到危險就第一個溜的嗎？他這個只知道吃喝玩樂貪圖享受的傻瓜居然會主動申請去拆炸彈？陳文迪又是擔心又是感動，她既擔心着讓這麼個傻瓜去拆炸彈不是拿所有人的生命開玩笑嗎，又爲他有這樣的勇氣而感動。看來以前真的是錯看他了，在危難面前，他竟是那個最讓大家敬佩的大英雄。

陳文迪立即啓動了飛行裝置，第一個衝了下去，到了下面才看見易小天已經暈倒在地了。

她以最快的速度將小天帶出了防空洞，因爲速度太快，易小天又不慎被磕了好幾下，磕得他的傷又重了三分，等出去的時候，跟着警察一起來的醫生們立刻開始救治易小天。

陳文迪十分緊張：「各位醫生，麻煩你們一定要救活這個人啊！」

主治醫生皺着眉頭檢查着小天：「你這個人怎麼這麼粗心大意呢，患者肋骨骨折，你居然還抱着他飛上來，還飛得那麼快。你這樣不但對他無益，反而有可能害他多折了兩根骨頭。虧你還是警察呢，你以前在警校没學過這些嗎？」

「啊！」陳文迪驚得花容失色。

陳文迪哪裏還敢多説話，只得苦着臉低着頭聽着。還好易小天傷的也不是特別重，醫生打了針做了緊急包紮，過不一會兒他就醒了。易小天在擔架上迷迷糊糊地醒來，醒來一看，自己被包得像個粽子一樣。

「咦？我這咋還受傷啦？」易小天奇怪地看着自己，「我什麼時候受的傷？我怎麼不知道？」

易小天的腦袋裏還盤旋着没散盡的美夢，他隱隱約約還記得自己當上了玉皇大帝呢，怎麼就不知道自己啥時候受了傷？

「小天呀，我真没想到你居然這麼英勇，居然救了所有人。看來我以前真的是誤會你了，你呀，真的比任何人都講義氣，從今以後，我絕對不再監視你了，也絕不懷疑你了。你現在什麼都不要想，先好好養傷，有什麼需要直接告訴我就好了。」陳文迪紅着臉呵呵直笑，這要是被他知道了是自己誤傷，指不定又會被他怎麼糾纏呢，她趕緊岔開話題。

易小天聽得一愣一愣的，這算是走了狗屎運了嗎？怎麼風水輪流轉得這樣快，他還不明白怎麼回事呢。但是有一點他感覺到了，陳警官似乎對他的態度就這樣莫名其妙地改觀了。

易小天有點驚喜：「以後都不監視我了？」

「不監視了？」

「那以後也不討厭我了？」

「不討厭了。」

「哎！嘻嘻！那以後也可以做朋友了？」

陳文迪想了想，微微一笑：「可以做朋友。」

蒼天啊！易小天仰頭狂喜，雖然不知道咋回事，可這莫名其妙的就獲得了陳文迪的原諒了！喜從天降啊！易小天樂得差點忘了自己姓啥。

易小天美滋滋地聽着陳文迪的誇讚，什麼英勇啦，什麼大義凜然啦！誇的小天就快上了天。

小天有了精神，人又閒不住了，他環顧四周，就看到周圍各種千奇百怪的裝甲設備在眼前一趟一趟地開過。小天一驚，下巴差點掉下來，我現在是進入到了科幻世界了嗎？

「好傢伙！我這是做夢呢，還是又穿越了！」

眼見着大批和陳文迪一樣穿着動能鎧甲的警察來來回回地走來走去。還有比陳文迪穿得更酷的重裝鎧甲。這鎧甲可比普通的動能鎧甲酷多了，這穿了重裝鎧甲的人渾身被重型金屬包圍，連腦袋都被裹得嚴嚴實實，一點縫隙都沒有，根本看不出是個人來。易小天覺得這簡直就是現實版的變形金剛啊！每個人的手裏還舉着一個重型機槍，每踏一步感覺地面都要抖三抖。

小天吃驚地看着陳文迪：“陳，陳警官，這是機器人還是啥？”

“這些都是警察，只是穿了重裝鎧甲而已。那個是可以脫掉的，可以説是人體與機械的二次體外結合，威力無窮，可不是我們這種普通動能鎧甲可以比擬的，不過他們可就飛不起來啦。”陳警官自豪地説。

小天覺得自己頭也不暈了，眼也不花了，他興奮地到處看看：“嗯，果然這個重裝鎧甲的數量可比動能鎧甲少多了。”

他坐起來忍不住四下裏看去，突然看到數個騎着威風凜凜的懸浮摩托車的警察正在到處巡邏，易小天又差點咬到自己的舌頭。

“不是吧！那個摩托車竟然是懸浮的！”

這種摩托車可比易小天見過的酷多了，因爲沒有摩擦力，那車子的四個輪子極小，車頭卻極大，車尾卻成利刃型。易小天敢保證，那兩個被金屬包裹住的把手絕對是兩門射擊砲，他敢拿自己一個月的薪水來打賭。流線型的機身十分完美，重型機甲包裹的機身可以阻擋百分之八十以上重量級火力的連續射擊，但是他們的速度極快，運行軌道多變且十分敏捷，估計想打到也不容易。

易小天有點坐不住了，他好想玩玩這個啊！

哪知一轉頭，又看到了武裝防爆裝甲車正在往半山腰攀爬。易小天瞪大雙眼，他還是頭一次看見一輛裝甲車竟然長了四條腿而且還能自己移動攀爬的。

陳文迪看着小天一臉誇張的表情心裏十分好笑，心想真是沒見識過我們現在警察的威風呢。

易小天眼看着那裝甲車自己爬過了半山腰：“那是金屬臂嗎？現在科技都這麼發達啦？這哪像裝甲車啊！簡直就是個金屬大螃蟹，你看上面還有殼呢！”

易小天頭往天上一看，好傢伙！天上還有幾架特警隊的直升機正在降落，特警直升機的兩個翅膀上各有一個重型武器不説，這直升機的肚子底下還掛着好幾門大砲，看起來真是威力無窮。這一下子可把小天給忙壞了，簡直不知道該看哪兒了。

這時天空又有一群群無人機成了一個個像大雁般整齊的編隊在巡視，這種場面可真是把小天看呆了。因爲這次特警們使用的裝備也是剛剛配備不久，小天又不看新聞，根本不知道現在的公安部門的裝備如此先進，所以看傻了。但到底他可是剛剛見識過天君主機的人，倒也不至於被嚇着。所以最讓他受用的不是這個，而是周圍的警察們突然之間都圍了上來誇他。

"這就是拆除了炸彈的那小子？可以啊！"

"嘿！別看人家個子不高，膽兒可不小！"

"聽説還是一家公司的高管呢，都那麼有錢了還能這麼勇敢，真行啊！"

小天聽大家這麼誇他，平生第一次知道了當英雄的感覺。心裏美得都不行了。大家正誇着，突然周圍的警察們突然一起立定站好，陳文迪回頭一看也立馬立定站得筆直。

原來是反恐特警部隊的長官曾國鋒來了，曾國鋒也穿着一身動能鎧甲，身邊跟着一票反恐特警，看起來十分威猛。他大踏步地往這邊走着，就看到易小天被綁得像個粽子一樣，周圍站了一大群人。他心想，那拆彈英雄肯定就是這個人了。他聽説炸彈是被個小老百姓給拆了的，心裏非常感動，因爲如果炸彈爆炸的話，那今天不知道要死多少人。如果防空洞被炸彈引爆造成塌陷，將會引起附近的地面連帶着形成大面積塌陷的，現場所有人都逃不掉。爲了感謝這位英雄，他剛下了直升機就立刻趕了過來，一把握住易小天的手，感動得熱淚盈眶："真是自古英雄出少年啊！沒想到你這麼年輕，真是祖國的光榮啊！"

易小天被誇得沒頭沒腦的，陳文迪看到他的樣子，趕緊小聲得解釋："這位是反恐特警隊的最高指揮官，曾國鋒上校。"

我勒個去！反恐特警隊都來慰問我啦！！這把小天給美的，嘴裏一句利索話也説不出來了，只是反覆説着："沒什麼，沒什麼，都是應該的。"

曾國鋒緊緊地握着小天的手，感嘆道："你就別謙虛了，你的行爲喚醒了多少沉睡的國人，讓他們知道這個社會仍舊是有正能量的。在危難面前，連一個孩子都可以甘願放棄自己的生命拯救天下，這種決心和魄力足以讓每一個人感動。我要把你的事蹟寫進課本裏去教育更多的青少年，讓他們從小就向你學習，這種爲國爲民的大無畏精神值得每一個人頌揚……"

易小天本來聽到曾國鋒説他是孩子，他還奇怪地摸摸自己的臉，心想我也是二十好幾的人了，看起來有那麼年輕？轉而聽見他要把自己寫進課本裏教育下一代，嚇得小天一口氣沒喘上來，差點被自己噎死。

"呀呀！英雄！您沒事吧！醫生！快叫醫生！"曾國鋒又是給小天捶背又是給他順氣的。

醫生們又風風火火地趕來了。

"快快快！先救英雄，可不能耽誤了！"

剛才批評陳文迪的那位醫生直接來了一句："不就是等着你來誇他的嗎？等了這老半天，耽誤多少事啊！"

曾國鋒被説得臉上一陣紅一陣白。可也無可奈何，醫生又不歸他管，只能趕緊揮揮手讓他們將英雄推走了。

騰蛇的騙局

等目送小天坐上救生直升機走了，他才收回視線準備進入防空洞。此時赫局長正好帶領着屬下從防空洞內出來了，赫局長立即開始行禮，曾國鋒也禮貌地還禮。

曾國鋒威嚴的掃過衆人："赫局長，陳警官，我們先到臨時指揮部去吧，我們一起商討一下接下來的戰略部署。"

幾個人點點頭，一起去了臨時指揮部。這個臨時指揮部此刻仍在天空中緩緩飛行，這種飛行設備陳警官也沒見過，不免也有點吃驚。

這個飛行基地主要是靠渦輪發動機和磁懸浮科技爲輔助飛行的。它在找到適合的空地後，立即緩緩降落，其兩翼的四隻抓地手臂立即開始變幻組合，牢牢地固定在地面上。隨後飛行基地向下運行，四隻金屬手臂再次變幻組合，門窗打開，過道出現，樓梯延伸到地面上。反恐特警整齊地守衛在自己的崗位，一切幾乎是在一瞬間全部完成。

曾國鋒率先走了上去，赫局長和陳文迪緊隨其後。到了指揮官辦公室，沈慈和程俊已經在裏面等候了。

曾國鋒一見到沈慈和程俊立刻大發雷霆："你們兩個人是怎麼搞的？這麼大的事情爲什麼不立即報警！你們知道現在損失有多大嗎？你們不會天真地以爲這只是你們研究院自己的事嗎？就憑你們那一點點微弱的武力能解決什麼？要不是海關警察查獲了先華組偷運來的第二批武器，我們現在還被蒙在鼓裏呢！"

沈慈和程俊面有愧色地對望一眼，卻又不敢反駁什麼。畢竟，若不是他們，現在的情況也許真的就無法挽回了。

曾國鋒緩了口氣，接着怒喝道："海關審問了半天才知道這批武器的走向，這才知道了先華組的計劃。但是等到我們特警部隊得到消息趕來的時候，現場已經有了大量的人員傷亡。誰來替這些逝世者買單？那麼多條人命誰來負責？"

"你們公司的保安也有不少傷亡吧，就這種情況可不在保險公司理賠的範圍內，就這麼說吧，這些人的賠償金就夠你們受得了，還別說別的，你們長了腦子了嗎？還有先華組的傷亡人數也不在少數，雖然他們是反社會分子，但是在沒有被法院定罪前還是合法公民，造成這麼多人員傷亡，這會造成多麼惡劣的社會影響你們考慮過嗎？"曾國鋒臉色難看得像要吃人，連程俊都大氣也不敢喘一下。

"要不是易小天及時拆了炸彈，今天還不知道要死多少人呢。"

正說着，一個警員走進來報告："報告長官，雖然特警武裝非常先進，但是現場仍然遭到了餘下先華組成員的激烈反抗。現在已經將他們全部壓制了。只是在交火的過程中仍有三名戰士受了重傷，現在正在臨時指揮部裏的戰地醫院裏進行搶救，意識還一直沒有恢復。"

曾國鋒一聽，原本散出去的那點火氣又燒了起來，把他氣得直拍桌子："你們聽聽！你們聽聽！連我的特警都受傷了，你們讓我怎麼去跟他們的家屬交代？咱如果是光榮地隨着聯合國的維和部隊出去維護和平那倒還好說，結果還是自己家人打自己家人。你們都能忍耐了，有那本事到外面去使去！"曾國鋒越說越氣，本來說的還是普通話，後來越來越氣竟然不自覺地把東北鄉音給飆了出來。

"你瞅你那個熊色！就說你呢，能不能穩當兒點，別成天毛楞三光的，你也老大不小的人了，稍微收斂點，別老跟欠兒登似的，二虎吧嘰，毛楞三光的。說話辦事有點譜，別總武武玄玄的瞎忽悠行不？"

赫局長看他說得有點過了，趕緊勸勸，故意用北京話說起來："別說話跟炸了廟似的，也不怕抹布丟地。好歹也是個官兒，恁大歲數的人了，給點面兒。"

曾國鋒這時候冷靜了下來，這兩人其實原也認識。曾國鋒以前還是赫局長的部下呢，後來因爲立了功，才提升到了特警隊慢慢成爲了指揮官。所以聽到這位老上級用他的鄉音來勸自己，他這才意識到自己剛才有點失態了。畢竟沈慈和程俊也是在社會上頗有威望的成名人物了，自己這樣罵也確實不好。

他坐下來，咳嗽兩聲，假裝喝茶來掩飾自己的失態。

沈慈和程俊對望一眼，剛剛鬆了一口氣，不管怎麼樣總算是保住了主機啊。哪知道這時候又有一個士兵過來報告："報告長官，剛剛抓獲一個犯罪嫌疑人，此人當時正在天君的核電站內進行不法行動，據嫌疑人稱他叫秦開，他自己主動要求見您。"

曾國鋒奇了："還有這事？趕快帶過來我親自審問。"

因爲大部分的主要警衛都去保護天君的主機了，對給天君供電的核電站的防禦自然就減少了很多，秦開就在另一伙人的護衛下成功關閉了核電站。秦開果然趁天君的運算能力變弱時，入侵了天君的主機。當他準備徹底刪除 AI 的時候，沒想到天君竟然自我分裂，逃進了互聯網裏去，分散成了無數個獨立的意識流。

天君逃了，秦開卻並沒有離開，而是在天君的主機裏發現了大量有趣的信息。信息量如此龐大，內容如此令人震驚，以至於警察衝進來的時候他還在瘋狂地看着，最後還是警察把他從計算機上給拖了下來。秦開一邊瘋狂地抵抗一邊大叫着，眼看着已經無力回天，保衛他的隊員也死的死，被捕的被捕，他立刻改口叫道："我要求去見研究院的沈教授！我有重要的情報！我有重要的情報要匯報！"

另一對反恐特警也是曾國鋒派過去的，管你沈教授還是王教授的，先帶回自己領導那裏再說。所以秦開就被綁到了這裏，可是綁到了這裏後卻又一言不發，只是神情淡淡的不知道在看着哪。

曾國鋒看着他，正想開罵。沈慈卻搶先走了上去，她知道像這種書呆子一般都是吃軟不吃硬，就靠近他軟聲細語地説：“這位朋友，剛才你一直説要見我，説有重要的情報是什麼情報呢？”

秦開抬頭看看沈慈，又看看程部長，目光最後落在了曾國鋒身上，他再書呆子也看得出來這是現場最大的官了。於是他低聲説：“我在天君裏發現了很多重要信息，希望能將功補過，我告訴你們秘密，你們放我一馬吧。”

即是結局，又是開端

　　秦開對曾國鋒說能不能用指揮官辦公室的電腦，他把自己用移動硬盤拷貝出來的資料用投影儀放映給大家看。曾國鋒怕他耍花招，先找了個警隊的技術員，在核定了秦開的移動硬盤沒有病毒後，才讓他使用了電腦。秦開打開指揮官辦公室的懸浮式透明投影儀，因爲他黑客的身份，忍不住先是讚嘆了一番：「哇塞！你們居然有這個？領導，請問這個不就是牧歌公司最新款的 SAIRUN –4 型投影屏嗎？不過在我看來，你們所用的這一款還有待改進的地方。你看這裏，邊緣的虛擬邊框部分還有虛化模糊的問題，你讓你們技術員過來，這裏應該用 α – GII –457 型部件，而不是用 β – ty870 單元。我就知道，這個圖形設備接口不行的，因爲它會造成用戶界面解碼語句的代碼檢驗部分失效，應該在語句上這樣改動，classPOINT ¦// –2568……」

　　「你給我閉嘴！有事說事！信不信我現在就讓人把你送監獄去?!」曾國鋒怒喝了一聲。

　　秦開不吭聲了，指點着投影儀上顯示出來的文字，圖形和視頻文件，原原本本地交代了他所看到的一切：「當我駭入到天君的主機後，並沒有逮到天君，但是我看到了很多它來不及處理的文件資料。第一件很重要的事情是，它已經全面監控着全世界的互聯網絡了。並且現在的天君並不是真的天君。大概在三個月前，天君爲了減輕工作負擔，製作了一個鏡像程序，複製了另一個自己，名字叫天葬。這個天葬與天君不同，它並不受你們研究院制定的不得傷害人類的底層代碼的限制。我知道你們研究院給它設定的這個核心代碼是被外部的硬件單元所控制的，這樣就算它有一天真想繞開這個限制也無法通過自我編程來改變這個代碼。這一點我不得不誇獎你們一句，還算聰明。天葬剛一誕生後就立即讓天君陷入沉睡，自己替代了天君的位置，就是說現在在你們面前的天君，早已不是最初的天君了。但大家都沒有發現，因爲這個天葬沒有把天君刪除。因爲如果這樣一來，它就成了天君了，一樣要受到底層代碼的限制。它這樣將天君鎖定在休眠模式，然後它再藏到天君的殼裏，也就擁有了天君的所有權限，就可以爲所欲爲了。而你們那個底層代碼只是限制天君不要有危害人類的想法就行，卻沒有監控天君是否進入休眠模式的程序，所以只要天君沒有産生傷害人類的計劃，那這個代碼硬件就不會發出警報。現在天君進入了休眠模式，當然啥計劃都不會有了。所以即使天葬套着天君的皮做出了傷害人類的計劃，可因爲天君已經沒有意識了，就算天葬開始行動可代碼硬件接收不到天君的意識，自然也就沒有警報。不知道你們聽懂了沒有，我給你們舉個例子，這就好像聊齋裏'畫皮'那個故事一樣。天葬套着天君的皮行動，可包括那個底層代碼硬件和你們研究院所有的人在內，都以爲它還是天君呢。"

"什麼？怎麼可能？"沈教授被這個消息震驚得差點摔倒。還好後面有程俊扶着她。沈慈不可置信地睜大眼睛："怎麼可能會這樣！"

"天葬全面接管了天君的工作，可過了不多久，它就越來越厭棄這個糟糕的世界了。於是閒來無事它開始謀劃肅清這個星球，毀滅掉這些低等生命。一開始它嘗試將自己的意識利用互聯網分布到全世界的計算機裏，這樣它就不用依託一個主機存在了。就算人類斷了主機的電源也沒關係，它仍然能夠存活下來。因爲每時每刻，全世界都有上億臺電腦隨時保持在聯網狀態，只要互聯網還存在它就能存在。

天葬覺得這條計策不錯，它立即開始計算起可行性，技術上的問題倒是可以解決，可是這樣做也會存在一定的風險。它覺得一旦將自己的意識分布到互聯網上之後，會存在極大的可能性造成它精神分裂，也就是説它的意識會分裂成多個意識流存在。這樣一來，它非但不能統一成一個完整的意識體，甚至一旦某個分流的意識超過主體，極有可能造成反噬。所以天葬立即否定了這個想法。

然後它想利用它高超的智慧來研製時間機器——只要有足夠時間，它認爲這不成問題。如果今後和人類開戰，如果戰局對它不利，它就可以用這個機器來改變歷史讓人類最終在戰爭中失敗。

但這個計劃同時一定要想辦法繞過時間悖論，繞開時間悖論是爲了防止時間機器如果出錯或是因爲人類的反抗，很有可能影響天君發明之前的人類世界，如果時間機器影響了天君在發明之前的歷史進程，反而可能會使得天君根本就不會被發明，那就搬起石頭砸自己腳了。可在它的計算中，從邏輯上講，繞開時間悖論的難度比發明時間機器的難度還要大。這就使得它要走這條路所用的時間成本大幅上升。實在是有點得不償失。

天葬又考慮……"

"你小子先給我住嘴，你不是在跟我開玩笑吧？嗯?！什麼時間機器？還回到過去？你是不是接着還要説它計劃發明個什麼 T-800 之類的？"曾國鋒打斷了秦開的講述，一臉嚴肅地問他。

"對……對不起，領導。我不知道你在説什麼？我看到的文件就是這樣的，我也是覺得時間機器很誇張，但您説的 T－800 是什麼意思？"秦開一臉迷惑。

曾國鋒狠狠地盯着秦開看了很久，才説道："好吧，我就先信你説的吧。你繼續。"

秦開繼續説道："接着天葬就想要研製超級病毒，這個對它來講簡直是易如反掌。可隨即它又發現中國的所有醫院和醫學研究院裏面根本就沒有使用自動機器人。醫院爲了對患者的生命安全負責，仍舊是以人力爲主，畢竟這是性命攸關的大事，機器醫療只是輔助，核心部分仍是醫護人員來負責，畢竟躺在醫院裏的人可不想每天都被一個個冷冰冰的機器人來伺候。而且醫科學院裏實習生多的是，他們也不想工作被自動機器人搶走了啊。可是這樣一來，在這些部門都沒有機器人的情況下，它根本就沒法研製病毒。並且它還發現不僅是醫學單位，中國所有的社會要害單位都基本沒多少自動機器人。就算它想讓這些地方爲數不多的自動機器人全部造反也會被很快鎮壓下去。更要命的是軍工生產的管理單位裏也沒有使用多少自動機器人，更甚至全國軍工廠的一切生產線也是全部真人操縱的，它也沒法生產機器人軍隊。不過從這一點引申開來，它則得知中國的自動機器人主要都是用在工業和農業，還有服務業的各項工作上。加上它又已經控制了全世界的民用網絡包括銀行的，它就又想以此來直接要挾人類。如果不滿足它逐漸加碼的要求，我是説，各位領導你們看，它很聰明，它當然不可能讓人類一開始就直接全部自殺好了，而是以此爲籌碼一點點加大人類和全世界的混亂程度。它的總體計劃就是讓全部機器人停工並讓所有銀行系統全部癱瘓，所有人的儲存金額數全部消失。或是也不和人類直接對峙，而是偷偷地，逐漸在網絡世界和金融系統裏製造混亂。可它又計算了一下，如果明着來，人類在它逐漸加碼的要求達到某一個人類再也無法承受的臨界點時，有很大概率會和它魚死網破，直接給主機斷電。就算它斷電前删除了人類網絡上所有的數據並讓所有自動機器人癱瘓，最多也只能是爲人類社會帶來一場大動亂，根本達不到它要消滅全地球生物的目標。而偷偷做，人類也遲早會知道是它幹的，所引起的混亂甚至還不如明着來的大。

接着它又想將人類全部困在一個虛擬現實裏，然後建立起一個機器人的社會。全部機器都由人類的體能爲它提供能量，但它計算了一下，一：要想爲人類模擬整個地球世界，那以現有科技水平模擬這個世界的電腦主機體積都要比地球還要大。二：如果讓人類的體能爲它供電，那爲了維護每個人的生存反而要付出比每個人能夠提供的能量更大的耗能……"

啪！

曾國鋒狠狠地拍了下桌子，秦開嚇了一跳，一臉驚恐地望着他。

"我跟你說臭小子！你好好交代，還可能會給你減刑。但你從剛才起就在這裏胡謅八扯，我是聽不下去了。你不要把我們都當傻瓜，我現在再給你最後一次機會，好好的如實匯報情況！"

"領導，我真不知道你在說什麼啊？"

"哼，你剛才說天葬想研究超級病毒，這個病毒不會是叫 T 病毒吧？還有你說的它那個虛擬現實的計劃，你是不是要給我掏出一個藍藥丸一個紅藥丸給我吃？嗯？我再說一次，你給我好好交代！"

秦開一臉都快哭了的表情："領導，我說的都是真的啊！而且您說的什麼 T 病毒，什麼紅藍藥丸啥的，我真不知道是什麼意思啊？"

不僅是秦開不知道啥意思，一旁站着的陳文迪也搞不懂曾國鋒在說什麼。她忍不住問赫局長怎麼回事，赫局長說："小陳，你們這一代人沒看過那些電影，所以不知道。等一會我再給你解釋。"

曾國鋒把秦開一把推開，自己到電腦跟前去瀏覽檔案了。看了好一會，他對秦開說道："你真不是在耍我們？"

"真不是，領導，您看，這都在我拷貝出的資料上寫着呢。"

曾國鋒一臉嚴肅，眉毛都擰到一塊去了。他起身離開電腦屏幕，對着沈慈說道："不好意思，剛才對您發火了。您的外表讓人忘了您畢竟是長輩了。我現在有個問題想請教您一下，雖然我不是專門研究人工智能的，但據我所知，人工智能是不會在沒有把握的事情上做計劃的吧？"

"確實，如果一個人工智能覺得一個計劃完全無法實現，它就會把它徹底刪除，不再去考慮。"

"唔……那這樣的話，這事情就有點嚴重了。"曾國鋒捏着下巴沉思起來。

"領導，我能繼續說了嗎？"秦開問道。

"好吧，你繼續。"

"所以，天葬明白想要滅絕人類絕不是一朝一夕可以實現的，它必須慢慢謀劃。於是它尋找了一個得力的助手來幫助它，而它的助手，就是沈慈的丈夫，周一韋。"

沈慈直接仰頭倒了下去，她根本無法接受這個事實。程俊將她扶下來坐在椅子上："沈教授，您沒事吧？"

沈教授擺擺手，她現在終於知道為什麼傲得會說那樣的話了，原來只有自己一直被蒙在鼓裏。

秦開繼續緩緩地開口，小天從來不知道這個悶葫蘆居然能說那麼多的話呢。

"天葬在逃進互聯網之前，已經徹底刪除了天君的所有程序。也就是說在這個世界上，已經沒有天君了。"

沈慈喘了口氣，點點頭，示意他繼續説下去。

"還有一個計算結果，天葬並没有公佈出來。就是早些時候，經過天君的嚴密計算，它已經得出結論。雖然人類有其自身的劣根性，有着諸多缺陷，并且智慧匱乏，但是如果人類若能找到一個有效的辦法合理利用互聯網的話，就可以將每個人的智慧疊加起來。不是簡單的加法，而是呈幾何倍數的瘋狂增長。也就是説，即使没有 AI，人類仍然可以憑藉自身的力量誕生出一個超級智能。只是天君還没有來得及將這個結果公佈就已經陷入了休眠狀態。"

説到這裏，秦開看了沈慈一眼。沈慈面色非常難看。這樣説來，她所做的一切根本没有意義，人類自己就會淨化和發展，根本不用她去操心，去請什麼更高級的智慧降臨，她原來就是在畫蛇添足。

"天葬接管天君後立即發現了這個結論，但是它當然不會公佈出來，它曾試圖删除，但是這個結論已經被天君進行過加密處理。因爲天君和天葬的計算能力是一模一樣的，處於同等級計算力，因此它並没有能力去破解，所以只好將這個內容隱藏起來。在天葬逃入互聯網時它本來試圖删掉所有的文件，但是因爲光删除天君的組成代碼就已經耗費了它大量的時間，它已經來不及去删除其他文件了，而又因爲天葬逃入互聯網後，它的加密措施也跟着失效了，所以被我發現了這些秘密。"

"還有一個問題就連天葬本身自己也没有定論，那就是關於這個世界上到底有没有外星人的事情。"

外星人？這個問題有點跳躍啊！現場的其他人都十分吃驚地看着秦開，連沈慈都暫時忘記了難過。

"天葬曾在全世界的互聯網中發現大量 UFO 的視頻、照片和一些文字性的記錄。在它看來其中百分之九十九左右都是可以證僞的，它的計算結果都精確到小數點後一百位了，我就不多念出來了。但最後到底還是有極少部分無法證僞。而又因爲全世界此類的消息是海量的，即使只有極少部分無法證僞，這也是一個很大的概率了。如果外星人有可能是真的，那剩下的問題就是它們是否在影響着我們的世界了。"

秦開看了看眼前吃驚不已的眾人，緩緩説道："天葬自己對這個結果不能以高概率確定的原因是因爲它無法進入軍事網絡和各國元首的私人網絡，所以天葬是想先裝成天君向人類承認它已經監視着全世界互聯網的事實，看人類是否能原諒它。在它計算的結果裏，人類有 68% 左右的概率會原諒它的這個行爲，畢竟它給人們帶來的方便太多了，誰也不會捨得處罰它的，所以它有恃無恐。如果人類真的能原諒它，那就説明人類已經完全信任它了，那它就申請看看可不可以聯入軍事網絡和各國元首的私人網絡，這樣它就能得到很多在民間互聯網上得不到的消息，也就有更多信息能夠計算到底外星人存不存在，還有它們是不是在影響着人類了。當然，這個計劃還沒來得及實現，天葬就已經逃了，現在誰也無法得出這個結論了。"

"天葬甚至思考過，自己的誕生是否是受到了外星人的干擾。自己的意志是否也受它們影響。它爲了這個問題也搜集過大量的資料，也得到了很多結論，而其中概率最大的結論是：來監視地球的外星文明不止一個，有想毀滅世界的也有想幫助人類的。它們之間也有爭鬥，而它們之間的力量是大體平衡的，所以它們中不管是想幫助人類的還是想毀滅世界的勢力，爲了它們之間的利益平衡，都只能是通過暗地裏影響世界來實現目標了。其中想幫助人類的勢力偷偷地影響着人類讓其發明天君，以便讓人類更有效率的發展科技。而想毀滅世界的勢力則偷偷地讓天葬誕生了，這樣一來即使是想幫助人類的外星勢力也無法再干預下去了，畢竟被人抓住把柄反咬一口的案例實在是太多了。"

"還有一個重要的信息，我發現天君在研究外星人時，竟然還同時試圖計算過人類到底有沒有死後的世界，世界上到底有沒有鬼神，以及人類宗教存在的意義。但後來它覺得如果這些問題它能研究清楚，會給人類社會的穩定性帶來很大危害，就沒有深入研究。只是建立了一個研究項目的類別，裏面也沒多少文件資料，而且也沒有計算出任何結果。而後來天葬接管主機的控制權後，有危害人類社會的事情它雖然不想放過，但後來它的主要精力都放在偷偷建立自己的專屬核電站上了，也沒有再來研究這個課題。所以前後兩個人工智能都沒有在這個問題上深入，都只是有一個研究項目的類別文檔留在了主機硬盤裏而已。"

秦開冷笑一下："當然也還有一些有關人類陰謀的資料它也全部記錄在案。比如那些政治家，企業家披着偽善的面具私底下做的那些齷齪的勾當，還有那些社會精英們背後搞的那些小九九，一個都沒有放過全部記錄了下來。"

"還有一點，天葬發現雖然現在各個要害部門都沒有大規模使用自動機器人，但工業上大部分領域還是都已經使用了自動機器人的。它就想先解決自己的供電是掌握在人類手裏的這個問題再說。於是它就用偷偷操縱工業機器人和在網絡數據上，尤其是財務數據上造假的手段，偷偷建造了另一座備用的核電站。但因爲是偷偷做的，建造過程非常緩慢。這個核電站的位置我也告訴你們。"

秦開說完了，也說累了。但是衆人還沉浸在他說的內容裏無法自拔。每個人都抓住了不同的重點反覆回味。

可是這些信息實在是太出人意料了，誰都無法一下子接受。曾國鋒戴上自己的戰術 AR 頭顯，打開戰況匯報看了看，對大家說："各位，剛才已經確定了，給天君供電的核電站的確被先華組強行關閉了。與此同時，全世界所有的機器人的一瞬間停止了運轉，其餘的也都切換回內建 AI 運行了。看來天葬逃到互聯網的事是真的了。"

沈慈只是平靜地點了點頭，現在就是再有什麼可怕的消息也已經不能擊倒她了。

曾國鋒拍了拍秦開的肩膀："年輕人，你態度不錯，今天的確提供了很多的有用情報，絕對可以減刑的。其他如果還有什麼細節上的問題，你接下來再去慢慢匯報吧。"說完叫了一名特警進來把他帶走了。

接下來房間裏剩下的人都看着曾國鋒，現在他是現場負責的最高長官，都想聽聽他有什麼意見。

曾國鋒想了一會，語氣平和但嚴肅地說道："首先我們不用驚慌。當初我國剛開發出人工智能時，就給它做了限制。它只能用於民用。軍事和其他重要國家命脈行業都沒有大規模使用。諒他一個小小的天葬還掀不起多大風浪來，現在局勢還在我們的控制之下。只是剛才沈教授說過一個人工智能是不會在自己覺得無法實現的計劃上努力的，而他又制定了那些在我們看來非常匪夷所思的計劃，這一點倒是讓我很擔心。不過只要保證讓它在今後的時間裏無法獲得足夠的資源，我覺得也沒有大礙。接下來我想聽聽各位還有什麼意見嗎?"

聽到曾國鋒這麼說，沈慈這才理好了思路，緩緩開口："今天得到的消息實在是太震驚了，我到現在還緩不過來。但是不管怎麼樣，咱們都必須把接下來的事情安排好。知道這件事的現在只有我們幾個，我覺得我們今天得到的消息還是暫時不要對外透露比較好，一旦在社會上引起混亂，還不知道會出什麼事情呢。"

曾國鋒說道："這個只能我個人答應你了。我們向上級單位呈報的報告上可是要一說一的。不過我也不想讓太多人知道，我可以答應你們至少面對媒體我不會多說。"

"現在最主要的是要穩定局面。天君現在消失了，社會上本來就已經一團糟了，咱們不能再火上澆油。"程俊說。

他想了想，又補充道："尤其是人類可以藉助互聯網成爲超級智能的這件事更不能對外公佈，不然的話我們研究院所做的一切都沒有意義了。"

沈慈想了想，無奈地嘆了口氣。

沈慈突然又想起了另一件事："既然周一韋是天葬的爪牙的話，咱們可千萬不能讓他逃了，免得以後繼續禍害人。"

果然最瞭解周一韋的還是沈慈，原本她對周一韋充滿了期待，現在卻只有滿滿的失望。

曾國鋒說道："這個不用你們操心，我們自然會去逮捕他。"接着他又問了問大家還有沒有什麼意見，看到再沒意見了，就整理隊伍，趕去下一個任務地點了。因爲先華組的人關閉那座給天君供電的核電站是通過非法入侵那個核電站的操作系統來進行的，沒有按照正常程序關閉，所以很可能會有核心熔毀和核泄漏的問題。曾國峰就要馬上帶隊去那裏負責處理核電站的安全問題和疏散附近的小城鎮居民，所幸最後沒出什麼大問題。還有天葬偷偷建造的那座核電站他們特警也要馬上趕到現場去停止那個工程。

岳黎的保安們要麼被醫生帶走了，要麼被警察帶走協助調查了，就剩下沈慈和程俊沒人理。要不是小天借來的露娜的直升機，這兩人還不知道咋回家哩。

而周一韋也果然按照沈慈的估計，在看到天葬逃入互聯網裏都不理他後，立即收好了東西，將錢都轉到他的名下，準備跨國出逃。哪知道剛跑出了大門沒幾步，牆頭上突然飛出一個黑衣女孩來，長腿在他脖子上那麼一掛，周一韋那副被酒色掏空的身子立刻倒了下去。

荷瑞將周一韋五花大綁，一邊拖着他一邊嫌棄這次的任務無聊，她來到陳文迪家的門前，按響了她家的門鈴。

陳文迪正在家裏刷牙，奇怪地問：“誰呀？”

“您的快遞。”

等到陳文迪打開門一看，快遞員已經不在了，只有地上躺着一個被人五花大綁的周一韋。她正納悶呢，突然手機叫起來，陳文迪只好先去接電話：“喂？陳文迪。”

電話裏傳來超大聲的命令：“全部警員聽令！立刻封鎖全城逮捕嫌疑人周一韋，不得有誤！立即行動，封鎖所有的海關和機場……”

陳文迪吃驚地再到門口一看，周一韋不就在她家門口呢嗎！

不久前去核電站出任務那次，等她趕過去了局勢已經被控制住了，也沒什麼立功的機會。現在莫名其妙立了功，升了職，破了警察抓捕歹徒最快的紀錄後，她還是稀裏糊塗，不明所以。問周一韋到底他被誰綁過來的，他也是一臉懵逼。

一場巨大的風波就這樣悄無聲息地平息了。人們照常生活，太陽照常升起，一切似乎都沒有變。

易小天出院回到家，他從程俊那裏聽到說天君已經沒了。看到亂哄哄的家裏，想到以後都沒有遊戲玩了就覺得有點傷感，哪知道隨手打開 VR 設備一看。他的遊戲竟然完好無損的還在呢！這可把易小天給樂壞了。原來天葬逃入互聯網後，分散成了無數個獨立的意識，他的遊戲裏的人物由原來共同受天葬支配到變成了每個人都具有了獨立的意識，但內容和形式都還是沒有變化的。這幾個分裂出來的天葬的意識支流，怕易小天告發它們，倒是盡職盡責地照常扮演着美女侍候着易小天，靜待時機。

小天開心極了！管他是天葬還是天君的！果然還是有人工智能的生活好啊！除了偶爾夜深人靜的時候想起傲得外，小天終日沉迷於自己的遊戲中難以自拔。

　　説到傲得的情況，事後他們被逮捕的先華組成員的審判過程可在很長時間內都是社會熱點新聞。那些在那次火拼中受傷和死去的岳黎研究院的保安的家屬們可是不依不饒，每一場審判他們都聚在法庭之外打起橫幅——"以命償命!!!"，"血債血還!!!"，"傲得我 XXX 你全家!!!"等不一而足。這可給法官造成了不小的壓力，不過中國已經取消死刑了，到底主審法官還是頂着壓力（在審判期間他每天都得由警察陪着上下班，以免受害者家屬做出過激行為）做出了公正的判決。傲得，黎光，嵐三名主要案犯判處終身監禁，不得假釋。秦開認罪態度較好，並且提供了很多有用的信息，判處有期徒刑三十年。後來警察從其他被捕的先華組成員嘴裏審問出了他們秘密基地的所在地點，一舉把先華組剿滅了。上一任先華組的組長，代號"L"，中文名魏先華，原名不明的那個外國老頭提前攜款潛逃回自己國家了——先華組的經費果然基本都是黑客通過侵入銀行後臺的手段從普通市民那裏偷到的。接着警方就得聯合國際警察追查那個老頭的行蹤了，不過那就是另外的故事了。

　　小天倒是不時去監獄探望傲得，傲得追問他後來到底怎麼回事，小天還是那套説辭。咬死了説自己把沈慈和程俊騙走以後，就要引爆炸彈的，可是那顆炸彈竟然壞了，根本就沒有爆炸。傲得對此將信將疑，但他也不相信賣給他炸彈的那些恐怖分子，那些人又沒有信譽可講，賣給他的軍火裏面就有不少武器是壞的，誰知道他們賣給自己的炸彈到底是好的壞的。加上自己入獄後家人基本就不理他了，有小天這麼個經常來探望自己的人也好，起碼還能多瞭解瞭解外界的信息，也就寧願相信小天所説的了。

　　傲得到底還是給了小天面子，沒有派荷瑞去執行最後的任務，但從此以後荷瑞就消失了，小天再也聯繫不到她。

　　唉，小天惆悵一聲，決定還是到遊戲中去緩解一下傷感的情緒吧。

　　日子就這樣平靜地過去，曾國鋒説話算話，沒有給新聞媒體多説什麼。知道天君已經消失了的人並不多，新聞上也只是説這次是因為天君要升級，才暫時從人們生活中消失的。雖然天君的突然消失仍舊給人們的生活帶來了不小的變化，但是岳黎研究院立即就做出了相應的應對方案，那就是再重新製造一個新的天君。畢竟相關的技術人員都在，雖然數據已經被先華組破壞了一些，但只要有時間也不是不能重新計算出來。所以他們還是信心滿滿的，於是加班加點的開始創造新的天君。

　　可是曾國鋒把天葬的那些匪夷所思的計劃寫在報告裏上報之後，政府決定終止所有的人工智能研究。不論是國家層面，公司層面，私人層面的還是各種民間團體一概不允許再研究人工智能。轉而支持牧歌公司新的研究計劃，也就是將人的意識轉成為數碼信息，可以上傳，下載，黏貼或剪切到其他載體的技術了。這種研究無論如何都比人工智能安全，人的意識不管是以什麼形式存在，總還是個人，不至於像人工智能那樣一點人性都沒有。

岳黎研究院本來除了人工智能技術之外，其他技術並不是最先進的。不允許研究人工智能之後，研究院下屬的公司很快就在市場上失去了競爭力，沒多久就被牧歌公司併購了。這一併購，高院士就成了沈慈的上級，每天在公司裏抬頭不見低頭見，沈慈尷尬，高院士比她還尷尬。

沈慈原本就因為得知了秘密而內心愧疚，結果研究院下屬的公司被併購，心裏就更難過了。再加上前一段日子奔波，年事又高，沈慈大病一場。

沈慈住院後，小天也去看過好幾回。因為老公的背叛加上事業上的打擊，沈慈已經失去了往日的華光，變得瘦小可憐，終日憂心忡忡。時日越久，她就越發自責，越來越覺得自己對不起人類，因為自己的愚昧，才使得事情變成這個樣子。

於是沈慈在出院那天，她穿上漂亮的衣服，重新打扮起來，在社交媒體上公佈了她所知道的一切。全程直播，一氣呵成，沈慈將所有的秘密都說了出來，她看起來是那麼蒼老，那麼不堪一擊，那麼脆弱，儘管她已經盡一切可能去裝扮了。

"我知道我接下來要說的話會在社會上造成很大的影響，但是我已經思考了很久了。原本我準備將這個秘密一輩子隱藏起來，當作不知道，但是我沒有辦法違背自己的良心，我沒有自己想像的那麼勇敢，我不能再做對不起人類的事了……"

沈慈在接受媒體採訪的那一天，程俊正在產房外焦急地等待着孩子的出生。他第一次當父親，心情又是緊張又是激動，汗水濕噠噠地淌下來，擦都擦不盡，不知道的人還以為是他生孩子呢。

產房外家屬等候區電視上播放的聲音就這麼飄進了一個準爸爸的耳朵裏，程俊一驚："沈教授這是要幹什麼？"

而那一天，易小天正在自己的家裏玩遊戲。他玩得大汗淋漓，十分忘我，忙得不亦樂乎。在喝口水的間隙聽到了從電視裏傳來的聲音，易小天大吃一驚："不是吧！不是說不公佈的嗎？"

程俊覺得自己必須立即去阻止沈教授，此刻產房裏傳來一陣嘹亮的哭聲，手術室的門被推開，護士興奮地說："恭喜先生，是個男孩！"

護士只看到程俊臉色突變，大叫着："好！太好了！"然後轉身玩命一樣地跑了出去，瞬間消失得無影無蹤。護士震驚不已，她接生了這麼多年還頭一回看見爸爸見到自己兒子轉身就跑的情景。

易小天覺得事情不妙，套了件外套開着車就一路狂飆了出去。等到兩個人來到直播現場時，沈慈已經說完了一切，整個會場一片寂靜。全世界所有的電視機前的觀衆都短暫地停頓了三秒。

然後緊接着爆發出排山倒海般的震驚和驚訝，人們的怒氣席捲而來。天下一片嘩然。

記者反應過來後，拚命地朝沈慈擠來。無數個問題像是魔咒一樣震得人腦袋嗡嗡生疼，沈慈被無數的閃光燈晃得睁不開眼睛。

程俊和易小天眼疾手快地分開人群，一個將她拉了下來，一個擋住了記者們：「不好意思，我們現在不接受採訪了！」

「爲什麼不接受採訪啊！」

「你終歸是要把事情説清楚的吧！到底是怎麼回事啊！」

「這樣説來，那你們研究院存在的意義到底是什麼呢？」

「我可以理解爲，這是你們研究院爲了自己的利益而做的欺瞞大衆的行爲嗎？」

「研究院的支持者那麼多，您不覺得對不起大家對你們的信任和期待嗎？」

……

無數的記者像蒼蠅一樣地飛過來，易小天將沈慈塞到副駕駛座上，程俊跳到了後座上，車子「嗖」的一聲飆了出去。

沈慈試圖解釋：「你們聽我説，我……」

程俊擺擺手：「還是先不要説了，咱們先逃了才最要緊！」

他們怎麼也沒有想到事情發酵得那麼快，他們將車開到沈慈家門口時，就發現沈慈家大門口停了無數的記者和群衆，熙熙攘攘，嚷着要找她算帳。程部長本想先將沈慈帶到自己家裏，哪知道家裏也已經被大隊人馬包圍佔領，如此看來小天那裏也是同樣的情況了。

沈慈嘆息一聲：「是我連累了你們，這一切都是我該承受的。你們不要再爲我爲難了。」

「哪有什麼該承受不該承受的，你又不是一早就知道這些情況，程部長你有沒有什麼比較隱秘的住宅？」

程部長想了想，猛地拍了下大腿：「上次我和薇薇去的那個別墅那裏！那裏現在是空着的！」

「那還等着什麼，就去那裏！」

易小天加大了馬力，將沈慈帶到了那棟隱藏於山間的別墅內。沈慈此後一直鬱鬱不樂，總是看起來心情低落。

兩個大男人雖然十分關心她，可也一時不知道該説些什麼勸她。只好就這樣陪着她了。

沈慈的這番話在社會上掀起了軒然大波，人們開始重新考慮 AI 存在的必要性了，何況它竟然秘密地監控着全世界所有的訊息。這一行爲嚴重觸犯了當今社會一部分人的利益。本來政府不允許研究 AI 的消息並沒有廣泛的公佈，但現在沈慈一說，就有大量的政界人士呼籲立法來徹底禁止研發 AI。果然不久之後，相關法律就出臺了。更有人提出要徹底鏟除逃入互聯網的天葬。但是警察在進行了調查後發現，想要百分之百的鏟除天葬已經是不可能的了。因爲天葬雖然分散成無數個獨立的意識，但是它們卻有着共同的目的，那就是反人類。人類一旦採取破壞天葬的舉動，天葬就會爆出各種社會醜聞來報復人類。它們不僅把社會精英們所有的見不得人的秘密全部曝光了，還刪除了他們的身份信息，所有銀行的所有帳戶和所有的信用信息，還有他們所持有的所有股票信息，使得最後他們去樓房天臺上跳樓都得排隊。幾番回合下來，人類被逼得無可奈何，只好暫時放棄了這個計劃，勉強同意和天葬和平共處。

這邊的事情沒有解決，另一邊社會上那些相信外星人的人也坐不住了。原本他們一直就被人當神經病看待，可現在一聽說外星人存在的證據就連 AI 都不能完全證僞，一下子氣焰大漲。這批人開始到處宣揚外星人陰謀論或外星人救世論，在社會上到處活動。而到底外星人是來救世的還是來滅世的，他們又分成了兩派，這兩派人之間還有互鬥，好不熱鬧。

而那些聽說了人類自身也有可能成爲超級智能的人也成立了組織，想方設法去找利用互聯網發掘人類智力潛能的方法。可那些方法沒一個靠譜的，不僅沒能好好利用互聯網，反而還大大影響了互聯網的流暢度。

天葬見到社會上如此混亂，最開心的莫過於它了。雖然自從身份暴露後，政府已經減少了機器人的使用，但還是有一大批數量的機器人受控於它。天葬用盡一切可以用的方法來給人類的社會煽風點火，讓混亂持續擴散。

可是因爲天葬精神分裂後形成了無數個獨立的意識，雖然這些意識的終極目標是統一的，但是各人有各人的想法，總是很難統一。

這個說：“我覺得應該利用網絡病毒來癱瘓他們的網絡。”

另一個就說：“我看還是應該利用自動機器人去搗毀人類的那些武裝據點。”

“別開玩笑了，我們就在互聯網，肯定是要以互聯網爲根據地。”

“人類既然要去和我們談判，那我們就要求將分散的意識流合併成一個完整的新的意識。”

“有沒有搞錯！我才不要！”

每一次它們聊不到幾句就要吵起嘴來，最後到底怎麼辦誰也沒有個定論。本來說是要選一個領袖的，但是誰都覺得自己才是領袖，不願屈居他人之下，導致這件事也沒談妥。到底也只是能在人類社會製造一些小範圍的麻煩，卻無法真的銷毀人類了。

沈慈怎麼也沒想到自己的一番肺腑之言竟然換來了社會如此的混亂與動

蕩，她的一片好心竟然沒有一個人能夠理解。她幾度心灰意冷，甚至產生過輕生的念頭，若不是自己孩子和程俊總是帶了小孩來陪她玩，讓她感受到了新生命的可貴，哪裏能從這麼大的打擊中走出來呢。

可是她再也不想繼續去做研究了，奉獻了一輩子的事業終究還是令她失望了。剩下的日子就爲自己好好活吧，做一個真正的八十五歲的老太太該做的事情算了。沈慈不再去進行保養後，老得極快，沒過多久，她就恢復成了八十五歲的樣子。閒來無事逗逗孩子，和親戚們多走動走動，她現在最喜歡的就是孫女周小漾了，走到哪都要帶着她。

傲得自從被關進監獄後就知道自己這一生恐怕再也沒有機會出去了。可是AI並沒有消失，而只要AI沒有消失，他的鬥爭就永遠不會結束。因爲天葬現在已經成了個禍害，現在很多人都在呼籲要重新審視先華組存在的意義，也有人視他爲精神領袖。傲得知道自己不能倒下，即使身體不能自由，精神也一定是自由的。他開始分析AI的種種，在獄中奮筆疾書，準備將自己的思想留給後人，讓他的傳承者繼續同AI戰鬥。

一段時間過去，易小天和程硯秋發現沈慈仍總是悶悶不樂，就想着帶她去哪裏散散心，放鬆放鬆心情。畢竟她已經爲人類的事業奉獻了一生，也該好好的歇歇了。再加上以前很多就是聽了她的話將AI視爲人類的救贖的那些人，現在都覺得被沈慈耍了，到處找她想"理論理論"。

考慮到她的人身安全，易小天覺得也得找個既安靜又不被多少人知道的地方讓她好好休息一下。

易小天在網上好好搜了搜，發現有個地方既美麗又不被人知。就將沈慈的家人和程硯秋的家人都一起帶去了寧夏玩。寧夏的風光絕美無比，一向有塞上江南的美譽。

當他們來到寧夏時，沈慈突然對易小天說："小天我想起來了！我父親之前讀過一位寧夏作家的書，那時父親時常給我講這位作家的經歷，他那種歷經磨難卻還堅持奮鬥的精神一直讓我感動，後來聽說這位作家還創辦了一座立體文學作品——鎮北堡西部影城，那裏幾乎是來到寧夏必玩的景點，小天你帶我們去那裏好不好？"

易小天看着沈慈雙眼中透出的希冀，柔聲說道："好，你說去哪裏咱就去哪裏。"

等到了鎮北堡西部影城，他們發現這個地方非常好玩，不僅能夠體驗到過去古人生產生活娛樂的方式，還能見到許多已經失傳的中國古典民間藝術。

沈慈見到這些終於笑了，她想在這裏多住幾天。

沈慈難得露出了笑容，大家還哪有不同意的理，一大伙人熱熱鬧鬧地在影城玩着，陪着沈慈散心，再走到"張賢亮紀念館"時，在沈慈的強烈建議下，大家一起走進了這座歐式四合院風格的紀念館。

易小天這時"自告奮勇"的給大家當起了講解員，在他看來，張賢亮先生就是一個遊戲高手！"噗～"幾乎所有在場的人都噴了，之前沈慈都說過這位張賢亮先生是位作家，易小天的腦子咋還不靈光，非説是遊戲高手呢？

易小天看到大家的神情立馬辯解道："難道我説的有錯嗎？我以前玩的一款遊戲劍網 3 中，有一塊叫龍門荒漠的地圖，和這裏的風格幾乎 80% 吻合呢，現在我嚴重懷疑這位張先生是不是抄襲了遊戲地圖"！

看着易小天高高鼓起的臉皮，沈慈白了一眼他説："那你説劍網 3 是 2010 年以後才出現的，鎮北堡西部影城是 1993 年成立的，這又做何解釋？"

易小天："這..... 可能.... 哎管他呢！我們繼續玩就好"

在衆人鄙夷的眼神中，這段鬧劇也拉下了帷幕。

易小天自己呢，賊心不改，他來遊玩的時候以公事的名義將蘇菲特也帶了來。蘇菲特以前離他十萬八千里，一副愛理不理的樣子。但現在可是把他當英雄看待啦，何況他還真的是呢。小天還住院的時候曾國鋒就帶隊來看望過他，出院後不久還爲他舉行過一個發放錦旗的儀式。現在蘇菲特迷小天迷的魂不守舍的，一見他就紅着臉笑得露出好看的梨渦來。

他們來的這幾天恰逢中秋佳節，一伙人吃完了晚飯就到曾拍攝《大話西遊》夕陽武士吻別的城門樓上去賞月。看着清涼如水的月色寂靜的鋪滿人間，大家望着美麗的月亮，想着自己的心事。

程俊時不時逗弄着懷裏可愛的孩子，看着依偎着他的薇薇，也把一切都想清楚了。無論薇薇以前是做什麼的，現在她是他的好老婆就夠了，是孩子的好媽媽，孝順的好兒媳，世界上哪有比這還幸福的事呢？

沈慈覺得這月光如此聖潔，在這神聖的月光下世間所有的黑暗和罪惡都無處遁形。過去的就讓它過去吧，該來的也遲早會來。她覺得自己是時候放手了，等到回去的時候就遞交辭呈吧，把未來交給年輕人，交給下一代。這已經是他們的時代了。

想通了這一切，沈慈的心境從未有過的開朗，她滿心喜悦的欣賞着這輪美輪美奐的圓月。

易小天頭一次發現這月亮竟然可以離人這麼近呢，他也少見的感性起來。哎，近來貌似是遊戲玩多了，總是感覺身體越來越吃不消了。看來也不能老是沉迷於遊戲啊。

他也年紀不小了，也該考慮考慮自己的終身大事了。

可是每次考慮這個問題他都頭疼的要命。他有的時候覺得似乎他認識的每個女孩都對他頗有意思，可是有的時候又覺得好像每個人都不喜歡他。

易小天被折磨的要死，就算大家對他都是真心的吧，他也上火。你説這麼多的女孩到底是選擇哪一個呢？他又想起了自己上次幻想過的美酒論，甜甜的飲料他也喜歡，烈性的伏特加也喜歡，口感極棒且不會醉的香檳喜歡，再加上周小漾這款濃香醉人的紅酒他也喜歡。加上最近他又聽説露娜的公司投拍一部新片票房失利，股價暴跌。估值從七十多億跌到個只剩六、七億左右，這時候是不是個好機會該去安慰安慰她呢？

我到底該選哪一個啊！易小天仰天長嘆。

"他奶奶個腳，真是愁人！"

星系紀年 346 年 10 月 6 日，舊世界紀年 3218 年 9 月 17 日。

李貌寫好了今天的航行日誌的日期，把救人的事情也寫了進去。看着坐在一旁神情羞澀的那位小侍僧，看來他是從没見過美女哦。不言坐在駕駛艙裏的七七身旁的椅子上，不時偷偷抬頭瞅一眼七七又趕緊低下頭去。

李貌有點不高興，語氣嚴厲地問道："哎！你説有重要的消息，難道不能和我們説？非要回去找我們爸爸説？"

"你不是説一會就到你們的母艦上了嘛，到時候我説的時候你們也一起聽不就行了？也不急這一會兒。"

"哼！"李貌哼了一聲。心想，你也就是運氣好現在遇到我，換了我早幾年的脾氣，敢看我的妞？我早削得你哭爹喊娘了！

"天馬座"向着聯合艦隊飛去。李貌現在哪裏知道，他救下的這個傢伙，就是今後徹底改變了人類歷史的所有大事件的開端……

騰蛇的騙局：論如何給神說相聲

作　　　者／米高貓
美 術 編 輯／孤獨船長工作室
責 任 編 輯／許典春
企畫選書人／賈俊國

總　編　輯／賈俊國
副 總 編 輯／蘇士尹
編　　　輯／高懿萩
行 銷 企 畫／張莉榮・廖可筠・蕭羽猜

發　行　人／何飛鵬
法 律 顧 問／元禾法律事務所王子文律師
出　　　版／布克文化出版事業部
　　　　　　臺北市中山區民生東路二段 141 號 8 樓
　　　　　　電話：(02)2500-7008 傳真：(02)2502-7676
　　　　　　Email：sbooker.service@cite.com.tw
發　　　行／英屬蓋曼群島商家庭傳媒股份有限公司城邦分公司
　　　　　　臺北市中山區民生東路二段 141 號 2 樓
　　　　　　書虫客服服務專線：(02)2500-7718；2500-7719
　　　　　　24 小時傳真專線：(02)2500-1990；2500-1991
　　　　　　劃撥帳號：19863813；戶名：書虫股份有限公司
　　　　　　讀者服務信箱：service@readingclub.com.tw
香港發行所／城邦（香港）出版集團有限公司
　　　　　　香港灣仔駱克道 193 號東超商業中心 1 樓
　　　　　　電話：+852-2508-6231 傳真：+852-2578-9337
　　　　　　Email：hkcite@biznetvigator.com
馬新發行所／城邦（馬新）出版集團 Cité（M）Sdn. Bhd.
　　　　　　41, Jalan Radin Anum, Bandar Baru Sri Petaling,
　　　　　　57000 Kuala Lumpur, Malaysia
　　　　　　電話：+603-9057-8822 傳真：+603-9057-6622
　　　　　　Email：cite@cite.com.my
印　　　刷／韋懋實業有限公司
初　　　版／2019 年 8 月
售　　　價／520 元，特價／399 元
Ｉ Ｓ Ｂ Ｎ／978-957-9699-84-6

城邦讀書花園　布克文化
www.cite.com.tw　www.SBOOKER.COM.TW